# La vérité sur l'amour (et autres petits mensonges)

KRISTAN HIGGINS

# La vérité sur l'amour (et autres petits mensonges)

*Traduit de l'anglais (États-Unis) par*
MARIE LAUZERAL

Harper Collins
POCHE

*Titre original :*
ON SECOND THOUGHT

Ce livre est publié avec l'aimable autorisation de Maria Carvainis Agency, Inc.



**HARPERCOLLINS FRANCE**

83-85, boulevard Vincent-Auriol, 75646 PARIS CEDEX 13
Tél. : 01 42 16 63 63

www.harpercollins.fr

ISBN 979-1-0339-0290-4

# *Kate*

Si j'avais su comment les choses allaient tourner ce soir du 6 avril, j'aurais sorti le grand jeu dès le matin.

J'aurais avancé mon réveil pour qu'on puisse faire l'amour Nathan et moi. Nous n'étions mariés que depuis quatre mois et ça restait du domaine du possible. J'aurais commencé par me brosser les dents et les cheveux. Ensuite je l'aurais longuement embrassé, aurais pris son visage entre mes mains et lui aurais dit : « Si tu savais comme je t'aime. J'ai tellement de chance d'être ta femme. » Il aurait sans doute tiqué un peu, vu que ce n'est pas mon genre de faire des déclarations pareilles, mais ça n'enlevait rien à mes sentiments.

Et j'aurais ajouté : « Au fait, ce soir, ne va surtout pas me servir un second verre de vin. »

Au lieu de ça, j'ai agi comme presque chaque matin depuis notre mariage. Lorsque le réveil de Nathan a cessé de sonner (à 6 heures, figurez-vous ! N'est-ce pas que c'est cruel ?) j'ai fourré ma tête sous l'oreiller en grognant. Nathan se levait tous les matins plus tôt pour passer quarante-cinq minutes sur son vélo elliptique, pour vous dire comme la théorie des « contraires qui s'attirent » est vraie, vu que de mon côté j'estime que marcher jusqu'au coin de la rue pour aller me chercher un café constitue mon sport quotidien.

J'ai continué à grommeler, ce qui a fait rire mon mari, pas encore blasé devant ma haine des réveils à l'aube.

Je me suis tout de même levée quand il a eu fini de s'habiller et suis descendue à la cuisine comme un zombie dans mon bas de pyjama en pilou et mon sweat-shirt NYU.

Me retrouver avec lui chaque matin avant qu'il parte travailler continuait de me surprendre. Je l'aimais à la folie, en dépit de son addiction au sport. Au moins il était en bonne santé. (J'entends d'ici le rire réjoui des Parques, ces imprévisibles garces !)

Il était déjà attablé pour le petit déjeuner.

— Bonjour, lui dis-je en ébouriffant ses cheveux encore humides.

Incroyable que j'aie épousé un roux, ce n'était pas du tout mon genre ! Et pourtant, la nuit que nous venions de passer apportait toutes les preuves du contraire. En y repensant je me penchai et lui déposai un baiser dans le cou. Vous voyez que je n'étais pas complètement dans le coma, même s'il était bien trop tôt pour que je parvienne à ouvrir les deux yeux en même temps.

— Salut, me répondit-il en souriant. Tu as bien dormi, ma puce ?

— Super, et toi ?

J'attrapai un mug et le remplis d'un café salutaire, tout en me demandant si le fait que j'aime toujours cette odeur n'était pas la preuve que je n'étais pas enceinte.

— J'étais mort de fatigue, me dit-il avec un sourire complice. J'ai dormi comme un bébé.

Il mit sa tasse dans le lave-vaisselle qu'il avait vidé la veille comme tous les soirs avant d'aller se coucher. Il prenait toujours la même tasse et la plaçait toujours au même endroit. Il était architecte, il aimait l'ordre et la précision, et sa maison était un peu sa vitrine. La vitrine de son savoir-faire.

— On a la fête d'Eric ce soir, c'est ça ? me demanda-t-il.

— Quoi ? Ah oui, sa « Fête de la Vie » !

Je bus une longue gorgée en réprimant une grimace. Eric, le petit copain de toujours de ma sœur, célébrait sa guérison du cancer et, même si j'étais évidemment contente pour lui, cette fête me semblait excessive. D'ailleurs sa guérison n'était plus exactement un scoop. Il nous avait tenus au courant de chaque détail sur son blog, sa page Facebook, ses comptes Twitter et Linkedin, Tumblr et Pinterest, photos de lui à l'appui, avec sa perfusion pendant la chimio et aussi, bien sûr, les parties de son corps concernées.

— C'est un type bien, dit Nathan. Je suis heureux pour lui.

— Je me demande s'il va nous montrer l'évolution en photos comme ils font dans cette émission sur les obèses, répondis-je.

Nathan se mit à rire, et tandis que ses yeux se plissaient avec un charme fou, une chaleur soudaine se propagea dans mon ventre.

Il m'arrivait encore parfois de ressentir une légère inquiétude en pensant à nous. C'était comme de se réveiller dans une chambre d'hôtel et, pendant une seconde, de ne plus savoir où l'on est, avant de se rappeler que l'on est en train de passer de merveilleuses vacances.

Nos regards se croisèrent et l'atmosphère changea très légèrement. *Ne me demande pas si je suis enceinte*, lui ordonnai-je par télépathie. Je détournai les yeux vers la fenêtre pour éviter de répondre à la question qu'il n'avait pas posée. Dehors, une sculpture en forme de gueule de lion crachait de l'eau sur un tas de rochers. Je n'étais pas encore très à l'aise à l'idée de vivre dans une maison avec des « ouvrages d'eau ».

Il était prévu que dans quelques semaines nous passerions en revue mes affaires stockées en garde-meuble pour décider de ce qu'on allait prendre ici. Mais pour le moment cette maison était celle de Nathan, pas la mienne.

Nathan non plus n'était pas encore à moi. Après tout, nous ne nous connaissions que depuis moins d'un an, et avions déjà juré de nous aimer jusqu'à ce que la mort nous sépare.

Je fis alors ce que je faisais toujours lorsque j'étais un peu gênée, je pris mon Nikon, toujours à portée de main, et le photographiai. Je suis photographe après tout. À travers l'objectif, je vis que lui aussi était un peu gêné et, en appuyant sur le déclencheur, je sentis une grande tendresse m'envahir.

— Tu vas finir par le casser, Kate, me dit-il en rougissant de la plus adorable façon.

Alors si j'avais su ce qui allait arriver, j'aurais répondu :

« Tu rigoles ? Tu es sublime. » Même si son visage était plus agréable et intéressant que sublime. Ou mieux encore : « Je n'aurai jamais assez de photos de l'homme que j'aime. » Même si c'était un peu tarte, c'était vrai, mais l'amour m'était tombé dessus par surprise à trente-neuf ans.

Comme j'ignorais la suite, je répondis : « T'inquiète, il est solide. » Je lui souris, il m'embrassa, deux fois, et je le serrai longtemps dans mes bras, en respirant sa bonne odeur de propre avant de lui mettre la main aux fesses, ce qui le fit sourire à son tour juste avant qu'il s'en aille.

À la minute où sa BMW passa le portail, je fonçai en haut dans une des salles de bains d'invités où je cachais mes tests de grossesse. La lumière s'allumait automatiquement mais elle était un peu capricieuse, si bien que je me mis à gesticuler et à battre des bras jusqu'à ce que ça vienne.

Pourquoi dans une salle de bains d'invités ? Parce que Nathan était du genre à s'asseoir sur le bord de la baignoire et à me regarder faire mes petites affaires, la réglette dans une main, en train d'essayer d'éviter de me faire pipi dessus. Les deux premières fois, je l'avais laissé regarder, mais je ne voulais décidément plus de public.

Parce que, quoi qu'on en dise dans les livres, lorsque le test est négatif, j'ai toujours l'impression que c'est ma faute.

— Deux traits, deux traits, deux traits, ai-je chantonné tout en faisant pipi.

J'aurais quarante ans dans quelques mois, il n'y avait pas de temps à perdre. Nous nous étions mis au travail dès notre mariage.

Je posai le test sur le bord du lavabo, en évitant de le regarder, le cœur battant. Trois minutes, disait la notice. Cent quatre-vingts secondes. « Allez, on y va ! Deux traits ! Tu peux le faire ! » dis-je en imitant ma sœur, incarnation de la positive attitude.

Un bébé. Si ça se trouvait, les cellules étaient déjà en train de se multiplier dans mon corps. Il y avait peut-être un mini-Nathan en route. Un garçon. L'image était si forte que je sentais mon cœur prêt à exploser d'amour dans ma poitrine :

mon fils, mon petit gars, avec les yeux bleus de son papa, le bonnet bleu tout doux sur sa tête parfaite de nouveau-né, un beau bébé tout chaud dans mes bras. Mme Coburn, ou plutôt Eloise, me regarderait avec admiration désormais (un héritier !) et Nathan senior serait fier comme un paon devant Nathan quatrième du nom. (À moins qu'on ne l'appelle autrement ? J'avais un faible pour David.)

Cent soixante-douze secondes. Cent soixante-treize.

Je décidai de compter jusqu'à deux cents, pour donner à toutes mes hormones de grossesse la possibilité de s'exprimer et à ces deux petits traits celle d'annoncer le résultat haut et fort.

Un bébé. Déjà, un mari après vingt ans de célibat, c'était irréel. Alors exiger en plus un bébé, c'était peut-être trop ambitieux.

Mais j'en voulais un, si fort. J'avais beau me répéter depuis six ou sept ans que je me portais parfaitement bien comme ça, en fait je me mentais à moi-même.

Cent quatre-vingt-dix-huit. Cent quatre-vingt-dix-neuf.

Deux cents.

J'attrapai la réglette.

Un trait.

— Et merde ! fis-je, extrêmement déçue.

J'enveloppai le test dans un mouchoir en papier et le fourrai dans la poubelle.

*C'est pas pour ce mois-ci, petit gars*, dis-je à mon bébé fantôme, la gorge nouée. Il ne fallait pas que je pleure.

Tout allait bien. Cela ne faisait que quatre mois. Et au moins je pourrais boire du vin ce soir à la fête. Nathan serait gentil lorsque je le lui annoncerais. Il me dirait un truc du genre : « Ce qu'il y a de bien, c'est que ce n'est pas trop désagréable de s'y remettre. »

Cela dit, si ça prenait trop de temps on finirait par trouver ça moins drôle. Je connaissais des amies qui étaient passées par là : la corvée de ne pas louper sa période d'ovulation et d'avoir l'impression de se faire inséminer lorsqu'on fait l'amour. Aussi romantique qu'avec une pipette ! J'avais même une copine de fac qui disait qu'elle aimait encore mieux une pipette parce que au moins elle n'était pas obligée de faire semblant.

J'avais acheté un paquet de six tests. Je n'envisageais pas d'avoir besoin de plus. J'avais toujours eu mes règles très régulièrement, ce qui était bon signe, selon le médecin. Sauf que là il ne me restait plus qu'un seul de ces foutus tests parce que le mois dernier je l'avais fait deux jours de suite pour être sûre.

La lumière s'est éteinte et je me suis remise à gesticuler pour la rallumer.

« Ce sera pour le mois prochain », dis-je et ma voix rebondit contre les carreaux de la salle de bains. Ensuite je me regardai dans le miroir et me forçai à sourire jusqu'à ce que cela ait l'air vrai. J'avais de la chance : Nathan était super, et si nous ne pouvions pas avoir d'enfants, nous en adopterions. Nous avions déjà commencé à en parler.

Je me disais que ma sœur Ainsley — ma demi-sœur en fait — tomberait enceinte le premier mois elle, vu qu'elle n'avait jamais d'effort à fournir pour quoi que ce soit. Tout lui réussissait.

Bon. Rester assise sur le bord de la baignoire n'allait rien arranger, alors qu'un café, si. Et puisque je n'étais pas enceinte, j'allais m'en servir un deuxième. Je sortis de la salle de bains et descendis l'escalier. Le chemin me sembla interminable.

Nathan gagnait sa vie en dessinant des maisons haut de gamme : des demeures style colonial ou victorien, des bungalows d'inspiration Arts and Crafts de 1500 mètres carrés sur un magnifique terrain de 2000 mètres carrés. Et il n'y avait que cela dans le comté de Westchester, au nord de Manhattan.

Nous habitions dans un quartier ancien de Cambry-on-Hudson, la ville où il avait vu le jour, et celle où vivaient également ma sœur et mes parents. Nathan avait démoli une maison pour construire son chef-d'œuvre sur ce terrain : une vaste maison moderne avec des baies vitrées, des planchers foncés et un mobilier minimaliste. Il l'avait construite juste après son divorce, heureusement. Je ne voulais pas vivre dans une maison où la première femme aurait laissé son empreinte.

Mais j'avais besoin d'un canapé pour m'y vautrer, et le seul inconvénient de vivre dans ce bijou architectural était l'absence de canapé pour se vautrer. Oui. Il faudrait se débarrasser de ces deux fauteuils aux angles pointus et mettre à la place mon canapé rose et vert de Brooklyn bien moelleux.

Sauf que le rose et le vert allaient faire tache dans l'harmonie d'ensemble. Mais bon, je pouvais toujours lui trouver une place quelque part dans une chambre. Après tout, il y en avait cinq. Et sept (sept !) salles de bains, une énorme cuisine où l'on pouvait prendre ses repas, une salle à manger capable d'accueillir seize personnes, un bureau, ou un petit salon, je ne savais jamais, une buanderie, un vestibule, un office, une cave à vin sans prétention (si tant est que cela existe), et même une pièce télé au sous-sol avec un énorme écran et six fauteuils en cuir inclinables, où l'on pouvait passer sa vie entière. En quatre mois de mariage, nous n'avions réussi à y voir qu'un seul film. Il y avait même une salle d'eau spéciale chien à côté du garage. Nous n'avions pas de chien. Du moins pas encore.

J'adorais Nathan, j'adorais cette maison, j'adorais même (ou en tout cas j'aimais beaucoup) sa sœur Brooke qui habitait à cinq cents mètres dans la même rue, à côté de ses parents. Il fallait simplement que je m'habitue à cette nouvelle vie. Et bientôt je me sentirais vraiment chez moi, bientôt je saurais même comment faire marcher les interrupteurs. Il y en avait tellement.

Ce que je voulais vraiment, c'était que le temps s'accélère un peu et qu'on en arrive à ce moment où tout me paraîtrait plus solide, plus réel. D'ici à trois ans, je me sentirais chez moi dans cette maison. Les affaires de notre enfant donneraient de la vie : un panier de jouets, des peintures au doigt affichées sur le frigo et des douzaines de photos de nous trois en train de rire, de sourire, de nous faire des câlins. Je saurais alors comment allumer toutes les lumières de la maison.

J'allai dans le bureau (ou le petit salon ?) dans lequel Nathan et moi nous installions pour travailler. « Salut à toi, Hector, noble prince de Troie », dis-je en m'adressant à mon poisson tropical orange. À quatre ans, il était toujours vivant et faisait mentir tous les pronostics. Nathan lui avait offert un ravisant bocal soufflé à la main lorsque je m'étais installée, en échange de celui que j'avais acheté à l'animalerie, et l'avait rempli de vraies plantes afin d'oxygéner l'eau. Pas étonnant qu'Hector s'y porte à merveille. Je contemplai mon joli poisson quelques secondes en buvant mon café et en repoussant ma tristesse.

Ce soir, lorsque Nathan rentrerait, je me jetterais sur lui dès qu'il franchirait la porte, et on ferait ça contre le mur, ou bien par terre, ou bien les deux. On serait tout détendus et épanouis en arrivant chez Eric. Et demain, je ferais des crêpes, une de mes rares spécialités culinaires. La météo prévoyait de la pluie, si bien qu'on resterait à la maison à lire et à regarder des films et à faire l'amour tout le week-end, juste pour le plaisir, sans penser au bébé, et Nathan me sourirait à chaque fois qu'il me regarderait.

Ma sœur et Eric habitaient la même ville. En fait ils connaissaient Nathan avant moi, mais Ainsley ne m'en avait jamais parlé. Je ne peux pas l'affirmer mais je pense que c'est parce qu'elle ne voulait pas que je marche sur ses plates-bandes. Nos parents s'étaient installés à Cambry-on-Hudson un mois après que j'étais entrée à NYU, alors que mon frère Sean était étudiant à Harvard, si bien qu'Ainsley avait passé son adolescence ici. Pour elle c'était le paradis sur terre.

Quant à moi, j'avais vécu à Brooklyn depuis que j'avais vingt ans, juste avant que cela devienne la capitale des *hipsters* et des micro-brasseries. Et pourtant j'avais fini par atterrir ici, dans cette ville où les nounous étaient toutes diplômées de Harvard, où ma belle-mère m'invitait à déjeuner chaque semaine dans son country club chéri et où ma sœur prenait des cours de yoga.

En parlant de ma sœur, justement elle venait de m'envoyer un SMS :

Trop impatiente de vous voir ce soir Nathan et toi !
— <3 -

C'était sa façon à peine insistante de nous rappeler l'invitation. Et avec des smileys évidemment… Ainsley n'avait jamais été quelqu'un de très subtil. C'était une charmeuse, et je dois admettre que ça marchait, mais j'aurais bien voulu la prendre entre quatre yeux et lui dire de se calmer un peu.

Le souvenir d'elle à quatre ans, grimpant dans mon lit, me revint alors et je répondis :

Moi pareil ! Ça va être trop sympa !

J'en rajoutais un peu mais c'était un mensonge pour la bonne cause. Je fis l'impasse sur les smileys. J'avais quand même trente-neuf ans.

Mon téléphone indiquait aussi un message vocal : Eloise qui avait appelé dix minutes plus tôt quand j'étais dans la salle de bains.

« Kate, c'est Eloise Coburn. Je me demandais si nous pourrions fixer un rendez-vous… » Elle avait une façon un peu surfaite de prononcer les voyelles. « Pour un portrait du père de Nathan et moi-même à l'occasion de notre anniversaire. N'hésitez pas à me rappeler lorsque vous aurez une minute. »

Impossible de me défaire de l'impression que ma belle-mère allait me surprendre sur le point de faire une bêtise. Elle était toujours polie, pour ne pas déroger à la règle de l'école Miss Porter's dont elle était sortie avec les honneurs et était une ancienne élève très active, mais elle était très loin d'être chaleureuse et affectueuse.

Ainsley, qui sortait avec Eric depuis la fac, considérait sa propre belle-mère *de facto* comme sa meilleure amie.

Elles allaient faire du shopping ensemble le week-end et se retrouvaient pour boire un verre au moins une fois par mois, à rire et à plaisanter comme… eh bien, comme des sœurs.

Cela ne risquait pas de nous arriver, à Eloise et moi. J'ai inspiré à fond et j'ai pressé la touche rappel.

— Bonjour, Eloise. C'est Kate.

— Que puis-je pour vous, ma chèèère ?

Elle avait un accent snobinard de Boston à la Katharine Hepburn, avec la mâchoire serrée et cette façon de manger un peu ses mots.

— Vous vouliez fixer un rendez-vous pour un portrait ?

— Ah oui bien sûr ! Malheureusement je suis terriblement occupée aujourd'hui. Voudriez-vous bien me rappeler plus tard ? Il faut que je file !

— Très bien, sans problème, ai-je répondu d'un ton que je me suis efforcée de rendre enjoué. Bonne journée alors !

— Oh, je m'en vais rendre visite à des enfants dans le service des grands brûlés à l'hôpital, alors vous savez !… Mais merci quand même ! À bientôt, ma chèèère.

Et elle a raccroché.

— Non mais vraiment ! m'exclamai-je sans desserrer les lèvres.

J'avais pris la décision de ne jamais la détester, si peu chaleureuse qu'elle resterait à mon égard. Nathan était proche de sa famille. Brooke, sa sœur aînée, était mariée et avait deux fils, Miles et Atticus, qui étaient à l'école primaire. Une fois par mois environ, Nathan et Chase, le mari de Brooke, sortaient prendre un verre ensemble. Je n'allais pas gâcher tout ça.

Je repensai à ce test de grossesse caché au fond de la poubelle en haut. Deux petits traits auraient pu donner du bonheur à bien des gens. Deux petits traits et nous aurions pu annoncer à la génération des anciens l'arrivée d'un petit Coburn de plus dans la famille, juste avant leur fête d'anniversaire de mariage. On aurait même peut-être su à ce moment-là si c'était un garçon ou une fille.

Mes parents aussi auraient été contents. Maman avait

estimé que nous nous précipitions, Nathan et moi (ce qui n'était pas faux), et un bébé l'aurait rassurée. Mon père adorait les enfants à sa manière un peu acrobatique (toujours partant pour jouer avec les gosses). Ainsley aurait été une tante très rigolote, j'en étais sûre. Mon frère avait deux adolescents, Esther et Matthias, et il y a trois ans Kiara, la femme de Sean, était tombée enceinte par surprise, ce qui nous avait valu l'arrivée de l'adorable et délicieuse Sadie.

Un bébé de plus dans la famille serait le bienvenu.

Peut-être le mois prochain.

Mais non, bien sûr, car ce soir à 20 heures Nathan serait mort.

C'est juste que je ne le savais pas encore.

# Ainsley

Elle était juste là, nichée derrière le caleçon bleu et rouge à l'effigie du drapeau américain : une petite boîte turquoise, avec le mot Tiffany's écrit sur le couvercle.

Doux Jésus !

Je n'étais pas en train de fouiller dans ses affaires, bien sûr… C'était pire : j'étais un chien policier sur la piste d'un enfant enlevé dont on aurait bourré les poches de viande crue. Ou plutôt : Heathcliff à la recherche de Cathy. Ou pire encore : un membre spécial de l'armée américaine en mission.

Ça faisait des années que j'étais à la recherche de cette boîte, et plus encore ces derniers mois. Mais ça ressemblait tellement à Eric d'avoir attendu ce soir, cette « Fête de la Vie », et la présence de tous ces gens. Depuis qu'on lui avait diagnostiqué ce cancer, il avait une sacrée tendance à donner dans le théâtral. Et j'étais forcée de reconnaître que me faire sa demande ce soir, célébrer non seulement son retour à la vie mais notre retour à la vie et notre futur ensemble… ça frisait la perfection.

« Mon cœur ? » criai-je pour m'assurer qu'il était bien en bas, en train de préparer son photomontage pour la dixième fois. Ollie, notre chien, le plus mignon de tous les petits teckels bâtards du monde, était couché sur notre lit avec cette couverture miteuse qu'il traînait partout, et dressa les oreilles en pensant que je m'adressais à lui.

— Oui, ma puce ?

Parfait. Il était en bas.

— Non rien, je ne trouvais pas mon téléphone. Mais c'est bon.

Est-ce qu'il valait mieux que j'attende avant de voir la bague ? Oui. Eric voulait me faire une surprise, et il ne fallait pas la gâcher. « Tu crois qu'il vaut mieux que j'attende ? » demandai-je à voix basse à Ollie qui remua la queue. « Non, hein ? Moi non plus. »

Après tout, il m'était déjà arrivé d'ouvrir des boîtes turquoise et elles ne contenaient pas de bague de fiançailles. Lors de notre quatrième Noël ensemble, en voyant la petite boîte, j'avais fondu en larmes et je m'étais jetée dans ses bras.

C'étaient des boucles d'oreilles en or.

Et pour mes vingt-neuf ans, un pendentif en opale.

Notez bien que tout ça était ravissant. Mais ce n'était juste pas ce qu'attend une femme lorsqu'on lui présente une boîte d'une certaine forme et d'une certaine couleur. Alors si ce soir il y avait autre chose qu'une bague de fiançailles dans cette boîte, il fallait que je le sache avant qu'une centaine de paires d'yeux ne me fixent en train de l'ouvrir.

Je l'entrouvris pour regarder et restai bouche bée.

C'était bel et bien une bague de fiançailles.

Le diamant scintillait de mille feux et son charme mystérieux m'envoûta instantanément. C'était une merveille : un ravissant solitaire, simple mais tellement élégant. Un gros diamant. Un carat et demi, peut-être plus. Et de chez Tiffany's ! Bien joué !

— Vise un peu, dis-je à Ollie en le lui montrant.

Il se lécha les babines et je caressai négligemment sa petite tête bringée, fascinée par la bague.

J'avais les larmes aux yeux en refermant la boîte en velours dans le petit paquet turquoise, avant de le remettre sous le caleçon.

Enfin. Enfin !

Je levai le poing en l'air en signe de victoire et me mis alors à danser dans la chambre en poussant de petits cris de joie. Ollie se joignit à moi avec des gémissements ravis car c'était un danseur accompli.

Enfin, j'allais me marier ! Et cette bague était topissime ! Et il était temps !

Eric était l'homme de ma vie. Nous étions ensemble depuis notre dernière année de fac. (Onze ans, vous vous rendez compte ?) Je n'avais jamais connu personne d'autre. C'était le troisième garçon que j'avais embrassé, le premier avec qui j'avais couché et le seul que j'avais aimé.

Depuis un an et demi, depuis ce séisme dans notre vie qu'avait été l'annonce de son cancer, depuis le début de son traitement, l'envie de me marier était plus forte que jamais. Plus de compagnon ou de petit copain ; je voulais qu'il devienne mon mari. Un mot solide et réconfortant, comme un gros chien fidèle.

Au fond de mon cœur je savais que nous étions déjà engagés l'un envers l'autre, mais je voulais la totale. Vous savez, ces gens qui disent : « Oh, on n'a pas besoin de signer un bout de papier pour montrer qu'on s'engage ! » Ce sont des menteurs. Enfin moi, j'étais une menteuse, et ça faisait dix ans maintenant que cela durait.

Enfin, tout ça était terminé !

Je jetai un coup d'œil à ma montre et fonçai dans la salle de bains. Si je me fiançais ce soir, il y avait des chances pour qu'on fasse l'amour. Alors il fallait que je m'épile les jambes, et même plus haut.

Deux heures plus tard, la fête battait son plein. Je portais une robe blanche (nuptiale, vous trouvez ?) et des chaussures rouges à talons, et je faisais tourner entre mes doigts un verre de cabernet, sans rien laisser paraître de mon excitation, même si j'avais les mains moites et le cœur qui battait la chamade. Ollie se promenait partout et accueillait les invités, reniflait les chaussures en remuant la queue, le poil brillant et sentant bon le propre car je lui avais donné un bain un peu plus tôt.

C'était le grand soir pour Eric, et ce serait bientôt notre grand soir à tous les deux.

La maison était magnifique. Pas aussi grande ni fabuleuse que celle de ma sœur, mais pas mal quand même. Et contrairement à celle de Kate, la mienne était très jolie parce que je l'avais arrangée moi-même. Kate était arrivée dans un magasin de décoration conçu par son architecte de mari, rempli de meubles de créateurs et de tableaux contemporains.

Chez nous, c'était le résultat de mon travail. Depuis que ma carrière avait explosé en plein vol, Eric pourvoyait à quatre-vingt-dix pour cent de nos besoins, en grand manitou de Wall Street qu'il était, mais la maison, c'était mon domaine. Chaque meuble, chaque photo, chaque coussin, la couleur de chaque mur avaient été choisis par moi et avaient fait de cette maison notre chez-nous.

Étions-nous un couple un peu vieux jeu ? Et comment ! Mais ça me convenait. Et même si la maison de Kate et Nathan était plus impressionnante, j'aimais à penser que la nôtre était plus accueillante, plus chaleureuse, plus colorée. Un peu comme ma sœur et moi : elle toujours plutôt réservée, et moi qui en faisais toujours trop.

Les employés du traiteur se faufilaient partout avec leurs plateaux chargés de choses délicieuses et de bouteilles de vin (du bon vin, vu qu'Eric, qui appréciait beaucoup Nathan, lui avait demandé conseil car il avait sa propre cave). On avait installé un bar à cocktails et les invités avaient l'air sincèrement ravis d'être là. Eric avait vaincu le cancer, et cette fête était sa manière de remercier tout le monde pour leur affection et leur soutien depuis ce jour atroce où on lui avait découvert cette tumeur.

Comme s'il lisait dans mes pensées, Eric tourna son regard vers moi et me sourit, ce qui me fit fondre comme du caramel tiède. Ses cheveux noirs étaient encore très courts. Ils avaient été plus longs mais, après les avoir rasés en prévision de leur chute, il s'était mis à aimer la coupe en brosse. Ses lunettes à monture noire lui conféraient un charme un peu spécial. Sans compter que, depuis qu'on lui avait découvert un cancer et qu'il s'était mis au sport et au régime macrobiotique, il avait un corps de dingue.

Dans la poche de son pantalon, une bosse en forme de petite boîte était visible.

Mon fiancé. Mon mari.

La toute première fois que j'avais vu Eric Fisher, je m'étais dit, voilà l'homme que je vais épouser. La seule question qui demeurait, c'était de savoir quand.

Et ce soir je connaîtrais la réponse.

— Ainsley, ta maison est magnifique ! dit Beth, ma voisine d'en face, qui avait été merveilleuse pendant la maladie d'Eric, apportant des fleurs de son jardin et des plats de sa confection. Quelle belle soirée !

— Merci, Beth. Tu as été tellement incroyable. On ne pourra jamais assez te remercier. Va vite te chercher un martini !

Elle me sourit et obéit.

Tant de nos amis étaient là : les copains de fac d'Eric, ses collègues de Wall Street, ses parents et grands-parents. Mes amis aussi, du quartier et du travail, à part ceux de NBC qui n'avaient même pas répondu à l'invitation. Mon frère et sa femme n'avaient pas pu se libérer mais leurs deux aînés étaient là, contraints et forcés. Sean et Kiara avaient dû laisser Sadie avec une baby-sitter, déposer les grands chez nous et s'éclipser au restau plutôt que de venir à la fête.

Esther, treize ans, était avachie dans un fauteuil, ne donnant pour seul signe de vie que les mouvements de ses pouces sur son téléphone. Matthias, quinze ans, était tout aussi avachi et reluquait les jeunes serveuses mine de rien.

— Vous pouvez descendre au sous-sol regarder la télé, si vous voulez, tous les deux, leur dis-je en passant la main dans les cheveux bouclés d'Esther.

Ils reprirent vie et se ruèrent littéralement vers la porte du sous-sol. Esther se mit la main devant les yeux en passant devant le photomontage. La pauvre petite. Ce n'était vraiment pas quelque chose à montrer à une gamine de cet âge !

— Hello, Ainsley !

Je me retins de tressaillir en entendant cette voix. Celle de mon patron : Encéphalogramme Plat, comme on le surnommait. Ollie s'avança pour l'accueillir et se mit à lui renifler joyeusement les chaussures, puis posa les pattes sur ses genoux, ce qui ne causa aucune réaction chez Jonathan.

— Bonsoir, Jonathan ! dis-je d'un ton enjoué.

J'étais la seule au journal à l'appeler par son prénom et non Monsieur Kent. N'oublions pas que j'avais reçu un Emmy (même si j'aurais sans doute mieux fait de le rendre après le désastre).

— Content d'être là.

Il ne s'était pas changé après le bureau et faisait une tête d'enterrement.

— Et moi que vous soyez venu ! répondis-je, hypocrite. C'est pour nous ? ajoutai-je en avisant la bouteille de vin qu'il avait dans la main.

— Oui. J'espère qu'il est bon, dit-il en me la tendant, toujours sans un sourire. Je regrette que vous n'ayez pas pu faire votre rubrique cet après-midi.

— Oui, moi aussi, répondis-je en feignant l'embarras. Je suis restée plus longtemps que prévu au téléphone avec le producteur de citrouilles.

Il haussa les sourcils. Nous savions lui et moi que je faisais tout pour ne pas écrire cette rubrique. En fait mon boulot n'était pas si compliqué, et je m'en sortais plutôt bien, enfin, assez bien quoi. En tant que rédactrice en chef, j'étais en charge de la répartition des articles au sein de notre vaste bataillon de journalistes free-lance, qui tous rêvaient de remporter le prix Pulitzer.

Le *Hudson Lifestyle* était un magazine sans intérêt qui répertoriait les buvettes et les « accueils à la ferme » ou les restaurants du coin, et relatait l'histoire du cimetière local. Avant d'y travailler, j'étais productrice de l'émission *The Day's News* en compagnie de Ryan Roberts, la deuxième émission d'info la plus regardée dans le pays. Alors « Dix bonnes idées pour décorer sa maison en automne », c'était encore dans mes cordes.

Cela dit, oui, j'avais quelques difficultés à suivre à la lettre les nombreuses consignes de Jonathan. Il aimait par exemple que nous soyons au bureau à 8 h 30 pile, ce qui ne prenait pas en compte que je décide de me changer au dernier moment avant de partir ou bien que je sois retenue au téléphone par ma grand-mère. Il refusait aussi que l'on conserve de la nourriture dans le frigo des employés plus de quatre jours de suite. Tout comme les coups de fil perso ou l'utilisation de Facebook. Des règles d'un autre siècle, quoi !

Nous avions évoqué ces points lors de mon entretien annuel avec Jonathan l'année dernière, avant que je me rende compte que tous les employés du magazine se livraient au concours de celui qui ignorait le plus scrupuleusement ces consignes. L'actuel tenant du titre était Deshawn, du service ventes, qui n'en respectait pas une seule depuis trois ans, et se tenait en ce moment même devant le bar à cocktails où il flirtait avec Beth.

— Bonsoir ! Vous êtes marié ? nous interrompit alors Gram-Gram, la mère de ma belle-mère, une femme joyeuse quoique légèrement sénile, en s'adressant à Jonathan d'un ton enjoué.

— Gram-Gram, je te présente mon patron. Jonathan, voici ma grand-mère, Lettie Carson.

— Enchantée, dit-elle en lui prenant la main pour la baiser.

Il me lança un regard effrayé avant de répondre.

— Moi de même.

— Pas autant que moi. Ainsley, je me demandais si tu m'aiderais, ma chérie. Je me suis inscrite sur un site de rencontres, mais je n'arrive pas à me servir de mon téléphone. Je pense qu'il a un problème.

— Ah… Euh, attends, montre-moi, je vais t'aider.

Elle me tendit son téléphone.

Jonathan restait figé sur place, à nous regarder, impassible.

— Tinder, Gram-Gram ? Ce n'est pas un peu… vulgaire comme site ? Eh, mais… c'est ma photo là ! Tu dois mettre une photo de toi, dis donc !

Elle prit l'air gêné.

— Oui, mais je déteste me voir en photo. Et puis toi tu es tellement jolie !

— Peut-être, mais tu trompes les gens là.

— Peut-être qu'ils seront d'accord pour me rencontrer s'ils voient sa photo à elle, non ? dit-elle avec un clin d'œil à Jonathan.

— Tu devrais avoir honte. Tiens, regarde-moi et souris !

Avant qu'elle n'ait eu le temps de protester j'avais pris une photo, modifié son profil sur Tinder et téléchargé la photo.

Elle maugréa quelque chose avant de déclarer :

— Je suppose qu'il faut que je te remercie pour ça. Bon, eh bien, je vais me faire resservir du champagne moi ! Ravie d'avoir fait votre connaissance, jeune homme !

— Doucement sur le champagne, Gram-Gram.

Elle s'éloigna, saluant ceux qui se trouvaient sur son passage par de petites tapes amicales.

— C'est un sacré numéro, dis-je à Jonathan avec un sourire forcé.

— En effet.

Je réprimai un soupir. Même si mon patron n'avait pas loin de mon âge, il m'apparaissait comme un lord anglais de soixante-dix ans qui aurait avalé sa canne à manche d'ivoire. Depuis deux ans que je travaillais avec lui, je ne l'avais pas encore entendu rire.

— En tout cas, c'est gentil d'être venu, Jonathan, et d'avoir apporté cette bouteille. Venez, je vais vous présenter ma sœur. Je ne pense pas que vous vous connaissiez. Kate, je te présente Jonathan Kent, mon patron.

Voilà. Qu'elle s'en occupe un peu. Après tout, comme Nathan (et Kate désormais), Jonathan était membre VIP du country club de Cambry. Depuis l'autre bout de la pièce, Rachelle, la réceptionniste du magazine, me lança un regard compatissant. Pour être honnête, je n'avais invité Jonathan que parce qu'il m'avait entendue parler de cette soirée le matin même. Mais pour dire les choses gentiment, c'était un rabat-joie.

Il avait juste le mérite d'avoir confié à Eric une rubrique, une publication dérivée qu'Eric postait lui-même sur Wordpress et qui était accessible via un lien sur le site du magazine.

Eric adorait écrire sa *Chronique du Cancer* et du coup je me sentais redevable auprès de Jonathan, car cela n'avait pas été facile de le convaincre.

— Ravie de faire votre connaissance, dit Kate. Je vous présente mon mari, Nathan Coburn.

Comme tout le monde à Cambry, Kate et Jonathan s'étaient déjà rencontrés. Oui, à l'occasion d'un reportage que le *Hudson Lifestyle* avait fait sur la maison de Nathan. C'était avant que j'arrive.

Je me demandai alors si j'allais proposer à Kate d'être mon témoin, alors que de son côté elle s'était mariée à la sauvette sans même m'inviter. Est-ce que je n'allais pas me sentir bête de lui poser la question ? Pourtant c'était tout de même ma sœur, enfin ma demi-sœur. Nathan aussi pourrait être témoin. Il était adorable, ce garçon. Nos regards se croisèrent et il me fit un clin d'œil. D'une certaine façon je me sentais plus proche de lui que de Sean, mon demi-frère qui avait onze ans lorsque je suis née et quatorze lorsque j'étais venue vivre avec eux.

Kate avait de la chance d'avoir Nathan, même si je ne les aurais jamais imaginés ensemble. Au moins, elle avait l'air d'être consciente de son bonheur. Ils se tenaient par la main, c'était mignon.

— Salut, Ains ! me lança Rob, un des copains de fac d'Eric. C'était un cancer de quoi déjà ?

Je ne laissai rien paraître de mon irritation mais, si Rob avait été un véritable ami, il aurait lu *Les Chroniques du Cancer* (les CC, comme disait Eric). Ou il aurait au moins pu téléphoner pendant cette année et demie. Mais c'était un abruti, comme de nombreux autres copains de fac d'Eric.

Je pris Ollie dans les bras et caressai sa petite tête toute douce.

— Des testicules, répondis-je, furieuse d'avoir à nommer les choses crûment.

L'anatomie masculine comprenait des termes affreux : pénis, scrotum, bourses… Ceux de l'anatomie féminine au contraire étaient exotiques et délicats. Lorsque je travaillais sur NBC et que nous avions fait un reportage sur les grossesses d'adolescentes, j'avais rencontré une jeune fille qui voulait prénommer sa fille Clitoria. Pourquoi pas ?

— Des testicules ? Merde alors !

Rob fit une grimace comique et se tourna vers Eric.

— De tes burnes ? La vache ! Pauvre vieux ! s'exclama-t-il bruyamment.

— Mais ce n'était pas un mauvais cancer, n'est-ce pas ? demanda alors la femme de Rob.

— Tous les cancers sont mauvais, répondis-je froidement.

— Non mais je veux dire, le taux de guérison est élevé. Quelque chose comme quatre-vingt-dix-huit pour cent, c'est ça ?

Ses statistiques étaient exactes.

— Oui.

— Donc ce n'était pas celui qu'a eu Lance Armstrong. Le très très mauvais ?

C'était quoi cette question ?

— Si, c'était celui-là, mais grâce à Dieu on l'a pris plus tôt. Tous les cancers sont dangereux, j'espère que tu n'auras jamais à t'en rendre compte.

OK, OK, je faisais un peu ma donneuse de leçons, mais sans déconner les gens sont vraiment débiles. Eric avait parlé de tout ça dans sa chronique. Je ne comprenais pas comment on pouvait encore lui balancer des trucs comme « bon cancer » et « super pronostic ».

Quoi qu'il en soit, il avait bel et bien eu peur de mourir.

Une toute petite part de lui-même aurait souhaité, je le savais, que la bataille ait été un peu plus… disons hasardeuse. Il s'était préparé à être digne et à ne pas se plaindre, et c'était la raison pour laquelle il avait voulu cette chronique dans le magazine, pour que son expérience soit utile aux autres.

Elle l'avait été d'ailleurs. Du moins pour moi. Son blog n'avait pas attiré les foules, ce qui irritait Jonathan, et je mentais à Eric sur les taux de fréquentation. Pour lui cela avait été un combat, et il n'était pas utile qu'il soit au courant que ça intéressait au plus quelques dizaines de personnes (voire moins).

Pour dire la vérité, ses chroniques étaient… sans intérêt.

Il évoquait le côté positif de l'expérience, la nécessité de vivre le moment présent, de le vivre à fond, sa métamorphose personnelle. Il donnait de nombreux détails sur son traitement, et avait même publié une photo de son anatomie avant et après l'opération, que nous avions dû supprimer dès que Jonathan l'avait vue car elle outrepassait les règles du magazine en matière de pornographie. (J'avais moyennement apprécié cet entretien, croyez-moi.)

Eric adorait utiliser des formules toutes faites : Le courage n'est pas l'absence de peur mais c'est se rendre compte qu'il y a quelque chose de plus important que la peur… C'est un combat de chaque jour… On est plus courageux que l'on ne le pense, et plus fort aussi… Au bout du tunnel, il y a la lumière. (La pire celle-là.)

Rien de nouveau sous le soleil, et d'une qualité littéraire discutable. Chaque lundi matin, Jonathan me fixait d'un air consterné après avoir lu le blog. Cela m'était égal. Le *Hudson Lifestyle*, ce n'était pas *Newsweek* non plus. Et par ailleurs, à chaque fois qu'Eric faisait allusion à moi dans son blog, il m'appelait Sunshine plutôt que par mon prénom. Il voulait protéger ma vie privée, disait-il, alors que je n'aurais pas vu d'inconvénient à être citée.

— Mais enfin, pourquoi est-ce que je n'ai jamais aucun commentaire ? m'avait-il demandé au bout de quelques semaines.

C'est à ce moment-là que j'avais commencé à inventer tout un tas de faux noms et à poster des commentaires. Lucy1991, Le Cancerçacraint9339, Edouardeparis, SurvivantdeNewYork28, FandeDaveMatthew ! et Dinguedelecture288 : tous moi en fait !

J'avais rencontré une femme, Noreen, en accompagnant Eric faire sa chimio. Elle était tellement malade, tellement maigre que je me demandais comment ses jambes la portaient encore. Elle n'avait plus de cheveux, plus de sourcils, avait le creux des bras tout bleu à force de perfusions, et la bouche pleine d'aphtes, les gencives en sang, le teint jaune et de larges cernes sombres sous les yeux. Elle toussait si fort que j'étais même surprise qu'elle n'ait pas une éventration. C'était sa deuxième récidive et le pronostic n'était pas bon.

Mais Noreen avait toujours le sourire, demandait aux infirmières des nouvelles de leurs enfants, faisait même parfois au crochet de petites couvertures pour les prématurés en néo-natalité lorsqu'elle en avait la force. Elle n'avait jamais perdu son sens de l'humour, et portait des T-shirts rigolos où était écrit : « Mon oncologue est meilleur que le tien », ou encore : « C'est ce T-shirt, ou je suis chauve ? » Elle était toujours charmante, gentille et heureuse. Chaque fois que j'accompagnais Eric, je redoutais qu'elle ne soit plus là, que le cancer ait eu raison d'elle.

Contre toute attente, elle avait fini par guérir. Le mois dernier elle avait même couru un semi-marathon et levé vingt-cinq mille euros pour la recherche médicale. C'est à ce moment qu'Eric avait commencé à s'entraîner lui aussi.

Cela dit, la bataille d'Eric contre le cancer n'avait pas été si… disons si rude. Enfin pas aussi rude qu'elle aurait pu l'être. Il n'avait pas perdu ses cheveux (même s'il s'était rasé la tête). N'avait subi que deux jours de vomissements et de diarrhées, qui étaient même peut-être dus à des sushis avariés. Il avait perdu sept kilos, mais là encore il en avait besoin et c'était sans doute plus la conséquence de son régime macrobiotique que de la chimio. Et durant une semaine seulement il avait été forcé de faire une sieste.

Alors la femme de Rob n'avait pas si tort que ça. Si on avait le choix, le cancer des testicules était plutôt bien. Eric s'en était sorti comme un champion.

Je savais que sur son blog il dramatisait un peu mais je ne disais rien. Il avait un cancer, bon Dieu !

Et il avait guéri. Alors peut-être que son combat à lui n'avait pas été aussi difficile que pour d'autres mais il l'avait gagné.

J'eus la gorge serrée par la joie et l'émotion. Je reposai Ollie par terre pour le laisser poursuivre son entreprise de séduction générale et respirai un grand coup car je voulais que cette soirée s'imprime à jamais dans ma mémoire. Dans un coin de la pièce, trois collègues de Wall Street rigolaient, tandis que Lilly, ma compagne de chambre à la fac, gloussait avec son fiancé. Tout le monde avait l'air tellement heureux !

Enfin presque tout le monde.

— Vous vous êtes lâchés, hein ? me demanda alors ma belle-mère. Ça a dû vous coûter une fortune.

— Ça vaut la peine, je trouve, ai-je répondu, décidée à ne pas la laisser me saper le moral.

— Si tu le dis.

Et elle me regarda avec son air de celle qui sait tout et qui se désole d'avoir fait tout ce qu'elle pouvait, mais regarde un peu le résultat.

Laissez-moi vous dire deux mots sur Candy.

Figurez-vous qu'elle et mon père s'étaient mariés deux fois. Ils s'étaient rencontrés à la fac, s'étaient mariés, avaient eu Sean et Kate, puis aux sept ans de Kate avaient divorcé.

Peu de temps après le divorce, quelques mois je crois, mon père avait épousé Michelle, ma mère, morte quand j'avais trois ans, renversée par un camion un dimanche après-midi où elle faisait du vélo. Six mois après l'accident, mon père était revenu vers Candy et l'avait épousée de nouveau.

Ce n'était pas la pire des belles-mères. Elle s'occupait de moi quand j'étais malade et s'assurait que j'avais fait mes devoirs, mais bon… Elle avait déjà ses enfants à elle et ils avaient passé l'âge qu'on leur dise de se brosser les dents. Elle ne m'avait pas non plus encouragée à l'appeler maman.

— Ta maman est au ciel, me disait-elle calmement lorsqu'il m'arrivait de laisser échapper le mot. Tu peux m'appeler Candy.

Papa, qui avait été un grand joueur de base-ball à la fac mais pas assez pour en faire sa profession, était arbitre au niveau national. Il voyageait sept mois par an, si bien que ce fut à Candy que revint la charge de mon éducation. Et même si elle avait consenti à reprendre mon père, elle ne lui avait jamais pardonné de l'avoir laissée tomber pour une autre, plus jeune et plus jolie. Régulièrement elle lui annonçait qu'elle allait divorcer, mais ce n'était jamais suivi d'un passage à l'acte.

Son doctorat de psychologie en poche, elle avait signé plusieurs ouvrages sur la famille comme : *La Mère toxique*, ou : *Coincée à tes côtés. Comment éduquer un enfant récalcitrant qui n'est pas le sien*. D'autres portaient des titres plus joyeux encore comme : *Se libérer de sa famille* et *Être parent lorsqu'on n'a rien de mieux à faire*. Elle avait une certaine notoriété dans le domaine et tenait aussi une rubrique de conseils dans le *Hudson Lifestyle*, qu'elle signait du pseudonyme Dr Lovely.

Elle soignait beaucoup son image et prenait son physique très au sérieux : ses cheveux blonds étaient l'objet de soins coûteux, son sourire d'une blancheur éclatante, sa silhouette irréprochable et élancée, ses abdos en béton. Lors des signatures et des rencontres avec ses fans, elle se métamorphosait en une personne merveilleusement chaleureuse et souriante qui ne voyait aucun inconvénient à être prise en photo.

Avec nous, avec moi devrais-je dire, elle restait irritable. Ce n'était pas un problème et elle avait de bonnes raisons pour ça. Elle n'avait d'ailleurs jamais fait preuve de cruauté ni de colère à mon égard. Juste de résignation. Certes elle avait récupéré son homme, mais avec en supplément bonus une petite fille.

— Oh, ma chérie, quelle magnifique soirée ! me dit alors la mère d'Eric, Judy, en me serrant dans ses bras. Tu es merveilleuse, tu sais ? Et tellement jolie en plus !

— Merci, Judy !

— Candy, comment allez-vous ? N'est-ce pas une merveilleuse soirée ?

— C'est vrai, s'est efforcée de répondre ma belle-mère avant de s'éclipser.

Judy et moi échangeâmes un regard. Nous commenterions tout cela demain. Demain, quand je serais fiancée.

— J'adore ta robe. Elle est parfaite pour l'occasion.

Ainsi elle était au courant ! Excellent.

— Eh bien, lui ai-je répondu, je me suis dit que le blanc pour un nouveau départ, c'était bien.

Elle pinça les lèvres pour s'empêcher de répondre quoi que ce soit, les yeux humides.

— Je me demande ce qu'il deviendrait sans toi, Ainsley. Tu es un trésor.

— Oh ! Judy, fis-je, la voix enrouée par l'émotion.

Je la serrai dans mes bras et ma sœur braqua son appareil photo sur nous deux. C'était une super photographe.

— Où donc est ma deuxième fille préférée ? demanda alors le père d'Eric en s'approchant de nous. Tu es ravissante, ma chérie. Vous êtes toutes les deux ravissantes.

Les Fisher étaient extra. Cela faisait dix ans que Judy me répétait que j'étais comme une fille pour eux. Leur couple était celui que je voulais pour moi : affectueux, ouvert, joyeux et drôle. Eric avait eu de sacrés modèles, c'était certain. Nous partions en vacances avec eux chaque année et ça se passait toujours très bien, ce qui médusait nos amis.

Nous allions nous éclater, Judy et moi, à préparer le mariage. Selon la tradition juive puisque c'était très important pour eux et que cela me vaudrait de gagner encore des points au concours de la meilleure belle-fille. Nous sortirions le dais, briserions le verre et ferions cette danse avec les chaises…

Je jetai un coup d'œil à mon prince charmant. Il était à côté de l'énorme montage photographique qu'il avait installé : Eric avant sa maladie, un peu grassouillet, puis Eric en route pour l'hôpital avant l'opération, Eric couché dans la salle de réveil juste après, Eric relié à sa perfusion (je précise que c'était moi qui avais dû faire toutes ces photos), Eric juste après qu'il s'était rasé la tête, Eric avec son T-shirt « Fuck le cancer » Eric assis dans son fauteuil préféré, Eric entouré de ses tonnes de médicaments.

Il me sourit et fit tinter une fourchette contre sa flûte à champagne.

Mon Dieu, c'était maintenant ! Je regardai tout autour de moi, le cœur en folie et les orteils recroquevillés dans mes escarpins rouges. Jonathan et Candy discutaient dans un coin, les copains de fac s'envoyaient des shots, Rachelle prenait une photo de Kate et Nathan, en les appelant Kate et Nate et en demandant à Kate comment faire le réglage de l'appareil.

— Mes amis, j'aimerais avoir votre attention une minute, dit Eric.

Je déglutis à grand-peine. Tout le monde se tut et approcha, les rires et les conversations cessèrent. J'espérais que Kate prendrait des photos de ce grand moment. J'étais nerveuse, vous n'imaginez pas ! Toutes ces années à attendre ! J'en tremblais !

— Mes amis, déclara Eric, je veux simplement vous remercier d'être tous venus à cette fête. Depuis ce soir minuit, je suis officiellement guéri !

Une clameur se fit entendre et les verres se levèrent. Des larmes glissèrent sur mes joues.

— Le chemin a été long et rude et je n'en serais pas arrivé là sans vous tous. Cette fête est donc pour vous, tous mes amis et ma famille qui m'ont soutenu pendant tout ce temps. À la vie !

— À la vie ! reprîmes-nous tous en chœur.

— *L'chaim* ! s'exclama Aaron.

Comme dans *Un violon sur le toit* ! J'adore ce film.

— Maintenant si vous me le permettez, j'aimerais adresser quelques remerciements particuliers, poursuivit-il. Mes parents bien sûr, les meilleurs du monde. Je vous aime, papa et maman, plus que je ne saurais le dire.

Judy étouffa un sanglot où se mêlait de la joie, et Aaron essuya une larme.

— Nous aussi, mon fils, parvint-il à murmurer.

— Mon équipe formidable à l'hôpital St. Luke, le Dr Benson, le Dr Ramal, le Dr Williams ainsi que toutes les infirmières incroyables et le personnel du centre.

Tout le monde applaudit même si aucune des personnes citées n'avait pu venir à la fête.

— Mes collègues qui se sont montrés super avec moi pendant cette épreuve.

La clique de Wall Street réagit avec enthousiasme et Blake s'écria :

— Je donnerais ma couille gauche pour être un mec comme toi !

Eric fit semblant de trouver ça drôle, mais c'était le genre de plaisanterie dont il avait horreur. Il poursuivit ses remerciements : son patron, son assistant, la réceptionniste.

Allez, Eric ! S'il citait tout le monde (comme il avait l'air d'être parti pour), on serait là toute la nuit. Hélas, il adorait faire des discours. C'était au tour de son cousin, remercié d'avoir fait le voyage depuis Boca pour lui rendre visite. Il était resté neuf jours et, croyez-moi, c'était pas un cadeau. Puis Nathan, son pote de golf, qui lui avait si souvent remonté le moral, alors que dans mon souvenir ils n'avaient pas joué plus d'une fois ensemble.

Ensuite tous ceux qui avaient lu et commenté ses *Chroniques du Cancer*. Je regardai du coin de l'œil Jonathan, toujours imperturbable. Eric remercia Beth pour sa bonne humeur, les Hoffman d'être venus jardiner chez nous (une fois, parce que le reste du temps c'était moi). Il remercia Ollie, « mon petit copain qui me tenait compagnie quand j'étais trop fatigué pour faire autre chose que la sieste ».

Allez, Eric !

— Et enfin, dernière sur la liste mais première dans mon cœur bien sûr, celle à qui je dois des remerciements tout particuliers.

Il me regarda, les yeux noirs embués de larmes, et mon agacement s'évapora. Mon cœur s'arrêta net, puis repartit, bouillant et débordant d'amour.

— Celle qui est restée à mes côtés à chaque instant et m'a redonné du courage face à la mort, lorsque j'étais trop faible pour relever la tête.

Franchement il n'avait jamais été trop faible pour relever la tête mais c'était vrai, j'avais été super. Judy se remit à sangloter doucement et me regarda avec un sourire ému. Aaron me pressa l'épaule.

— Viens près de moi, ma puce, dit Eric, et j'y allai, le

cœur tambourinant dans la poitrine, quasiment en lévitation sous l'effet de l'adrénaline et de l'exultation. J'étais dans un état d'hyper conscience, comme Peter Parker dans *Spiderman.* Rien ne m'échappait : ni l'étiquette qui sortait du col de Rachelle, ni le parfum à la fleur d'oranger de Beth, ni le gâteau d'apéritif qu'Esther avait donné à Ollie, ni l'air constipé de Jonathan, ni le sourire narquois de ma sœur.

Eric toucha sa poche gonflée de cette boîte si prometteuse et je souris à travers mes larmes.

Il était temps !

# *Kate*

J'essaie de me rappeler cette époque où j'aimais aller à des fêtes. À la fac peut-être ?

En tout cas ce genre de fête était ce qu'il y avait de pire. Je ne connaissais presque personne à part les gens de ma famille et j'avais déjà discuté avec Esther et Matthias aussi longtemps qu'il était tolérable pour eux, avant de les suivre au sous-sol où ils commencèrent à regarder *Mad Max*. Pleine de scrupules, je finis par remonter et tombai sur Nathan en train d'apporter une assiette à ma grand-mère.

Une émotion presque douloureuse me submergea. Il me vit et me sourit.

— Kate, ton mari est vraiment merveilleux, me lança gaiement Gram-Gram. Comme je ne savais pas ce que je voulais, il m'a servi un peu de tout. Délicieux, ajouta-t-elle en fourrant une boule de mozzarella dans sa bouche.

— Tout le plaisir est pour moi, Lettie, répondit Nathan en me glissant un bras autour de la taille, avant d'ajouter à voix basse : C'est moi où tout ressemble à des testicules sur ce buffet ?

Je manquai m'étouffer de rire. À bien y penser, il avait raison : boules de mozzarella, boules de melon, des tomates cerises, petits oignons blancs, coquilles Saint-Jacques…

— C'est tellement bon de te voir heureuse, me dit Gram-Gram en me caressant la joue. Merci d'avoir épousé cette fille, Nathan ! On pensait bien qu'elle le resterait toute sa vie.

— Oui, merci, Nathan, renchéris-je en lui donnant un coup de coude. Tu as rendu service à la communauté.

— C'est mieux que de ramasser les ordures sur la voie publique, c'est sûr ! dit-il en déposant un baiser sur ma tempe.

Puis il ajouta à voix basse pour que Gram-Gram n'entende pas :

— Et merci pour le super câlin de tout à l'heure.

— Tout le plaisir était pour moi, répondis-je, les joues en feu.

— Vous, vous êtes amoureux ! s'exclama Gram-Gram en gobant de nouveau une boule. Oh, ma Kate, dire qu'on avait perdu espoir !

— Bon, ça suffit, Gram-Gram, rétorquai-je avec un sourire.

Eric fit alors tinter son verre.

— Nous y voilà, murmurai-je, en terminant mon vin.

Je me dis que j'allais prendre une photo de lui, et puis non. Visiblement il en avait déjà assez comme ça.

Je manquai m'endormir pendant qu'il égrenait sa liste de remerciements. Nathan, qui m'avait à l'œil, me dit :

— On ne dort pas ! Si j'arrive à rester éveillé, tu dois pouvoir y arriver aussi.

Je pouffai.

— … et aussi mon pote de golf, Nathan…

Nathan leva son verre en souriant et, tandis qu'Eric poursuivait, il dit à mi-voix :

— On a joué en tout et pour tout une fois.

Là j'eus du mal à ne pas exploser de rire. Nathan me serra plus fort encore contre lui.

— Mais comment ? Le verre de ma femme est vide ? Il faut que je remédie à ça tout de suite !

— Absolument, fis-je en lui tendant mon verre.

Il se dirigea vers le buffet.

Eric marqua une pause puis tourna le regard vers ma sœur.

— Et enfin, dernière sur la liste mais première dans mon cœur bien sûr, celle à qui je dois des remerciements tout particuliers. Celle qui est restée à mes côtés à chaque instant et m'a redonné du courage face à la mort, lorsque j'étais trop faible pour relever la tête.

T'en fais pas un peu trop là, Eric ? Je m'en voulus tout de suite de cette mauvaise pensée.

Il demanda à Ainsley de s'approcher.

Il était carrément temps qu'il fasse sa demande. Enfin je veux dire, là il allait la faire, enfin. Je trouvais un peu gênant que cela ait lieu devant ce panneau où n'étaient collées que des photos de lui, mais je n'étais pas plus étonnée que ça. Ainsley avait toujours été un peu comme sa groupie. Enfin bon, chacun devait trouver chaussure à son pied. Elle avait l'air radieuse en s'approchant et c'était ça qu'il fallait que j'immortalise. Je réglai soigneusement mon focus, guettant l'instant précis.

— Je voudrais que tout le monde ici lève son verre pour Ainsley, dit Eric.

Nathan était toujours près du bar. Il fallait qu'il se dépêche si je voulais porter ce toast à ma sœur. J'avais descendu mon premier verre vitesse grand V histoire de me redonner le moral devant ce foutu panneau. On y voyait une photo de ses bourses, avant et après l'opération, avec une petite légende médicale. Du coup ça avait été urgent de boire un verre, et même comme ça, j'avais encore l'impression que cette photo indécente me faisait de l'œil.

J'entendis ma mère pousser un soupir derrière moi, ce soupir reconnaissable entre tous, résultat d'années d'entraînement. Papa n'était pas là mais quelque part dans l'Ouest en train de suivre un match. Quel dommage ! Ainsley, sa fille préférée, celle qu'il avait eue avec la seule femme qu'il ait vraiment aimée !

Eric prit la main de ma sœur.

— Ma chérie, la vie ne pouvait pas m'offrir une plus belle rencontre. À l'instant où je t'ai vue, j'ai compris que tu n'étais pas comme les autres, et ce combat contre le cancer m'a apporté la preuve que tu n'étais pas seulement différente, mais que tu étais exceptionnelle.

Fallait-il vraiment qu'il parle de son cancer à tout bout de champ ? Cela dit, Ainsley avait l'air terriblement émue, et j'imaginais combien elle avait du mal à retenir ses larmes, vu que n'importe quelle émission de télé la faisait pleurer. Elle sourit en se mordant la lèvre, la bouche un peu tremblante. Mon bébé ! Enfin bon, elle avait trente-trois ans, mais j'avais tendance à l'oublier tellement elle semblait naïve. Eric jeta un regard circulaire sur l'assemblée.

— Merci à tous de lever votre verre à cette femme qui n'est pas seulement gentille et généreuse, forte et belle, mais aussi…

Il se mit alors à fouiller dans sa poche et je braquai mon appareil photo.

— Mais aussi la femme avec qui je veux passer le reste de…

On entendit alors un petit cri de surprise au fond de la pièce et du coin de l'œil je perçus de l'agitation.

C'était Nathan.

Il se prit les pieds dans le tapis. Le moment était vraiment mal choisi.

Ça ne dura que quelques secondes. Du vin déborda du verre qu'il tenait à la main et une femme sursauta en sentant le vin lui dégouliner dans le dos. Nathan trébucha et tomba tandis que quelqu'un s'arrangeait pour l'éviter.

On entendit un bruit mat et mon mari disparut de mon champ de vision.

Un rire discret parcourut l'assemblée et un des gars de Wall Street dit alors :

— Il y en a qui ne tiennent pas le coup, on dirait !

— Quel dommage ! Du si bon vin !

— Il va falloir qu'il s'explique !

Mon appareil était toujours dirigé vers Ainsley. Je la regardai et vis qu'elle avait cessé de sourire.

Elle était blême.

Jonathan, son patron, s'agenouilla à côté de Nathan.

Je sentis mon cœur s'emballer. Debout, Nathan ! Debout !

— Appelez les secours ! s'écria Jonathan, et je sentis alors mon appareil photo cogner contre ma hanche, suspendu par la courroie autour de mon cou.

Nathan était couché, face contre terre.

Bon, du calme.

Il s'était juste pris les pieds dans le tapis, et il n'était pas du genre à en rajouter, pas comme Eric. Mais il ne se relevait pas.

Une attaque ?

Ollie le chien se mit à aboyer.

— Mon amour ? dis-je d'une voix faible et minuscule, en m'approchant, les jambes molles.

Jonathan le retourna et pressa les doigts contre sa gorge.

Pour sentir son pouls, c'est ça ? Mais pourquoi ? Il avait trébuché voilà tout. Pas de quoi en faire tout un plat. Il avait peut-être les jambes un peu flageolantes parce que oui, OK, on avait fait ça debout contre un mur à peine deux heures plus tôt et c'était pas aussi facile que ça en avait l'air dans les films.

Puis Jonathan commença à essayer de le réanimer.

Oh, mon Dieu, mais non ! C'était impossible ! C'était la première fois que je voyais quelqu'un faire un massage cardiaque et ça avait l'air de faire mal. Est-ce qu'il n'allait pas lui casser les côtes ? Est-ce qu'il ne fallait pas y aller un peu plus mollo ?

— Mon amour ? répétai-je, soudain agenouillée par terre à côté de lui. Je t'en prie. Je t'en prie. Je t'en prie.

Ses yeux étaient à peine entrouverts.

Je murmurai : « Nathan ? »

— Aidez-le ! dit quelqu'un. Appelez les secours !

Mais on avait déjà appelé les secours.

Je sentais l'odeur du chardonnay dans l'air.

— Aidez-le ! hurla ma mère. Il faut que quelqu'un lui fasse la respiration artificielle !

C'est ce que fit quelqu'un, un des copains de fac d'Eric, celui qui avait sorti la blague vulgaire tout à l'heure.

Quelqu'un répétait : « Nathan ? Nathan ? » d'une voix haut perchée et hystérique, et je suis quasiment certaine que c'était moi. Le chien aboyait toujours. Puis ma sœur me prit dans ses bras, en disant à tout le monde de reculer, de faire de la place, d'aller chercher une couverture.

Mais tout ça était inutile.

Nathan était mort.

# Ainsley

Je n'avais jamais vu mourir quelqu'un avant. Bon, ça c'est fait. Mais c'était pas vraiment prévu !

Je vis Nathan sourire, puis s'étonner, puis mourir. Ce fut aussi simple que ça. Alors que je vivais un des plus heureux moments de ma vie, tout à coup je sentis que quelque chose ne tournait pas rond.

L'étiquette sur la robe de Rachelle, l'air constipé de Jonathan, Nathan en train d'apporter un verre de vin à Kate. Et le moment précis où il trébucha sur le pied de Rob. Ce n'était pas la faute de Rob d'ailleurs, car il y avait un monde fou. Le vin déborda du verre et alla dégouliner le long du dos de Beth qui poussa un cri et fit se retourner Frank. S'il ne s'était pas retourné, Nathan lui serait tombé dessus, mais il se retourna et Nathan tomba en avant, sans rien pour le retenir.

Sa tête heurta le bord du comptoir en granit avec un bruit mat. Il ouvrit grand les yeux et l'instant d'après il était mort.

Je le sus tout de suite, avant même que son décès soit confirmé.

Avec Eric nous suivîmes l'ambulance et la voiture de Jonathan où se trouvaient Candy et Kate, parce qu'il s'était garé dans la rue et on n'avait pas eu besoin de déplacer dix voitures.

Pendant le trajet je savais que les efforts des médecins réanimateurs seraient vains. Je ne sais pas pourquoi, mais je le savais.

— C'est complètement dingue, dit Eric, le visage tendu, en prenant un virage un peu trop serré.

Je me dis qu'il fallait que j'appelle Sean.

— Les enfants vont bien, lui dis-je dès qu'il eut décroché.

J'entendis des bruits de couverts et des rires. C'était bien ça : ils étaient allés au restaurant au lieu de venir à la fête.

— C'est Nathan, Sean. Il est aux urgences. À l'hôpital Hudson. C'est… c'est grave. Esther et Matthias sont chez nous avec les parents d'Eric.

— Oh, mon Dieu, mais qu'est-ce qui s'est passé ?

— On ne sait pas très bien. Il… il est tombé et s'est cogné la tête. On est en train d'essayer de le réanimer.

— Merde ! fit Sean.

Il était médecin et sa réaction ne laissait rien espérer de bon.

— J'arrive, dit-il avant de raccrocher.

— J'y crois pas, j'y crois pas, répétait Eric en se garant dans le parking de l'hôpital. Pourvu qu'il s'en sorte, bon sang !

Je savais que non. Mais priais le ciel pour avoir tort.

On nous installa dans une salle d'attente privée pendant que Nathan était pris en charge. Je tenais la main de ma sœur et elle me regardait, les yeux écarquillés, l'air complètement perdu.

Sean et Kiara arrivèrent, nous embrassèrent et attendirent avec nous. Les Coburn vinrent eux aussi. Quelqu'un avait eu la bonne idée de les prévenir : les parents de Nathan, sa sœur et son beau-frère, tous blêmes, l'air paniqué. Candy tendit les bras vers Mme Coburn et se contenta de la serrer contre elle en lui murmurant des mots de réconfort.

Alors le médecin vint nous dire ce que je savais déjà.

Je vous épargne la suite.

Je proposai sans conviction à Kate de la raccompagner et de rester chez elle avec elle, mais Candy déclara qu'elle s'en chargeait. Évidemment. On avait besoin de sa mère dans un moment pareil. C'était évident. Je laissai un message sur le répondeur de papa en lui demandant de me rappeler, à n'importe quelle heure, car c'était important.

Je me dis alors qu'il était passé par là lui aussi lorsque

ma mère était morte. Je me souvins de ce moment où la police était venue nous l'annoncer. Un des agents m'avait offert un jouet, un petit chat qui hochait la tête. Je l'avais adoré et n'avais plus cessé de jouer avec tandis que mon père essayait de me parler. Il pleurait et m'expliquait que maman était partie au ciel.

Nathan y était-il déjà lui aussi ? Est-ce qu'on y montait si vite ? Ou bien s'attardait-il encore un peu ici, ou auprès de Kate ?

Je m'essuyai les yeux et je me mouchai.

— Je vais appeler mes parents, dit Eric.

Il avait les yeux rouges. Il m'a pressé l'épaule puis est sorti.

J'avais très mal aux pieds. Ah oui, c'étaient ces escarpins rouges vulgaires. Et je portais toujours cette robe blanche.

Je quittai la salle d'attente où, entre les gémissements de cette pauvre Brooke, les sanglots de Mme Coburn, et M. Coburn qui ne cessait de répéter : « mon fils, mon fils », il m'était insupportable de rester plus longtemps. Dans la salle d'attente commune des urgences se trouvaient les cas habituels : une personne dont la main était enveloppée d'une serviette ensanglantée, un adolescent avachi contre sa mère, une vieille dame en fauteuil roulant accompagnée d'une aide occupée à jouer avec son téléphone.

Et Jonathan, dont j'avais presque oublié la présence. Il se leva en me voyant.

J'eus du mal à parler, tant j'avais la gorge nouée.

— On n'a rien pu faire, murmurai-je.

— Oui, je m'en doutais, en voyant leur… leur tête.

Il mit les mains dans ses poches.

— Merci d'avoir essayé, dis-je.

Des larmes chaudes ruisselaient sur mes joues et mon visage se crispa.

À ce moment précis, une personne normale m'aurait prise dans ses bras. On était en pleine tragédie familiale tout de même ! Et il était bien placé pour le savoir, après avoir tout fait pour tenter de réanimer Nathan !

Mais Jonathan n'était pas une personne normale. C'était

un alien déguisé en être humain. Incapable de manifester, ou de ressentir, des émotions.

Au lieu de me prendre dans ses bras, il me regarda de ses yeux bleu pâle et me tendit la main, comme si nous venions d'être présentés l'un à l'autre.

Je la pris en soupirant.

Il tendit alors l'autre et tint ma main entre les deux siennes. Pendant une longue minute, il se contenta de fixer ma main. Tiens, une main humaine, chaude, douce, voilà qui est intéressant.

— Je suis vraiment désolé, me dit-il, sans lever les yeux.

Il avait vraiment une belle voix.

— Merci.

— Eh bien, à lundi.

— Jonathan, mon beau-frère vient de mourir. Je ne viendrai pas lundi.

— Ah oui, bien sûr. (Les humains ont besoin de jours de congé. C'est fascinant.) Appelez Rachelle et tenez-la au courant alors.

— Entendu, répondis-je sans desserrer les dents.

Il finit par s'en aller et Eric revint, les yeux gonflés d'avoir tant pleuré. Ça me serra le cœur de le voir comme ça. Il était tellement sensible.

— Je n'arrive pas à y croire, répétait-il d'une voix enrouée.

— Je sais.

— Je n'arrive pas à y croire.

Il me serra dans ses bras pendant une longue minute, et je sanglotai sur son épaule.

— Je t'aime, me dit-il, et mes sanglots redoublèrent.

Ma pauvre sœur ! Nathan était tellement gentil ! Comment pouvait-il être mort ? Si brutalement !

Eric me serra plus fort encore.

— Je n'arrive pas à croire que ça m'arrive à moi.

J'eus un mouvement de recul et le regardai.

— À nous, je veux dire, se corrigea-t-il. Ce soir, justement ce soir. Tu te rends compte ?

Ah oui. La bague. La fête. Tout ça semblait à des années-lumière.

— Rentrons à la maison, dis-je, soudain consciente de la chance que j'avais de pouvoir dire cela, d'avoir quelqu'un avec qui rentrer à la maison.

Kate n'avait plus personne. Et c'était arrivé comme ça, en un éclair.

De jeune mariée elle était devenue veuve. Nathan était mort pendant la fête de la vie. Parti pour toujours. Comment était-ce possible ?

Une image ne cessait de me revenir à l'esprit : Jonathan, ses cheveux qui se balançaient au rythme du massage cardiaque, son visage tendu et grimaçant.

Lui aussi savait déjà que Nathan était mort. Il avait fait tout ça pour entretenir l'illusion auprès des autres.

Pour ma sœur.

# *Kate*

Je n'ai pas été si étonnée de devenir veuve.

Je veux dire, bien sûr que je ne m'y attendais pas du tout. Qu'est-ce qui lui a pris de mourir comme ça, enfin ? Non mais qu'est-ce qui lui a pris ?

Ce que je veux dire, c'est que l'arrivée de Nathan dans ma vie m'avait toujours semblé une chance inespérée. Trop beau pour être vrai ? Un remède miracle ? Un peu tout ça à la fois.

Il faut bien comprendre que j'étais restée célibataire pendant vingt ans. Alors rencontrer l'homme idéal… laissez tomber ! Après vingt-six ans, l'expression devient ridicule.

J'étais sortie avec des garçons au lycée et à la fac. J'avais eu des histoires sympas, plutôt heureuses, et qui ne s'étaient jamais trop mal terminées. Après la fac, j'avais eu des aventures avec des types bien, mais toujours l'impression que je pouvais espérer mieux, que je n'avais pas encore rencontré l'âme sœur. Je n'avais jamais ressenti ce choc de : cette fois c'est le bon, que ma sœur m'avait décrit lorsqu'elle avait rencontré Eric à vingt et un ans. Mes parents, quant à eux, n'étaient pas vraiment un modèle.

Alors ça arriverait quand ça arriverait.

Et ça n'arrivait pas.

Pendant ces vingt années j'avais eu trois relations sérieuses. La première avec Keith, un copain de la NYU. Il était super beau, ce genre de type qui vous fait foncer dans un lampadaire si vous le croisez dans la rue : une belle peau douce, des yeux verts, des dreadlocks, un mètre quatre-vingt-cinq et un corps à tomber ! On avait vécu une histoire tumultueuse et piquante, de disputes en réconciliations, ponctuée d'orages mémorables (surtout venant de lui). J'avais fini par rompre pour de bon, ne voyant pas comment tout cela pouvait durer sur le long terme. Il était devenu mannequin, et j'avais pu le montrer à mes copines dans les magazines et me vanter, si, si, de l'avoir vu nu !

Le suivant, Jason, était tout le contraire. On avait commencé à sortir ensemble vers vingt-huit ans, ce qui, selon les critères de New York, restait très jeune. Il était particulièrement gentil et c'était une relation stable, sans histoires et… ennuyeuse. Au bout d'un an, on avait fini par ne plus avoir rien à se dire et on passait beaucoup de temps devant la télévision, sans y voir d'inconvénient. Un jour, il avait déménagé dans le Minnesota et notre histoire était morte de sa belle mort.

Et enfin il y avait eu Louis. On s'était rencontrés quand j'avais trente-deux ans, à l'inauguration d'une galerie. On ne faisait pas plus ringard. Nous étions bien ensemble. Nous avions pris un appartement au bout d'un an. Nous riions beaucoup et il me connaissait assez bien pour savoir que quand je mangeais des pop-corns au Nutella c'était que j'allais avoir mes règles. Tout comme je savais que s'il mangeait du chou il finirait aux toilettes exactement six heures plus tard. C'était rassurant et joyeux. Il était intelligent et exerçait le métier d'infirmier psychiatrique, avait beaucoup d'empathie pour ses patients et de sacrées histoires à raconter le soir.

Un jour, il s'était fait faire un tatouage. Puis un autre. Puis un troisième et un quatrième. Et alors, juste après s'être fait tatouer un caractère chinois symbolisant l'engagement, il m'avait laissée tomber pour sa tatoueuse.

S'étaient ensuivies des années de rencontres sur Internet. Bien sûr on connaît tous LE couple heureux qui s'est rencontré en ligne, a échangé des mails sympas et émoustillants, a fini par se rencontrer et puis voilà ! le grand amour ! Et toutes ces anecdotes marrantes avec les loosers qu'ils avaient croisés avant de tomber l'un sur l'autre ! Daniel, le pompier canon, et Calista, qui habitaient dans la même rue que moi à Park Slope, s'étaient rencontrés via un site, même s'ils avaient divorcé peu de temps après pour que Calista puisse consacrer davantage de temps à son yoga. Mais il y en avait d'autres qui s'étaient rencontrés comme ça et étaient toujours ensemble et heureux. J'étais joueuse alors j'avais décidé d'essayer.

Sans succès. Et pareil pour ma meilleure amie. Tout comme moi, Paige était incapable de rencontrer quelqu'un. Tout comme moi, c'était une femme active, une juriste de talent, séduisante et intéressante. Tout comme moi, elle avait enchaîné des rencontres sympas mais sans lendemain. Nous avions toutes les deux acheté des manuels spécialisés et suivi les conseils à la lettre. De l'argent fichu en l'air.

Faire des rencontres passé trente ans, ça devient une occupation à mi-temps. Dans les livres on vous explique qu'il faut passer du bon temps. Si vous ne passez pas du bon temps, ça n'a aucun intérêt ! Non merci, le but c'était de trouver la bonne personne, pas de passer du bon temps. Le bon temps ça viendrait plus tard, quand on troquerait la lingerie fine contre des Birkenstock.

Pour être honnête je consacrais plus de temps à ça qu'à ma carrière. La photographie, c'était un terrain connu. Mais alors ça en revanche... décrire son profil, échanger des mails spirituels, repérer les pervers, faire soigneusement la liste de ce qu'on voulait révéler sur soi-même, afin de se rendre intéressante sans avoir l'air névrosée... Fallait-il ou pas dire que j'avais la phobie des vers de terre ? Que mes parents s'étaient mariés ensemble deux fois ? Qu'il m'était arrivé d'enchaîner cinq saisons de *Game of Thrones* en un week-end sans prendre une douche ni manger un seul légume ?

Parfois, des types qui avaient l'air sympas au premier abord se révélaient un peu déséquilibrés. Comme Finn avec qui j'avais eu des échanges cool en ligne et un premier rendez-vous parfait dans un minuscule restaurant colombien où on avait bien ri et échangé de bonnes vibrations, et qui le lendemain m'avait envoyé un SMS interminable sans un seul signe de ponctuation ni une seule majuscule.

kate tu es vraiment super je déteste draguer pas toi je pense qu'il faut qu'on se montre très exigeants parce que j'ai compris ce soir que tu étais une belle personne j'ai eu une copine tellement garce qu'elle s'est tapé mon beau-frère dans les toilettes d'une station-service au fait on était en route pour l'enterrement de ma grand-mère et ils se sont demandé ensuite pourquoi ça m'a rendu dingue sans rigoler les gens peuvent être tellement cons mais ce soir j'ai lu dans tes yeux que tu étais capable de compassion et que tu étais sympa et que tu ne vas pas me juger pour des choses que j'aurais peut-être pas dû faire

Vous voyez le genre. Je l'avais imprimé pour la postérité.

Même lorsque j'étais passée maîtresse dans l'art de la conversation, avec politesse, sincérité et humour, mais sérieux aussi tout en étant certaine d'être une oreille attentive, eh bien… Bref, toutes ces nuances m'épuisaient.

Et même lorsque j'y arrivais, que je sentais le type et que notre rencontre se passait bien, ça restait sans lendemain. En cinq ans sur les sites de rencontres, seulement deux types m'avaient rappelée pour me revoir. Et zéro pour me voir une troisième fois.

Avec Paige c'était devenu un gag, et on oscillait entre optimisme et désillusion : Pourquoi n'a-t-il pas rappelé ? Il a dit qu'il le ferait ! On a passé une super soirée ! On a bien ri ! À deux reprises même ! Ses cheveux sentaient l'herbe. Une nouille s'est collée dans sa barbe et ça l'a rendu fou quand je le lui ai dit. Il a quitté le restaurant furax parce qu'ils n'avaient pas de fromage de chèvre de la région. On riait et on commandait un autre verre, en tâchant de ne pas surinvestir tout ça.

Tous les célibataires qu'on connaissait, comme Daniel, désormais divorcé mais toujours pompier super sexy, sortaient avec des filles de vingt ans, celles qu'on appelait, Paige et moi, les Fausses Alertes, parce que Daniel n'avait jamais rien vécu de sérieux depuis son divorce. Ces Fausses Alertes se ressemblaient toutes : belles à se damner, minces comme des fils, et insipides. Tous les mois ou deux il en surgissait une nouvelle.

Il nous arrivait de le rencontrer, nimbé d'un halo de testostérone à vous couper le souffle. Paige le surnommait Thor, dieu du Tonnerre, et c'est vrai qu'il nous faisait cet effet-là. Un jour, nous étions assises au bar du Porto's et il était entré. À ce moment précis, le juke-box, qui était bien de notre avis, s'était mis à jouer *Hot Stuff* de Diana Ross. C'est pour dire.

Il était vraiment sympa avec moi, à passer son bras autour de mes épaules en me disant « Salut, Kate ! » avec un petit clin d'œil. Après tout je l'avais connu au début de son mariage avec Calista. Je l'avais vu attendre sur le pas de leur porte qu'elle rentre chez eux, pas très sûr de l'endroit où elle pouvait être. Je savais qu'il avait été très malheureux, mais elle pas. Elle avait déménagé à Sedona après leur divorce, s'était mise à enseigner la méditation en mouvement et l'évacuation des pensées négatives. Chaque année au moment du solstice d'hiver, je recevais une carte avec l'inscription *Namaste*.

Mais pour Daniel et tous les autres dans son genre, ces hommes enfants de Brooklyn, Paige et moi étions transparentes : Le mariage ? On a déjà donné, pas terrible. Alors ils passaient leur temps à payer des martinis citron à leurs petites copines à peine sorties de la fac, des femmes de dix ans au moins plus jeunes que moi, pour qui les chansons de Britney Spears étaient des classiques. Elles se fichaient bien de voir ou pas un père potentiel chez Daniel, tout comme de savoir s'il était profond. Tout ce qui les impressionnait, c'était l'insigne des pompiers de New York sur son T-shirt et les muscles bien visibles en dessous. (Pour être tout à fait juste, j'avais moi aussi vu Daniel torse nu un jour et du coup tout le reste m'avait paru bien secondaire.)

Les autres célibataires que je connaissais, enfin, à dire vrai, j'en connaissais très peu, étaient pour la plupart d'anciens détenus car j'étais bénévole au centre de réinsertion de Brooklyn, un endroit où les libérés sur parole pouvaient prendre des cours qui les aideraient à se réadapter au monde extérieur. J'enseignais le management et aussi la photo, pour le plaisir. Et même si je croyais sincèrement à cette deuxième chance, il était peu probable que j'épouse un gars avec une larme tatouée sous l'œil.

Avec Paige, on se persuadait que c'était super d'être célibataire. Notre vie était riche et sympa et on adorait notre métier. Il n'y avait qu'à regarder les autres femmes ! Ce n'était pas parce qu'elles étaient en couple que leur vie était enviable ! Paige avait deux sœurs et sept neveux et nièces, et toutes les deux étaient déprimées et épuisées. L'une d'elles envisageait de faire de la chirurgie esthétique « spéciale maman » pour se faire remonter les seins et enlever de la graisse afin que son mari ait de nouveau envie de coucher avec elle. Quant à l'autre, Paige était quasi certaine qu'elle allait bientôt faire son *coming out*.

Ma sœur à moi, OK, elle était heureuse mais un peu… comment dire ? Naïve. Rétro dans sa manière de vénérer Eric, en passant toujours au second plan, même si elle avait eu un super job. Elle s'occupait de lui bien plus que d'elle-même. Dans le couple, il était la star, et elle la groupie, ce qui m'insupportait.

Je n'étais pas comme ça, et Paige non plus. Nous étions épanouies. Il n'y avait qu'à voir ce voyage à Londres fabuleux qu'on avait fait l'année dernière, hein ? Il fallait qu'on reparte ! À Vienne ce coup-ci ? Ou en Provence ?

Alors passait devant nous un couple de parents main dans la main, l'un portant sur le ventre leur bébé vêtu d'un T-shirt rigolo, et ça nous donnait un coup au moral.

— Bon sang, s'exclamait Paige, si seulement on pouvait commander un mari par correspondance !

Si seulement j'avais eu un copain gay d'accord pour raquer et co-éduquer un enfant avec moi ! Non seulement on aurait eu un enfant merveilleux mais en plus on aurait pu écrire tout un scénario avec ça. Hélas non, mes copains Jake et Josh avaient déjà leur Jamison, donc c'était mort.

Je me disais que ce n'était pas grave, qu'après tout je

n'avais pas vraiment besoin d'un bébé. Que le monde était déjà surpeuplé, qu'il y avait des adolescents prêts à être adoptés partout, etc.

Et puis j'allais rendre visite à mon frère et je les regardais, Kiara et lui, avec leurs enfants. Je me sentais littéralement fondre d'amour et de reconnaissance quand ma nièce ou mon neveu se précipitait vers moi pour me dire bonjour, ou même lorsque, depuis peu, ils se contentaient de sortir de leur chambre pour me saluer de loin. Heureusement, il restait Sadie pour me faire des câlins. Alors d'accord, je n'étais pas comme ma sœur qui éprouvait le besoin de renifler tous les bébés qu'elle voyait et entamait la conversation avec la mère pour connaître tous les détails de l'accouchement, mais j'adorais les enfants.

Brooklyn était plein de bébés. Il me fallait quelqu'un à câliner, quelqu'un que je pourrais emmener partout et contempler en train de faire la sieste, avec ce regard maternel bienveillant. Quelqu'un qui m'appellerait maman et chercherait instinctivement ma main, tout comme le faisait Esther avec Kiara ou bien Sadie avec mon frère. Je me surprenais en train de lorgner les adolescentes enceintes et de me demander ce qu'elles diraient si je leur demandais comme ça de me donner le bébé qu'elles attendaient.

Il ne me lâchait pas, ce besoin primitif de procréer et de protéger. On dit que l'instinct maternel est la force la plus puissante de la nature. Mais je voulais la totale. Je voulais aussi qu'il y ait un papa. En plus de ce truc maternel, il y avait le désir secret d'être… eh bien… adorée.

Ce n'est pas quelque chose de facile à admettre. Chaque année qui passait éloignait d'un pas cette idée de tomber amoureuse ou que l'on tombe amoureux de moi. Elle finissait par devenir illusoire, comme d'attendre le Père Noël.

Les anniversaires étaient toujours un peu difficiles. Trente-cinq, trente-six… ça allait encore. Je me sentais même épanouie : je me connaissais bien, ma réputation prenait de l'ampleur, j'étais à l'aise financièrement, je donnais des cours, je voyageais.

Mais à trente-sept, puis trente-huit ans, les chiffres commençaient à prendre la teinte du désespoir. Pas loin de quarante, ce n'était pas du tout comme autour de trente-cinq. Et quand je cochais la case « jamais mariée », je me sentais aussi exclue qu'une malade atteinte du virus Ebola. J'avais fini par en faire une obsession et par regarder tous les mâles qui passaient devant moi comme un potentiel candidat : le type du pressing, le livreur de pizza, le type qui m'avait bousculée devant le Whole Foods.

Un jour j'avais eu trente-neuf ans, et il m'était arrivé quelque chose d'incroyable.

J'avais tout arrêté.

Mes amis et proches m'avaient emmenée pour un dîner d'anniversaire surprise : Paige, Ainsley et Eric, Jake et Josh, mon assistant Max et sa femme, Sean et Kiara. Ils avaient levé leur verre à ma santé et m'avaient écrit des cartes rigolotes. Paige m'avait offert un paquet de couches anti-fuites urinaires, ce qui n'était pas très gentil. Elle n'avait que deux mois de moins que moi, après tout. Jake et Josh m'avaient apporté un coffret entier rempli de produits de soins pour peaux matures. De la part de Sean et Kiara, j'avais reçu un bon pour une cure de jouvence d'une journée au spa. Et la même chose de la part d'Ainsley et Eric.

— Et du fluide d'embaumement pendant qu'on y est ? avais-je dit en éclatant de rire.

— C'est de la part du monsieur au bar, m'avait alors dit notre serveur, en posant devant moi un martini bien frappé.

Effectivement, au bar, j'avais aperçu Daniel, mon charmant pompier, qui m'avait fait un clin d'œil avant de retourner s'occuper des fesses de sa Fausse Alerte du jour. M'offrir un verre ça oui, il pouvait le faire. Coucher avec moi en revanche, non. J'avais dépassé l'âge limite depuis quinze ans.

Je lui avais fait un signe pour le remercier et étais retournée à mes amis et ma famille. J'avais souri et à ce moment précis j'avais lâché prise.

J'avais supprimé mon profil de tous les sites de rencontres, arrêté de mater tous les joueurs de l'équipe à chaque match de softball dans Prospect Park et je m'étais interdit de regarder des comédies romantiques à la télé.

À ma grande surprise j'avais éprouvé du soulagement.

Je m'étais soudain sentie heureuse comme je ne l'avais pas été depuis des années. Depuis la fin de mes études, j'habitais dans ce ravissant appartement acheté grâce à un prêt conséquent de mes parents juste avant que le marché explose à Brooklyn. Si un jour j'avais besoin d'argent, je pourrais le revendre cinq fois ce que je l'avais payé. Mes cours au centre de réinsertion affichaient complet, j'avais peu d'amis mais très proches et une famille un peu bizarre mais sympa.

Je réussissais bien dans un métier que j'adorais et mes clients étaient enchantés de mon travail. Il n'y avait rien de meilleur que de montrer à un jeune couple des photos de mariage où leur amour éclate au grand jour, ou de voir une maman verser sa petite larme devant le sourire de son enfant comme une belle promesse d'espoir. J'adorais capter avec mon appareil la fugacité d'un instant et de toutes les émotions qu'il contenait, la manière dont une bonne photo fixait le temps pour toujours.

Le soir je rejoignais le troisième étage de mon petit immeuble de brique, me préparais à dîner ou bien finissais les restes, allais m'asseoir sur les marches dehors s'il faisait beau pour discuter un peu avec mes voisins : la famille Kutarr qui habitait au premier ou encore Mme Wick en bas de la rue, avec son caniche Ishmael. L'hiver, je me calais dans mon gros fauteuil en velours gris, ouvrais un livre et buvais un verre de bon vin. Et puis le cinéma, un concert de temps en temps, des balades dans Prospect Park, des verres avec les copains…

Question enfants, j'avais mes neveux. J'imaginais aussi qu'Ainsley et Eric, ensemble depuis des lustres, en auraient bientôt. Je faisais souvent du baby-sitting pour Jake et Josh, et là je m'en donnais à cœur joie avec leur adorable Jamison qui me vénérait parce que je ne me lassais jamais de le porter sur mon dos, de lui accorder du rab de dessert ou de lui lire des histoires jusqu'à ce qu'il s'écroule de sommeil.

En fait j'étais déjà très gâtée. Mais à vouloir toujours plus, un bébé, un homme, je ne m'en rendais même plus compte. La vie était belle. Célibataire, solitaire même, j'étais contente de mon sort. C'était peut-être la méthode Coué mais ça marchait.

Quelques mois après cet anniversaire, j'avais couvert le mariage d'une fille qui me rappelait celle que je n'étais plus. Elle avait trente-sept ans, m'avait aussitôt raconté qu'elle et son fiancé se connaissaient depuis douze ans, histoire que je ne pense pas qu'elle était restée célibataire pendant tout ce temps. (Ces couples m'ont toujours étonnée, y compris ma sœur et Eric. C'est long dix ans à se demander si on doit ou pas épouser la personne.)

Cette mariée ne faisait pas envie. Dans son imposante robe de princesse, avec ses six demoiselles d'honneur, un cortège de quatre petites filles, une messe solennelle selon le rite anglican à l'église St. Thomas sur la Cinquième Avenue, des parents tout fripés pour l'accompagner jusqu'à l'autel au son du chœur nuptial de Wagner, elle avait surtout l'air de vouloir montrer qu'elle avait bien mérité sa victoire.

Comme souvent, mon objectif me permettait de voir tout ce qui restait invisible à l'œil nu : le marié était nerveux et masquait son angoisse par des grimaces. Elle lui avait certainement posé un ultimatum et je me suis dit qu'ils avaient dû se disputer sévèrement jusqu'à ce qu'il craque.

La mariée arborait un sourire crispé et un regard absent sous son front botoxé. Même le baiser à l'autel avait été rapide et sec. Certains invités avaient levé les yeux au ciel et au lieu de cette légèreté qui irradie souvent des mariages, peu importe l'âge des mariés, l'atmosphère ce jour-là était pesante et terne.

Toutes les traditions avaient été respectées : du livret de messe imprimé jusqu'à la suite pour trompette de Haendel en passant par le long voile. Lors de la réception qui se tenait à l'hôtel Peninsula, les mariés avaient été annoncés comme

M. et Mme Whitfield, sous les applaudissements convenus des trois cents invités, tandis que la mariée s'emportait contre sa sœur incapable de s'occuper correctement de sa traîne. Il y avait eu l'ouverture du bal par la princesse du jour et son père, puis le marié avait dansé avec sa mère, puis le rituel du gâteau et le lancer du bouquet.

À travers mon objectif braqué vers la mariée sur le point de lancer son bouquet, j'avais clairement vu qu'elle appelait ses pauvres amies par leur prénom, histoire de bien remuer le couteau dans la plaie. Eh non, je ne suis plus célibataire moi, les filles ! Mais vous si ! Et ça ne va pas passer inaperçu !

Ses amies plus âgées (de mon âge) se tenaient, maussades, leur troisième martini dans la main, sur la piste de danse et n'avaient même pas fait mine de vouloir rattraper le bouquet. Ce fut la nièce de la mariée, étudiante en âge de trouver ça encore drôle, qui l'attrapa.

Puis on avait lancé un appel auprès de tous les célibataires garçons pour la jarretière, une autre de ces traditions étonnantes. Ça te dirait de garder en souvenir un accessoire de lingerie inutile de ma femme ? Histoire de le glisser sous ton oreiller et de le renifler de temps à autre ? Côté garçons, pas de surprise : les ados de service, les témoins du marié déjà soûls, un vieil oncle et tous ceux dont les compagnes faisaient mine de ne pas regarder mais qui étaient curieuses de voir quelle énergie leur homme allait mettre à attraper le truc.

L'un d'eux l'avait attrapé. Je ne vis pas son visage parce qu'il était en plein milieu du petit groupe. Il s'était ensuivi l'inévitable danse entre monsieur jarretière et madame bouquet, et j'avais donc pris quelques photos d'eux, non sans les congratuler pour leur dextérité. La nièce était assez jolie, et le type pas mal, sans être à tomber, avec des cheveux tirant sur le roux et des yeux bleus qui lui donnaient un charme familier. J'étais prête à parier qu'ils allaient repartir ensemble.

Imaginez ma stupéfaction, quand l'attrapeur de jarretière avait laissé la nièce à la fin de la chanson et s'était dirigé vers moi, m'avait posé des questions sur mon appareil, m'avait écoutée lui répondre, avant d'avouer que lui ne prenait de photos qu'avec son téléphone. Plus tard, il avait admis qu'il ne m'avait entreprise sur le sujet que dans le but de savoir si j'étais célibataire et si je voulais venir boire un verre avec lui.

— Si c'est un message codé pour dire « J'ai une chambre ici. Tu monterais avec moi ? » avais-je dit, alors je suis au regret de vous répondre non.

— Parce qu'il existe des messages codés ? m'avait-il demandé, amusé.

— Oui.

— Dans ce cas, ce serait quoi le code pour : « Ça vous dirait de venir prendre un verre avec moi après le mariage ou bien un soir cette semaine ? »

Ce serait : *Salut, je suis un alien*, m'étais-je alors dit.

Parce que les types bien fichus de cet âge-là ne draguaient pas les filles de trente-neuf ans. (Pas vrai, Daniel ?) Même si, à la différence de Daniel, un type de mon âge voulait se stabiliser, il cherchait en priorité une cible entre vingt et trente ans, avec un bon stock d'ovules. Pas une vieille fille de presque quarante.

Jusqu'à cet instant je n'avais jamais été approchée par un inconnu pour aller boire un verre avec lui. Pas une fois. Ça ne se passait plus comme ça, voilà tout.

Je lui avais donc tendu ma carte pro en souriant, et en cherchant à ne pas laisser paraître mon étonnement, puis j'étais retournée à mes photos des mariés bras dessus bras dessous en train de boire une coupe de champagne. J'étais certaine à cent pour cent de ne plus entendre parler de l'attrapeur de jarretière.

Pourtant il m'avait appelée le lendemain et invitée à prendre un verre dans le Lower East Side. Faute de savoir comment réagir face à cette situation incongrue, j'avais accepté.

Le restau était super tendance. Je l'avais googlisé plus tôt dans la journée et avais vu que c'était un des bars les plus branchés de New York avec des cocktails uniques et des lumières flatteuses.

— Sympa cet endroit, avais-je dit en arrivant, même si ce n'était pas vraiment mon style.

— Je l'ai choisi parce que tu n'avais que l'East River à traverser.

— Comme c'est délicat de ta part, avais-je répondu en me glissant sur une banquette. Tu dois être soit un *serial killer*, soit un gay, soit les deux ou alors un bigame qui promène son charme dans tout le pays et se trompe parfois de prénom quand il appelle ses enfants, mais ses femmes pensent que c'est parce qu'il est distrait à force de trop travailler.

Il avait éclaté de rire et ça m'avait fait un truc dans le ventre.

— Non. Je n'ai qu'une ex-femme. Désolé de te décevoir.

Il s'appelait Nathan Vance Coburn troisième du nom, était architecte et sa famille habitait Cambry-on-Hudson depuis quatre générations. Je lui avais dit que mes parents y habitaient aussi et que ma sœur et mon beau-frère venaient d'y acheter une maison. Au petit jeu des connaissances, on avait découvert qu'il lisait la rubrique de ma mère et avait rencontré Eric à une soirée de charité.

Je n'avais pas pris la peine de l'impressionner ni d'être dans l'hypercontrôle. C'était fini l'époque des longues listes mentales de ce qu'il fallait dire et faire ou des sujets à éviter. Il était séduisant sans vouloir trop en faire. Il portait un costume mais pas de cravate. Ses cils longs et clairs lui donnaient un air gentil presque timide, mais il était drôle et détendu.

Ça n'existait pas les célibataires comme lui.

C'était d'ailleurs curieux parce que je connaissais personnellement au moins cinq femmes super autour de la quarantaine qui cherchaient l'amour. Statistiquement, il devait donc exister au moins cinq hommes célibataires du même genre et dans la même tranche d'âge. Mais les statistiques se trompaient : je ne connaissais pas un seul homme de mon âge avec qui j'aie envie de sortir et, croyez-moi, j'avais baissé mes critères. Et je ne parle pas de critères du genre « ne vit plus chez sa mère » ou « a un boulot », je veux dire que j'en étais juste à éviter les meurtriers repentis.

Si bien que Nathan Vance Coburn me semblait évidemment suspect.

À la fin de la soirée, nous nous étions serré la main et je

l'avais remercié pour ce très bon moment. Il m'avait rappelée deux jours plus tard. Nous étions sortis dîner et il avait insisté pour m'inviter. Je l'avais laissé m'embrasser avant de me quitter et il avait parfaitement dosé : sans la langue, assez longtemps pour me convaincre et assez brièvement pour que ce ne soit pas gênant.

Je n'avais pas cessé de sourire en rentrant chez moi, et j'étais bien la seule dans le métro.

Ensuite nous étions sortis ensemble, et quand je dis sortis ensemble, je veux dire se voir, discuter et s'embrasser. Parfois nous nous tenions par la main. On ne couchait pas ensemble parce que j'étais très bien comme ça. Ma zénitude récente m'aidait à ne pas m'emballer. Si ça marchait tant mieux, sinon, on n'allait pas en faire un plat.

Nathan avait l'air tout simplement génial. Je le testais sur des questions de société qui me tenaient à cœur, en lui montrant des photos des enfants métis de mon frère. Et il se contentait de dire : « Ils sont adorables », avec un sourire attendri, presque mélancolique. J'évoquais mes copains gays, mon vote aux dernières élections, mon indignation devant les gens qui se garaient sur les places pour handicapés, et ma phobie des vers de terre. Il avait compati et m'avait avoué qu'il avait peur des pommes de terre vérolées.

Cette relation à l'ancienne ne le gênait pas. Il m'apportait parfois des fleurs. Une fois il était arrivé avec une petite boîte en carton fermée avec de la ficelle où se trouvait un petit cupcake en velours rouge. Je lui envoyais des photos des soirées que nous passions ensemble, puisque je ne sortais pas sans mon appareil : la vieille dame sur son banc, le soleil qui perçait derrière la Freedom Tower. Je l'avais emmené dans le meilleur restaurant polonais de Brooklyn et lui avais fait découvrir la saveur incomparable des *pierogis* maison. Nous étions allés nous promener dans le jardin botanique de Brooklyn au milieu des feuilles de trembles et étions montés en haut de l'Empire State Building, ce qu'il n'avait jamais fait, à mon grand étonnement. Il était architecte quand même.

— Tu penses qu'on va finir par coucher ensemble ?

m'avait-il demandé gentiment tandis qu'on contemplait la splendeur du ciel new-yorkais.

— Peut-être un jour, avais-je répondu en promenant mon index sur son poignet où son pouls battait fort. Si tu as de la chance et si tu continues à m'offrir des cupcakes.

Le lendemain deux douzaines de cupcakes étaient livrées à mon studio.

À dire vrai, j'avais un peu peur de coucher avec lui. Et si je découvrais qu'il aimait se servir d'une cravache sur ses partenaires ou bien que ça l'excitait qu'on l'appelle César ?

Mais rien de tout ça. Un beau jour, après sept semaines et demie de cour assidue et dix-neuf rendez-vous, il m'avait demandé de prendre le train pour le rejoindre chez lui à Cambry, avec des affaires de rechange. Il m'avait fait visiter sa grande maison magnifique et, en me montrant sa chambre, m'avait fait remarquer que le lit était bien assez grand pour deux.

Il m'avait préparé un dîner. Nous avions bu une bouteille de vin. Et nous avions couché ensemble.

C'était merveilleux. Il était merveilleux.

Je m'étais enfin décidée à poser la question qui me taraudait depuis le jour de notre rencontre : « Nathan, pourquoi t'es-tu intéressé à moi ? »

— Je n'ai pas réfléchi, m'avait-il répondu, et j'avais apprécié qu'il ne cherche pas midi à quatorze heures. Tu avais l'air… bien. Et heureuse.

J'avais adoré sa réponse.

Deux mois plus tard, après m'avoir longuement embrassée et provoqué une chaleur délicieuse dans le bas-ventre, il m'avait murmuré : « Je t'aime, tu sais ça ? »

Mon cœur avait bondi dans ma poitrine et j'avais répondu d'emblée, sans réfléchir : « Moi aussi, je t'aime. »

Aussitôt après je m'étais dit : Trop tôt. Trop facile. Trop soudain.

Six semaines plus tard, il me demandait en mariage.

C'était rapide. Mais nous n'étions plus des gamins. Il avait déjà été marié et il était désormais envisageable de fonder une famille, alors que jusqu'ici c'était un rêve, comme de passer l'été à traverser le Montana à cheval en compagnie de Derek Jeter. D'une façon ou d'une autre, en les faisant ou en les adoptant, nous voulions tous les deux des enfants. Il aimait à la folie ses deux neveux, avait toujours voulu être père. Madeleine, son ex-femme, avait finalement changé d'avis là-dessus et c'est ce qui avait mis un terme à leur mariage.

Et puis je me disais qu'on ne savait jamais ce que la vie vous réservait. Il n'y avait qu'à voir Eric, frappé par le cancer à trente-sept ans (même si c'était une forme de cancer guérissable). Ma sœur aurait pu le perdre. Il fallait vivre la vie à fond. Cueillir chaque jour. Tout ça, quoi.

Ses parents n'avaient pas été enchantés. Son père, passe encore. Il m'avait embrassée sur la joue et avait oublié mon prénom presque immédiatement après, en bon Écossais qu'il était. Sa mère avait fait preuve d'une élégance perplexe mais avait eu la classe de me dire : « Eh bien, je suis sûre que nous serons bientôt très proches. » Sa sœur Brooke avait été chaleureuse et son beau-frère plutôt gentil aussi. Leurs deux petits garçons seraient de magnifiques cousins pour nos… futurs enfants, ce qui ne manquait pas de me remplir de joie.

Ma famille à moi était partagée. Papa, qui était devant la télé en train de se repasser tous les matchs de la saison qu'il n'avait pas arbitrés, m'avait à peine jeté un regard en lançant : « C'est bien, ma puce. Il était temps ! Ça fait combien ? Dix ans que vous êtes ensemble ? »

— Non, ça, c'est Ainsley. Moi c'est plutôt le contraire.

— Ce sont les plus belles histoires. Comme entre moi et Michelle, s'était-il rappelé avec attendrissement en évoquant la mère d'Ainsley, ce qui avait valu à ma mère de soupirer d'un air pincé.

— Tant mieux pour toi alors ! avait-il continué. Il va falloir que je paye pour ton mariage ?

— Je pense que ce sera un tout petit mariage, avais-je répondu en lui posant la main sur le bras. Peut-être même juste tous les deux. Après tout j'ai presque quarante ans.

— Sans blague ? Ça alors ! Oui, juste tous les deux, c'est

une bonne idée. Très romantique. Amène-le-nous un de ces jours. Il aime le base-ball ?

— Fan des Mets, avais-je dit en faisant la grimace.

Chez nous on soutenait les équipes de la Ligue américaine.

— Dommage. Enfin bon, je suis certain que c'est un brave gars.

— Mais enfin pourquoi te marier, Kate ? m'avait demandé ma mère alors que nous étions à table avec Ainsley. Contentez-vous de vivre ensemble. C'est plus simple quand on se sépare.

— Merci pour cette remarque pleine d'optimisme. Mais tu n'es pas pour le mariage, toi ? Il me semble l'avoir lu dans un de tes livres.

— Ça fait des années que tu me tannes pour que je me marie, avait protesté Ainsley.

— Toi, ma chérie, tu perds ton temps avec Eric. S'il avait voulu, depuis toutes ces années, il t'aurait passé la bague au doigt comme on dit !

— Franchement, avoir un doctorat de Yale pour sortir des lieux communs pareils, s'était indignée ma sœur. Je te rappelle qu'Eric se remet d'un cancer. Alors le mariage n'est pas notre priorité.

— Comment va-t-il ? Toujours bien ? lui avais-je demandé, avec l'espoir qu'elle me ferait grâce des détails.

— Oui, mais il attend d'avoir passé le seuil des dix-huit mois et là on pourra vraiment parler de guérison.

— Je croise les doigts.

— Kate, avait repris ma mère, tu ne peux pas t'attendre à ce que je sois emballée. Tu le connais depuis combien ? Six mois ?

— Cinq.

— Cinq. Tu connais les statistiques chez les gens qui se marient en se connaissant depuis moins de deux ans ?

— Non, mais j'ai presque quarante ans et je suis assez grande pour décider toute seule, maman.

Ainsley s'était mise à parler joyeusement robes et décoration, le tout sans y croire. Après tout, comme l'avait judicieusement fait remarquer maman, c'était elle qui était en couple depuis dix ans, elle qui était déjà installée à Cambry avec Eric, elle qui aurait clairement dû être conduite la première à l'autel.

— En tout cas, Eric pense le plus grand bien de Nathan, avait-elle dit, sans amertume. C'est un super parti !

Ces mots m'avaient fait bondir. On était revenues dans les années 1950, quand les femmes ne rêvaient que de se faire passer la bague au doigt.

Cela dit, il correspondait en effet à tous les critères qu'une femme célibataire peut désirer : gentil, stable, intéressant, séduisant, avec des revenus sûrs. Même son divorce ne le discréditait pas : il n'avait pas passé son temps à traîner d'aventure en aventure (comme je l'avais fait moi). Il n'y avait pas de puits dans son sous-sol, ni d'engin de torture, ni de collection d'uniformes nazis. J'avais tout regardé, je vous assure, et ça l'avait bien fait rire de me voir fouiller son énorme maison.

Je n'avais absolument aucune raison de ne pas l'épouser.

Sauf…

Il y a toujours une bonne raison, non ?

Le mariage, aussi sympa que cela pouvait être, allait chambouler ma vie. Nathan voulait que je vienne m'installer à Cambry, que je déménage mon studio, que je vende mon appartement. Évidemment. Cambry, c'était chez lui, et même si je n'y avais pas grandi, c'était l'endroit où je passais mes vacances. C'était donc logique. Il possédait une maison parfaite pour recevoir et pour élever des enfants, avec beaucoup de place pour nous deux.

Mais tout de même.

C'était à moi qu'il revenait de chambouler mon mode de vie, de m'adapter. Dans l'idéal, j'aurais aimé avoir un peu plus de temps pour m'y faire. Je me connaissais : je n'étais pas habituée à être en couple et à prendre les décisions à deux.

Sans parler du fait que cinq mois c'était peu pour se connaître vraiment. Je faisais l'énorme pari que tout ce que je pressentais chez Nathan allait se confirmer. Si l'un de nous se trompait, on aurait l'air bête.

Ces changements en valaient la peine, j'en étais convaincue. Mais ce serait quand même un bouleversement dans ma vie et il n'était pas si… simple de renoncer à vingt ans de célibat. Je ne parvenais pas à me résoudre à vendre mon appartement. Alors je l'avais mis en location et avais placé mes meubles en garde-meuble. On était en décembre et je n'avais aucune envie de trimballer tout ça à Cambry.

Si j'avais été plus jeune ne serait-ce que de quelques années, j'aurais attendu un peu. Une petite voix agaçante, celle de ma mère, me répétait que le fait qu'il n'y ait aucune raison de ne pas l'épouser n'était pas en soi une bonne raison de l'épouser. Que l'on ne pouvait pas aimer vraiment quelqu'un rencontré cinq mois plus tôt.

J'avais confié mes doutes à Paige. Nous étions dans notre bar préféré, le Porto's, un des rares endroits à Brooklyn qui devançaient toutes les modes en proposant une cuisine ni bio, ni locale, ni fermière, et attiraient tous les *hipsters* par leur côté délicieusement rétro.

Nous étions en train de boire des vodkas tonic à une table, et de regarder de loin Daniel le pompier sexy qui flirtait avec des clones blonds de vingt-deux ans maximum.

— Je ne devrais peut-être pas me précipiter, avais-je dit alors. Et attendre de voir.

— T'es vraiment une conne si tu fais ça, avait rétorqué Paige en buvant une gorgée de son cocktail.

— Non mais dis-moi vraiment ce que tu penses de tout ça. Sois franche.

— Enfin, Kate, t'es sérieuse ? Il est super. Épouse-le. Barre-toi en banlieue et fais des jumeaux. Je suis tellement jalouse que j'ai envie de t'étrangler.

— Tu serais ma demoiselle d'honneur ? lui avais-je demandé avec un petit sourire.

— Va te faire f…

Elle ne souriait pas du tout. Et ma joie s'était éteinte d'un coup.

— Paige, avais-je commencé à dire.

— Je ne veux pas parler de ça, OK ? Tu étais ma dernière

amie célibataire. Je tuerais père et mère pour rencontrer un type comme Nathan, et toi tu es là à te demander si oui ou non il faut que tu l'épouses. Mais tu te prends pour qui ?

— Eh bien euh... une personne avec des sentiments, et des doutes ? Allez, Paige, si je ne peux pas en parler avec toi...

— Oui, eh bien non. D'accord ? Tu as un diamant de deux carats au doigt. Alors va t'acheter une robe blanche et te commander un service en porcelaine et puis tiens aussi, pourquoi pas organiser ton mariage ailleurs, histoire que tes amis posent des vacances et dépensent de l'argent pour te remonter le moral le jour *J* ?

Là-dessus, elle avait jeté sa serviette et elle était partie.

— Vous vous êtes fâchées, Paige et toi ? m'avait alors demandé Daniel en s'approchant. À cause de moi ?

J'avais ri sans conviction.

— Non. Mais je me marie et Paige est...

— Une garce ?

— Non, c'est juste qu'elle se sent un peu abandonnée peut-être. Je pars m'installer dans le Westchester.

Il avait frémi et m'avait dit :

— Eh bien, *mazel tov*, Kate. J'ai été heureux de te connaître.

— Mais je ne vais pas mourir.

— Tu quittes New York, c'est pareil. On ne se reverra plus.

Il m'avait souri et était retourné à son fan-club.

J'avais pardonné à Paige sa réaction mais je savais qu'elle ne me pardonnerait pas. Il m'arrivait ce dont nous avions toujours rêvé... mais pas à elle. J'avais compris et fait taire la petite voix dans ma tête qui me mettait en garde.

Le jour de l'an, nous étions allés, Nathan et moi, dîner dans un restaurant avec vue sur le Brooklyn Bridge. Il neigeait et nous avions une table près de la fenêtre. Je portais une robe blanche en lamé et des escarpins noirs très hauts. Nathan m'avait tendu une rose rouge et l'officier d'état civil était entré. Alors, devant une foule d'inconnus et les lumières de la ville, j'étais devenue sa femme.

Cent deux jours plus tard, j'étais sa veuve.

# *Kate*

Faire un test de grossesse juste avant de me rendre à la veillée funèbre de mon mari… c'était au-delà du ridicule.

Je verrouillai la porte de la salle de bains d'invités et j'inspirai à fond. Depuis que Nathan était parti, quatre jours plus tôt, j'étais dans un état semi-comateux entre panique et incrédulité, prête à éclater d'un rire hystérique comme si à chaque instant Nathan risquait de sortir du placard à balais en s'écriant : « Surprise ! »

Je n'avais pas encore versé une larme. Pas vraiment. J'avais eu des sortes de… hoquets, la sensation que je m'étranglais au moment de m'endormir, mais pas de larmes, pas encore. En revanche je manquais souvent d'air.

Ainsley avait des accès de panique lorsqu'elle était petite. Maman lui apprenait bien comment respirer lentement : inspire et compte jusqu'à trois, expire et recompte jusqu'à trois, puis retiens-toi et compte encore jusqu'à trois. *Inspire, un, deux, trois, expire, un, deux, trois, recommence.* Je lui chantais ce petit refrain lorsqu'il y avait de l'orage et qu'elle était toute petite et venait se réfugier dans mon lit, tremblante de peur.

Du coup, j'essayai la même méthode, en vain. L'air refusait de ralentir : il entrait et sortait à toute vitesse.

*Deux petits traits, nom d'un chien,* ordonnai-je mentalement. *Deux petits traits, tu me dois bien ça !*

Je remis tant bien que mal ma culotte gainante. (C'était la moindre des choses d'être élancée et bien maintenue à la veillée funèbre de son mari.) Puis je rebaissai ma robe noire et attendis.

Dites, vous là-haut, un petit coup de pouce ne serait pas de refus !

J'entendais le tic-tac des secondes. Je n'étais pas pressée. Pas comme si ce qui m'attendait après avait de quoi me réjouir. Un sanglot étouffé souleva ma poitrine. Quelqu'un m'avait dit que j'étais en état de choc. Ce devait être Kiara. Oui, car elle était médecin et s'y connaissait dans ce genre de choses. D'autre part, il n'y avait pas de norme dans le domaine. Rien de ce que je ressentais n'était donc anormal.

Sauf que *rien* de ce que je ressentais n'était normal.

Je ne voulais *tellement pas* être cette veuve. Le temps d'un éclair, j'entrevis la possibilité de dire : « Non, en fait… je vais passer mon tour. » Et du coup je ferais revivre Nathan et redeviendrais sa femme.

Eloise et Nathan senior attendaient en bas, en compagnie de Brooke, Chase et des deux petits gars bouleversés. À l'idée de voir leurs mignonnes bouilles si désolées, je sentis ma gorge comme si on y enfonçait un clou, ou plutôt un pic, un gros pic tout rouillé. Leur oncle. Le seul et unique.

Quatre jours auparavant, j'étais *mariée,* ce qui n'était pas rien. Et aujourd'hui j'étais *veuve.* Je vous demande un peu ! (J'avais l'impression que mon cerveau ne générait que des mots en italique, comme dans le pire mélo.)

Brooke avait perdu son petit frère adoré. Et les Coburn leur fils unique.

Nathan était *mort.*

Vraiment mort, je veux dire. Mais p… !

Et si je restais ici toute la nuit ? Ce serait sûrement toujours mieux que ce qui m'attendait là-bas. J'attendrais juste qu'ils soient tous partis, sortirais en catimini des toilettes et irais regarder des épisodes de *Orange Is the New Black*. Je pourrais me faire un pop-corn, ou encore mieux, acheter ce pop-corn au caramel salé et au chocolat. Aller chercher une bouteille de vin dans la réserve, et monter me coucher devant notre grande télé. Nathan ne pourrait pas résister. À coup sûr, ça le ferait revenir parmi les vivants.

C'était rigolo, ou plutôt affreux, la vitesse avec laquelle je m'étais habituée à dormir avec quelqu'un. Pendant vingt ans j'avais eu mon lit pour moi toute seule, presque sans interruption, et au bout de deux semaines de mariage, avec Nathan on avait pris nos marques : on savait comment se blottir l'un contre l'autre et quand s'éloigner un peu.

Désormais notre lit était aussi vaste que l'océan Arctique, glacé et sans vie.

La panique s'empara de moi de nouveau et de petits gémissements s'échappèrent de mes lèvres serrées.

Quelqu'un frappa doucement à la porte. Et je sursautai.

— Ça va, Kate ? me demanda alors Brooke.

— Je sors, ai-je répondu, un peu trop fort.

D'après ma montre, j'étais là depuis sept minutes.

Si on avait été dans un film, les deux petits traits seraient apparus. Après tout on s'était bien envoyés en l'air juste avant la fête. Alors j'aurais un bébé pour consoler mon chagrin et pour me rappeler Nathan et notre histoire d'amour tragique. Ce serait un tel réconfort pour toute la famille Coburn. Je l'appellerais Nathan, quatrième du nom, cela ne faisait *aucun doute*. Je serais digne et belle, et mon rôle serait tenu par cette nana qui pleurait si bien… comment s'appelait-elle déjà ? Rachel Mc Quelque chose. Oui c'est ça. Nate IV et moi démarrerions une nouvelle vie ensemble et il aurait les yeux bleus de son père.

Je regardai le test : un seul trait.

J'en jurai de déception : « Va te faire foutre, le test ! Tu te goures ! »

À la maison funéraire, le tapis était si épais et si moelleux que je chancelais à chaque fois que quelqu'un venait m'embrasser. Et tout le monde venait m'embrasser. Décidément j'aurais mieux fait de ne pas mettre ces talons hauts. Pourquoi est-ce que personne ne m'avait prévenue ? En plus ma gaine menaçait de rouler sur mon ventre. Toutes les deux ou trois personnes, il fallait que je la remonte. J'avais envie de faire pipi, ce qui me donnerait l'occasion de tout remettre en place correctement. Mais est-ce que je pouvais m'absenter à ce moment-là ? Sans doute que non.

— Toutes mes condoléances.

— Merci, répondis-je à la cravate en face de moi.

Si je ne regardais pas plus haut que la cravate, je parvenais à contenir mes halètements. Putain ce que c'était gênant ! Un canard à l'agonie.

Mon langage s'était sérieusement détérioré depuis la mort de mon mari.

— Bernard, comme c'est gentil d'être venu. Merci ! dit Eloise à côté de moi.

Elle portait une robe noire en tricot et un collier de perles. Elle avait les yeux secs et le cœur brisé, et comparée à elle, Jackie Kennedy avait l'air négligé.

— Je te présente notre belle-fille, Kate. Kate, voici notre très cher ami Bernard Helms.

— Ravie de vous rencontrer, dis-je, avant de plaquer la main sur la bouche. Oh ! ce n'est pas ce que je voulais dire ! J'aurais évidemment préféré que l'on se rencontre dans d'autres circonstances, mais merci d'être là en tout cas.

Mon talon gauche vacilla. J'étais ivre de fatigue et de chagrin. Et j'avais *l'air ivre* en plus, à perdre sans arrêt l'équilibre. Eloise avait des talons plus hauts que les miens mais elle n'était pas du genre à chanceler. Brooke avait été plus intelligente et portait des chaussures plates.

— Vous connaissiez bien Nathan ?

Les yeux de Bernard se remplirent de larmes.

— Je le connaissais depuis qu'il était bébé. Un si gentil garçon ! Je me rappelle cette tempête de neige terrible, oh, il y a peut-être dix ans. Ma femme avait un cancer et l'électricité avait sauté. J'ai regardé par la fenêtre et qui ai-je vu arriver dans l'allée ? Nathan. Il avait un groupe électrogène chez lui et, croyez-le ou pas, il nous a emmenés tous les deux et traités comme des princes pendant quatre jours, nous préparant à dîner, jouant au Scrabble avec nous…

Bernard pleurait à chaudes larmes désormais.

— Je suis tellement désolé pour vous, chère enfant. C'est une si grande perte.

De ma bouche s'échappaient de petits bruits de gorge, comme des jappements que je tentais de réprimer en plaquant la main sur mes lèvres. Je jetai un regard suppliant à Eloise. Son visage était si marqué par la douleur que c'était une souffrance de la regarder, mais elle me sourit tristement et murmura quelque chose à Bernard en lui tapotant le bras.

À côté d'elle je me faisais l'effet d'une junkie.

Ma sœur apparut avec une boîte de Kleenex. Mais je n'en avais pas besoin puisque je me contentais de japper, comme un chien, ou un renard, ou un… un stégosaure. Ça jappe un stégosaure ? Pardon ? Vous disiez ? Ah, les Kleenex. C'étaient les meilleurs, imbibés de lotion fraîcheur. Comme Ainsley me tendait toujours la boîte, j'en pris un, me mouchai et chancelai. Ainsley me rattrapa et je la détestai d'être aussi gentille. Je ne *voulais pas* qu'elle soit gentille. Je voulais être chez moi avec Nathan.

— Je ne suis pas loin, me chuchota-t-elle, avant de retourner s'asseoir.

— Je suis tellement triste pour vous ! me dit alors une autre des amies d'Eloise. Vous veniez de vous marier. Comment est-ce que vous tenez le coup ?

*J'en ai pas la moindre putain d'idée, chère madame.*

— Ça a été un choc terrible, répondis-je, empruntant cette réplique à Eloise.

— C'est affreux. Est-ce qu'il… (Elle baissa la voix.) Est-ce qu'il a eu le temps de dire quelque chose ?

*Seigneur.*

— Je… non. Ça a été très rapide.

— On comprend pourquoi les femmes en Inde se jettent dans le bûcher funéraire, n'est-ce pas ? Vous devez avoir envie de faire la même chose.

Puis, en regardant le cercueil, elle ajouta :

— On ne dirait pas qu'il est mort, si ?

Oui, on avait opté pour un cercueil ouvert. Je ne savais plus qui avait décidé ça. Peut-être moi.

La plupart des gens ici étaient des inconnus : des amis que je n'avais pas eu le temps de rencontrer, l'entourage des parents, de Brooke. Des amis de mes neveux aussi, et ce fut assez violent de voir Miles et Atticus essayer de ne pas pleurer, sans y parvenir. La petite équipe de base-ball que coachaient ensemble Chase et Nathan vint aussi, et je serrai les mains de tous ces garçons en nage qui n'osaient pas croiser mon regard.

En tant qu'épouse, j'étais la première qu'on saluait. Puis venaient Eloise, droite comme un I, puis Nathan senior, à tous les coups anesthésié par les médicaments, le veinard. Mon Dieu non, pas veinard du tout. Je sentis de nouveau le pic s'enfoncer dans ma gorge.

À côté se tenait Brooke, et on ne pouvait pas trouver plus courageuse ni attentionnée. Ensuite, Chase : grave, prodiguant des signes de tête, parlant à voix basse, faisant avancer les gens, passant son bras autour de la taille de sa femme. Et tout à la fin : Miles et Atticus. Les voir là dans leur petit costume de marin me rendait malade.

Ma sœur et Eric étaient assis au premier rang avec Matthias et Esther qui pleurait doucement, tandis que Mat me souriait tristement lorsque nos regards se croisaient. Et puis maman, avec son air qui disait « si seulement tu m'avais écoutée ». Non mais elle se prenait pour qui ? Une putain de voyante ? Sean et Kiara parlaient à voix basse au fond de la pièce, tout en serrant des mains et en prêtant une oreille compatissante à chacun. Ils avaient laissé Sadie avec une baby-sitter mais m'avaient apporté un dessin qu'elle avait fait pour moi, un barbouillage de peinture rose et vert.

— Oh, Kate, je suis vraiment désolée.

Là en train de me serrer dans ses bras, c'était une collègue de travail de Nathan, architecte comme lui, dont le nom ne me revenait pas, et secouée de sanglots.

— Je suis tellement, tellement, tellement désolée.

*Tant que ça ? C'est vrai qu'il n'en méritait pas moins.*

— Il était tellement heureux avec vous, me murmura-t-elle en reculant un peu pour me regarder.

— Eh bien oui, merci, parvins-je à répondre à grand-peine tant j'avais la gorge nouée. Et il vous… aimait (*aimait ? foutu imparfait !*)… beaucoup.

*Qui que vous soyez.*

Sa bouche se mit à trembler et elle avait les yeux rouges.

— Si vous avez besoin de quoi que ce soit, appelez-moi, murmura-t-elle, en se déplaçant vers Eloise.

— Susannah, dit alors ma belle-mère qui n'oubliait jamais un prénom, elle. (Avec son accent de Boston qui allongeait les *a*.) Vous êtes tellement gentille d'être venue. Je suis sûre que Kate apprécie, tout comme nous.

Dire qu'on ne se moquerait plus jamais de sa mère, Nathan et moi ! Oh, il l'adorait bien sûr mais il faisait une imitation dingue de cet accent un peu snob, cette façon d'adoucir les *r* et d'allonger les voyelles.

— Est-ce que c'est du demi-écrééémé, ma chèèère ? Vous n'avez que çaaaa ?

Je ne l'entendrais plus jamais dire ça. Mais comment était-ce possible ?

— Bonjour, merci d'être là, lançai-je à la cravate suivante, la voix chancelante.

— Kate, je te présente les Parkerson, me dit Eloise avec des trémolos dans la voix. Nous étions voisins quand Nathan était petit.

— Nous n'arrivons pas à y croire, déclara Mme Parkerson, le visage ruisselant de larmes. C'est impossible. Il était tellement gentil !

— Kate, enchantée. Merci beaucoup d'être venus.

— Nous sommes venus d'Arizona en avion. Il y avait des orages terribles à Chicago.

— Eh bien, nous en sommes très touchés.

— Il venait ratisser les feuilles chez nous, raconta le mari. On lui donnait un dollar, tu te souviens, Eloise ? Est-ce que vous imaginez ? Les gosses aujourd'hui ne décollent pas de leur écran mais Nathan, lui, il ratissait tout notre jardin pour un dollar.

*OK, je vois, vous êtes des radins et vous exploitiez un gosse.*

— Au moins vous n'avez pas d'enfants, observa sa femme, ce qui me fit l'effet d'un coup de poing.

Avant que j'aie pu répondre (d'ailleurs répondre quoi ?), ils se décalèrent vers Brooke et fondirent sur elle comme des vampires.

Pauvre Eloise. Je me demandais bien comment elle pouvait tenir le coup. Sur une impulsion, je cherchai sa main pour la serrer dans la mienne mais, avant que j'aie pu y parvenir, elle se tourna pour dire quelque chose aux voisins, et ma main resta en l'air, toute seule et inutile.

Tous ces gens s'agglutinaient autour de moi comme des chauves-souris le soir tombé. Il y avait machin, le type dont le bureau était à côté de celui de Nathan, le visage dans les mains, en pleurs. Je me dis qu'ils devaient travailler ensemble depuis longtemps. À la porte apparut ensuite la fille de la boutique de mariées en ville, Jenny, avec son copain. Lenny ? Non. Un prénom plus cool que ça. Leo. Tellement gentil à eux d'être venus ! Il était prévu qu'on dîne ensemble tous les quatre. Mais c'était fini les dîners à quatre. Jusqu'à ce que je me trouve un autre mari, vite fait.

À cette pensée, je ne pus réprimer un petit rire, pas loin de l'hystérie, que je tentai de masquer en toussant bien fort. Pas sûr que tout le monde ait été dupe.

Je fis la connaissance de la cheftaine scoute de Nathan, de la dame de la Poste, de la maire de Cambry qui était sa baby-sitter dans le temps, de son prof de sport quand il était au collège, puis de celui du lycée, de ses copains de l'équipe, de ses copains de classe, de ses copains de fac, de ses copains du boulot. Tout le monde le connaissait et tout le monde avait des souvenirs à me raconter.

Dans la file se tenait une autre commerçante de Cambry : Kim de Cottage Confection, qui nous avait confectionné un minuscule gâteau de mariage lorsqu'elle avait appris qu'on était juste tous les deux. Avec elle et Jenny, la couturière de robe de mariées, nous nous étions retrouvées plusieurs fois pour boire un verre, lorsque j'avais emménagé dans mon studio. Nous travaillions toutes les trois dans le même secteur après tout. Kim était une camarade de classe de Nathan et elle m'avait raconté une soirée de classe en troisième, au cours de laquelle Nathan, en dansant, s'était pris un poteau et en était ressorti le nez en sang.

En m'apercevant, elle me fit un petit signe de la main, les yeux brillants de larmes.

Je ne savais pas trop comment parvenir à respirer, avec ce pic qui me traversait la gorge. J'allais peut-être m'évanouir. Ce serait bien parce que je ne serais plus obligée de rester ici.

Ainsley avait envoyé un mail collectif à mes amis, pour leur annoncer la nouvelle. Mais Cambry était un peu loin pour venir à une veillée funèbre et les habitants de Brooklyn étaient réputés pour avoir du mal à dépasser Manhattan. Sortir de New York ? Vous plaisantez ! J'avais reçu de nombreux mails que je n'avais pas encore lus et beaucoup de compositions florales, des paniers de fruits et des dons à des œuvres caritatives. Ainsi que des tonnes de cartes.

Le seul représentant de ma vie à Brooklyn était Max, mon assistant à la voix douce, qui se tenait au fond avec sa femme, à scruter la foule tel un membre des services secrets. Il n'aimait pas beaucoup les gens, ce qui était ironique vu que nous passions notre vie à les photographier. Il avait du mérite d'être là…

Pareille à un chien bien dressé, Ainsley bondit pour me donner des Kleenex, pensant que je pleurais. Non, toujours pas une larme. De la panique, ça oui. Comme si j'étais couverte de fourmis rouges. Peut-être une poussée d'adrénaline, je ne sais pas. J'ai pris les mouchoirs et en ai fait une boule.

Derrière moi était allongé le corps de Nathan, après autopsie.

— Ça va ? me souffla ma sœur.

— Non. On peut pas dire ça, lui répondis-je à voix basse, tout en sentant mon talon s'enfoncer dans le tapis et en perdant l'équilibre une nouvelle fois.

Mon père apparut alors devant moi.

— Salut, ma puce. Je suis désolé pour toi, me dit-il, le visage grimaçant.

J'oubliais parfois que lui aussi avait perdu sa moitié.

Il se reprit, et son visage redevint celui du supporter jovial des Yankees qu'il était la plupart du temps. Il me serra fort, comme il ne l'avait pas fait depuis peut-être vingt ans.

— Merci, papa, murmurai-je.

Même s'il ne soutenait pas la même équipe, mon père aimait bien Nathan. Il s'était juré de le faire revenir à la raison et de l'emmener voir un match des Yankees.

Cela non plus n'arriverait jamais.

Mon père me lâcha un peu brusquement et continua le long de la file jusqu'à Eloise. Il détestait les réunions funéraires et les enterrements, comme la plupart des gens. Comme moi en tout cas. Et si je lançais à la cantonade : « Bon, suffit tout ça, si on allait tous manger un burger ! » ?

Nathan avait-il eu peur ? S'était-il rendu compte ? S'il vous plaît, s'il vous plaît, faites qu'il n'ait pas eu peur ! suppliai-je l'être suprême à qui je me raccrochais depuis cinq jours. Le paradis, auquel je n'avais jamais cru, était soudain devenu terriblement important cette semaine.

Nathan méritait le paradis.

Peut-être que si je parvenais à pleurer ce pic horrible dans ma gorge se désintégrerait. Mais les larmes ne venaient pas.

Un autre homme se tenait à présent devant moi, sans cravate, ce qui était plutôt rafraîchissant en fait. Juste un polo gris déboutonné qui laissait entrevoir un beau cou masculin et quelques poils. J'attendis le sempiternel « toutes mes condoléances », mais il ne vint pas. Alors je levai les yeux.

Un très beau visage, et pas inconnu, mais que je ne parvins pas à resituer immédiatement. Des yeux verts, des fossettes, et des sourcils malicieux.

— Salut, beauté, dit-il à voix basse, avant de m'embrasser.

Alors je le reconnus et je ressentis un bonheur auquel je ne m'attendais pas. Enfin quelqu'un de ma vie d'avant !

Quelqu'un que je ne m'attendais pas à voir. Il avait un cou solide et chaud.

— Mmm, tu sens divinement bon ! Désolé, remarque déplacée non ?

— Très, dis-je en le serrant à mon tour. Mais que diable fais-tu ici, Daniel le Pompier Super Sexy ?

Le silence se fit dans la pièce.

Et merde. Je veux dire bon, c'est comme ça qu'on l'appelait, mais quand même.

— Le chagrin l'embrouille, dit-il en se tournant vers Eloise et en me lâchant. Bonjour. Daniel Breton. Je suis un ami de Brooklyn. Je vous présente mes condoléances.

Puis, se tournant de nouveau vers moi :

— Alors ? Quel manque de pot, hein ?

— Tu peux le dire.

Pendant une seconde nous nous regardâmes juste, puis, ne voulant pas qu'il s'en aille, je lui demandai :

— Comment ça va, toi ?

— Mieux que toi, me répondit-il en levant un sourcil.

— C'est sûr.

C'était bizarre de le voir ici, dans ma nouvelle vie, dans le Westchester. Mis à part les quelques fêtes dans l'appartement qu'il partageait avec Calista, je ne voyais Daniel que dans les bars ou bien dans son camion.

Nous n'avions jamais été à proprement parler des amis. Calista, elle, était mon amie, avant sa conversion. Par la suite, Daniel était juste son ex, un homme enfant, plutôt mignon et sexy. Au mieux, on prenait un verre avec lui, Paige et moi, entre deux Fausses Alertes.

Pourtant aujourd'hui il était là. Et il avait dû mettre deux bonnes heures pour arriver.

— Vous étiez heureux ensemble ? me demanda Daniel, provoquant instantanément le retour du pic dans ma gorge.

— Oui, répondis-je d'une toute petite voix.

— Bien, c'est bien.

La file des présentateurs de condoléances était à l'arrêt.

— Merci d'être venu, Daniel.

— Je t'en prie. À un de ces jours !

Et il se déplaça pour aller serrer la main des Coburn.

Pendant un instant je nous vis tous les quatre, Daniel et une de ses Fausses Alertes, Nathan et moi, en train de rire au Porto's. On aurait dû faire ça. Pourquoi est-ce qu'on ne l'avait jamais fait ? Ils se seraient appréciés, peut-être.

Hélas, Nathan était toujours mort à l'évidence.

Il ne boirait jamais de bière avec Daniel.

Je jetai un œil vers le cercueil, ce que j'avais si bien évité de faire jusqu'ici.

Nathan portait un costume bleu et une cravate que je lui avais offerte pour Noël. Ou non ? Il en avait tellement ! Celle-ci était mauve avec des pois rouges et à l'avenir je détesterais les pois rouges.

Rien de tout cela n'était drôle. Vraiment rien. Je ne m'amusais pas du tout. Pendant une seconde j'eus envie de donner un bon coup de pied dans le cercueil et de dire : « Réveille-toi, sale égoïste ! Regarde ta pauvre mère ! Regarde Miles et Atticus ! Et ta sœur, comment va-t-elle s'en sortir dans la vie sans toi ? Et moi, hein ? Et notre bébé ? Tu te rappelles ce petit projet ? Hein ? Hein ? Tu ne peux pas te défiler comme ça tu sais ! »

— Toutes mes condoléances.

Encore une cravate. Celle-ci bleu marine et argent.

— Merci.

Je levai les yeux. C'était Jonathan, le patron d'Ainsley.

Il avait été super l'autre soir. Quand j'avais commencé à crier et tout, (Seigneur, si seulement je pouvais ne plus voir cette image de Nathan avec ses yeux bleus mi-clos et sans vie !) il s'était activé dans tous les sens. Il avait fait un massage cardiaque en attendant les secours. Il m'avait conduite à l'hôpital, je crois. C'est un peu confus à ce stade-là. Si, si, il l'avait fait.

— Il avait l'air très sympathique, me dit-il, et à ces simples mots, ma gorge s'est nouée douloureusement une nouvelle fois.

— Merci, murmurai-je.

Il inclina la tête et s'avança vers Eloise pour lui serrer la main.

— Kate, m'interpella Brooke d'une voix douce. Je peux te dire un mot ?

Elle m'attira en direction du… du… cercueil et dit d'une voix si basse qu'elle était presque inaudible :

— Kate, Madeleine est ici et elle aimerait se recueillir, si ça ne te pose pas de problème.

— Madeleine ? L'ex de Nathan ?

— Oui. Elle a été effondrée lorsque maman lui a téléphoné pour lui dire, expliqua Brooke, les yeux remplis de larmes.

— Ah ? Eh bien, oui bien sûr. Si ça ne vous dérange pas vous, la famille ?

— C'est à toi de décider.

Comme si je pouvais lui fermer la porte au nez !

— Bien sûr, évidemment.

Brooke acquiesça de la tête et sortit de la pièce et je retournai prendre ma place à contrecœur.

Nathan ne m'avait pas raconté grand-chose sur Madeleine. C'était un des rares sujets un peu tabous. Je savais que cela n'avait pas été facile. Ils étaient restés mariés six ans. Elle avait eu une enfance difficile et était brillante d'après lui. Elle travaillait dans… un truc cool. Je ne me rappelais plus quoi. À part ça, je ne savais rien.

— Merci d'être venu, dis-je à la cravate suivante.

— Toutes mes condoléances, me répondit un homme, et j'étais si fatiguée que je ne fis même pas l'effort de lui demander comment il connaissait Nathan.

— Merci.

— Au moins vous n'aviez pas d'enfants, ajouta sa femme en me posant la main sur le bras, et j'eus envie de l'étrangler.

À ce moment-là, Brooke s'approcha avec Madeleine.

L'ex-femme de mon mari était d'une beauté stupéfiante. Il n'en avait jamais fait état. *Alors comme ça, tu étais marié avec Jessica Chastain. Mais pourquoi ce n'est pas elle ta veuve ? Ce n'est pas juste qu'elle t'ait eu pendant six ans et que ce soit moi qui sois obligée d'être là aujourd'hui. En plus j'ai un de ces mal aux pieds !*

Madeleine était mince, ce genre de fille qui vous regarde comme si vous aviez dit un gros mot quand vous lui parlez de régime. Nathan m'avait dit qu'elle était vegane et il avait plutôt l'air content lorsqu'il me voyait faire un sort à un cheese-burger au bacon. Les veganes étaient des filles compliquées d'après lui.

Certes, mais elles étaient carrément bien fichues. Elle portait une robe bleu marine toute simple et fascinante à la fois. Sa coupe de cheveux était chic et impeccable, et ses boucles d'oreilles en or apparemment hors de prix se balançaient joliment.

En voyant le cercueil, elle se figea et blêmit. Puis elle émit un gémissement qui me glaça.

On n'entendait plus un bruit dans la pièce.

Puis elle s'effondra gracieusement, genoux au sol, poings serrés sur son visage.

— Oh non ! Nathan, non ! s'écria-t-elle entre deux sanglots.

Moi je n'avais ni gémi ni sangloté. Était-ce à porter à mon crédit, ou le contraire ?

Plutôt le contraire visiblement. Eloise se précipita à ses côtés, l'aida à se relever et l'entoura de ses bras.

— Ma chèèère Madeleine. Oh ! ma chèèère.

Elles restèrent dans les bras l'une de l'autre, et au bout d'un moment, je vis le masque d'Eloise tomber et son visage être parcouru de spasmes.

Cela ne dura pas. Elle emmena Madeleine jusqu'au cercueil et celle-ci posa la main sur la poitrine de mon mari, de mon mari *mort,* et sanglota de plus belle.

Six ans, la veinarde ! Eloise lui murmura quelque chose et Brooke se joignit à leurs effusions. Elles me firent l'effet du groupe de populaires à l'école, et moi de la pauvre fille toute seule avec sa gaine qui lui descend sur le ventre.

— Où sont les toilettes ? demanda ma grand-mère à voix haute. Je n'aurais jamais dû boire tout ce Pepsi au déjeuner.

— Viens avec moi, Gram-Gram, lui répondit Ainsley.

— Kate…

L'ex-femme se tenait devant moi, toute tremblante et les lèvres serrées. Est-ce qu'il fallait que j'essaie d'avoir l'air encore plus malheureuse qu'elle ? Que je gémisse et que je m'écroule à mon tour ?

C'est alors que mes yeux rencontrèrent les siens et que ma méchanceté s'envola d'un coup. Elle l'avait vraiment aimé.

— Bonjour, je… je suis désolée, je…, parvins-je à peine à articuler.

Et c'était vrai, j'étais tellement désolée de n'avoir pas pris mieux soin de Nathan. Elle l'avait gardé en vie six ans durant et je l'avais perdu au bout de même pas un an.

— Pardon pour… tout à l'heure, murmura-t-elle, des larmes coulant de ses magnifiques yeux.

— Non, je vous en prie, c'était une réaction sincère.

*Non mais écoutez-moi ça un peu.*

— Je suis sûre qu'il vous aimait beaucoup.

— Je vous renvoie le compliment.

En entendant cela, Eloise m'a regardée bizarrement.

Mais comment avait-il pu la quitter ? Elle était d'une beauté dingue ! Même moi j'aurais voulu me marier avec elle. Et pourquoi n'avait-elle pas voulu d'enfants de lui ? Ce serait tellement plus facile pour la famille aujourd'hui s'il y avait un petit Nathan dans les parages. Je vais vous dire ce que j'en pense : ce devait être une sacrée égoïste.

Eloise lui entoura les épaules de son bras et la fit avancer, si bien que je me demandai si je n'avais pas pensé tout haut.

— Merci d'être venue, dis-je à retardement, d'une voix gaie, comme si je disais au revoir à de bons amis à la fin d'une soirée.

Cause du décès : *traumatisme crânien.*

Est-ce que Nathan serait toujours en vie si ma sœur avait opté pour un sol en bois ou en pierre à savon ?

Apparemment il y avait un problème sur un vaisseau dans son cerveau, enfin ce n'était pas un problème jusqu'à ce que sa femme ait envie de ce verre de vin.

Cause du décès : *épouse irritée par discours du beau-frère et qui veut se bourrer la gueule pour oublier.*

Eric n'aurait-il pas pu demander Ainsley en mariage plus discrètement, comme quelqu'un de normal ? Je ne sais pas, moi, il y a cinq ans ?

Au lieu de ça, il avait fallu qu'il fasse son show devant tout le monde, et devant son *montage photo de la renaissance* comme il était écrit sur le panneau (mais quel professionnel pouvait bien photographier une ablation de testicule ?). Non, il fallait qu'on porte tous ensemble un toast à ma petite sœur et puis boum, me voilà veuve.

Je regardai la file qui s'allongeait jusqu'en dehors de la pièce, et même dans la rue. Lorsqu'on avait marché jusqu'à la maison funéraire, le cortège était large de quatre personnes et allait jusqu'à l'angle du pâté de maisons. Tout ce noir, on aurait dit la garde des chevaliers dans *Game of Thrones*. C'était deux heures auparavant, et j'avais l'impression qu'il y avait toujours autant de monde.

Tout le monde l'adorait.

Et moi, neuf mois plus tôt je ne le connaissais même pas. Sept mois plus tôt il n'aurait été qu'un garçon sympa que j'aurais vu quelques fois. J'aurais été triste quelque temps et aurais fait de l'humour noir sur le destin qui s'opposait ainsi à notre histoire. Cinq mois plus tôt, j'aurais eu du chagrin et me serais demandé si oui ou non nous nous aimions vraiment ou si ce n'était qu'une toquade. Je serais venue aujourd'hui et me serais présentée à sa mère comme une amie, j'aurais souri tristement en pensant à lui.

Quatre mois et une semaine plus tôt, j'aurais porté le deuil de mon fiancé mais sans avoir aucune idée de ce qu'était la vie quotidienne à ses côtés.

Cent deux jours de mariage.

Sonnée, je m'approchai du cercueil et, pour la première fois au cours de cette interminable soirée, je regardai longuement le corps de mon mari.

Cette femme tout à l'heure avait tort. Il avait l'air plus mort que mort. Son visage était dur et figé, comme celui des accros de la chirurgie plastique. Je me suis demandé si aux pompes funèbres ils utilisaient les mêmes produits : Juvaderm, Botox.

*Oh ! Nathan.*

Je passai doucement les doigts dans ses cheveux qui eux n'avaient pas changé, en tâchant de ne pas toucher son crâne. Seulement ses cheveux, doux, soyeux, qui frisaient un peu lorsqu'il était en nage. Mon empereur romain, l'avais-je appelé, un jour, alors qu'on était au lit ensemble. Et son sourire…

— Salut, toi.

C'était Eric.

Cause du décès : *discours interminable.*

— Salut, répondis-je d'un ton sec.

— Ça va ?

— Pas vraiment, non.

Il me passa le bras autour des épaules et j'eus un peu honte. Eric avait toujours été gentil, même s'il ne pensait qu'à lui.

— Je disais plus tôt à Sean comme tout ça me faisait bizarre, vu le cancer que j'ai eu. Il doit y avoir un signe.

Mon irritation refit surface aussitôt, comme un monstre vengeur.

— Il n'y a aucun signe là-dedans, épargne-moi tes platitudes, Eric.

Il eut l'air surpris.

— Non mais je veux dire… la vie est courte. Il faut en profiter.

— Pas ça, Eric, pas maintenant.

— C'est presque un message que nous adresse l'univers. Tu sais que je l'aimais moi aussi. Et je pensais que ce serait moi qui mourrais. Tu comprends ? À cause de mon cancer.

— Ça me dit vaguement quelque chose, oui.

— C'est une telle coïncidence. Quand j'étais en chimio, certains jours, en pensant que c'était la fin, je me disais…

— Tiens, Kate, me dit ma sœur en me tendant un verre d'eau. Eric, Mme Coburn veut te présenter quelqu'un, un ami de Nathan de Columbia.

Sauvée par les condoléances. Ma sœur éloigna Eric et je contemplai de nouveau longuement mon mari.

*Je t'aime*, pensai-je, désespérée, alors qu'au même moment une autre pensée me vint, dure et férocement choquante.

*J'aurais préféré qu'on ne se soit jamais rencontrés.*

# Ainsley

— Le jour où j'ai accepté de divorcer, Phil a réapparu avec sa fille, aimait à raconter Candy lorsqu'elle était en signature.

Je me rappelais m'être dit à trois ans que ce serait cool d'aller vivre chez une dame qui se prénommait Candy, que sa maison serait toute colorée et qu'on y mangerait que de la nourriture rose. Et aussi qu'on chanterait tout le temps.

En fait non. Candy soupirait sans arrêt et avait perpétuellement mal à la tête.

Du coup je passai mon enfance à me sentir coupable. À chaque fois qu'elle m'attachait dans la voiture, non sans brusquerie, elle se redressait en faisant la grimace et en se tenant les reins. Elle avait un peu plus de quarante ans lorsque j'étais venue vivre avec elle et elle disait à ses amies combien c'était difficile les petits. Comme c'était une femme de devoir, elle était présente à toutes les réunions parents professeurs, contrairement à mon père, sans arrêt en vadrouille. Elle s'assurait que je mange une nourriture saine et insipide, s'occupait de moi, quoi, mais il était clair que je n'étais pas sa fille. Elle avait déjà tout ce qu'il lui fallait.

Lorsque j'étais arrivée, elle était en doctorat et il lui fallut encore quatre ans pour terminer sa thèse qui deviendrait son plus célèbre livre : *Coincée avec toi : Éduquer, contre son gré, un enfant qui n'est pas le vôtre*. J'avais mis des dizaines d'années à comprendre que l'enfant du titre c'était moi.

À l'inverse de Sean et Kate, j'étais comme dans une famille d'accueil. Lorsqu'ils racontaient leur enfance, j'imaginais un royaume magique où régnaient harmonie et joie de vivre. Candy faisait de la pâtisserie à cette époque : cookies à la noix de coco, gâteau des anges… Elle leur construisait un tipi dans le salon pendant les vacances d'hiver, leur lisait à voix haute *Le Vent dans les saules*, en faisant toutes les voix à la perfection. Sean et Kate avaient partagé la même chambre jusqu'à sept ans.

Il y avait des dizaines de photos d'eux à l'époque où je n'étais pas encore là : tous les deux en train de rire dans les bras l'un de l'autre, ou bien Sean en train d'aider Kate à faire du vélo, ou encore tous les deux en train de manger une glace à l'eau un jour d'été, ou enfin posant devant la maison le jour de la rentrée, Kate les cheveux soigneusement relevés en queue-de-cheval et Sean avec sa coupe impeccable.

Pour une famille d'accueil, c'était correct. On ne m'avait jamais fait tomber sur la tête, ni brûlée à la cigarette, ni forcée à me battre. Une fois à la maternelle, j'allais à la garderie tous les soirs, et j'enviais ceux qui prenaient le bus pour rentrer chez eux.

En grandissant j'étais inscrite à toutes les activités possibles à l'extérieur. J'avais fait une carrière complète dans le scoutisme, commencé le foot à cinq ans, été impliquée de force dans le programme « Adopte un grand-parent », qui m'obligeait, lycéenne, à passer des après-midi entiers auprès de personnes âgées dont la seule demande était que je les emmène chez moi.

Mon père m'aimait bien mais il n'était pas souvent là, sans arrêt entre deux avions pour suivre ses équipes. Cela dit, lorsqu'il était avec nous, la vie était beaucoup plus joyeuse. « J'emmène la petite faire une course », disait-il et ainsi, une ou deux fois par mois, je sortais avec lui, tout heureuse de glisser ma petite main dans la sienne. Nous allions rendre visite à une de ses amies et là je pouvais jouer à des jeux vidéo, tout en mangeant une glace, ce qu'interdisait Candy. Papa et son amie allaient dans la chambre pour « parler un peu tranquillement » et moi, je m'en fichais parce que ensuite il m'emmenait au magasin de jouets acheter une peluche.

Pendant des années, j'ai pensé « qu'aller faire une course » voulait dire rendre visite à des dames.

Avec Kate et Sean, ça se passait bien. Ils ne me détestaient pas, ne me frappaient pas et ne se moquaient pas de moi. C'est juste qu'ils… m'ignoraient. Pas d'une façon méchante, non, mais sans vraiment s'en rendre compte. Je me souviens avoir un jour frappé à la porte de Sean pour lui demander de jouer avec moi. Il m'avait regardée stupéfait et s'était mis à chercher dans tous les sens quelque chose pour m'occuper. Il avait fini par me montrer comment faire une fronde avec un élastique, puis m'avait dit qu'il avait des devoirs. À moins que je ne lui demande, Kate n'était pas du genre à me coiffer ou à jouer à la poupée avec moi.

Et je me suis lassée de toujours demander.

Au lieu de cela, je me suis inventé des amis. Lolly et M. Brewster, les êtres minuscules qui habitaient dans mes couvertures et faisaient du ski sur la pente de mes genoux, s'écrasaient tout en bas et se disputaient violemment pour savoir à qui la faute. Il y avait aussi Igor, un tout petit éléphant qui vivait dans une boîte à chaussures décorée par moi à l'aide de peinture et de bouts de tissus.

Je fais ma Cosette là, non ? J'exagère c'est certain, parce que vers huit ou neuf ans j'avais des amis et ce fut un sacré soulagement d'être avec des gens qui étaient *vraiment* contents de parler avec moi. Au collège, je me suis mise dans toutes les asso et je ne rechignais jamais à l'idée d'endosser de nouvelles responsabilités (toujours plutôt secrétaire que présidente, responsable matériel plutôt que star de l'équipe). Même chose au lycée : j'étais neutre comme la Suisse, amie avec tout le monde.

Je n'avais pas de petit copain, mais j'étais de très bon conseil auprès de mes copines qui en avaient un, et j'étais toujours assez émoustillée par procuration quand il s'agissait d'aller dire à Seth de la part de Lucy qu'il lui plaisait bien, et lui demander si c'était réciproque.

Lorsque Kate était entrée à l'université de New York, mes parents et moi avions déménagé à Cambry, et j'avais profité à fond de mon statut de nouvelle. Cela faisait longtemps que j'avais compris que pour se faire des amis il fallait aller vers les gens. Aime et tu seras aimée.

Sean était passé de Harvard à la fac de médecine de Columbia, histoire de se la péter. Après la NYU, Kate avait passé un diplôme de photographie à l'école des beaux-arts et du design de Savannah et tout de suite démarré sa carrière de photographe. Elle m'impressionnait, tellement branchée et sophistiquée, habitant Brooklyn… (Je savais à peine où cela se trouvait mais le nom était tellement cool !)

Moi j'étais allée dans une fac plutôt sympa à New York, enfin c'était le Wagner College sur Staten Island, un peu à l'écart, mais techniquement c'était encore New York City.

Contrairement à mon frère et à ma sœur, je n'avais pas de vocation précise. La fac était super et j'étais très heureuse d'être partie de la maison. Mes frère et sœur étaient lancés dans leur fabuleuse vie d'adultes : Sean s'était marié avec Kiara, chirurgienne spécialisée dans la chirurgie du cerveau et donnant à l'occasion des conférences TED. Kate vivait dans son immeuble de brique, un autre monde me semblait-il, et m'invitait parfois à dîner, ce qui était toujours très agréable même si je me sentais un peu mal à l'aise.

Ensuite, en troisième année, j'avais rencontré Eric.

Wagner était une petite fac, mais bizarrement nous ne nous connaissions pas. Il étudiait la finance et moi la philosophie, parce que n'est-ce pas que le monde a besoin de philosophes ?

Je l'avais vu pour la première fois le jour de la rentrée. Ses parents lui disaient au revoir et le serraient dans leurs bras, sa mère entre rire et larmes. Il l'avait embrassée sur la joue et avait serré son père dans ses bras, pas de cette façon un peu expéditive des garçons de son âge mais avec une vraie affection.

Il était beau : des cheveux noirs, des yeux noirs, des lunettes ridicules, un peu dégingandé.

Il avait levé les yeux, m'avait vue et m'avait souri et voilà, j'étais amoureuse.

J'avais mis deux semaines à lui adresser la parole, ce qui était gênant vu qu'on habitait dans le même bâtiment cette année-là. Et puis un soir, par chance, ma clé avait refusé de fonctionner et, tandis que j'essayais de la glisser pour la quinzième fois, il était arrivé derrière moi et m'avait dit : « Tu veux que j'essaie, fille qui refuse de me parler ? »

J'avais rougi.

Il avait souri et suggéré qu'on aille prendre un café. J'avais senti mon cœur faire des bonds dans ma poitrine.

On était allés prendre ce café.

Et à la fin du week-end nous étions ensemble. Il avait mis deux semaines à me faire venir dans son lit, surtout parce que c'était le temps qu'il fallait à la pilule pour être efficace. Je n'arrivais pas à croire que j'avais trouvé l'amour en la personne aimable, appréciée de tous et adorablement ridicule d'Eric Fisher. J'avais un petit copain !

Plus incroyable encore, il ressentait la même chose pour moi !

Nous pouvions passer des nuits entières à discuter, parce que c'était plus important que de dormir. Il était drôle et tellement gentil que ça me sidérait. Je n'avais jamais rencontré un garçon comme lui, qui me tienne la porte, aille m'acheter des médicaments pour le rhume quand j'étais malade, et un muffin aux myrtilles à la cafète parce que j'adorais ça.

Avec lui j'étais enfin moi-même, j'étais enfin quelqu'un.

Cet été-là, nous étions tous les deux en stage à Manhattan, moi dans une toute petite maison d'édition et lui dans une banque. Ses parents nous avaient laissé leur appartement sur la 102e Rue, dans un immeuble qui portait un nom. Je le trouvais très chic parce que c'était la première fois que j'habitais dans un immeuble avec un nom. L'appartement avait appartenu à la grand-mère d'Eric. Il était minuscule et sans charme, avec une chambre si petite qu'on ne pouvait rien y mettre d'autre qu'un lit double. La cuisine était dans le séjour et on ne pouvait s'asseoir qu'à deux à table, et encore avec les genoux qui se touchaient.

M. et Mme Fisher m'aimaient bien, ce qui était en soi déjà incroyable.

— Vous pratiquez une religion, ma jolie ? m'avait-elle demandé au cours de notre troisième dîner.

— Pas vraiment, madame Fisher, ne vous faites pas de fausses idées parce que je m'appelle O'Leary. Je ne me souviens pas de la dernière fois que nous sommes allés à l'église. Peut-être au mariage de ma cousine il y a quelques années ?

— Appelez-moi Judy, mon petit, m'avait-elle alors répondu, aux anges.

— Désolé pour ma mère, était alors intervenu Eric. Elle veut s'assurer que nos enfants seront bien élevés dans la religion juive.

Nos enfants ! Élevés ! Je ne savais pas comment cacher mon émotion.

Après notre remise de diplôme, nous ne nous étions plus quittés. C'était toujours « nous » : « Nous devrions aller vivre à San Francisco, m'avait-il dit à la fin de notre troisième année. Mais ma mère ne le supporterait pas. Au fait elle veut encore t'emmener voir *Le Fantôme de l'opéra*[1], désolé. »

Je l'adorais. Il était intelligent, gentil et attentionné. Il me racontait des histoires sur son enfance qui avait dû être heureuse et normale, mais qu'il rendait hilarante, sans même se moquer de ses parents. Il me témoignait une dévotion sans faille. Et c'était aussi quelque chose que j'aimais chez lui : sa constance.

La différence entre être l'amie, ou la sœur (ou demi-sœur dans mon cas), ou la fille (ou la belle-fille) et être l'amoureuse de quelqu'un était juste dingue ! J'avais l'impression d'être la plus merveilleuse créature de la Terre.

Une fois diplômés, Eric et moi avions trouvé un job à New York, pour le plus grand bonheur de Judy (ils habitaient

1. Célèbre comédie musicale sortie en 1986, tirée du roman de Gaston Leroux, dont le personnage principal, le fantôme, se prénomme Erik. (NdT)

non loin de Greenwich, dans le Connecticut). Malgré ma mention et ma spécialité philo, je n'avais aucune qualification particulière, mais je trouvai un emploi de réceptionniste à NBC. Eric trouva un poste dans la banque où il avait fait son stage et nous étions retournés vivre dans le minuscule appartement, rendant verts de jalousie tous nos amis qui devaient supporter des trajets compliqués depuis le Queens ou Yonkers.

Tout était parfait. Nous étions tout excités d'avoir un premier vrai boulot, de prendre le métro, de commander du thaï pour dîner devant la télé, et de faire des câlins dans notre minichambre… Je n'avais pas imaginé ma vie d'adulte autrement.

J'adorais travailler au Rockefeller Center et voir toutes les célébrités entrer et sortir. J'aimais m'habiller pour aller travailler dans mes mignonnes petites robes rétro ou mes jupes trapèze et mes cardigans. J'étais épanouie, joyeuse, je disais bonjour mais ne demandais pas de selfie avec les vedettes, pas plus que je ne copinais avec les producteurs et les scénaristes (même si j'envoyais un SMS à Eric à chaque fois que je voyais Tina Fey). Ce n'était pas un boulot super compliqué mais je le faisais bien.

Eric était mieux payé, et je l'encourageais à envisager un master en business car il était doué pour les chiffres. De plus, au bout de deux mois et demi à la banque, il était déjà insatisfait et impatient d'évoluer. Il aspirait à un vrai statut, avec bureau et assistant.

De mon côté je trouvais très confortable d'avoir un travail facile, et de toute façon je n'étais pas encore entrée dans ce que je considérais comme ma vraie vie d'adulte, où je m'imaginais vaguement vêtue d'Armani tout en étant mère au foyer. J'étais sûre que nous serions bientôt mariés, Eric et moi. Nous en parlions sans détour mais sans entrer dans les détails. Nous disions juste : « Quand on sera mariés. » Ou encore : « Ce serait un bel endroit où s'installer quand on aura un bébé. » Nous n'étions pas pressés. On venait de finir nos études après tout.

J'aimais bien NBC. Cela ne me gênait pas de servir les plateaux-repas dans la salle de rédaction ou de rester sous la pluie à attendre un taxi pour l'un ou l'autre qui avait oublié de le commander. Un jour, un reporter du *Daily News* m'avait demandé d'aller lui acheter une chemise et une cravate. Il avait un déplacement imprévu en avion et besoin d'une chemise propre. « Cela m'ennuie de vous demander ça, mais je suis débordé et mon assistant n'est pas là aujourd'hui. »

— Oh, mais il n'y a aucun problème ! avais-je répondu.

Il m'avait donné quatre cents dollars et dit :

— Achetez-vous quelque chose pour la peine. Et encore merci, Ainsley. C'est vraiment très gentil.

J'étais tellement contente qu'il connaisse mon prénom ! Évidemment je portais un badge, mais la plupart des gens se contentaient de m'apostropher quand ils voulaient commander un taxi, un repas…

J'étais allée chez Brooks Brothers et avais choisi une chemise bleue qui irait bien avec ses yeux ainsi qu'une cravate mauve qui passerait bien à la télévision. J'avais rapporté tout ça au bureau en laissant la facture dans une enveloppe.

Deux jours plus tard, un paquet magnifiquement enveloppé trônait sur mon bureau, assorti d'une petite note : *Je vous avais dit de vous acheter quelque chose. Merci encore, Ryan Roberts.* À l'intérieur se trouvait un ravissant foulard rose et rouge en soie, si léger qu'il flottait dans l'air. Comme Candy m'avait appris à le faire, je lui écrivis un petit mot de remerciement à la main.

Trois semaines plus tard, Ryan me demandait si je voulais venir travailler avec lui comme assistante de production sur *The Day's News*. Un poste s'était libéré et il avait pensé à moi. Eric avait failli s'évanouir lorsque je le lui avais dit. « C'est super, ma puce, je suis si fier de toi ! »

Et donc, même si je savais à peine ce qu'était une assistante de production, j'avais dit oui.

J'avais vite compris : si vous ne rechigniez pas à faire tout ce qu'on vous demandait, vous étiez une assistante de production parfaite : préparer le café, commander le déjeuner, relire un projet, demander au service illustration de modifier tel graphique, revoir la durée de tel reportage, appeler pour réserver une table pour tel présentateur… rien de compliqué. D'autres assistants couraient dans tous les sens, en nage et hyper stressés, histoire de se faire remarquer et de se donner de l'importance. Pas moi, car je savais que je n'en avais aucune.

Voilà une chose que mon passage à NBC mettait en évidence : mon total manque d'ambition. Je ne voulais devenir ni journaliste ni reporter. Je n'avais aucune envie de partir à Beyrouth (surtout pas !). Je préférais laisser à d'autres ces endroits dangereux remplis de bombes, de ruines et de coups de feu. Ça m'allait tout à fait d'avoir l'eau courante et de flirter gentiment en bas de mon immeuble avec le portier de soixante-quinze ans. Et puis m'endormir tout contre Eric au terme de nos longues journées de travail.

Je ne voulais pas d'un bureau à moi. Je n'avais jamais non plus demandé d'augmentation ni de promotion.

Cela m'avait valu d'en obtenir à peu près tous les six mois. Curieusement, Ryan trouvait que j'étais une perle.

Je sais ce que vous vous dites : qu'il avait des vues sur moi. Pas du tout. Il nous invitait à dîner, Eric et moi, avec sa femme, et me montrait des photos de ses enfants qu'il adorait, et me remerciait de lui rappeler l'anniversaire de sa mère quand il l'oubliait.

D'assistante de production, je passai productrice assistante, ce qui fit grincer des dents autour de moi. Six mois plus tard, Ryan se vit attribuer davantage de temps d'antenne et je fus de nouveau promue afin de le suivre (comme productrice associée). Un an et demi après ça, il fut nommé présentateur vedette de *The Day's News* et à vingt-six ans je devins productrice senior du deuxième plus grand show d'actualités télévisé du pays.

Eric était très fier et avait invité nos deux familles au grand complet (même papa qui était justement à New York pour un match des Yankees) pour fêter ça dans un restaurant super chic. Judy et Aaron n'avaient pas cessé de lever leur verre et de me féliciter pendant que Kate me réclamait des potins. Même Sean était impressionné. À Candy qui demandait comment j'avais obtenu le poste, Eric a répondu : « C'est parce qu'elle est merveilleuse dans tout ce qu'elle fait. »

La popularité de Ryan ne cessait de grimper. Assez jeune pour inspirer la sympathie et assez vieux pour inspirer la confiance, il avait en plus un super sens de l'humour, et tout le monde l'adorait à NBC. (Il animait le grand show du samedi soir, et j'avais eu des invitations pour Judy et Aaron.) Il me traitait d'égal à égal, écoutait mes suggestions et en tenait compte.

Lorsqu'il avait interviewé le Président, je lui avais conseillé de lui demander le jour de naissance de ses enfants et, évidemment, cela avait donné lieu à une séquence émotion avec le leader du monde libre, et on s'était déchaîné sur les réseaux sociaux. Ryan m'avait fait un gros clin d'œil à la fin de l'interview et m'avait présentée au Président. Au président des États-Unis d'Amérique.

À la même période, Eric obtenait son diplôme de l'université de Rutgers, trouvait un emploi à Wall Street et nous croquions la Grosse Pomme à pleines dents. Nous avions quitté notre appartement pour emménager dans un deux-pièces à Chelsea (dont l'immeuble n'avait hélas pas de nom).

Malgré mon titre ronflant et ma promiscuité avec des personnalités riches et célèbres, je ne gagnais pas la moitié du salaire d'Eric. Contrairement à moi, il était très ambitieux. Mais il était aussi très stressé par son job. À Wall Street, au milieu de trois cents autres jeunes gens brillants et ambitieux, c'était difficile de sortir du lot.

C'est alors que j'étais intervenue, moi son arme secrète. Je lui avais dit d'inviter son boss à dîner. Je m'étais mise en cuisine, j'avais charmé le boss avec mes anecdotes professionnelles et discuté avec sa femme. Puis j'avais encouragé Eric à rejoindre l'équipe de softball de l'entreprise et à participer à l'opération : « Montons des marches contre les maladies pulmonaires en Amérique » qui se tenait dans son immeuble. À la naissance des jumeaux de sa P-DG, je lui avais suggéré de faire un don à la Protection de l'enfance en l'honneur des nouveau-nés. (D'ailleurs sa P-DG était descendue exprès depuis son bureau au dernier étage pour l'en remercier personnellement.)

Ryan aimait à dire que j'avais le don de sentir le pouls de l'humanité, oui bon, c'était peut-être un peu exagéré, mais c'est vrai que j'étais perspicace. Et Eric… pas tant que ça. Il était un peu trop habitué à être l'enfant unique adulé pour percevoir les besoins d'autrui. J'étais l'inverse. Pas adulée du tout et clairvoyante.

De temps en temps, il nous arrivait de passer devant une bijouterie et Eric avait alors un petit sourire. Je faisais l'innocente et il me disait : « J'essaie juste de voir ce que tu regardes. » J'avais donc des signes rassurants et des allusions au fait que nous serions bientôt fiancés, mais la bague n'arrivait toujours pas.

Un soir où nous étions exceptionnellement tous les deux en train de dîner dans notre bel appartement, heureux et euphoriques à cause du bon vin, je m'étais entendue lui demander : « Chéri, qu'est-ce que tu dirais qu'on se marie ? »

Il avait posé sa fourchette. Il avait préparé mon plat préféré : du risotto aux crevettes. Il avait hoché la tête et m'avait regardée de ses yeux doux. « C'est ce que je souhaite moi aussi, tu le sais. Je t'aime tant, Ains. Mais la dernière chose que je veux c'est me marier à un moment de ma vie où je suis tellement occupé que je n'ai pas de temps pour ma femme. Dans un an et demi peut-être, quand je serai plus cool. Tu crois que tu peux attendre aussi longtemps ? »

Et comme je ne voulais pas passer pour la faible femme dépendante, j'avais répliqué : « Bien sûr ! De toute façon je suis très occupée aussi. Non, je me demandais juste si… »

— Évidemment qu'on se mariera un jour, ma puce. Tu es la femme de ma vie, m'avait-il répondu avec un sourire en me servant du vin.

Là-dessus on était allés se coucher, et ce fut une belle nuit d'amour je dois dire.

C'est après que tout avait commencé à merder.

En plus d'être le journaliste le plus influent du pays, Ryan Roberts semblait se trouver toujours là où les choses se passaient.

Comme la fois où une balle lui avait effleuré le crâne en pleine prise d'otages et qu'il avait demandé au cameraman de filmer le trou dans le mur derrière lui, faisant ainsi la une du jour. Et cette fois où sa voiture avait été aspirée par une tornade. Ou encore l'incendie dans le Queens, la menace terroriste en Californie... Des événements plus terrifiants et excitants les uns que les autres en fait, dont j'étais chargée de rédiger le lancement : *Ce soir dans* The Day's News *: Ne manquez pas à 5 heures Ryan Roberts en direct de la prise d'otage à DC !*

Au début je n'avais pas le moindre soupçon. Je pensais seulement qu'il avait du mal à se rappeler les détails lorsqu'il m'appelait. Au téléphone il se contentait de me dire : « J'étais au bout de la rue quand la fusillade a eu lieu », mais en conférence de rédaction son récit se faisait beaucoup plus spectaculaire : « J'ai senti les balles me frôler le crâne. » Et la grosse explosion qui avait fait trembler les vitres du bâtiment en bas de la rue se transformait en boule de feu qui l'avait manqué de justesse.

Il arrive souvent que les gens se rappellent les détails après coup, et puis je lui faisais confiance. Ryan était le meilleur patron du monde.

Mais cela devint récurrent : son véhicule fut pris pour cible en Afghanistan, un malade du sida mourut dans ses bras... L'info — et l'audience — étaient tellement meilleures lorsque Ryan était au cœur de l'action et pas seulement en charge de la rapporter. Et puis après tout, il était sur le terrain, c'était son boulot.

Ce n'était pas systématique, mais arrivait suffisamment souvent pour que mes antennes commencent à vibrer. Finalement un soir, alors que l'on dînait dans son bureau, je lui ai posé la question. C'était quelques heures après de très violents orages à Brooklyn où s'était rendu Ryan. « Je me trouvais là, pour sentir un peu l'atmosphère, quand j'ai entendu cette femme qui appelait dans le métro. Je suis descendu dans les couloirs inondés, et immondes, soit dit en passant, et je l'ai remontée. Elle était à peine consciente. »

Mes antennes se sont alors mises à vibrer. Pourquoi avait-il attendu la fin de la journée pour me raconter tout ça ?

— Mais qu'en as-tu fait ?

— Euh, quelqu'un l'a emmenée à l'hôpital. Elle s'en est sortie.

Mes antennes se sont remises à vibrer.

— Tu as pris son nom ? Ça ferait un super sujet !

— J'aurais dû le lui demander, hein ? J'imagine que j'ai été pris dans l'action.

Sauf qu'il était journaliste et ne vivait que pour ce genre de récit.

Mes antennes se sont alors déchaînées. J'avais continué à manger mes nouilles au sésame avant de remarquer :

— C'est drôle. Parfois on dirait que tu mets des heures à te rappeler les détails les plus intéressants.

J'évitais de croiser son regard en disant cela et je parlais d'un ton prudent.

C'était mon boss quand même. Il gagnait seize millions de dollars par an et m'avait offert des opportunités incroyables que je n'étais pas certaine de retrouver si facilement.

Il n'avait pas répondu, mais s'était contenté de me regarder et de mordre dans son sandwich.

— Je veux juste être certaine que… tout est clair, avais-je ajouté.

— Mais bien sûr que tout est clair, Ainsley, m'avait-il répondu avec ce petit sourire dont l'Amérique raffolait. Parfois cela prend un peu de temps pour que les événements se décantent. L'adrénaline, tu comprends ?

Il avait marqué une pause.

— Enfin bon, peut-être ne peux-tu pas comprendre puisque tu ne vas pas sur le terrain.

En d'autres termes, *restons-en là*.

Cela se passait pareil dans tous les programmes d'infos, non ? Je veux dire, il ne suffisait pas qu'on dise qu'il pleuvait, il nous fallait de violents épisodes de pluie, ou des alertes brouillard. Des reporters étaient envoyés devant des bâtiments déserts au milieu de la nuit pour dramatiser tout ça : « Tôt ce matin, c'était le choc, bla bla bla… »

Et moi qu'est-ce que j'en savais ? Je n'y étais pas. Mes antennes n'avaient rien capté.

C'est alors que l'on atteignit le point de non-retour.

Cela n'aurait pas dû faire toute une histoire. De toutes les exagérations de Ryan à l'origine d'un buzz, c'était même la plus inoffensive. Mais cela créa tout de même un sacré buzz.

Ryan préparait un sujet sur la réduction des pensions des vétérans par le Congrès. Il interviewait une vétérane qui avait perdu ses deux jambes et une partie de son visage à cause d'un engin explosif. Ils étaient assis dans son modeste salon, et le mari racontait d'une voix rauque le courage et la détermination dont sa femme avait fait preuve, le tout devant un drapeau américain posé sur une étagère.

Ryan se montrait si compatissant et doux que même moi j'en eus les larmes aux yeux. Il posa la question de l'impact de ces réductions de pension sur la famille, de l'aide que lui avait apportée son traitement (qui n'était plus couvert) et du prix que coûteraient des prothèses ou une nouvelle opération.

Et puis ce fut le bouquet ! Leur fille de trois ans apparut, grimpa sur les genoux de Ryan. Il l'accueillit d'un « Tiens, salut ma puce ! » et poursuivit l'interview comme ça, jusqu'à ce qu'elle s'endorme, la tête posée sur son épaule.

On sentit toute l'Amérique dégouliner d'amour.

Parce que oui, ça c'était de la bonne télé ! Le brave soldat, son mari courageux, leur adorable fillette, et le visage de celui en qui l'Amérique mettait toute sa confiance. Ça ne s'inventait pas.

Sauf que si apparemment.

Deux semaines plus tard, le *New York Post* titrait : « Ryan Roberts achète une famille pour faire pleurer l'Amérique ». Un mail avait fuité dans lequel le mari de la vétérane remerciait Ryan pour cette histoire et s'excusait « que Callie ait fait tous ces caprices. J'espère que vous vous êtes remis de l'avoir entendue crier autant ! »

Crier ? Mais qui avait crié ?

Et le mail se poursuivait ainsi : « L'argent supplémentaire sera bien utile et nous vous remercions encore. »

Ryan resta injoignable pour toute réaction.

Il apparut qu'il avait proposé mille dollars pour que le couple obtienne de leur fille qu'elle vienne s'asseoir sur ses genoux. Malgré les efforts de la grand-mère, il avait fallu s'y reprendre à plusieurs fois avant que Callie n'ait plus peur de lui.

Bill, le cameraman en âge de partir à la retraite, avait vendu la mèche. Il avait pourtant été complice de toutes les mises en scène de Ryan (à chaque fois contre quelques milliers de dollars), mais cette fois-ci avait été de trop, car il était vétéran lui-même. Quant au couple, ils admirent qu'ils avaient besoin d'argent pour des prothèses, à cause de la réduction votée au Congrès.

Pour faire bref, ce fut un tollé général contre le Congrès. Une levée de fonds fut organisée pour la famille, et plus d'un million et demi fut récolté dès le premier jour.

Les autres affabulations de Ryan éclatèrent au grand jour : la tornade, les balles, la femme du métro. Il fut renvoyé et, au bout d'une période de six mois passés à faire amende honorable, réembauché sur une autre chaîne pour la moitié de son salaire.

Je fus virée moi aussi, mais pas réembauchée. C'était mon boulot de m'assurer que les infos étaient vraies, que Ryan n'en rajoutait pas, « de veiller à tout ça, bon sang ! » comme me le fit remarquer sans ménagement le président de NBC.

Je m'étais donc retrouvée au chômage, avec autant de chances d'être embauchée sur une autre chaîne que si j'avais contracté le virus Ebola.

Au bout du cent cinquantième refus en quatre semaines (même Starbucks me dit non), je m'étais couchée dans mon canapé, avec cinq kilos de plus qu'un mois auparavant. Ça n'allait pas si mal, tentais-je de me persuader entre deux sanglots et deux cuillères de Ben & Jerry's. Après tout, je n'avais jamais eu une vocation de productrice. Au moins j'avais Eric. Et Ben. Et Jerry.

Un soir, alors que j'étais en plein dans ma phase « déprimée en pyjama », Eric était rentré et m'avait dit en soupirant :

— Allez, ma puce, de toute façon tu n'y serais pas restée une fois qu'on aurait eu des enfants.

— Oui mais c'est juste que, techniquement, je n'ai pas commis de faute.

— Je sais, je sais. On a déjà parlé de tout ça.

Mon Dieu, si même Eric ne voulait plus en parler, Eric mon amour, mon meilleur ami… J'étais vraiment, vraiment mal barrée.

Et ensuite il m'avait donné le coup de grâce :

— Écoute, avec ce que je gagne tu n'as pas besoin de travailler. Prends ton temps, trouve quelque chose que tu aimes vraiment. D'ailleurs… »

Il s'était interrompu et avait passé la main dans mes cheveux pas très propres.

— Tu ne penses pas qu'il est temps qu'on achète une maison ?

Ah ça oui alors ! C'était exactement ce dont j'avais besoin. La phase suivante ne faisait plus aucun doute : mariage et enfants, enfin ! Mais la première étape, c'était une maison pour tout ce petit monde.

Nous en avions trouvé une à Cambry-on-Hudson, la ville où j'avais passé mon adolescence, et où habitaient toujours Candy et papa, à quarante-cinq minutes de Judy et Aaron à Brooklyn. Les trajets pour Eric n'étaient pas trop longs en train et nous étions encore assez près de New York pour venir passer la soirée au spectacle ou chez des amis, et assez loin pour avoir l'impression de vivre à la campagne. C'était une petite ville chic, pleine de magasins intéressants, de super restaurants, de quelques galeries et d'une boulangerie divine. Avec aussi une marina sur l'Hudson et en hauteur, sur une colline, un country club qu'on avait baptisé Downton Abbey (et qui serait parfait pour notre mariage).

— Attends un peu qu'on ait des enfants, m'avait dit Eric lorsqu'on avait trouvé la maison. Et ne sois pas étonnée si mes parents achètent la maison d'à côté.

Tout cela m'allait parfaitement.

De l'extérieur, notre maison manquait de charme, mais l'intérieur était fabuleux. Des chambres immenses, un salon en contrebas, une cuisine avec des plans de travail en granit et un agréable porche à l'entrée. Nous étions dans un lotissement, ce qui n'était pas mon souhait, mais le jardin paysager était joli.

Nous sommes allés au refuge et avons choisi Ollie, qui n'était alors qu'un petit sac d'os trouvé attaché à un poteau téléphonique. Mais il avait remué la queue si fort lorsqu'on était allés le caresser qu'Eric lui avait fait une petite bise sur la tête en déclarant que c'était le début de notre famille.

J'avais juste eu un petit choc au moment de signer les papiers.

— Mais… mon nom n'est pas mentionné ? avais-je dit à l'agent immobilier.

— Ah non. Est-ce que j'aurais fait une erreur ? avait-il demandé alors. Je peux imprimer les papiers de nouveau. C'est juste… un malentendu, je suis navré.

— Non, c'est bon, avait répondu Eric. On verra ça plus tard, chérie.

Il avait apposé sa plus belle signature en me souriant, et lorsque l'agent est parti nous avons fait l'amour dans le salon vide. Ce soir-là ses parents étaient venus et, malgré le champagne et les rires, je n'arrêtais pas de penser à la même chose : Eric Fisher, et pas Eric Fisher et Ainsley O'Leary.

— Je me demande si nous aurons un jour des petits-enfants, Aaron, avait dit Judy, avec sa subtilité habituelle en caressant Ollie qui grognait de joie. Les petits chiens c'est bien aussi, mais bon.

— Maman, pourquoi penses-tu qu'il y ait quatre chambres ?

Il m'avait embrassée, sa mère avait soupiré, son père avait gloussé et j'avais mis de côté mes soucis en attendant sa demande en mariage. J'avais attendu et attendu. Attendu encore. Je m'étais engagée comme bénévole dans la maison de retraite où vivait Gram-Gram, et où j'emmenais Ollie pour distraire les personnes âgées. J'avais planté des bulbes de tulipes, repeint les chambres, restauré une table, acheté des meubles.

Deux mois après notre installation, Eric avait eu une nouvelle promotion. Il s'était excusé, me disant qu'il voulait vraiment vraiment m'épouser et passer plus de temps à la maison mais c'était une opportunité en or. J'essayai de ne pas le prendre trop mal, mais s'il était au top professionnellement, moi j'étais une anomalie à Cambry : une femme au foyer, ou, comme disait Kate, une recluse, une femme entretenue. C'était dit pour plaisanter mais je savais qu'elle le pensait.

Mon boulot me manquait au-delà de ce que j'aurais imaginé.

C'est alors que Candy m'avait obtenu un entretien pour un poste de rédactrice en chef au *Hudson Lifestyle*.

— Tâche de ne pas me faire honte, avait-elle ajouté au téléphone tandis que je mangeais encore de la glace Ben & Jerry's, debout devant le frigo, alors qu'une fois de plus Eric était en déplacement à Dallas.

— Merci pour ta confiance, Candy. Je vais essayer.

— C'est juste que j'ai une réputation professionnelle à tenir là-bas. Je t'ai recommandée et si tu ne fais pas bonne impression cela rejaillira sur moi, et laisse-moi te dire que j'ai travaillé très dur pour arriver là où j'en suis. Ce n'était pas facile, en particulier quand on vous colle une gamine dans les pattes à quarante ans.

Des fois qu'on ait oublié.

— Compris, Candy. Merci encore.

J'avais raccroché et terminé soigneusement le pot de glace, en bonne Américaine qui se respecte.

Les bureaux du *Hudson Lifestyle* se trouvaient dans un immeuble en brique de la vieille ville. Six personnes travaillaient là, pour la plupart à la pub et à la compta.

On le sait peu, mais dans la presse écrite le travail de rédacteur est sans doute le moins valorisé. Il faut des annonceurs qui financent le journal, des graphistes qui mettent en forme, quelqu'un qui passe tous ces coups de fil irritants pour proposer des abonnements et bien sûr encore quelqu'un qui s'occupe du ménage des locaux. Les rédacteurs ? Bah, ils se valent tous ! Il y aura toujours un étudiant stagiaire pour faire aussi bien que vous. De toute façon, les gens ne lisent plus que le *Huffington Post* et *Buzzfeed*.

J'attendis à la réception, dans une petite pièce bien meublée. Sur la table basse étaient étalés des exemplaires du magazine, en première de couverture, photo d'une ferme, d'une laitue ou encore d'un voilier. Les titres tels que « Les meilleurs chirurgiens plastiques du Westchester ! » et « Tables à la ferme » et encore « Les plus belles jardineries de la région ! » me donnèrent tous les renseignements nécessaires sur le contenu d'un journal que je n'avais encore jamais lu. La réceptionniste me proposa de m'asseoir avant de disparaître (sans doute pour vider les poubelles et nettoyer les toilettes).

Je me mis alors à regretter mon boulot d'avant, le Rockefeller Center, Ryan et le sentiment que j'avais alors d'être quelqu'un d'important.

Des larmes me montèrent aux yeux et mon nez me piqua. Un mouchoir en papier ? Je n'en avais pas. Mais ce boulot-là... c'était un tel déclassement. Humiliant. J'avais produit des magazines d'infos sur les rebelles en Afghanistan, j'avais rencontré le leader du monde libre, et désormais il fallait que je m'intéresse aux cultures potagères. Je m'étais essuyé les yeux du revers de la manche, laissant sur mes joues une traînée de mascara et d'eye liner. Super.

Un homme avait surgi à ce moment-là pour m'accueillir, l'air déjà furieux comme s'il pouvait lire dans mes pensées.

— Ashley ?

— Ainsley. Ainsley O'Leary, enchantée, avais-je dit en me levant d'un bond et en lui tendant une main qu'il regarda sans faire un geste.

— Vous pleurez ?

— Oh non, c'est... c'est juste que je vais avoir mes règles et...

Merde.

Il me fixa longuement sans broncher, de ses étranges yeux bleu pâle, comme un alien.

— Cela va-t-il poser un problème pendant notre entretien ?

— J'espère que non. Mais ces premiers jours sont épouvantables.

Je lui souris. Lui pas. Je ressentis une sorte de rétrécissement au creux de mon utérus comme si ce regard désapprobateur sur moi allait accélérer ma ménopause.

Il finit par cligner des paupières.

— Je suis Jonathan Kent. Par ici.

Je le suivis dans une vaste pièce ensoleillée divisée en plusieurs box. Un homme qui se trouvait là me fit un sourire avant de, sauf erreur de ma part, lever les yeux au ciel.

— Vous avez un rendez-vous à 11 heures, monsieur Kent, dit la réceptionniste.

Il se faisait donc appeler M. Kent ? Il ne devait pas avoir plus de quarante ans mais n'avait pas la cool attitude d'un Mark Zuckerberg, pour sûr.

Il n'y avait qu'un seul bureau à l'étage, le sien. Il était dans un ordre effrayant : avec un bureau vide (ce qui était le signe d'un esprit dérangé), une photo qui lui faisait face, et sur le mur un tableau de devinez quoi, l'Hudson. Il y avait aussi une bibliothèque qui ne contenait que des livres, pas d'objets, pas de photos, rien de personnel.

— Rappelez-moi pourquoi vous êtes ici, me dit-il en s'asseyant derrière son bureau. Vous voulez un stage d'après ce que m'a dit votre mère ?

— Non. Et d'ailleurs c'est ma belle-mère, pas ma mère. Candy, je veux dire. Vous cherchez un rédacteur en chef, je crois ?

De nouveau ce regard interminable et affligé qui me rétrécissait l'utérus.

— Quel âge avez-vous ?

— Il me semble que la loi n'autorise pas ce genre de questions, ai-je répondu en le fixant. J'ai trente ans.

— Vous paraissez moins.

Il ne disait pas ça pour me flatter.

Il parcourut mon CV, puis leva les yeux vers moi. Je lui souris. En fait je n'avais pas cessé de sourire. Mais il resta de marbre et regarda de nouveau mes documents. Mon sourire se figea pour de bon, le coin gauche de ma bouche tressaillant légèrement.

D'ordinaire je faisais très bonne impression.

Jonathan Kent portait un costume et sa cravate était bien ajustée. Il était rasé de près, ce qui était rare de nos jours, avec des cheveux sombres peignés en arrière, des pommettes très saillantes et ces yeux pâles. Il n'était ni séduisant ni repoussant. *Mâle de type caucasien avec un potentiel de serial killer.* Du temps où j'étais réceptionniste à NBC, il m'était arrivé d'avoir à passer des appels pour le directeur de casting.

— Avez-vous vraiment envie de travailler ici ? me demanda-t-il au bout d'un moment.

— Oui ! C'est même la raison pour laquelle je suis en face de vous.

Il cligna des yeux. Enfin.

— Pourquoi ?

Parce que je m'ennuie ne me semblait pas la meilleure des réponses même si elle avait le mérite d'être honnête.

— Eh bien, je, euh… j'ai du respect pour ce que vous faites et je pense vraiment que je pourrais apporter quelque chose à votre magazine en termes de contenu.

Et voilà ! La réponse parfaite !

— Et que faisons-nous ?

— Je vous demande pardon ?

— Que faisons-nous exactement ?

— C'est une question piège ?

Pas de réponse.

— Vous publiez un magazine régional.

— Mais pourquoi faisons-nous cela ?

*Parce que ça vous rapporte du fric.*

— Pour mettre en valeur la beauté et le charme de la vie dans la vallée de l'Hudson, répondis-je avec mon plus beau sourire de scoute.

— Je lis dans votre CV que vous avez fait vos études à Wagner. J'imagine que vous avez un diplôme de journaliste.
— Euh, non.
— D'anglais ?
— Non plus.
— Faut-il que je continue à jouer aux devinettes, miss O'Leary ?
Je fis une grimace que je tâchai de masquer.
— En philosophie.
Regard noir.
— Un de ces diplômes qui mènent à tout, vous savez, ajoutai-je, faisant écho aux bonnes paroles de ma conseillère d'orientation à la fac.
— Vraiment ? fit-il.
Je restai coite.
— Vous avez travaillé avec Ryan Roberts, dit-il, imperturbable.
— Oui.
— Qui a été renvoyé pour manquement grave à l'éthique professionnelle.
— Et réembauché depuis par une autre chaîne, mais oui, vous avez raison.
— Mettons de côté votre possible complicité dans cette entreprise d'imposture. Comment pensez-vous pouvoir me convaincre de votre compétence ?
Je me suis soudain sentie envahie par la colère. Quel grossier personnage ! Je n'étais pas responsable de ce qui était arrivé à Ryan. (Enfin pas complètement.) Comme je n'allais visiblement pas décrocher ce job, autant y aller franco.
— Alors écoutez, Jonathan, gardez vos beaux discours pour vous, parce que je ne suis pas sûre de vous suivre. Il me semble qu'après sept ans à NBC je dois être capable d'écrire sur les fameuses laitues du comté de Westchester et sur qui refait le mieux les seins de ces dames dans la région.
Il ne cilla pas.
— Bonne journée ! dis-je en me levant et en me dirigeant vers la porte.

— Vous êtes embauchée, dit-il. Vous aurez une période d'essai de trois mois. Nos bureaux ouvrent à 8 h 30. Soyez là demain, à l'heure, mademoiselle O'Leary.

C'est ainsi que, après avoir rédigé des bulletins d'infos pour des dizaines de millions de téléspectateurs, je me retrouvai à écrire sur des âneries locales : la parade annuelle des chiens de chasse à Smithville, cet artisan potier qui avait fourni une pièce à la Maison-Blanche, les meilleures salles de réception pour les mariages (ça encore, ça m'intéressait), et les règles de circulation fluviale sur l'Hudson.

C'était sympa et agréable. Je m'étais vite fait des amis, comme à mon habitude, même si Jonathan ne succombait pas à mon charme et refusait de goûter aux cookies que j'apportais à l'occasion. Je me contentais de tuer le temps, en attendant une demande en mariage et des enfants.

Sauf que, au lieu de tout ça, ce fut le cancer.

# *Kate*

Mon frère et sa famille restèrent près de moi trois jours après le décès de Nathan, Dieu merci. Parce que la jovialité excessive de mon père dans ces circonstances était inutile et que ma mère, même si elle ne me le disait pas, me faisait bien sentir qu'elle avait eu raison de trouver mon mariage précipité.

C'était bon que les enfants soient là. Les ados faisaient des efforts héroïques pour parler de films, de livres ou d'école. Kiara était adorable et douce, à me raconter uniquement ses histoires d'hôpital qui finissaient bien. Ils m'invitèrent à passer quelque temps chez eux à New York. Esther me laisserait son lit et Matthias m'emmènerait manger des sushis.

Sean ne disait pas grand-chose. Il n'y avait d'ailleurs pas grand-chose à dire, mais j'aurais voulu qu'il trouve les mots pour me réconforter. C'était mon grand frère chéri après tout, en dépit de ce petit air de supériorité typique du droit d'aînesse combiné au fait d'être le seul mâle de la fratrie.

Mais il se contentait de me serrer l'épaule de temps en temps.

Ainsley en revanche avait fait preuve d'un sens pratique étonnant. Elle avait divisé tous les plats apportés par les uns et les autres en portions individuelles qu'elle avait enveloppées, étiquetées et réparties entre le frigo et le congélateur. Hier soir, elle était venue dîner avec Eric et nos parents et je l'avais vue sortir les poubelles. Hier encore lorsque nous sommes allés chez le notaire avec Sean et que Kiara était sortie avec les enfants, elle était venue ranger la cuisine après le petit déjeuner. Elle m'avait laissé un petit mot gentil et un vase rempli de tulipes sur la table.

C'était Sadie, ma nièce de trois ans, que j'avais surtout envie d'avoir avec moi. Elle ne connaissait pas vraiment Nathan, elle savait juste que « sa tatie était triste » et qu'il fallait s'occuper d'elle. Chaque matin pendant leur séjour, elle grimpait dans mon lit et me réclamait des bruits d'animaux. Trop heureuse de lui faire plaisir, je tripotais ses cheveux doux et bouclés en la serrant contre moi.

— Sat ! ordonnait-elle.

— Miaouh ! Miaouh !

— Sien !

— Ouaf ! Ouaf !

— Éfelant !

J'en déduisais qu'il s'agissait de l'éléphant et j'émettais de bonne grâce un bruit de trompette.

— Ratonaveur !

— Grrr, grrrr.

Son rire éclatait en cascade et pendant quelques secondes je me disais qu'avec elle à mes côtés j'aurais pu supporter mon deuil. Il suffisait que Kiara et Sean ne soient pas égoïstes et me la donnent. Après tout, il leur en resterait deux.

Hélas, ils y étaient très attachés.

Lorsqu'ils s'en allèrent le mercredi, Kiara et Sean me serrèrent dans leurs bras, les enfants s'efforcèrent de sourire, et j'essayai de ne pas trop m'accrocher à Sadie lorsque mon frère me l'enleva.

Enfin, ils quittèrent l'allée de gravier, me laissant seule dans la maison de Nathan.

Un vent de panique se mit à souffler dans ma tête. Qu'allais-je devenir ? Est-ce que c'était donc cela ma nouvelle vie ? Est-ce qu'on ne pouvait pas remonter le temps et faire l'impasse sur la fête d'Eric ? Ou peut-être remonter plus loin et que je refuse l'invitation à dîner de Nathan ? Comment pouvait-il être *mort* ? Qu'étais-je censée faire ? Ne serait-ce que là, dans les toutes prochaines heures ?

Je n'en avais pas la moindre idée.

Je n'avais pas la moindre idée de ce qu'était une veuve. Je *voulais* être courageuse, que Nathan soit fier de moi. Être élégante et gentille. Je m'imaginais à Paris, vêtue d'un col roulé noir à la Audrey Hepburn, un verre de vin rouge dans la main, le regard mélancolique mais digne. J'allais peut-être me mettre à fumer, juste pour une journée, histoire de voir. Les hommes me regarderaient, intrigués, mais cet air vaguement triste les garderait à bonne distance. Je marcherais jusqu'à ma chambre sous les toits où je continuerais... disons... d'écrire de la poésie, et non pas de descendre un paquet de Cheetos en regardant des séries, comme le prévoyait le scénario le plus réaliste.

Je frissonnai. Il faisait plus froid que d'habitude, et il pleuvait.

Je me dis qu'il fallait que je rentre à l'intérieur, dans cette immense maison vide.

OK. Première étape : une douche. Ensuite, les courses. Les gens avaient apporté beaucoup de choses à manger, mais je n'avais pas quitté la maison depuis le cimetière. Je n'avais plus de crème fleurette, vu que Matthias l'avait confondue avec le lait et avait tout bu ce matin. Je ne me voyais déjà pas passer la matinée sans café quand tout allait bien, alors encore moins maintenant. Ainsley se ferait un plaisir d'aller m'en acheter bien sûr, mais il fallait que je sorte et que je retrouve une activité normale.

Le peignoir de Nathan était toujours suspendu à la porte de la salle de bains. Je ne le touchai pas, craignant que quelque chose en moi ne se brise. Sa brosse à dents était toujours dans la douche. Curieusement, je détestais qu'il se brosse les dents pendant sa douche. Ça me dégoûtait qu'il crache comme ça, sur ses pieds, mais je n'avais jamais rien dit jusqu'ici.

Jusqu'ici ? Mais c'était trop tard ! Je n'aurais plus l'occasion de dire quoi que ce soit ! Et cette idée de Nathan crachant sur ses pieds resterait pour toujours.

*Non, c'est mieux comme ça,* me dis-je. *Il n'était pas parfait.* Oui ! Il fallait se souvenir de ses défauts. Il crachait sous la douche ! Et je n'aurais plus jamais à supporter ça ! Premier avantage du veuvage !

Ma poitrine était si douloureusement oppressée que j'avais du mal à respirer à fond. J'en arrivai presque à souhaiter que ce soit une crise cardiaque. On m'emmènerait à l'hôpital et on s'occuperait de moi. On me placerait même peut-être dans un coma artificiel et lorsque je me réveillerais tout serait redevenu normal. Nathan serait peut-être là au pied de mon lit. Ou bien je mourrais et le retrouverais au paradis, cet endroit que j'avais tant de mal à imaginer.

Je pris une douche rapide, enfilai mon pantalon de yoga et un sweat-shirt, sans oser regarder dans la penderie de Nathan où se trouvaient tous ses beaux vêtements. Il adorait les pulls en cachemire. Il en avait peut-être vingt et, si je les voyais maintenant, j'allais m'effondrer.

Je descendis et ne trouvai pas mon téléphone. J'entrai dans le bureau et le vis là, devant le bocal d'Hector. « Je sors, dis-je. Tu as besoin de quelque chose ? Des tampons ? OK, ça marche ! »

En parlant de ça, je n'avais toujours pas mes règles. Je devais être enceinte, même si ces tests à la con disaient tous le contraire. C'était juste trop tôt pour qu'on le voie.

Je montai dans la voiture, une Golf cabossée, parfaite pour trimballer tout mon matériel photo. Elle avait plus de cent cinquante mille kilomètres au compteur et Nathan avait parlé d'en acheter une autre, avec quatre roues motrices, assez grande pour des sièges bébé et des paquets de couches. Il avait rougi en le disant et on s'était sentis un peu bêtes, de parler d'enfants alors qu'on se connaissait depuis moins d'un an.

On avait eu cette conversation seulement quelques semaines plus tôt.

Je me rendis compte que mes mains serraient si fort le volant que mes jointures étaient blanches.

« Allume la radio, Kate », m'entendis-je dire. Je n'avais pas beaucoup dormi ces derniers temps et j'avais le cerveau embrumé. Je démarrai, reculai prudemment dans l'allée, soucieuse de ne pas rentrer dans la boîte aux lettres, et partis. À la radio, un chanteur à la voix de fausset se lamentait d'avoir été largué. « Peut-être que si tu avais mué, elle serait pas partie ! » dis-je alors en rigolant. Vous avez entendu ça ? Je viens de rire ! Tout n'a pas l'air perdu on dirait !

Je baissai la vitre et une odeur de pluie et de terre me percuta. C'était le printemps, la saison des mariages. J'étais prise tous les samedis de mai à août. Mais ce n'était peut-être pas une bonne idée d'aller à tous ces mariages. Est-ce que j'allais pleurer ? M'enfuir en sanglotant ? Ou au contraire faire exactement ce que je faisais depuis quinze ans ?

Ah, cool ! Une chanson que j'aimais bien ! *Lose Yourself* d'Eminem. Très bon ça ! Très vrai ! Il faut vivre l'instant, avoir confiance, tout ce baratin à la Oprah, mais truffé de jurons.

Je m'aperçus en arrivant à un feu que je chantais la ligne de basse : « dam, dam, dam, dam. *You better lose yourself* ». Je ne connaissais plus les paroles après, mais je chantais quand même. Vas-y, Eminem ! Le génie des bas-fonds ! Ouais ! « *You only get one shot* na na na na na na na… *Yo !* »

J'avisai alors la voiture à côté et la conductrice me fit un petit signe de tête. Je lui souris sans cesser de chanter. Elle aussi aimait peut-être Eminem. Mais elle ne me sourit pas en retour.

Oh ! merde, c'était Madeleine, la première femme de Nathan.

Moi j'étais là à m'éclater sur mon rap pendant qu'elle avait l'air de quelqu'un qui… qui vient de perdre un proche.

Un coup de klaxon retentit derrière moi et j'appuyai sur l'accélérateur à fond, avant de freiner à fond devant Whole Foods.

Pendant une seconde j'avais oublié que Nathan était mort.

Dans le magasin, il faisait aussi froid qu'à la morgue. Comparaison malheureuse.

Je ne me souvenais plus de ce que j'étais venue acheter. Des légumes ? Pourquoi pas ? Ils avaient les meilleurs produits du monde ici, même s'ils vous coûtaient un bras. Je déposai un concombre dans mon chariot. Dommage que je n'aie pas emporté mon appareil photo avec moi parce que les aubergines étaient superbes, d'un noir éclatant et lustré. J'en attrapai aussi une parce que, même si je n'en avais jamais cuisiné, j'adorais les aubergines au parmesan. J'aurais du temps à l'avenir non ?

Oui c'est ça, j'allais devenir une grande cuisinière. J'allais imiter ma sœur, mettre un tablier et préparer de très bons dîners, des salades et tout. Et poser des bougies sur la table parce que Nathan avait de très beaux bougeoirs. Il achetait ces bougies de chez Jo Malone qui coûtent les yeux de la tête et sentent divinement bon. C'était normal pour un hétéro d'acheter des bougies de chez Jo Malone ? Enfin bon, aucune importance.

Nathan avait aussi beaucoup de jolie vaisselle et des verres pour toutes sortes d'usages : à eau, à vin (rouge, blanc et champagne), à whisky, à martini, et tous assortis, ce que je trouvais réjouissant. Sans parler de sa ravissante argenterie, dessinée par une Hongroise dont les œuvres étaient au musée du design à New York. Je savais tout cela par Nathan lui-même qui était très fier de ses fourchettes et cuillères.

Il n'aurait plus jamais l'occasion de s'en servir, ni de s'asseoir à sa table, ni d'utiliser l'une de ses élégantes cuillères à glace.

En revanche, rien ne m'empêchait plus de repeindre la salle à manger. Parce que honnêtement tout était blanc dans la maison et j'avais une envie furieuse de rajouter du rouge ici ou là.

Le pic rouillé revint alors se loger dans ma gorge comme si deux mains très puissantes avaient l'intention de me tuer.

— Vous êtes Kate, n'est-ce pas ?

Je levai les yeux vers une femme plus âgée que moi.

— Oui, bonjour.

— Je suis Corinne Lenster, une amie d'Eloise. J'étais à l'enterrement mais bon, toute la ville y était.

— Ah oui, bien sûr, répondis-je, même si je ne la reconnaissais pas. Comment allez-vous ?

— Je suis désolée pour vous, ma pauvre, me dit-elle avec un sourire triste. Nathan était un jeune homme merveilleux.

Mon fils et lui étaient amis au lycée. Avec Robbie, ils sont partis faire du ski dans l'Utah en terminale et se sont retrouvés coincés dans un télésiège, et Robbie…

J'entendais vaguement sa voix mais ne distinguais plus ses propos. Nathan ne m'avait jamais raconté cette histoire et j'ignorais qu'il était allé faire du ski dans l'Utah. Savais-je seulement qu'il aimait le ski ? Oui, ça oui. Nous étions partis ensemble skier dans le Vermont un week-end. OK, OK.

Mais cette histoire-là ? Et ce Robbie avec lequel il s'était retrouvé coincé dans un télésiège ? Je ne le connaissais pas. Pourquoi Nathan ne me l'avait-il pas raconté ? Qu'y avait-il d'autre que j'ignorais ? Comment se faisait-il que je ne connaissais pas toutes les bonnes histoires de sa jeunesse ? Hein ? Comment ?

Machine continuait à parler. Elle était très élégante pour aller faire ses courses, comparée à moi qui portais mon T-shirt The Walking Dead. D'ailleurs c'était le T-shirt à éviter lorsqu'on vient de perdre son mari, non ? Et puis je ferais bien de ne plus oublier de mettre un soutien-gorge.

Seigneur, elle était intarissable. Était-ce normal de s'en prendre comme ça à une veuve au supermarché pour lui raconter des histoires qu'elle ne connaît pas sur son mari ? Je continuais de hocher la tête comme si j'écoutais toujours et je sentais le pic s'enfoncer plus profondément dans ma gorge.

Soudain *I Will Always Love You* de Whitney Houston (morte elle aussi) s'est fait entendre dans le magasin.

— Non mais vous vous foutez de moi ! m'exclamai-je.

— Pardon ? dit la femme.

— Le chagrin la fait déraisonner, dit une autre voix.

C'était une bonne réplique et je me dis que j'allais la réutiliser. J'eus tout à coup envie de rire et je serrai les lèvres très fort. *Nathan, est-ce que tu vois tout ça de là-haut ?*

La dame hocha la tête.

— Mais vous êtes pieds nus !

Je baissai les yeux.

— Ouh là, en effet ! Je comprends pourquoi j'avais froid aux pieds.

J'avais du vernis rouge sur les orteils. Nathan me l'avait appliqué un soir deux semaines plus tôt, tandis que j'étais allongée sur le canapé.

— Vous devriez peut-être rentrer chez vous, me suggéra-t-elle.

— Il me faut de la crème fleurette, dis-je, ayant enfin retrouvé ce pour quoi j'étais là. Au revoir, ravie de vous avoir vue.

Là-dessus, je poussai mon chariot le long de l'allée, faisant tressauter à l'intérieur mon concombre et mon aubergine. Dans les haut-parleurs, la voix de Whitney Houston monta dans les aigus : « *And I-aye-aye... will always... love you-ouh-ouh-ouh...* »

Et si je chantais moi aussi ? Allez, Nathan, elle est pour toi celle-là ! Je pourrais utiliser le concombre comme micro et envoyer la sauce.

Je laissai échapper un gloussement. Grâce à cette pauvre Whitney j'étais morte de rire.

Mais que vois-je ici ? Des barres glacées au potiron bio, en avril ? Youpi ! J'ai un ange gardien là-haut qui prend soin de moi ! Devinez qui ! Un rire hystérique couvait dans ma poitrine, provoquant de nouveaux gloussements.

Je devais avoir l'air d'une folle. Pas de chaussures ni de soutien-gorge, avec mon T-shirt Daryl Dixon et mon chariot où se trouvaient un concombre, une aubergine et des barres glacées au potiron bio.

Le sol était vraiment gelé, et j'allais avoir les pieds dégoûtants. Il fallait que j'ôte mon vernis, mais si j'en changeais, celui posé par Nathan serait perdu à jamais. Nathan n'allait pas revenir de l'au-delà pour me faire une pédicure.

Mon rire stoppa.

J'allais garder ce vernis jusqu'à ce qu'il s'en aille tout seul.

Cause du décès : *hémorragie cérébrale*.

*Je vous en prie, là-haut, faites qu'il n'ait pas eu mal. Ni peur.*

Il n'avait pas eu l'air d'avoir peur. Juste mort.

Devant le rayon laitages j'aperçus une vieille femme

qui avançait à tout petits pas. Elle s'arrêta juste devant la crème fleurette et ouvrit son sac à main. Elle fouilla parmi les milliers de coupons qui s'y trouvaient. Je renonçai à tendre la main par-dessus elle, jugeant que c'était impoli, et j'attendis patiemment.

Soudain j'eus envie de lui rouler dessus avec mon chariot. Pourquoi était-elle encore vivante ? Elle semblait avoir cent quarante-trois ans et elle était toujours vivante ! Pourquoi n'était-ce pas plutôt elle qui était morte, hein ? Mystère. Pourquoi mon mari de trente-huit ans était-il mort et pas cette ancêtre-là qui cherchait à économiser un centime sur sa crème ?

— Est-ce que vous voudriez bien m'aider ? me demanda-t-elle. Je n'arrive pas à lire la date d'expiration de ce coupon.

Elle me tendit le bout de papier de sa main noueuse et pleine de taches brunes.

— Il est bon jusqu'à la semaine prochaine, répondis-je en le prenant.

— Merci beaucoup, ma jolie.

— Je vous en prie, avec plaisir.

J'attendis qu'elle saisisse sa briquette minuscule, puis j'attrapai un demi-litre et marchai vers la caisse automatique aussi rapidement que possible.

En rentrant en voiture, je passai devant le cinéma où nous étions allés la semaine dernière avec Nathan. La semaine dernière ! La semaine dernière, il était vivant. C'était le soir avant la fête d'Eric en fait, et j'étais si heureuse d'aller au cinéma avec mon mari que j'en avais oublié tout le reste. Il me tenait la main, mangeait du pop-corn avec voracité. Le film était très mauvais mais ça ne faisait rien parce que nous étions tous les deux.

La semaine dernière.

Qu'avions-nous vu ? Un film de science-fiction ? Non. Un film d'horreur ? Non. Un truc idiot sur l'amitié ? Non.

Tout à coup, je ressentis le besoin urgent de me rappeler. Je me garai et fouillai dans mon sac pour prendre mon téléphone. Je parcourus le calendrier et tombai sur la date du 6 avril : Fête d'Eric. Apporter du vin.

Est-ce que le vin que nous avions apporté était celui que Nathan m'avait resservi ce soir-là ?

Le 6 avril. Son dernier jour. Sa dernière soirée.

Je réfléchis. Fallait-il que je note « mort de Nathan » à cette date ? Ou plutôt ne fallait-il pas l'enlever du calendrier ?

En revanche à la date du 5 avril, il n'y avait rien.

Bon, sans doute parce qu'on avait décidé d'aller au cinéma au dernier moment. Ni l'un ni l'autre n'avait envie de faire la cuisine ou de sortir dîner, alors on avait décidé d'aller manger du pop-corn. Mais le film ? Je n'en avais pas le moindre souvenir. Quelle épouse nase je faisais ! Ou plutôt quelle veuve ! Madeleine, elle, se souviendrait. Celle qui s'était évanouie et qui avait gémi à la veillée.

En arrivant à la maison, je vérifierais et je trouverais. Je le noterais quelque part et je me rappellerais chaque moment de nos neuf mois ensemble. Neuf mois. Le même temps qu'une grossesse. Alors si je n'étais pas enceinte aujourd'hui, ça allait chauffer. Oui parce que là-haut on me devait bien ça !

Tout à coup son visage s'effaça de ma mémoire.

Je ne voyais plus que ce visage étrange, artificiel, dans son cercueil, et Madeleine qui s'effondrait, Eloise qui venait la soutenir.

Mes mains se mirent à trembler et ma respiration s'accéléra au point que je ne pouvais plus la retenir. J'étais en hyperventilation. Han han han han.

J'allais peut-être m'évanouir ou peut-être mourir. Inspirer jusqu'à trois, bloquer jusqu'à trois, expirer jusqu'à trois, bloquer encore…

Je mis quinze minutes à reprendre le contrôle de moi-même. J'étais en nage et lessivée, les bras si faibles que j'avais du mal à tenir le volant.

*Voilà ta vie désormais.*

À cette pensée, je fus presque anéantie.

# Ainsley

Trois semaines après la mort de Nathan, Eric m'appela au bureau pour me dire qu'il m'invitait au restaurant. Il avait *quelque chose* à me dire. On devait se retrouver au Le Monde, un restaurant qui venait d'ouvrir à Cambry, avec vue sur l'Hudson.

Vu comme il avait été nerveux toute la semaine, la demande en mariage était imminente. Bien sûr c'était un peu égoïste de ma part de ne penser qu'à ce diamant à mon doigt, mais les dernières semaines avaient été tellement tristes. J'étais désolée pour ma sœur et Nathan me manquait à moi aussi, même si je n'avais pas eu le temps de bien le connaître. Il m'arrivait de me réveiller en larmes, sans savoir pourquoi, et Ollie me léchait le visage en m'offrant sa couverture miteuse.

Tout ça avait été très dur pour Eric aussi, alors ce serait vraiment sympa d'avoir une perspective heureuse et réjouissante à l'horizon.

J'hésitai un instant avant de prendre mon téléphone pour appeler Kate. Je ne savais pas très bien comment l'aider mais au moins j'essayais.

— Allô ? dit-elle d'une voix endormie.

— Coucou ! Je te réveille ?

— Euh… oui, mais c'est pas grave. Il fallait que je me lève de toute façon.

Il y eut un blanc. Avec ma sœur nous nous étions vues plus ces trois dernières semaines que durant les trois dernières années. Nous n'avions jamais été fâchées mais pas vraiment proches non plus. Après tout, je lui avais volé son père. Il n'était revenu que parce que ma mère était morte et, même si elle ne m'en avait jamais fait ouvertement le reproche, je n'avais jamais cessé de le ressentir.

— Comment ça va aujourd'hui ? lui demandai-je d'une voix un peu trop enjouée.

— Ça va, répondit-elle sans conviction.

— Est-ce que tu as pris contact avec ce groupe ?

Comme je ne savais pas quoi faire *concrètement* pour l'aider, j'avais cherché des infos sur Google. Il existait à Cambry un groupe de parole pour des gens qui avaient perdu leur partenaire.

— Quel groupe ?

— Tu sais, le groupe pour les veufs et veuves. Ce serait sympa, enfin je veux dire bon pour toi, de parler avec d'autres qui ont… enfin, tu vois…

J'avais toujours du mal à trouver les mots avec ma sœur.

— OK. Je vais regarder.

Je levai les yeux et tombai sur Jonathan avec sa tête des mauvais jours.

— Ainsley, est-ce que vous avez pu finir le…, oh pardon !

Ma sœur, fis-je à voix basse. Il détestait qu'on passe des coups de fil personnels au bureau, mais c'était quand même lui qui avait tenté de réanimer Nathan. Il n'allait pas m'empêcher d'appeler Kate !

Il tourna les talons en soupirant pour s'en prendre à quelqu'un d'autre.

— Il faut que tu retournes à ton travail, me dit ma sœur, mais merci d'avoir pris de mes nouvelles.

— Est-ce que je peux faire quelque chose ? Tu veux que je passe demain ?

— Non, c'est bon. Je pense que je vais aller chez Brooke.

Je sentis un pincement de jalousie, puis aussitôt après de la honte. Je voulais l'aider. Sean et Kiara la parfaite étaient restés près d'elle quelques jours après l'enterrement. Ils avaient toujours été plus proches d'elle que moi, qui n'étais que sa demi-sœur et sensiblement plus jeune. Et puis désormais il y avait Brooke, très malheureuse elle aussi évidemment.

Mais je voulais vraiment me rendre utile, en cuisinant pour elle par exemple, sauf qu'elle avait déjà trop de provisions, ou pour la laisser pleurer sur mon épaule, même si je ne l'avais pas encore vue pleurer. J'aurais préféré d'ailleurs. Au lieu de ça elle était comme une petite fille terrifiée, abandonnée sur le bord de la route.

— Alors, quoi de neuf de ton côté ? me demanda-t-elle. Comment va Ollie ?

Elle adorait mon chien.

— Il va bien. Si tu veux que je te le prête un soir, tu n'as qu'à me demander.

— Peut-être oui.

Il y eut un nouveau blanc après lequel je déclarai soudain :

— Tu sais quoi ? Je pense qu'Eric va me faire sa demande ce soir.

Puis je me repris.

— Désolée, je n'aurais pas dû te dire ça.

— Si, si, c'est super. Je suis heureuse pour toi.

— Merci, ai-je bredouillé.

— Il t'emmène quelque part ?

— Au Monde.

— Oh, très bien ! Avec Nathan…, commença-t-elle.

— Tu connais ? ai-je demandé la gorge nouée.

J'avais envie de lui dire que c'était bon, qu'elle *pouvait parler de lui*, mais les mots ne sortaient pas.

— On avait l'intention d'y aller, mais ça ne s'est pas fait. Oh zut ! Eloise essaie de m'appeler. Il faut que je réponde. Tiens-moi au courant pour ce soir, OK ? Et félicitations, je suis sûre qu'il va faire un mari parfait.

Elle raccrocha.

Kate avait toujours été à l'image de son prénom : rapide, efficace, classe. Ce n'était pas une mauvaise sœur, plutôt du genre à se sentir responsable. On n'avait jamais partagé des confidences sur les garçons, en revanche elle m'avait montré comment utiliser un tampon. Elle m'avait laissée croire au Père Noël aussi longtemps que je l'avais voulu (très longtemps, je dois avouer). Elle m'avait vaillamment accompagnée avec mes amies au centre commercial, où elle s'asseyait dans le patio avec son appareil photo pendant qu'on essayait tous les échantillons de maquillage possibles.

Pourtant je n'avais jamais ressenti qu'elle avait de l'affection pour moi. Parfois, lorsqu'elle me regardait, je voyais dans ses yeux qu'elle me jugeait et je me demandais ce que j'avais fait de mal. Elle n'était ni méchante ni vraiment présente pour moi.

Lorsque nous sommes devenues adultes, les choses n'ont guère changé. Elle vivait à Brooklyn, elle était cool et moi non. Elle était mince et élégante, j'étais rondouillette et mignonne. C'était une photographe au talent reconnu (ses photos étaient d'ailleurs excellentes), alors que je savais tout juste réparer les bourrages papier de l'imprimante. Elle n'avait jamais dépendu d'un homme pour quoi que ce soit, tandis que je vivais avec mon petit copain depuis l'âge de vingt et un ans.

S'avisant que j'avais terminé ma conversation, Jonathan réapparut.

— Finis les appels perso ?

— Oui, et vous avez le bonjour de Kate.

— Et plus de douleurs dans le ventre ?

Ça, c'était parce que j'avais prétexté des douleurs menstruelles en rentrant de déjeuner.

— Je me sens mieux, oui. Merci de vous en préoccuper.

— Croyez-moi, j'aimerais mieux ne rien savoir de tout ça. Y a-t-il autre chose de personnel qui risque d'interférer dans votre travail ? Vous n'avez pas perdu votre chat ? Votre poisson rouge va bien ?

— Je crois, oui, préférai-je répondre.

— Alors terminez la révision de la rubrique de votre mère si vous voulez bien.

Ses yeux bleu pâle avaient quelque chose de surnaturel et ne clignaient jamais. Pour moi, c'était presque sûr : il venait d'une autre planète.

— Ma *belle-mère*. J'ai presque terminé. Je vous donne ça dans deux minutes.

— Je l'attendais pour midi.

— Jonathan, ma famille traverse un moment difficile, répliquai-je, agacée.

— Pourtant votre mère ne prend aucun retard dans son travail, elle.

Ma *belle-mère*. Je fermai les yeux un court instant.

— Eh bien, c'est que Candy adore son travail.

Me rendant compte de la façon dont cela risquait d'être interprété, je me repris.

— Comme toutes les femmes de la famille. Je m'y mets tout de suite. Désolée du retard.

Il me fixa un moment, avant de s'en retourner fusiller du regard quelqu'un d'autre.

J'ouvris la boîte mail de Candy et commençai à lire.

> Cher Dr Lovely.
>
> Ma fille a perdu brutalement son mari et je ne sais quoi faire pour l'aider. Elle est perdue. La seule chose, c'est que je ne suis pas certaine qu'elle l'aimait. C'est plus un choc qu'une vraie douleur. Certains jours j'ai envie de la gifler et d'autres de la serrer dans mes bras. Elle…

Je saisis mon téléphone et composai le numéro.

— Candy, tu n'as pas le droit d'écrire sur Kate.

— De quoi me parles-tu ? me demanda-t-elle d'une voix faussement innocente.

Pour un psy, elle mentait sacrément bien.

— C'est toi qui as écrit la lettre au Dr Lovely !

— Non, Ainsley, parce que le Dr Lovely, c'est moi.

— Oh, je t'en prie, pas de ça avec moi !

L'an passé, il y avait eu un autre courrier à propos d'une fille qui après avoir été licenciée « se contentait de jouer les boniches pour son petit copain et de fabriquer des couronnes de fleurs à la maison ».

— Ne m'oblige pas à tout raconter à Jonathan.

— Lui raconter quoi ?

— Que c'est toi qui écris certaines lettres, dis-je en chuchotant.

— Prouve-le.

— Candy, ta réputation professionnelle est en jeu là.

— La coïncidence est grande, je te l'accorde. Mais j'ai choisi cette lettre justement parce qu'elle me faisait penser à Kate et qu'elle a besoin qu'on l'aide à sortir de son cafard.

— Enfin, maman, ça fait trois semaines !

Oups, le mot « maman » m'avait échappé, comme ça arrivait parfois.

— Je sais très bien combien de temps ça fait, répondit-elle au bout de quelques secondes. Peut-être que ça lui ferait du bien de lire le témoignage de gens qui vivent la même chose qu'elle.

— Justement, je lui ai conseillé d'aller voir un groupe de veufs et de veuves.

— Vraiment ? C'est bien. Elle a besoin qu'on l'aide. J'espère juste que c'est organisé par un vrai professionnel et pas un de ces charlatans qui ont trouvé leur diplôme de psychologie sur le Net.

— Moi aussi. Alors qu'est-ce que je fais pour cette lettre ?

— Enlève-la si tu veux. Il y en a deux autres.

— Parfait. Bonne journée, Candy !

— Toi aussi.

Et elle raccrocha sans me dire au revoir.

À cet instant, Rachelle apparut dans l'encadrement de ma porte avec un sachet de thé à la main qu'elle faisait tremper dans une tasse.

— Alors, j'étais au parc le long de l'Hudson hier soir et sur qui je tombe ?

Elle avait le chic pour croiser des célébrités et poster des photos d'eux prises de dos sur sa page Facebook : *Les fesses de Robert Downey Jr à Southampton !* Ou bien : *Mais oui, vous ne rêvez pas, c'est bien Jennifer Hudson !*

— Chris Hemsworth ? demandai-je, émoustillée.

— Non.

— Derek Jeter ?

— Non. Jonathan.

— J'espérais mieux, fis-je avec une grimace.

— *Avec* son ex-femme.

— Ah bon ? Raconte !

Pour avoir épousé notre patron, ce devait être une sacrée bonne femme (ou complètement maso). Ma sympathie lui était acquise.

— Elle faisait une tête de martyre, tu aurais vu ça !

— Comme nous tous quand il est dans les parages, non ? Quoi encore ? Elle est jolie ?

La porte de Jonathan s'ouvrit alors.

— Tiens, monsieur Kent ! Comment allez-vous ? J'adore votre cravate, dit Rachelle.

Il nous regarda l'une après l'autre.

— Vous aviez quelque chose à demander à Ainsley ?

— Oui, et j'ai ma réponse. Merci, Ains !

— Vous avez terminé ? me demanda-t-il ensuite. Six cents mots, pas plus, hein ?

— Oui, je vous l'envoie ! répondis-je avec un sourire.

Tandis qu'il s'éloignait, je relus la rubrique de Candy, ajoutai une virgule puis l'envoyai à Tanya par mail pour qu'elle l'insère dans la maquette.

En réalité, Jonathan n'était pas si terrible comme patron ; juste incroyablement coincé, rigide et agaçant. Et mystérieux. Il ne parlait jamais de ses enfants (il y avait dans son bureau la photo de deux petites filles blondes et je supposais que c'étaient les siennes). Il ne venait jamais avec nous boire un verre après le boulot, pas plus qu'il ne passait du temps dans la cuisine du personnel pour nous demander comment étaient nos week-ends. Mais bon, nous étions ses employés et pas censés savoir qu'il avait, lui aussi, un cœur. Ce n'était pas par hasard qu'on le surnommait Encéphalogramme Plat.

Le reste de la journée, je me concentrai sur mon travail mais je n'arrêtais pas de penser à ce qui m'attendait le soir. À la bague, ce ravissant diamant qui scintillait. Avec Eric il nous était arrivé de parler du genre de mariage qu'on souhaitait : sympa et décontracté, avec un super orchestre. Le genre de mariage où les gens s'amusent et dansent et n'ont pas envie de partir.

Et puis j'imaginais notre vie une fois mariés. Nous serions ce genre de couple qui trouve une baby-sitter top et continue de faire des choses sympas à deux. Je voulais au moins deux enfants. Peut-être qu'on appellerait l'un d'eux Nathan, ou au moins en deuxième prénom. Kate serait la marraine, si ça existait dans les familles juives. Après avoir jeté un coup d'œil en direction du bureau de Jonathan, je fis ma petite recherche sur Google. Oui, il y avait des parrains et marraines. Parfait, Kate serait la marraine de notre petit Nathan.

Mes yeux s'embuèrent à cette idée et je pris un mouchoir. À cet instant Jonathan sortit de son bureau, histoire de vérifier que personne ne se la coulait douce. Il eut l'air peiné en me voyant mais ne trouva rien à me dire.

Enfin sonnèrent 17 heures et nous partîmes tous comme des petits soldats, à l'exception de Jonathan. C'était lui le boss après tout.

— Bonsoir, monsieur Kent, lui dit Rachelle, en me jetant un regard complice.

— Bon week-end, monsieur Kent, dit Francesca la comptable.

— À lundi, monsieur Kent, ajouta Tanya.

— Bonsoir, Jonathan, dis-je à mon tour.

— Bonsoir, nous répondit il sans daigner lever les yeux de son travail plus de quelques secondes.

Tant pis. Moi j'avais un chien à nourrir et une beauté à me faire. Ma robe noire sexy ? Trop hiver. La blanche avec les pois rouges ? Trop Betty Boop. La vert et doré ? Trop Noël.

Aussi bien, j'allais devoir en acheter une.

Le Monde était un endroit ravissant, illuminé de bougies et doté de grandes baies vitrées donnant sur l'Hudson. Je portais une robe bleu marine toute neuve très joliment et largement décolletée, avec un boléro de dentelle de la même couleur et des escarpins très hauts couleur chair, une pochette de satin crème (neuve elle aussi) et un bracelet d'or tout simple au poignet droit. Rien ne devait faire de la concurrence à mon diamant.

— Vous êtes attendue, me dit en souriant le maître d'hôtel. Si vous voulez bien me suivre.

Tandis que je me frayais un passage entre les tables, un visage familier m'apparut. C'était Jonathan, en conversation avec une femme séduisante. Dieu du ciel ! Une nouvelle conquête ? Sa sœur ? Son ex ? Une call-girl ? Un robot de compagnie ? Il fallait que je trouve le moyen d'envoyer un SMS à Rachelle !

Je m'arrêtai à leur table pour les saluer.

Il leva les yeux, me fit un signe de tête puis retourna à son assiette. Agréable.

— Je me présente, Ainsley. Je travaille avec Jonathan, dis-je à la femme.

— Adele. Enchantée, me répondit-elle aimablement.

— Désolée, je n'avais pas l'intention de vous interrompre.

— Et pourtant, dit Jonathan en penchant un peu la tête.

*Étrange, cette humaine dont les actions contredisent les paroles.*

— Jonathan, le reprit affectueusement la femme. Sois gentil.

— Bon dîner ! fis-je alors.

Il souffrait peut-être du syndrome d'Asperger. Mais bon, il n'y avait qu'avec moi qu'il était grossier en général.

Pas grave. Mon bien-aimé était là, vêtu d'un costume gris, d'une chemise blanche et de la cravate rouge que je lui avais offerte pour la Saint-Valentin. Ce soir nous serions fiancés, me dis-je en prenant le temps de savourer l'instant et cette image d'Eric.

Ce bel homme ne ressemblait plus à celui qu'il était lorsque nous nous étions rencontrés. Nous étions gamins à l'époque. Il avait alors les cheveux longs et bouclés tandis qu'aujourd'hui ils étaient courts et toujours aussi épais malgré quelques mèches argentées. Il avait gagné en carrure cette année grâce à son combat contre le cancer et au régime de remise en forme. Mais ses yeux étaient restés les mêmes : sombres, attentifs et bons.

Mon homme. Il se leva en me voyant arriver.

— Salut, mon amour, dis-je, tout émue.

— Salut, répondit-il en m'embrassant sur la joue.

Il ne fit aucun commentaire sur ma tenue, ce qui ne lui ressemblait pas. Il ne manquait presque jamais de remarquer une nouvelle robe, et celle-ci était dingue, à la fois sage et sexy, exactement celle qu'on aurait envie de voir sur sa femme.

— Merci d'avoir organisé ça, lui dis-je en posant ma serviette sur les genoux. C'est bon de sortir après cette période si triste.

— Je n'arrive toujours pas à réaliser qu'il est parti, dit Eric. Rien ne sera plus jamais pareil.

Je ne laissai rien paraître de mon irritation. Même s'ils auraient pu devenir réellement amis, Eric et Nathan n'étaient pas proches. Nous n'avions eu que deux occasions de voir Kate depuis son mariage, une fois pour dîner chez eux et une fois chez nous. (Ça avait été mieux chez eux parce que, en plus de tout le reste, Nathan savait faire la cuisine.)

— J'ai eu ma sœur au téléphone aujourd'hui, dis-je avec l'espoir qu'il comprenne pour qui rien ne serait plus pareil.

— Comment va-t-elle ?

— Elle tient le coup. Elle a toujours été forte.

— Tant mieux. Moi aussi je m'efforce de tenir le coup.

— Eric, il me semble qu'elle souffre sans doute un peu plus que toi, lui fis-je remarquer alors.

Il parut surpris.

— Eh bien, je ne pense pas que l'on puisse dire qui souffre plus que qui. La souffrance ne se mesure pas. C'est difficile pour nous tous.

— Non, Kate souffre davantage. Tout comme M. et Mme Coburn et Brooke et ses fils. Ils ont perdu un mari, un fils, un frère, un oncle. Ne ramenons pas tout à toi, tu veux bien, mon chéri ?

— J'essaie juste de dire que je vis tout ça avec intensité. J'ai tort ? Et depuis quand est-ce qu'on ramène tout à moi ?

J'ai inspiré à fond, me rappelant que nous allions sans doute nous fiancer ce soir.

— Pardon. Parlons d'autre chose, d'accord ?

— J'aime mieux ça, grommela-t-il.

Je savais qu'il était égocentrique, le fils unique dans toute sa splendeur, avec des parents qui l'adoraient. Ça laissait forcément des traces. Mais il était aussi généreux et intelligent. Il aimait cette vie que nous avions construite, notre maison, et que, lorsqu'on était invités par sa boîte, ses patrons le félicitent en rigolant de s'être trouvé une fille super. Parce que je savais y faire pour séduire mon monde. Eric était aussi drôle, fidèle et gentil.

Sans compter qu'au lit il était top. Je vous l'ai déjà dit ? Évidemment je n'avais pas de point de comparaison, mais quand même, c'était vrai.

Son cancer, même si je n'en pouvais plus d'y penser, ce cancer lui avait fait une peur bleue, quoiqu'il s'en défende. Personne ne sortait indemne d'une expérience comme celle-là.

— La rubrique de Candy était particulièrement hilarante aujourd'hui, dis-je, et il m'écouta avec intérêt lui raconter comment elle avait conseillé cette femme dont la belle-mère était horrible (ce qui ne serait jamais mon cas).

Nous avons commandé du vin et des amuse-gueules, et je m'efforçai de me donner à fond, intéressante et séduisante, pour qu'il se mette en condition. Je jetais de temps à autre un coup d'œil vers mon boss qui m'ignorait superbement.

Au milieu du dîner Eric se décida enfin.

Il s'éclaircit la voix et posa son couteau à steak, car il commandait toujours du filet mignon. Quant à moi, j'avais pris du homard, ce qui n'était pas malin car j'avais les doigts pleins de beurre. En même temps, la bague glisserait mieux. Et puis je n'avais jamais mangé un homard aussi bon, savoureux et tendre. Quant au beurre, je l'aurais bu !

Parfaitement maîtresse de moi, je pris une bouchée de homard, avant de m'essuyer entièrement les mains sur ma serviette. Je bus une gorgée d'eau pour me rincer le palais en vue du baiser qu'Eric me donnerait lorsque nous serions fiancés.

— J'ai quelque chose à te demander, commença-t-il.

Mon Dieu, on y était ! Mon cœur se mit à battre violemment, menaçant de bondir hors de ma poitrine. C'était l'amour !

— Ah bon ? lui demandai-je en m'efforçant de contrôler ma voix.

Il adorait me surprendre, même s'il y parvenait rarement.

— Oui, mais je ne suis pas certain de ta réaction.

— Mmm, eh bien, tente le coup et on verra bien.

Dans trente secondes maxi, tout le monde dans le restaurant allait le voir poser un genou à terre, m'entendrait répondre oui et peut-être que même Jonathan serait heureux pour moi. Il irait même peut-être jusqu'à sourire, ce qui ferait sans doute un peu craquer son visage, mais bon.

— OK, dit Eric en inspirant à fond.

Et puis… plus rien. Il resta là, assis, sans sourire, ni froncer les sourcils, juste à me regarder.

*Mets la main dans ta poche*, lui ordonnai-je mentalement, en accentuant encore mon sourire. Toujours rien.

— Qu'est-ce qu'il y a, chéri ? lui demandai-je alors.

Je commençais à avoir mal aux zygomatiques. Est-ce qu'il était en train d'essayer de se rappeler son discours ? Il adorait faire des discours.

— Mmm, OK.

Il se raidit un peu sur sa chaise et mon annulaire gauche se leva, par anticipation. Il me regarda droit dans les yeux, très sérieux, et déclara :

— Je voudrais que tu déménages.

Mes oreilles eurent beau entendre, il fallut un peu de temps à mon cerveau pour comprendre ce qu'il voulait dire par là.

S'*agit-il d'une demande en mariage déguisée* ? interrogea mon cerveau.

*Non je ne le pense pas*, répondis-je.

*C'était quoi déjà la question ?*

*Je ne sais plus trop.*

— Pardon ? fis-je alors, sans cesser de sourire, l'annulaire toujours dressé.

— C'est difficile pour moi de te le demander, mais c'est le moment. Je n'oublierai jamais toutes ces années passées avec toi.

— Quoi ?

— C'est juste que la mort de Nathan… c'est tellement important, tu comprends ? Comme un message pour moi.

— Attends, attends, attends. Qu'est-ce que tu me dis, là ?

Mon esprit était quelque peu embrumé.

— La mort de Nathan ? Mais qu'est-ce qu'elle a à voir avec nous deux ? Je veux dire à part qu'on ne le verra plus.

— C'était comme un message pour moi. Une expérience très profonde.

— Mais pas du tout ! Il a trébuché, s'est cogné la tête et est mort. Il n'y avait rien de profond là-dedans. C'était un accident au contraire !

Mais enfin de quoi étions-nous en train de parler ? Il voulait que je déménage, j'avais bien entendu ? Pour une fois, il avait réussi à me surprendre. Mais je… nous… mon cerveau en bégayait de stupeur. Jonathan me fixait. Je pris une bouchée de homard et lui souris. *Rien à voir. Tout va bien.*

Eric s'éclaircit la voix de nouveau.

— Écoute, ma puce, j'ai bien réfléchi. Il y a une raison pour laquelle nous ne nous sommes jamais mariés, non ? C'est un signe.

J'avalai tant bien que mal ma bouchée de homard, manquant de peu m'étouffer.

— Oui, il y a une raison et non, ce n'est pas un signe ! La raison, c'est que tu ne m'as jamais fait ta demande ! Pas officiellement en tout cas !

Ma voix stridente commençait à attirer l'attention. Je m'en fichais.

— Je sais, répondit-il en posant sur moi un regard appuyé. Nous en avons parlé mais nous n'avons jamais pris la décision. Ça en dit long, tu ne trouves pas ?

— Non, absolument pas !

*Où est la bague ?* insistait mon cerveau. *Nous aimerions vraiment voir cette bague.*

— On vit ensemble ! On a acheté une maison ensemble ! On part en vacances avec tes parents !

— Tout ça était vrai, oui.

« Était » ? Qui avait employé l'imparfait dans cette phrase ?

— Eric, tu ne veux pas rompre tout de même ? dis-je d'une voix brisée par l'incrédulité.

Il leva les épaules ou baissa la tête, je ne sais pas, comme pour dire qu'il regrettait, ça oui il regrettait.

— Mais et la bague alors ? Tu m'as acheté une bague de fiançailles.

— Comment le sais-tu ? demanda-t-il avec étonnement.

— Parce que je sais tout.

Oui, c'était le moment de prendre ma voix de mère en colère. En bon fils juif, il redoutait d'entendre cette voix.

— Eric David Fisher, tu m'as acheté chez Tiffany's une bague de fiançailles avec un diamant d'un carat et demi parce que tu veux *m'épouser* ! Pas pour rompre avec moi !

Désormais, tout le monde se régalait du spectacle (à part Jonathan qui s'était remis à manger), mais je m'en fichais royalement.

— Écoute, Ains, tu as raison. Je voulais t'épouser et ce soir-là, à la fête, j'étais sur le point de te faire ma demande, c'est vrai. Mais l'univers s'y est opposé en faisant mourir cet homme.

— Mais enfin, Eric, pour l'amour du ciel, il a trébuché c'est tout ! C'est un pur hasard !

— Eh bien moi je pense que c'est bien plus qu'un hasard. C'était l'univers qui nous rappelait combien la vie est courte, incertaine, et combien il faut en profiter.

— Je vais te trucider à coups de fourchette si tu ne t'arrêtes pas tout de suite.

— Ainsley, ma puce, je te suis reconnaissant pour tout. Vraiment. Nous deux c'était super. Mais je vends la maison. J'ai démissionné aujourd'hui et je pars vivre en Alaska.

— En Alaska ? Tu as bu ? Tu ne vas pas aller vivre en Alaska !

— Si.

— Ta mère est au courant ?

Judy se coucherait devant la première voiture qui passe s'il partait vivre dans le New Jersey, autant dire que l'Alaska…

— Pas encore mais il faut que tu quittes la maison.

— Mais jamais de la vie ! Tu plaisantes, j'espère.

— Je suis vraiment, vraiment, vraiment désolé de te faire de la peine.

Il posait sur moi un regard bienveillant. Il y avait quelque chose… dans son expression, et… dans sa voix. *De la sincérité, peut-être ?* me souffla mon cerveau, mais je le fis taire.

— Tu n'as pas le droit de me quitter, lui dis-je à court d'arguments. Je me suis occupée de toi lorsque tu étais malade, Eric.

J'élevai la voix pour que tout le monde entende.

— Ton cancer ? Tu t'en souviens ? Qui s'est occupé de toi ?

— Je le sais très bien et je ne l'oublierai pas.

J'avais les mains qui tremblaient, et j'aurais voulu l'étrangler. Je pris une grande inspiration, puis jetai un regard circulaire autour de moi. Ils étaient tous aux anges, tous sauf Jonathan. *Merci d'être indifférent à tout, Encéphalogramme Plat !* Pour une fois, il marquait un point.

J'avalai mon vin et remplis mon verre de nouveau.

— Comment se passe le dîner ? vint nous demander le serveur.

— Super ! Fantastique ! Le meilleur de toute ma vie, répondis-je en mangeant une bouchée de homard avec défi. Mon petit ami est sur le point de me faire sa demande.

— Non, au contraire, nous nous quittons, rectifia Eric.

— Ah, je vois. Eh bien, euh… je vais vous laisser décider dans ce cas.

Eric repoussa la table comme s'il était sur le point de partir.

— Non, non, non, fis-je en m'essuyant la bouche. Nous n'avons pas fini cette conversation. Tu ne bouges pas.

Il ferma les yeux une seconde mais obtempéra.

OK. Eric ne disait jamais rien quand je me mettais en colère. Il me fallait donc remplacer ma colère par un raisonnement logique.

— Eric, repris-je plus calmement, mon chéri, je sais que tu aimais vraiment bien Nathan. Et je sais, crois-moi, combien cette année et demie a été terrible pour toi. C'est normal que tu mettes ta vie en perspective.

— Merci de m'avoir compris.

— Non, non, pas si vite. Écoute, je comprends que tu veuilles profiter de la vie, mais tu ne peux pas jeter la personne qui s'est tenue à tes côtés depuis onze ans, qui t'adore et veut avoir des enfants avec toi, qui t'a aidé à vaincre le cancer…

Oui c'est ça, il fallait le ramener à son sujet préféré.

— … qui a nettoyé ton vomi et t'a lavé au gant de toilette.

Tant pis pour les autres convives ! Pour être honnête, je ne lui avais fait cette toilette qu'une seule fois, à titre d'entraînement et à *sa* demande pour le cas où il deviendrait si faible qu'il faille en arriver là pour de vrai. Ça s'était terminé en jouant au docteur, et ce n'était pas plus mal qu'il se souvienne de ça aussi.

— Tu as été merveilleuse, admit-il.

— Merci, mon chou. Pour le meilleur et pour le pire, n'est-ce pas ? Pour moi, nous sommes déjà aussi mariés qu'on peut l'être. Et tu le disais toi-même, ce ne serait qu'une simple formalité, un bout de papier.

— Oh ! ma belle, mon ex m'a sorti exactement la même phrase, murmura une blonde sur ma gauche. Juste avant de me quitter pour sa cousine issue de germain.

Je l'ignorai. On n'avait clairement rien en commun elle et moi.

— Eric, je pense que c'est juste le contrecoup. La mort de Nathan nous a tous affectés. Mais de là à rompre… non.

Ce ne serait pas autorisé. *Je* ne l'autoriserais pas.

Il hocha lentement la tête.

— Oui, je savais bien que tu dirais ça. Je suis désolé, Ains. Je ne voulais vraiment pas te faire de mal et je vois bien que c'est peine perdue. Mais il faut que je prenne un nouveau départ. L'Alaska m'attend.

— Pour quoi faire ? Devenir pêcheur de crabes ?

— Je vais partir camper trois mois à Denali.

— C'est le même qui me dit ça et qui ne peut pas sortir la nuit tombée de peur des moustiques ! Sans parler des loups et des grizzlis ! Tu te ferais dévorer au bout d'une heure.

Il me sourit.

— J'ai besoin de changement. J'ai besoin de vivre à fond. Une seconde chance m'a été offerte, contrairement à Nathan. Je ne peux pas l'ignorer, Ainsley.

— Peut-être mais tu ne peux pas non plus rompre avec moi, rétorquai-je fermement en lui rendant son sourire. Et Ollie, hein ? Tu as pensé à lui ?

Il m'adressa un sourire triste et ses yeux, ces yeux bruns que j'adorais, se mirent à briller.

*Ça me fait de la peine de te le dire,* me souffla alors mon cerveau, *mais cet homme-là a l'air déterminé.*

Les miens aussi se remplirent de larmes.

— Eric, lui murmurai-je, je t'aime. Je n'ai aimé que toi toute ma vie. Si tu dois partir en Alaska, vas-y ! C'est super ! J'irai avec toi. Ou pas. Vas-y et reviens. Parce qu'on… on s'aime toi et moi.

Il tendit le bras au-dessus de la table et sa main si familière se posa sur la mienne.

— C'était vrai avant.

— C'est toujours vrai !

— Pour toi peut-être. Mais il faut que j'aille au bout. Je sais que tu penses que j'agis sans réfléchir mais je n'ai pas cessé d'y penser depuis la mort de Nathan et je me suis aperçu que cela fait longtemps que je ne suis plus heureux.

Cela m'a fait l'effet d'un coup de poignard dans la poitrine, comme à une mère à qui son enfant prétend qu'il ne l'aime plus, même si elle sait que c'est faux. Malgré tout, ses mots me blessaient cruellement.

— Je ne te crois pas, lui dis-je dans un souffle.

— C'est pourtant vrai. Je ne veux plus de notre vie.

Non bien sûr, qui voudrait d'une vie d'amour inconditionnel, de bonheur, de sécurité, d'érotisme, et que sais-je encore ? Je me sentis oppressée et parvins tout juste à murmurer :

— Alors tu es vraiment un idiot.

— Mais toi non plus tu n'es pas heureuse. Ce job ne te satisfait pas. C'est tellement moins bien que ce que tu faisais à NBC. Tu n'arrêtes pas de t'en plaindre.

Je jetai un coup d'œil à Jonathan qui n'en perdait pas une miette.

— Mais notre *vie,* elle, me satisfait, Eric. Je suis très heureuse. Et ce boulot, ajoutai-je en baissant la voix, c'est juste en attendant que quelque chose de mieux se présente.

— Voilà justement la leçon à tirer de ce qui est arrivé à Nathan ! Peut-être que rien de mieux ne se présentera ! Tu ne comprends pas, Ains ? me dit-il en se penchant, les yeux rivés aux miens.

— Non, je ne comprends pas un mot ! répétai-je. Tu n'as pas les idées claires. On devrait se marier, c'est le moment. Ne sois pas ridicule.

— Je suis désolé de te faire du mal, sincèrement.

— Tu ne m'as pas invitée dans ce restaurant magnifique pour me larguer, Eric !

— Je me suis dit, à tort, qu'ici tu n'oserais pas me faire une scène.

— C'est une scène que tu veux ? Alors tu vas l'avoir ! Comment peux-tu me faire ça ? Comment peux-tu être aussi égoïste ?

— Je suis sûr que tu n'es pas fâchée de te débarrasser de moi.

*Il n'est pas sérieux. Il va changer d'avis.*

— Je m'en vais, dis-je, la gorge serrée comme dans un étau. On se verra à la maison.

— Je dors chez mes parents ce soir.

— Parfait ! C'est ça, retourne chez maman. Peut-être qu'elle saura te ramener à la raison.

— Encore une fois, Ainsley, je suis désolé, et je te serai toujours reconnaissant de m'avoir épaulé pendant mon cancer.

— Oh ! ferme-la, tu veux ?

Je me levai de table et jetai un œil à mon homard, hésitant à l'emporter. Mais je décidai que ma sortie manquerait de dignité si je sortais avec un crustacé sous le bras.

Tout cela n'était pas vrai. Il ne pouvait pas me quitter. Nous étions un couple exceptionnel.

Je passai une nuit agitée, entre fureur, incompréhension et l'envie pressante d'aller jusqu'à Greenwich lui en coller une. J'arpentai la maison dans tous les sens, Ollie frétillant à mes côtés, à la recherche de ma bague de fiançailles.

Introuvable. En revanche je tombai sur la boîte où je gardais toutes les cartes qu'Eric m'avait écrites, tous ses petits mots ou dessins rigolos.

Je me mis à pleurer. *Il m'aimait*, je le savais. La preuve était là, écrite noir sur blanc.

Je découvris dans le garage un énorme carton qui contenait une tente, du matériel de cuisine, des chaussures et des vêtements de randonnée. Eric était accro au matériel, je le savais déjà. Il y avait un sac de couchage pour les grands froids, un sac à dos et des bâtons de marche (pour être sûr d'avoir vraiment l'air crétin s'il ne se perdait pas avant). Il y avait même du répulsif contre les ours.

Voilà qu'il se prenait pour Cheryl Strayed ! Il partait à la recherche de lui-même ? Tellement *has been* !

Je résistais à l'envie furieuse de tout brûler, et rentrai. J'allumai notre télévision géante, regardai *Game of Thrones* en mangeant des Wheat Thins trempés dans du Nutella (J'aurais dû le prendre ce homard, zut !) et je tentai de me changer les idées en fantasmant sur Jon Snow, Ollie calé sur mes genoux.

Rien n'y fit.

Des larmes coulaient sur mes joues. Nous n'avions jamais eu une telle dispute. Jamais.

J'avais peur. En onze ans de vie commune, nous n'avions pas parlé une seule fois de nous séparer.

Mais ce n'était qu'un accroc dans notre histoire. Cela ne durerait pas. Il m'aimait. Il aimait notre vie ensemble. Combien de fois me l'avait-il dit ? Cent ? Plus encore ?

Pourtant mon cœur était glacé.

Je dormis très peu cette nuit-là.

La mère d'Eric m'appela le lendemain matin.

— Il est chez nous. Je ne sais pas ce qui lui prend. Il est devenu fou.

J'entendis un bruit de vaisselle.

— Vous êtes en train de lui faire des pancakes, c'est ça ?

Les pancakes de Judy étaient mythiques et elle en faisait à chaque fois que nous y allions prendre le petit déjeuner.

— Il a faim. Tiens, Eric, dit-elle en collant le combiné contre sa poitrine.

Je la connaissais par cœur !

— Tu as du bacon ici. Je suis au téléphone avec Ainsley, tu te souviens, Ainsley !

Et sa voix se fit plus forte.

— La femme qui t'aime, tu te rappelles ? Ainsley, ma chérie, je veux que tu saches qu'Aaron et moi avons honte de la façon dont notre fils te traite.

— C'est gentil.

— On dirait qu'il oublie qui est la personne qui compte le plus dans sa vie, s'indigna-t-elle. Le beurre est là, chéri. Il a démissionné ! D'un boulot qui payait bien et qui lui assurait en plus une mutuelle en or, un bureau super et une secrétaire formidable ! Et la salle de sport, Ainsley ! Dans les mêmes locaux ! La salle de sport !

Elle avait toujours été impressionnée par les bureaux d'Eric.

— Ne mets pas tant de sirop, mon chéri. C'est du sucre, tu sais. En tout cas, nous, on lui a dit qu'il était fou. Qui habite en Alaska ? Il va mourir là-bas !

— Des gens qui meurent il y en a tous les jours en Alaska, fit remarquer Aaron.

— Exactement, renchéris-je.

— Il va revenir, ma belle. Il n'est pas si idiot.

Il y eut un blanc pendant lequel je l'imaginais en train de

fusiller son fils du regard, avant de poser un autre pancake dans son assiette.

— On va toujours faire du shopping ensemble jeudi ? Je n'ai rien à me mettre pour ma croisière.

Vous voyez ? Tout allait bien puisqu'elle voulait toujours aller faire du shopping avec moi. Je l'assurai que oui et je raccrochai.

J'étais censée déjeuner avec Rachelle. Ça me ferait du bien. Ça me changerait les idées et qui sait, Eric serait peut-être là à mon retour, assis devant chez nous avec un bouquet de roses à la main et le cœur plein de regrets.

Je n'allais rien dire de tout ça à quiconque, parce que cela compliquerait les choses lorsqu'il reviendrait.

Je pris une douche et m'habillai avec soin, en essayant de me vider la tête. J'enfilai une mignonne robe à carreaux, de longues boucles d'oreilles en argent et des sandales à lanières. Voilà. J'étais de nouveau moi-même, un peu rondelette (féminine, comme disait Eric), et jolie comme un cœur.

Sauf qu'on pouvait lire de l'inquiétude dans mon regard.

Nous ne nous étions jamais quittés sans nous réconcilier. Ne nous étions jamais couchés fâchés. Nous étions ce genre de couple exceptionnel, les deux moitiés d'un tout.

Je devais retrouver Rachelle au Blessed Bean, un joli café dans le centre historique de Cambry, pas très loin du bureau. J'allai à vélo en ville en passant devant le nouveau studio de Kate, dont la vitrine était pleine de photos de mariage, de bébés et d'animaux. Elle aimait dire que la photo révèle la vérité des êtres et elle en avait pris pas mal d'Eric et moi pendant toutes ces années. On avait l'air heureux sur chacune d'elles. Et sur aucune d'elles on ne voyait *qu'il n'était plus heureux depuis longtemps* !

Ou peut-être que si. Il faudrait que je vérifie.

En passant devant Bliss, la boutique de robes de mariées, j'essayai d'éviter de regarder la vitrine. Les robes étaient de véritables œuvres d'art (en particulier le modèle en dentelle que j'aperçus). Mais il fallait que je me sorte de la tête cette idée de mariage. Ah ça oui, Eric devrait ramper à mes pieds d'abord !

Rachelle était là, à consulter son téléphone devant le restaurant.

— Coucou ! fis-je en affichant mon plus beau sourire.

— Tu es belle comme tout, toi ! s'exclama-t-elle.

Elle aussi adorait les fringues et c'est par le shopping que nous étions devenues amies.

— Tu as vu cette robe en dentelle chez Bliss ? *Oh, my God*, il faut que je me marie rien que pour pouvoir la porter ! ajouta-t-elle.

— Oui, elle t'irait super bien. On entre ? Je meurs de faim.

On nous installa à une table près de la fenêtre et elle se mit à flirter avec le serveur. Rachelle était célibataire, toujours à l'affût, et lui était très mignon.

— Bon, devine quoi, j'ai un scoop ! Du bureau !

— Cool ! Vas-y, dis-moi !

— Encéphalogramme Plat avait un rencard hier soir. Tu y crois ?

— Sans blague ?

Je plongeai le nez dans mon verre. Évidemment je l'avais vu hier soir, mais je ne m'étais pas dit que c'était un rencard. La conversation avait l'air aussi romantique qu'une réunion de travail. Mais je n'allais pas raconter ça à Rachelle. Après tout, lui m'avait vue me faire humilier et avait fait comme si de rien n'était, ce dont je lui étais très reconnaissante. Je savais qu'il n'en dirait rien à personne.

Rachelle continua à spéculer tandis que je souriais et hochais la tête sans faire de commentaires. Ensuite on en vint à la question de savoir où elle pourrait rencontrer quelqu'un de sympa (son dernier mec avait tenté de la convaincre de devenir druide), et je promis de lui donner le numéro d'un des collègues d'Eric à Wall Street qu'elle avait rencontré à la fête.

— Un petit copain riche, ce serait pas mal, parce que j'ai dû résilier mon abonnement au Câble et ça me désespère. En plus ce type-là était plutôt mignon.

Mon Dieu, si seulement on pouvait revenir en arrière au soir de cette fête. Je m'assurerais que le verre de Kate est plein, Nathan serait toujours de ce monde et je serais fiancée.

Quand arriva l'addition, je la saisis, tendis ma Visa et vérifiai discrètement mon téléphone.

Aucune nouvelle d'Eric. Il était peut-être chez nous à cette heure.

— Vous faites quoi ce soir ? me demanda Rachelle.

— Aucune idée, répondis-je en m'efforçant de sourire à nouveau.

Le serveur mignon revint avec la note.

— Je suis désolé mais votre paiement a été refusé.

J'en restai bouche bée et sentis l'humiliation me brûler les joues.

— Ah oui, c'est vrai ! J'avais oublié, mais notre compte a été piraté. Je ne devais plus m'en servir. Tenez.

Aucun compte n'avait été piraté. Je fouillai dans mon sac et lui tendis deux billets de vingt dollars.

— Excusez-moi encore. Et gardez la monnaie.

Mon instinct me dit qu'Eric avait fait invalider ma carte.

La vache ! Je sentis la panique me gagner.

— Bon, il faut que j'aille voir ma sœur, donc je ne vais pas m'attarder.

— Oui bien sûr. Embrasse-la pour moi.

— Promis. À lundi !

Mon cœur battait à tout rompre.

*J'aimerais que tu déménages.*

Je fonçai à la maison, me ruai à l'étage et tout droit sur mon ordinateur, le dernier modèle de Mac, un cadeau d'Eric pour Hanoukka. J'entrai notre code d'accès à notre compte, celui avec lequel je payais les factures du foyer.

Mon mot de passe fut accepté, Dieu merci. Pourtant ma panique grandissait. Ollie gémit et je le caressai machinalement, en attendant de voir s'afficher le solde de mon compte, de notre compte.

Voilà.

*Solde compte courant 7839 : 35,17 $.*

Une sueur glacée se mit à perler sur mon front.

La semaine dernière il y avait plus de vingt mille dollars.

*Solde compte épargne 3261 : 102,18 $.*

La semaine dernière : 50 000 $ et des poussières. J'en eus le souffle coupé.

Tout notre, enfin *son*, argent était placé dans un portefeuille boursier. Il avait quelques liquidités qu'il plaçait pour s'amuser, c'était son métier après tout. Il aimait parier sur de nouvelles boîtes, dans l'espoir de découvrir le nouveau Google.

Je m'assis et tentai de me calmer.

Par le passé, lorsqu'il avait commencé à gagner plus que moi, j'avais insisté pour payer la moitié de nos dépenses (sauf le loyer parce que notre second appartement était largement au-dessus de mes moyens). Mais je payais la moitié des factures de gaz, d'électricité, des charges. Je ne voulais pas avoir l'air d'une femme entretenue même si depuis qu'il travaillait à Wall Street on avait été propulsés dans la tranche d'impôts supérieure. Et aujourd'hui, avec ce que je gagnais au *Hudson Lifestyle*, je n'aurais pas pu toute seule me permettre de vivre dans ce coin justement. C'était là toute l'ironie.

Lorsque nous avions acheté la maison, Eric m'avait dit de mettre de côté ma contribution « pour quand nous aurions un bébé ». Concrètement, je ne pouvais pas payer la moitié, pas même le dixième. Je m'en étais inquiétée à l'époque, un peu en tout cas, voulant quelque chose de plus modeste, mais il avait souri, m'avait embrassée et m'avait dit : « Mais, ma puce, on peut largement se le permettre. »

Ce qui signifiait en réalité : « *Je* peux largement *me* le permettre. »

D'une façon générale, je ne me préoccupais pas beaucoup des histoires d'argent. Idiote, idiote, idiote ! Et sur l'acte d'achat, il n'y avait que son nom à lui. Nous ne l'avions jamais fait modifier, si ? Est-ce que c'était délibéré de sa part ? Mon Dieu, l'avait-il fait exprès ?

Jamais je n'avais mis en doute le fait qu'il s'agissait de notre argent, de notre maison, de notre famille.

Une fois ou deux par an, je m'emparais de l'addition et je disais à Eric : « Je t'invite », on en riait et il me laissait payer.

Je me rendis soudain compte que j'étais en nage.

J'avais bien un compte épargne personnel, que je voulus vérifier aussi. Le solde n'avait pas changé depuis la semaine dernière : 12 289,43$. Pas lourd au bout de dix ans de vie professionnelle.

J'avais certainement le cœur brisé, et une envie folle de tuer quelqu'un, mais ce qui dominait pour l'heure, c'était la stupeur.

Il ne pouvait pas faire ça. Dans une semaine ou deux il serait à genoux en train de me supplier de lui pardonner. Il m'aimait. Il m'avait toujours aimée.

Pourtant une petite voix dans ma tête qui ressemblait beaucoup à celle de Candy me susurrait qu'Eric ne faisait rien de tout ça par hasard.

# *Kate*

Au vingt-troisième jour de mes « palpitantes aventures de veuve », je me retrouvai à faire pipi sur une réglette dans les toilettes d'une station-service.

Pourquoi ? Mais parce que c'était sympa, voilà tout !

Toujours pas mes règles.

Donc je devais être en cloque, pas vrai ?

Mon entêtement frôlait la bêtise, je le reconnais. Après onze tests négatifs, je ne voulais toujours pas y croire. Les plus grands laboratoires et le système d'assurance santé tout entier pouvaient bien me jurer qu'ils étaient à 99 % fiables, je n'avais pas mes règles, donc j'étais enceinte. Un point c'est tout.

— Je vais avoir ton enfant, Nathan, m'entendis-je dire tout haut, en posant le test sur l'évier pour attendre le résultat.

Ma voix résonna dans les toilettes.

— Nous allons avoir un bébé, chéri !

Toujours voir le bon côté des choses, hein ? C'était tout moi, ça ! Veuve mais pas brisée.

Pourquoi dans une station-service ? Eh bien, disons que j'en avais assez de dissimuler mes tests sans raison valable chez moi, d'être obligée de faire de grands gestes pour que la lumière reste allumée et ne m'empêche pas d'assister à ce qui allait être un grand moment. Que se passerait-il si Brooke débarquait sans prévenir, comme elle avait tendance à le faire ces jours-ci, fouillait dans mes poubelles (ce qu'elle n'avait jamais fait, mais bon, ça restait possible) et y trouvait un test de grossesse ? Elle aurait de faux espoirs que je serais forcée d'anéantir.

Et si ma belle-mère (Eloise était-elle toujours ma belle-mère, vu que techniquement je n'étais plus mariée ?)... Bref, si Eloise venait ici avec ses petits chiens et qu'ils aillent dans la salle de bains et s'emparent d'une des poubelles pour venir la déposer à ses pieds, comme mon chien quand j'étais plus jeune avait fait avec un tampon aux pieds de mon premier petit copain ?

Je m'étais retrouvée à court de tests de grossesse et avais dû en chercher au drugstore dans une ville voisine (pour ne pas tomber sur des connaissances de Nathan, et Dieu sait qu'il y en avait). Le drugstore était à côté d'une station-service, ce qui se révéla pratique.

En plus il était bien plus probable que les deux traits apparaissent ici. Ça ferait une bonne scène de film, non ? C'était tellement... glauque. Si j'étais dix ans plus jeune, c'est sûr je serais enceinte.

Cela ne pouvait être que ça, je n'avais jamais manqué d'avoir mes règles, et ça avait été plutôt pénible car elles avaient démarré quand j'avais douze ans pendant la fête du centième anniversaire de ma grand-tante Marguerite. « Il me semble que les Anglais ont débarqué », m'avait chuchoté Marguerite à l'oreille.

J'ai pensé qu'elle débloquait, puis j'ai découvert une grosse tache rouge derrière ma robe blanche (évidemment). Ainsley, qui pensait que j'allais mourir, était inconsolable.

Depuis c'était comme ça tous les vingt-huit jours, sans faute.

Alors où étaient passées mes règles, hein, sinon occupées à fabriquer du placenta quelque part ? Je dis tout haut « placenta » pour être sûre que je n'étais pas en train de faire un rêve bizarre. Je me sentais tout comme : ivre de fatigue.

Depuis la mort de Nathan je n'avais pas réussi à dormir plus de vingt minutes d'affilée, et me réveillais à chaque fois paniquée. Était-ce vrai ? Était-il vraiment parti ? Ou bien est-ce que j'avais rêvé tout ça ? Ou bien peut-être que ces neuf mois bizarrement idylliques n'étaient que le produit de mon imagination fertile ?

Notre mariage se dissolvait déjà dans ma mémoire. Le visage de Nathan devenait flou comme à travers la brume de chaleur qui se dégage d'un parking en plein été. Je parvenais à me rappeler des photos de lui mais pas lui en vrai.

— Reviens, je t'en prie. Reviens, Nathan.

Pas de réponse.

Je jetai un œil à ma montre. Je devais retrouver Eloise dans vingt minutes à son country club à Cambry pour le déjeuner. Le chagrin nous avait beaucoup rapprochées. Ce serait ma première sortie à part celle au supermarché, trois petites balades nocturnes en voiture et cette excursion super sympa au drugstore.

Vingt minutes. Plus qu'il n'en fallait pour que ces traits apparaissent sur le test. Je ne dirais rien de ma grossesse à Eloise avant la fin du troisième mois, quand tout serait bien accroché. Et alors, ce serait un tel bonheur pour tout le monde !

Je repris le test.

Un trait.

— Va te faire voir, saleté ! m'écriai-je avant de le jeter violemment dans la poubelle.

— Kate, ma chèèèère, me dit Eloise en me voyant entrer. Merci d'être venue.

— Merci de m'avoir invitée.

J'allais lui faire une bise mais elle me prit dans ses bras, et je me retrouvai donc le nez enfoui dans le cou de ma belle-mère, comme un ado qui veut faire un suçon. Elle fit gentiment mine de ne pas s'en rendre compte mais esquissa un pas en arrière. Je ne pouvais pas lui en vouloir. En regardant mes pieds, je vis que je n'avais pas mis deux chaussures de la même paire. Classe ! Je m'efforçai de dissimuler ça en plaçant un pied derrière l'autre, comme un funambule.

C'était trop difficile de regarder Eloise dans les yeux.

Même si je n'étais pas mère (merci encore le test !), il me semblait que lorsque l'on perd son enfant on devait être tenté de mettre fin à ses jours. Mais bon, elle avait Brooke, qui avait elle-même deux fils, et puis il y avait le père de Nathan.

— Par ici, mesdames Coburn, nous dit le maître d'hôtel.

Techniquement je ne portais pas ce nom-là. Quatre mois plus tôt, ça m'avait paru inutile et prétentieux de changer de nom comme pour faire étalage de mon nouveau statut. Aujourd'hui je le regrettais.

Je suivis Les, ou Stu, ou bien Cal, un prénom à trois lettres en tout cas, jusqu'à une table à côté de la fenêtre.

— Si vous me le permettez, j'aimerais vous dire à quel point je suis navré de ce qui est arrivé à M. Coburn, dit-il.

— Merci, Bob, répondit Eloise. C'est gentil.

Bob, oui c'était ça.

— Oui, merci, ajoutai-je.

— Je me souviens de sa fête d'anniversaire ici, pour ses seize ans, quand il…

Il ne parvint pas à finir sa phrase.

Je déglutis. Tout le monde connaissait mon mari. Souvent mieux que moi. Tout le monde en avait plus de souvenirs. Et au lieu de me réconforter, ces récits me remplissaient de jalousie et d'incompréhension. *Comment ça, vous jouiez au poker avec lui ? Il n'a jamais joué au poker ! Pas pendant les neuf mois où je l'ai connu en tout cas !* avais-je envie d'aboyer. Ou alors : *Mais on s'en fout qu'il vous ait donné des cours d'algèbre. C'était mon mari et il est mort !*

— Oui c'était une belle journée, répondit Eloise en tentant de consoler Bob qui avait du mal à contenir son émotion.

Il marmonna qu'un serveur allait venir s'occuper de nous et s'éloigna.

Ne pouvant plus faire autrement, Eloise et moi nous regardâmes enfin.

— Alors comment allez-vous ? lui demandai-je d'une voix à peine audible.

— Aussi bien que possible.

Elle avait l'air en forme, sans aucun doute. Grande et mince, ses cheveux blonds épais coupés au carré, c'était le genre de femme qui ne portait jamais de jean ni de baskets. Elle était vêtue d'une robe beige avec une veste assortie et des chaussures à talons. Une tenue élégante qui lui allait très bien.

Et moi ? Je ne me rappelais pas. Du coup je jetai un œil à ma tenue : un pantalon de lin (pas trop mal), une chemise blanche avec une légère trace de sauce spaghettis. Ah oui, la tache que je m'étais faite au Porto's avec une boulette de viande. Une tache d'avant Nathan.

— Et vous, Kate, comment allez-vous ?

Mon estomac émit alors un gargouillis long et sonore comme l'orage dans les grandes plaines.

— On dirait que j'ai faim, dis-je en riant.

Oups. Interdit de rire. Mon mari était mort. Son fils. Mon rire stoppa net.

Son visage resta imperturbable. Elle eut un petit hochement de tête.

— Pardon, m'excusai-je en regardant ailleurs.

— Est-ce que vous avez repris le travail ? me demanda-t-elle en croisant les mains.

— Pas encore. J'avais un mariage le week-end dernier mais c'est mon assistant qui l'a couvert. Max, vous le connaissez, je crois.

— Ah oui, il est gentil.

— Oui.

Nouveau gargouillis, que nous avons feint de ne pas entendre.

Le serveur s'est approché.

— Je prendrai un martini, avec trois olives, très sec, ai-je dit alors qu'il n'était qu'une heure et quart.

Ah mais non, si j'étais enceinte !

— Attendez, non, en fait juste de l'eau. Et une salade César et un filet mignon.

Il me fallait du fer pour le bébé. Jusqu'à ce que les Anglais aient débarqué j'étais toujours enceinte, non mais !

— La salade du jour pour moi, merci, dit Eloise. Et l'assaisonnement à part.

Notre serveur hocha la tête puis s'éloigna.

De là où nous étions, nous pouvions voir le golf, des hectares et des hectares d'un vert parfait et surnaturel. Nathan avait parrainé une compétition de golf à des fins caritatives. Je ne savais pas très bien comment ça marchait, mais elle aurait lieu en août et il faudrait que quelqu'un d'autre prenne le relais.

— Comment va Nat… ? M. Coburn ?

— Il… il se bat, répondit-elle.

Il y eut un blanc puis elle ajouta :

— Il faut qu'on soit forts.

J'approuvai de la tête, les mâchoires crispées.

Comment faisait-elle ? Comment parvenait-elle même à rester debout ?

— Eloise, commençai-je en tendant les mains vers elle, je suis tellement désolée que vous…

Elle me serra fort les mains puis se ressaisit.

— S'il vous plaît, Kate, pas ici.

Mes mains restèrent posées là sur la table, inertes.

— Bien sûr, vous avez raison.

Chacun vit son deuil à sa manière, dit-on. Je savais qu'elle était dévastée. Son garçon. Son bébé. Il était tout ce qu'on peut espérer d'un fils. Il ne l'avait jamais déçue… enfin, pas que je sache. Sauf peut-être en m'épousant.

— Avez-vous revu des amis ? Votre frère ou votre sœur ?

J'inspirai profondément.

— Ma sœur m'appelle tous les jours. Sinon, non. Pas encore.

J'avais pourtant reçu un millier de SMS et de mails, de cartes et de messages téléphoniques. *Je ne sais pas quoi te dire,* était ce qui revenait le plus souvent. Tout comme *appelle-moi si tu as besoin de quelque chose.*

Rien de la part de Paige, et cela me faisait mal. Nous avions été amies si longtemps.

Daniel m'avait envoyé un mail. *J'ai pensé que tu aimerais ça,* accompagné d'un lien vers un article de *Buzzfeed* sur les hommes qui ne devraient jamais posséder de chat, une des raisons étant *qu'ils essaient toujours de savoir si la tête de leur chat rentre dans leur bouche*, avec un gif assorti. Ça m'avait fait hurler de rire, Hector avait sursauté et fait une embardée dans son bocal.

À part ça, tout était très silencieux dans la maison. Trop silencieux, et j'envisageais de prendre un chien.

Mon estomac gargouilla de nouveau.

— Vous ne vous nourrissez pas bien, n'est-ce pas ? me demanda Eloise.

Je secouai la tête, en avalant ma salive pour forcer le pic dans ma gorge à rebrousser chemin.

— Bon, au moins aujourd'hui vous allez déjeuner correctement.

Mais lorsque le déjeuner arriva enfin, je pus à peine avaler une bouchée.

Je me forçai, pour le bébé, en dépit de ce que disaient ces tests stupides. Je mâchai, mâchai et mâchai encore. Pour avaler il suffisait de le vouloir.

Voilà ce qu'était devenue ma vie.

— M. Coburn et moi avons décidé d'organiser quand même notre fête d'anniversaire de mariage, dit Eloise.

Elle mangeait à la manière européenne, la fourchette dans la main gauche et le couteau dans la droite.

— Et bien sûr nous voudrions que vous fassiez les photos.

— Bien sûr.

— Ce serait égoïste de ne pas le faire.

— C'est bien de votre part, oui.

Ainsi, je me rendrais à cette fête sans Nathan. Ses parents fêtaient leurs cinquante ans de mariage. Nous n'en avions même pas eu un.

Jusqu'au 6 avril j'avais entretenu des relations cordiales avec ma belle-famille. Mon beau-père m'appelait souvent

Karen, et il avait été quasiment impossible de trouver des points communs entre Eloise et moi. Nous ne lisions pas les mêmes livres, elle n'allait jamais au cinéma ni ne regardait la télévision. Une fois qu'on s'était extasiées ensemble devant Atticus et Miles, nous avions épuisé nos sujets de conversation.

Brooke avait été parfaite avec moi quand j'avais commencé à fréquenter Nathan et elle avait encouragé ses fils à m'appeler tatie Kate après notre mariage. Elle m'avait invitée à une de ces réunions où l'on achète des bijoux fabriqués par des écolières africaines et j'avais essayé de me montrer ouverte, positive et intéressée par tout le monde, achetant tout un tas de bijoux que je ne porterais jamais.

Avant le 6 avril, ma place encore mal assurée dans cette famille était naturelle et normale. Il me suffisait d'être agréable, présente, et je finirais par en être.

Désormais je serais pour toujours celle qui leur rappellerait la mort de leur fils et frère, associée à tous les événements familiaux qui seraient teintés de chagrin pour toujours.

Comment faisaient les gens pour survivre à tout ça ?

*Je ne peux pas croire que tu nous aies abandonnés, Nathan. Plutôt égoïste, tu ne trouves pas ?*

Il ne répondit pas.

— Redéjeunons ensemble la semaine prochaine, d'accord ? me proposa Eloise lorsque cet interminable repas s'acheva enfin, et il me fut impossible de me défiler.

— Bien sûr ! Avec grand plaisir !

Je rentrai en voiture, l'estomac plein de cette nourriture pesante. Eloise me suivit tout le trajet, ce qui rendit ma conduite nerveuse et mal assurée. Ils habitaient à moins d'un kilomètre de chez Nathan, enfin de chez nous, ou plutôt de chez moi.

Je m'engageai dans l'allée. Quelqu'un se tenait devant la porte, avec des valises et un petit chien.

— Ainsley ?

— Nous avons rompu, Eric et moi, me dit-elle.

Je restai bouche bée.

— Il m’a larguée, a vidé notre compte commun et m’a dit de déménager. Je peux rester chez toi quelques jours ?

— Oui, évidemment ! Entre !

Je me sentis honteuse d’éprouver autant de joie, mais Dieu merci je ne serais plus seule ici un jour de plus.

# Ainsley

Alors que Kate m'aidait à rentrer mes trois valises, et qu'Ollie se ruait vers ce nouveau terrain de jeux, un coin de sa couverture dans la gueule, je fus comme frappée de diarrhée verbale, et ne cessai de répéter que j'espérais qu'elle ne m'en voulait pas de débarquer comme ça. Le temps d'un éclair dans la voiture, j'avais oublié que Nathan était mort et m'étais dit avec soulagement que, gentil comme il était, il allait prendre fait et cause pour moi.

Mais non, il était mort et c'était même pour cette raison qu'Eric avait décidé de partir en Alaska. (Cet Etat dont le nom même me faisait doucement rigoler désormais.)

— Oui, alors il m'a larguée vendredi. Moi qui pensais qu'il allait me faire sa demande, mais tu parles ! Pourtant le homard était tellement bon que je n'ai pas cessé d'y penser tout le week-end. Et la bague, Kate ! Elle brillait de mille feux ! Je l'avais trouvée dans son tiroir le soir de… enfin il y a quelques semaines de ça. Quoi qu'il en soit, pas de demande. Il m'a bel et bien larguée et j'ai décidé de le prendre au pied de la lettre. Il voulait que je parte ? Eh bien, je suis partie !

— Bravo, Ainsley !

Elle, qui d'habitude prenait l'air légèrement inquiet (et un peu condescendant) quand elle me voyait, paraissait sincèrement contente.

Je soulevai la plus grosse valise afin de ne pas racler le plancher.

— Je pense que si je le laisse seul pendant quelques semaines, enfin… disons quelques jours (elle n'a aucune envie de t'avoir pendant des semaines, bêtasse !), il reviendra à la raison. Waouh, c'est magnifique ici ! Ça faisait bien kiffer Eric d'ailleurs. Il enviait Nathan, je te jure.

*Nathan qui est mort en se cognant la tête chez toi. S'il te plaît, ferme-la, Ainsley !*

Elle se contenta de me regarder et de me dire :

— Allez viens, on monte et tu vas choisir ta chambre, OK ?

Nous sommes montées et avons pris le long couloir blanc où Ollie s'en donnait à cœur joie, à courir comme un fou. Je jetai un œil à la première chambre et dis :

— Celle-là sera parfaite.

— Non, non, prends ton temps. Regarde-les toutes. Dans celle du bout, il y a une super baignoire. Mais dans celle-ci, il y a un Velux et puis j'adore ces coussins rouges.

Elle s'interrompit et se passa la main dans les cheveux. Elle n'avait pas les deux chaussures de la même paire aux pieds et j'en fus bouleversée.

— Elles sont toutes belles. Merci, vraiment.

— Nathan a… avait beaucoup de goût.

— C'est vrai ! Je n'arrive toujours pas à croire que tu vis ici. Tu as beaucoup de chance.

Ah non, pas exactement le genre de choses à dire à une récente veuve. J'aurais pu rédiger les cartes de vœux pour Hallmark, moi ! *Vous avez peut-être perdu votre mari ? Pensez plutôt à toute cette place que ça libère dans votre dressing !*

— Je… je veux dire, j'adore cette maison.

— Je sais, ne t'inquiète pas. Tu n'es pas obligée de prendre trop de pincettes, me dit-elle avec un sourire triste.

Je me sentis alors comme cette petite sœur qui espérait toujours quelque chose, comme cela m'arrivait au moins une fois par an.

— Merci. On va bien s'amuser.

Et allez ! Encore une gaffe !

— Bon, je ferais mieux de me taire. Désolée encore.

— Tout va bien ! Tu es une bouffée d'air frais, répondit-elle en riant.

— Tu as faim ? lui demandai-je.

— Mmm, oui je crois. J'ai déjeuné avec Eloise mais je n'ai pas mangé grand-chose.

— Je nous prépare à dîner, d'accord ?

— Il y a plein de choses dans le congélateur. Enfin tu le sais puisque c'est toi qui as tout organisé. Merci pour tout d'ailleurs, me dit-elle d'une petite voix. Bon, installe-toi. Ensuite je vais te servir un bon verre de vin et tu vas tout me raconter. Ça va me changer les idées.

J'hésitai, puis je la pris dans mes bras.

— Kate, c'était l'homme le plus adorable du monde.

— Tu sais ce qui est drôle ? dit-elle, la voix enrouée. C'est que tu l'as connu plus longtemps que moi.

Elle me tapota le dos puis s'écarta.

— Regarde toutes les chambres et choisis celle que tu préfères.

Elle regagna sa chambre et j'aperçus son lit gigantesque. J'en eus le cœur chaviré. Trente-neuf ans et déjà veuve.

Et pendant ce temps-là, Eric nous faisait sa crise de milieu de vie. La leçon qu'il aurait dû tirer de la mort de Nathan, l'idiot, c'est qu'il faut prendre soin de ses proches.

Cette phase Jack London n'allait pas durer. Sans blague, il frissonnait à chaque fois qu'on voyait une émission sur les montagnards en Alaska sur Discovery Channel. Je serais sidérée s'il quittait New York, mais pour le moment c'était la colère qui m'habitait. Je méritais d'être mariée. Je voulais cette bague, ce bout de papier, et ce Mme devant mon nom, j'y avais droit.

J'aimais Eric, je l'avais toujours aimé. J'avais toujours été sa plus grande fan.

Quelle idiote ! Moi, je veux dire. Je m'essuyai les yeux avec rage.

Bon, suffit comme ça, j'avais des bagages à défaire. J'ouvris la porte de la chambre du fond et en eus le souffle coupé. Impressionnante ! Et tellement différente de la mienne à la maison, avec un mur entier de briques et un lit à baldaquin noir, moderne, entièrement habillé de blanc :

couette douillette, oreillers rebondis, jeté de lit. Il y avait aussi un vaste bureau noir sur lequel étaient perchées trois sculptures d'oiseaux au long cou. Sur le plancher en merisier s'étalait un tapis en moumoute archi-confortable. Ollie courut s'y vautrer avec délice. Contre l'un des murs blancs il y avait un canapé asymétrique, je crois que ça s'appelle une méridienne, recouverte de velours gris avec un petit coussin rouge. Les vastes fenêtres donnaient sur la cour, ou le patio, je ne savais pas comment ils l'appelaient. Un cerisier japonais était en fleur, ses branches se balançant avec élégance dans la brise.

Je ne pouvais pas m'empêcher de ressentir un pincement de jalousie immature. Il fallait voir les choses en face, Kate n'avait fait aucun effort pour avoir cette vie-là : ce mari merveilleux (que j'aurais volontiers dragué s'il avait été célibataire), le prestige d'entrer dans la famille Coburn, cette maison incroyable.

Moi, tout ce que je possédais, j'avais travaillé pour l'avoir, je l'avais désiré, et j'avais mis des années à l'obtenir.

Ma maison à moi, celle d'Eric, était confortable et colorée. Bien sûr nous possédions de beaux objets mais pas à ce point. Ça, c'était la chambre d'une actrice oscarisée.

En tout cas, ce serait la mienne quelque temps. Je lirais sur la méridienne, en sirotant du thé et en admirant le cerisier japonais pendant qu'Eric se mordrait les doigts.

La salle de bains, waouh ! J'y entrai et les lumières s'allumèrent automatiquement, progressivement. Dingue ! Des toilettes séparées, une douche italienne et une baignoire jacuzzi avec huit jets (je les comptai), du quartz rose partout, un étrange et superbe lavabo, et quatre petites plantes grasses parfaitement alignées.

Je retournai dans la chambre et sortis mon Winnie l'ourson qui ne m'avait jamais quittée depuis ma naissance pour le placer au sommet de la montagne d'oreillers. Depuis onze ans, il avait été relégué sur une étagère ou une chaise dans la chambre d'amis comme s'il n'était pas convenable que mon doudou préféré assiste à mes ébats avec Eric. Désormais je le voulais avec moi.

« Je t'aime plus qu'Eric », lui dis-je en posant un baiser sur son petit nez usé. Ce n'était pas le Winnie classique mais la version de Disney avec une chemise rouge et une salopette en jean. Au bout de trente-deux ans de câlins, il n'avait plus d'yeux mais seulement un fil noir qui pendait d'une de ses paupières comme une chenille et sa chemise était rapiécée partout. C'est Kate qui cousait les pièces pour moi.

Je l'installai donc au milieu du lit, comme une touche de réconfort un peu kitsch dans toute cette sophistication.

Puis je sortis la photo de ma mère et moi, et la posai sur la table de nuit. C'était la seule photo que j'avais de nous deux.

Ma mère était une beauté, indéniablement. Les cheveux noirs comme moi, mais ondulés comme ceux d'une pin-up des années 1950 qui aurait dormi avec des bigoudis. Pour autant que je sache, c'était naturel, mais on ne m'avait jamais beaucoup encouragée à poser des questions.

Un jour, je devais avoir sept ans, j'avais demandé à Candy si elle connaissait ma mère. « Je sais juste que ton père m'a trompée avec elle », avait-elle répondu, mettant un terme à la conversation avec une efficacité radicale.

Papa, lui, disait des choses du genre : « Oh ! Michelle était… eh bien, elle était super ta maman. » Et pas grand-chose de plus.

Sur la photo elle me portait sur la hanche et souriait au photographe. Je serrais Winnie contre ma poitrine, il avait deux yeux intacts et une fourrure d'un jaune pas naturel du tout. Les cheveux de ma mère volaient dans le vent et je faisais une moue adorable.

Mille fois j'avais tenté de me rappeler ce moment, en vain.

J'aimais à penser que nous nous entendrions bien toutes les deux, que nous serions proches comme je l'étais de Judy, voire encore plus. Qu'elle serait venue me voir à NBC, qu'elle aurait adoré Eric, qu'elle m'aurait aidée à repeindre les chambres chez nous et m'aurait accompagnée acheter toutes ces petites choses qui rendaient la maison si sympa et confortable.

Je me disais qu'elle aurait été fière de moi.

Maintenant que j'avais été renvoyée de mon job de rêve et larguée par Eric, je n'en étais plus si sûre.

Lundi matin et toujours aucune nouvelle.

Ça me fichait la trouille mais j'essayais de ne pas y penser. Après tout, cela ne faisait que deux jours et Kate avait l'air assez contente d'avoir de la compagnie. Samedi soir, nous avions regardé ensemble la deuxième mi-temps du match des Yankees pour tenter d'apercevoir notre père sur le terrain, même si avec tout son attirail on ne le reconnaissait presque pas.

Tout en regardant la télévision et en caressant le ventre d'Ollie allongé dans un fauteuil à côté d'elle, ma sœur m'avait dit qu'elle n'avait pas eu ses règles depuis la mort de Nathan mais ne pensait pas pour autant être enceinte.

J'avais encore fait une belle gaffe en lui disant que j'avais toujours pensé qu'elle ferait une maman super. La tristesse avait envahi son visage tandis qu'elle détournait le regard. Au coup de sifflet final, elle s'était levée, m'avait souhaité bonne nuit, et Ollie, en gentil chien qu'il était, lui avait emboîté le pas.

Hier après-midi on avait quand même fait un Trivial Pursuit, le premier jeu de société auquel nous jouions depuis notre enfance. Sean avait téléphoné et je lui avais un peu parlé, ce qui était exceptionnel car il ne m'appelait jamais, à la différence de Kiara qui le faisait parfois. Il pensait que j'étais là par gentillesse et non pas parce que j'étais sans domicile en ce moment.

C'était bon de retourner travailler, de me sortir tout ça de la tête et de m'intéresser à des choses passionnantes comme les dernières tendances dans la région en matière de fromage de chèvre. Je me servis une tasse de l'excellent café de Kate, un mélange éthiopien qu'Eric voudrait sûrement adopter s'il apprenait que Nathan l'aimait. Kate arriva dans la cuisine, les cheveux en bataille.

— Tu as dormi comment ? me demanda-t-elle.

— Comme un bébé, répondis-je. Oh, pardon, comme une souche, je veux dire très bien, j'ai très bien dormi. Et toi ?

— Pas mal.

Je savais qu'elle me mentait. Il n'y avait qu'à voir les cernes sous ses yeux.

— Il faut que j'aille bosser. Jonathan est intraitable sur les horaires.

— OK, bonne journée !

— Tu veux que je te rapporte quelque chose ?

— Non, non, rien du tout, dit-elle en se frottant les yeux. Il faut que j'aille au studio passer quelques coups de fil.

— Très bien alors. Dis bonjour à Max de ma part.

Par le passé j'avais eu un gros faible pour Max et sa voix caverneuse.

— Je le ferai. Et… Ainsley…, tu peux rester ici aussi longtemps que tu veux. Même si Eric revient à genoux, comme il va sans doute le faire, tu auras toujours ta chambre ici pour faire une pause. Mais ne le fais pas non plus pour moi. Je veux dire, fais ce que tu veux. Tu es la bienvenue ici.

Le chagrin et l'épuisement l'avaient adoucie. En général, elle se montrait moins attentionnée à mon égard.

— Merci, Kate. Dis donc, n'oublie pas ce groupe dont je t'ai parlé. Il se réunit ce soir. Si tu ne veux pas y aller toute seule la première fois, je peux peut-être t'accompagner.

Elle hocha la tête.

— Oui… pourquoi pas ?

Elle avait déjà la tête ailleurs. J'eus envie de la serrer dans mes bras, mais je me sentais toujours un peu bête, à consoler ma grande sœur (demi-sœur, comme ne manquerait pas de corriger Candy).

Je me dirigeai vers ma voiture, me remplissant les narines de l'odeur sucrée et printanière des fleurs ravissantes et des arbres du jardin. À l'extérieur, la maison était tout aussi fabuleuse et soignée qu'à l'intérieur. Un parterre de muscaris bordait les marches et quatre poiriers en fleur marquaient le début de l'allée.

Je n'étais pas sûre que ma présence ici faisait du bien à Kate, mais je n'avais nulle part ailleurs où aller. Chez papa et Candy, non. Candy serait d'accord pour que je reste bien sûr, mais je ne supportais pas d'être un fardeau. De plus je n'avais pas envie qu'ils pensent du mal d'Eric, parce que ce serait gênant le jour où nous nous remettrions ensemble.

Idem chez une amie. Alors il restait chez Kate ou chez Gram-Gram. Même si elle n'était pas ma grand-mère biologique, Gram-Gram m'adorait. En parlant d'elle j'eus envie de l'appeler.

— Coucou, Gram-Gram !

— C'est Ainsley ? Allô ? Le nom d'Ainsley s'affiche sur mon téléphone. C'est toi, ma chérie ?

— Oui ! Bonjour, Gram-Gram !

— Comment vas-tu, ma jolie ? Tu es mariée ?

— Non, j'appelle juste pour te dire bonjour.

— Oh ! mon Dieu, est-ce que c'est toi qui as perdu ton mari ?

— Non ça, c'est Kate. Tu te souviens ? Son mari s'appelait Nathan.

Elle soupira.

— C'est si triste ! Tu crois qu'elle aimerait rencontrer quelqu'un ? Je connais un gentil jeune homme.

— Ce serait peut-être un peu tôt.

— Et toi ? Voudrais-tu rencontrer quelqu'un ?

— Non, pas là tout de suite. Je vais au travail, Gram-Gram. J'appelais juste pour te dire bonjour et aussi que je t'aime.

— Tu es adorable ! Merci, ma chérie. Tu illumines ma journée de vieille dame ! Oh ! et je voulais te dire quelque chose. Hier soir, j'ai entendu du bruit chez moi. Et pourtant tu sais bien que j'habite toute seule.

Ce n'était pas tout à fait exact. Elle avait emménagé dans une maison huppée pour personnes âgées, celle-là même où j'emmenais Ollie une fois par semaine. Elle avait son propre appartement mais dans un bâtiment énorme avec à peu près trois cents autres résidents.

— Enfin, bref, je suis sortie et j'ai pris un couteau de boucher avec moi au cas où.

— Oh ! mais ce n'est pas une bonne idée ça !

— Eh bien, devine ce que c'était.

Je jetai un coup d'œil à ma montre : 8 h 28, et Jonathan avait horreur qu'on soit en retard.

— Qu'est-ce que c'était ?

J'entrai dans le parking derrière les bureaux du *Hudson Lifestyle*. Bien sûr pas de place, alors je dus ressortir en trouver une dans la rue.

— C'était un sconse ! Tu peux le croire ? Un petit sconse blanc et noir ! Adorable ! Je lui ai laissé de la nourriture pour chat.

J'éteignis le moteur, attrapai mon sac et mon téléphone.

— Tu ne devrais peut-être pas le nourrir, Gram-Gram.

— Eh bien, je l'ai fait. Je suis une femme indépendante et je fais ce que je veux.

— Tu as sans doute raison. Il faut que je file maintenant. Je t'aime ! dis-je en riant.

— Moi aussi, ma chérie. Viens me voir. Nous irons au Walgreen[1] toutes les deux.

C'était sa promenade préférée et moi j'aimais bien le rayon des « produits vus à la télé ».

— Avec plaisir.

— Ou sinon je t'emmènerai à une veillée funèbre. Il devrait y en avoir une bientôt. Tous ces vieux ! On voit passer une ambulance par jour ici. Et on ne sait jamais, tu pourrais faire une rencontre !

— Au revoir, Gram-Gram, dis-je en gloussant.

En fait je n'avais aucune envie de l'accompagner à une veillée, mais ses amies tombaient comme des mouches et elle était fière de m'exhiber aux enterrements et aux veillées. Elle me présentait toujours comme sa petite-fille.

1. Walgreen est une chaîne américaine de grandes pharmacies.

Je montai les marches du bureau. Tout le monde me regarda sans mot dire. Être en retard était aussi grave que de décapiter des petits chiens du point de vue de notre patron. Au moins, sa porte était fermée.

— Salut, tout le monde, dis-je à voix basse, espérant me faufiler à mon poste tel Bob Cratchit évitant Scrooge[1].

Sa porte s'ouvrit.

— Vous êtes en retard, me dit-il. Si vous voulez bien entrer dans mon bureau une minute.

— Bonjour, Jonathan, répondis-je, rouge écarlate.

Allait-il évoquer la soirée de vendredi ? Ou bien ce qu'avait dit Eric à propos de mon boulot et de la façon dont je m'en plaignais ? Il était plus vraisemblable qu'il me fasse un long sermon sur la ponctualité et la politesse des rois. Il avait un côté pasteur calviniste.

Il ferma la porte derrière lui et s'assit, me fixant de ses yeux bleu pâle qu'il ne clignait jamais. Les conversations n'étaient jamais agréables dans son bureau, avec moi en tout cas.

— Je suis désolée de ce tout petit retard. J'étais au téléphone avec ma grand-mère qui perd un peu la tête et c'est toujours difficile de raccrocher. Mais elle est très gentille. Veuve depuis longtemps. Comment s'est passé votre week-end ?

— Asseyez-vous, je vous en prie, dit-il d'une voix profonde, presque sourde comme celle de Smaug dans le film du Hobbit.

Rachelle trouvait que ça le rendait sexy, sauf que moi il me prenait toujours de haut.

— Avez-vous lu *Les Chroniques du Cancer* ce matin ? me demanda-t-il.

— Euh, non.

*Les Chroniques* étaient censées s'être arrêtées, même si Eric avait écrit un couplet bien larmoyant après la mort de Nathan.

1. Personnages du film *Le Drôle de Noël de Scrooge* de Robert Zemeckis, tiré d'un roman de Charles Dickens.

— En parlant d'Eric, Jonathan, j'aimerais que la petite, euh… scène de l'autre soir reste entre nous, d'accord ? Nous, eh bien…, nous nous remettrons ensemble.

— Vraiment ? fit-il, étonné.

— Oui, enfin probablement. Je veux dire, c'est sûr. C'est juste une mauvaise passe.

Il soupira et tourna vers moi son écran pour que je lise. C'était le blog d'Eric sous l'en-tête habituel du magazine. *Les Chroniques du Cancer*, par Eric Fisher, puis en dessous le titre :

*COMMENT JE ME LIBÈRE DE MON ANCIENNE VIE*

Ça commençait comme ça :

*Vendredi soir, j'ai pris une décision difficile et excitante : profiter de la vie. Pour ce faire, il me fallait identifier ce qui me retenait. Maintenant que mon combat contre le Cancer touche à sa fin et parce que j'ai compris combien la vie était fragile, il fallait que je change certaines choses.*

*Le premier pas fut gigantesque. Il me fallait me séparer d'une personne proche, même en sachant que je la ferais souffrir. Mais parfois la souffrance vous rend plus fort. Ce fut le cas pour moi. La souffrance causée par la maladie a brûlé mon âme comme un feu.*

(Je soupirai. Il n'avait pas tant souffert que ça.)

Son ancienne vie, c'était moi.

Mes lèvres se sont mises à trembler et les mots à danser sur l'écran.

Il *fallait* qu'il rompe avec moi, disait-il dans son blog, malgré ma tendresse et mon amour pendant son « combat contre la mort », parce que j'étais « un boulet à sa cheville », qui l'empêchait d'émerger. Mon manque de soutien, ma façon de me satisfaire des choses, et mon incapacité à comprendre qu'il « exigerait plus de la vie », maintenant qu'il avait vu la mort en face.

Il décrivait ma colère vendredi, la façon dont j'avais continué à manger mon homard (je n'aurais pas dû), et dont j'insistais pour qu'on se marie.

*Plutôt que d'essayer de voir l'essentiel, elle n'arrêtait pas de me questionner à propos de la bague que j'avais achetée pour elle chez Tiffany's. Et c'était vrai, je l'avais achetée mais* avant *de comprendre le nouveau sens que je voulais donner à ma vie.*

Et même s'il regrettait de m'avoir blessée, il n'en était pas moins « prêt à relever le défi de l'existence au jour le jour ».

Jonathan ne disait rien. Tout le monde derrière la porte était silencieux aussi. Ils étaient donc tous déjà au courant.

— S'il vous plaît, retirez ça du blog, murmurai-je.

— Regardez les commentaires.

Je tentai de les lire, en clignant des yeux à toute vitesse comme si l'ordinateur allait me frapper. C'était tout comme d'ailleurs.

Il y avait 977 commentaires.

Le blog paraissait à 6 heures chaque matin.

977 commentaires en deux heures et demie. Non, 979. Non, 985, 993, 1 001, 1 019.

*Oh my God !*

Ce type est un parfait salaud, disait le premier commentaire. Elle est bien mieux sans lui.

T'as ou bien raison mon frère ! Les femmes ne pensent qu'à elles.

Moi aussi, après ma leucémie, j'ai fait un peu le ménage autour de moi…

Cette chronique me rend malade. Il l'a utilisée, tout simplement. Vivre la vie à fond, mon cul. Il devrait être…

De l'autre côté de la porte, le téléphone s'est mis à sonner, puis sur une autre ligne, puis encore une autre. Il y avait cinq lignes en tout et toutes étaient occupées.

— Retirez-le, Jonathan, dis-je d'une voix suppliante.

— Non, je ne le retirerai pas. Je suis désolé.

— Il le faut ! En plus vous détestez cette chronique !

1 034,1041.1 075. Le truc s'emballait littéralement ! Je plaquai la main sur ma bouche, ne comprenant plus ce qui se passait sous mes yeux.

Jonathan retourna l'écran vers lui et tapa sur le clavier.

— Notre page Facebook a eu plus de 700 likes depuis hier, et cette histoire a été partagée plus de mille fois sur les réseaux sociaux.

Merde, merde et remerde ! Le blog était directement relié à notre page FB, à nos comptes Tumblr et Twitter… que j'avais créés en arrivant ici.

— Retirez-le !

— Ainsley, je ne peux pas. Nous sommes dépassés, je suis désolé.

Il avait presque l'air sincère.

— Et donc ? C'est ma vie là ! C'est moi que l'on humilie ! Je vous en prie, retirez-le.

J'étais en larmes.

Jonathan croisa les mains.

— C'est vous qui vous êtes battue pour cette rubrique. Je suis navré qu'il s'agisse de votre vie privée mais c'est exactement ce qu'Eric et vous vouliez. Il est clair qu'on ne peut pas éviter les conséquences d'une telle exposition.

— Jonathan, si vous avez un cœur, faites-le ! Je vous en prie.

Sa porte s'ouvrit et Rachelle passa la tête et me regarda l'air navré.

— Monsieur Kent, *Good Morning America* au téléphone.

— Il faut que je les prenne, me dit-il. Si vous voulez bien m'excuser.

# *Kate*

Ma mère m'appela quelques secondes après le départ d'Ainsley. « Comment vas-tu ? » me demanda-t-elle. J'entendais un bruit de vaisselle en fond. Elle était multitâche et, sauf sous la contrainte, elle n'allait jamais s'asseoir sur une chaise pour discuter. « Tout va bien ? »

— Oui, euh, ça va.

Aussi bien que possible compte tenu que je venais de perdre mon mari. Je ne lui dis pas qu'Ainsley était ici, elle désapprouverait.

On était le 1er mai. Cinq mois jour pour jour que je m'étais mariée. Personne ne l'avait encore évoqué devant moi et je devais être la seule à le savoir. Nathan s'en serait souvenu et m'aurait acheté des fleurs.

— C'est important après une épreuve de s'occuper de soi et de garder ses habitudes.

Encore un truc sorti d'un de ses livres.

— Oui, je vais au studio cet après-midi.

— Très bien ! Le travail est le meilleur remède de l'âme dans un cas comme ça.

— Oui.

— On se rappelle très vite. Je suis là si tu as besoin de moi.

— D'accord, merci pour t…

Trop tard ! Elle avait déjà raccroché.

Ma mère n'avait jamais été très chaleureuse ni du genre à en rajouter.

J'avais un vague souvenir de la seconde femme de papa, Michelle. Elle était très souriante, et elle faisait des cookies le week-end quand Sean et moi venions. À la naissance d'Ainsley, elle m'avait laissée lui donner le biberon alors que je n'avais que sept ans. Mais nous n'y allions pas très souvent. Le travail de mon père l'obligeait à voyager d'avril à octobre, et il n'était que rarement à la maison. Ma mère n'aimait pas beaucoup que nous allions là-bas quand il n'y était pas.

Ensuite, bien sûr, Michelle est morte.

On ne parlait jamais du divorce ni d'Ainsley à la maison. Nous étions très jeunes après tout, ou en tout cas pas bien vieux. Notre mère avait subi l'humiliation classique d'être larguée pour une jeunette plus jolie qu'elle, enceinte avant d'être mariée, avant même que mon père soit parti. Après leur divorce, elle avait été obligée de travailler davantage, et nos dîners étaient tendus, et à base de poulet froid et de légumes en boîte.

Tout ça avant qu'elle commence à publier des livres, investisse dans un lifting et des mèches, et commence le karaté. Avant ça elle était juste épuisée, bonne à ramasser à la petite cuillère.

Puis Michelle nous avait quittés, et mon père était revenu frapper à la porte de ma mère qui l'avait repris, avec la progéniture de sa rivale.

Je savais qu'à sa manière ma mère aimait Ainsley. C'était juste que sa manière n'était pas très démonstrative, comme avec ses enfants biologiques. Et la ressemblance entre Ainsley et Michelle n'arrangeait rien.

J'étais contente que ma sœur soit chez moi, même si elle n'arrêtait pas de gaffer. Elle était pleine d'énergie, et ce qui jusque-là m'avait agacée, aujourd'hui me faisait du bien. La maison était tellement silencieuse sans elle.

Je donnai à manger à Hector, qui montra un bel appétit. Curieux que ce poisson ait été là avant Nathan et lui survive. Alors qu'un poisson avait une espérance de vie de combien ? Trois ans ? Celui-ci avait été témoin de notre histoire du début à la fin.

— Je trouve ça injuste, lui dis-je.

J'envisageai même de vider son bocal dans les toilettes pour rétablir un semblant de justice.

— Je plaisante, Hector !

Derrière le bocal, sur l'étagère, se trouvait mon Nikon, l'appareil que j'utilisais en dehors du travail et que j'avais utilisé ce terrible soir de la mort de Nathan. Je n'avais pas encore regardé les photos, terrorisée à l'idée de ce que j'allais voir. Mes souvenirs de ce qui s'était passé après la chute étaient flous. Je n'avais quand même pas pris une photo pendant qu'il tombait, si ? Je veux dire, je me méfiais de mes réflexes professionnels. Et s'il y avait une photo de mon mari en train de mourir, ou même… mort ?

Le tic-tac de la pendule me tira de mes pensées.

J'avais un rendez-vous. Jenny Tate, la fille de la boutique de robes de mariées juste à côté de mon studio, voulait des photos pour son site web. Avant d'aller visiter son site, je ne m'étais pas rendu compte de sa notoriété dans le monde de la robe de mariée. Elle en avait fait une pour une princesse du Lichtenstein et une autre pour une actrice célèbre. Tous les magazines spécialisés la citaient en référence.

Il était temps de regagner le monde des vivants.

Je pris une douche, en évitant de regarder la brosse à dents de Nathan, et enfilai un jean et un T-shirt, des Converse et un cardigan abricot.

Il faisait un temps insolent dehors. J'avais presque oublié que le printemps était là, parce que les derniers jours avaient été pluvieux et gris. Mais aujourd'hui l'air était doux et pur et les arbres fruitiers tous en fleurs. Je sortis mon vélo du garage (qu'allais-je faire de la voiture de Nathan ?) et je partis.

Je passai devant de somptueuses maisons et des jardins bien entretenus. Celle-ci avait un joli porche et celle-là de belles plantations. Je devrais peut-être faire la même chose chez moi. En même temps, des pensées, ça n'irait pas chez Nathan. Il fallait quelque chose de plus strict et viril. Un cactus peut-être. Un arbre avec de la personnalité, comme il m'avait expliqué le plus sérieusement du monde en me montrant son jardin la première fois.

Cela paraissait si loin.

*Tu es là ? Tu vas bien ? Tu me vois, Nathan ?*

Aucune réponse. Pas le moindre signe. Je n'en attendais pas vraiment d'ailleurs.

Malgré tout j'étais dehors, il faisait un temps magnifique et il fallait que j'avance pour ne pas que le brouillard sombre et glacé du chagrin me rattrape.

Je pédalai jusqu'au Blessed Bean, son joli auvent rayé vert et blanc et ses délicieux effluves. L'heure de pointe était passée et je n'eus pas à faire la queue pour commander un grand café et un gros muffin. Je le jure, de la taille d'un cerveau humain. Tout à coup j'avais une faim de loup.

Sans Nathan à mes côtés, ou bien sa mère ou Brooke, les gens ne me reconnaissaient pas encore à Cambry et cela m'arrangeait bien pour le moment. J'étais juste une cliente anonyme qui mangeait un muffin, pas une mère de famille avec des boucles d'oreilles en diamant, ni une femme d'affaires en Mercedes. Juste une passante, une inconnue.

— Vous êtes la veuve de Nathan Coburn, n'est-ce pas ? me demanda alors la serveuse en me rendant la monnaie.

Toute ma bonne humeur s'envola.

— C'est ça. Bonne journée !

— Sa sœur était ma baby-sitter, continua-t-elle. Et il venait parfois m'aider à faire mes maths. Il était toujours tellement…

— Merci, au revoir ! répondis-je.

Je sortis et marchai jusqu'à mon studio en passant devant Bliss et Cottage Confections.

C'était assez sympa, trois femmes dont l'activité professionnelle était en lien avec le mariage dans la même rue. Kim et moi couvrions aussi d'autres événements mais les mariages étaient le gros de notre activité. Un soir nous étions sorties toutes les trois prendre un verre et Nathan avait trouvé l'idée excellente.

— Tu vois ? Je t'avais dit que tu te ferais des amies, m'avait-il dit à mon retour et ça m'avait agacée parce que je n'avais jamais pensé le contraire.

J'avais eu l'impression qu'il insinuait que je… je ne sais pas. Que cela n'avait pas été si difficile pour moi de quitter Brooklyn en fin de compte.

Alors que si, mon beau quartier me manquait. Parfois je lui disais combien je regrettais l'odeur d'ail du Porto's ou bien Ronny, le sans-abri à qui nous apportions tous des choses à manger, et Nathan prenait l'air un peu contrarié comme s'il était déçu que je ne dise pas « Oh, mon Dieu, mais Cambry est un vrai paradis ! Tellement mieux que Brooklyn ! »

Désormais j'étais coincée à Cambry, dans la ville de mon mari mais sans lui, et tout le monde ici le connaissait mieux que moi et depuis plus longtemps.

De nouveau le pic s'enfonça dans ma gorge.

— Bonjour, me dit un vieil homme qui promenait son roquet.

— Bonjour, fis-je avec un sourire forcé en tournant la clé de mon studio.

Dieu merci, lui ne me suivit pas pour me faire un émouvant récit à propos de mon mari. Parce que je crois que je lui aurais collé une droite.

Enfin je fus en sécurité à l'intérieur. Mon enseigne élégante disait : Kate O'Leary, Photographe primée. Ce lieu ne m'était pas encore complètement familier. Mais il était clair et propre, avec un vieux parquet de chêne qui craquait et une petite cour à l'arrière où nous avions déjeuné avec Max le jour de la mort de Nathan.

Le désordre habituel régnait dans mon bureau. J'étais revenue une fois chercher un papier ou je ne sais plus quoi. Une photo de Nathan et moi trônait sur l'étagère, je la retournai face cachée.

Qu'est-ce qui m'amenait ici déjà ? Ah oui, une séance photo dans dix minutes, à laquelle Max n'assisterait pas. Lui ne faisait que les séances d'extérieur, quand l'éclairage était moins facile, ou lors de grands événements. J'avais tout le temps de prendre mon petit déjeuner. Il fallait que je garde des forces, me disait-on. J'avalai une grosse bouchée de muffin myrtille orange, et mmmhhh que c'était bon ! Et le café aussi. Je chassai les miettes de mon sweat-shirt, les laissant tomber négligemment sur mon clavier. Tant mieux que le muffin soit si gros, j'en mangerais même bien un deuxième plus tard. Deux muffins extra-large dans la journée !

Je ne tournais pas tout à fait rond, moi...

Ce soir, j'irais peut-être au groupe de parole dont m'avait parlé ma sœur.

Trois semaines et demie depuis sa mort. Presque le quart de la durée de notre mariage. Presque un mois. Était-ce ainsi que je mesurerais le temps à l'avenir ? À partir du jour de sa mort ?

La réponse allait sans dire.

Oh ! et au fait, toujours pas mes règles. Je lançai un défi silencieux dans le vide. Tu vois ce café énorme ? Eh bien, je vais le boire. Oui parfaitement ! Et tu sais où tu peux te les mettre tes deux traits ?

Ouh là ! Oui, le groupe c'était sans doute une bonne idée !

Je quittai la pièce et commençai à installer le matériel dans la pièce où on réalisait les portraits. Je mis en place les projecteurs, vérifiai mon appareil et m'assurai que le miroir était bien positionné afin que Jenny se voie dedans.

La porte d'entrée sonna.

— Kate ? C'est Jenny !

Elle entra, un gros sac noir sur l'épaule.

— Salut, toi ! répondis-je d'une voix enjouée qui résonna bizarrement.

Elle portait un blouson de cuir pour lequel j'aurais pu tuer quelqu'un. Non, assez de morts comme ça... Elle avait aussi un sac rempli de tissu. Je lui avais demandé d'apporter de quoi faire des arrière-plans.

— C'est un super espace ici ! s'exclama-t-elle en furetant partout comme un petit animal. Tiens, au fait, je t'ai apporté un café. Un mochaccino caramel machin.

Elle me tendit un grand gobelet.

— Merci.

Pas très raisonnable de prendre un nouveau shoot de

caféine, au cas où, vous savez… Mon utérus eut un petit spasme de révolte.

— Je t'en prie, et… tu sais… pour Nathan, commença-t-elle avec beaucoup de compassion dans le regard. Je suis vraiment désolée.

Elle me posa les mains sur les épaules.

— Je vais t'envoyer un mail par semaine pour t'inviter à dîner et tu pourras refuser autant de fois que tu voudras, mais quand tu seras prête, on ira dans un super endroit et je nous paierai des cocktails de dingue. Et tu pourras me parler de lui, ou alors je te parlerai de mes mariées capricieuses ou alors on dira des potins ou bien on ira au cinéma. On peut parler maintenant si tu veux, ou sinon on se met au boulot direct.

J'aurais dû noter exactement tout ce qu'elle venait de me dire et l'envoyer à tous ces gens qui me répétaient : « je ne sais vraiment pas quoi te dire. » Eh bien ça. Dites-moi exactement ça.

— Au boulot, répondis-je la gorge nouée. Mais merci, je te prends au mot.

— T'as intérêt.

Elle s'interrompit puis ajouta :

— Tu sais, Leo, mon compagnon, il a perdu sa femme lui aussi.

Mince.

— Non, je l'ignorais.

Il avait l'air tellement… normal la seule fois où je l'avais vu.

— Oui, et c'est encore difficile, tu sais. Il va de temps en temps à un groupe de parole. Tu y as déjà pensé ?

— En fait ma sœur m'en a trouvé un, oui. À l'église luthérienne.

— C'est là qu'il va. Il me dit que ça l'aide.

Elle eut un petit sourire. Elle était vraiment gentille. Je tentai de répondre mais le pic m'en empêchait.

— Bon, allez, on s'y met ? J'ai regardé *Qui sera le prochain top model en Amérique ?* hier soir, pour m'inspirer. La moue boudeuse et sexy n'a plus aucun secret pour moi.

En l'entendant plaisanter, je retrouvai la parole.

— Ça fait des années que cette émission fait des ravages chez les adolescentes.

— Je sais, mais je ne peux pas m'empêcher de la regarder. Je suis accro.

— Ça et *Project Runway*[1], répondis-je. J'en ai regardé plein d'affilée l'été dernier.

Avant de rencontrer Nathan, de devenir sa femme, et puis sa veuve.

— Je connais Tim Gunn[2] ! s'exclama-t-elle, me tirant ainsi de mes sombres pensées, et lançant la discussion sur New York et les célébrités qu'on avait croisées l'une et l'autre.

Je la fis parler tout en la photographiant. Elle avait un magnifique sourire et un nez un peu fort qui la rendait belle plus que mignonne.

Alors comme ça elle vivait avec un veuf, et lui n'avait pas sombré. Peut-être était-ce grâce au groupe de parole.

Une demi-heure plus tard, je pris la photo dont je savais que c'était la meilleure.

— C'est bon. J'ai ce qu'il me faut, dis-je alors.

Je la téléchargeai sur mon ordinateur et l'affichai en noir et blanc.

Elle était parfaite : assise par terre au milieu d'une montagne de tulle blanc, dans son blouson de cuir noir luisant, les jambes croisées, elle regardait juste à côté de l'objectif, son visage ouvert et avenant, où s'affichait un sourire à peine malicieux. Le bonheur irradiait autour d'elle.

— Oh waouh ! Elle est super ! J'adore !

— Parfait, je te l'envoie par mail alors.

— Génial. Tu me ferais aussi quelques tirages ? J'en donnerai un à ma sœur, un à Leo si toutefois il la veut, ce nigaud.

1. Émission de téléréalité très populaire aux États-Unis, présentée par un ancien top model et consacrée à la mode. (NdT)

2. Consultant à la télévision, acteur et auteur, spécialisé dans la mode. (NdT)

— Tu parles !

Elle rassembla ses tissus et les fourra dans le sac.

— Dis donc, ta mère travaille bien au *Hudson Lifestyle* ?

— Elle tient une rubrique psy, oui. Ma sœur est rédactrice en chef là-bas aussi. Pourquoi ?

— Oh ! alors tu dois déjà être au courant.

— De quoi ?

Elle rangea son téléphone dans son sac à main et mit celui-ci à son épaule.

— Le type avec son cancer, tu sais ? Maintenant qu'il va bien, il a largué sa copine. Et il a publié tout ça sur son blog. Tout le monde ne parle que de ça. Tu le connais ?

J'eus soudain la chair de poule.

— Un peu, répondis-je.

— Ça m'a l'air d'être un vrai con. Bon, il faut que je file. À bientôt dans le coin ? Et merci, Kate. C'était vraiment un bon moment.

— Oui, très sympa. À très vite !

Dès qu'elle fut partie, je fonçai ouvrir mon ordinateur et tapai Eric Fisher, *Les Chroniques du Cancer*.

Un millième de seconde plus tard, j'avais la réponse à ma question.

Quel enfoiré ! Quelle ordure ! Je lus l'article une seconde fois. Et si j'allais direct chez lui, lui casser la gueule ? J'étais une veuve éplorée après tout. On ne pourrait pas m'en vouloir.

Je fis dérouler les commentaires.

Il y en avait quatre mille.

De ce que je pus en juger, les avis étaient partagés entre ceux qui disaient qu'Eric avait le droit de choisir sa vie et ceux qui trouvaient qu'il avait causé du tort à Ainsley. « Non sans blague ? » dis-je tout haut dans le studio vide.

Heureusement, il ne l'avait jamais nommément citée et continuait à l'appeler Sunshine.

Je téléphonai à ma sœur et tombai directement sur son répondeur.

— Salut. Je viens de lire le blog. Je suis vraiment désolée.

On se voit tout à l'heure à la maison ? Appelle-moi si tu veux. Je suis libre tout l'après-midi.

Je passai le reste de la journée à me faire du souci pour elle et à me sentir coupable d'y trouver un certain soulagement. Au moins cela m'évitait de me demander si j'étais enceinte ou de penser à Nathan ou d'essayer d'arrêter de penser à lui.

Sean m'appela vers 17 heures.

— Tu as vu le blog d'Eric ? me demanda-t-il.

— Oui.

— Je ne l'ai jamais aimé ce type.

— Moi non plus.

Nous nous sommes tus pendant quelques secondes, aussi irrités l'un que l'autre et solidaires de notre sœur. Ça faisait déjà longtemps que Sean avait tiré ses conclusions sur lui.

Eric n'avait pas que des défauts pourtant. Il était toujours très gentil avec moi, amical et enjoué. Mais il n'avait pas assez de considération pour Ainsley, la faisait toujours passer au second plan. Lui d'abord.

— Est-ce qu'il était vraiment si proche de, euh… de Nathan ?

Sean avait du mal à parler de sujets graves.

— Non. Ils ont juste été ensemble dans un comité d'organisation pour un truc caritatif au golf l'an dernier.

Sean émit un grognement, puis me demanda :

— Et sinon, toi, ça va ?

— Ça va, oui. J'avais un shooting aujourd'hui. Et les enfants ?

— Ils vont super bien. On pourrait faire un Skype cette semaine ? Pas ce soir, Matthias est au karaté.

— D'accord. Avec plaisir.

— Dis à Ainsley que je suis… enfin dis-lui que j'ai appelé.

— Je lui dirai. Merci, Sean.

Je saisis mon sac à dos et repartis à vélo chez moi. Ainsley était là quand je suis arrivée, très bien habillée comme toujours, avec des vêtements que je ne pourrais jamais porter : une jupe ivoire avec de petits vélos noirs imprimés, un chemisier rouge avec un col pelle à tarte et des bottines noires. Tout droit sortie des années 1950.

Elle n'avait pas les yeux rouges. C'était déjà bon signe.

— Alors ? dis-je.

— Eh oui, répondit-elle en se servant un grand verre de vin.

— Je peux faire quelque chose ?

— Rien du tout.

— Tu vas le tuer ?

— Je pense que sa mère va s'en charger.

Je souris. Eric avait des parents sympas.

— Alors vous deux, du coup… ?

— Je pense qu'il est en dépression.

Pourtant, sur son blog, il avait l'air plutôt maître de lui. Sentencieux certes, mais calme. Il avait commencé par rompre avec elle, puis il avait mis l'univers entier au courant. Connaissant Eric et son besoin d'attention, rien d'étonnant.

— Tu m'as l'air plutôt détachée, fis-je remarquer en acceptant le verre de vin qu'elle me tendait.

— Disons que j'ai eu toute la journée pour lire les commentaires, vu que mon ordure de patron n'a jamais voulu enlever le post.

— Publicité gratuite ?

— Exactement. Je ne sais pas bien lequel des deux je déteste le plus, Eric ou Jonathan. Je pense que c'est Eric quand même.

— Si tu veux, on peut brûler une photo de lui grandeur nature. Accrochée à l'érable là, ce serait parfait.

— Bonne idée, répondit-elle avec un petit rire.

Mais tout de suite ses yeux se remplirent de larmes. Elle au moins savait pleurer lorsque la situation l'exigeait. Je lui tendis un mouchoir en papier qu'elle utilisa, avant de boire une gorgée de vin.

— On va à ce groupe de parole ce soir ?

— Oh ! on n'est pas obligées. Avec la journée que tu as eue.

— Non, allons-y. Ça va être sympa.

J'attendais de voir ce qu'elle allait dire ensuite.

— Enfin, pas sympa, je veux dire… Oh zut ! Ça va t'aider, quoi ! Ça va t'aider à te lâcher un peu. Ou alors ça va être atroce et dans ce cas on partira et on ira au bowling. Tu ne veux pas qu'on commande des pizzas ? Je suis en manque de gluten et de laitages, moi.

— Bonne idée !

À 7 heures, ma sœur et moi étions en route pour l'église St. Andrews où avaient lieu les réunions. Nous sortîmes de la voiture et immédiatement j'eus les cheveux couverts d'une fine bruine. Personne ne m'avait prévenue qu'il pleuvait autant ici. C'était une météo complètement différente de celle de Brooklyn.

— Tu n'es vraiment pas obligée de venir, Ains, insistai-je. Je peux rentrer à pied ou me faire raccompagner.

— Non, c'est bon. Je suis contente d'être avec toi.

Elle me regarda avec un petit sourire, comme si elle me voyait pour la première fois de la journée.

— Personne ne devrait jamais avoir à affronter ça tout seul, au moins la première fois, ajouta-t-elle.

Quel amour de sœur j'avais !

— OK, merci.

Le moment était venu d'ouvrir les vannes.

# Ainsley

Apparemment St. Andrews était *the place to be* lorsqu'on avait des problèmes. Dans une pièce se tenait une réunion des Alcooliques Anonymes, dans une autre, des Narcotiques Anonymes, ailleurs, un groupe de parents divorcés, et encore ailleurs notre réunion, enfin celle de Kate : *Un pas en avant. Groupe de soutien à tous ceux qui ont perdu leur conjoint*, disait l'affiche.

Kate était très crispée.

— Ce n'est peut-être pas une si bonne idée que ça, me dit-elle.

— Pourquoi on n'essaierait pas juste une fois ? suggérai-je. Ce sera peut-être mieux que tu ne le penses.

— Tu restes avec moi, hein ? Oh là là ! je me fais pitié…

— Bien sûr que je reste, répondis-je émue.

Elle avait besoin de moi en fin de compte et, après la désastreuse journée que j'avais eue, cela fit du bien à mon ego. J'avais l'impression d'avoir cent ans.

Je reçus un SMS d'Eric sur mon portable.

Devine quoi ! *Good Morning America* m'a contacté ! ! ! Et Jimmy Kimmel aussi ! ! ! On dirait que mes *Chroniques du Cancer* font le buzz. Tu as vu le post d'aujourd'hui ? Une histoire de fous !

Je n'en croyais pas mes yeux. S'il s'était trouvé devant moi à cet instant, je lui aurais fracassé le crâne avec mon téléphone ou le lui aurais enfoncé là où je pense.

J'avais reçu trois cent dix-sept mails aujourd'hui, dont

onze de Judy en panique après avoir lu la prose de son fils, mais un chouia fière aussi.

> *Men's Health* lui demande maintenant d'écrire une rubrique sur son régime de remise en forme ! C'est vrai qu'il est vraiment bien en ce moment, non ?

Puis quelques secondes plus tard, un autre mail :

> Mais ne t'en fais pas. Il va revenir à la raison. C'est évident qu'il t'aime.

Je ressentis l'envie pressante de retourner dans la fabuleuse maison de Kate et de m'enfiler deux ou trois pina coladas.

À cet instant Kate vint m'attraper par la main. Ma sœur avait besoin de moi. Et quoi que je sois en train de subir, elle avait vécu pire. Depuis trente-deux ans que je la connaissais, je ne l'avais jamais vue si perdue.

Le groupe se réunissait dans ce qui devait être une salle de maternelle dans la journée, avec de petites tables et de minuscules chaises, des moutons en coton collés sur les murs à côté des lettres de l'alphabet et des chiffres. Sur le côté se trouvaient une bibliothèque et un tapis, et une odeur rassurante de peinture flottait dans la pièce. Des chaises de métal gris étaient installées en cercle au milieu, plutôt déplacées dans ce décor joyeux et enfantin.

— Bonsoir, je m'appelle Lileth, dit une femme d'une voix douce. Je suis assistante sociale diplômée et je dirige ce groupe. Je vous souhaite la bienvenue. Je vous donne le règlement.

Avec un sourire triste de vraie pro du deuil, elle nous distribua une liasse de feuilles.

— Waouh, ça en fait des, euh… informations ! Je m'appelle Ainsley, et voici ma sœur Kate, dis-je.

Kate resta silencieuse et je me sentis obligée de parler à sa place.

— Elle a perdu son mari il y a un mois, poursuivis-je.

— Oui, le 6 avril, précisa Kate en se raclant la gorge.

— Nathan Coburn ? demanda une femme.
— Oui.
— Je connais sa sœur, reprit la femme.
— Salut, Kate. Désolé de te voir malheureusement rejoindre le club, dit alors un gars sexy et souriant. Jenny m'avait prévenu que tu risquais de venir.
— Bonsoir, Leo.
Ah oui, il était venu à la veillée funéraire avec la fille qui faisait les robes de mariées.
Et ne ferait pas la mienne, vu que je n'étais pas fiancée.
Mais pour l'heure, on s'occupait de Kate.
— Est-ce que j'ai le droit de rester ? Comme c'est la première fois pour Kate ? demandai-je à Lileth.
— Ce serait préférable que non, répondit-elle.
— Moi ça me va, dit Leo, en soupirant ostensiblement.
— Moi aussi, dit une femme.
— Moi aussi, dit une autre.
— Ça m'est égal, dit un petit monsieur âgé.
— C'est juste que comme vous n'avez pas vécu cette expérience, m'expliqua Lileth, le groupe pourrait être gêné de s'exprimer devant vous.
— D'accord elle n'est pas veuve, déclara une femme, mais on ne va pas lui jeter la pierre pour ça. Tant mieux pour elle !
— Voilà qui me rassure, rétorquai-je.
— Le règlement, qui n'a pas été écrit pour rien, stipule qu'il n'y ait que des veufs et des veuves, insista Lileth, en penchant la tête de côté, avec un sourire forcé, dans l'espoir que je m'en aille.
— Vous-même, êtes-vous veuve ? lui demandai-je.
— Non, mais je suis assistante sociale diplômée.
J'hésitai. Kate me tenait toujours la main et j'aimais sentir qu'elle avait besoin de moi.
— Faites comme si j'étais un animal de compagnie, dis-je.
— C'est bon, Lileth, laissez-la rester, lança une femme avec impatience.
Elle avait un superbe accent du Bronx, le teint cuivré des accros au bronzage et les cheveux noirs teints et crépus.

— On n'en peut plus d'entendre toujours les mêmes se plaindre.

Et elle ajouta en posant sa main sur l'épaule de Kate :

— Allez-y, racontez-nous votre histoire.

Lileth avait l'air contrariée. Je la détestais déjà.

Nous nous assîmes sur les chaises pliantes froides et dures.

— Quelques règles de base, dit Lileth, indiquées dans le document que je viens de vous donner. Premièrement, notre groupe, *Un pas en avant*…

— Deux pas en arrière, l'interrompit Leo.

Elle l'ignora.

— … est un endroit où se disent des choses qui ne peuvent pas se dire ailleurs. Deuxièmement, la confidentialité est de rigueur.

Elle me lança un regard menaçant, comme si j'étais déjà en train de balancer des tweets.

— Pour cette fois, j'imagine que ce n'est pas un problème si… je m'excuse, je n'ai pas retenu votre prénom ?

— Ainsley.

— Si Ainsley reste. À moins que quelqu'un y voit un inconvénient. C'est votre groupe et si l'un de vous voit le moindre inconvénient à ce que…

— Laissez-la rester, dit l'autre homme. Elle est mignonne.

Il avait dans les quatre-vingts ans et me fit un sourire que je lui rendis. *Prends ça, Lileth !*

— Troisièmement, nous parlons à tour de rôle. Chacun choisit de dire ce qu'il veut, mais tout le monde…

— Oui, il n'y a rien de sorcier quoi ! s'impatienta Leo. Kate, si vous avez envie d'intervenir, n'hésitez pas. Vous me connaissez déjà un peu, alors je vais commencer. Voilà la triste histoire en deux mots. Amanda, ma femme qui était alors enceinte, est morte dans un accident de voiture. C'est moi qui conduisais. Ils sont morts tous les deux, notre fils pas encore né et elle.

Son visage, pourtant immobile, se transforma, et soudain, au terme de ce récit pourtant bref, ses yeux prirent une expression tragique. La pièce entière fut remplie de cette tragédie. Je fondis en larmes en m'efforçant de ne pas penser à ce jour funeste et à ceux qui l'avaient suivi.

Leo se racla la gorge.

— Ça s'est passé il y a trois ans. Aujourd'hui j'ai rencontré Jenny, une fille fantastique, mais j'ai toujours des moments de désespoir. Elle a pensé que ce groupe m'aiderait, et c'est le cas.

Il sourit et le voile de tristesse se leva, sans disparaître complètement. Ce garçon inspirait vraiment la sympathie.

Je regardai ma sœur qui avait toujours l'air d'un animal sauvage terrifié.

— Moi c'est LuAnn, dit la femme cuivrée, avec son accent du Bronx tellement fort qu'on se serait cru en train de manger des hot-dogs pendant un match des Yankees. Je suis femme de flic, enfin veuve. Ce que je peux avoir ce mot en horreur ! Bref, Frank, mon mari, se rend l'an dernier en intervention, d'accord ? Un cas de violence domestique. Les pires interventions. Il frappe à la porte, le mari se pointe et le descend direct. Terminé. On avait quatre enfants.

— Oh, mon Dieu ! Quelle tristesse ! s'exclama Kate, d'un ton horrifié.

LuAnn secoua la tête.

— Attends, je t'explique : j'en veux à Frank à un point que t'imagines pas. Sérieux, comment il a pu me faire ça ? S'il était encore vivant je le tuerais. Je le tuerais de sang-froid.

— Vous ne pensez pas vraiment ce que vous dites, la reprit Lileth, même si bien sûr c'est normal de se dire que…

— Oh, c'est bon, Lileth ! Je suis spécialement en colère là parce que notre fils, Frankie junior, OK, eh bien il est rentré avec un zéro à son test de maths ! Alors je lui ai dit : « Toi, si ton père savait que tu ne fous rien, il t'en collerait une bonne, crois-moi ! Et ne lève pas les yeux au ciel quand je te parle ! »

Lileth eut un petit soupir de compassion.

— Ah, les enfants…

— Et alors qu'est-ce qu'il me dit, mon Frankie ? Il me fait : « Oh, m'man, on s'en fout ! Papa est mort, OK, tu vas pas me balancer ça à la figure toute ma vie. » Voilà ce que je me coltine, un fils bon à rien ! Et qui sait ce que vont me faire les filles ? Marissa, celle qui a douze ans, elle me dit qu'elle a un petit copain, alors je lui fais : « Ah ça non, pas tant que je vivrai ! » et là, c'est le drame, les pleurs ! Nom d'un chien, j'ai vraiment besoin de vacances, moi !

J'adorai illico cette femme. Je souris à Kate mais elle était figée sur sa chaise.

— Moi c'est George, dit l'homme âgé. J'ai été marié pendant quarante-trois ans et elle est partie dans son sommeil. C'était l'an dernier. Et je n'en reviens pas d'avoir réussi à rester en vie sans elle. Chaque jour qui passe est interminable. Mais je ne peux pas me plaindre. On a eu de la chance, Annie et moi. On a vécu plein de bons moments.

Ma sœur laissa échapper un petit gémissement et je serrai sa main moite.

Ce fut au tour de l'autre femme, Jeannette. Son mari était mort d'un cancer du pancréas le jour de leur quinzième anniversaire de mariage.

— Les derniers mots qu'il m'a dits ont été : « Je suis désolé de mourir aujourd'hui qui est un jour si spécial pour nous. » Alors j'ai répondu : « Bah, c'est que tu n'as jamais pensé qu'à toi ! » Il a ri et s'est affaissé dans son oreiller et il est mort à ce moment précis. Alors j'ai paniqué vous comprenez ! Je me suis dit : Non ! Sérieusement, on va pas se quitter là-dessus ! Alors je l'ai attrapé et secoué en lui disant : « Hé, je t'aime, idiot ! »

Elle riait à travers ses larmes.

Ma sœur avait le front perlé de sueur.

— Ça va ? lui demandai-je à voix basse.

Elle acquiesça.

Le mari de Bree était mort sur l'autoroute en suivant un camion de trop près l'hiver d'avant.

— Le plus dur c'est quand j'en parle aux enfants, expliqua-t-elle à Kate. Camden a quatre ans et Fiona dix-huit mois. Je ne sais pas comment faire pour qu'ils ne l'oublient pas. L'autre jour j'ai demandé à Camden s'il se souvenait de la fois où son père l'avait emmené pêcher, et il avait oublié. Quant à Fiona elle pense que papa ça veut dire photo. On est allées dans un magasin récemment, et au rayon des cadres, elle n'arrêtait pas de les montrer du doigt en disant : Papa ? Papa ?

On entendit alors comme des halètements.

C'était Kate.

Au début, je crus qu'elle pleurait mais non, elle était en hyperventilation. Et trempée de sueur.

— Doucement, lui dis-je. C'est bien, doucement. Inspire et compte jusqu'à trois. Maintenant, souffle et compte jusqu'à trois.

C'était une des rares occasions où le métier de Candy était utile. J'avais eu des crises de panique pendant toute mon enfance et elle m'avait appris à me calmer par la respiration.

On aurait dit un chien en pleine canicule estivale.

— Inspire, un, deux, trois. Expire, un, deux, trois... Bon, je crois qu'elle va s'évanouir. Penche-toi en avant, Kate.

Leo m'aida à la placer la tête entre les genoux.

— Je suis dé... désolée, parvint-elle à articuler, en s'agrippant à ma main à m'en briser les os. Je crois que je fais une crise cardiaque.

— Mais non, c'est juste de l'hyperventilation, lui répondis-je. Tu te rappelles, moi et les orages ?

Elle hocha la tête.

— Est-ce que quelqu'un aurait un sac en papier ?

George (celui que j'aimais bien) en trouva un et Kate, les yeux écarquillés, le visage blême, le plaça devant sa bouche.

— Inspire, un, deux, trois. Souffle, un, deux, trois, répétai-je en lui frottant le dos.

— On panique tous à un moment ou à un autre, dit LuAnn. Moi, juste après la mort de Frank, j'étais en train de regarder une série qu'on regardait tous les deux avant, OK ? Et donc, ça faisait quoi, trois, quatre semaines qu'il était mort, je me suis assise et puis je l'ai appelé : « Frank ! C'est l'heure de *Housewives* ! » Et il est pas venu. Alors je l'ai appelé une deuxième fois. Et là ça m'est revenu en pleine poire : il était mort ! On ne regarderait plus la télé ensemble. Et j'ai paniqué, exactement comme toi.

— Parfois c'est notre corps qui réagit avant notre cerveau, déclara Lileth, et je me demandai d'où elle sortait ça.

— Ça va mieux ? lançai-je à Kate.

Elle fit signe que oui, tout en continuant à respirer dans le sac.

— Alors vas-y, crache le morceau ! dit LuAnn. Il est mort comment ton mari ?

Kate n'était pas en mesure de répondre.

— Tu veux que je leur dise ? lui proposai-je.

Elle hocha la tête.

— Il a trébuché, est tombé et s'est cogné la tête. Voilà, Un accident stupide, déclarai-je sans cesser de lui frotter le dos.

— Il était allé me chercher du vin, ajouta Kate dans le sac qui se rétractait et se dilatait tour à tour. Mon verre était vide et le petit copain d'Ainsley était en train de faire un discours et il voulait porter un toast et je déteste les fêtes, alors j'avais bu un premier verre à toute vitesse et du coup je n'en avais plus, alors Nathan est allé m'en chercher, et maintenant il est mort et c'est à cause de moi.

Le sac se rétractait et se dilatait de plus en plus vite.

Il y eut un long silence, et l'on n'entendit plus que le sac en papier. J'aurais juré que Leo se retenait de rire.

— En fait c'est complètement la faute d'Eric, dis-je alors, en continuant à lui passer la main sur le dos, au risque de finir par faire un trou dans son chemisier. C'est lui qui a demandé à ce qu'on lève son verre. En plus c'est un vrai connard.

Leo éclata de rire pour de bon. Et LuAnn aussi. Kate sourit peut-être aussi, mais dans le sac c'était impossible à voir.

— En parlant de connard, quelqu'un a lu l'histoire du type qui a largué sa copine après avoir guéri du cancer ?

Je ne réalisai pas immédiatement qu'elle parlait de moi. Mais si, c'était bien moi la copine en question.

— C'était mon petit copain justement. Sunshine, des *Chroniques du Cancer*, c'est moi, dis-je alors.

Bree en resta bouche bée.

— Cet enfoiré c'est ton copain ? me demanda LuAnn. Ben, merde alors ! Tu veux qu'on aille tous lui faire la peau ?

En fait ils avaient tous lu ou entendu parler du blog, à part Lileth qui devait se sentir au-dessus de tout ce qui était nouveau média et ne faisait que lire des livres de développement personnel.

J'étais une star.

Comme ils me bombardaient de questions, je racontai tout en détail : le homard, la bague, la carte de crédit refusée, mon déménagement.

Jeannette leva les bras au ciel.

— Il t'a fichue dehors ? J'y crois pas.

— Merci.

— Et le pire, dit LuAnn en se penchant en avant, ce qui la faisait ressembler à Steven Van Zandt dans *Les Soprano*, c'est tous ces connards qui le soutiennent ! Non mais là on touche le fond, non ?

— Il passe dans *Good Morning America* la semaine prochaine, ajoutai-je.

— Tu plaisantes ? me demanda Kate en se redressant.

Elle avait repris quelques couleurs.

— J'ai oublié de te le dire. Et c'est pas fini : mon patron veut que je lui fasse signer un contrat exclusif avec notre magazine, rémunéré et tout.

Je me tus et observai avec satisfaction l'indignation générale. Kate me posa même la main sur le genou.

— On dirait que tu l'as échappé belle, fit remarquer Leo.

— Tu sais ce qu'il te faut à toi ? s'exclama LuAnn. Une histoire pas compliquée avec un mec, histoire de te redonner confiance. J'ai deux frères. On peut leur demander.

— Ça va, mais merci quand même. En fait je crois qu'on se remettra ensemble. C'est juste une grosse crise, quoi. Une pause.

— Je ne crois pas, non, dit Leo. Désolé, Ainsley, il va falloir penser à prendre un chat.

Je secouai la tête.

— Non, vraiment, je sais que vous le prenez tous pour

un idiot, mais il était super avec moi pendant toutes ces années, onze ans en fait. C'est juste la mort de Nathan qui lui a fait péter les plombs. Avant ça il était absolument parfait, pas vrai, Kate ?

— Au bout du couloir, il y a un groupe de parole pour les divorcés, suggéra Lileth, avec son sourire forcé. Je suis sûre qu'ils seraient tout à fait prêts à vous soutenir dans cette malheureuse affaire. Mais ici nous sommes sur d'autres sujets…

— J'en ai marre de nos sujets, dit alors Jeannette.

— Moi aussi, renchérit George. Kate, était-il si parfait que ça ?

Kate eut l'air gênée.

— Eh bien euh… personne n'est parfait.

— En fait ce que vous voulez dire, c'est que c'était juste un connard égocentrique.

Elle grimaça.

— Non… pas un connard, non. Mais égocentrique, ça oui. Je veux dire, tu ne trouves pas, Ainsley ?

Je m'écartai légèrement sur ma chaise.

— Oui, enfin il était aussi intelligent, et drôle et gentil.

— Il t'a quand même bien humiliée.

— Pas consciemment, protestai-je, le visage en feu.

Ce n'était pas facile de prendre la défense d'Eric, mais on avait passé onze belles années ensemble. Des années super.

— C'est son cancer, et puis la mort de Nathan. Il a paniqué, c'est tout. Il va revenir.

— Avant ou bien après l'Alaska ? demanda George.

— Quand on regarde Discovery Channel, on a vraiment envie d'y aller, non ? dit Bree. Je me demande si je ne devrais pas embarquer mes gosses et m'y installer.

— Il n'y a pas beaucoup de célibataires là-haut, lui fis-je remarquer. Pour quand tu seras prête, je veux dire.

— Tiens-nous au courant, me dit alors Jeannette.

— Promis.

À l'évidence, mon humiliation publique leur avait bien remonté le moral à tous et j'en étais sincèrement ravie. La séance était terminée. Lileth nous désigna le café et les cookies et dit qu'elle était disponible pour des entretiens individuels. Puis elle rappela à Kate de lire le document pour la semaine prochaine avant de lui adresser son sourire bien rodé.

Je pris deux cookies et suivis ma sœur dans le couloir.

— Comment te sens-tu ? lui demandai-je une fois dehors.

Il ne bruinait plus et il flottait dans l'air une odeur de cuivre et de terre mouillée. Kate sursauta pour éviter un ver de terre. J'avais oublié qu'elle en avait la phobie.

— Ça va. C'était un peu gênant.

— Mais personne ne peut te reprocher quoi que ce soit. Ils sont tous passés par là. Et tu les as vus, ils n'en sont pas morts.

— C'est vrai.

— Il est vraiment sympa, Leo. Et aussi LuAnn. Tu as vu son maquillage ! Génial ! Et puis je pense que je vais présenter Gram-Gram à George quand il se sentira prêt.

Kate eut un petit sourire.

— Oui, tout le monde a été très gentil.

— Tu crois que tu y retourneras ?

Comme l'idée venait de moi, j'avais vraiment envie que ça marche, tellement je voulais mériter l'approbation de ma sœur (et celle de tout le monde). Pendant un instant, je l'imaginai au téléphone avec Sean, en train de se plaindre de moi. *Ainsley m'a forcée à aller à ce groupe horrible, et tout ce dont on a parlé c'est d'Eric.*

— Peut-être oui. C'était une bonne idée, Ainsley. Merci de m'avoir accompagnée.

— Je t'en prie ! Quand tu veux.

La porte du sous-sol de l'église s'ouvrit et Jonathan Kent apparut, toujours vêtu de son costume, un trench-coat replié sur le bras. Il fut saisi en m'apercevant.

Alcoolique ? Narcodépendant ? L'imaginer accro à quelque chose le rendait plus intéressant tout à coup.

— Bonsoir, lui dis-je, certaine qu'il n'avait pas l'intention de me saluer.

— Aisnley, me répondit-il avant de diriger vers Kate son étrange regard bleu pâle.

— Bonsoir.

— Bonsoir, Jonathan, comment allez-vous ?

— Bien, merci. Je suis content de vous voir.

— Merci, moi également.

Elle avait l'air sincère.

Une seconde je les imaginai ensemble, avant de chasser cette image. Non, il n'était pas son genre.

Ou si.

Mais non.

— Est-ce que je peux vous parler un instant, Ainsley ?

— Mais bien sûr, monsieur Kent, répondis-je en battant des paupières, soudain et bizarrement nerveuse. Kate, j'en ai pour une minute.

— Prends ton temps, dit-elle avant de monter dans la voiture et de se mettre à consulter son téléphone.

Jonathan s'approcha et baissa les yeux, une mèche de cheveux lui glissant sur le front et lui donnant une allure très aristocratique.

Comme la nuit où Nathan était mort.

— Vous avez besoin d'aller chez le coiffeur, lui dis-je sèchement.

Il leva les yeux, surpris.

— Désolée. Que vouliez-vous me dire, Jonathan ?

Il me fixait le menton comme si j'avais un bouton et j'eus envie d'aller toucher pour savoir.

— J'apprécierais que vous restiez discrète sur ma présence ici ce soir.

— Alcooliques Anonymes ? lui demandai-je.

Il ne cilla pas.

— Narcotiques alors ?

Toujours aucune réaction.

— Je ne dirai rien. J'imagine qu'il s'agit du groupe de divorcés.

Son visage resta impassible, mais c'était toujours comme ça.

— Avez-vous parlé à Eric ? me demanda-t-il. Je souhaiterais vraiment qu'il signe ce contrat.

*Je souhaiterais vraiment* ? Personne ne parlait comme ça dans la vraie vie.

— Non. Il est plutôt sur ma liste noire en ce moment.

— Je m'en doutais. Je lui ai envoyé un message cet après-midi après votre départ précipité du bureau. Nous avons rendez-vous en ville vendredi prochain pour boire un verre, lui, vous et moi.

— Quoi ? Pas question !

Il détourna un peu la tête vers la gauche, la mâchoire crispée.

— Ainsley, vous avez fait du forcing pour qu'on publie ces chroniques sur le blog du magazine et il se trouve que les gens lisent ce truc ridicule. Aujourd'hui il y a eu un taux de visites inimaginable sur le site. Si vous voulez garder votre job, si vous voulez tout simplement bien *faire* votre job, ce qui changerait un peu, je suggère fortement que vous vous rendiez disponible vendredi. À demain.

J'avais du mal à trouver les mots pour répondre, et c'était aussi bien comme ça, parce que ça aurait été malvenu de lui dire le fond de ma pensée. Mais comment osait-il ? Je n'avais aucune envie de voir Eric !

Sauf que si. Je voulais voir l'Eric d'avant, celui qui m'aimait et ne pensait pas que j'appartenais à son ancienne vie.

Jonathan était déjà parti. Je montai dans la voiture et claquai la portière.

— Ça va ? me demanda Kate.

— La super pêche ! répondis-je en démarrant.

Tout ce qu'il me fallait maintenant, c'était un bain dans cette baignoire de dingue chez Kate. Et une bonne série bien violente, *Game of Thrones*.

J'étais d'humeur à décapiter quelqu'un.

# *Kate*

En me réveillant le lendemain, j'eus une véritable révélation.

Je n'étais plus obligée d'être triste ! Ces quatre dernières semaines avaient été terriblement difficiles, à trembler de peur jusque dans mon sommeil, à me sentir K-O, comme si un boulet de canon m'avait réduite en miettes. Mais c'était fini. J'avais rempli mon devoir. Le groupe de parole avait apparemment eu un effet miraculeux sur moi.

Et pour le symbole, j'étais allongée non plus sur le côté gauche mais en plein milieu de notre immense lit. *Mon* immense lit. Le soleil brillait derrière les fenêtres et je voyais le cerisier du Japon, rempli de fleurs ravissantes qui se balançaient doucement dans le vent.

Mon deuil était terminé.

Ces gens du groupe hier soir, Leo qui avait perdu sa femme enceinte, cette pauvre Bree avec ses deux petits, Jeannette qui avait vu son époux s'étioler sous ses yeux, George veuf après quarante-trois ans de mariage ; ils en avaient bavé. Il leur avait fallu passer par des phases de traversée du désert et tout ça.

Moi, je ne connaissais Nathan que depuis neuf mois. Honnêtement, c'était profondément triste mais pas forcément dramatique. Je serais une veuve digne et, euh… propre, oui tout de même. J'allais me remettre à prendre une douche chaque jour, et retrouver les joies de ma vie de célibataire.

Je serais bienveillante et gentille, un vrai exemple. Mes anciens détenus (qui d'ailleurs m'avaient envoyé une carte) ne m'en aimeraient que davantage, et les adolescentes me regarderaient comme un modèle à imiter. Non seulement je me conduirais de façon honorable mais je serais aussi la boute-en-train de service (cela n'avait jamais été le cas jusqu'ici, mais pourquoi pas ?). Les gens seraient stupéfaits d'entendre que j'avais perdu mon mari. (« Quoi ? Kate ? Mais elle respire la joie de vivre ! Et elle est si généreuse et sympa ! »)

Je restai couchée quelques minutes encore, imaginant tout ça et me sentant mieux pour la première fois depuis la mort de mon mari.

C'est alors que je sentis une chaleur familière et des douleurs dans le bas des reins. Je repoussai la couette et me ruai dans la salle de bains, où la lumière mit un temps fou à s'allumer, avant de retirer d'un coup mon bas de pyjama aux motifs de petits singes.

J'avais mes règles. Et pas qu'un peu. Version chutes du Niagara, celles qui vous ruinent votre matelas, à se demander si je ne venais pas plutôt de me sectionner l'artère fémorale. Oh non ! C'était trop injuste !

Je n'étais pas enceinte. Même pas un peu. Ma gorge se serra d'un coup. Je suis désolée, tellement désolée, mon bébé ! Je me mis à haleter, han, han, han. Et j'avais des fourmillements douloureux dans les bras et les jambes.

Je me dis que c'était la fin. Mon cœur battait à tout rompre, ma vision se troubla, et je sus, je compris que j'allais mourir. L'angoisse et la peur me submergèrent. Qu'allaient devenir mes nièces et neveu ? Sadie ne se souviendrait pas de sa tante ! Est-ce que Nathan m'attendait au paradis ?

Je m'écroulai sur les toilettes. *Je vous en prie, ne me faites pas mourir ici*, suppliai-je les puissances suprêmes. *Faites que les urgentistes ne me retrouvent pas comme ça. Cela m'est égal de mourir mais pas dans une flaque de sang menstruel avec mon pyjama aux petits singes sur les chevilles !* Je pris ma tête entre mes deux poings. Et m'efforçai de ne pas basculer de côté.

*On dirait que ce n'est pas si simple de ne plus être triste,* me souffla une petite voix moqueuse.

Inspire, un, deux, trois. Souffle, un, deux, trois.

— Kate ? Tout va bien ?

Je me frottai les yeux des deux mains.

— Ça va. Je viens de voir que j'ai mes règles, répondis-je d'une voix étrange et tremblotante.

— Tu veux que j'entre ?

— Non, non, je…

— Je suis là. Je ne bouge pas.

Dieu merci, je n'étais pas toute seule.

La lumière s'éteignit. Et je bougeai pour la faire rallumer.

— Merci, Ains, dis-je d'une voix un peu plus assurée.

Est-ce que je pouvais me lever ? Mes jambes allaient-elles me soutenir ?

La réponse était oui. Je me lavai, sortis la boîte de tampons, fis le nécessaire et enfilai le peignoir de Nathan.

Il portait encore son odeur.

*Oh, s'il te plaît, Nathan, aide-moi. Fais-moi un signe.*

Aucune réponse.

— Bonjour, dis-je en ouvrant la porte.

Ainsley avait déjà enlevé le drap du lit. Elle me serra dans ses bras.

— Je suis désolée.

Le pic était de nouveau enfoncé dans ma gorge.

— Je savais bien que je n'étais pas enceinte : j'ai fait quatorze tests.

— J'avais quand même un espoir, répondit-elle en riant.

— Moi aussi.

Je n'étais pas très à l'aise avec le contact physique (sauf avec mon mari) et je m'écartai.

— Tu pars au boulot ?

— Oui. Devine quoi. Le blog d'Eric a été partagé plus de cinquante mille fois. Sympa, non ? dit-elle en levant les yeux au ciel.

Aujourd'hui encore, elle ressemblait à Betty Boop, avec son adorable look années 1950. Une jupe corolle imprimée de petits parapluies, un chemisier blanc avec un col à la Peter

Pan et du rouge à lèvres très vif. La seule chose moderne était sa jolie coupe de cheveux.

Hier soir je l'avais entendue pleurer, mais là elle avait retrouvé le sourire, sans doute parce que j'avais besoin d'elle.

Eric était tellement nul de la quitter.

— Et toi, que fais-tu aujourd'hui ?

— J'ai une séance de photo, avec une adolescente qui veut devenir mannequin.

— Ah, sympa ! En plus il fait un temps merveilleux. Tu vas où ?

— À Brooklyn, dans Prospect Park.

— Super ! Plus drôle que moi : je vais dîner avec Gram-Gram. Elle veut que je l'aide à s'inscrire sur un site de rencontres.

Je ressentis un pincement de jalousie à l'idée que Gram-Gram ne me l'ait pas demandé, puis un certain soulagement.

— Tu es une sainte.

— Bon et toi, dis-moi, ça va aller maintenant ? On dirait que c'était encore une crise de panique ? me dit-elle avec un sourire qui lui creusa des fossettes dans les joues.

— Tout va bien, répondis-je.

— Parfait, mais il faut que j'y aille. Jonathan fait sa crise au moindre retard.

— Bonne journée, Ainsburger !

Elle éclata de rire en entendant ce surnom que lui donnait notre père et quitta la pièce, un doux parfum d'orange dans son sillage.

J'étais tellement heureuse de l'avoir auprès de moi, même s'il n'était pas du tout certain que je le mérite.

J'avais toujours essayé d'être gentille avec ma petite sœur, mais c'était parfois difficile. D'abord parce que j'étais proche de Sean, et qu'elle arrivait comme un cheveu sur la soupe dans notre vie. Je ressentais un tiraillement : si je l'aimais trop, je serais trop triste à la fin de chacun de nos week-ends ensemble chez papa, et lorsqu'elle me manquait, je me sentais coupable envers maman.

Lorsqu'elle était venue vivre avec nous, ça avait été pire

parce qu'elle était tellement petite, tellement mignonne… mais c'était quand même parce que Michelle était enceinte que notre père nous avait quittés. Pendant trois ans, j'avais vu ma mère se consumer de chagrin et puis, un jour, il était revenu, accompagné en plus d'une adorable poupée. Du coup, tout le temps que je passais avec Ainsley, j'avais l'impression de trahir ma mère.

Elle était toute petite. Je n'aurais pas dû avoir ces scrupules.

Comme si j'avais besoin d'une raison supplémentaire de culpabiliser !

Bon, j'avais un shooting. Il fallait que je me rende à Brooklyn pour 10 heures, et il y aurait des embouteillages monstres, comme toujours à New York. Max me retrouverait là-bas. Je glissai quelques tampons dans mon sac à main et avalai un cachet.

L'adolescente en question s'appelait Elizabeth Breton, et était la plus jeune sœur de Daniel le Pompier Super Sexy. Elle m'avait envoyé un mail la semaine dernière, me disant que son frère lui avait dit connaître une photographe professionnelle qui faisait des books.

Elle avait un jour libre et cent dollars d'économies, ce qui ne représentait même pas un dixième de mon tarif.

Mais comme elle avait l'air gentille et sincère, j'avais accepté. Sans être spécialiste, j'avais déjà plusieurs expériences en photos de mode.

Et puis c'était tellement gentil de la part de Daniel de m'avoir recommandée.

Je n'en étais toujours pas revenue qu'il se soit déplacé depuis Park Slope pour la veillée funèbre.

Et que Paige ne l'ait pas fait. J'avais reçu une carte de condoléances qu'elle avait juste signée, avec une colombe blanche et un message imprimé : *Avec mes meilleurs sentiments*.

Enfin bon, il y avait pire que ça dans la vie.

Après m'être douchée et avoir enfilé un jean et une chemise en flanelle (inutile de faire des élégances, ce n'était pas moi qu'on photographiait), je descendis pour m'assurer que je n'oubliais rien.

Mon Nikon était sur l'étagère dans le bureau (ou le petit salon). Depuis la mort de Nathan, je ne savais pas comment nommer cette pièce.

En général, je prenais cet appareil et l'autre, les utilisant tour à tour pour des effets différents. Mais les dernières photos de Nathan étaient sur ce Nikon…

J'eus soudain des fourmillements dans les mains et le pic dans ma gorge se matérialisa comme par magie. Je regardai mon poisson qui nageait sobrement dans son bel aquarium.

— Salut, lui dis-je.

Et il ouvrit la bouche, comme pour me dire : *Ne t'en fais pas, je suis là*.

Lorsque j'arrivai au parc, avec mon attirail d'objectifs et de filtres, et mon appareil en bandoulière, je vis que tous les bébés étaient de sortie. De beaux bébés de toutes les couleurs, de tous les âges, en train de courir, de pleurer, de crier, de rire, de téter. Un d'entre eux avait l'air totalement oublié par sa mère occupée à se plaindre bruyamment au téléphone. J'envisageai une seconde de prendre la poussette et de lui voler son enfant, mais non, elle m'avait à l'œil.

Sans doute parce que je la fixais.

Je n'y avais pas *vraiment* cru à cette grossesse.

Quand j'avais dix ans, ma cousine issue de germain m'avait invitée en voyage. Nos mères étaient proches quand elles étaient enfants, et avec Mimi nous avions le même âge et nous retrouvions chaque Noël. Elle était fille unique et ses parents m'avaient donc invitée à les accompagner à Hawaï. Nous ferions un tour en hélicoptère, nagerions avec les dauphins et prendrions des cours de surf.

Je n'avais jamais été aussi excitée par une invitation. Pendant des semaines, Mimi et moi nous étions téléphoné pour nous raconter comment nous allions apprivoiser un dauphin, faire du cheval dans la forêt tropicale, manger de la glace à l'ananas et à la noix de coco. Je n'en revenais pas de pouvoir aller dans un endroit aussi exotique et nouveau pour y vivre de telles aventures.

Or, la veille du départ, Mimi avait fait une crise d'appendicite et on avait tout annulé. J'étais désespérée mais, tout en pleurant dans mon oreiller pour que ma mère ne m'entende pas, je m'étais dit que je n'y avais jamais vraiment cru. C'était trop beau pour être vrai.

C'était la même chose, cette histoire de bébé avec Nathan. Un rêve merveilleux, tout près de se réaliser, et puis non…

— Kate, comment vas-tu ?

Max apparut, son teint pâle, ses yeux noirs et sa barbe de trois jours lui donnant l'air d'un vampire. Cela dit, il n'était pas dénué de charme : un peu dégarni, cinquante ans bien tassés, et une voix terriblement grave… Les femmes en étaient folles.

— Coucou, Max.

Nous nous sommes embrassés rapidement, vu que ni lui ni moi n'étions très tactiles.

— Tu es prête ?

— Oui, on la retrouve du côté de la maison du lac.

Nous sommes passés sous la voûte de Cleft Ridge, où un enfant jouait avec l'écho de sa voix, puis le long des sentiers sinueux du parc. L'herbe était fraîchement coupée et il régnait une odeur délicieuse. Au-dessus de nos têtes, de grands arbres mêlaient leurs branches comme un couple qui se donne la main.

Une jeune fille à l'allure de gazelle, vêtue d'un jean et d'un T-shirt, était adossée à un lampadaire. Et à côté d'elle se trouvait une valise, contenant sans doute des tenues de rechange.

— Elizabeth ?

— Bonjour ! Vous êtes Kate ?

— Oui, et voici Max. Enchantée de faire votre connaissance. Vous êtes ravissante.

— Merci, répondit-elle, l'air enchanté. Je suis contente que vous ayez accepté. J'ai regardé les tarifs des vrais photographes de mode et j'ai failli avoir une attaque. C'est comme ça que Daniel a pensé à vous.

— Il a bien fait. Avez-vous une maquilleuse ?

— Non, je vais me débrouiller toute seule.

— OK. Max peut vous donner un coup de main si nécessaire.

— Je travaillais pour Bobbi Brown avant, précisa Max.

— C'est vrai ? J'adore leur gloss à lèvres.

— Salut. Désolé d'être en retard, dit alors une voix.

C'était Daniel, avec son jean délavé, son T-shirt de service Brigade de New York et un blouson de jean jeté sur l'épaule. Impossible de faire plus sexy.

— Je t'avais dit de ne pas venir, lui dit Elizabeth, fâchée.

— Désolé, Lizzie, c'est mon boulot de m'assurer que tu ne fais pas trop vulgaire. Consignes maternelles, répliqua-t-il en me faisant un clin d'œil où se reflétait autant de testostérone qu'on pouvait s'y attendre de la part d'un pompier de New York.

— Daniel Breton, se présenta-t-il.

— Max Boreo, répondit mon assistant en lui serrant la main.

— Alors voilà. Lizzi se trouve assez jolie pour devenir mannequin, dit Daniel.

— Largement assez, renchéris-je, même si je savais bien que ce n'était pas suffisant pour être modèle.

Elle avait des cheveux brun foncé et des yeux verts, une peau parfaite et un très beau sourire.

Nous avons discuté des styles qu'elle voulait pour son book : haute couture, c'est-à-dire façon échassier un peu étrange ; bonne copine, et là elle allait assurer, c'était certain ; excessive, avec une bonne dose de maquillage et en gros plan.

— Daniel a proposé qu'on aille chez lui pour les photos en intérieur.

— Où est-ce que tu habites, Daniel ? lui demandai-je.

— St. John's Place, pas très loin.

Je me suis soudain rappelé une soirée passée chez lui et Calista il y avait de ça neuf ou dix ans, quand on habitait entre la Cinquième et la Sixième Avenue. Il avait l'air si heureux à cette époque, nous servait du vin et regardait Calista avec des étoiles dans les yeux. C'était l'une des raisons pour lesquelles je l'appréciais : c'était un mari très amoureux.

Comment se remettait-on après une telle histoire d'amour ? À en juger par la collection de Fausses Alertes qui s'était ensuivie, il fallait croire que c'était impossible.

Daniel me surprit en train de le fixer et je détournai mon attention vers le réglage de mon appareil photo.

Tandis que Lizzie se changeait dans la maison du lac, Max et moi préparâmes le nécessaire. Daniel envoyait des SMS, appuyé contre un arbre. Max sortit le réflecteur pour être sûr qu'il y aurait assez de lumière sur le visage de Lizzie ; je pris des mesures et fis quelques clichés du bâtiment.

Elle sortit, vêtue d'une robe longue en lamé doré, et les cheveux relevés en un chignon flou, les paupières poudrées d'or, et les pommettes rehaussées à coups de blush.

— La vache ! T'as quel âge déjà ? s'exclama Daniel.

— Presque dix-sept ans.

— J'aurais dit vingt-quatre.

— Mais non, ça, c'est Sarah, débile ! Je suis encore au lycée, moi ! Si j'avais vingt-quatre ans, ça serait beaucoup trop tard pour commencer le mannequinat.

Il émit un grognement dubitatif. Max s'adressa à voix basse à Lizzie qui ouvrit sa boîte à maquillage et lui tendit son gloss pour qu'il officie.

— On est bon ? demandai-je, et elle hocha la tête. Alors vas-y, Elizabeth, c'est à toi de jouer !

Elle prit une pose et soudain se métamorphosa. Ce n'était plus la jeune effrontée qui se chamaillait avec son frère mais une femme ravissante, jetant un regard dédaigneux vers l'objectif tout en repliant le bras au-dessus de sa tête. Je m'accroupis et commençai à mitrailler en tournant autour d'elle, tandis qu'elle suivait des yeux l'objectif et se déhanchait. Puis elle se retourna, la main sur la hanche, les jambes croisées, et me regarda par-dessus son épaule. Elle creusa les reins et posa la main sur sa clavicule, de profil, puis de trois quarts… Son long cou s'étirait avec grâce et elle avait l'art de mettre en valeur sa silhouette élancée.

— Elle est douée, murmura Max, ce qui, venant de lui, était rare.

Quelques personnes s'approchèrent pour la regarder tandis qu'elle faisait remonter sa robe et se penchait en avant, puis se montrait tour à tour souriante, boudeuse, en colère. Tout ça pendant que je lui donnais des instructions : « Détends ta main, baisse le menton, regarde vers le bas, ferme la bouche, sers-toi de ton cou. »

Max réglait le réflecteur et lui arrangeait les cheveux de temps en temps et Daniel se contentait de regarder.

— Viens voir, dis-je à Lizzie au bout d'une demi-heure.

Elle accourut en levant sa robe et je fis défiler les photos en lui montrant celles que je trouvais les meilleures.

— Quand tu constitueras ton book, ne mets que deux ou trois clichés de chaque tenue, lui conseillai-je. C'est la qualité qui compte, pas la quantité. Il faut choisir les plus spectaculaires, comme celui-ci par exemple.

Je lui montrai une photo incroyable où se déployait sa longue silhouette tout en souplesse.

— Et ici, ajoutai-je, commentant celle où elle avait cet air furieux de guerrière.

Elle était toute contente, redevenue soudain une petite fille qui joue à se déguiser.

— Montre-moi, demanda Daniel en s'avançant vers nous.

Il se tenait derrière moi, collé à mon dos, le menton tout près de mon oreille.

— Mince alors, qu'est-ce qu'elle est belle !

Je sentis son souffle dans mes cheveux, et comme des fourmillements dans mon ventre… Évidemment. Qui ne serait pas attirée par Daniel le Pompier Super Sexy ? Toutes les femmes du quartier auraient réagi pareil.

Je passai à la photo suivante.

— Celle-ci est bien, dit-il, et je fus parcourue d'un frisson dans tout le côté gauche.

Clic.

— Ah non, là elle fait vulgaire.

Clic.

— Vulgaire. Vulgaire. Vulgaire. Jolie.

Mon côté gauche se remit à frissonner.

— Daniel, tu n'as pas ton mot à dire. Kate, ne l'écoute pas, dit alors Lizzie.

Oui, très bon conseil. Après tout, j'étais veuve et ce n'était pas convenable que je fantasme sur ce type canon. Ce qui équivalait à dire : *Tu vois ce chiot adorable ? Eh bien non, tu n'as pas le droit de le trouver adorable !*

Lizzie repartit se changer et Max l'accompagna, emportant son nécessaire à maquillage pour la série bonne copine. Lorsqu'elle ressortit, les cheveux lisses, avec une raie sur le côté, un haut court sous une veste de tweed, un jean serré et de jolies petites bottines, on aurait dit une tout autre personne.

Nous nous sommes déplacés pour changer de décor.

— Si on la faisait s'allonger sur ce banc avec les cheveux qui pendent sur le côté, suggéra Max.

— Non. Vulgaire, déclara Daniel.

Max soupira.

— Qu'elle soit juste naturelle et souriante, dis-je. Genre Maybelline ou savon Dove. Imagine que tu attends un garçon qui te plaît bien et que c'est la première fois.

Daniel protesta :

— Et si on disait plutôt qu'elle s'apprête à entrer au couvent et meurt d'impatience de consacrer sa vie à Dieu ?

— T'es vraiment pas drôle, dit Lizzie. OK, j'attends mon petit copain, compris.

Mais j'eus un temps d'arrêt en regardant dans l'objectif.

C'était toujours à travers mon appareil que je pouvais voir ce qui était invisible à l'œil nu. Même si elle souriait, il y avait quelque chose de différent dans son regard. Elle regarda vers la gauche et s'appliqua mieux encore à sourire, mais un coin de sa bouche tremblait presque imperceptiblement.

Elle était inquiète, nerveuse.

J'appuyai sur l'obturateur, puis levai les yeux et lui souris.

— On est bien, on est heureuse, dis-je en essayant de la

détendre. Vous allez vous acheter une glace. Il a une surprise pour toi. Ça alors, un chaton ! Regarde comme il est mignon !

Elle essaya d'avoir l'air content, mais elle avait une expression bizarre et les épaules crispées.

— Est-ce qu'elle a un petit copain ? murmurai-je à Daniel.

— Elle a pas intérêt.

— Mais est-ce qu'elle en a un ?

— Lizzie, claironna-t-il. T'as un petit copain ?

Je soupirai. Il y avait une bonne raison pour que je lui pose la question à lui et pas à elle.

— Non, répondit-elle. De toute façon ça te regarde pas.

Elle se mit alors à se tripoter un ongle puis cessa. Tenta de se replacer, mais elle avait le cou tendu. Elle regarda de nouveau vers la gauche.

Je reposai mon appareil et m'approchai d'elle.

— Il vient souvent ici ?

Elle me regarda une seconde puis fondit en larmes.

— J'ai rompu avec lui et il... il ne le prend pas très bien. Je pense qu'il me suit.

Daniel se précipita.

— Qui ? C'est qui ce garçon ? Il habite où ? Qu'est-ce que tu veux dire par « Il ne le prend pas bien » ? Il t'a menacée ? Tu veux que j'aille lui parler ? On y va tout de suite ?

— Non, Daniel ! Ça va être encore pire.

Puis en se tournant vers moi elle ajouta :

— Je suis désolée.

— Ne sois pas bête, fit Daniel, mécontent.

— Il ne va sûrement rien me faire.

Des larmes coulaient sur ses joues parfaites.

— Ça ne me rassure pas du tout. Allez, dis-moi tout, tout de suite.

Elle s'adressa à moi plutôt qu'à son frère :

— C'est juste... genre, je rentrais du lycée l'autre jour et je l'ai entendu rire, mais quand je me suis retournée, il n'y avait personne. Et puis... je sais pas... Mon téléphone sonne à 2 heures du matin, et il y a « correspondant inconnu » qui s'affiche. Il n'a jamais apprécié que je veuille devenir mannequin. Hier il y avait un mot dans mon casier qui disait que j'étais moche.

Daniel s'apprêtait à dire quelque chose mais je posai ma main sur son bras pour l'en empêcher.

— Tu sais, dis-je doucement à Lizzie, moi, si j'avais un ex casse-pieds et un grand frère pompier très costaud, j'y réfléchirais à deux fois.

— Tu devrais l'écouter. Elle dit des choses intelligentes, renchérit Daniel.

— Je veux juste qu'il me laisse tranquille. Je ne pense pas qu'il me ferait quelque chose, du mal ou quoi…

Sous ma main, le bras de Daniel durcit comme du bronze et je lui serrai le biceps pour qu'il se calme (et puis aussi juste pour le plaisir).

— Bien, dis-je, mais même s'il est inoffensif et que c'est juste un petit con, ça ne mange pas de pain de lui faire savoir que ton frère existe, si ?

— Non, sans doute, dit-elle en se tripotant de nouveau l'ongle.

— Et donc ce serait pas mal que ton frère aille lui dire deux mots.

— Elle a raison, dit Daniel en se levant. On y va.

— Mais, Daniel, pas là tout de suite ! Je voudrais finir mes photos ! s'écria Lizzie.

— Qu'est-ce qui est le plus important, enfin ? rétorqua-t-il sèchement. Les photos ou ta sécurité ?

— Oh là là, je savais bien qu'il ne fallait pas que je te le dise !

— Attendez, j'ai une idée. Est-ce que ce garçon habite dans le coin ? demandai-je.

— Oui, sur la Huitième Avenue.

— Alors finissons-en avec cette série, ensuite toi et ton frère, vous irez lui parler, pendant que Max et moi prendrons un café et on se retrouve ensuite chez Daniel.

— Parfait, dit Daniel en croisant ses bras de Viking.

— Non, viens avec nous, s'il te plaît. Daniel va défoncer Ewan et la police va s'en mêler. Mon frère va se faire virer, maman va faire une crise et me dire qu'elle aurait mieux fait de ne jamais me mettre au monde.

— Ewan, s'étonna Daniel. T'es sortie avec un type qui s'appelle Ewan ? Tu n'as pas couché avec lui au moins ? Parce que ça, ça rendrait maman malade et alors là je serais vraiment obligé de lui faire la peau, et toi de rentrer au couvent !

— Arrête, Daniel, tu n'es pas le mieux placé pour critiquer les prénoms. Est-ce que tu n'es pas sorti un jour avec une fille qui s'appelait Cascade ?

— Aucun souvenir de ça, me rétorqua-t-il, furieux.

— Évidemment, tu sors avec tellement de filles ! lança Lizzie.

Max poussa un soupir qui nous fit tous taire.

— Laisse-moi rectifier ton maquillage, ma belle. Et ensuite ton frère pourra aller coller la trouille de sa vie à ce garçon. Je crois qu'on est tous en condition pour la série Psychodrame.

— Comme si ça ne suffisait pas déjà comme ça, râla Daniel.

Mais Lizzie se redressa et quinze minutes plus tard j'avais de très beaux clichés d'elle, avec ses cheveux brillants et son sourire radieux.

— Tu es lumineuse sur celle-ci, lui dis-je, et là tes yeux sont magnifiques.

Pendant ce temps-là Daniel faisait les cent pas, ses bras musclés croisés sur la poitrine.

— Bon, on va pouvoir y aller ? J'ai des comptes à régler avec un type qui embête ma petite sœur, moi.

— Relax, Daniel ! répondit la petite sœur en question, qui, maintenant que la solution à son problème était trouvée, ne s'en faisait plus du tout.

Max jeta un œil à sa montre.

— Même si je serais ravi de venir assister à ce combat de titans (ce qui ne m'étonnait pas de lui), il faut que j'aille chercher les garçons au foot, me souffla-t-il.

— OK, je peux me débrouiller sans toi pour la suite. Merci, Max.

— À demain alors.

En partant il passa à côté d'un enfant qui le regarda puis courut en pleurant se réfugier auprès de sa mère. Sacré Max ! pensai-je, réjouie.

— Vous êtes sûrs que vous voulez que je vienne ? demandai-je en rangeant mon appareil.

— Oui ! s'écria Lizzie. S'il te plaît, si ça ne t'ennuie pas.

— Non, non, au contraire c'est…

Je faillis dire *sympa*. En fait c'était surtout tellement mieux que de rentrer chez moi.

Daniel prit mon sac et le réflecteur, alors qu'il portait déjà la valise de Lizzie.

— Tu veux que je porte quelque chose ? proposai-je.

— Tu rigoles ? Je suis un pompier new-yorkais. Je pourrais te porter toi, elle, et un berger allemand !

— Arrête, ça m'excite ! dis-je, tandis que Lizzie éclatait de rire. Toi pompier ? J'avais presque oublié.

— Oui, hein ? renchérit Lizzie. Je me demande s'il a des T-shirts sur lesquels ce n'est pas écrit !

— Tais-toi et montre-nous le chemin, tu veux ! lui ordonna Daniel.

Contre toute attente, même si nous étions partis pour filer une bonne correction, verbale heureusement (ou alors justement parce que c'était un grand moment d'assister à cette vengeance du mâle de Brooklyn outragé qui vole au secours de l'un des siens), je me sentis heureuse. Je pris quelques clichés sur le vif de Lizzie en train de marcher devant nous, sautillante et joyeuse, de danser autour d'un lampadaire, de grimper sur un rocher, et même de faire la roue dans l'herbe.

Nous sortîmes du parc pour nous retrouver dans mon ancien quartier. Que c'était beau !

Il doit exister un terme pour désigner les fous d'architecture comme moi qui s'extasient sur chaque façade, chaque porte, chaque pot de fleurs. Je pris quelques photos des immeubles de briques. Un jeune garçon de sept ou huit ans passa en skate à côté de moi, vêtu d'un T-shirt David Bowie. Typique progéniture de *hipster*.

Depuis quand n'étais-je pas revenue à Park Slope ? Deux mois ? Plus ? Nous étions venus assister avec Nathan au dîner biannuel du centre de réinsertion en février et il avait pesté contre les embouteillages sur le trajet. Une des rares fois où il s'était montré de mauvaise humeur. Il ne faisait pas beau, impossible de se garer bien sûr, et ce n'était pas le genre de dîner de gala auquel il était habitué : une assiette de spaghettis dans un sous-sol d'église, en compagnie de personnes en liberté conditionnelle…

Daniel n'était pas là ce soir-là, il travaillait et je me souvenais avoir regretté de ne pas pouvoir lui présenter mon mari et qu'il voie combien j'étais heureuse. Peut-être aussi regrettais-je de ne pas pouvoir présenter mon super beau copain à mon mari. Vous savez comment sont les femmes…

En parlant de lui, notre légendaire pompier marchait cinquante mètres devant moi, à grandes enjambées. Je courus derrière lui pour le rattraper. Lizzie nous désigna une maison et fit une grimace inquiète en le voyant monter les marches quatre à quatre et frapper à la porte.

Un jeune homme apparut.

— C'est lui ? demanda Daniel à sa sœur.

— Oui.

Il l'attrapa par le col, lui soutirant un jappement, et le traîna sur le perron, avant de fermer la porte, histoire sans doute que ses parents ne s'en mêlent pas. Il avait une bonne tête, paraissait déjà assez mûr mais un bébé par rapport à Daniel.

— C'est toi qui as fait peur à ma petite sœur ? fit Daniel d'une voix effrayante en le secouant. À cet amour de fille, la prunelle de mes yeux ? C'est toi qui l'as menacée l'autre jour ?

Le garçon ouvrait des yeux comme des soucoupes et opta pour la solution la plus raisonnable en n'essayant pas de résister.

— Je… euh… Elizabeth ? Eh ben… euh, non… Enfin, je veux dire, si oui, j'ai pas fait exprès !

— Il t'a dit quoi exactement, Lizzie ?

— Qu'il allait me faire regretter d'avoir rompu avec lui.

— Ça ressemble beaucoup à une menace, ça, Ewan, dit Daniel en faisant mine d'être déçu. Qu'est-ce que tu entendais exactement par là ?

— Euh… je sais pas. Rien du tout.

— OK, donc ça ne voulait pas dire que tu allais lui faire du mal, ni lui faire peur, ni la suivre partout, ni la harceler ou répandre des rumeurs à son sujet pour lui gâcher la vie ?

— Non, pas du tout, fit Ewan d'une toute petite voix. Jamais je ferais ça.

— Tu étais juste vexé parce qu'elle avait plus envie de continuer avec toi.

— Oui.

— Et elle n'a absolument rien à craindre, c'est bien ça ?

— Oui.

— Tu te rends bien compte qu'en plus de moi elle a derrière elle quarante-neuf autres pompiers à Park Slope qui se soucient beaucoup de son bonheur et de sa sécurité ? Et autre chose, Ewan, tu savais que nous, les pompiers, on forme une vraie famille ? Eh bien, je te le dis. Du coup, Lizzie a plus de dix mille frères et sœurs pompiers à New York ! Pas mal, non ?

— Ouh là, oui ! Super !

— Eh oui, mon grand, c'est super. Lizzie est sans doute la fille la mieux protégée et la plus chouchoutée de toute la ville de New York, tu vois ?

— Je vois.

— Est-ce que tu as quelque chose à dire à ma petite sœur chérie, Ewan ?

— Que je suis désolé ?

— Allons, tu peux faire mieux que ça.

La scène était assez drôle, je dois dire.

Ewan regarda Lizzie et déglutit avec difficulté.

— Je suis désolé si je t'ai fait peur. Je ne t'aurais jamais fait de mal, je le jure. C'est juste que j'étais… triste, ajouta-t-il en regardant ses pieds.

— Et à l'avenir, tu vas te contenter d'être triste, mon gars. Et tu vas laisser ma sœur tranquille, compris ?

— Oui.

— Oui qui ?

— Oui, monsieur.

— Si quoi que ce soit arrive à ma petite sœur, si elle se fait mordre par un chien, si un pont s'écroule sur sa tête, ou qu'elle est attaquée par un requin, je te tiendrai pour responsable.

Et se tournant vers Lizzie, il ajouta :

— On est bon ?

Elle hocha la tête en souriant.

— OK, tu peux disposer, Ewan, dit Daniel, et le gosse ne demanda pas son reste.

Daniel et Lizzie redescendirent.

— En voilà un courageux ! commentai-je, devant Daniel amusé. Mais où cache-t-il donc sa réserve de testostérone ?

— Dans son garage, répondit Lizzie. On a encore le temps pour la dernière série ?

— J'habite à l'opposé, de l'autre côté du parc, dit Daniel en soulevant la valise.

— Et alors ? Je pensais qu'en tant que Superman tu pouvais nous y conduire par voie aérienne, non ? répondit Lizzie.

— J'ai une idée. Je vais appeler mes locataires pour savoir s'ils sont chez eux. Mon ancien appartement est à trois pâtés de maisons d'ici. On peut peut-être y aller s'ils sont d'accord, proposai-je.

J'envoyai un SMS à mes locataires, tous deux médecins et en train de travailler à cette heure. Je leur avais fait un prix raisonnable parce qu'ils étaient tous les deux internes au service d'oncologie pédiatrique, et ils m'écrivaient toujours un petit mot avec le loyer pour me dire combien ils aimaient l'appartement. « Prenez le temps qu'il vous faudra », me répondit le mari.

Nous nous dirigeâmes donc tous les trois vers la 4e Rue. Je jetai un coup d'œil à Daniel en passant devant la maison où il habitait avec Calista mais il n'y accorda pas un regard. Et si Lizzie était au courant (même si elle était petite du temps où il était marié), elle ne fit aucun commentaire.

C'était amusant de voir à quel point je me sentais à la fois chez moi et comme une étrangère dans mon ancien immeuble. La rampe d'escalier en chêne était douce et fraîche comme dans mon souvenir, mais je n'avais pas mis les pieds ici depuis décembre. En arrivant au troisième, une odeur étrangère nous accueillit, de curry et de cardamome, celle des nouveaux occupants. J'ouvris la porte.

Des meubles différents, des cadres aux tons vifs sur les murs, une rangée de pots d'herbes sur le rebord de la fenêtre de la cuisine. À la place de mon canapé rose et vert, il y avait un futon et la télé était posée par terre au milieu d'un enchevêtrement de fils et à côté d'une X-Box. Mais j'eus un pincement au cœur en regardant la vue sur la rue, entre les branches d'acacias.

Cet endroit me manquait.

— OK, fis-je en m'éclaircissant la voix. Tu vas te changer, Lizzie ? La salle de bains est au fond du couloir.

Une heure plus tard, nous avions de super photos de notre transformiste, qui avait opté pour un maquillage très réussi dans un style kabuki : peau et cils très blancs, ombre à paupières noire et bouche très rouge. Daniel soupira avec lassitude, en marmonnant qu'il n'y avait pas si longtemps elle jouait encore à la poupée, avant de se tourner vers la fenêtre.

— Encore merci pour tout ça, me dit Lizzie, une fois rhabillée. Voilà ce que je vous dois, et ça les vaut vraiment.

Daniel intercepta le chèque qu'il déchira.

— C'est moi qui paye.

— Vraiment ? Moi qui pensais te détester, Daniel, en fait je t'adore ! s'exclama Lizzie en lui donnant un coup de poing affectueux dans le ventre.

— Je te mets dans un taxi, répondit-il en levant les yeux au ciel.

— Mais ? Maman t'attend pour le dîner !

— Non, je ne peux pas, j'emmène cette dame au restaurant, dit-il en me désignant de la tête.

— Ah bon ? demandai-je.

— Oui. Tu es libre ?

— Quel talent, Daniel !

— Un peu de finesse je te prie, elle vient de perdre son mari.

— Oh, mon Dieu, je suis tellement désolée ! me dit Lizzie en plaquant la main sur sa bouche.

Je levai les épaules, un peu dépitée que l'ombre de mon veuvage ait réapparu.

— Merci.

— Est-ce que je peux t'inviter à dîner ? Vu que tu nous as consacré toute ta journée… Enfin, si tu n'as pas d'autres projets bien sûr.

J'hésitai. Cela me faisait un peu bizarre de sortir avec Daniel. En même temps j'avais largement dépassé l'âge des Fausses Alertes.

— Avec plaisir, lui répondis-je.

Il me sourit et cela me fit chaud au cœur.

Pas sûr que ce soit très convenable pour une si récente veuve, mais c'était agréable.

Nous mîmes Lizzie et sa valise dans un taxi et je lui promis de lui envoyer les photos le plus vite possible. Je lui fis un signe de la main en la regardant s'éloigner.

— Elle est super, dis-je.

— Oui ça va, elle est pas trop nulle.

— Je ne t'ai pas entendu parler d'amour de fille et de prunelle de tes yeux tout à l'heure ?

— Ça se pourrait, répondit-il en éclatant de rire. Alors ? Tu penses qu'elle peut devenir mannequin ?

— Je n'en sais rien. Enfin si ça ne tenait qu'à moi, oui bien sûr. Tous les styles lui vont, elle sait prendre la pose et elle est évidemment très belle.

— Elle regarde cette émission débile sur le mannequinat depuis qu'elle est gamine.

— Oui, moi aussi. Ce n'est pas une mauvaise émission.

Il me jeta un regard dubitatif puis me demanda :

— Tu veux qu'on aille au Porto's ? Je meurs de faim.

— Oui, parfait !

Notre QG d'autrefois avec Paige…

Par cette douce soirée de printemps, je marchais dans mon ancien quartier en compagnie d'un pompier hautement désirable qui ne se contentait pas d'être sexy mais insistait pour porter mon attirail, nous allions déguster un délicieux repas italien… tout ça était à des années-lumière de ma vie de ces dernières semaines. Je savais que la tristesse m'attendait à Cambry, mais pour l'heure j'étais bien.

Rien n'avait changé au Porto's, Dieu merci. Comme il était encore assez tôt, pas 18 heures, nous eûmes une table.

— Ça fait plaisir de vous revoir, me dit Al, le propriétaire. Vous voulez un verre de vin ?

— Eh bien, euh… oui.

— Je vous apporte la carte, ajouta-t-il en me posant la main sur l'épaule, puis il s'éloigna.

Quelqu'un avait dû lui dire pour Nathan.

Je n'avais pas rebu d'alcool depuis sa mort, cinq semaines plus tôt. Cela faisait trente-cinq jours que j'étais veuve. Sachant désormais avec certitude que je n'étais pas enceinte, je pouvais me permettre un verre.

C'était étrange de ressentir le manque de quelque chose qui n'avait jamais existé. J'étais nostalgique de cette idée de grossesse si improbable.

— Alors, comment tu vas ? me demanda Daniel.

— Pas mal, répondis-je en émergeant de mon brouillard. Je veux dire… je ne sais pas trop. J'ai passé une bonne journée, mais certains jours sont plus… difficiles. Tu vois ?

Il hocha la tête en me fixant du regard. Alors que ces derniers temps les gens avaient plutôt du mal à me regarder dans les yeux.

Toutes ces années, lorsque j'avais croisé Daniel, il s'était montré séducteur mais je n'étais pas vraiment sensible à son charme. Certes il avait des yeux bleus légèrement tombants, un sourire assassin (et le savait) et les cheveux coupés très court, presque en brosse, sans doute par obligation professionnelle. Comme toute cette génération d'hommes à Brooklyn, il ne se rasait pas tous les jours. Il était grand et avait ces bras magnifiques et musclés. Un jour je l'avais vu montrer son biceps à une de ses conquêtes et il en avait déchiré son T-shirt. Authentique !

Mais aujourd'hui, il se comportait en grand frère et avait l'air, eh bien, vraiment… gentil.

— Ça me fait plaisir de revenir ici, dis-je, la voix un peu enrouée.

— Tant mieux. Combien est-ce que je te dois, au fait ?

— Cent dollars.

— J'imagine que c'est un prix d'ami.

— Oui.

— Si je te donne trois cents, ça ne serait pas plus juste ?

— Daniel, tu m'as bien rendu service tout à l'heure et de plus j'ai l'intention de m'empiffrer là. Je n'accepterai pas un dollar de plus.

— Alors t'as intérêt à commander une bouteille très chère, me répondit-il en souriant.

Nous avons commandé et j'ai choisi un vin au prix raisonnable.

— Comment ça se passe au centre de réinsertion ? lui demandai-je.

— Pas mal, j'ai un bon groupe cette année.

— En menuiserie, c'est ça ?

— Exact.

Soudain, j'eus une idée.

— Dis donc, est-ce que vous fabriquez des meubles ?

— Bien sûr.

— Tu penses que vous pourriez me faire une balancelle ?

Ce serait le cadeau idéal pour l'anniversaire de mes beaux-parents. Une belle balancelle d'un modèle unique où ils pourraient s'asseoir sous le porche de leur maison en pensant à leur fils disparu.

Je déglutis. Le pic était revenu.

— Bien sûr que je pourrais. J'en ai fait une pour ma sœur il y a deux ans. C'est pour toi ?

— Pour mes beaux-parents.

— Compris. Je t'envoie des photos et tu me dis ce que tu aimes.

Son téléphone tinta.

— C'est mon chef de brigade. Il faut que je le rappelle, mais je reviens tout de suite, OK ?

— Tu es sûr que c'est pour le boulot ? Pas plutôt une de tes Fausses Alertes ?

Il n'eut pas l'air de comprendre. Évidemment, il ne connaissait pas le surnom qu'on donnait à ses petites amies.

— J'en ai pour une seconde.

— Vas-y, va protéger et servir ton pays !

— Enfin, Kate, me dit-il en m'ébouriffant les cheveux, ça, c'est les flics. Nous les pompiers, c'est : « du courage à tous les étages ».

— Alors vas-y, sois courageux ! Passe ce coup de fil ! répliquai-je en souriant.

Al apporta une bouteille de blanc fumé et m'en servit un verre. Je goûtai, heureuse de retrouver mon vieux compagnon.

Il me parut âpre et je dus me forcer à avaler. Si je n'aimais plus le vin, alors tout espoir serait perdu ! Tout bonnement impossible ! OK ? Non mais ! Je me forçai à prendre une autre gorgée pour chasser la sensation de gêne dans ma gorge.

J'avais emmené Nathan ici quelquefois. On s'installait à cette table près de la fenêtre. Une fois nous étions venus avec Paige, avant nos fiançailles, avant que Paige commence à déconner. On s'était mises à rire bêtement au point de ne plus pouvoir parler, et Nathan était assis là, à s'amuser du spectacle. Je me souviens avoir ressenti un sentiment très fort pour lui ce soir-là, et une sorte de chaleur dans mon ventre qui…

La porte du restaurant s'ouvrit et Paige apparut, comme par enchantement. Elle hésita en m'apercevant puis vint vers moi.

Elle était super bien habillée comme toujours, la vraie femme d'affaires. Juchée sur de hauts talons. Magnifique.

Une vieille rancune resurgit en moi.

— Kate ?

— Tiens, salut !

— Qu'est-ce que tu fais là ?

— Boulot.

— Ah, fit-elle en posant son ravissant sac de cuir. Euh, tu permets que je m'assoie une minute ?

Je fis signe que oui, même si je n'en avais pas spécialement envie.

— Alors, comment vas-tu ? me demanda-t-elle en s'asseyant.

*Eh bien, mon mari est mort et j'ai l'impression que je vais mourir moi aussi, mais fort heureusement ma sœur s'est fait larguer et s'est installée chez moi, ça te va, Paige ?*

— Ça va.

Pourquoi fallait-il que ce soit si décevant parfois l'amitié entre femmes ?

— Tu sais, me dit-elle d'un ton un peu impatient, j'ai voulu t'appeler plusieurs fois mais je ne savais vraiment pas quoi te dire. Mais tu vas bien ?

— Très bien.

Ma froideur ne pouvait pas lui échapper.

— C'est bien que tu sois ici, je suppose que c'est pour dîner avec une amie. Il faut que tu sortes et que tu voies des gens.

— Merci pour tes conseils.

Elle encaissa ma pique.

J'en avais parlé avec Nathan après qu'elle m'avait laissée tomber et il trouvait que c'était aussi bien comme ça. Les hommes ne comprendraient jamais rien à l'amitié entre femmes.

Mais la question m'obsédait tout de même : pourquoi laisse-t-on tomber une amie au prétexte qu'elle est heureuse ? Alors j'avais un peu fouiné sur sa page Facebook, dans son compte Twitter et sur sa sélection Pinterest : uniquement des robes de mariées ! Elle n'avait même pas pris un pseudo et son compte était public ! Pour faire fuir un petit copain potentiel, on ne pouvait pas trouver plus efficace.

Elle avait été mon amie la plus proche, et je ne me faisais pas facilement des amies. C'était ma *meilleure* amie, et elle n'avait pas été capable de mieux que de signer au bas d'une carte préimprimée !

— Alors quoi, tu vas rester là à me faire des reproches ?

— Ça se pourrait bien oui.

— Salut, Paige ! dit Daniel en revenant et en fourrant son téléphone dans la poche de son jean.

Elle resta bouche bée, les yeux écarquillés.

— Daniel ?

— Ouais, salut ! Tu vas bien ? répondit-il en s'asseyant. Tu dînes avec nous ?

— Non, fit-elle. En fait, Kate, tu vas encore *bien bien* mieux que je ne pensais !

Je bouillais de colère à présent.

— Allons, Paige, lui dit Daniel pour calmer le jeu. Kate a pris des photos de ma sœur, c'est l'heure de dîner et on partage un repas, c'est tout. On n'a pas décidé de se marier ! Tu pourrais faire preuve d'un peu de compassion pour ton amie. Au cas où tu l'aurais oublié, elle vient de perdre son mari.

Bon sang, c'était bien dit.

— Mais qui pourrait oublier ? fit-elle en se levant. Passez une bonne soirée !

Elle partit. J'avais les joues en feu de m'être retenue d'exploser. Et le vin passait tout seul à présent.

— Ça va ? me demanda Daniel.

— Oui, oui, c'est bon.

— Ne te crois pas obligée. C'est une vraie garce, il faut le reconnaître.

— On a été amies pendant des années.

— Je sais, me dit-il avec douceur.

— Alors, et toi, Daniel ? Quoi de neuf ces jours-ci ? Une nouvelle copine ?

— Non, pas vraiment. Tu me connais.

Je lui souris.
— La famille va bien. Enfin pas tant que ça. Ma sœur Jane, tu la connais ?
— Non.
Je n'avais jamais rencontré aucun membre de sa famille jusqu'à aujourd'hui.
— Eh bien, son mari l'a quittée. Enceinte de sept mois.
— La vache.
— Oui. Alors je lui file un coup de main. Elle a trois autres enfants. Et mon autre sœur en a six.
— Sympa. Moi j'ai deux nièces et un neveu. La plus petite n'a que trois ans.
— C'est un âge super, répondit-il en souriant.
Nous commandâmes : aubergine au parmesan pour moi, et pour lui : steak (évidemment) et aussi une assiette de pâtes, et une salade César en plus. Et il mangea quatre tranches de pain à l'ail. C'était ce qui s'appelle avoir faim !
Il me raconta son boulot, sans évoquer la part de danger, de difficulté morale, de peur, qu'il devait pourtant comporter. Tous les pompiers étaient pareils pour ça. Moi je lui racontai qu'Ainsley était venue vivre chez moi, sans préciser pourquoi, et puis aussi d'autres petits défis auxquels je faisais face depuis mon veuvage : l'installation électrique incompréhensible conçue par Nathan, le fait que je doive remuer dans tous les sens pour allumer dans la salle de bains et que je ne parvienne pas à trouver l'interrupteur pour tamiser un peu la lumière de la cuisine.
Nous n'avions jamais jusqu'ici échangé grand-chose de plus que des banalités. On se retrouvait de temps en temps dans le centre de réinsertion mais c'était tout.
Le dîner était très agréable et Daniel vraiment gentil. Décidément, c'était le mot qui revenait tout le temps.
Il paya l'addition et je m'aperçus alors qu'il était 11 heures passées.
— Je vais te raccompagner jusqu'à ta voiture, me dit-il.
— Non, ça ira, je connais bien le quartier.
— J'insiste, Kate.

— OK, merci, Daniel le Pompier Super Sexy. Et au fait, le dîner était vraiment super !

Nous marchâmes dans la rue, Daniel portant sur l'épaule mon sac de matériel et mon réflecteur.

Les lumières des maisons brillaient et on entendait de la musique s'échapper ici et là, mais le quartier était calme, comme toujours, et le parc aussi. On n'avait pas l'impression d'être à New York.

La fraîcheur tombait et j'eus un petit frisson. Sans rien dire, il passa son bras autour de moi.

J'étais un peu gênée. D'un côté c'était juste Daniel le Beau Gosse. De l'autre c'était justement Daniel le Beau Gosse. Il sentait bon, un mélange de savon, de sueur et, euh… peut-être un peu d'ail.

En tout cas, je n'avais plus froid.

En arrivant à ma voiture, je rangeai tous mes sacs dans le coffre.

— Merci, contre toute attente, j'ai vraiment passé une bonne journée.

— Merci à toi pour Lizzie. Elle m'a déjà envoyé six SMS pour me dire qu'elle te trouvait super.

Je souris.

— Kate, dit-il en croisant les bras et en se décalant un peu. Ma sœur Jane, celle qui est enceinte…

— Oui ?

— Eh bien, elle habite à Tarrytown.

Une ville au sud de Cambry.

— Peut-être que la prochaine fois que je vais la voir, on pourrait sortir boire une bière, toi et moi ?

J'hésitai.

— En tout bien tout honneur, ajouta-t-il.

— Ce serait super, répondis-je, soulagée.

Je l'aimais bien, je l'avais toujours bien aimé, mais juste comme ami. Et je ne me voyais pas démarrer une histoire évidemment.

— Très bien alors. J'ai trouvé ton numéro sur ton site web. Je t'appellerai un de ces jours.

Il m'adressa un clin d'œil, de nouveau dans la peau de Daniel le bourreau des cœurs, et s'en alla.

Je décidai de rentrer en traversant l'East River par le pont de Brooklyn et de remonter par West Side Highway parce que la route était plus belle. Je passais souvent par là, du temps où je fréquentais Nathan.

L'espace d'un douloureux instant, j'oubliai qu'il était mort. Je m'imaginai en train de lui raconter Lizzie, Daniel et Paige, l'imaginai lui, en train de m'attendre chez nous, avec son sourire adorable et son odeur que j'aimais tant.

L'image était si réelle que je ne vis pas le feu passer au vert et n'entendis pas le concert de klaxons derrière moi.

# Ainsley

Eric était passé quatre fois à la télévision la semaine dernière, dans *Good Morning America*, *The Doctors*, *Live with Kelly and Michael* (que j'adorais tous les deux en plus !) et le show de *Jimmy Kimmel*.

Apparemment ça faisait recette en Amérique de larguer sa copine après « avoir survécu à une bataille terrible contre le cancer ». J'avais enregistré la totalité des émissions, évidemment, et tout regardé un soir dans la salle de projection de Kate qui était partie se coucher. J'avais pleuré, gueulé contre la télé et m'étais empiffrée de pop-corn avec rage, manquant m'étouffer par deux fois.

Le pire c'est qu'il était superbe, l'inverse de moi avec mes yeux rouges et mon maïs soufflé dans le décolleté. Il faisait des discours moralisateurs à propos de la mort de « cet ami si cher à mon cœur ». (N'importe quoi ! Comme si une partie de golf suffisait à se faire un ami pour la vie !) Et sur « Sunshine qui avait tout prévu à l'avance dans sa vie. » (Prévu d'élever tes enfants, c'est ça ? Pour justifier le fait d'avoir acheté ensemble une maison avec quatre chambres ?) Il fallait bien admettre que j'avais un peu poussé le bouchon.

À mon grand soulagement, les animateurs lui donnaient du fil à retordre, mais il répondait à leurs questions, très à l'aise : « Je regrette vraiment de l'avoir blessée, croyez-moi. Mais on ne peut pas vivre toute sa vie en fonction de choix passés lorsqu'il vous arrive quelque chose d'aussi radical que de frôler la mort et que vos priorités en sont complètement bouleversées. »

Il avait utilisé onze fois l'expression « vivre à fond » au cours des quatre émissions. Il s'était fait faire deux tatouages depuis qu'il avait posté ce blog horrible. L'un disait (quelle surprise) : *Vis à fond !* Et l'autre : *NVC*… les initiales de Nathan.

J'espérais que les Coburn n'étaient pas en train de regarder mon ex utiliser ainsi leur fils pour gagner son quart d'heure de gloire.

Eric n'était pas le seul à avoir été approché par les médias. On m'avait contactée moi aussi. Non merci. Je n'avais pris aucun appel.

Je redoutais à mort la rencontre avec Eric organisée par Jonathan. Eric, au contraire, m'avait même envoyé un mail de confirmation, ainsi qu'à mon boss en me mettant en copie et en disant combien il se réjouissait de répondre à nos questions et de les comparer à celles auxquelles il avait déjà répondu.

Jonathan m'avait donc envoyé une liste précise avec un code couleur.

Heureusement j'avais Kate. Et même si je m'en sentais un peu coupable, j'étais contente d'avoir à m'occuper d'elle. Je lui avais confectionné un gâteau au chocolat pour apaiser ses maux de ventre et nous trouvais des films de SF à regarder ensemble. Brooke et ses fils étaient venus un soir. Brooke s'était mise à pleurer à l'instant où elle était arrivée. Alors j'avais emmené les garçons jouer aux cosmonautes dans la salle télé. J'avais inventé un scénario palpitant, avec compte à rebours et bruits d'explosion, et étais parvenue à leur décrocher un sourire.

Kate ne disait rien mais je voyais qu'elle m'était reconnaissante. Elle avait toujours été du genre réservé, parfaitement équilibrée en apparence, étrangère à tout ce désordre émotionnel qui nous compliquait la vie à tous. C'était peut-être grâce à cet appareil photo qu'elle ne quittait jamais, et à travers lequel elle observait la vie, plutôt que de vivre vraiment.

Malgré tout, je me sentais parfois un peu inutile. J'étais incapable de me projeter. Mon salaire ne me permettrait pas de me loger correctement en ville mais j'adorais Cambry. Je cherchais sur Internet les annonces pour un job mieux payé mais il n'y avait pas grand-chose. En tout cas rien pour une diplômée en philosophie, ni une productrice en disgrâce.

La décoration intérieure me tentait assez, mais je compris vite que le secteur était trusté par des femmes au foyer persuadées qu'elles avaient du goût (comme moi), et que pour en faire un vrai métier il fallait une formation.

Le toilettage canin ? La garde de chiens ? Je voyais si bien dans les beaux yeux marron d'Ollie que j'étais la personne la plus merveilleuse du monde. Il me restait au moins lui.

Lundi soir, Kate me dit qu'elle retournait au groupe de parole et je sautai de joie : « C'est super ! Dis, ça ne t'ennuie pas de m'emmener ? Pas au groupe de veufs mais à l'autre, celui des divorcés. »

Et c'est comme ça que je me retrouvai dans le sous-sol de St. Andrews moi aussi. Je fis un signe à l'adorable Leo et au non moins adorable George avant de me rendre dans la salle voisine. Pas de chance, c'était les AA en train de chanter la Prière de la Sérénité. Je restai jusqu'à la fin du chant, après tout cette prière pouvait s'appliquer à bien des situations, puis me rendis dans la bonne pièce : *DDI, le divorce dans l'intégrité*.

— Tout un programme, murmurai-je.

Jonathan était là, et il eut un mouvement de recul en m'apercevant. Sympa. Je lui souris tout de même, sans succès.

Il n'y avait pas d'animatrice, juste quatre personnes, deux femmes d'âge mûr dont l'une portait un pantalon de yoga, un T-shirt fatigué, et pas de maquillage, et l'autre accoutrée d'un pantalon de cuir moulant, de talons hauts et d'un petit haut plus adapté à une prostituée de dix-huit ans qu'à une mère de famille proche de la ménopause. Elle était très menue, avec d'énormes seins, et les yeux tirés. Ses dents étaient d'un blanc irréel. Visiblement elle avait réagi à son divorce en devenant accro au bistouri. Elle me fit un peu penser à Candy.

Côté hommes, il y avait Jonathan et un autre d'une quarantaine d'années.

— Bonsoir, je m'appelle Ainsley et je travaille avec Jonathan. Mon petit copain depuis onze ans vient de me larguer et l'a annoncé sur son blog. Est-ce que je corresponds aux critères du groupe ? Parce que je me suis fait jeter de celui des veufs et veuves.

Ils se pressèrent autour de moi, à l'exception de Jonathan. Les femmes se prénommaient Marley et Carly, toutes deux divorcées depuis un an et mères de famille. L'autre type s'appelait Henry, la quarantaine passée, belle gueule, bien habillé, sans doute un homo pas assumé. Dans le cas contraire, et le moment venu, il faudrait que je le présente à Kate.

Comme dans l'autre groupe, les chaises métalliques étaient disposées en cercle.

— Asseyez-vous donc, me dit Carly (ou bien Marley). Nous sommes ravis d'entendre votre histoire. Vous êtes Sunshine, c'est ça ? Désolée, j'ai lu le blog. Comme tout le monde, non ?

— Oui, c'est plutôt la déprime ces jours-ci, dis-je en m'adressant à tous. Est-ce que je peux faire une suggestion ? Si nous allions tous boire un verre quelque part plutôt que de rester ici ?

— C'est toujours ici que les rencontres ont lieu, répondit Jonathan.

— Vous avez raison, me dit Marley (ou Carly). Je boirais bien un daiquiri fraise. D'ailleurs pourquoi faut-il qu'on se retrouve toujours ici ?

— Pour éviter de noyer notre amertume dans l'alcool sans doute ? suggéra Jonathan.

— Mais qui est amer ici ? demanda Henry. J'ai très envie d'une pina colada pour ma part. Et puis si ça tourne mal, on saura où trouver les AA.

Vingt minutes plus tard, nous étions assis dans un bar à bières et burgers de Cambry. J'avais proposé le Hudson's, plus près, mais Jonathan avait insisté pour cet endroit, animé et sympa d'ailleurs, ce qui m'étonna de sa part.

Nous commandâmes des verres et des amuse-gueules, et fîmes connaissance.

— Eh bien moi, j'avais mon quinzième premier rendez-vous ce week-end, raconta Marley. (J'étais venue en voiture avec les deux femmes et avais compris qui était qui.)

Elle avait des racines grises et faisait craquer ses phalanges en parlant.

— Il ne va pas me rappeler. Je suis même étonnée qu'il ne soit pas parti avant d'avoir fini son verre.

— Comment étais-tu habillée ?

— Est-ce que c'est important ? demanda Jonathan.

Je me tournai vers lui.

— Oui. La première impression est très importante, monsieur Kent.

Puis m'adressant de nouveau à Marley :

— Je me ferais un plaisir de te donner quelques conseils.

— Ça fait un an que je lui propose la même chose, dit Carly.

— Pour que je me fasse poser une paire de ces trucs-là, Barbie ? Non merci, répondit Marley, avec un petit geste affectueux.

— On pourrait peut-être se conseiller mutuellement, proposai-je. Chacune aide les autres.

— Sauf toi, Ainsley, tu es adorable et je ne changerais rien du tout, dit Marley, avant de siffler sa margarita. Tu crois que tu pourrais m'aider ? Je suis vieille tu sais, j'ai cinquante-quatre ans.

— Ce n'est pas vieux ! Et oui, je suis sûre que je pourrais ! J'adore les vêtements, les chaussures, et le maquillage.

— Ce serait sympa, dit Henry. Moi je suis coiffeur. J'adorerais m'occuper de vous deux. Pas de toi, Ainsley, tu es parfaite, ajouta-t-il en ajustant mes cheveux. Quoiqu'une mèche de gris juste ici serait parfaite.

— J'y ai déjà pensé, répondis-je avec un sourire.

— Alors, Marley, tu lui as parlé de ton divorce pendant ce premier rendez-vous ? demanda Carly.

— Surtout pas ! dis-je. Ma mère vient d'écrire un papier là-dessus. C'est le Dr Lovely, la conseillère psychologue du magazine.

— Ah oui ? Je l'adore ! Je la lis tous les jours. Pas étonnant que tu saches tout ça !

Bizarrement j'éprouvai une certaine fierté.

Jonathan fixait un point derrière moi, tandis que Carly racontait en détail un rendez-vous avec un homme de quatre-vingt-onze ans qui lui avait menti sur son âge et que Henry nous expliquait qu'il ne se sentait pas encore prêt à se confier.

Mon patron m'intriguait. Depuis que je l'avais vu ce fameux soir où Eric m'avait quittée, je brûlais de savoir à quoi ce type tellement coincé passait son temps libre. La taxidermie probablement.

— OK, dit Marley une fois qu'on eut bien entamé les amuse-gueules. Ainsley, on est ici pour parler de nos divorces, alors allons-y. Tout est confidentiel, hein ? C'est la règle.

— Plus rien n'est confidentiel puisque nous sommes dans un endroit public et que n'importe qui peut nous entendre, fit remarquer Jonathan.

— Qui commence ? demanda Carly. Pourquoi pas toi, Ainsley, puisque tu es la dernière arrivée ?

Je venais de mettre dans la bouche un morceau de quesadilla délicieux, mais je hochai la tête et m'empressai d'avaler.

— Eh bien, il semblerait que mon compagnon fasse une dépression nerveuse ou un truc du genre. Il ne ressemble plus du tout à celui que j'aime. Vous voyez de quoi il est devenu capable ! Je ne sais plus comment retrouver l'ancien Eric pour retourner vivre avec lui, ni comment supporter ce qu'il me fait, ni comment lui pardonner. Quand pensez-vous qu'il va revenir à la raison ? C'était vraiment un garçon parfait.

Trois visages compatissants étaient tournés vers moi. Jonathan, lui, leva les yeux au ciel.

— Oh ! épargnez-moi votre mépris, Jonathan, dis-je. Vous ne le connaissiez pas avant son cancer. Il était super.

— Vous n'avez jamais eu d'autre histoire, n'est-ce pas ?

— Non, et alors ?

— Alors vous n'avez aucun point de comparaison.

— Je n'en avais pas besoin.

— C'est exactement ce que je me disais, dit alors Henry. Que Katie traversait une crise de milieu de vie, qu'elle n'était plus elle-même et que nous allions nous retrouver comme avant. Mais ça ne s'est pas passé comme ça, et à dire vrai, je rêve de retrouver le bonheur. Comme si je m'étais libéré de toutes les attentes de ma vie passée et que je pouvais enfin être moi-même.

Coiffeur, pina colada, libre d'être enfin moi-même. Pas de doute, Henry serait en tête de cortège à la Gay Pride au printemps prochain.

Carly raconta que son ex ne passait jamais de temps avec leurs enfants mais se contentait d'envoyer des chèques, ce qui fait qu'ils reportaient leur colère sur elle. Henry compatit et expliqua combien lui regrettait de ne pas voir ses fils tous les soirs. Marley quant à elle redoutait de voir la maison se vider à l'automne : « C'est comme si c'était la fin du monde mais qu'il faille avoir l'air de s'en réjouir. » Henry lui tendit une serviette en papier pour sécher ses larmes.

Je réfléchis à quelqu'un que je pourrais lui présenter. Elle avait l'air tellement gentille. À ma prochaine visite chez Gram-Gram, je chercherais parmi les pensionnaires les plus jeunes.

— Et toi, Jonathan ? demanda Carly, en se penchant un peu pour mettre en valeur son décolleté. La semaine dernière tu nous as avoué que tu pensais avoir des sentiments pour quelqu'un mais que c'était difficile…

*Des sentiments pour quelqu'un ?* Mais M. Spock ne pouvait pas avoir de sentiments. *Que sont donc ces émotions que je ressens ? Allons faire un scanner cérébral et analyser ça de plus près.* Ce devait être cette femme avec qui je l'avais vu l'autre soir. Elle avait l'air gentille. Plus que lui en tout cas.

— J'aimerais mieux ne pas en discuter, répondit-il.

Ainsley est mon employée et je suis mal à l'aise d'avoir à parler de ma vie privée devant elle.

— Mais elle est tellement adorable, protesta Marley. Elle pourrait peut-être t'aider. En plus sa mère est le Dr Lovely.

— Ma belle-mère, corrigeai-je. Jonathan aussi la connaît. Elle écrit pour son magazine.

— Bien sûr, bien sûr.

Je me tournai vers mon patron.

— Je suis assez bonne dans ce domaine. Je pourrais sûrement vous aider.

— Non.

— Je parie que si.

— Vous êtes bien sûre de vous, mais non merci.

— Je vois, vous avez la trouille.

Il soupira.

— Non, Ainsley, ce n'est pas ça. Je pense juste à mes deux enfants.

— C'est aussi l'excuse dont je me sers, dit Henry.

— Et deuxièmement, je ne pense pas que vous soyez bien placée pour donner des conseils en la matière. Pardon d'être aussi direct.

— C'est direct en effet. Est-ce que c'était cette femme au restaurant ? Vous aviez choisi un bel endroit, il faut reconnaître.

— Alors comme ça, vous êtes déjà sortis ensemble un soir ? demanda Marley. Il faut recommencer. C'est la deuxième fois qu'il se passe quelque chose en général.

— Comme je l'ai déjà dit, cette discussion me met mal à l'aise, répéta Jonathan exaspéré.

— Envoyez-lui des fleurs, suggéra Carly. Toutes les femmes aiment les fleurs.

— Non, dis-je. C'est trop tôt. Il faut d'abord qu'il lui montre qu'il a ce qu'elle veut, ce que toutes les femmes veulent.

— Beaucoup d'argent ? lança Carly.

— Non. Même si ça ne fait pas de mal.

— Et qu'est-ce que veulent toutes les femmes d'après votre grande expérience ? me demanda Jonathan.

— Qu'on soit sincère, répondis-je en me renfonçant dans mon fauteuil, assez fière de ma réponse.

— Pas faux, dit Carly. Mon ex-mari avait un appartement à Manhattan dont j'ignorais l'existence. Mais comme on était mariés sous le régime de la communauté, il a dû m'indemniser et c'est comme ça que j'ai pu…, expliqua-t-elle en montrant du doigt ses seins, dignes d'une star de télé-réalité. J'ai aussi fait rafraîchir le reste et emmené mes deux sœurs en France pendant un mois. Ça l'a rendu fou !

— Et le sens de l'humour aussi est indispensable, ajoutai-je.

Pauvre Jonathan. Je lui aurais parlé de se faire pousser des ailes, ce n'aurait pas été pire.

— Et puis l'ouverture d'esprit, et le plus important, la gentillesse.

Sa tentative pour sauver Nathan avait justement été une preuve de gentillesse. Ou juste un réflexe ? Mais il était resté à l'hôpital tout le temps alors qu'il n'était pas obligé.

— Sans oublier ces petites choses qui font la différence, poursuivis-je, comme tenir la porte, l'écouter parler et faire semblant de s'intéresser.

— Faire semblant ? C'est ça que vous préconisez ? Fascinant !

— Mais vous voyez ? C'est bien ce que vous êtes en train de faire.

— Moi je persiste, avec les fleurs on ne peut pas se tromper, dit Carly. Ou sinon l'emmener dîner à New York. L'impressionner, l'éblouir.

Tout le monde y alla de son petit conseil. Lui acheter un chiot, lui envoyer des petits mots secrets, flirter avec elle (comme s'il en était capable).

— Je vous remercie pour vos conseils, répondit Jonathan. On peut peut-être passer à quelqu'un d'autre ?

— On ne vous a jamais dit que vous parliez comme un personnage de *Downtown Abbey* ? lui demandai-je en souriant.

— Pas jusqu'à aujourd'hui.

— C'est vrai. Vous avez une manière de parler très snob.

Il eut l'air vexé.

— J'adore, dit Marley. Si vous aviez dix ans de plus…

Il lui adressa un sourire.

Tiens, c'était la première fois que je le voyais sourire. Et contre toute attente, son sourire était gentil et discret, avec juste un léger plissement des yeux.

Il portait le même costume qu'au bureau, sauf que sa cravate était un peu desserrée et… ma foi… il était soudain séduisant.

— Il faut que j'y aille, annonça-t-il.

— Ça vous ennuierait de me raccompagner ? m'entendis-je lui demander.

— Pas du tout, répondit-il, le visage de nouveau fermé.

— J'ai été ravie de vous rencontrer, dis-je en posant sur la table ma part de l'addition ainsi qu'un généreux pourboire. À bientôt j'espère.

Tous me saluèrent en chœur.

Nous marchâmes jusqu'à sa voiture, une magnifique Jaguar. Le secteur de la presse ne devait pas être en si mauvais état.

Il me tint la portière, me donnant l'impression qu'il obéissait aux ordres de sa nounou.

— Alors pourquoi avez-vous divorcé, Jonathan ?

Il ne me répondit pas immédiatement, se contentant de démarrer.

— J'aimerais mieux ne pas en parler.

— OK, désolée.

— Pas de problème.

— Je pourrais tout à fait vous coacher pour retrouver quelqu'un, vous savez ?

— Merci de cette proposition, mais non.

— Quel âge ont vos enfants ?

J'avais un mal fou à rester sans rien dire.

Et je repensais à ce très beau sourire un peu plus tôt.

— Emily a huit ans et Lydia six.

— Vous les voyez souvent ?

— Oui, nous partageons la garde avec mon ex-femme. Une semaine chacun.

Il tourna, sans que j'aie besoin de lui dire où habitait Kate. La maison était connue dans notre belle ville.

— Est-ce que votre ex-femme habite à Cambry ?

— Oui. Nous voulions limiter le changement de vie pour nos filles.

— Bien sûr, je comprends.

Nous nous tûmes pendant une minute et je regardai les belles maisons par la vitre. En prenant à droite au stop, puis à gauche, puis encore à droite, on arriverait dans mon ancienne rue.

Ancienne.

— Je ne dirai rien, lui assurai-je, toujours tournée vers la vitre. Ni à propos de votre divorce ni de quoi que ce soit d'autre. Il ne faut pas vous inquiéter.

— Je ne suis pas inquiet.

Il n'ajouta rien et j'ignorais si c'était un compliment ou bien une menace.

Très vite, il se gara dans l'allée de Kate. Toutes les lumières extérieures que ma sœur ne savait pas éteindre étaient allumées, y compris au pied de trois arbres et d'une sculpture moderne.

— Comment va votre sœur ces jours-ci ?

— Elle parle peu. Elle est triste.

Il hocha la tête.

— Transmettez-lui mon meilleur souvenir.

Pour une fois, sa façon de parler ne m'agaça pas. Il me regarda pendant une longue minute, sans sourciller.

S'il s'était agi de quelqu'un d'autre, j'aurais juré qu'il avait quelque chose à me dire.

Je n'avais pas l'habitude de le regarder ainsi sans m'exprimer. Je m'étais même fait une spécialité d'éviter son regard, parce qu'il passait son temps à froncer des sourcils pour me reprocher des choses. Je remarquai alors qu'un de ses yeux comportait une petite tache dorée que l'autre n'avait pas.

— Vos deux yeux ne sont pas de la même couleur, lui dis-je, d'une voix que je ne reconnaissais pas.

Il cligna des paupières.

— Hétérochromie sectorielle, répondit-il en baissant les yeux avant de me regarder de nouveau. C'est une anomalie de la couleur dans une partie de l'iris.

— Oh ! fis-je, fascinée par ce petit éclat doré dans le vert pâle ou le bleu.

Ses yeux n'avaient pas du tout cette fadeur que je trouvais si étrange. Non, à y regarder de plus près ils étaient un vrai kaléidoscope de bleu et de vert avec, en haut de l'iris gauche, cet éclat doré et brillant.

Je continuais de le fixer.

Sa bouche se transforma légèrement. Pas exactement en un sourire, mais en quelque chose d'autre… je ne savais pas quoi.

— Bonne nuit, Ainsley. Tâchez d'être à l'heure demain.

— Promis. Merci de m'avoir raccompagnée, répondis-je gênée.

Puis je sortis de la voiture, et fus surprise par l'air frais de la nuit sur mon visage brûlant.

Le matin suivant, j'étais au bureau à 8 h 31. J'y aurais même été à 8 h 30 si ce conducteur de bus scolaire n'avait pas décidé de faire la conversation avec un papa. Je me glissai derrière mon bureau non sans avoir croisé le regard réprobateur de Jonathan pour qui soixante secondes comptaient.

Ce qui s'était passé la veille au soir dans la voiture était sans doute le fruit de mon imagination. À bien y repenser ce ne pouvait être que ça.

Dix minutes après mon arrivée, la voix, plus tendue qu'à l'habitude, de Rachelle se fit entendre dans mon interphone.

— Ainsley, quelqu'un te demande.

Oh, mon Dieu ! Eric ? Enfin ? J'en eus soudain les jambes toutes molles et mon cœur se mit à battre follement.

— J'arrive tout de suite.

Tout allait bien se passer. Tout allait redevenir comme avant. Il aurait la bague. Il s'excuserait. Et dès que je le verrais et que j'entendrais ses excuses, je me remettrais à l'aimer et lui pardonnerais tout. C'était la première fois que nous passions autant de temps sans nous voir et à la seule pensée d'être près de lui de nouveau mon corps entier frissonnait. Je ne me l'étais pas encore dit, car la colère et la honte avaient jusqu'ici pris le dessus, mais… qu'est-ce qu'il me manquait !

Je vérifiai mon reflet dans l'écran de mon ordinateur, fis un peu bouffer mes cheveux et me pinçai les joues comme Scarlett O'Hara. Eric ! J'allais enfin le revoir. Je me dirigeai les jambes flageolantes vers la réception.

Ce n'était pas lui.

C'était sa mère. Consternation.

— Ma chérie, dit-elle en se levant, les yeux humides. Est-ce qu'on peut se parler ?

— Eric va bien ?

— Tu vois, je me doutais que tu allais me le demander. Je sais combien il compte encore pour toi. Il va bien, enfin, mis à part son obsession pour les grizzlis. Est-ce qu'il y a un endroit où l'on peut discuter ? Il est en train de devenir fou !

Je la dirigeai vers la salle de conférences et Jonathan rappliqua aussitôt. Je m'y attendais. Après tout c'était son magazine et il contrôlait tout ce qui s'y passait, en particulier les histoires privées.

— Bonjour, dit-il en passant la tête dans l'encadrement de la porte. Je suis Jonathan Kent.

— Judy, je te présente mon patron, Jonathan Kent. Jonathan, voici Judy Fisher, la mère d'Eric. Vous êtes-vous rencontrés le soir de… ?

— Vous avez été merveilleux ! Vous avez tenté de réanimer ce pauvre Nathan, dit-elle en prenant sa main entre les siennes. Et puis il y a ce blog, si cher à Eric. Oh, mon Dieu, tout est devenu tellement fou !

— Voulez-vous un café ? proposa-t-il.

— Oh non, non merci, je n'en ai que pour une minute.

Il me lança un regard et je perçus de l'irritation dans ses yeux hétéro machin.

— Bon, Ainsley, vous n'oubliez pas votre sujet du jour ? j'attends l'article, faites au plus vite.

Histoire de me rappeler qu'on était au boulot.

— Sans problème.

Je n'avais même pas commencé à plancher sur ce truc. Il sortit en fermant la porte derrière lui.

— Est-ce que tu as vu Eric à la télévision ? me demanda Judy. Ça nous a brisé le cœur ! Mais enfin il était très beau, non ? Je ne sais plus quoi faire, Ainsley. Je t'en supplie, ne tourne pas trop vite la page.

— Crois-moi, Judy, je…

— Tu sais bien comment il est lorsqu'il est stressé. Il a mouillé son lit la première fois qu'il est allé camper ! Quand il a eu sa première érection à quinze ans, il a cru que c'était un cancer. Oh, mon Dieu, quelle ironie, n'est-ce pas ? On aurait peut-être dû l'emmener consulter ce jour-là. On l'aurait peut-être pris à temps.

— Mais on *l'a* pris à temps.

Elle agrippa ma main.

— Écoute-moi. Il ne faut pas qu'il parte en Alaska. S'il tombait et se blessait ? Qui prendrait soin de lui ?

— Je ne sais pas et j'avoue que je m'en fiche.

Si seulement c'était vrai.

— Oh, ma chérie, ne dis pas ça ! Il traverse une mauvaise passe. Tu ne peux pas arrêter de l'aimer ! Tu es ce qui est arrivé de mieux dans sa vie. Tu l'aimes encore, n'est-ce pas ?

Je retirai ma main et me massai la nuque.

— Je n'en sais rien, Judy. Je veux dire, si, bien sûr je l'aime, mais il a tellement changé !

— Je sais, c'est le choc de la mort de Nathan. Il l'aimait comme un frère.

— Non, Judy, il le connaissait à peine. C'était mon beau-frère et moi-même je le connaissais à peine.

Elle me regarda, l'air préoccupé.

— Ainsley ma chérie, tu as vécu onze ans à ses côtés. Un tiers de ta vie. N'oublie pas ça !

— Je sais, mais…

Ma gorge se serra et mes yeux se remplirent de larmes.

— C'est lui qui a oublié, Judy. Il se comporte comme si j'étais une parfaite étrangère et se fichait complètement de moi. Il n'est même pas venu prendre des nouvelles d'Ollie, ajoutai-je en ravalant un sanglot.

Cela faisait deux ans que nous avions Ollie. Comment pouvait-on se ficher d'un chien de la sorte ?

Et de la femme de sa vie ?

— Mais il t'aime, affirma Judy. Sois patiente et tu verras. Je t'en prie. Ce cancer lui a fait tellement peur. Tu le sais mieux que personne. Je pense que c'est du stress post-traumatique.

Je respirai à fond et essuyai mes larmes.

— Nous t'aimons, Aaron et moi, et nous voulons que tu sois la mère de nos petits-enfants. Tu es comme notre fille, tu le sais. Je t'en prie, essaie de le comprendre.

— D'accord, dis-je en l'embrassant. Il faut que je retourne travailler. On se parle bientôt.

— Je t'aime.

— Moi aussi, murmurai-je en redoublant d'efforts pour ne pas pleurer de nouveau.

Judy et Aaron étaient plus des parents pour moi que ne l'étaient Candy et papa. Si je perdais Eric, je les perdais eux. Plus de spectacles à Broadway, plus de manucures ni de pédicures avec Judy pendant lesquelles on riait tellement à se raconter des potins. Finies les belles soirées de Hanoukka, à allumer des bougies, et à entendre Judy s'extasier devant les cadeaux que j'avais choisis avec tant de soin. Terminées les vacances ensemble où nous buvions des cocktails sur la plage pendant que les hommes jouaient au golf.

Plus rien de cet amour inconditionnel.

J'allai aux toilettes vérifier que mon mascara n'avait pas coulé. Il avait coulé bien sûr et je passai sous mes yeux un mouchoir en papier, me mouchai et me lavai les mains.

De retour à mon poste, je trouvai un mail de mon patron.

Merci de vous référer à la page 29 du règlement des salariés à propos des affaires personnelles pendant les horaires de travail.

Jonathan Kent, éditeur.
Hudson Lifestyle.

Je lui répondis en tapant furieusement sur mon clavier.

Merci de considérer le fait que l'éditeur de *Hudson Lifestyle* me force à rencontrer un blogueur posant problème et que prendre conseil auprès de sa mère à propos de l'état mental actuel dudit blogueur n'est pas la pire idée du monde.

Ainsley O'Leary, rédactrice en chef
Hudson Lifestyle

Une seconde plus tard, un nouveau mail me parvenait.

Vous n'avez peut-être pas tort sur ce point. Tâchez toutefois de vous retenir de pleurer dans les toilettes. C'est mauvais pour le moral.

Jonatahn Kent, éditeur
Hudson Lifestyle

Je tapai ma réponse, puis en effaçai toutes les insultes, puis réalisai alors qu'il ne restait plus rien du mail.

De toute façon j'avais un article sur les potirons à écrire.

# *Kate*

Lorsque je rentrai ce soir-là, il flottait une délicieuse odeur dans la maison. Ainsley était en mode « ménagère des années 1950 », toujours chaussée de ses petits talons et un tablier par-dessus sa mignonne robe à fleurs.

— Du vin ? me proposa-t-elle avec un sourire. J'ai préparé un rôti, avec de la purée de pommes de terre, des carottes braisées et un peu d'épinards sautés. Et pour le dessert, gâteau à la noix de coco.

— Ainsley, tu es incroyable.

Je saisis mon appareil, le Canon, pas le Nikon, et la pris en photo. Et là je la vis vraiment telle qu'elle était : en colère, triste et un peu perdue. Eric n'était pas sérieux ! Encore un imbécile qui faisait le malin et qui n'allait pas tarder à le regretter.

— Comment s'est passée ta journée ? me demanda-t-elle en remplissant mon verre.

Je posai mon appareil, m'assis sur le plan de travail et décidai de mentir.

— Bien. J'ai déjeuné avec ma belle-mère à son club.

J'avais dû répondre à une foule de gens qui faisaient la queue pour m'exprimer leur sympathie. J'avais les joues en feu d'avoir été embrassée tant de fois et mal à la tête à force de respirer tout ce parfum Estée Lauder qui semblait être un must parmi les membres féminins du club de plus de soixante ans.

— Eloïse est…, commençai-je avant que ma gorge se serre. Je ne sais pas comment elle tient le coup. Elle a toujours le mot qu'il faut, elle est gentille avec tout le monde, poursuivis-je avant d'hésiter un peu. Mais… elle refuse de parler de Nathan. En tout cas avec moi.

— Et comment va son mari ?

— Il prend des médicaments. Boit beaucoup. Du coup on n'en a pas parlé non plus. Le seul sujet de conversation sans risque, c'est Atticus et Miles.

— Ils sont tellement mignons.

Atticus ressemblait beaucoup à Nathan, au point que j'avais du mal à le regarder.

— Je suis retournée chez eux et M. Coburn m'a demandé si on ne pourrait pas tirer une photo de Nathan grandeur nature en prévision de leur fête, tu sais. Il avait bu et…

Des petits bruits étranglés sortaient de ma bouche. Pas des pleurs non, ça aurait été bien trop simple, juste des spasmes de mes cordes vocales quand l'air cherchait à s'échapper de ma gorge nouée.

— Oh, ma chérie, me dit ma sœur en me prenant dans ses bras, tandis que son chiot se mettait à gémir en traînant sa petite couverture de bébé jusqu'à moi.

Trop mignon !

La nuit précédente, j'avais rêvé de Nathan. Nous donnions une fête. Je ne connaissais personne mais c'était chez nous. Je le cherchais et le voyais se diriger vers la porte du cellier. Mais s'il ouvrait cette porte il ne reviendrait plus jamais, alors je l'appelais, il se retournait, me souriait de son si beau sourire et entrait quand même. J'essayais de le suivre, mais la porte avait disparu et tout le monde me félicitait pour cette fête pendant que j'essayais de trouver un loquet ou une poignée pour aller le chercher et le ramener.

Ainsley s'éloigna pour aller surveiller son rôti.

— Je suis vraiment contente que tu sois là, lui dis-je, et son visage s'éclaira.

— Vraiment ? Et moi qui ai toujours l'impression de faire des gaffes !

— Non. Tu as été géniale, Ains.

Ollie, sentant que l'on s'intéressait de près à quelqu'un d'autre que lui, mit ses deux pattes sur mes jambes.

— Mais toi aussi, mon Ollie ! dis-je en le prenant dans mes bras.

Il avait les oreilles les plus soyeuses du monde et je comprenais combien un chien pouvait aider dans ces moments difficiles.

— Et toi, quoi de neuf ? demandai-je en trempant le doigt dans mon vin, pour le faire renifler à Ollie.

Apparemment pas son cépage préféré parce qu'il sauta à terre et alla se coucher sur sa couverture.

— Alors, voyons voir… Judy est venue me voir au bureau aujourd'hui, pour me supplier de ne pas déjà renoncer à Eric. Elle pense qu'il est en état de choc post-traumatique.

Il était surtout devenu très con oui ! Je l'avais aperçu dans *Good Morning America* et j'avais presque cassé la télécommande en voulant appuyer sur off.

— S'il revient en rampant à tes pieds, Ainsley, tu fais quoi ? Tu le reprends ?

Elle ne répondit pas tout de suite, occupée à mettre les épinards dans la poêle.

— Je ne me suis jamais imaginé la vie sans lui, dit-elle sans me regarder. Je sais bien que notre relation était un peu… à l'ancienne, mais c'était vraiment ce dont j'avais toujours rêvé. Alors je pense que j'essaierais de lui pardonner. Onze ans ensemble quand même ! Et puis, qu'est-ce que je pourrais faire d'autre ? Ce n'est pas comme si j'adorais mon boulot. Ça n'a jamais vraiment compté pour moi d'ailleurs, comme pour Sean ou toi.

— Mais ça marchait tellement bien à NBC !

— Tu veux dire tout ce temps que j'ai passé à couvrir le plus grand mytho d'Amérique ?

— Tu n'as rien à te reprocher. Tu ne pouvais pas savoir.

Elle se tut quelques secondes avant de reprendre :

— Eric aussi a exagéré la réalité sur son blog.

— Non, tu crois ?

— Tu étais au courant ?

— Évidemment, fis-je avec un geste d'impatience.

— Tu penses que tous les hommes sont des menteurs ?

— Je pense que tout le monde ment un jour ou l'autre. Papa a menti à maman pendant des années.

— C'est vrai. Et Nathan ? me demanda-t-elle en écrasant les pommes de terre.

Je réfléchis.

— Non, je ne crois pas.

— Il était tellement sympa.

J'eus alors la vision fugace de Nathan, dans un de ses superbes costumes, entrant, posant ses clés dans la belle coupelle en bois qui servait uniquement à cela et nous disant : Comment ça ? Vous parlez de moi au passé ? Il m'embrassait, allait dire gentiment bonsoir à Ainsley, et puis…

La vision se brouilla.

Et cet horrible pic se ficha de nouveau dans ma gorge. Je bus une gorgée de vin.

— Qu'est-ce que tu ressens ? me demanda Ainsley, avec son petit air d'avoir encore douze ans.

Je ne répondis pas tout de suite. *J'ai l'impression que l'on m'arrache la peau, que tout me blesse, me pique, me brûle. Je ne me sens même plus comme une personne mais plutôt comme un morceau de viande qui n'a qu'une envie : se coucher.*

Il valait mieux garder tout ça pour moi.

— C'est comme si je rêvais et que j'allais me réveiller dans mon ancien appartement et me dire : La vache, c'était tellement réel !

— Est-ce que le groupe t'aide ?

J'y étais allée deux fois.

— Oui, en fait. Juste de savoir qu'ils ont survécu, que Leo est heureux et même LuAnn, tu sais celle qui parle avec l'accent du Bronx, eh bien, elle est malheureuse mais elle arrive à rire. Alors je me dis que moi aussi un jour j'y arriverai.

— Mais oui tu y arriveras.

Le vin me faisait du bien.

— Cette séance photo que j'ai faite à Brooklyn l'autre jour, ça, c'était sympa. J'ai passé une bonne journée.

— C'est ce qu'il te faut.

— Là-bas j'étais bien. OK, j'avais perdu mon mari mais c'était supportable. Et puis je suis rentrée ici et j'ai fini par dormir sur le canapé parce que notre lit est vraiment trop grand.

Je n'étais pas habituée à partager une telle intimité avec ma sœur, tellement plus jeune que moi, et pourtant elle était là, et me maintenait en vie pour ainsi dire en habitant ici, même si ce n'était pas un choix de sa part.

— J'avais l'impression de tromper mon mari, poursuivis-je. Juste parce que je passais une bonne journée, que je dînais avec un ami, beau en plus.

— OK donc, plus jamais de bonnes journées, la veuve doit aussi couper les ponts avec tous ses amis un peu mignons, je vois… Tu penses qu'il voudrait que tu passes tes journées à pleurer ? Tu ne crois pas qu'il se sent déjà assez coupable de mourir et de te laisser toute seule ? Réveille-toi, Kate. Si un truc sympa se présente, fonce. Et maintenant assieds-toi parce que le dîner est prêt.

Elle se mit à me raconter son boulot, l'histoire de cette collègue, Rachelle, qui était sortie un soir avec un type qui possédait dix-sept furets qu'il considérait comme ses enfants, mais comme il avait un boulot et avait payé l'addition, elle était prête à un second rendez-vous. Me raconta aussi que le magazine allait parrainer un concours de tourtes pour Thanksgiving, et que les ingrédients ne devaient pas avoir été achetés au-delà d'un rayon de quatre-vingts kilomètres.

Elle avait un charme naturel que je n'avais jamais su voir jusqu'ici, mais à cet instant j'avais envie de l'embrasser et d'écrire à Eric pour le remercier de se comporter comme un imbécile narcissique.

Je mangeai de quoi me faire tenir jusqu'au prochain repas mais sans aucune gourmandise, même si ma sœur était une excellente cuisinière. Ensuite je la fis sortir de la cuisine et me mis à ranger. Je ne savais toujours pas où tout se rangeait, mais pour ce qui était de nettoyer, ça allait encore. Il fallait que tout soit parfait, comme Nathan aimait. Je frottai le plan de travail, récurai l'évier avant de commencer à chercher l'interrupteur pour éteindre la lumière en dessous du comptoir, exactement comme il l'aurait fait.

— Nathan ? chuchotai-je. Tu vas bien ?

Pas de réponse.

J'allais peut-être faire appel à un médium, quelqu'un qui savait où il se trouvait, qui pourrait me dire qu'il ne souffrait pas, qu'il m'aimait et me souhaitait d'être heureuse.

Mais je savais déjà tout ça. Le médecin légiste m'avait assuré qu'il était mort sur le coup.

Je finis par laisser tomber l'interrupteur et me rendis dans le bureau (ou petit salon), trouvai du premier coup l'interrupteur et m'assis. C'était là qu'il s'installait pour travailler de la maison.

Son odeur flottait dans la pièce.

Il était en train de faire des plans pour une extension chez ses parents afin qu'ils puissent vivre au rez-de-chaussée. En effet leur maison était énorme mais austère, et il avait eu cette idée de transformer l'arrière, de refaire la cuisine et d'ajouter une grande chambre avec une immense salle de bains accessible en fauteuil roulant si c'était nécessaire un jour. Ces plans devaient être une surprise pour leur anniversaire de mariage.

Soudain j'eus une idée : si je les donnais à terminer à quelqu'un de son bureau, cette femme si gentille, Phoebe ? Je pourrais ensuite les offrir à mes beaux-parents et ils garderaient ce souvenir de lui, son œuvre, chez eux pour le reste de leur vie.

J'allumai son Mac et attendis. Il avait mis notre photo de mariage en fond d'écran.

C'était bien lui, avec son grain de beauté sur la joue, ses cheveux blond-roux et les petits creux (pas vraiment des fossettes) lorsqu'il souriait. Dans un geste pathétique je posai mes doigts sur l'écran pour sentir la douceur de ses joues.

En bas un numéro s'afficha pour annoncer le nombre de mails reçus : soixante-quatorze.

Zut, j'aurais dû vérifier ça avant. Il fallait que je ferme son compte.

Je cliquai sur l'icône et commençai à dérouler les nouveaux messages.

Les trois premiers venaient de collègues, et étaient datés du 6 avril, avant sa… chute. Les soixante et onze autres étaient des pubs pour des investissements ou des séminaires, ou encore du Viagra pas cher.

— Il n'avait pas besoin de ça, m'offusquai-je devant l'écran.

Ses dossiers de mails étaient soigneusement identifiés : *Wildwood, Jacob's Field, Oak Park*, tous des programmes immobiliers de son entreprise. Fallait-il que je renvoie tous ces dossiers ? Je poserais la question à Phoebe.

Un autre était intitulé *Voyage*, et contenait les détails d'un voyage d'affaires qu'il ne ferait pas. Un autre *Info Ordinateur*, contenant toutes les garantis et mode d'emploi.

Et un autre intitulé *Kate*. Incapable de résister, je l'ouvris.

Dedans se trouvaient tous les mails que je lui avais adressés depuis le début, depuis le premier, envoyé il n'y avait même pas un an, jusqu'au dernier, le jour de sa mort, où je lui demandais d'acheter, devinez quoi, du vin.

Je l'avais conclu en écrivant : *Je t'aime mon grand dadais.* Je n'avais aucun souvenir de la raison qui m'avait poussée à écrire ça. Je veux dire, oui c'était un grand dadais mais… En tout cas il avait même gardé ce mail, qui n'avait aucune espèce d'importance. Il avait pris le temps de le sauvegarder.

Je sentis les larmes me monter aux yeux. Enfin. Moi qui n'en avais pas versé une depuis six semaines. Ces pleurs allaient sûrement me soulager, m'aider à aller mieux. Si seulement je pleurais un bon coup, peut-être que ce pic dans ma gorge s'en irait.

Du coin de l'œil j'aperçus alors un autre dossier.

MRT.

Mes larmes firent marche arrière. Non, non, ne partez

pas ! Mais ma main était déjà sur la souris en train de cliquer sur ce dossier.

Tous les mails émanaient de Madeleine Rose Trentham, l'ex Mme Nathan Coburn III.

Il y en avait un certain nombre : vingt, vingt-cinq. Tous lus et avec la petite flèche violette qui indiquait qu'on y avait même répondu.

Le premier datait du 28 septembre, trois ou quatre semaines après notre rencontre.

Et le dernier du 5 avril.

La veille de sa mort, cent un jours après notre mariage, il avait correspondu avec son ex-femme.

# Ainsley

Le vendredi à 5 h 1, nerveuse, je montai avec Jonathan dans sa Jaguar pour rejoindre New York.

— Êtes-vous prête à ce qui vous attend ? me demanda-t-il.

— Pas du tout ! répliquai-je d'un ton sec. Je vous ai dit ce que je pensais de cette idée stupide.

En soupirant il mit son clignotant.

— Ainsley, je comprends à quel point c'est difficile pour vous sur un plan personnel. Mais sur un plan professionnel, vous êtes obligée d'admettre que c'est vous qui avez poussé pour que l'on publie ces chroniques. Le but était justement que votre mari parvienne à écrire quelque chose d'intéressant, et de frappant pour les esprits. Grâce à sa notoriété, Eric va nous amener de nouveaux lecteurs. La polémique fait vendre.

— Je sais tout ça, Jonathan, rétorquai-je. Mais on n'est pas en train de parler d'une mère qui allaite son enfant de huit ans en couverture de *Time Magazine* ! On parle d'Eric qui se comporte comme un mufle. Vous trouvez que c'est dans la ligne éditoriale de *Lifestyle* ? Notre dernière couverture était sur le savoir-faire perdu des forgerons.

— Je sais et vous avez fait du bon boulot d'ailleurs, répliqua-t-il sèchement.

— C'est un compliment ?

— Oui.

— Quand bien même, ça ne compense pas, dis-je en gardant les yeux fixés droit devant moi.

— Puisque nous sommes sur le chapitre du travail, on pourrait programmer votre entretien d'évaluation.

— C'est déjà assez pénible comme ça, Jonathan, vous ne trouvez pas ?

— Vous n'allez pas pouvoir éternellement le repousser.

— Ah non ? Je vais essayer en tout cas.

— Puisque nous en avons l'occasion…

— Jonathan s'il vous plaît, pas maintenant. Pour l'heure je me consacre à ce rendez-vous et on verra la semaine prochaine pour l'entretien.

Ou pas.

— Vous étiez encore en retard ce matin. C'est la dix-septième fois d'affilée.

Seigneur Jésus !

— Je suis sûre que vous avez encore des tas d'autres statistiques sur moi dans un dossier au bureau qui n'attendent qu'une occasion de m'humilier. Laissons-nous encore du temps pour apprécier tout ça à sa juste valeur, d'accord ?

Il soupira.

— Rien ne vous empêche de me renvoyer, suggérai-je.

— Je me disais que si vous parveniez à persuader Eric d'entrer comme éditorialiste chez nous je vous augmenterais.

Je n'avais jamais obtenu d'augmentation depuis mon embauche.

Et vu que j'allais devoir me débrouiller toute seule désormais, une augmentation serait plutôt la bienvenue.

Il me lança un regard à la dérobée.

C'était drôle, j'aurais juré le matin qu'il avait les yeux bleus, et là ils étaient très verts et j'y cherchai le petit éclat doré. J'avais fait une recherche sur Google à propos de ce mot qu'il avait utilisé, hétérochromie. C'était vraiment stylé et ça rendait mes yeux marron d'une grande banalité en comparaison.

Je réajustai ma jupe. Autant vous dire que je m'étais habillée avec beaucoup de soin. Je voulais être chic, sophistiquée, calme et tellement belle qu'Eric en aurait les jambes coupées. Je m'étais comprimée des cuisses jusqu'au cou dans une horrible gaine, pour avoir une silhouette toute en courbes — le terme svelte n'était pas franchement adapté à ma morphologie — et j'avais opté pour une robe noire sans manches à col roulé, avec une ceinture de cuir rouge, un très grand sac fauve et des escarpins à imprimé léopard et semelles rouges (des faux Louboutin, tout à fait abordables). J'avais mis vingt minutes à me faire un brushing, plus dix minutes avec le fer à lisser et trois produits capillaires différents pour que ma jolie petite coupe d'elfe ait l'air parfaitement naturelle. Alors *bien sûr* j'étais arrivée en retard au bureau.

— Si Eric nous rejoignait à la rédaction, ce serait une très bonne publicité pour le magazine, dit Jonathan.

— Je le sais.

Cela m'agaçait qu'il ait une si belle voix.

— Et je pense que vous parviendrez mieux que moi à le convaincre.

— Je sais ça aussi.

— Et je vous suis reconnaissant d'être venue. Merci de ne pas avoir démissionné, ajouta-t-il en ralentissant au péage.

Voilà qu'il se mettait à être gentil. J'en étais toute déstabilisée.

Le truc c'était que je n'avais pas revu Eric depuis qu'il m'avait larguée.

Il me manquait tellement. Ce qui me manquait, c'était de ne plus être désirée, et puis aussi son rire, et ses beaux cheveux épais, la façon dont il se mettait à quatre pattes pour jouer avec Ollie, en aboyant jusqu'à ce que le chiot commence à courir en rond tout excité, tellement vite qu'on ne le voyait plus. Nos nuits d'amour me manquaient, et aussi cette façon qu'il avait de me revenir chaque soir.

— Alors, où est le rendez-vous ? demandai-je.

— Le Blue Bar à l'hôtel Algonquin.

J'aurais dû m'en douter. Eric, qui visiblement se prenait désormais pour un aspirant écrivain, avait choisi le bar le plus prétentieux (et le plus cher) de New York.

Je poussai un soupir désabusé.

En arrivant à Time Square, j'étais secrètement déchirée : j'aimais Eric, et je le détestais aussi. Cela n'allait pas bien se passer.

Nous nous garâmes dans un de ces parkings qui coûtent les yeux de la tête et marchâmes jusqu'à l'Algonquin. C'était peut-être le moment de dire à Eric que Hemingway était mort et qu'il n'avait plus aucune chance de s'en faire un copain.

Jonathan me tint la porte, j'inspirai profondément en rentrant le ventre (mais pourquoi n'étais-je pas comme Kate que le stress faisait maigrir ?) et entrai.

Il était déjà installé au bar, un martini dans la main.

Toute ma personne se rétracta et des émotions contradictoires : amour, trahison, colère, solitude, formèrent comme une pelote à l'intérieur de moi.

— Bonjour, lui dis-je d'une voix émue, ce qui ajouta à mon irritation.

— Ainsley, répondit-il en se levant pour m'embrasser sur les deux joues.

Son odeur était différente et la même à la fois. C'était toujours mon Eric, avec une nouvelle eau de toilette.

Je dus serrer les dents pour ne pas fondre en larmes.

— Tu es magnifique, me dit-il en souriant.

Je ne répondis rien. Il remportait le premier round, moins secoué de me revoir que je ne l'étais moi.

— Jonathan, je suis content de vous voir. Comment vont les abonnements ?

— Ils se portent très bien, merci. Ils ont bien augmenté depuis votre chronique.

Eric jubilait. Quelle satisfaction pour lui de voir Jonathan venir lui lécher les bottes après avoir clairement estimé que ce blog était sans intérêt !

— Prenons donc une table, suggéra Jonathan.

Nous nous installâmes sous une lumière bleue qui nous faisait tous ressembler à des aliens et le serveur nous rejoignit.

— Tu bois quoi, Ains ? J'ai pris un hemingway, délicieux.

Je jetai un œil à la carte. À part le nom, c'était un cocktail de fille avec du jus de fruits et du sucre sur le bord du verre. Pour rendre hommage à Hemingway, il aurait mieux valu un mélange de whisky et de sperme de taureau.

— Je vais prendre un martini, très sec, avec deux olives,

s'il vous plaît, dis-je, parce que *moi au moins* je buvais du vrai martini, non mais.

— Un Bowmore pur malt, commanda Jonathan.

— Glaçons ?

— Surtout pas.

OK, le deuxième round était pour lui.

— Et pour moi un autre hemingway, Jake, ajouta Eric.

Comme ça, il était copain avec le serveur. C'était touchant, et j'eus un pincement au cœur.

Il portait une chemise avec deux ou trois boutons défaits, une veste de costume gris et un jean. Ses cheveux avaient poussé depuis la dernière fois et il avait mis du gel. En d'autres termes, il était sexy.

— Tu as le bonjour d'Ollie, lui dis-je.

— Comment va-t-il ? répondit-il, les yeux brillants.

— Il va bien. Toujours aussi mignon, peut-être un peu perdu.

Eric baissa les yeux une seconde.

— Je passerai peut-être le voir avant de partir.

— Vous prévoyez toujours de partir pour l'Alaska, donc ? demanda Jonathan.

— Bien sûr, répondit-il en nous regardant, l'air grave. J'ai un engagement envers Nathan. Je fais ça pour lui, d'une certaine façon.

— Et ton engagement envers moi ? ne pus-je m'empêcher de lui demander.

— Nous n'avions pas d'engagement l'un envers l'autre.

Il m'adressa un sourire désolé, faussement désolé, et je serrai les poings sous la table.

— Un voyage comme celui-ci doit nécessiter beaucoup de préparation, fit remarquer Jonathan.

Eric s'anima et commença à décrire ses bâtons de marche, ses piolets à neige et sa tente top qualité.

On nous apporta nos verres et je vidai le mien aussitôt.

— Je ne sais pas si je te l'ai dit, Ainsley, mais il se peut que je signe aussi un contrat pour un livre. C'est super, non ?

— Super, en effet.

— Un livre sur mon cancer et aussi bien sûr mon voyage à Denali. Mon agent est en train de considérer les propositions.

Il avait un agent maintenant ?

— Félicitations, dit Jonathan. J'en viens justement à mon propos : nous voudrions vous garder. Votre rubrique a fait mouche à l'évidence.

*A fait mouche dans mon cœur oui, espèce d'abruti !* Je fusillai Eric du regard tandis qu'il m'offrait sa mine réjouie pour toute réponse.

— Ainsley, pourquoi n'expliqueriez-vous pas à Eric ce que nous avons en tête ? me demanda alors Jonathan.

— Avant que tu commences, Ains, laisse-moi te dire que mon agent est en pourparlers avec *Outdoor Magazine, GQ* et *Maxim.* Alors, *Hudson Lifestyle*, c'est peut-être un peu… provincial, non ?

— Incroyable ! m'exclamai-je. Personne ne s'intéressait à ton blog lorsque tu ne parlais que de toi et de ton testicule, mais quand tu t'es mis à balancer toute notre histoire, là ça les a appâtés ! Comment comptes-tu maintenir cet engouement ? En jetant les femmes une fois qu'elles auront tout sacrifié pour toi ?

— Je comprends ta colère, répondit-il. Merci de la partager avec moi.

— C'est *moi* qui te remercie, Eric, de m'avoir si généreusement comprise.

Jonathan but une gorgée de scotch, sans rien dire.

Pas besoin de psy pour comprendre ce que j'étais vraiment venue faire ici. Je voulais le voir, savoir s'il persisterait à me traîner dans la boue.

Oh ! mon Dieu, et s'il venait vraiment travailler chez nous ?

D'un côté, ce serait agréable de pouvoir barrer d'une grande croix rouge sa rubrique chaque semaine et de lui dire, d'une manière constructive et dans le seul but de l'aider : « Je ne publierai pas cette merde. »

— Une très grosse augmentation, dit alors Jonathan d'une voix à peine audible.

— Pardon ? interrogea Eric, en fronçant les sourcils.

— Rien, répondit Jonathan.

Mon ex prit l'air contrarié.

— Dis-moi pourquoi je devrais rester chez vous, me demanda-t-il en s'enfonçant dans son fauteuil, son cocktail de fille à la main.

Il avait l'air ravi, tout à fait prêt à se délecter de nos arguments foireux.

Je lui rendis son faux sourire.

— Eh bien, Eric, comme tu t'en souviens sans doute, nous t'avons donné une rubrique alors que tout le monde te la refusait. Tu n'as sûrement pas oublié toutes les tentatives que tu as faites pour fourguer tes *Chroniques du Cancer,* et qu'aucun magazine ni aucun blog ne t'a répondu, ne serait-ce que par mail.

Son sourire s'éclipsa une seconde puis réapparut.

— Les temps ont changé. *Fox News* me considère comme la voix du mâle moderne.

— Oui enfin, c'était dans un commentaire posté par un lecteur de Sioux City dans l'Iowa, sur le site web de *Fox News*, précisai-je. Les autres commentaires te traitaient plutôt de noms d'oiseaux que je me ferais un plaisir de te répéter. À moins que je ne démarre moi aussi un blog, pour raconter tout sur les types qui affabulent autour de leur maladie.

Coup de coude de mon boss.

— Quoi qu'il en soit, Eric, j'espère que tu vas nous faire l'honneur de rester avec nous.

— Mais pourquoi ferais-je ça ?

— Oh, je n'en sais rien ! Peut-être parce que tu me dois bien ça. C'est moi qui t'épongeais le front quand tu avais de la fièvre, tu te souviens ? (C'était arrivé une fois, rien qu'une.) Moi qui ai nettoyé ton vomi, après le sushi avarié, enfin... après ta chimio. Moi qui ai fait le petit dessin au bon endroit pour que le médecin ne se trompe pas de testicule.

Jonathan manqua s'étouffer.

— Tu as été très bonne avec moi, Sunshine, répondit Eric.

À cet instant, j'aurais voulu briser mon verre et lui enfoncer un éclat dans la gorge. Il ne m'appelait jamais Sunshine dans la vraie vie. Jamais.

— Mais aujourd'hui je ne dois plus rien à personne. Je me limite à faire ce qui est bon pour moi. Je sais que tu n'as que faire de mes conseils, Ainsley, mais je trouve que toi aussi tu devrais essayer de vivre…

Il s'interrompit pour ménager ses effets.

— … de vivre en grand.

— Quel programme ! marmonna Jonathan entre ses dents.

— Et laisser tomber toutes ces pensées négatives, ma puce. Elles vont te dévorer.

Alors la rage qui s'était accumulée en moi explosa comme un coup de tonnerre. Je plaquai violemment mes deux mains sur la table, faisant trembler les verres.

— Tu sais quoi, Eric ? Je ne te reconnais plus. Moi qui t'ai aimé pendant onze ans. Je donnerais n'importe quoi pour retrouver ce type tremblant de peur, qui a pleuré pendant trois jours après que le diagnostic est tombé, à la place de ce sale type ridicule et égocentrique que j'ai en face de moi.

— Je suis désolé que tu te poses comme une victime. Moi j'ai choisi une autre façon de voir la vie. Ce cancer est la pire chose qui me soit arrivée et pourtant j'ai tant appris. Il n'y a plus que l'instant présent qui compte, et je n'écoute plus que cette petite voix à l'intérieur de moi.

— Allons-nous-en, dit Jonathan. Eric, merci pour votre temps.

Je me levai, bouillante de colère.

— Ce n'est pas ton cancer qui a été la pire chose de ta vie, c'est d'en être guéri. Admets-le. Tu *as adoré* être malade. Ça t'a permis de te complaire dans la vénération de ta personne, et ça continue d'ailleurs. Tu brises le cœur de tes parents, comme tu as brisé le mien. Je ne comprends même pas comment tu peux encore te regarder dans un miroir.

Il sortit son téléphone, appuya sur le bouton d'enregistrement et commença à parler.

— Guérir du cancer a été la pire chose de ta vie. Vénération de ta personne. Brisé le cœur de tes parents.

Puis il me regarda après avoir appuyé de nouveau sur le bouton.

— Merci. Pour mon prochain blog.

J'allais me jeter sur lui lorsque par chance Jonathan me retint par la taille.

— Partons, me dit-il en me faisant reculer de quelques pas.

— Et ensuite elle s'en est prise à moi physiquement, dit Eric dans son téléphone.

— Elle a *tenté* de s'en prendre à moi, rectifiai-je. Tu as de la chance qu'on m'ait retenue parce que Dieu sait jusqu'où je serais allée.

— Et m'a menacé, alors même que je suis encore convalescent.

— C'est faux ! hurlai-je alors, histoire que tout le bar soit bien au courant. Tu es guéri depuis six mois et c'est ça qui te rend dingue !

Jonathan m'emmena dehors de force.

— Partons avant qu'on nous mette à la porte, me dit-il à voix basse.

— Non mais vous *l'avez entendu* ?

— Avec sa voix intérieure et tout, oui. Allez, venez !

L'air était frais et il y flottait cette odeur typique de New York, un mélange étrangement sucré de métro, de nourriture et de gaz d'échappement.

— Marchons un peu, suggéra Jonathan, et je le suivis, des envies de meurtre en tête.

Nous tournâmes dans la Cinquième et nous dirigeâmes vers le nord.

Mue par une énergie furieuse, j'avançais à grands pas, au milieu de la foule en balançant les bras, mon sac cognant contre ma hanche, et mes escarpins léopard me martyrisant talons et orteils.

Je le détestais. Mais qu'est-ce qui lui était arrivé ? Qu'était devenu l'homme doux, drôle et loyal, si affectueux envers ses parents et qui passait son temps à me dire qu'il ne savait pas ce qu'il deviendrait sans moi ? Où était-il passé ?

Et qui était cet autre type, ce sale prétentieux qui enregistrait ce que je disais dans son téléphone pour pouvoir le réutiliser contre moi dans son blog ?

Comment allais-je pouvoir lui pardonner un jour ?

J'arrivai à l'orée de Central Park et m'arrêtai brusquement, incertaine de la direction que j'allais prendre.

— Par ici.

J'avais presque oublié Jonathan. Il me tendait un mouchoir.

Ah tiens, j'étais en train de pleurer !

— Venez, dit-il en me prenant le bras.

Je me laissai faire en ravalant un sanglot.

Il s'arrêta à la première calèche, devant laquelle se tenait un gros cheval marron, au regard insondable et au museau soyeux, qui réchauffa de son souffle ma main tremblante. Il sortit quelques billets de son portefeuille et les tendit au conducteur en lui marmonnant quelque chose.

Puis il m'aida à monter dans la calèche pour m'asseoir à côté de lui. D'un bruit sec de la bouche, le conducteur fit démarrer le cheval dont les larges sabots se mirent à claquer sur la chaussée dans le parc.

— Je suis désolé, Ainsley, je n'aurais jamais dû vous demander de faire ça.

Je m'essuyai les yeux. J'avais besoin de me moucher, mais c'était son mouchoir et c'était un peu dégoûtant, oh et puis tant pis, je me mouchai.

— Pas grave, dis-je.

— Si, c'est grave et je vous prie de m'excuser.

Le rythme de la calèche et son léger balancement m'apaisèrent. Je repris mon calme et me mis à regarder autour de moi.

New York était l'endroit parfait pour venir oublier ses malheurs. Il y avait tant de gens, de tant d'âges et d'origines différents, chacun avec son histoire. Tout le monde avait vécu, vivait, ou bien vivrait un chagrin d'amour, et il y avait des milliers d'histoires encore bien pires que la mienne.

Pourtant je nous pensais à part, Eric et moi. Je pensais que notre amour était dénué de toute forme d'égoïsme, de jalousie ou de mesquinerie. Nous étions, comme disait Platon que j'avais étudié en cours de philo, les deux moitiés d'un tout.

J'avais tort. J'avais tort depuis onze ans. Des larmes me montèrent de nouveau aux yeux.

— Comment s'appelle votre cheval ? demandai-je au conducteur.

— Truman, répondit-il en se retournant avec un petit sourire.

— Est-ce qu'il est content de faire ça ?

— Oh, mais oui ! Regardez ses oreilles, comme elles pointent en avant. Il se régale.

— Et vous, comment vous appelez-vous ?

— Benicio.

— J'adore ce prénom. Dites à votre maman qu'elle a bien choisi.

— Ce sera dit, merci, mademoiselle.

Truman marchait au pas, les cornouillers étaient en fleur, une brise légère faisait voler mes cheveux et sécher mes dernières larmes de rage.

Jonathan me fixait.

— Pourquoi faites-vous cela ? me demanda-t-il.

— Quoi donc ?

— Toujours essayer de vous faire aimer de tout le monde, de faire du charme. Regardez-vous : vous pleurez à cause de votre stupide petit copain, et pourtant vous…

— Ça s'appelle être aimable, Jonathan, ne pas être impoli, faire attention au monde qui vous entoure. Est-ce que vous préféreriez que je me flagelle et que j'arrache mes vêtements ? Et je n'ai pas *essayé* d'être aimable, je le *suis*, c'est tout. Pas vrai, Benicio ?

— *Sí, señorita*, très aimable, me répondit-il en souriant.

— Alors prenez-en bonne note, monsieur Kent. C'est ainsi que se comportent les êtres humains.

J'étais lasse de tout, de lui, d'Eric, d'être triste.

— Voulez-vous dîner avec moi ? me proposa-t-il.

Je restai bouche bée.

— C'est une question piège ?

— Non, c'est le moins que je puisse faire après vous avoir imposé ça. J'ai besoin de me racheter.

Si j'acceptais, cela voudrait dire que j'allais devoir passer une heure à lui faire la conversation, mais si je rentrais chez moi, j'allais me mettre au lit et ressasser toute la scène avec Eric.

— D'accord.

Une heure plus tard, après notre charmante promenade dans Central Park et de gentils adieux à Benicio et Truman, nous étions assis dans un restaurant typique de l'East Side : calme, chic et cher. Jonathan avait commandé une bouteille de vin et Carl, le serveur, me servit généreusement.

— Êtes-vous prêts à commander ? nous demanda-t-il.

— Quel est votre plat préféré sur la carte, Carl ? l'interrogeai-je.

— Eh bien, tout est délicieux ici, mais avant de prendre mon service, j'ai goûté le risotto aux asperges et homard, et il est à tomber.

— Très bien, je vais prendre ça alors.

— Des entrées ?

— Pourquoi pas des huîtres ?

— Excellent choix, me dit-il avec un clin d'œil. Et pour monsieur ?

— Pour moi ce sera le veau Oscar, répondit Jonathan.

Je tiquai, j'avais toujours du mal avec le veau.

— Non, pas le veau, corrigea-t-il. Le poulet. J'imagine qu'il est élevé en plein air, bio et qu'il a eu une très belle vie ?

— Absolument, monsieur.

— Alors, ça, et la salade de tomates.

— Très bien, dit Carl avant de se retirer.

— J'ai rêvé ou vous avez fait de l'humour ?

— Vous croyez ?

— J'en suis presque certaine, dis-je en prenant un petit pain dans la panière. Mmm, ils sont tout chauds.

J'avais très faim tout à coup. C'était du pain complet, tout frais avec du beurre et une pointe de sel truffé : un délice ! Je mordis dedans et fermai les yeux.

— Jonathan, prenez-en aussi parce que sinon je vais tout manger.

Il obéit, cassa un petit morceau de pain qu'il tartina soigneusement de beurre.

— Alors, comment avez-vous rencontré Eric ?

— En première année de fac. Je l'ai vu et je me suis dit : *C'est l'homme de ma vie*. C'était mon premier petit copain.

C'était le bon temps.

— Ainsley, pourquoi ne révélez-vous pas au grand jour toutes ses exagérations, comme vous l'avez suggéré tout à l'heure ? Vous pourriez démasquer l'imposteur qu'il est.

Voilà qu'il se remettait à parler comme un lord anglais. Je baissai les yeux en soupirant.

— Oui, je pourrais. Mais quand on vous fait du mal, est-ce que c'est bien de faire du mal en retour ? Je pourrais bien sûr, mais ça m'abaisserait à son niveau. Et même si j'y trouverais une certaine satisfaction, eh bien… ce ne serait pas moi.

— Bonne réponse, dit-il, l'air ravi.

J'eus à cet instant la très forte impression qu'il voyait exactement ce que je voulais dire.

— Changeons de sujet. Et vous, comment avez-vous rencontré votre femme ?

Il me regarda puis baissa les yeux vers son morceau de pain.

— Nous étions amis d'enfance.

— Vous l'avez accompagnée au bal du lycée ?

— Non.

Impossible d'être plus laconique.

— Bon, Jonathan, si on avait une vraie conversation, vous et moi ? Vous m'avez invitée à dîner, vous vous souvenez ? Vous vouliez vous racheter après cette débâcle, que j'avais d'ailleurs totalement prévue. Désolée de le dire mais je vous avais prévenu.

— C'est vrai, admit-il. Je n'avais pas imaginé que vous en viendriez aux mains, mais c'était mérité je dois dire.

— Alors nous pourrions peut-être nous comporter en amis et avoir une vraie conversation, qu'en dites-vous ?

— Mais bien sûr.

Il but une gorgée de vin et n'ajouta rien de plus.

Carl réapparut avec nos entrées. Je goûtai une huître, délicieuse, bien iodée et avec un petit arrière-goût de beurre.

— Exquise ! m'exclamai-je avec volupté, avant de prendre une gorgée de vin. Vous en voulez une ?

Il hésita.

— Vous n'avez jamais goûté ?

— En fait, non.

— Essayez donc ! Commencez par sentir cette odeur d'océan et aspirez-la. Vous aurez le goût de l'eau de mer. Ensuite mâchez mais pas trop, et laissez glisser.

Il fit ce que je disais.

— Alors ?

— Très bonne, répondit-il avec un sourire, comment dire… adorable.

*C'est le vin qui te monte à la tête*, me dis-je, avant d'engloutir ma dernière huître.

— Donc, votre ex et vous étiez amis d'enfance, et ensuite ?

— Nous nous sommes mariés et avons eu deux filles.

— Quel mauvais raconteur d'histoires ! Et si vous détailliez un peu plus ?

Il se raidit un peu.

— Oui, eh bien, nous nous sommes retrouvés à la fac, avons commencé à nous fréquenter et nous sommes mariés deux ans plus tard.

Pas encore terrible.

— Son prénom ?

— Laine.

— Vous étiez heureux ensemble ?

— Oui, au début en tout cas, me dit-il en soupirant. Et vous, vous étiez heureux ?

— Vous savez quoi ? répondis-je en me penchant en avant. (Décidément j'étais un peu pompette.) Oui, on était heureux, vraiment heureux.

— Jusqu'à… ?

— Jusqu'à ce que Nathan meure et qu'Eric pète un câble.

— Qu'est-ce qui faisait que vous étiez heureux ?

Une fois de plus, j'avais l'impression qu'il était là pour collecter des données afin de pouvoir les rapporter sur sa planète. Mais peut-être que c'était juste sa façon d'être. Je réfléchis une minute.

— J'aimais chaque jour. Faire des choses avec lui, lui parler, et tout simplement former un couple, lui montrer que je l'aimais.

— Et comment y parveniez-vous ?

— Oh, comme tout le monde, j'imagine. Je lui laissais des petits mots dans sa serviette ou collés à sa brosse à dents. Je cuisinais ses plats préférés, lui disais qu'il était beau, lui offrais des petits cadeaux. Et je l'aidais dans son travail, vous savez, en lui donnant des conseils pour gérer les patrons difficiles et tout ça. Enfin, rien de spécial quoi !

— Au contraire, répondit-il en me regardant sans s'attarder.

J'avais intérêt à me méfier de cette voix. Le fait qu'il soit doté de cette voix grave et chaude de baryton ne voulait rien dire, parce que c'était cette même voix qui m'agaçait à me faire des remarques sur le toner de la photocopieuse ou mon infime retard le matin.

Mais waouh, quelle voix !

Nous nous regardâmes pendant une longue seconde. Puis le serveur apparut avec nos plats qu'il installa devant nous, et mon risotto au homard sentait divinement bon.

— Merci, Carl.

Je goûtai et m'exclamai :

— Exquis ! Vous aviez raison. Merci, mille fois merci !

Ravi, Carl posa le poulet de Jonathan devant lui.

— Avez-vous besoin d'autre chose ? Mademoiselle ? Monsieur ?

— Non, tout va bien. Mais j'adore que vous m'appeliez mademoiselle.

Avec un hochement de tête, il s'éloigna, sûrement à regret, vers d'autres clients (bien moins charmants).

— Et voilà, vous vous remettez à faire votre charmeuse, me fit remarquer Jonathan en me resservant du vin. Le conducteur de calèche, les gens du groupe de parole…

Il esquissa un sourire.

— Oui, répondis-je. J'imagine que j'aime bien les gens.

— C'est ce que je vois.

— C'est mal ?

De nouveau une ébauche de sourire.

— J'hésite encore…

Si je n'avais pas à moitié assommé mon ex tout à l'heure, et si je ne m'étais pas sifflé un verre de vin en plus d'un martini cul sec, j'aurais presque pu imaginer qu'il avait l'air de m'apprécier. Ou de me prendre en pitié. Mais oui, c'était ça ! Évidemment que c'était ça. Il m'avait invitée à dîner pour s'excuser, non ?

— Alors, que s'est-il passé avec Laine ? lui demandai-je tout en me disant que je détestais ce prénom décidément.

Trop snob.

Il baissa les yeux vers son assiette.

— Mon père a eu une attaque, et j'ai dû reprendre le magazine. Je travaillais beaucoup et mon père avait besoin de mon aide aussi. Les enfants étaient petits, c'était difficile pour elle.

— C'est tout ?

Il manquait probablement pas mal d'épisodes.

— À peu près, oui.

— Mais elle ne pouvait pas vous laisser un peu de mou ? Votre père était malade, vous assuriez les revenus de la famille, et elle, elle vous a largué. C'est raide.

— C'est moi qui suis parti, rectifia-t-il en coupant ses petits pois.

Je n'en revenais pas. Moi qui étais certaine que, vu son air de martyr, il avait forcément été quitté.

— Pourquoi ?

Il ne répondit rien, mais continua de couper ses petits pois en quatre et de les manger calmement.

OK, compris.

— Je suis désolée, dis-je alors.

— De quoi ? demanda-t-il sans croiser mon regard.

— Elle vous a trompé.

Il s'arrêta de mâcher une seconde puis avala, et prit une gorgée de vin.

— Oui.

— Et vous ne voulez pas en parler.

— Non, effectivement.

Je reposai ma fourchette. Et puis, peut-être à cause du vin, ou parce qu'il m'avait emmenée faire un tour en calèche comme tout bon prince charmant, je tendis le bras et posai ma main sur la sienne.

Il considéra nos mains jointes — *Tiens ? Un contact humain, comme c'est curieux* — puis leva les yeux vers moi.

— Voulez-vous m'en dire plus à propos de vous et Eric ?

Le petit éclat doré dans son iris gauche était revenu.

— Oui, répondis-je en retirant ma main.

Je souris, sans savoir tout à fait pourquoi. Le vin ? La décompression ? Soudain notre conversation à l'Algonquin, nous trois sous cette lumière bleue, tout ça me sembla grotesque.

— C'est devenu le roi des cons, hein ? Mais honnêtement, Jon, il n'a pas toujours été comme ça. Autrefois, j'avais l'impression d'être… importante à ses yeux.

Je mangeai une bouchée de risotto et réfléchis. Jonathan attendait la suite.

— Et j'adorais ça. Ensuite quand il est tombé malade et qu'il a eu si peur, je me suis donnée à fond. J'ai pris ses rendez-vous médicaux pour lui, l'ai accompagné en consultation…

— Oui je sais, vous avez pris quatorze jours sur vos congés.

— Merci de me le rappeler, patron.

J'écartai le risotto, voulant garder une place pour les desserts de fou qu'il devait y avoir ici.

— Quand il était malade, il avait complètement besoin de moi.

— Je ne suis pas loin de penser qu'il avait besoin de vous bien avant cela.

Comme c'était souvent le cas, sa façon formelle de parler mettait les sentiments à distance des mots, mais j'eus l'impression que c'était un compliment.

Un très, très beau compliment.

Il me regardait avec insistance, sans cligner des yeux, dans son costume impeccable et sa cravate discrète, ses doigts fins et gracieux autour de son verre de vin.

Tout à coup, mon cœur accéléra, j'eus la chair de poule et une bouffée de chaleur.

Jonathan Kent me souriait. Oh ! discrètement bien sûr. Juste assez.

— Avez-vous lu le papier sur la ferme aux potirons ? bredouillai-je. C'est intéressant non, tous ces potirons ?

— Oui.

— Ça allait ? Le papier ?

— Ça allait très bien, oui. J'ai aimé le passage sur les chiens. Vous l'avez ajouté, non ?

J'acquiesçai.

— Vous n'êtes pas si mauvaise que vous le dites, Ainsley.

Il me regardait toujours et c'était comme si sa voix se glissait sous ma robe pour me caresser.

À l'évidence, deux verres de vin plus un martini, c'était beaucoup trop pour moi. Il n'avait pas fait la moindre allusion déplacée ni eu la moindre parole enjôleuse et j'étais… décidément bien trop sensible ce soir.

— Est-ce que mademoiselle ou monsieur prendront un dessert ?

— Non merci, bafouillai-je. Il faut que je rentre.

## *Kate*

Le vendredi j'allai chez mes parents pour un dîner familial. Coïncidence ou pas, Ainsley avait un rendez-vous professionnel à New York. Ma mère organisait souvent les dîners en famille lorsque ma sœur n'était pas là. De même que chaque été elle organisait un pique-nique quand Eric et Ainsley étaient en vacances.

Je n'avais jamais demandé à Nathan s'il lui était arrivé d'emmener Madeleine en vacances avec ses parents.

Je n'avais pas non plus lu ses mails. J'en avais été incapable et, du coup, ils m'obsédaient.

Ce dîner en famille allait me changer les idées.

Mes parents avaient entièrement redécoré leur maison depuis la dernière fois où j'y étais allée, avant la mort de Nathan. Désormais tout était blanc, mis à part l'incontournable « touche de couleur » apportée par les coussins orange, trois alignés sur le canapé et un sur chaque fauteuil.

J'entrai dans la cuisine.

— Bonjour, tout le monde !

— Je suis tellement contente que tu sois là, me dit ma mère. Nous sommes tous inquiets pour toi.

— Tout va bien, répondis-je.

Pas question de leur raconter l'histoire des mails.

— Au bout de six semaines, on commence en général à refaire surface, me dit-elle. D'autant que tu ne connaissais pas Nathan depuis très longtemps.

Elle se servit un verre de vin et se passa la main dans les cheveux, sans avoir conscience que ses mots m'avaient blessée.

Je l'avais accompagnée à des séances de dédicace, où des gens s'effondraient devant elle, en lui disant combien leur vie avait changé grâce à ses conseils et à sa gentillesse. Elle les prenait dans ses bras et parfois même se mettait à pleurer elle-même, de vraies larmes. Elle avait toujours été plus douée avec des inconnus.

— Bonsoir, ma chérie ! s'exclama Gram-Gram. Comme tu es en beauté ! On devrait déjeuner ensemble un de ces jours.

— Avec grand plaisir, Gram-Gram.

— J'ai une veillée funèbre demain. Ça te dirait de m'accompagner ? Après on pourrait aller manger des sushis. Tu connais ? C'est du poisson cru. Je viens de découvrir !

— OK pour les sushis mais non merci pour la veillée, dis-je en m'efforçant de sourire.

— Comment va ma princesse ? demanda papa, soudain surgi d'on ne savait où, en me pressant l'épaule.

— Bien, papa. Et les Yankees ?

— Horrible année. Par contre les Orioles ne sont pas mauvais jusqu'ici.

— Je t'ai regardé l'autre soir. Bravo, ils ont eu chaud !

— Merci, ma puce, oui c'était juste, mais le ralenti m'a donné raison, répondit-il avec cet air de gamin qu'il avait toujours.

— Salut, Kate, me dit Sean avec une brusque accolade fraternelle, et en me mettant Sadie dans les bras, ce qui compensait largement.

— Salut, ma poupée, lançai-je en déposant un baiser dans ses cheveux et en humant sa bonne odeur. Coucou, Esther, coucou, Mattie ! Oh là là, Matthias, qu'est-ce que tu as grandi !

Ils vinrent tous les deux m'embrasser poliment.

— C'est sympa de te voir, me dit Kiara en m'embrassant sur les deux joues. Les petits t'ont réclamée.

— Vraiment ? demandai-je en me tournant vers mon neveu.

— Mais oui, répondit-il, en mentant car il était gentil.

Sadie gigota pour que je la repose par terre et alla s'accrocher à la jupe d'Esther.

— Tu viens jouer ? commanda-t-elle sur un ton autoritaire.

Je me sentis toute vide sans elle dans les bras.

— Ne montez pas sur le canapé blanc s'il vous plaît ! leur lança ma mère.

— Alors comment ça va, toi ? me demanda Kiara avec douceur. Est-ce que je peux faire quelque chose pour toi ?

Me prescrire des médicaments ? Pourquoi pas un bon anesthésiant ? Je faillis lui demander de venir s'installer quelques jours avec Ainsley et moi. On boirait des margaritas et on regarderait des émissions débiles pendant des soirées entières.

Mais elle était chirurgienne et avait trois enfants. Elle n'avait pas le temps de venir s'occuper de sa belle-sœur.

— Je vais bien, je crois. Je dors mieux.

Mensonge complet.

— Tant mieux, me répondit-elle.

Ça chahutait ferme au salon.

— Kiara, ces canapés sont tout neufs, fit remarquer ma mère avec un soupir.

Kiara me regarda du coin de l'œil avant d'aller constater l'étendue des dégâts.

Quoi qu'il en soit, c'était bon de les sentir tous soucieux de ma petite personne. D'habitude c'était sur Sean que se portait l'attention de mes parents. Il était chirurgien et leur avait donné trois petits-enfants… Sur Ainsley aussi, même si ce n'était pas la même chose parce que ma mère ne pouvait s'empêcher de la considérer avec cet air triste et résigné. Mais bon, comme c'était la fille de Michelle, c'était aussi la chouchoute de notre père.

Moi j'étais toujours un peu invisible, ce qui ne me dérangeait pas car ça me permettait d'éviter les critiques. Sean me surnommait la ninja de la famille. Mais désormais, sans Nathan, je me sentais un peu trop invisible, comme si j'étais en train de disparaître peu à peu, de me disperser en morceaux sur le trottoir et de m'évaporer. Je n'étais plus Kate O'Leary, mais la veuve de Nathan, toute seule dans sa grande maison à lui, dans sa ville à lui, dans sa vie à lui.

Depuis que j'avais appris qu'il m'avait caché des choses, et pas des moindres, je me demandais si j'étais sa veuve légitime. Je portais le deuil d'un homme que je connaissais depuis moins d'un an, et qui n'était peut-être pas celui que je croyais. Peut-être ces mails allaient-ils me raconter une histoire bien différente, celle d'un mari infidèle ou nostalgique de sa vie d'avant.

— Je suis tellement heureuse qu'on soit tous réunis, dit maman.

Je lui lançai un regard noir et elle ajouta :

— Enfin, sauf Ainsley, bien sûr. Comment va-t-elle ? Elle a bien fait de se débarrasser d'Eric. Au fait, ton père voulait te demander quelque chose.

C'était toujours ce qu'elle disait lorsqu'elle était gênée. Comme mon père ne dit rien, elle poursuivit.

— Est-ce que Nathan avait une assurance-vie ? C'est-à-dire, est-ce que tu es à l'abri financièrement ?

— Mais je peux subvenir à mes besoins toute seule, maman, répondis-je en soupirant. Comme je l'ai toujours fait, au cas où tu l'aurais oublié.

— Non je n'ai pas oublié. Arrête de te vexer à chaque fois que je te dis quelque chose, même si c'est naturel de s'en prendre à ses proches quand on est malheureux.

Elle eut l'air satisfaite de sa formule, qui la disculpait tout en me faisant passer pour une brute.

— Mais tout de même, il en avait une ? insista-t-elle.

— Oui, finis-je par répondre.

— Suffisante ?

— Confortable, oui.

— Génial ! s'exclama Gram-Gram. Tu es riche, alors on peut partir en voyage !

Le fait est que j'étais riche. Il avait souscrit une assurance-vie de plus d'un million de dollars et la maison était à mon nom. Une partie de l'argent allait à Atticus et Miles mais le plus gros me revenait à moi, sa femme pendant cent deux jours.

Voilà que je me sentais coupable de posséder cette petite fortune.

Il allait vraiment falloir que je lise ces mails, bon sang.

— Vous avez vu Eric à la télé ? demanda Matthias. J'y crois pas, quel c-o-n !

Et se tournant vers sa petite sœur il ajouta :

— Ça veut dire quelqu'un qui est bête.

— Sadie pas bête.

— Non, toi, tu es super intelligente.

On fit passer les plats : du saumon et des épinards et la délicieuse semoule aux pignons de pin, tout ce que je préférais. Même si ce n'était pas la mère la plus affectueuse du monde, c'était vraiment adorable de sa part d'avoir préparé tout ça pour moi. Nous restâmes silencieux quelques minutes et je les regardai, mon frère, mes parents, mon neveu, mes nièces, se jeter sur la nourriture. Kiara me sourit en secouant la tête. Nathan m'avait raconté un jour que sa mère les forçait, Brooke et lui, à reposer leur fourchette après chaque bouchée et à mâcher lentement. Dans ma famille ils seraient morts de faim.

Je pris une bouchée de poisson. Il n'avait aucun goût. Juste une consistance, et encore, pas agréable, trop molle. Les épinards ne valaient pas mieux : mous et gluants. Je me forçai à avaler.

— C'est très bon, maman, dit Sean pour fayoter.

— Tant mieux, mon chéri, je l'ai fait spécialement pour toi.

Je me disais aussi…

Ma mère tapota le bord de son verre, comme lorsqu'elle avait une annonce à nous faire sur sa brillante carrière.

— Mes enfants, j'ai quelque chose d'un peu difficile à vous annoncer : votre père, votre grand-père, et moi, nous divorçons.

— Ça faisait longtemps ! dit Sean.

Esther soupira et Kiara but une gorgée de vin.

— Cette fois-ci, c'est sérieux. Dis-le-leur, Phil.

— Les enfants, nous allons divorcer.

— Kate, je me suis dit que j'allais venir vivre chez toi, m'annonça-t-elle alors.

— Certainement pas, rétorquai-je.

— Mais pourquoi pas ? Je pourrais m'occuper de toi !

— Je vais très bien, merci.

— Grandma, dit Esther, c'est au moins la cinquième fois que tu nous dis ça.

— Eh bien, cette fois-ci, ma chérie, c'est vrai.

— Alors tu nous racontais des blagues les autres fois ? demandai-je.

— Kate, me murmura-t-elle à voix basse. Tu sais bien que ton père est un coureur de jupons.

— Grandma ! s'exclama Esther en lâchant sa fourchette. C'est pas vrai, hein, grandpa ?

Il sourit, lui fit un clin d'œil mais ne répondit rien.

— C'est vrai qu'il a toujours aimé les femmes, assura Gram-Gram, qui avait un bout d'épinard sur la poitrine. Mais c'est ce qui a valu à Ainsley de venir au monde après tout.

— Je peux sortir de table ? demanda Matthias.

— En fait on va tous y aller, déclara Sean. J'ai une opération demain matin.

Kiara ne se le fit pas dire deux fois et se leva d'un bond.

— Moi aussi. Des tas de vie à sauver.

— L'excuse classique, vous deux, fis-je remarquer.

— Désolé, on s'échappe, répondit mon frère. En plus ton joker de veuve ne marche pas ici.

— Sean, le réprimanda Kiara avant de se tourner vers moi l'air désolé. Mais c'est vrai, on opère tous les deux demain et les enfants n'ont pas fini leurs devoirs.

Elle récupéra Sadie qui était en train d'écrabouiller son saumon, et dix secondes plus tard, ils étaient partis, les veinards.

— Nous pensons que le moment est venu de nous défaire enfin de nos liens, en toute conscience.

Mon père sursauta, probablement parce qu'elle lui avait donné un coup de pied sous la table.

— Oui c'est ça, dit-il comme s'il était télécommandé. On y pense depuis longtemps.

Gram-Gram sortit son téléphone et commença à pianoter. Je savais par Ainsley qu'elle était sur Tinder.

— Bon, divorce ou pas divorce, en tout cas moi je m'en vais, dis-je enfin, et maman, que ce soit bien clair, tu ne viens pas habiter chez moi.

— Je suis certaine que ça t'aiderait beaucoup.

— Je suis sûre que non.

— Phil ! Ne reste pas assis là sans rien dire ! Tu étais d'accord pour avoir cette discussion tous ensemble.

— OK, OK, dit mon père en levant les yeux de son téléphone où il était sûrement en train de regarder des résultats de base-ball. Ta mère et moi nous sommes éloignés ces derniers mois.

— Mais je ne vous ai pas demandé de détails, si ? répondis-je légèrement crispée. Est-ce que vous vous souvenez de la fois où quand j'étais en première année de fac vous m'avez appelée pour m'annoncer que vous divorciez ? Je suis rentrée à la maison pensant vous trouver en train de faire vos valises et je suis tombée sur vous en pleins ébats !

— Ça ne me dit rien, fit ma mère en fronçant les sourcils.

— Eh bien à moi si ! Et crois-moi, je préférerais avoir oublié cette scène d'horreur. Quand Ainsley a eu son diplôme, vous avez recommencé. Cette fois-là, maman, tu voulais partir vivre avec tatie Patty dans le Michigan, mais tu es restée. Vous avez remis ça après la naissance de Sadie. Vous étiez décidés à acheter un appartement à New York, et pourtant vous êtes toujours là. Alors bon, laissez tomber.

— Cette fois-ci, nous sommes sérieux, me répondit-elle, froissée que je mette en doute sa sincérité.

— Très bien. Allez-y. Chiche ! Je veux que vous divorciez. Et même que vous vous remariiez pour que je puisse avoir des beaux-parents. Mais là, je m'en vais. Au revoir, Gram-Gram !

— Au revoir, ma chérie !

— Kate, tu n'as presque rien mangé. Allez, viens te rasseoir, arrête ton numéro, veux-tu ?

Je manquai de m'étouffer. Jusqu'ici, je n'avais pas l'intention de leur faire une scène, mais je commençais à changer d'avis.

— Est-ce que tu réalises que je suis veuve ? dis-je sèchement. Que c'est très difficile pour moi en ce moment ? Que je dors à peine la nuit et dors debout la journée ? Que je vis comme une vraie zombie ? Peut-être que tous tes beaux diplômes pourraient m'aider pour une fois, maman ! Et toi, papa, toi qui as été veuf, tu as peut-être aussi quelque chose à me dire ?

— Tout ce que tu ressens est normal, me répondit ma mère.

Mon père haussa les épaules avec impuissance.

— Tu veux que je te dise que ça va aller mieux ? Non, pas vraiment, mais un peu. Et au fait, moi je ne trouve pas que tu aies l'air d'un zombie, ma puce.

— J'adore cette série avec les zombies, fit remarquer Gram-Gram qui regardait *The Walking Dead*. Ils sont tous beaux ! Surtout Glenn.

— Eh bien moi, je suis comme ces morts-vivants, et s'il y a bien une chose que je ne veux pas entendre c'est que vous vous bouffez le nez et faites semblant de divorcer pour la dix-septième fois ! m'écriai-je en posant la main sur l'épaule de Gram-Gram.

— Dix-septième fois, tu exagères, dit ma mère.

— C'est pareil. Au revoir !

Je claquai la porte, montai dans ma voiture et pris la direction du sud. J'avais envie d'aller manger un morceau de cheese-cake dans un restaurant, ou de rouler jusqu'à Tarrytown pour admirer le pont, ou alors…

Pourquoi étais-je si en colère ? Il n'y avait rien de nouveau sous le soleil.

Sans doute parce que je n'avais pas choisi d'être seule, et que je n'avais plus ce luxe d'envisager le divorce. Parce que je pensais que tout le monde s'occuperait exclusivement de moi, et que ma mère aurait cuisiné pour moi et pas pour cet imbécile de Sean, et que j'étais légèrement vexée que tout le monde m'ait crue lorsque j'avais prétendu que j'allais bien.

Je voulais qu'on m'aide, qu'on me soigne, qu'on me dise quoi faire.

Brusquement, je tournai dans Bixby Park à la lisière sud de Cambry-on-Hudson et sortis de la voiture. C'était un très bel endroit d'où on voyait le fleuve, sillonné de petits chemins, avec un terrain de jeux. Beaucoup de feuilles étaient tombées cette dernière semaine et le bruissement du vent qui les balayait me procurait une sensation fraîche et revigorante.

Je marchai à grands pas vers l'ouest, les joues en feu, et boostée par le flux d'adrénaline.

Des bancs se trouvaient le long du chemin, ornés de plaques commémoratives :

*En souvenir de Howard Betelman.*
*En mémoire de James Wellbright.*

Peut-être devrais-je y penser pour Nathan. Il aimerait ça. Nous étions venus ici ensemble à l'automne dernier et nous étions assis sur un de ces bancs. Je ne savais plus lequel mais il était sous un arbre.

*En l'honneur de Marnie et Joel Koenig*
*de la part de leurs enfants bien-aimés.*

C'était beau. C'était peut-être sur celui-ci que nous nous étions installés en ce magnifique après-midi. Les feuilles de l'arbre étaient d'un doré si intense que l'air en scintillait, et c'était incroyablement romantique, comme ces photos que je vendais parfois à la banque d'images. Vous tapiez les mots-clés *adultes, amoureux, romance, automne* et vous tombiez sur une photo de ce genre.

Peut-être pas ce banc-ci, peut-être celui d'à côté.

Était-il venu ici avec Madeleine aussi ?

J'eus un haut-le-cœur à cette idée. C'était trop douloureux de les imaginer. Mieux valait encore penser à ma mère qui cuisinait du saumon pour mon frère et pas pour moi.

J'arrivai devant le banc suivant et m'arrêtai brusquement.

*À la mémoire de Nathan Vance Coburn III,*
*un fils, un frère, un oncle et un ami merveilleux.*

Quoi ? Non mais quoi ? !

Il avait déjà son banc ? Qui avait fait ça ? Pourquoi ne m'avait-on rien dit ? J'allais justement lui en acheter un ! Est-ce que ce n'était pas exactement ce que je venais de me dire ? Cela ne faisait que cinquante-six jours qu'il était mort !

Et puis attendez là… il manquait un mot, non ? Mais oui, bien sûr, il manquait le mot *mari* !

La famille de Nathan avait acheté un banc et ne m'en avait rien dit. Mais pourquoi ? J'avais encore déjeuné au club avec Eloise la semaine d'avant et elle ne m'en avait pas dit *un mot* !

Je m'emparai de mon téléphone pour les appeler et exiger des explications, avant de le ranger aussitôt. J'étais trop en colère, furieuse même. Je tournai les talons, refusant de voir son nom, de voir ce banc et cette plaque de bronze idiote, et je revins m'asseoir sur celui des parents et de leurs enfants bien-aimés.

Mon cœur battait à tout rompre et mes joues me brûlaient. On ne pouvait pas faire soirée plus pourrie.

Je me retrouvai devant l'aire de jeux. *Regarde donc les enfants, Kate. Eux n'ont pas de soucis dans la vie.*

Trois petites filles de l'âge de Sadie se couraient après en riant et en criant. Leur mère (ou leur nounou) avait de longs cheveux blonds et un visage serein. Un beau garçon s'approcha d'elle un gobelet de café (ou de gnôle) à la main et lui toucha l'épaule.

D'un geste automatique, et pour ne surtout pas avoir à penser à ce fichu banc, je sortis mon Canon de mon sac et le dirigeai vers eux.

Ils n'étaient pas ensemble depuis longtemps ces deux-là. Il avait des yeux rieurs et des fossettes qu'on ne retrouvait pas sur le visage des petites filles. C'étaient des sœurs, peut-être même des triplées. La femme blonde était leur mère à l'évidence, mais lui n'était pas leur père.

Il y avait beaucoup à en dire…

C'était ce que j'aimais avec la photographie. Elle me permettait d'en apprendre bien plus sur une personne que ce que j'aurais pu en discerner dans la vie.

Que verrais-je dans les dernières photos de Nathan ? Un homme qui s'était trompé ? Qui regrettait son ancienne femme ? Qui tuait le temps en attendant de pouvoir se libérer de la nouvelle ?

Je reposai mon appareil photo et me pinçai l'arête du nez.

Des cris joyeux s'élevèrent de l'aire de jeux avec l'arrivée d'un groupe d'enfants qui se mirent à courir, escalader, et à se lancer dans le toboggan sans aucune conscience du danger.

Mon Dieu, faites attention. N'allez pas vous cogner la tête. N'allez pas vous tuer.

Soudain je manquai d'air, je cherchai mon souffle tandis que ma vision se brouillait, et je me penchai en avant pour récupérer, mais non, rien n'y fit. J'étais toute seule ici et personne ne savait où je me trouvais. Ainsley allait venir, elle savait y faire pour m'aider. Ah mais non, elle avait ce rendez-vous ! Je ne pouvais plus respirer, j'avais les poumons bloqués, j'allais mourir !

J'étais trempée de sueur et mes mains tremblaient.

Je fouillai à la recherche de mon téléphone pour appeler mon père, mais il glissa entre mes doigts gourds. Je tentai de le ramasser, en m'agenouillant par terre sur l'asphalte dur. J'allais m'évanouir. Ou mourir. Ma respiration faiblissait.

— Kate ?

Quelqu'un me tenait par les épaules.

Daniel le pompier. Ouf ! Je n'allais pas mourir toute seule. Je lui saisis le bras.

— Han, han, han, han, parvins-je tout juste à dire.

— Tu as une crise de panique, c'est ça ? me demanda-t-il en souriant. Bon, ne t'inquiète pas. Tu ne vas pas en mourir.

Il m'aida à me rasseoir sur le banc et cria :

— Jane, je suis là ! Ne m'attendez pas !

— Han, han, han, han.

Si la Jane en question avait répondu, mes râles de terreur m'avaient empêchée de l'entendre. C'était quoi déjà ce film où le cheval galopait toute une journée et toute une nuit dans le désert ? Ah oui, *Hidalgo.* On aurait dit *Hidalgo.*

— Je suis avec ma sœur et ses enfants terribles, m'expliqua Daniel comme si j'étais une personne normale et pas un cheval à l'agonie.

Il me tenait le poignet entre ses doigts.

— Le camion de glaces ne va pas tarder, alors je les tiens avec ça. Tu vois la plus petite ? C'est un vrai diable ! J'ai dit à ma sœur d'appeler un exorciste.

— C'est… c'est mon cœur !

— Non, ce n'est rien. Respire à fond et essaie de te calmer.

— Nooon, fis-je d'une toute petite voix, la gorge trop comprimée pour parvenir à émettre un son normal. Mon mari est… *han…* mort en allant me chercher un verre de… *han…* vin ! Peux pas… *han…*, me calmer ! Fais quelque chose !

J'avais le cœur au bord de l'explosion tant il battait vite.

— D'accord, d'accord, fit-il en se mettant à genoux par terre face à moi. Voyons, je vais te poser quelques questions. Regarde vers le sol et essaie de ne pas haleter, voilà c'est bien.

Je m'exécutai, sentant sa main sur mon épaule.

— C'est bien. Doucement. De quelle couleur est ta culotte ?

— Pardon ? fis-je en relevant la tête d'un coup.

Il me rabaissa la tête.

— Réponds à ma question. Ou sinon c'est moi qui vérifie.

— Mais tu n'es pas plutôt censé me demander quelque chose sur… *han…* le Président ?

— Mais je me fiche de la couleur de la culotte du Président. C'est la tienne qui m'intéresse. Fais-moi plaisir, dis-moi que c'est un string rouge.

— Non mais tu plaisantes, j'espère ! m'écriai-je en fixant le sol à mes pieds.

Les taches devant mes yeux se dispersaient peu à peu.

— Oui, je sais, un peu cliché le string rouge, mais je suis un homme, que veux-tu. Nous avons besoin de stimulation visuelle. Sinon, la dentelle blanche, c'est bien aussi. Ou noire. Ou rien du tout. Maintenant que j'y pense, se pourrait-il que tu sois sortie sans rien ce matin ?

— Je n'y crois pas, c'est ça ton métier ?

Je continuais à inspirer puis à expirer à fond. Ça marchait.

— Absolument, mais est-ce que ta crise n'est pas en train de passer, là ? me dit-il en me relevant la tête entre ses mains et en me souriant. Et voilà !

Il avait raison. J'étais encore en nage et mon cœur battait vite, mais je ne haletais plus et les taches avaient disparu.

— Qu'est-ce que je suis fort ! s'exclama-t-il, moqueur, en se rasseyant à côté de moi. Pompier de New York, pour vous servir ! C'est notre mission dans la vie. Attends un peu avant de me remercier. Reste assise et respire. Je ne vais pas m'en aller.

Une heure plus tard, une fois calmée et après avoir fait la connaissance de Jane, ainsi que de ses deux adorables fils et de son petit démon de fille, après que Daniel eut donné de l'argent à sa sœur pour acheter des glaces, il m'annonça qu'il me raccompagnait chez moi.

Je ne protestai pas. D'abord parce que je me sentais faiblarde et aussi parce que je n'avais pas envie de rentrer là-bas toute seule. Et enfin parce que c'était rassurant de se trouver en compagnie d'un pompier. Il me donna le bras jusqu'à la voiture puis attrapa mes clés dans mon sac et recula à fond le siège conducteur.

— Où va-t-on ? me demanda-t-il, et je le guidai jusque chez moi.

— La vache ! s'exclama-t-il en avançant dans l'allée.

— Oui, c'est impressionnant.

Je tapai le code et ouvris la porte, avant de tenter d'allumer dans l'entrée, mais ce fut le bureau (enfin le petit salon) qui s'éclaira. C'était déjà ça.

Nous allâmes dans la cuisine, et Ollie nous rejoignit, en tirant sa couverture et en remuant la queue si fort que tout son arrière-train se secouait.

— Salut, Ollie ! dis-je en me penchant pour le caresser.

Tu as passé une bonne journée ? Oui ? Je t'ai manqué ? Ollie, je te présente Daniel le Pompier Super Sexy. Daniel, voici Ollie.

Daniel regardait autour de lui, bouche bée.

— Quelle maison !

— Nathan était architecte.

— On se croirait dans un magazine.

La maison avait été dans plusieurs magazines en fait, dont Nathan conservait des couvertures encadrées au bureau. Un de ses collègues m'avait envoyé toutes ses affaires dans un carton, mais je n'avais pas encore eu le courage de l'ouvrir.

Je cessai de gâtifier avec Ollie et me levai, le laissant aller renifler les chaussures de Daniel.

— Tu bois quelque chose ?

— Je meurs de faim, me répondit-il. Tu as quelque chose ?

— Mon congélateur est bourré de trucs que m'ont apportés les uns et les autres. Tu as envie de quoi ? Je peux tout décongeler.

— N'importe quoi.

Il avait l'air un peu mal à l'aise et continuait d'observer les lieux. Il fallait reconnaître que la cuisine était intimidante. Il prit Ollie dans ses bras et celui-ci commença à lui lécher le menton. Ce chien aimait tout le monde.

— Tu bois quelque chose ?

— Tu as de la bière ?

— Peut-être.

Je fouillai dans le frigo. C'était fou toutes ces réserves ! C'était plein de légumes verts et de yaourts bio. On se serait cru dans une publicité. Tout ça grâce à ma sœur.

Je dénichai une bière tout au fond et jetai un coup d'œil à l'étiquette : Hurricane Kitty IPA.

Nathan l'avait achetée par un après-midi frisquet de mars où nous étions allés visiter la brasserie Keegan Ales. À la fin de la visite nous avions fait une dégustation, au milieu des effluves de houblon, et nous avions rapporté un pack de douze bouteilles à la maison.

Le souvenir était si vif que j'en eus presque le tournis :

je revoyais Nathan, avec son pull bleu à quatre boutons au col, en train de ranger ça dans le frigo.

— Donne-moi du vin, ce sera parfait, dit alors une voix.

Ah oui, c'était Daniel.

Je rangeai la bière, attrapai du vin et sortis du congélateur un Tupperware dont l'étiquette disait : fricassée de poulet.

— Ça te dit ?

— Carrément. Mais, Kate, je peux aussi appeler un taxi et rentrer chez ma sœur, tu sais.

— Non, non, c'est très bien. Enfin, sauf si tu dois partir.

— Je n'ai aucune obligation, mais je ne veux pas que toi tu te sentes obligée de m'inviter.

Il croisa ses bras impressionnants. Il ne portait pas de veste, même si la soirée était fraîche, juste un T-shirt. Ç'aurait été pécher que de ne pas profiter du spectacle, me dis-je, et cette pensée me réjouit secrètement.

— Reste, et ouvre cette bouteille.

Après avoir mis le bloc de fricassée à réchauffer à feu très doux, nous allâmes dans le salon, où j'essayai tous les interrupteurs jusqu'à ce qu'on parvienne à se voir à peu près clairement.

Je m'assis dans un des fauteuils en cuir et Daniel dans le sofa gris tout raide. Il ne semblait pas à sa place, trop grand pour ce canapé. Ollie sauta à côté de lui et posa la tête sur sa cuisse. Même les chiens avaient un faible pour les beaux pompiers apparemment. Daniel le caressa de sa grande main.

— Au fait, j'ai commencé la balancelle.

— Super. Mes beaux-parents vont adorer, c'est sûr.

Il m'avait envoyé trois modèles et j'en avais choisi un, mais je ne savais plus à quoi il ressemblait.

— Comment va ta sœur ? me demanda-t-il.

— Bien. Elle est venue s'installer ici. Et comment va Lizzie ?

— Très très bien. Ces photos étaient vraiment magnifiques ! Au fait, je ne t'ai jamais remerciée d'avoir deviné qu'elle avait un problème avec ce petit copain naze, dit-il en posant son verre de vin sur la table basse.

— Oh ! pas de quoi. J'ai le chic pour voir des choses à travers l'objectif de mon appareil photo qu'on ne voit pas sans.

J'avais bien l'impression en m'entendant parler que ça pouvait paraître ridicule, et j'ajoutai :

— Sinon, ton autre sœur, Jane, elle s'en sort ? Elle avait l'air plutôt bien.

— Ça va. Mais son mari est un abruti. On ne l'a jamais apprécié, enfin moi en tout cas, dit-il en haussant les épaules. Mais bon, Jane n'a jamais apprécié Calista non plus, alors on est quittes.

La pluie se mit à tomber, martelant les gouttières de cuivre. Cette maison était superbe lorsqu'il pleuvait parce que les gouttières se déversaient sur des tas de pierres blanches avant de s'écouler dans le système d'irrigation. Avec Nathan rien n'était le fruit du hasard. Sauf sa mort bien sûr.

Ce qui voulait dire qu'il avait conservé ces mails pour une raison précise.

— Tu as encore des nouvelles d'elle ? De Calista ? demandai-je.

— Non, fit-il en reprenant une gorgée de vin, avec une légère grimace. Et toi ?

J'aurais dû lui donner une bière.

— Une carte pour Noël, hésitai-je avant de répondre.

— Mais elle ne fête pas Noël.

— OK, alors pour le solstice d'hiver.

Il sourit tristement.

— Que s'est-il passé entre vous ? lui demandai-je alors.

Après tout il m'avait bien interrogée sur la couleur de ma culotte, alors je pouvais me permettre d'être curieuse moi aussi.

— Je n'en sais rien, marmonna-t-il.

— Bien sûr que si, tu sais.

— Elle m'aimait, jusqu'à ce qu'elle ne m'aime plus, dit-il en soupirant. Les gens changent.

Il regarda en direction du jardin, où comme par magie les lumières s'étaient éteintes (je cherchais toujours les interrupteurs).

— Elle a découvert le yoga.

— C'est ça, répondit-il avec un petit rire. Et ça a été le début de la fin pour nous deux. Tout à coup elle s'est mise à parler d'équilibre, de pleine conscience et de paix intérieure. Je me contentais de hocher la tête et de sourire et elle a commencé à me traiter d'abruti qui ne pensait qu'à travailler, rentrer à la maison, coucher avec elle, faire des enfants et être heureux. Je ne sais pas très bien ce que ça voulait dire pour elle la paix intérieure…

— Eh bien, ça veut dire que…

— En fait je m'en fiche, rétorqua-t-il tout en souriant pour adoucir sa réponse. Bref, elle m'a quitté, pas pour un autre homme ou une autre femme, mais afin de poursuivre son *voyage*, dont visiblement je ne faisais pas partie.

Il se tut et se tourna de nouveau vers la fenêtre.

— Pour faire sentir à quelqu'un qu'il ne sert à rien, on ne peut pas trouver mieux.

Nous sommes restés quelques instants silencieux, à méditer ces paroles lourdes de sens et sincères.

— Je n'ai jamais aimé son prénom, dis-je.

C'était faux car c'était un beau prénom, mais il fallait me montrer solidaire. Je souris et Daniel me regarda, l'air visiblement soulagé.

— Si on parlait d'autre chose ?

— Attends, attends, juste une dernière question : pourquoi sors-tu avec toutes ces gamines ?

— Tu exagères, Kate. Je ne suis jamais sorti avec une gamine. Elles ont toutes au minimum vingt et un ans.

— Et au maximum vingt et un de QI ?

— Je te l'accorde.

Ollie avait désormais la tête posée pile au bon endroit, où je n'étais pas censée regarder…

— Je ne sais pas pourquoi c'est comme ça. Elles veulent toutes pouvoir se vanter auprès des copines d'avoir couché avec un pompier, alors je me dévoue, sens du devoir oblige.

— Quelle classe ! m'exclamai-je.

— Au moins je ne me prends pas la tête avec elles.

— Là je veux bien te croire.

— En plus, vu la façon dont Calista m'a lourdé, imagine un peu ce que ça donnerait avec quelqu'un comme toi, me dit-il avec un clin d'œil.

— Oh ! arrête, répondis-je en levant les yeux au ciel. Je suis bien trop vieille pour tes critères. Tu fais le joli cœur par automatisme.

— Oui, c'est un don que j'ai. Et sinon, toi, comment ça va ? me demanda-t-il en observant le contenu de son verre.

— Eh bien, comme tu as pu t'en apercevoir dans le parc, je vais super bien. En pleine forme.

— Tu te sens seule ?

À cette question, le pic se logea de nouveau en travers de ma gorge.

— Oui.

Il eut la délicatesse de détourner les yeux.

— Tu sais ce qui m'était le plus insupportable ? me demanda-t-il sans me regarder. Je veux dire, bien sûr ce n'est pas comparable, un divorce et… mais bon, je détestais faire ma lessive après son départ. Alors que quand on était mariés… Oh là là, c'est débile ce que je dis !

— Non, je comprends ce que tu veux dire. C'est comme si même ses vêtements te manquaient.

— Exactement.

— Mon mari avait déjà été marié, m'entendis-je lui dire alors. Et ils ont gardé contact jusqu'à sa mort, sans que je n'en sache rien. Il a sauvegardé tous ses mails et je sais que je ne devrais pas les lire, et pourtant je suis certaine que je vais le faire.

— Ne le fais pas.

— Facile à dire.

— Kate, ne le fais pas.

— Pourquoi ? Pour ne pas apprendre que j'étais juste un lot de consolation ? Parce que je risque de découvrir qu'il allait rentrer un soir à la maison et me dire qu'en fin de compte il était encore amoureux de Madeleine et qu'il fallait que je déménage le week-end suivant ?

Je pris une gorgée de vin et ajoutai :

— Et puis, quoi que les gens me disent, rien ne change le fait qu'il soit mort, que je sois sa veuve, avant d'avoir eu le temps d'être vraiment sa femme.

Daniel ne dit rien.

— Pardon, m'excusai-je à mi-voix, pour ces épanchements. Je vais aller vérifier la fricassée.

Elle mijotait, prête à être mangée. Je trouvai un beau pain à l'huile d'olive et au romarin qui sentait délicieusement bon, préparai du fromage, sortis deux assiettes et nous nous installâmes dans la cuisine, comme deux vieux amis.

Ce que nous étions, non ?

— Allez, il faut que je rentre, dit Daniel après avoir repris deux fois du poulet.

— Je vais te reconduire.

— À Brooklyn ? Pas question.

— Je pensais chez ta sœur ou bien à la gare.

— Je vais prendre le train mais je peux marcher. J'aime la pluie.

Il m'embrassa et je sentis son corps robuste et musclé, sa bonne odeur.

— Ne lis pas ces mails. Mais si tu le fais, n'hésite pas à m'appeler.

Un baiser sur la joue puis il partit, faisant entrer l'odeur de la pluie dans la cuisine, et me laissant une fois encore à ma solitude.

# Ainsley

Ce week-end-là, je flânai autour de la maison de Kate, achetai quelques pots de fleurs à la jardinerie pour son patio qui était tellement triste, et nous fis des spaghettis bolognaise pour le dîner.

Nous regardâmes un film dans sa salle de projection et elle s'endormit au milieu, ce qui n'était pas plus mal finalement parce que le personnage du mari mourait. Pourquoi n'avais-je pas vérifié avant ? Évidemment c'était annoncé comme un film plein de suspense et de rebondissements, mais ils auraient pu prévoir un avertissement spécial pour les veuves.

Dimanche, j'allai chez Rachelle, pour ne pas encombrer Kate. Nous bûmes des margaritas divines et consultâmes le site de rencontres où elle s'était inscrite, mais sans chercher à en savoir plus sur le blog d'Eric.

Le soir, de retour dans la luxueuse chambre qui me donnait encore l'impression d'être à l'hôtel, je serrai mon ours contre ma poitrine et me surpris à pleurer. À dire vrai, même si je n'enviais pas Kate d'avoir perdu Nathan, au moins il n'avait pas failli à son égard. Tandis que la décennie que j'avais vécue avec Eric était désormais entachée par ces dernières semaines. Je ne parvenais plus à penser à lui sans voir cette expression détestable sur son visage à l'Algonquin. J'espérais qu'il se ferait dévorer en Alaska, par un ours d'abord, *puis* par une orque.

Et pourtant je ne pouvais retenir mes larmes. Où était passé le garçon qui, le soir où j'avais eu mon intoxication alimentaire et où, couverte de sueur, je tenais à peine sur les toilettes, m'avait soutenue à bout de bras ? Oubliez les roses et les diamants, c'était ça le vrai amour. Où était passé le garçon qui chaque soir me serrait contre lui parce qu'il disait ne pas pouvoir s'endormir sans sentir l'odeur de mes cheveux ? Avait-il trouvé une meilleure odeur que la mienne ? Ou bien reniflait-il désormais ses propres cheveux ?

Comment pouvait-on cesser d'aimer quelqu'un en quelques semaines seulement ? Cet homme, assis dans la lumière bleutée, buvant un martini, cet homme m'était devenu étranger.

Je ne cessais de me tourner dans mon lit, agitée par des rêves divers. Nous n'avions pas rompu, ou c'est lui qui était mort, ou encore, il écrivait une nouvelle chronique à mon sujet, que je ne pouvais pas lire mais à cause de laquelle tout le monde, y compris mon père, était en colère contre moi.

Pas étonnant que j'oublie de me réveiller, alors que j'avais réglé mon réveil dix minutes plus tôt pour être sûre d'arriver à l'heure.

Quatre minutes de retard.

— Ainsley, est-ce que je peux vous voir dans mon bureau ? me demanda Jonathan.

Je devins rouge pivoine.

J'avais pensé à lui aussi ce week-end, à sa gentillesse si inattendue, à son regard tellement particulier, hypnotique, à ma certitude qu'il m'avait, par deux fois, complimentée.

J'entrai dans son bureau et fermai la porte derrière moi.

— Bonjour, vous avez passé un bon week-end ?

— Vous êtes encore en retard.

— Désolée.

— Est-ce si difficile d'être ponctuelle, Ainsley ? me demanda-t-il d'un ton irrité.

Je restai stupéfaite. Apparemment sa gentillesse n'était plus qu'un mauvais souvenir.

— Je suis désolée, je resterai quatre minutes de plus ce soir.

— Mais c'est ça quatre fois par semaine !

— J'ai essayé ! J'ai réglé mon réveil dix minutes plus tôt ce matin, mais je ne l'ai pas entendu. Il va falloir que je change de sonnerie, que je mette une corne de brume ou une alarme incendie.

— Peu m'importent vos arguments.

Il me fixa du regard : pas de camaïeu de bleu et de vert dans ses yeux aujourd'hui, juste une expression glaçante qui me déstabilisa. Alors qu'il m'avait invitée à dîner vendredi et emmenée faire une promenade en calèche, aujourd'hui, il donnait de nouveau l'impression de me tolérer à peine.

— Autre chose, monsieur Kent ?

— Oui, je veux vos papiers pour le numéro de décembre pour 10 heures.

— Entendu, dis-je en me levant, avant d'ajouter : Jonathan, j'ai décidé de ne plus me rendre à ce groupe de parole de divorcés. Vous y étiez avant moi et je suis désolée de vous avoir mis mal à l'aise.

— Je vous remercie, répondit-il.

— Cela dit, demain soir, on fait une séance maquillage avec Marley et Carly. Si cela vous tente, vous êtes plus que bienvenu.

Sa bouche esquissa un sourire qui me remua bizarrement.

— Je vais passer mon tour, mais merci pour la proposition.

Je fouillai dans mon sac et en sortis le mouchoir de vendredi soir, que j'avais lavé et repassé hier.

— Voilà, tout propre, dis-je en le posant sur son bureau.

— Merci.

— Merci à vous.

Bon, ça devenait gênant toutes ces politesses. Je me levai et me rendis à mon poste de travail. Pour une fois, avec soulagement.

J'avais encore les joues en feu.

J'ouvris ma messagerie et tombai sur un message de Gram-Gram, en capitales d'imprimerie police 18, car elle n'y voyait plus très bien.

CHÈRE AINSLEY ! J'ESPÈRE QUE TOI OU KATE POURREZ M'ACCOMPAGNER À UNE VEILLÉE CE SOIR. FAITES-VOUS BELLES PARCE QU'IL Y A

TOUJOURS DES CÉLIBATAIRES, POUR LE CAS OÙ VOUS SERIEZ PRÊTES.

Non mais sans blague, elle me surprendrait toujours.

MOI AUSSI JE CHERCHE, VU QUE JE NE FERAI PAS DE RENCONTRE ICI. TOUS LES CÉLIBATAIRES SONT TRÈS CONVOITÉS ET IL FAUT SE BATTRE POUR S'ASSEOIR À LEUR TABLE AU DÎNER. QUAND ILS NE SONT PAS MOURANTS ! XOXOXOX GRAM-GRAM

Je lui répondis que je l'accompagnerais avec plaisir, de ne *surtout* pas proposer à Kate, et que je passerais la prendre à 17 h 30.

Ensuite je me remis à mon travail, pleine de bonnes idées originales pour le numéro de Noël.

À 16 heures, Rachelle m'appela.

— Ta délicieuse grand-mère est ici, m'annonça-t-elle de sa voix chantante.

La terre entière adorait Gram-Gram.

Je rejoignis la réception.

— Coucou, Gram-Gram, qu'est-ce qui t'amène ?

— Je suis venue pour la veillée, ma chérie. Oh, mais que tu es jolie ! Je suis certaine que tu vas rencontrer un gentil garçon, dit-elle en me pinçant la joue. Quelle peau ferme ! Ça me rappelle ma jeunesse.

— Merci, mais je t'avais dit que je passais te prendre à 17 h 30.

— Vraiment ?

— Je t'ai fait un mail.

— J'ai oublié de regarder, ma chérie. Et comme Betty descendait en ville, je lui ai demandé de me déposer.

— Ce qu'il y a, c'est que je ne termine pas avant une heure et que mon patron est un peu à cheval sur…

— Bonjour.

Oh, misère, Jonathan ! Voilà qui n'allait rien arranger.

— Gram-Gram, tu reconnais Jonathan Kent, mon patron ?

— Bonjour, cher monsieur. Vous avez de beaux cheveux.

Jonathan me regarda avec des yeux où l'on pouvait lire toute la souffrance que je lui faisais endurer.

— Nous nous sommes mal comprises avec ma grand-mère, Jonathan. J'étais censée passer la prendre pour l'accompagner à une veillée et elle a compris que l'on se retrouvait ici.

— La veillée a commencé il y a quatre minutes, et je voulais arriver avant Aline Duran. Elle ne sait pas se tenir dès qu'il y a des hommes. Elle va se jeter au cou de ce pauvre veuf à la minute où elle entrera chez lui si on ne se dépêche pas, Ainsley.

Tandis que Rachelle se retenait de rire, Jonathan se contentait de me fixer.

— Alors pas d'hésitation, il faut y aller, dit-il.

— Merci, Jonathan, répondis-je entre mes dents. Je rattraperai mes heures.

— J'y compte bien, lança-t-il sur un ton de nouveau glacial.

— Allez allez, ma chérie ! fit Gram-Gram.

Il y avait foule chez Darleen Richmond, la défunte. Ma grand-mère me désigna du doigt une femme âgée aux cheveux noir corbeau, aux premières loges, en train de réconforter ostensiblement le veuf.

— Oh, cette Anita ! siffla Gram-Gram. Quelle traînée ! Je savais bien que j'aurais dû venir te chercher à 15 heures.

— C'est bientôt à nous, dis-je tandis que la file d'attente avançait. Alors, comment l'as-tu connue ?

— Qui ?

— Cette dame, la défunte.

— Ah, mais je ne la connais pas, répondit Gram-Gram sans s'émouvoir. Je suis juste venue me faire une idée sur son mari. J'ai lu l'annonce dans le journal ce matin.

La femme devant nous se retourna et nous lança un regard noir.

— Et pour toi, il n'y aurait pas quelqu'un ? me demanda

ma grand-mère imperturbable. Il y a des hommes séduisants ici, peut-être aussi pour Kate.

Après tout pourquoi pas ? Je jetai discrètement un regard circulaire.

— Tu en vois un qui te plaît ? me demanda-t-elle.

Je secouai la tête en souriant, gênée, à une personne de l'assistance.

— Il est encore tôt. Aie confiance !

— Vous permettez ? s'indigna la femme devant nous.

— Mais absolument, répondit ma grand-mère. Allez-y, c'est à vous. Mais ne vous attardez pas trop, d'accord ?

La femme s'avança et Gram-Gram se tourna vers moi.

— Dis donc mais c'est qu'il est beau le veuf, tu ne trouves pas ?

— Euh… si.

— Au fait j'ai eu une proposition malhonnête au téléphone l'autre jour.

— Moins fort, Gram-Gram.

— Comme je trouvais que c'était un peu rapide, je lui ai proposé qu'on dîne ensemble, mais il ne m'a jamais rappelée. Ah, tiens, c'est à nous !

Elle me tira jusqu'au cercueil, s'arrêta à peine et s'approcha en trottinant du veuf éploré. Elle le serra longuement dans ses bras.

— C'était une femme merveilleuse, lui dit-elle en lui prenant le visage entre ses mains.

— Merci, euh…

— Lettie, Lettie Carson.

— Comment connaissiez-vous ma femme ?

— Oh, mon Dieu, ça remonte à si loin. Au lycée.

— Ah bon, vous êtes originaire de l'Ohio vous aussi ?

— Pas tout à fait, non. Alors, comment allez-vous, euh… Edmond ?

— Edward.

— Oui bien sûr, comment allez-vous, mon pauvre ? Si je peux me permettre de vous donner un conseil, car je suis moi-même veuve depuis trente-quatre ans, ne vous retirez pas du monde. Tiens d'ailleurs, pourquoi ne viendriez-vous pas avec moi au cinéma cette semaine à la maison de retraite d'Overlook Farms ? C'est le nom officiel, mais moi je l'appelle le village des vieux schnocks. Ils passent *Les Dix Commandements*.

Elle fouilla dans son sac à main et lui tendit un bout de papier.

— Voici mon nom et mon adresse, ainsi que tous les détails. À jeudi !

Sur ce, elle le serra de nouveau dans ses bras et me fit un clin d'œil avant de le lâcher.

— Au fait, je vous présente ma ravissante petite-fille Ainsley, célibataire elle aussi, au cas où vous auriez des petits-fils de moins de quarante ans. Elle vient de se faire plaquer par son petit ami au bout de onze ans. Onze ans, vous imaginez !

— On y va maintenant, dis-je en tirant ma grand-mère par le bras. Toutes mes condoléances, monsieur… euh… Bref.

Je la guidai vers la sortie du funérarium sans rien perdre du sourire de triomphe qu'elle adressa à Anita.

— Tu t'es bien amusée ? lui demandai-je en la raccompagnant chez elle en voiture.

— Oh ça oui, ma chérie ! Ta mère me ferait la morale, mais où veut-elle que je rencontre quelqu'un si ce n'est là ?

Je n'étais jamais sûre de savoir quelle était la part de fantaisie ou de sénilité chez elle, mais Candy était très dure avec elle. Quant à choisir un homme au funérarium, ou faire mine de ne rien voir quand elle bourrait son sac à main de dosettes de confiture ou de lait chez Denny's, Kate était un peu trop coincée pour ça ! Moi ça m'était égal.

— On pourrait peut-être organiser un événement au village des vieux schnocks, lui suggérai-je, en tournant pour entrer dans la gigantesque résidence. Une séance de *speed dating* ou un truc comme ça.

— Ma chérie, il y a cinq fois plus de femmes que d'hommes ici. Pourquoi crois-tu que je sois obligée d'aller repérer des hommes au bord de la tombe de leur femme ?

— Sinon on pourrait mettre en place un site local de rencontres pour seniors. J'ai rencontré un veuf très gentil récemment. Il s'appelle George.

— Il est sûrement gay, répondit Gram-Gram. Mais pourquoi pas, ma chérie, tu peux creuser l'idée.

— Je pourrais écrire un sujet pour le magazine : *Rencontrer l'âme sœur après soixante-dix ans : un défi qui vaut le coup.* Qu'en penses-tu ?

— J'en pense que j'ai besoin d'aller aux toilettes, ma chérie, dit-elle en ouvrant la portière.

J'appuyai sur le frein de toutes mes forces, car nous roulions encore.

— Dépêche-toi, si tu veux m'accompagner à l'intérieur !

Nous nous précipitâmes vers son appartement et je réussis à l'embrasser à la volée avant qu'elle s'y engouffre.

— À très vite ! lui criai-je avant de reprendre le couloir en sens inverse.

Les rencontres amoureuses des personnes âgées feraient un super sujet. On pourrait y associer des annonceurs spécialisés : des gériatres, des marques de correction auditives, un centre de yoga avec des cours à destination des seniors. Et pourquoi pas organiser un concours en ligne ? *Gagnez une soirée romantique pour deux personnes, limousine incluse, retour avant 21 heures.*

Un SMS arriva sur mon téléphone. C'était Eric.

Ains, je suis sur ma prochaine Chronique du Cancer et je ne me rappelle plus le nom de ce traitement de chimio qui m'avait rendu si malade. Tu sais toi ? Sinon, je fais mes bagages pour l'Alaska. Suis à fond !

Je dus le relire trois fois avant de répondre.

C'est le thon jaune qui t'avait rendu malade. La chimio, tu l'as supportée sans aucun problème, Münchhausen !

Sa réponse me parvint quelques secondes plus tard.

À ce que je vois, tu es toujours aussi amère. J'espère que tu vas réussir à dépasser ça.

Je pris une grande inspiration, puis une autre et éteignis mon téléphone.

En traversant le magnifique hall d'entrée, j'entendis du bruit venant du couloir. Deux petites filles, l'une visiblement plus âgée que l'autre, se tenaient debout devant une chambre d'où l'on entendait crier un homme. Une aide-soignante ou une infirmière accourut près des petites filles bouleversées.

J'hésitai un instant.

C'est alors que Jonathan sortit de la chambre et vint s'accroupir devant les fillettes, tout en jetant un coup d'œil à l'intérieur de la chambre où l'homme criait toujours. Il se passa une main dans les cheveux, faisant s'échapper quelques mèches rebelles de sa coiffure impeccable.

Il avait l'air lessivé. Je ne l'avais jamais vu comme ça.

— Bonjour, lui dis-je en m'avançant vers lui. Je peux faire quelque chose ?

— Ce n'est pas ma maison ici ! hurla le vieil homme dans la chambre. Je veux rentrer chez moi ! Tout de suite !

La plus jeune des deux fillettes avait la bouche qui tremblait, et sa sœur, dont les yeux étaient de ce même bleu pâle que ceux de son père, avait aussi la mâchoire crispée comme Jonathan lorsqu'il était énervé contre moi.

On entendit un bruit dans la chambre.

— Je vous en prie, restez calme, monsieur Kent, dit l'infirmière.

— Pas question ! vociféra le pauvre vieillard.

— Je pourrais emmener les filles dehors, non ? suggérai-je.

— Ça m'aiderait beaucoup, oui, répondit Jonathan. Emily, Lydia, je vous présente mon… euh, mon amie Ainsley. Elle travaille au magazine. Elle va vous garder pendant que je m'occupe de grandpa. Ce ne sera pas long, d'accord ?

— C'est nul ici, dit la plus jeune, Lydia, si je me souvenais bien.

Elle avait six ans et Emily huit.

— C'est pas drôle quand les grandes personnes sont fâchées, hein ? Venez, on va dehors. Il fait très beau ce soir.

Jonathan me fit un petit signe de tête puis entra de nouveau dans la chambre.

Le soleil était encore haut sur l'Hudson. La maison de retraite possédait un magnifique parc paysager avec de larges allées, mais pas d'espace de jeux. Cela aurait pourtant été une bonne chose pour les petits-enfants et arrières-petits-enfants qui venaient en visite.

— Si on construisait des cabanes de fées ? proposai-je.

— C'est quoi ? demanda la petite.

— Eh bien, tu fabriques une petite maison et quelquefois, si la fée vient, elle te laisse un petit cadeau.

— Les fées n'existent pas, dit Emily, qui n'était pas la fille de son père pour rien.

— Je ne sais pas, répondis-je. J'ai entendu dire qu'elles étaient moins craintives de nos jours parce qu'il y a de plus en plus de gens qui y croient. Venez, on va leur faire une maison, je vais vous montrer.

Nous nous installâmes au bord de la pelouse, non loin de la porte d'entrée pour que Jonathan nous voie en sortant.

— La première chose qu'il faut faire, c'est trouver un petit coin un peu caché parce qu'elles sont timides.

— Là, peut-être ? suggéra la plus petite, en désignant un massif de rhododendrons.

— Parfait, dis-je. Maintenant il nous faut des bâtons, de la mousse et des feuilles d'arbres.

— Et des cailloux ?

— Et des cailloux. Excellente idée.

— Comment tu t'appelles déjà ? me demanda Emily.

— Ainsley. Toi tu es Emily, et toi Lydia. Je le sais parce que votre papa a une photo de vous dans son bureau.

— Je déteste venir voir grandpa, dit alors Lydia. Il sent bizarre.

— Je le déteste. Il crie sur papa, ajouta Emily, les yeux pleins de larmes.

Émue, je lui passai un bras autour de la taille.

— Quelquefois, en vieillissant, les personnes perdent la tête et ont peur.

— Papa dit la même chose, mais je m'en fiche, dit-elle en essuyant ses larmes.

— Papa dit qu'il faut être gentilles et venir le voir, dit Lydia. Sauf qu'il nous reconnaît même pas.

Puis, en me tendant un petit bâton, elle ajouta :

— Ça va, ça ?

— Voyons…

Je m'assis sur l'herbe et commençai à construire une petite structure, en enfonçant les bâtonnets inclinés dans le sol.

— Et si on prenait la mousse pour faire le toit ? Et peut-être aussi des fleurs pour faire joli ?

Emily plaça délicatement la mousse et Lydia alla chercher des fleurs.

— Même si les fées ne viennent pas, c'est joli quand même, dit Emily.

Ah, il y avait du progrès ! Je lui souris et gagnai un timide sourire en retour.

Prises par le jeu, les fillettes ajoutèrent à l'ensemble un petit chemin de cailloux, tout en se demandant ce qu'aimeraient les fées, et si j'avais prévu de petits cadeaux. Au cas où, il fallait que j'y pense la prochaine fois que je viendrais.

Elles commençaient à avoir de la terre sur les genoux, ce qui, d'après moi, était le signe d'une enfance heureuse. Candy voulait toujours qu'on soit propres et nous étrillait dans la baignoire. Je me suis mise à prendre de vrais bons bains moussants à la minute où j'ai été installée chez moi. Enfin, chez Eric.

J'adorais prendre des bains, et encore plus depuis que je vivais chez Kate.

Ma sœur n'avait jamais évoqué mon départ. Pas une fois elle ne m'avait fait sentir que ma présence ou mes bavardages l'irritaient. Elle ne se plaignait pas non plus d'Ollie, même lorsqu'il salissait le tapis avec ses pattes pleines d'herbe.

Remplie d'une bouffée d'affection pour elle, je pris mon

téléphone, photographiai la maison des fées et la lui envoyai avec un SMS :

En train de jouer avec deux petites filles. Je pense à toi. Trop bien que tu sois ma sœur ! XOXO

Pourvu qu'elle ne me trouve pas trop cucu.

Une seconde plus tard, sa réponse arrivait :

Trop mignonne Ains. Merci. Pareil pour moi !

Le chagrin nous avait rapprochées, un mal pour un bien…

Jonathan restait plus longtemps que je ne pensais. Je réalisai alors que j'ignorais où il habitait. J'aurais dit dans un lotissement austère.

— Vous dormez chez papa ce soir ?

— Non. Chez maman et tonton Matt. On habite moitié avec eux et moitié avec papa, m'expliqua Emily.

— Oui, il m'a dit ça.

Quelle idée de se faire appeler tonton !

— Papa déteste tonton Matt, déclara Lydia en toute innocence.

— Il faut pas le dire, Lydia ! s'exclama sa sœur en me regardant l'air inquiet.

— Mais pourquoi ? Elle est gentille, Annie, dit-elle en arrachant quelques brins d'herbe pour les éparpiller autour de la maisonnette.

— C'est Ainsley mon prénom. Vous aussi vous êtes très gentilles. Ne t'inquiète pas, Emily, je garderai le secret, répondis-je en éparpillant de l'herbe moi aussi, pour que les fées soient contentes.

— Tiens, tiens, mais qu'est-ce que c'est que tout ça ? demanda alors Jonathan.

Je ne l'avais pas entendu arriver et je sursautai. Il était debout derrière nous, les mains dans les poches, sans cravate ni veste, et le col de sa chemise déboutonné.

— Ainsley nous a appris à construire une maison de fées

et les fées vont peut-être venir nous apporter des cadeaux ! s'écria Lydia en lui saisissant la main. Regarde, papa !

Il se baissa pour examiner notre œuvre.

— J'aime bien les petits chemins, dit-il. Et sous ce toit, elles seront bien au sec s'il pleut.

Curieusement, je sentis alors comme une vague de chaleur dans ma poitrine, à la fois inattendue et très agréable.

— Pas vrai, papa, que les fées ça n'existe pas ? demanda Emily, espérant manifestement qu'il lui dise le contraire.

Il l'entoura de son bras et la regarda dans les yeux, avec cet air sérieux qu'ils avaient en commun. Il lui répondit de sa belle voix grave.

— Je ne sais pas. J'étais petit quand j'en ai vu une pour la dernière fois.

— Tu en as vu une ? demanda Lydia. Quand, papa ?

— Oh, je devais avoir sept ans, répondit-il en se levant, assez habile pour choisir un âge entre ceux de ses deux filles. Au début j'ai cru que c'était une libellule, mais elle s'est mise à voler devant moi et son visage était presque normal, juste un petit peu étrange, un petit peu différent.

— Elle était très belle ? s'enquit Lydia.

— Elle avait des cheveux ? renchérit Emily.

— Elle était très belle et oui, elle avait des cheveux argentés. Je l'ai trouvée très bizarre. Ensuite, tout d'un coup, elle a disparu.

— Moi aussi je veux voir une fée ! réclama Lydia en sautant partout.

— C'est une histoire vraie ? interrogea Emily.

— Mais oui, répondit-il avec un léger sourire sur les lèvres.

La chaleur de nouveau m'envahit.

Qui aurait cru que Jonathan Kent était capable de fantaisie ?

— Pourquoi n'en faites-vous pas une autre ici ? suggéra-t-il. Au cas où il y aurait plusieurs fées. Peut-être là, à côté de ce grand arbre.

Les fillettes traversèrent la pelouse à toute allure, Emily tendant la main à sa petite sœur.

Le soleil se couchait sur l'Hudson, et de gros cumulus

s'amoncelaient comme un tas de chantilly. On voyait au loin les lumières de Cambry et, plus loin encore, le pont illuminé. C'était de la maison de retraite qu'on avait le meilleur point de vue de toute la ville.

— Comment va votre papa ? demandai-je à Jonathan, sans me lever.

À ma grande surprise, il vint s'asseoir dans l'herbe à côté de moi.

— Ça va, il s'est calmé.

Puis il se tut quelques secondes, comme pour prendre la mesure de ce qu'il s'apprêtait à me dire.

— Cette attaque l'a beaucoup diminué.

Son visage était indéchiffrable.

— Je suis désolée, dis-je.

Il baissa la tête.

— Merci. J'amène les filles ici parce que… eh bien, c'est leur grand-père et il les aimait beaucoup avant.

Beaucoup de non-dits se cachaient sous cette phrase. Ma gorge se serra.

— Et votre maman ?

— Elle est morte il y a onze ans, d'un cancer.

— Je suis désolée.

— Merci.

Il regardait toujours droit devant lui.

— J'imagine que les filles vous ont parlé de leur oncle ?

— Matt ?

— Oui.

— Oui, dis-je. Elles m'ont dit que vous le détestiez.

— En effet, c'est assez compliqué de pardonner à votre frère lorsqu'il couche avec votre femme.

J'en restai bouche bée. Nom d'un chien ! Ce n'était pas juste pour rigoler qu'elles l'appelaient tonton alors !

— Ah, je vois, parvins-je à dire.

— Ils ont eu une aventure juste après l'attaque de mon père, poursuivit-il, toujours les yeux fixés droit devant lui, et ils sont restés ensemble.

— Je suis vraiment désolée, Jonathan.

— C'est sûrement en partie ma faute, répondit-il en penchant la tête.

— Je ne pense pas, non.

Il se tourna vers moi et je vis une lueur d'amusement dans ses yeux étranges.

— Votre femme avec votre frère ? poursuivis-je. Non, je ne pense vraiment pas que ce soit votre faute. C'est juste pas de pot, et un manque total de sens moral et de loyauté. Quels tordus ! Ils n'ont pas embarqué votre chien pendant qu'ils y étaient ?

— Justement si ! s'exclama-t-il en riant.

Je me penchai et nos épaules se touchèrent un instant.

— Au moins, ça vous fait des paroles pour une bonne chanson !

— Ce n'est pas faux.

Il me lança un regard oblique et je me sentis toute chose.

Le ciel était maintenant d'un rouge intense et nous ne dîmes plus rien pendant quelques minutes. Nous regardâmes les filles qui s'occupaient un peu plus loin. Deux hirondelles tournoyaient en s'éloignant vers leur nid et l'Hudson scintillant prenait une teinte rose et argentée.

— Avez-vous revu Eric dernièrement ? me demanda Jonathan.

— À la télé uniquement.

— Vous l'avez bien pris, on dirait.

— Ne vous y fiez pas. Je le truciderais volontiers si ça ne risquait pas de m'envoyer en prison, répondis-je en me déplaçant un peu car l'herbe était humide sous mes jambes. Est-ce qu'on finit par s'habituer à cette impression de ne pas connaître du tout la personne avec laquelle on vivait ?

J'étais peut-être allée un peu trop loin car il ne me répondit pas tout de suite.

— Pardon, m'excusai-je.

— Non, on ne s'y fait jamais, mais cela finit par être moins douloureux.

— Vous allez toujours au groupe de parole ?

— Je ne sais pas très bien comment m'en extirper en fait. Et puis, ils sont gentils. Ce sont des amis.

Ça me sembla bizarre de l'entendre parler d'amis. Je l'avais toujours imaginé seul. Ce n'était pas très juste de ma part, d'ailleurs, mais jusqu'ici, je l'avais toujours imaginé comme un robot obsédé par son travail. Encéphalogramme Plat, quoi !

Qui pourtant racontait à ses filles qu'il avait déjà vu une fée, et qui rendait visite à son vieux père comme un bon fils.

— Papa ! Viens voir notre maison de fées ! Toi aussi, Abby ! s'écrièrent les filles en accourant vers nous, heureuses et pleines de terre.

— Pour vous ce sera Mlle O'Leary, mes chéries.

— Ou sinon, Ainsley, dis-je.

Il se leva et m'offrit sa main pour m'aider à me relever. Un instant nous nous trouvâmes serrés l'un contre l'autre, et je sentis son odeur de propre.

Je fis un pas en arrière.

— Il faut que j'y aille, lançai-je d'une voix un peu hésitante. J'ai été contente de faire votre connaissance, les filles. Revenez voir les maisons de fées d'ici une semaine pour voir si elles vous auront laissé un cadeau, d'accord ?

— D'accord ! s'exclama Lydia.

— Ravie d'avoir fait votre connaissance, déclara Emily, un peu timidement.

Jonathan m'adressa un sourire un peu gêné et une nouvelle fois je me sentis toute chose.

— Au fait, euh, Jonathan, je pensais qu'on pourrait peut-être faire un sujet sur les rencontres amoureuses du troisième âge, bredouillai-je. Ma grand-mère, vous savez ? Celle qui est venue au bureau tout à l'heure ? Eh bien, elle… enfin bon, on en reparle au bureau.

— Entendu. Bonne soirée, Ainsley !

— Au revoir, dis-je avant de m'éloigner, consciente que mon patron avait, ou pas, les yeux rivés sur moi.

J'espérais que ma jupe me faisait de jolies fesses.

— On se calme, murmurai-je.

Mais ce trouble ne me quitta pas pendant tout le chemin du retour.

# *Kate*

Le premier vendredi de juin, deux mois après le début de la série de réjouissances que me réservait ma condition de veuve, je rentrai à la maison après avoir couvert un mariage et me décidai à lire les échanges de mails entre Nathan et Madeleine.

Je ne sais comment l'idée me vint à ce moment-là. Peut-être parce que les mariés avaient eu l'air particulièrement heureux, et que même à travers mon objectif je ne voyais que leur joie toute simple, et que cela m'avait forcée à me demander si mon mariage à moi avait été aussi heureux que je le croyais.

Ou peut-être parce que j'étais retournée au groupe de parole. LuAnn, la femme à la peau cuivrée, nous avait raconté qu'elle avait découvert, en rangeant son placard, un cadeau de Noël pour elle, déjà emballé, ou alors oublié depuis l'an dernier, et qu'elle hésitait à l'ouvrir.

Peut-être était-ce parce que la maison était silencieuse car Ainsley était sortie avec des amis. Un de ces jours, il faudrait que j'appelle Jenny et Kim pour leur dire que j'étais d'accord pour qu'on organise une sortie. Jenny m'avait aussi parlé de sa sœur, récemment divorcée et mère de trois enfants. Tout ce que j'avais à faire, c'était décrocher mon téléphone, ce qui n'avait jamais été très facile pour moi.

Peut-être avais-je décidé de lire ces mails ce soir-là parce que j'avais reçu une invitation du centre de réinsertion pour une soirée de levée de fonds la semaine prochaine et que cela m'avait fait penser à Daniel. La dernière fois que nous

nous étions vus, nous avions parlé de ces mails mais je n'avais rien fait de plus.

Peu importait la raison. Je me servis un grand verre de vin, en bus la moitié d'un coup et entrai dans le bureau (enfin, le petit salon). Hector, qui s'était clairement fait voler la vedette comme animal de compagnie par Ollie, eut l'air ravi de me voir et se tortilla avec vigueur dans son bocal.

— Salut, mon pote, lui dis-je avec un petit geste de la main. Tu es avec moi sur ce coup ? Oui ? Alors on y va !

Je m'assis dans le fauteuil de Nathan et allumai son ordinateur. Je bus encore une gorgée de son vin, et me lançai. Le fichier était là.

Je cliquai sur le premier mail et commençai à lire, lentement, une phrase après l'autre.

Il fallait le reconnaître, Madeleine Rose Trentham écrivait bien.

En deux mots, voici l'histoire : elle lui demandait de me quitter et de lui donner une seconde chance, parce que maintenant elle voulait des enfants et que leur amour était trop fort pour qu'il refuse de le voir, même si « elle » (c'est-à-dire moi, bien sûr, elle ne citait jamais mon prénom, la garce) en souffrirait.

Il lui répondait non.

Mais il ne lui répondait pas : *Non, j'aime Kate plus que je ne t'ai jamais aimée. Elle est l'astre de ma vie, mon soleil, mon étoile* (eh oui, j'avais recommencé à regarder *Games of Thrones*).

Il ne disait pas : *Elle est tout pour moi et j'aime ma vie avec elle.*

Il ne disait pas non plus : *Va au diable, Madeleine, et reste en dehors de ma vie !*

Au lieu de cela il disait qu'il était trop tard, que les choses étaient allées trop loin avec moi, qu'il s'était habitué à vivre sans elle, que nous formions une bonne équipe lui et moi.

Je sais, ça vous enflamme son monde, hein ?

Il disait qu'il m'aimait d'une façon différente, pas aussi tempétueuse que la façon dont il l'avait aimée elle. Il avait l'impression que lui comme moi étions, je vous le donne en mille, « bien ensemble ».

L'ingrat ! Si j'avais pu ôter le pic de ma gorge pour l'enfoncer dans la sienne, je l'aurais fait.

*Bien ensemble*, mes fesses ! J'avais redonné du peps à sa vie au contraire ! Est-ce qu'on n'avait pas fait l'amour contre le mur ? Bien sûr que si ! Non mais quel ingrat !

Pourtant en lisant ses mots, tout mon corps avait mal, parce que j'entendais sa voix, même si ce n'était pas à moi qu'il s'adressait.

Sa gentillesse, sa douceur.

Son amour.

Parce qu'il l'aimait encore.

Et j'y entendais aussi de la colère, sentiment que je n'avais jamais senti chez mon mari. Nous nous étions pris le bec de temps en temps. Il lui était arrivé d'être irritable ou déprimé une fois ou deux (une fois), mais il n'avait jamais été fâché contre moi.

Et soudain cela m'apparut comme un vrai problème.

Alors comme ça, il se contentait de moi ? L'amour de sa vie, la passion qui l'enflammait, le mettait hors de lui, c'était elle. Moi j'étais juste celle avec qui *il était bien*.

Le début de leur correspondance datait de l'époque où notre histoire était devenue sérieuse. Au moment où je commençais à me dire que j'avais sans doute trouvé le bon, lui avait ces échanges avec son ex-femme.

Lui :

> Je ne peux pas lui faire ça uniquement parce que tu as peur de rester seule.

Elle :

> Tu sais bien ce que je ressens. Tu l'as toujours su.

Lui :

> Mais ça n'a rien à voir avec notre histoire.

Comment devais-je prendre ça, hein ? Un compliment ou une insulte ?

Les mails dataient, pour la plupart, d'avant notre mariage lorsqu'elle pensait clairement avoir une chance de le faire changer d'avis. Pourtant, le 6 janvier, cinq jours après notre mariage, elle lui avait envoyé ça :

> Je ne peux pas croire que tu sois allé jusqu'au bout. Oh, Nathan, pourquoi as-tu fait ça ?

Il n'avait pas répondu.

Dans un autre, elle lui racontait qu'elle avait fait un rêve où ils étaient tous les deux avec un bébé, et étaient très heureux, et tout était parfait.

Le jour de la Saint-Valentin, qui était apparemment un anniversaire pour eux, un autre :

> J'ai l'âme pleine de toi. Notre dixième anniversaire, dix ans aujourd'hui ! Comment continuer à vivre sans toi ? J'ai tout gâché. Je suis en larmes, seule et brisée, et je sais que je ne devrais pas t'écrire mais je suis tellement désolée pour tout ce qui s'est passé, Nathan. Tu me manques plus que je ne saurais le dire. Je t'aime tant. Je sais bien que je n'ai pas le droit de te le dire mais c'est tellement vrai.

À mon avis elle était soûle ce jour-là. En parlant de ça, mon verre était vide.

Nathan m'avait apporté un beau bouquet d'orchidées pour la Saint-Valentin, des fleurs magnifiques, blanches veinées de rouge. J'avais cuisiné pour lui, ce qui n'était pas mon habitude, et je m'étais surpassée : huîtres, poule farcie aux cranberries et pain de maïs, asperges nouvelles et pommes de terre sautées. Et pour le dessert, de minuscules gâteaux rouges en forme de cœurs. J'avais acheté les moules chez Williams-Sosoma, un mois plus tôt. Je lui avais donné une photo encadrée de nous deux, ce selfie pris en octobre où j'étais derrière lui, en train de l'embrasser sur la joue, et lui souriant à l'objectif.

Il était soucieux et avait évoqué un problème épineux de permis de construire.

Permis de construire, mes fesses ! Il n'allait tout de même pas m'expliquer que la Saint-Valentin était un anniversaire pour son ex-femme et lui.

À ce mail éploré, il avait bel et bien répondu. Et pas de la manière que j'aurais voulue, ça non ! Ce que j'aurais voulu lire c'était : *Kate est mon âme sœur. Elle vient de me préparer de merveilleux petits gâteaux en forme de cœur. Alors que toi, je ne sais même plus bien à quoi tu ressembles.*

J'aurais voulu qu'il lui ordonne de cesser de lui écrire. Mais la vérité me sautait aux yeux, car il avait bel et bien répondu.

Tu me manques aussi mais Kate est ma femme désormais.

Daniel avait raison, je n'aurais jamais dû lire ces mails.

Le 12 décembre dernier, il neigeait très fort et nous étions sortis faire une promenade, Nathan et moi. Presque tout était fermé comme c'est toujours le cas dans ces petites villes où personne ne se risque au volant de son 4x4 même dans cinq centimètres de poudreuse.

Le silence était presque total, à l'exception du crissement de nos bottes dans la neige. Nous avions marché longtemps, les joues rouges, les mains glacées, mais c'était si magique de voir les branches des arbres ployer sous le poids de la poudre blanche. Nous avions marché dans cet espace naturel légué à la ville par son arrière-grand-père jusqu'à nous trouver sur un promontoire qui dominait l'Hudson. De la vapeur s'échappait de nos bouches et nous riions en nous donnant la main pour ne pas glisser.

À ce moment-là, Nathan avait posé un genou à terre.

— Kate, veux-tu m'épouser ? m'avait-il demandé, et je me rappelle comme il avait l'air timide et enfantin soudain, avec ses longs cils blonds, ses yeux si bleus et la neige qui lui tombait sur la tête.

Évidemment j'avais dit oui.

À cet instant, en regardant mon poisson dans son joli bocal où se balançait doucement une plante, j'avais une autre réponse en tête.

— À bien y réfléchir, non, m'entendis-je dire un peu trop fort.

Hector eut comme un sursaut.

Parce que si j'avais su que Nathan regrettait toujours son ex-femme, si j'avais su qu'il qualifiait notre relation de « satisfaisante », je ne serais pas sa veuve aujourd'hui.

Le samedi j'allai rendre visite à mes beaux-parents.

— Kate ma chèèère, entrez donc, me dit Eloise. Puis-je vous offrir un café ? Ou peut-être un thé glacé ? Je vous en prie, venez vous asseoir dans le patio.

Leur maison était en brique, dans un style sudiste, élégante et ancienne. C'était ici qu'avait grandi Nathan, ici qu'il avait joué à cache-cache avec sa sœur. Selon la légende familiale, un jour, il s'était endormi dans le buffet sous la fenêtre et il avait fallu des heures pour le trouver.

À tous les coups ils s'étaient envoyés en l'air ici, Madeleine et lui, tandis que *nous*, en présence de ses parents, nous étions contentés de nous tenir la main.

— Bonjour, Kate, me dit mon beau-père en se levant pour m'embrasser sur la joue.

— Bonjour, répondis-je, car je n'avais jamais réussi à l'appeler par son prénom. Ça me fait plaisir de vous voir.

Il avait l'air sobre, mais Dieu qu'il avait vieilli ces deux derniers mois ! La peau de son visage était toute fripée et ses yeux avaient perdu tout éclat.

Mal à l'aise, nous nous assîmes dans le patio, là où Nathan avait prévu de construire l'extension pour la chambre-salle de bains-solarium. J'acceptai la proposition de thé glacé, bien que détestant ça. Le citron me faisait toujours affreusement grincer des dents.

— Comment vont Miles et Atticus ? demandai-je.

— Ils vont très bien, répondit Eloise. Miles part en camp la semaine prochaine et Atticus a démarré des cours de dessin. Brooke prétend qu'il est doué.

Mon cœur se serra. Je me demandai une fois de plus comment Eloise parvenait à converser de façon aussi légère, à laisser briller dans ses yeux cet éclat de fierté pour ses petits-fils, tandis que son mari regardait dans le vide.

— Je suis allée au parc l'autre jour, à Bixby, vous connaissez ?

— Quelle bonne idée en cette saison, répondit Eloise.

— Hum, oui, et j'ai vu le banc.

Elle eut l'air étonnée.

— Le banc ? Quel banc ?

— Le banc de Nathan.

Au regard qu'ils échangèrent alors, je vis qu'ils n'avaient pas la moindre idée de ce dont je parlais.

— Pardon, dis-je, mais il y a un banc à la mémoire de Nathan, alors je pensais que c'était vous.

— Ce serait Brooke ? demanda M. Coburn.

— Je ne pense pas, non, murmura Eloise, en me regardant, la mine soucieuse.

— Sans doute Madeleine alors, dis-je en plongeant les yeux dans mon verre.

— Je suis sûre qu'elle ne pensait pas à mal, dit Eloise en posant sa tasse, mais je suis navrée si cela vous gêne. Je vais lui téléphoner.

— Non, c'est inutile, répondis-je. Bon, je suis venue avec mon appareil pour vous photographier. On n'a jamais le temps d'organiser cette séance et j'ai pensé que ce serait mieux si c'était spontané.

— Nous photographier ? demanda M. Coburn.

— Pour notre anniversaire, lui répondit sa femme. Pour la fête.

— Parce qu'on la maintient ?

— Je te l'ai dit, voyons ! Tu ne te souviens pas ? À cause de la subvention.

— Ah oui.

— Je vais faire en sorte que ce soit le moins pénible possible, ajoutai-je avec un sourire forcé.

Je leur dis ensuite où s'asseoir, j'ajustai le col de mon beau-père sous son pull et vis alors une chose qui ne m'était jamais apparue : ils s'aimaient. Ils ne se remettraient jamais de la mort de leur fils, mais ils étaient unis. Ils s'aimeraient, se respecteraient et se chériraient jusqu'à la fin de leurs jours et l'immensité de leur chagrin les avait rapprochés.

— Vous êtes un couple magnifique, leur dis-je, la voix enrouée.

— Nous avons eu de la chance, beaucoup de chance, répondit Eloise, avec des trémolos dans la voix.

Son mari posa sa main sur la sienne et lui sourit, les yeux remplis de larmes. Elle lui sourit en retour et lui toucha la joue.

Il y avait des moments dans la vie où rien n'était plus courageux qu'un sourire.

# Ainsley

Le dimanche suivant, presque une semaine après avoir fait la connaissance des filles de Jonathan, je déposai les cadeaux de la fée dans les petites maisons que nous avions fabriquées : deux boutons de fleurs et deux minuscules figurines de verre, un escargot et un criquet. J'avais passé un temps déraisonnable à réfléchir à ce qu'une fée pouvait bien apporter, mais je m'étais régalée à imaginer leur réaction en trouvant ces cadeaux.

Et à imaginer le sourire de leur papa lorsqu'elles les lui montreraient.

Je rendais visite à ma grand-mère ce jour-là. Il se trouvait que son appartement avait une belle vue sur le parc, et oui, je me surpris à regarder longuement par la fenêtre.

Gram-Gram tentait de se rappeler le mot de passe de son ordinateur, Ollie sur les genoux, qui l'aidait en posant de temps en temps ses petites pattes sur le clavier. Il y avait de bonnes chances pour qu'il trouve le mot avant elle.

— Veux-tu un sandwich, ma chérie ? J'ai fait cuire un jambon cette semaine.

— J'adore le jambon ! m'exclamai-je, jamais en reste lorsqu'il s'agissait de manger.

— Renifle-le d'abord pour vérifier qu'il est encore bon.

— Compris.

Je me rendis à la cuisine et reniflai. Elle avait sûrement mis assez de sel pour tuer toutes les bactéries possibles de toute façon.

— Ça me paraît parfait ! dis-je en prenant un couteau et en m'attaquant à la bête.

— Merci, ma chérie. Ta mère fait toujours tellement d'histoires avec ça.

Puis, en me pinçant doucement, elle ajouta :

— Donne-moi ça, ça coupe très fort, tu vas te blesser. Je vais le faire.

Ma chère Gram-Gram ! Il fallait toujours qu'elle s'occupe de quelqu'un. Candy la traitait comme si elle avait déjà un pied dans la tombe, et lui parlait aussi fort que si elle avait été sourde, alors que ce n'était pas le cas.

— Comment va ta mère ? me demanda-t-elle justement.

— Oh, bien, bien.

J'allai sur l'ordinateur et essayai plusieurs mots de passe au hasard : *LettieCarson, lettiecarson, lettiecarson1, Gram-Gram.*

Quelques jours auparavant, Candy était passée dans une émission sur la chaîne de télévision locale, où elle était régulièrement sollicitée à propos des questions d'éducation parentale. À la question de l'animateur sur le nombre d'enfants qu'elle avait, elle avait répondu : « Deux, et une belle-fille. » C'était vrai, mais quand même.

Je tentai alors de rentrer la date de naissance de ma grand-mère, l'anniversaire de son mariage, celle de la mort de feu son mari. En vain.

— Est-ce que tu avais un animal quand tu étais petite ?

— Mais oui. Blacky le chat. Oh, il était magnifique !

*Blacky. BlackyleChat. Blackylechat.*

— Je vais jeter ce truc par la fenêtre, s'écria-t-elle. Je déteste la technologie ! Mais qu'est-il advenu de la belle époque où les gens se contentaient de se parler ? Tiens, ma chérie, dit-elle en me tendant un énorme sandwich au jambon, avec un sourire radieux.

Je tapai *SeanKateAinsley.* Bingo.

— Oh, Gram-Gram, c'est nos prénoms ton mot de passe ! Trop mignon ! Regarde, je vais te le noter, d'accord ?

— Et si des terroristes le trouvent et me piratent ?

— Je prends le risque.

— Tu es un génie, ma chérie ! Merci mille fois. Maintenant mange ton sandwich avant qu'il ne soit gâté.

Miam.

— Gram-Gram, est-ce que tu te souviens de ma mère ? demandai-je en prenant une bouchée.

Ah non, en fait, le jambon n'était peut-être pas si frais que ça en fin de compte. Je crachai discrètement dans un mouchoir en papier et fis semblant de mâcher.

— Candy ? Mais bien sûr voyons ! Je suis sa mère !

— Non, je te parle de Michelle.

— Celle qui est morte ? dit-elle en fronçant les sourcils. Non, ma chérie, je ne l'ai jamais rencontrée. Enfin, je ne crois pas. Je suis désolée.

— Pas grave. Je voulais juste savoir. Voyons un peu ton profil plutôt.

J'avais fini par trouver le site de rencontres pour seniors, et posai mon sandwich pour surveiller ce qui s'y passait.

— Oh, mais regarde un peu ! Tu as déjà cinq réponses, coquine, va !

— Vraiment ? s'exclama-t-elle en applaudissant, ravie.

— Tiens par exemple, *Toujoursvert25*. Je me demande si c'est son année de naissance.

— Mais ça ne fait pas beaucoup plus de quatre-vingt-dix ans ! Il est beau ?

Je cliquai et sursautai.

— OK, alors c'est peut-être pas idéal de sortir avec un type qui pose en caleçon moulant sur sa photo de profil.

— Pas si vite ! s'exclama-t-elle en enfilant une de ses nombreuses paires de lunettes pour examiner l'écran. Oh, mon Dieu, non ! C'est une vraie ruine ! La peau de son cou, on dirait celle d'une dinde ! Suivant.

Sur ce, elle attrapa mon sandwich et mordit dedans.

— Eh, mais c'est mon sandwich, ça ! Et tu sais quoi, j'ai faim.

S'il fallait en plus que je trouve une astuce pour qu'elle évite de s'empoisonner…

Nous cliquâmes sur la photo suivante : un collage de plusieurs photos d'un homme âgé, bien physiquement, souriant. Sur l'une d'elles il tenait un petit enfant, et sur la plus récente, on le voyait allongé sur un lit d'hôpital, les yeux fermés. Dieu du ciel… Il se décrivait comme assez casanier. En effet il n'avait pas l'air du genre clubbeur. Je jetai un œil à ma grand-mère.

— Ce ne serait pas Bill Parsons ? demanda-t-elle en se rapprochant de l'écran. Mais si, je crois. Il est mort il y a quelques semaines. Suivant.

Pas de photos pour le candidat suivant. Le profil disait juste : *Je cherche quelqu'un pour s'occuper de moi, qui ne soit pas trop chochotte à cause de mes lavements intestinaux. De plus, mes filles désapprouvent, donc il faudra vous cacher ou partir quand elles viendront me voir.*

— Charmant, murmurai-je.

Une voix se mit alors à claironner dans l'interphone : *Chers résidents, bonjour ! Nous vous rappelons que le cours de salsa démarre dans dix minutes !*

— On y va ? proposai-je. C'est souvent mieux de rencontrer les gens en vrai.

— Il n'y a que des femmes au cours de salsa.

— Tu devrais peut-être devenir lesbienne alors. Ça réglerait ce problème de décalage d'espérance de vie.

— Toi alors ! Ce que tu es drôle ! dit-elle en éclatant de rire. Allons-y ! Ce truc ne nous mène à rien.

Elle s'interrompit quelques secondes puis ajouta :

— C'est juste que je me sens seule, ma chérie. Ton grand-père est parti depuis si longtemps. Je ne me souviens même plus de ce que cela fait d'être dans les bras d'un homme. Et le sexe, je ne t'en parle même pas ! J'espère que cela ne t'ennuie pas de m'aider.

Je mis mes bras autour de ses frêles épaules et la serrai doucement.

— J'adore t'aider, lui dis-je.

Je n'avais jamais rencontré mon grand-père, le père de Candy, mort avant ma naissance. Sur les photos, il apparaissait souriant et chauve, avec des lunettes à la Malcolm X. Je me souviens combien j'étais jalouse, petite fille, en le voyant sur les films porter Sean sur ses épaules ou Kate bébé dans les bras.

Mon père avait grandi dans un orphelinat, du temps où il en existait aux États-Unis. Les parents de ma mère ne m'avaient jamais vue, selon la volonté de Candy. Jusqu'à mes dix ans ils m'avaient envoyé des cartes postales. À part ça, je n'avais que Gram-Gram.

Mais au moins elle était fantastique. Je l'attendis pendant qu'elle s'aspergeait d'eau de rose, au point que j'en eus les sinus en feu, se peignait, hésitait sur ses boucles d'oreilles, mettait un foulard, l'enlevait, et fut finalement prête.

— On emmène Ollie ? proposai-je.

— Oh oui ! Ça me permettra de me faire un peu remarquer au milieu de ce ramassis de vieilles peaux. Et puis les hommes adorent les chiens.

— Tout à fait vrai ! Viens, Ollie, on y va !

Je le pris dans mes bras et déposai un bisou sur sa tête. Il était particulièrement mignon aujourd'hui.

La maison de retraite mettait le paquet sur le choix des activités : cours de cuisine, tai-chi, danse, activités manuelles, fêtes du calendrier, sorties… Seulement on avait l'impression que ça n'intéressait pas grand monde, ou qu'ils n'en étaient plus capables.

Comme l'avait prédit ma grand-mère, il y avait environ trente femmes dans le gymnase et trois hommes. Ce qui leur faisait à chacun quatre partenaires prêtes à leur sauter dessus.

Attendez, non, ils étaient cinq : je vis Jonathan s'avancer dans le couloir, poussant le fauteuil roulant de son père.

Je piquai un fard, comme le jour où je m'étais cachée dans le vestiaire des garçons pour voir Juan Cabrera torse nu. Allait-il croire que je l'espionnais ? D'ailleurs, est-ce que ce n'était pas le cas ? J'avais passé un temps fou à la fenêtre.

Il me vit et me fit un signe de tête glacial. Bien sûr. Encéphalogramme Plat, tel qu'en lui-même.

Son père avait l'air perdu quant à lui, mais j'avais la solution.

— Est-ce que tu connais ce monsieur là-bas dans le fauteuil roulant ? M. Kent ? demandai-je à Gram-Gram.

— Je ne crois pas. Il n'est pas mal. Il est gâteux ?

— Je n'en suis pas sûre à cent pour cent. C'est le père de mon patron.

— Dans ce cas, s'il est gentil, il a le droit d'être un peu gâteux. Allons lui dire bonjour.

Elle s'avança à grands pas vers eux, jouant des coudes au milieu des gens, et je lui emboîtai le pas, Ollie essayant de lécher chacun au passage.

— Bonjour, bonjour, les garçons ! s'écria-t-elle en bousculant une rivale qui la fusilla du regard.

— Bonjour, dis-je à Jonathan. Si on nous avait dit qu'on se retrouverait ici…

— B'jour, me répondit-il, tendu, enfin, normal quoi.

— Vous vous souvenez de ma grand-mère ?

— Mais certainement. Ravi de vous revoir, madame Carson.

— Oh, mais comme vous avez de bonnes manières, jeune homme ! Et c'est votre père ?

— Oui. Malcolm Kent. Je crains qu'il ne soit…

Malcolm Kent aperçut Ollie dans mes bras.

— Un bon chien ça, dit-il.

— Voulez-vous le prendre ? lui proposai-je. Il est très affectueux.

Gram-Gram me prit le chien des bras et le posa doucement sur les genoux de M. Kent. Le vieil homme leva une main noueuse pour le caresser, avant de sourire à ma grand-mère.

— On va voir là-bas ce qui se passe ? Venez, c'est sympa !

D'un coup de hanche, elle délogea Jonathan et s'empara des poignées du fauteuil roulant.

— Ça te va, papa ? demanda Jonathan, mais ils étaient déjà partis, et Gram-Gram se trémoussait sur *Billie Jean* de Michael Jackson. Pas vraiment de la musique de salsa, mais bon.

Jonathan ne quittait pas son père des yeux.

— Tout va bien, lui dis-je, en priant pour que ce soit le cas.

— Il aime les chiens.

— Et Ollie adore les gens. Nous sommes bénévoles ici, lui et moi. Enfin, surtout lui, mais je l'accompagne.

Il détacha les yeux de son père et me regarda pour la première fois.

Non mais vraiment, ces yeux ! Comment résister à cette paillette dorée dans son œil gauche ? Je détournai le regard à grand-peine, toute chamboulée.

— Les filles sont ici ?

— Non.

Pendant une minute, je contemplai les seniors.

— Sérieusement, quel Blanc sait danser la salsa ? demandai-je alors. Et où peut-on seulement apprendre ?

— Vous devriez le savoir, vu que vous avez écrit un papier là-dessus à l'automne dernier.

— Ah bon ? Oui c'est vrai. J'avais oublié.

— À l'évidence.

— Mais je n'ai jamais pris de leçon de salsa.

— Moi si.

J'éclatai de rire à cette idée. Danser devait être contre ses principes.

— Vraiment ? Et vous savez aussi danser le paso-doble ?

— Non, mais le jitterbug si.

— Sans blague ! Et quand êtes-vous devenu le roi du *dance floor* ? C'était pour faire des rencontres ?

— Non, c'est lorsque nous nous sommes fiancés, ma femme et moi.

— Oups, désolée.

— Désolée pour quoi ?

Il se mit à me fixer avec son expression étonnée : *Les humains s'excusent sans raison apparente*.

Sur la piste de danse, ma grand-mère s'agitait devant M. Kent totalement indifférent, plongé avec Ollie dans une contemplation mutuelle.

— Voulez-vous danser, Ainsley ?

— Quoi ? fis-je avec un sursaut. Euh… non. Je veux

dire, je ne danse pas très bien. C'est-à-dire que j'ai hérité de ma grand-mère.

— Eh bien, au moins vous êtes enthousiaste, dit-il avec un demi-sourire.

— À défaut d'être coordonnée.

— Allons, courage !

Il me prit la main, et une décharge électrique me parcourut le bras. Il m'entraîna vers l'endroit où se trouvait son père, m'enlaça et, à ma grande surprise, eut l'air tout à fait à l'aise.

Je trébuchai et me retrouvai collée contre lui.

— Il faut compter les pas, m'expliqua-t-il. Jusqu'à huit. Un pas en avant, un sur place, un en arrière, un sur place. Pour vous ça ferait plutôt : en arrière, sur place, en avant, pause.

Bien compliqué tout ça. Il me tenait la main, j'essayais de le suivre et je trébuchai encore. Cette fois-ci il sourit et mes jambes menacèrent de flancher.

— Un, deux, trois, en arrière, cinq, six, sept, pause.

Et là, je lui marchai sur le pied. Il éclata de rire, provoquant en moi une espèce de tsunami.

— OK, on va y aller en *free style*, qu'en dites-vous ? proposa-t-il en s'éloignant un peu de moi (réflexe de protection, forcément), mais sans me lâcher la main et en me faisant tourner.

— C'est bien, ma chérie ! s'écria Gram-Gram. Une vraie pro !

Il me fit tourner de nouveau, et je me retrouvai cette fois-ci le dos contre son torse.

— Merci pour les petits cadeaux que vous avez déposés, me murmura-t-il à l'oreille. Je suis allé pour en mettre et j'ai vu que vous m'aviez devancé, et avec de plus jolis cadeaux en plus.

Je me sentis défaillir, mais il me retourna et nous nous retrouvâmes face à face.

À ce même moment, je flanquai malencontreusement un coup à une des pensionnaires qui me lança un regard furieux auquel je répondis par des excuses, avant de me tourner vers Jonathan.

Il souriait. C'était un sourire bizarre et tellement, tellement adorable, et tellement sexy que je perdis toute contenance.

Encéphalogramme Plat souriait. À moi.

— Mon fils, appela M. Kent, faisant aussitôt disparaître ce sourire.

— Oui, papa ? répondit Jonathan en se baissant vers lui.

— J'ai envie de rentrer. Tu veux bien me ramener ?

— Mais bien sûr.

Il se redressa, prit doucement Ollie et me le tendit. Nos regards s'attardèrent un instant.

— Merci, me dit-il.

Puis il se tourna vers ma grand-mère et lui fit le baise-main.

— Madame Carson, c'est toujours un plaisir.

— Oh, quel galant homme vous faites ! s'exclama-t-elle en minaudant.

— Tâchez de ne pas être en retard demain, me dit-il ensuite.

Puis il s'en alla en poussant le fauteuil roulant et ne se retourna pas.

Zut.

Les mains sur les hanches, Gram-Gram fit un tour d'horizon.

— Bon, eh bien, je ne pense pas qu'il y ait le moindre rapprochement possible. Contentons-nous de danser, ma chérie.

Et c'est ce que nous fîmes. Comme l'avait dit Jonathan, nous compensions notre maladresse par notre enthousiasme. Nous avions quasiment des liens de sang après tout.

# *Kate*

Le jeudi suivant lorsque je rentrai à la maison, les yeux rougis par une journée passée à travailler mes photos sur l'ordinateur, Ainsley m'attendait, pleine de sa légendaire énergie.

— Ce soir, on sort ! m'annonça-t-elle. Tournée de margaritas ! Le remède à tout ! Et j'ai trouvé l'endroit idéal.

— C'est gentil, mais je suis censée me rendre à une soirée de levée de fonds à Brooklyn, au centre de réinsertion. Vin et fromage, ce genre de trucs.

Je n'avais pas envie d'y aller en fait. Je voulais me coucher et dormir jusqu'à l'année prochaine.

— Ah oui, tes ex-détenus ! OK. Je pourrais venir avec toi, alors, histoire d'en draguer quelques-uns. C'est sexy tous ces tatouages. J'adore ceux en forme de petite larme.

— Ça veut dire qu'ils ont tué quelqu'un.

— Ah bon ? T'es sûre ? Bon, tant pis pour la drague alors. Allez, on y va, ça va être sympa.

Je ne répondis rien.

— Kate, je sais que tu es fatiguée mais il faut que tu sortes. Va te faire une beauté et n'oublie pas de te raser les jambes. On dirait un singe. Allez ! On réagit !

Je fermai les yeux et obtempérai.

Une fois propre (et toute douce), je vis arriver Ainsley avec son énorme palette à maquillage pour s'occuper de moi.

— Tu me faisais déjà ça quand on était petites, lui rappelai-je sans trop bouger les lèvres tandis qu'elle me mettait du rouge.

— Je m'en souviens, oui, répondit-elle en souriant. Tu devrais te maquiller de temps en temps. Tu es ravissante au naturel mais bon. Un peu de liner par ici, de blush par là, il suffit d'un rien pour que tu sois belle !

Nathan lui aussi me disait que j'étais belle.

Elle s'empara d'un pinceau géant et commença à me le passer sur les joues.

— Alors quoi de neuf ?

— L'ex-femme de Nathan lui a acheté un banc dans le parc de Bixby.

— Tu plaisantes ? fit-elle, bouche bée. Comment a-t-elle osé ? C'est hyper déplacé !

— C'est aussi mon avis.

Je fus à deux doigts de lui raconter aussi l'histoire des mails mais finalement non. C'était trop et puis elle aimait beaucoup Nathan.

Mais si ce soir je voyais Daniel, je le lui dirais à lui.

— Allez vas-y, regarde-toi !

Ce que je fis.

Pour la première fois depuis la mort de mon mari, je n'avais pas l'air épuisé ni sonné. Elle m'avait fait les yeux avec une ombre à paupières gris foncé et son mascara était incontestablement mieux que le mien parce que j'avais soudain les cils longs et épais. Mes lèvres étaient rouges et mon teint parfait.

— Ravissante, dit-elle. Ces ex-détenus n'ont qu'à bien se tenir.

Cela me fit bizarre de revenir au centre. C'était la première fois depuis février, le soir où nous étions venus avec Nathan pour la spaghettis party. L'odeur était toujours la même que dans toutes les écoles : un mélange de désinfectant, de livres, d'ennui et d'espoir.

Ainsley alla nous chercher du vin et du fromage. Je dis bonsoir de loin à Greta, la directrice qui me répondit par un grand sourire. Elle était en pleine conversation mais me fit signe de l'attendre.

À part elle, je ne connaissais pas grand monde ici et je me sentis soudain mal à l'aise comme à chaque fois. Je souris à une femme en charge d'enseigner les rudiments de l'informatique. Elle, comme moi, travaillait ici depuis des années, mais je ne me rappelais pas son nom et il était un peu tard pour le lui demander.

— Bon, là j'en vois quatre avec le tatouage en forme de larme. Tu es sûre de ce que tu avances ?

— Certaine.

— Kate, ça alors ! Je suis bien content de te voir ! J'ai été désolé d'apprendre ce qui est arrivé à ton mari.

C'était Pierre, un de mes élèves les moins nuisibles (sans larme tatouée quoi). Nous nous embrassâmes et je le présentai à Ainsley.

— Alors vous, de quoi êtes-vous coupable ? lui demanda-t-elle. Je sais que je ne suis pas censée poser la question, mais ça m'intéresse.

— J'ai volé cent dix-sept voitures que j'ai revendues en pièces détachées. Pas dégueu comme marge, je dois dire, répondit-il en souriant.

À ce moment-là, j'entendis la voix de Daniel et une joie inattendue m'envahit. Une chance que ma sœur m'ait forcée à me maquiller et à enfiler une robe qui ne soit pas noire. On allait pouvoir discuter comme des amis lui et moi et je ne me sentirais pas mal à l'aise.

Ah. Il était accompagné d'une Fausse Alerte.

OK.

Je les avais oubliées celles-là. Comme toutes les autres, elle était jeune (même si ça me faisait mal de le dire, elle ne devait pas avoir bien plus que la moitié de mon âge). Les cheveux roux, et une jupe tellement courte que je me demandais bien comment elle allait s'asseoir.

Daniel était fidèle à sa réputation.

— Kate ? Mais qu'est-ce que tu fais là ?

Je me retournai et vis Paige.

Non mais quel manque de tact ! Avait-elle toujours été comme ça ?

— Je suis venue soutenir le centre par mon argent et ma présence, répondis-je. Et toi ?

— J'enseigne ici maintenant, un cours sur les appels en justice. Daniel m'a convaincue.

Vraiment ? J'avais du mal à la croire. Mais bon, elle était avocate et la plupart de nos membres avaient certainement besoin de conseils juridiques.

— Bonsoir, Paige Barnett, dit-elle en se tournant vers Ainsley.

— Moi, c'est Ainsley, je suis la sœur de Kate. C'est au moins la dixième fois que l'on se voit et tu ne me reconnais jamais.

Je ressentis alors une bouffée d'amour et de gratitude envers ma sœur et ses manières directes.

— Vraiment ? Parfait.

Puis se tournant vers moi, elle ajouta :

— Tu as l'air en forme.

Un compliment que je ne lui retournai pas. Au lieu de cela, je bus une gorgée de ce vin dégueulasse tout en la fixant.

— Comme tu voudras, Kate, finit-elle par dire, avant de s'éloigner pour se rapprocher de Daniel, glisser son bras sous le sien, pencher la tête sur son épaule et forcer son rire tout en me regardant dans les yeux.

— Je l'ai toujours détestée, déclara Ainsley.

— Tu sais quoi, répondis-je, je meurs de faim, pas toi ?

— Moi aussi.

— Allons dîner quelque part.

Je fis signe à Greta en désignant ma montre comme si j'étais attendue et la minute d'après nous étions dans la rue en train de rejoindre la voiture. Je jetai un coup d'œil derrière moi mais Daniel n'était pas en train de nous suivre. Il ne s'était sans doute même pas rendu compte de notre venue.

Nous montâmes dans la voiture et ma sœur ne me posa aucune question.

— Tu es une sœur tellement parfaite, lui dis-je sans la regarder, un peu gênée.

La seconde d'après, sa main était dans la mienne.

— Toi aussi, me dit-elle.

Aussitôt le pic s'enfonça dans ma gorge.

— Pas vraiment.

— Oh mais si !

— Je voudrais pouvoir tout recommencer, dis-je, la gorge nouée. J'étais si jalouse de toi, la chouchoute de papa, la plus jolie, avec ton petit copain qui t'adorait.

— Mais moi j'étais jalouse de toi ! La plus intelligente, la plus cool, celle qui avait un vrai métier. Sérieux, dit-elle en me regardant à la dérobée, j'étais même jalouse de Nathan. Tu t'étais trouvé le type le plus super du monde.

Le pic, encore lui.

— J'aurais dû être plus gentille avec toi.

— J'étais la fille de l'autre… Tu avais le droit de m'en vouloir.

Elle se tut quelques secondes, concentrée sur sa conduite.

— Tu sais, tu ne m'as jamais repoussée, me dit-elle alors. Ce devait être énervant d'avoir une petite qui venait sans arrêt frapper à ta porte, mais tu me laissais toujours entrer. Tu me coiffais, tu me faisais les ongles, tu me laissais voir tes amis, tu venais me voir à la fac, tu m'invitais chez toi. Et maintenant j'habite chez toi ! Tu es une super sœur.

— J'adorais ta mère, dis-je spontanément, et une fois de plus les larmes qui étaient enfouies dans ma poitrine firent mine de vouloir jaillir.

— C'est vrai ? s'exclama-t-elle, heureuse. Tu t'en souviens ? Raconte ! Oh mince, attends, il a failli me rentrer dedans ce type ! Fais gaffe, abruti ! On va où au fait ?

Je la guidai jusqu'à un restaurant en terrasse à Soho, où j'avais fait un shooting pour des fiançailles. Il avait une vue époustouflante sur tout New York et nous réussîmes par miracle à trouver une table.

— Et si on invitait notre incapable de frère à nous rejoindre ? suggéra Ainsley.

— Non, je préfère qu'on reste entre sœurs, dis-je après un moment d'hésitation. Vraiment, tu trouves que c'est un incapable ?

— Pas vraiment non, en tout cas pas envers toi, répondit-elle en haussant les épaules.

Je pris alors conscience que Sean n'avait pas été à la hauteur concernant Ainsley. Je commençai à lui trouver des excuses puis m'arrêtai, déchirée comme toujours entre la loyauté que je devais aux miens et ma compassion pour elle, l'outsider.

— Oh ! un martini à la lavande ! Je prends ça !

Pendant longtemps j'avais considéré son enthousiasme pour les choses comme une faiblesse, un côté superficiel même. Tout à coup, elle me sembla avoir le cuir épais au contraire et être dotée d'une force et d'une énergie incroyables pour être si généreuse, si joyeuse et si… gentille tout le temps.

— C'est tellement sympa d'être là. Merci de m'avoir forcée à prendre une douche, lui dis-je.

Nous commandâmes deux martinis et des amuse-gueules. Le lendemain je devais photographier un nouveau-né et ses parents, pour un de ces clichés du genre « mettons-nous nus pour rappeler à cet enfant comment il a été conçu et on planquera la photo quand il aura six ans ». J'avais bien besoin d'un coup à boire.

Le serveur apporta notre dîner que nous engloutîmes en bonnes O'Leary que nous étions. Depuis que j'étais veuve, je n'avais plus d'appétit et j'avais l'air d'un squelette, mais ce soir, j'avais faim et je prenais enfin du plaisir à manger.

— Qu'est-ce que c'est joli cet endroit ! commenta Ainsley en admirant la vue sur Soho, et les beaux bâtiments de l'autre côté de la rue, dont l'une des tours du World Trade Center qui ressemblait à un narval avec son antenne qui perçait les nuages bas.

» On devrait faire ça plus souvent, ajouta-t-elle.

— Je suis d'accord.

En disant cela, à la différence de tant d'autres fois par

le passé, je sentis que je le pensais vraiment et que nous le ferions pour de vrai.

— Allez, raconte-moi des choses sur ma mère, me dit-elle, en croisant les mains sur la table.

Je bus une gorgée.

— Eh bien, elle était vraiment jolie, mais tu le sais déjà. Et tellement gentille. Elle ne nous grondait jamais Sean et moi lorsqu'on allait chez vous et nous préparait toujours quelque chose de sympa pour le dîner.

Était-ce vraiment la première fois que je lui racontais tout ceci ? Je devrais avoir honte.

— Comme quoi ?

— Oh, des macaronis au fromage, mais faits maison, avec ces pâtes rigolotes toutes tordues. Et elle avait acheté des sets de tables spéciaux pour nous deux, avec des planètes pour Sean et des petits poussins pour moi.

— Elle vous aimait bien ? Je veux dire, elle était plutôt jeune pour être belle-mère.

— Elle était super. Comme une tante très cool. Pas comme tatie Patty qui te raconte ses problèmes intestinaux à la minute où elle te voit.

— Oui, son colon n'a plus de secret pour personne !

— Michelle t'adorait, dis-je, en me rappelant tous ces souvenirs. Elle te prenait dans ses bras pour un oui ou pour un non, même si tu dormais. Cela dit, elle voulait bien te prêter : elle me laissait jouer avec toi et te porter, faisait plein de photos de nous deux et de nous trois, et la semaine suivante, elles étaient déjà dans des cadres.

— Qu'est-ce qu'elles sont devenues ? demanda Ainsley.

— Aucune idée, répondis-je surprise. Je pensais que tu les avais.

— Non, je ne pense pas les avoir même vues.

Nous restâmes en silence toutes les deux, avec la même idée en tête. Aucune chance que notre père sache. Il était incapable de trouver le beurre dans le frigo tout seul. Il ne restait que ma mère, et c'était tout à fait son genre de planquer les photos de la deuxième femme, et de la deuxième vie de son mari.

— J'imagine que si elle les a jetées elle devait avoir de bonnes raisons, dit Ainsley, les yeux dans le vague.

— Non. Elle trouvera toujours un moyen de se justifier mais elle ne l'a fait que par jalousie. Ta mère était adorable et cela rendait la mienne folle.

Ainsley me regarda avec des yeux horrifiés. Cette fois-ci je l'avais fait : j'avais franchi la ligne rouge et dit la vérité. Elle avait été tellement merveilleuse durant ces dernières terribles semaines. Elle n'avait pas seulement trouvé les mots qu'il fallait, elle avait agi ! Je bus une gorgée et me laissai aller aux bienfaits de l'ivresse et de la sincérité qu'elle provoquait.

— Mon père a eu raison de partir.

— Ne dis pas ça, protesta-t-elle. Il a trompé Candy, ce qui n'était pas bien. Et elle l'a repris, et moi avec. C'était héroïque de sa part.

— Enfin elle aurait pu faire mieux en ce qui te concerne.

— Elle n'a pas fait si mal que ça. Il me semble qu'elle ne me déteste pas, et moi non plus d'ailleurs.

Elle se tut puis ajouta :

— D'une certaine façon, je l'aime.

— Moi aussi j'aimais ta mère. Et je t'aime toi, même si tu es la chouchoute de papa.

Nous nous regardâmes une seconde avant d'éclater de rire.

— Toi, tu vas arrêter de boire ! me dit ma sœur. Tu as l'alcool sentimental.

Et elle posa sa main sur la mienne avant de déclarer :

— Moi aussi je t'aime.

— Je le sais, crois-moi.

J'étais un peu pompette mais sincère. Pourquoi nous disions-nous tout ça soudain ? Pourquoi n'avions-nous pas toujours été proches ?

*Parce que tu t'en fichais, voilà tout. Parce que Sean et toi la regardiez de haut. Et parce que tu as toujours été jalouse d'elle.*

J'allais corriger tout ça désormais.

— Au fait, tu es au courant ? Papa et maman divorcent, lui annonçai-je.

— Ne me dis pas que ça recommence !

— Elle veut venir s'installer avec nous.

— Pitié non ! Enfin, je n'ai pas mon mot à dire, mais…

— T'inquiète. Je l'ai bien refroidie. Tu as des nouvelles d'Eric à part ça ? demandai-je en constatant que mon verre était vide.

— Il continue de m'envoyer des mails pour avoir confirmation sur des détails de sa maladie. Et ses parents commencent à se rallier à sa cause. La dernière fois que j'ai vu Judy, elle m'a dit qu'elle était fière de lui, me répondit Ainsley, l'air exaspéré.

— Un jour elle m'a dit qu'à sa naissance elle l'avait accueilli comme le Messie.

— Ça ne m'étonne pas, répondit ma sœur avec un sourire triste.

— Tu sais quoi ? On devrait aller chez lui, chez vous. Il est en Alaska là, non ?

— Hmm, je pense, oui. Il a commencé un nouveau blog mais j'ai résisté à l'envie de le lire.

— Viens, dis-je en sortant mon portefeuille pour payer l'addition, on va aller espionner, c'est rigolo.

Trois quarts d'heure plus tard, nous étions là-bas. La maison était plongée dans le noir.

— Entrons, dis-je. On va récupérer tes affaires.

Elle secoua la tête en souriant.

— Non, mais regarde-toi un peu, Miss Perfection. Tu te dévergondes !

— Tu as toujours la clé, non ?

— Je veux oui !

L'obscurité était totale (pas plus mal, vu que nous entrions sans y être invitées). Je la suivis dans l'allée. Elle jeta un œil dans le garage.

— Sa voiture n'est pas là, m'indiqua-t-elle.

Une seconde plus tard, nous étions à l'intérieur.

— N'allume pas, me dit Ainsley. Il ne faut pas qu'on nous remarque.

— Les voisins vont voir la voiture dans la rue, non ?

— Oh mince, tu as raison, répondit-elle en gloussant. En même temps, tout le monde a une Prius blanche. C'est d'un banal ! On la remarque à peine.

Elle alluma la lampe de son téléphone et balaya la pièce.

— On dirait qu'il n'est pas encore parti.

Le salon était rempli de tas de choses : sacs à dos, chaussures de randonnée, matériel d'escalade.

— Regarde-moi tout ce merdier. Tout ça pour un type à qui on a toujours interdit de grimper aux arbres de peur qu'il se casse quelque chose.

— Tu crois qu'il est là ? Il a peut-être vendu la voiture et il est peut-être en train de dormir en haut, chuchotai-je.

À cette idée, nous nous mîmes à rire sans pouvoir nous arrêter.

— Et si on lui plongeait la main dans un verre d'eau pour voir s'il fait pipi au lit ? suggéra Ainsley.

J'étais tellement écroulée de rire que je dus me précipiter aux toilettes, où je décidai de ne pas tirer la chasse, histoire qu'il s'interroge.

Quand je sortis, elle avait vérifié que la maison était bien vide.

— Viens, on va récupérer des affaires à moi, dit-elle.

Elle jeta un regard circulaire autour d'elle. La pièce était éclairée par la lumière de la salle de bains.

— Comme j'ai aimé cette maison, lâcha-t-elle, nostalgique.

— C'était la maison du bonheur, répondis-je, et je le pensais vraiment.

— Je ne l'ai pas pris au sérieux quand il m'a mise dehors, dit-elle, la bouche un peu tremblante.

C'était la première fois qu'elle évoquait vraiment sa rupture et je ne savais pas quoi répondre. Je n'étais pas une experte en relations amoureuses à dire vrai.

— Prends ce coussin, lui proposai-je en désignant sur

le canapé un petit coussin où était écrit *je t'aime* en rose, tellement son style. Et aussi ce petit vase. Il est très joli.

— Je n'en veux pas, mais tiens, prends-les toi. Il ne pourra pas prouver que je ne les ai pas achetés, enfin je ne pense pas. C'est moi qui gérais le budget quand on vivait ensemble. Maintenant c'est sans doute sa mère.

Nous montâmes à l'étage et elle attrapa au passage une petite sculpture de teckel.

— Ce salaud, il n'est même pas venu voir Ollie.

— Ce qui prouve que c'est un sociopathe. Je peux prendre ça ? demandai-je en désignant une pendule ancienne.

— Non, c'était à sa grand-mère, désolée. Tiens, prends plutôt ça, me répondit-elle en me tendant une girafe en bois.

Nous entrâmes dans la chambre, où les couvertures étaient en désordre et un oreiller par terre. Ainsley s'arrêta une seconde puis entra dans la salle de bains, alluma la lumière et commença à rassembler sa crème hydratante, son mascara, sou rouge à lèvres pour les fourrer dans son sac à main.

— Tout ça en plus de ce que tu as déjà chez moi ?

— Je sais, je sais, je suis accro. Mais ça coûte une fortune, alors je ne le laisse pas.

La brosse à dents et le rasoir d'Eric étaient posés à côté du lavabo où l'on pouvait voir des restes de dentifrice et des poils de barbe.

— Les hommes sont sales, commentai-je.

— T'as raison. On est bien mieux sans eux. Oh mince, pardon. *Je* suis mieux sans le mien. Pour toi bien sûr, c'est complètement différent.

— Merci. J'apprécie, dis-je avec un petit rire.

Ensuite je posai mon butin, pris le rasoir d'Eric, relevai ma manche et commençai à me raser sous le bras. Ainsley poussa un petit cri puis se mit à rire tellement fort qu'elle était pliée en deux.

Dans le miroir je vis un visage ravi et enjoué, où, pour une fois, la tristesse ne revint pas à l'assaut.

— Et si je crachais sur son oreiller, proposai-je, ce qui la fit de nouveau hurler de rire en silence.

À ce moment précis, nous entendîmes la porte d'entrée s'ouvrir. Nous nous figeâmes.

La porte se referma et l'on entendit marcher.

— Oh, mon Dieu, c'est lui ! souffla Ainsley. Aux abris !

Je récupérai mes affaires et obtempérai, en essayant de ne pas rire. Nous avançâmes sur la pointe des pieds jusqu'à la chambre d'amis, où elle me tira jusque derrière le lit, et nous nous accroupîmes par terre. Elle pleurait de rire elle aussi.

Alors nous entendîmes sa voix, ainsi que celle… d'une femme, ce qui stoppa net notre hilarité.

— J'adore ta maison, dit la femme.

Ils étaient juste en dessous de nous, visiblement au salon, mais l'isolation était nulle parce qu'on les entendait comme s'ils étaient dans la chambre.

— Merci. Ça manque un peu d'âme mais je m'en occuperai à mon retour. Je vendrai sans doute pour donner l'argent à mon association caritative.

*Son* association caritative… Comme si des tas d'associations contre le cancer n'existaient pas déjà ! Il lui en fallait une à son nom évidemment.

Ainsley s'était rapprochée tout contre moi et je passai mon bras autour d'elle.

— C'est un con, lui murmurai-je. Tu mérites mieux que ça.

— Alors, comment se fait-il qu'un homme comme toi soit encore célibataire ? demanda la femme d'un ton enjôleur.

— Oh je suis resté longtemps avec quelqu'un, répondit-il. Mais elle n'a pas su gérer ma maladie. Elle disait ce qu'il fallait mais je sentais bien qu'elle dépréciait mon mérite, tu vois ce que je veux dire ?

Ainsley eut soudain l'air au bord de l'apoplexie.

— Tu plaisantes ! Non, mais c'est horrible ! s'exclama la femme.

— Eh bien, ce sont des choses qui arrivent. Tout le monde n'a pas le même courage devant les difficultés de la vie. Mais arrêtons de parler d'elle. Viens par ici toi.

Il y eut un silence.

— Ils s'embrassent, chuchota Ainsley. Il dit toujours ça : « Viens par ici toi ». Et ça marche à tous les coups.

— C'est tellement nul cette phrase ! répondis-je à voix basse.

— Ils vont le faire, ici, chez moi, dans mon lit !

— Mais non.

— Si. Dans deux minutes, il va l'emmener en haut, prendre une douche parce que c'est comme ça qu'il voit les préliminaires, et ensuite ils vont faire l'amour dans notre lit.

Elle en tremblait.

— Donne-moi ton sac, lui dis-je, en allumant la lampe de mon téléphone et en attrapant le mascara pour en mettre un peu sous mes yeux.

— Tu fais quoi ? me demanda-t-elle.

— Prépare-toi juste à sortir pendant que je ferai diversion. Il ne faut pas qu'on te voie ici.

*Pour des raisons légales*, me retins-je d'ajouter.

Bon, j'étais une veuve éplorée, il était temps que cela serve à quelque chose.

Je sortis aussi son rouge à lèvres et m'en collai une bonne dose.

— De quoi j'ai l'air ?

— D'une folle.

— Parfait.

Nous étions assises dans l'obscurité, main dans la main.

— Surtout n'oublie pas mon butin, lui dis-je, et nous nous remîmes à rire en silence, incapables de nous regarder sans pouffer.

Elle saisit un oreiller sur le lit d'invités, ôta la housse et y fourra mes affaires, en ajoutant aussi la mignonne pendule, ce qui nous fit rire plus fort encore.

Comme prévu, Eric et son amie montèrent. On les entendait rire et parler à voix basse.

— Je vais juste prendre une petite douche, dit-il, mets-toi à l'aise.

— Et si je venais avec toi ? proposa-t-elle d'une voix langoureuse.

— Excellente idée.

Je partageais cet avis. Le bruit de la douche se fit entendre, ainsi que les rires des deux insouciants.

— Va-t'en maintenant, Ains !

— Pas question de rater ça !

Nous avançâmes sur la pointe des pieds jusqu'à la chambre d'Eric, et Ainsley se posta juste derrière la porte comme un flic prêt à dégainer son flingue.

J'entrai.

S'envoyer en l'air avec une autre dans le lit qu'il avait partagé avec ma sœur ? J'aimerais bien voir ça !

La porte de la salle de bains était fermée. Ils avaient laissé allumé dans la chambre et je me vis dans le miroir du bureau. En effet, j'avais l'air folle. Je décoiffai un peu plus mes cheveux histoire d'en rajouter encore, inspirai profondément et ouvris la porte en grand.

— Eric ! hurlai-je.

Il poussa un cri. Et elle aussi. Et elle se retourna brusquement, lui flanquant son coude dans la figure. Il poussa de nouveau un cri de mauviette et se couvrit le nez d'une main, et le sexe de l'autre.

Je me campai là, les mains sur les hanches.

— Où est ma sœur, Eric ? Que lui as-tu fait ?

— De quoi tu me parles ? Comment es-tu entrée ? Bon Dieu, je suis à poil !

À poil et plus du tout *homo erectus*, constatai-je avec satisfaction. En plus il saignait du nez.

— Où est-elle, Eric ?

— Mais c'est qui *ça* ? demanda la femme, hystérique, en essayant de se cacher derrière lui qui tentait de se cacher derrière elle.

— Où est-elle ? Que lui as-tu fait ? Tu l'as tuée ? répétai-je d'un ton comminatoire.

— Mais bien sûr que non ! Et je ne sais pas où elle est !

— Oh, Seigneur, gémit la femme en sortant de la douche et en commençant à renfiler ses vêtements.

— Si Ainsley ne réapparaît pas, je te dénonce à la police. Et je t'aurai à l'œil, Eric.

En me tournant vers la femme, j'ajoutai, sur un ton grave :

— Mon mari est mort par la faute de cet homme. Ou peut-être est-ce le chagrin qui me fait dire ça, mais vous devriez vous méfier de lui.

Puis, m'adressant à Eric :

— Tu devrais avoir honte.

— Kate, tu es sûre que… Est-ce que c'est une bl… ?

Puis il se redressa et dit :

— Va-t'en ou bien j'appelle la police !

— C'est plutôt *moi* qui vais l'appeler pour leur dire que ma sœur a disparu. Je file. Des tas de trucs à faire. Bonne nuit !

Je m'enfuis. Ma sœur m'attendait en haut de l'escalier et nous dévalâmes l'escalier, puis fonçâmes à travers la pelouse jusqu'à sa voiture, le sac de notre précieux butin étincelant dans la nuit. Nous nous engouffrâmes à l'intérieur, Ainsley pleurant de rire. Grâce au moteur électrique de la Prius, nous ne fîmes aucun bruit en nous éloignant, à quelques rues de là, où elle se gara, tellement on n'en pouvait plus de rire.

À ce même moment son téléphone se mit à sonner.

— Évidemment, c'est lui, dit-elle en décrochant. Allô ? répondit-elle, parfaitement calme. Ah, salut, Eric, tu as l'air hors de toi.

Elle cacha le récepteur pour étouffer nos rires.

— Kate ? Elle est sortie avec une amie, pour une soirée de levée de fonds ou quelque chose comme ça. Ah bon ? Ça alors ! Tu es sûr que c'était elle ? Non, je suis avec Ollie, en train de lire. Écoute, tu m'as l'air bien énervé. Alors, respire à fond et concentre-toi sur tes grizzlis.

Je pouffai de nouveau. Bon sang, que ça faisait du bien !

Elle se tut tandis qu'il disait quelque chose.

— Ah ! mais donc tu n'es pas en Alaska ? Hum, je vois que tu as du mal à couper les ponts avec ton ancienne vie. Facile de l'annoncer sur son blog, plus difficile de le faire, pas vrai ? Et au fait, tu n'as pas intérêt à écrire une ligne sur ma sœur. D'abord tu n'as aucune preuve, secundo, elle est veuve et toujours en deuil, et tercio, je ferai tout pour qu'elle te poursuive en diffamation. *Namaste*, trouduc !

Elle raccrocha et nous restâmes toutes les deux assises là quelques minutes, encore secouées par un petit rire intermittent, qui finit par laisser place au silence.

Une pluie éparse d'abord puis plus forte tomba sur le toit de la voiture et glissa le long du pare-brise, brouillant la vue. On entendit gronder le tonnerre vers l'ouest et un éclair déchira les nuages.

— Cette fois, c'est bel et bien fini, dit Ainsley d'une voix posée. L'Eric que j'ai connu a bel et bien disparu. Et me voilà ici, assise à côté de toi, à t'envier parce que au moins dans ton souvenir Nathan ne changera pas, alors qu'il faut que je supporte ce qu'Eric est devenu.

— Je suis désolée pour toi, Ains.

Elle hocha la tête et s'essuya les yeux.

— Tu sais, j'ai eu quelques surprises à propos de Nathan depuis sa mort, ajoutai-je.

— Ah bon ? me répondit-elle en se tournant vers moi.

— Il était resté en contact avec son ex-femme. Je suis tombée sur des mails.

— Tu me fais marcher ?

— J'ai bien peur que non. Il semblerait qu'ils n'aient pas vraiment tourné la page.

— Ils avaient une liaison ?

— Non. Mais je pense qu'il l'aimait encore.

Prononcés tout haut dans l'intimité de la voiture, ces mots semblaient plus menaçants encore.

— C'est à se demander si on connaît jamais les gens, dit Ainsley.

— Oui, n'est-ce pas ?

La pluie tambourinait sur la carrosserie et nous étions là, plus proches que jamais auparavant.

— Tu sais quoi, lançai-je, il y a un gâteau à la noix de coco de chez Pepperidge Farm à la maison.

— Ne m'en dis pas plus, répondit Ainsley.

Et nous nous mîmes en route vers chez nous.

# Ainsley

J'arrivai à l'heure au bureau huit jours de suite, histoire d'épater Jonathan, mais rien n'y fit.

Non pas que je veuille l'éblouir. Si, en fait, c'est exactement ce que je cherchais à faire. Pourquoi, je n'en savais rien, vu que premièrement j'étais toujours furieuse contre Eric qui avait fini par partir en Alaska si j'en croyais le post Facebook de Judy, et que deuxièmement éblouir Encéphalogramme Plat était impossible.

Je ne me contentai pourtant pas d'arriver à l'heure, je cessai aussi de faire mon shopping en ligne. J'avais osé espérer que Jonathan verrait la différence, mais si c'était le cas, il cachait bien son jeu.

Sur un autre front, je supprimai Eric de mes amis et cessai de le suivre sur tous les réseaux sociaux. Après un SMS pour me poser une question sur son intolérance au latex (intolérance imaginaire : il s'était juste fait piquer par un moustique), je mis son numéro en indésirable.

Il avait rompu avec moi, avait emmené une autre femme chez nous, il était désormais en Alaska, tout était fini entre nous. Cela faisait trois mois.

Sa mère et moi ne nous étions plus parlé depuis deux semaines. Évidemment sa famille le soutenait, je pouvais le comprendre. Je n'irais plus jamais fêter Hanoukka chez eux ni voir *Phatom* avec Judy, ni regarder un match de foot le dimanche avec Aaron, à applaudir en même temps que lui pendant qu'Eric sourirait en poursuivant sa lecture.

Tout ceci me semblait désormais très irréel.

Le vendredi après-midi à 16 h 45, je reçus un mail.

Tenez-vous prête dans dix minutes pour aller au musée de la sculpture sur glace.
Merci.

Jonathan Kent, Éditeur.
Hudson Lifestyle.

Le musée de la sculpture sur glace ? C'était une métaphore ou quoi ? Je vérifiai sur mon calendrier : *MOG*. Et un coup d'œil rapide sur Google me rappela ce que signifiaient ces initiales : Musée des Outils pour Glace.

Super excitant.

Je fis un SMS à Kate pour la prévenir que j'étais retenue au boulot. Elle avait organisé un dîner avec certains membres de son groupe de parole, ce qui était une bonne idée. Et de mon côté j'avais prévu de me coucher tôt pour lire. Je lui demandai de s'occuper d'Ollie puisque je serais en retard. Des visites similaires par le passé m'avaient appris que Jonathan était du genre à lire toutes les affichettes dans tous les musées. Et comme ce musée-là avait réservé une page entière de publicité en complément de l'article, il faudrait soigner le relationnel avec son directeur, ce qui ne me prendrait pas plus d'une demi-heure mais que Jonathan n'envisageait pas autrement qu'en mémorisant tous les moindres détails de la visite.

Un musée des outils pour glace. Mais qui avait eu l'idée d'un truc pareil ?

— Nous pouvons prendre ma voiture, dit Jonathan lorsque nous fûmes sur le parking.

— Entendu.

Je montai dans sa voiture ridiculement propre et rangée, avec les rehausseurs à l'arrière.

— Comment vont vos filles ? lui demandai-je.

— Bien.

— Et votre père ?

— Bien aussi.

Et ce fut tout. Était-ce ce même type qui m'avait forcée à danser avec lui ?

— Moi aussi je vais bien, je vous remercie, Jonathan.

— Oui.

Je levai les yeux en l'air et décidai de regarder par la fenêtre. Le reste du trajet se passa en silence.

Le musée qui se trouvait à une heure environ au nord de Cambry nous réserva une bonne surprise : c'était une vieille grange en pierre charmante, surplombant le fleuve, remplie de scies impressionnantes, de vieilles photos et publicités. Comme prévu, Jonathan examina à la loupe chaque mot de chaque explication tandis que je bavardais avec le directeur, un homme dans les soixante ans (ma spécialité) appelé Brice.

— Est-ce que les gens vous appellent Brice Glace ? lui demandai-je.

Il éclata de rire et Jonathan sursauta.

— À l'avenir, je pense que oui, me répondit le directeur tout fier de son nouveau surnom.

— Corrigez-moi si je me trompe mais l'Hudson ne peut pas être gelé jusqu'ici, vu l'ampleur des marées.

— C'est ce que croient la plupart des gens ! s'exclama-t-il, ravi de mon erreur. Mais dans les années 1800, on pouvait faire du patin jusque dans le port de New York !

— Vraiment ? m'étonnai-je, gagnée par son enthousiasme.

— C'est lié à la salinité de l'eau, poursuivit-il, les yeux brillants de passion pour son sujet.

Au moment de partir, le ciel d'été s'assombrit et de gros nuages d'orage s'amoncelèrent de l'autre côté du fleuve, tandis que le vent jouait avec ma jupe. Brice et moi nous embrassâmes comme de vieux amis et je promis de revenir en hiver pour les démonstrations de sculpture sur glace.

— Merci infiniment pour votre temps, insista Jonathan en lui serrant la main.

— Vous êtes drôlement bien accompagné dites donc, lui répondit Brice.

C'était le genre de choses que les patrons d'Eric lui déclaraient aussi.

— Oui, répondit Jonathan. Bon week-end à vous !

Encéphalogramme Plat avait encore frappé, me dis-je en montant dans sa voiture. Tandis qu'il manœuvrait sur le parking, j'envoyai un SMS à Kate pour savoir comment se passait son dîner.

Vraiment bien. Merci ! Soyez prudents, ils annoncent des orages.

— Il y a une alerte météo, dis-je alors à mon chauffeur. Ça va péter.

— Pardon ?

— Des orages quoi.

Il alluma la radio et en effet les météorologistes étaient hystériques : des vents à plus de cent kilomètres/heure, de fortes averses et des risques d'inondation localement. Éviter de sortir !

Jonathan soupira.

— Est-ce qu'il faut que vous alliez chercher vos filles ?

— Non, pas avant demain.

Il avait les deux mains posées sur le volant et regardait droit devant lui.

— Vous avez été très bien avec le directeur.

— Merci.

— Vous savez y faire avec les gens.

— J'aime les gens.

Sa bouche ébaucha un sourire puis reprit sa forme normale.

Une rafale secoua la voiture et une pluie violente s'abattit sur le pare-brise. Il mit les essuie-glaces à la vitesse maximale.

Plus nous allions vers le sud, pire était le temps. Les éclairs se faisaient de plus en plus fréquents, des branches jonchaient la route, les coups de tonnerre étaient parfois si fort que l'on ressentait des vibrations dans la voiture.

Soudain on entendit un craquement, puis on vit un éclair et une branche énorme tomba trente mètres devant nous.

— Je vais vous emmener chez moi, dit Jonathan. C'est

moins loin et vous pourrez attendre la fin de l'orage. Ça vous convient ?

Je jetai un coup d'œil à ma montre. Il était déjà 19 h 30, de toute façon, et ce n'était pas comme si on m'avait attendue quelque part.

— Bien sûr, merci.

Apparemment il y avait une coupure générale de courant, car les maisons devant lesquelles nous passâmes étaient noires. Nous évitâmes encore des branches, et un camion de la Compagnie générale d'électricité nous doubla, tous phares allumés.

Jonathan bifurqua sur une route secondaire qui serpentait dans les bois. La pluie tambourinait vraiment fort et les essuie-glaces s'agitaient frénétiquement. Les arbres se courbaient et des paquets de feuilles venaient frapper la carrosserie. À tout moment quelque chose de plus lourd pouvait nous tomber dessus et cela devenait assez inquiétant.

Il tourna de nouveau sur une route plus petite encore, un chemin de terre qui traversait des champs. Il n'y avait plus d'arbres à craindre mais le chemin était détrempé, et l'eau jaillissait à notre passage. Tout dans nos phares n'était plus que boue et pluie. Le ciel était si sombre et les nuages si épais qu'on se serait crus en pleine nuit.

Un dernier virage, et dans un éclair j'aperçus une grande ferme blanche et une grange rouge. Les phares de la voiture éclairèrent un mur de pierre.

— Attendez-moi, dit-il en coupant le moteur.

Il sortit et vint ouvrir ma portière en tenant sa veste au-dessus de ma tête.

— On va y aller en courant, me dit-il.

Le petit chemin d'ardoise était couvert de feuilles et l'air plein de l'odeur de cette pluie d'été. Il ouvrit la porte et nous entrâmes. Il faisait complètement noir. Il me prit par la main et j'avançai à pas incertains.

— Restez ici, j'ai un générateur. J'en ai pour une minute.

Il s'éloigna et un coup de tonnerre énorme retentit.

Je restai là, dans mes vêtements trempés malgré les

efforts de Jonathan pour me couvrir. Cela sentait bon, le bois et aussi peut-être la cannelle. Une série d'éclairs me permit de voir que j'étais dans l'entrée, où se trouvaient un banc et une porte.

Une femme se tenait devant moi.

Je poussai un cri et levai les bras.

— Ainsley ? m'appela Jonathan, d'une voix inquiète.

— Qui est là ? Il y a quelqu'un ! m'écriai-je.

La lumière revint alors, et je vis mon reflet dans le miroir en face de moi.

— Tout va bien, répondis-je. C'était... juste moi ! Désolée.

Je constatai alors que ma coiffure était grotesque. Je tâchai d'y mettre un peu d'ordre, me passai les doigts sous les yeux et rajustai ma robe qui dégoulinait par terre.

— Tout va bien ? me demanda Jonathan.

Il se tenait devant moi, trempé lui aussi, mais avec je-ne-sais-quoi de Colin Firth dans le négligé de la coiffure. Darcy et Jane Austen avaient définitivement changé notre vision des hommes chez nous les lectrices.

— J'ai vu mon reflet et j'ai cru que c'était quelqu'un d'autre, désolée d'avoir crié.

Il me considéra des pieds à la tête.

— Voulez-vous des vêtements secs ?

— Eh bien euh, oui, pourquoi pas ?

Je le suivis à travers la maison, qui n'était pas du tout telle que je l'attendais. Je l'avais imaginé vivant, eh bien... dans des tas d'endroits. En enfer par exemple, et puis aussi dans un cercueil, comme Dracula forcé de dormir en territoire transylvanien, ou encore dans un lotissement impersonnel.

Mais cette maison était grande et pleine de recoins, de meubles confortables et de quelques antiquités. Pas ce style de choses chichiteuses qu'on ose à peine toucher, mais des meubles robustes qui avaient fait leurs preuves : une horloge de grand-père, un grand canapé marron avec un jeté de tissu rose sur un accoudoir. Nous montâmes à l'étage et il entra dans sa chambre où se trouvaient un lit bateau et une cheminée, une vieille commode, des photos de ses filles et des fenêtres donnant sur les champs.

— Je n'ai pas de vêtements de femme, me dit-il.

— Ah bon ? Vous n'êtes pas drag-queen ?

— Et ceux de mes filles ne vont pas vous aller, ajouta-t-il sans relever ma plaisanterie.

— Ça, c'est sûr, parce que figurez-vous que je suis une femme, Jonathan ! Donnez-moi juste un jogging.

Ce qu'il fit.

— Vous pouvez vous changer de l'autre côté du couloir, il y a aussi une salle de bains.

— Merci, monsieur Kent, répondis-je en prenant les vêtements qu'il me tendait, avant de me rendre en face.

Je tombai instantanément amoureuse de cette chambre. C'était celle des filles à l'évidence : des lits superposés, deux bureaux jonchés d'un joyeux désordre coloré, un grand carton transformé en maison de poupées, avec des fenêtres découpées et des fleurs dessinées au feutre. De chaque côté de l'immense fenêtre se trouvaient deux bibliothèques où s'entassaient des piles de livres, des photos et de petits trésors : boîte à musique, chat en porcelaine. Dans un coin était fixé un hamac rempli d'animaux en peluche. Et à côté des lits, il y avait un énorme fauteuil confortable, idéal pour lire des histoires ou faire des câlins.

J'ôtai ma robe, la posai sur la chaise du bureau et enfilai le pantalon de jogging de Jonathan. (Qui m'allait beaucoup trop bien. Il fallait vraiment que je me mette au régime rapido, moi.) Il m'avait aussi donné une chemise en flanelle. Ça alors, je ne l'imaginais pas avec ça ! Une lavallière oui, mais une chemise en flanelle, pas vraiment.

Je ne pus m'empêcher d'aller regarder les photos.

Sidérant.

On le voyait, un petit paquet joufflu dans les bras, en train de sourire à l'objectif comme le plus heureux des hommes. Ce devait être Emily. Là, il la tenait par la main, et portait Lydia tout bébé, et souriait pendant qu'Emily posait timidement le doigt sur le nez de sa petite sœur. Sur celle-ci, il était avec les filles un jour d'Halloween. Sur celle-là, il sortait de l'eau avec Lydia. Waouh, sacrés abdos ! Lui je veux dire, pas Lydia. Très jolie cette photo aussi ; Emily était dans ses bras et lui montrait du doigt quelque chose dans le ciel.

C'était un bon père. Si j'en doutais encore, ces photos m'en apportaient la preuve.

— Vous avez faim ?

Je sursautai, rouge de confusion. Il était juste derrière la porte.

— Oui, d'accord, merci !

Je sortis de la chambre et lui souris.

— Quelle jolie chambre ! Toute la maison est belle, d'ailleurs.

— Merci. Elle est dans ma famille depuis cinq générations. Par ici, si vous voulez bien.

Ah oui, j'avais oublié que les domestiques ne s'attardent pas dans l'aile des maîtres.

Il me conduisit jusqu'à une vaste cuisine, avec du parquet au sol et des carreaux sur les plans de travail, un frigo couvert de dessins d'enfants et de photos.

— Il faut que j'appelle mes filles. Asseyez-vous, je vous en prie.

Je grimpai sur un tabouret au bar et à ma grande surprise il me servit un verre de vin avant que j'aie dit quoi que ce soit, en servit un pour lui aussi, puis il prit son téléphone.

— Salut, Laine, tout va bien ?

Il avait la mâchoire crispée mais s'assurait tout de même qu'il n'y avait pas de problème.

— Oui je suis rentré. Tu as du courant ? OK. Restez à l'intérieur, hein ? Il y a des branches qui tombent partout. Les filles sont disponibles ? Merci.

Très courtois tout ça, me dis-je en buvant une gorgée de vin.

— Coucou, ma puce, dit-il ensuite, et je me sentis fondre devant son visage soudain attendri et sa voix plus chaude que jamais. Oh ! ne t'inquiète pas. Non, rien n'est cassé, c'est juste du vent et la maison est là depuis si longtemps, elle en a vu d'autres.

Il sourit brièvement puis reprit un air sérieux.

— Mais bien sûr, je viens te prendre à 10 heures. Moi aussi je t'aime, ma puce. Passe-moi Lydia, d'accord ?

Il me regarda et je baissai les yeux, soudain fascinée par les lames du plancher.

— Coucou, ma Lydia, tu as passé une bonne journée ? Qu'est-ce que tu as eu pour le déjeuner ? Ah bon, trois fois ? Et comment va le petit ventre ?

Deuxième sourire éclair.

— Les fées ? Mais oui, je suis sûr qu'elles ont un endroit où se réfugier, ajouta-t-il en me regardant, l'air interrogateur. Dans un tronc d'arbre creux ou un nid d'abeilles peut-être ? Je vais me renseigner. OK, mon bijou, je t'aime. À demain matin. Bye bye.

J'en eus le cœur serré. Un homme qui aimait tant ses enfants n'aurait pas dû être obligé de s'en séparer. Je détestais sa femme, je la détestais.

— Lydia s'inquiétait pour les fées, me dit-il. Mais elle pense qu'elles sont amies avec les abeilles et voulait que je vérifie auprès de vous.

Cette idée me réchauffa le cœur.

— Mais absolument, elles s'entendent très bien et se retrouvent souvent sous les mêmes champignons lorsqu'il pleut.

— Je le lui dirai, me répondit-il amusé. Bien, je vais vous préparer à dîner. Est-ce que vous mangez de la viande ? me demanda-t-il en ouvrant le frigo.

— J'adore la viande.

— Parfait.

Tout à coup je me sentis un peu nerveuse et bus une gorgée de vin.

— Vous voulez de l'aide ?

— Vous pouvez nous faire une salade.

Il sortit de la laitue et des tomates, puis dénicha aussi un poivron au fond du frigo. Je me mis à la tâche, rinçai la laitue et l'essorai, puis coupai les tomates. J'ouvris le frigo et y trouvai des carottes et un avocat.

— Je peux prendre aussi ça ?

— Faites comme chez vous, me répondit-il.

C'était tellement bizarre de me retrouver ici ! La pluie continuait de tambouriner et les gouttières débordaient. Jonathan alluma le gaz, posa dessus une poêle en fonte et commença à trancher le bœuf.

Tellement étrange d'être en train de cuisiner avec Encéphalogramme Plat…

— Cette maison est vraiment incroyable, me décidai-je à dire lorsqu'il parut évident qu'il n'engagerait pas la conversation.

— Merci. Mon arrière-arrière-grand-père l'a construite en 1872. Elle a en partie brûlé en 1950, ce qui fait que cette partie et la cuisine sont plus récentes.

Il se déplaçait très vite et avec efficacité dans la cuisine. De temps en temps nous nous trouvions sur la même trajectoire et étions obligés de nous contourner. Une odeur de viande grillée emplit la pièce. Il coupa des pommes de terre et les mit à frire dans de l'huile d'olive avec du sel, du poivre, et du romarin qu'il trouva sur le bord de la fenêtre.

Un homme qui se débrouillait aussi bien dans une cuisine méritait d'être aimé.

Il portait un jean et une chemise Henley, les manches retroussées. Il avait de beaux avant-bras, fermes et imberbes.

Est-ce qu'il avait toujours été aussi grand ou bien était-ce juste parce que j'étais pieds nus ?

Je terminai de préparer la salade, me rassis au bar et le regardai touiller les pommes de terre et la viande, en buvant cet excellent vin.

Je me sentis encore une fois toute chose.

Un coup de tonnerre secoua la maison, et la pluie redoubla de violence, si c'était possible.

— Ça devrait s'arrêter bientôt, me dit-il. Ça ne dure jamais bien longtemps.

— Non, c'est vrai.

Je me resservis de vin et remplis aussi son verre. Il hocha la tête en guise de remerciement. Je finissais par m'habituer à ce formalisme, et je me dis même qu'il devait être un peu timide.

— Le dîner est servi, annonça-t-il sans croiser mon regard.

Mais *oui*, il était timide.

Comment ne m'en étais-je jamais rendu compte ?

Nous dînâmes à table, sans échanger un mot, écoutant l'orage qui grondait tout autour de nous. Le repas était délicieux, simple et savoureux, et tout à coup j'avais une faim de loup.

Jonathan mangeait avec soin et précision. Il avait dû apprendre ça en pension. Je me mis à imaginer un endroit sinistre comme dans le roman de Joyce, et un petit garçon barrant d'une croix les jours qui le séparaient de Noël et de son retour à la maison. Oui je voyais bien Jonathan dans ce cadre.

— Est-ce que vous êtes allé en pension ?

— Oui, dit-il en relevant la tête.

— J'en étais sûre.

Il me sourit. Je lui souris en retour et le chat en fit de même.

Il avait un chat ?

— Vous avez un chat ! m'exclamai-je, en regrettant d'avoir bu ce deuxième verre de vin.

— Ainsley, je vous présente Luciano. Luciano, voici Ainsley, ou plutôt Mlle O'Leary.

— Tu peux m'appeler Ainsley, Luciano. C'est en hommage à Pavarotti ?

— Oui, comment avez-vous deviné ? me demanda Jonathan, surpris.

— C'est le seul Luciano que je connaisse.

— Ah, eh bien, ce Luciano-ci aussi aime chanter.

Le chat confirma d'un miaulement grinçant puis me considéra avec une indifférence ravie.

— Puis-je vous poser une question, Jonathan ?

— Je sens qu'elle va être très personnelle.

— Oui, dis-je en reposant ma fourchette et en reculant dans ma chaise, tout à fait détendue dans cette cuisine chaleureuse et protégée des intempéries du dehors. Pourquoi avez-vous pris la direction du magazine ?

Il continua de mâcher consciencieusement, et avec une régularité de métronome, puis avala sous mes yeux hypnotisés.

— C'est une affaire familiale.

De quoi parlait-on déjà ? Ah oui, le magazine !

— Et vous aimez faire ça ?

— Oui.

Je reculai encore.

— Mais pourquoi ? Vous pourriez faire tellement mieux que tous ces articles racoleurs sur la chirurgie esthétique, les spas, et toutes ces critiques faux cul de restaurants ou de galeries d'art à deux balles ? Vous êtes tellement plus intelligent que tout ça !

Il ne répondit pas.

Mince, j'avais été trop loin.

— Je suis désolée, dis-je alors. Non, c'est vrai, les articles racoleurs et les critiques faux cul plaisent à nos annonceurs, et ce sont eux qui vous payent, qui nous payent.

— C'est vrai.

Il me regarda quelques secondes, et la paillette dorée scintilla dans ses yeux qui étaient verts à cet instant.

— J'adore cette région, dit-il. Le fleuve que l'on remarque à peine, les fermes qui se battent pour survivre, les petites bourgades et les musées locaux. C'est toute l'histoire de notre pays qui est racontée ici. Si nos articles racoleurs et nos critiques faux cul incitent les gens à ne serait-ce que jeter un œil au musée de la sculpture sur glace, ils auront au moins pris le temps d'apprendre quelque chose.

Puis il retourna à son assiette.

— En voilà une belle réponse, murmurai-je.

— Maintenant à moi de vous demander quelque chose.

— Allez-y, dis-je en buvant une gorgée de vin.

— Si vous détestez ce boulot, pourquoi le faites-vous ?

Je manquai m'étouffer et crachai un peu de vin.

— Mais je ne déteste pas mon boulot ! rétorquai-je en

m'essuyant la bouche. C'est… c'est sympa. Aujourd'hui par exemple, avec Brice, c'était un moment sympa.

Il croisa les mains devant lui, me regarda dans les yeux et soupira.

— Bon, OK, je ne le déteste pas tant que ça, quoi. Et ce que vous venez de dire avec autant de poésie risque même de me le faire aimer un peu plus.

— Lorsque vous vous en donnez la peine, vous n'êtes pas mauvaise. Cela dit, je pense pouvoir compter sur les doigts d'une main les jours où vous vous êtes donné de la peine. Et presque tous étaient cette semaine en fait.

— Oui, c'est que la vie est pleine de distractions.

Il me fixa. Hélas, lui n'était pas sensible à la distraction.

— Pourquoi ne m'avez-vous pas renvoyée ?

Il prit son temps pour me répondre.

— Parce que j'aime bien votre mère, finit-il par lâcher.

— Tant mieux pour vous, répondis-je en riant, et au fait, ce n'est que ma belle-mère.

— Quel âge aviez-vous lorsque vos parents ont divorcé ? me demanda-t-il tout en retournant à son repas.

— Ils n'ont pas divorcé. Ma mère est morte quand j'avais trois ans. Candy était la première femme de mon père et également sa troisième.

Je me levai et débarrassai les assiettes.

— Merci pour ce dîner. C'était très bon.

— Je suis désolée pour votre mère.

— Merci.

— Et bravo pour votre salade.

— Nous avons tous des talents particuliers, dis-je, amusée par sa tentative maladroite de me faire la conversation. Moi, c'est la salade.

Il me regarda sans savoir que répondre, puis termina de débarrasser et nous chargeâmes le lave-vaisselle en silence.

— Je vais aller écouter la météo, me dit-il en passant dans la pièce à côté.

Super, j'allais pouvoir rentrer chez moi.

Je le suivis dans la salle télé, où se trouvaient encore plus de photos des filles sur la cheminée. C'était une cheminée en pierre comme je les aimais.

Je m'assis sur le canapé, doux et confortable. Je découvris un feutre jaune coincé entre les coussins, et allez savoir pourquoi, cela me mit en joie.

Le bulletin météo annonça un nouvel épisode orageux.

— Ça vous ennuie de rester jusqu'à ce qu'il soit passé ? me demanda Jonathan.

— Pas si cela ne vous ennuie pas vous.

— Cela ne m'ennuie pas.

Il repartit à la cuisine et revint avec la bouteille de vin, m'en servit un peu plus.

— Je crains de ne rien avoir à vous offrir pour le dessert, s'excusa-t-il.

— Mais la vie est triste sans dessert, patron.

De nouveau un gros coup de tonnerre retentit et il éteignit la télévision pour venir s'asseoir à côté de moi sur le canapé. Je me blottis à un bout et le regardai fixement. Lui regardait ailleurs. Du coup, j'en profitai pour examiner son profil. La nature avait bien fait les choses : pommettes saillantes, mâchoires carrées. Curieux que je n'aie pas vu plus tôt combien il était séduisant.

— Comment cela se passe-t-il entre vous et votre ex-femme ?

— C'est difficile, me dit-il en soulevant le seul sourcil que je pouvais voir.

— Vous étiez très courtois tout à l'heure au téléphone.

— Oui, c'est la mère de mes enfants et ça ne va pas les aider si nous nous écharpons.

Je ne pouvais pas l'imaginer se chamailler avec quelqu'un. En revanche, je l'imaginais sans peine le cœur brisé.

— Est-ce qu'il vous arrive de parler à votre frère ?

— Non.

— C'est dur ça.

— Oui, admit-il en faisant tourner le vin dans son verre. Nous étions très proches, mon père, mon frère et moi et lorsque mon père a eu cette attaque, nous avons été dévastés. Je travaillais au magazine à l'époque et j'ai donc dû suppléer mon père.

Il s'interrompit une seconde.

— Vous avez sans doute remarqué que je ne suis pas doué pour…

Avec la main qui ne tenait pas le verre, il fit un geste vague tout en cherchant ses mots.

— Pour exprimer vos émotions ? suggérai-je alors.

— Oui, voilà.

Le chat lui sauta sur les genoux et il se mit à le caresser, provoquant un ronronnement langoureux. L'animal me regarda en plissant les yeux et je fis de même.

— Et donc, comme le magazine était en difficulté, je travaillais beaucoup pour essayer de ne pas licencier. Mon frère se remettait mal, ma femme se sentait seule, car, selon elle, je n'étais pas émotionnellement disponible. Du coup, ils se sont mutuellement consolés. Depuis, j'essaie de rester courtois en pensant à nos filles.

— Oui, enfin, c'est vraiment dur. Vous avez le droit d'être en colère, Jon.

— C'était le cas, croyez-moi.

Sa voix avait repris ce timbre grave, dur, et assez… sexy.

— Au fait, personne ne m'appelle Jon.

— Vous n'aimez pas ?

— Si, mais personne ne le fait.

— Sauf moi.

— Oui, répondit-il, en esquissant un sourire.

Luciano sauta par terre et se mit à se lécher les parties intimes, qui, dans son cas, ne l'étaient pas vraiment. Jonathan le repoussa, et le chat s'enfuit avec un rugissement de protestation.

— Que devient cette femme dont vous avez parlé ? Vous vous rappelez ? Au groupe de parole, vous avez évoqué quelqu'un qui vous plaisait bien.

— Je ne pense pas, non.

— En fait, c'est Carly qui a dit que vous en aviez parlé lors d'une autre séance.

— Bravo pour la clause de confidentialité alors.
— Le soir où j'ai rompu avec Eric, vous étiez avec elle ?
— Non, c'était ma cousine.
— Ah bon. Enfin, la rumeur dit que vous avez quelqu'un en vue, répondis-je en pressant un coussin contre mon ventre. Allez ! Il pleut, on a du vin, je suis la belle-fille du Dr Lovely, vous pouvez me le dire. Elle est comment ?

Je ressentais une pointe de jalousie. Évidemment qu'il avait quelqu'un en vue. Même s'il était un peu guindé, c'était un homme gentil, un bon père et puis il avait des yeux… et une voix…

— Il y a bien quelqu'un, non ?
— Oui, dit-il en jetant un coup d'œil vers moi.
— Et ? Comment ça se passe ? Elle est comment ?
— C'est… compliqué.
— Pourquoi ?
— Elle ne sait pas ce qu'elle veut.
— Ah, c'est ce genre-là ?

Elle devait le mener en bateau alors. Ça méritait une bonne paire de claques, non ?

— Vous lui avez dit quelque chose ?
— Non.
— Pourquoi ?
— Je vous l'ai dit. C'est compliqué.
— Mais pourquoi est-ce compliqué ? Mon Dieu, il faut vous tirer les vers du nez ! Vous ne pourriez pas enchaîner deux phrases à la suite, s'il vous plaît ?

Il se tourna face à moi et me regarda longuement. *Ces interactions sont d'une complexité chez les humains !*

— Elle sort d'une histoire très longue.
— Et alors ? Elle a peut-être justement besoin qu'on l'aide à tourner la page par une bonne partie de jambes en l'air, non ?

Il ne répondit pas. L'orage grondait toujours mais plus faiblement, dans le lointain.

Puis il détourna de moi son beau regard.

— D'autre part, elle travaille pour moi.

— Vraiment ? dis-je en me redressant brusquement. Mais, euh…

Ah…

J'eus soudain très chaud. Avec des fourmis dans tout le corps.

— Je ne suis même pas sûr qu'elle m'apprécie, ajouta-t-il en se décalant pour me faire face. Même si récemment j'ai eu l'impression que ça s'arrangeait un peu.

Mon cœur bondit dans ma poitrine.

— Juste pour être claire, dis-je, on parle bien de moi là ?

Il ferma les yeux — *non mais pourquoi est-ce sur moi que ça tombe ?* — puis les rouvrit.

— Oui, répondit-il, d'une voix si grave que j'entendis à peine.

Il ne détourna pas le regard et je vis le reflet doré scintiller dans ses beaux yeux étranges.

— Je vous apprécie, oui, mais seulement quand vous souriez, murmurai-je.

Alors, très lentement, il s'exécuta, un côté de sa bouche se soulevant d'abord dans un demi-sourire en coin qui le rendit tout à coup furieusement sexy. Mon cœur s'emballait et cognait follement dans ma poitrine, et je ne sentais plus mes jambes.

— Vous avez l'intention de m'embrasser ou bien vous allez continuer à me fixer comme ça sans rien faire ? lui demandai-je alors.

Il se pencha en avant, posa son verre sur la table, m'enleva le mien et le posa aussi. Ses mouvements étaient lents et précis. Il me regarda pendant une seconde ou deux (une éternité, en fait), puis prit mon visage dans ses mains, glissa ses longs doigts dans mes cheveux et m'embrassa pour de bon.

Sa bouche était douce et ferme, et ses lèvres épousaient parfaitement les miennes. Son corps était robuste et chaud. Je sentais de puissantes pulsations sous la peau douce de son cou. Puis sa bouche s'entrouvrit et je découvris avec délice que Jonathan Kent embrassait comme un dieu. À l'instant où sa langue rencontra la mienne, je m'abandonnai totalement, le corps en fusion, et ce fut un miracle si je ne me décomposai pas sur-le-champ.

Je saisis sa tête entre mes mains et l'embrassai à mon tour en grimpant sur ses genoux et en le repoussant contre les coussins. À cheval sur lui, je m'attaquai aux boutons de sa chemise et m'attardai sur cette bouche incroyablement experte. Qui aurait cru que Jonathan Kent embrassait de cette façon si passionnée, si excitante, me mettant ainsi dans tous mes états ? J'avais empoigné sa chemise et tirais dans tous les sens tandis qu'il faisait de même. Ses mains étaient désormais sur moi, et je ressentais comme une brûlure si intense et si exquise que rien d'autre ne comptait plus.

Une seule chose était sûre, même si cela pouvait sembler fou : j'avais attendu ce baiser toute ma vie.

— Je suis désolé mais il va falloir que tu t'en ailles.

Pas exactement les mots qu'une femme a envie d'entendre à son réveil, au terme d'une folle nuit d'amour.

Jonathan avait une tasse de café à la main et un air disons… ni crispé, ni en colère, ni déçu. Pas un air ravi non plus. J'acceptai le café et m'assis dans le lit, en voilant ma nudité d'un drap, sans trop savoir sur quel pied danser. D'un côté, je me sentais super bien, après cette incroyable nuit, où nous avions fait l'amour, tenez-vous bien, trois fois ! D'un autre côté, il était bien en train de me virer.

— Il faut que j'aille chercher mes filles dans une demi-heure.

— Je vois. OK, bon.

Je bus une gorgée de café en le regardant. Il était assis sur le bord du lit.

— Merci, me dit-il.

— Oh ! de rien. J'ai deux spécialités : les salades et le sexe.

Il avait les cheveux en pétard, et j'eus envie d'y mettre un peu d'ordre, mais je n'osai pas et retins ma main. Vous savez bien ce qu'on dit sur les petits matins blêmes, et d'autre part il avait son air des mauvais jours. Ou peut-être n'était-ce encore que de la timidité.

— Je t'appelle demain, me dit-il.

— OK, super. Je… je me lève alors.

— Bien.

Encéphalogramme Plat était de retour. Mais tout de même, un homme sans cœur ne m'aurait jamais fait toutes ces choses cette nuit, ça non…

Il devina mes pensées sans doute car il se pencha et déposa un baiser sur mon épaule nue, et je sentis le léger picotement de son menton qui contrastait avec la douceur de ses lèvres chaudes, et m'enhardis à laisser ma main caresser ses cheveux.

— Il faut que tu y ailles, murmura-t-il.

Histoire de me ramener à la dure réalité.

— Et toi, il faut que tu t'améliores question conversation sur l'oreiller.

Il approuva d'un hochement de tête et je ne pus m'empêcher de sourire.

Je me levai, attrapai ma robe qu'il avait eu la délicate attention de m'apporter et m'habillai dans la salle de bains. Mon reflet dans le miroir ne laissait aucun doute sur mes activités nocturnes : mon mascara avait coulé et mon teint était particulièrement lumineux.

Il m'attendait en bas, près de la porte.

— OK, euh… on se parle demain, lui dis-je.

— Oui.

Il s'apprêta à dire autre chose mais finalement se tut, se pencha et m'embrassa doucement.

Je me sentis fondre littéralement et piquai un fard.

— Au revoir, chuchotai-je, avant de tenter de bouger la poignée dans tous les sens.

En vain.

Il tendit la main et ouvrit la porte.

— Au revoir, dit-il d'une voix si grave que j'en ressentis les vibrations dans tout le corps.

Je me retournai en avançant dans l'allée et vis qu'il me souriait.

Je trébuchai, manquai tomber et me rattrapai de justesse.

— Tout va bien ! Profite bien de tes filles, lui dis-je avant de me précipiter dans ma voiture.

Sur le trajet du retour, je faillis foncer dans un arbre, en repensant à sa bouche, à ses mains, à ses yeux, à sa voix, à son sourire.

Il m'appellerait demain. Je savourais à l'avance.

# *Kate*

Le dimanche après-midi, en rentrant du studio, après avoir passé en revue un million de photos retouchées sur Photoshop par Max, je vis une femme dans la rue. Elle tenait un bouquet de fleurs jaunes dans la main et portait une belle jupe droite rouge, un haut sans manches et des sandales à lanières au talon si pointu qu'on aurait dit des armes de guerre.

De mon côté, j'étais en nage parce que la clim ne fonctionnait plus au studio. Je portais un jean skinny, un T-shirt où étaient inscrits les mots : « *I love macaronis* », avec un cœur en nouilles, et des sandales défoncées. À Brooklyn, ça passait très bien mais à Cambry j'avais l'air d'une clocharde. Il fallait que j'aille faire les magasins. J'étais une femme riche désormais et j'habitais dans une ville cossue. Rien ne m'empêchait de m'habiller comme cette femme, et même tous les jours si je voulais.

Je l'examinai encore une minute des fois que son élégance m'inspire, avant de réaliser de qui il s'agissait.

Madeleine.

— Hé ! m'écriai-je brusquement, avant de me mettre à courir pour la rejoindre. Madeleine ! Madeleine !

Elle s'arrêta devant la boutique Bliss et son visage se figea lorsqu'elle me reconnut.

— Bonjour, lui dis-je en m'arrêtant devant elle, hors d'haleine après cette course de trente mètres. (Je ferais bien d'utiliser le vélo elliptique de Nathan plus souvent, moi !)

La situation était ironique, non ? L'ex-femme et la veuve, devant la boutique de robes de mariées !

Son rouge à lèvres était impeccable et cette coupe de cheveux, la vache ! Cent fois mieux que ma queue-de-cheval nulle.

Elle me regarda des pieds à la tête, avec un air critique, et je sentis une colère mordante et amère m'envahir.

— Quoi ? fit-elle.

On allait écourter les politesses en somme.

Au même instant, Jenny sortit de sa boutique.

— Salut, Kate, je me disais bien que c'était toi ! me dit-elle en m'embrassant. Je suis contente de te voir ! Quelle belle journée, pas vrai ?

Puis se tournant vers Madeleine, elle ajouta :

— Bonjour. Jenny. Je suis une amie de Kate.

Madeleine ne répondit pas.

— Je te présente l'ex-femme de Nathan, dis-je d'un ton neutre.

Celle-ci ne prit même pas la peine de détourner le regard.

Jenny se retourna vers moi.

— Bon, eh bien, j'ai une robe à terminer. Euh… à bientôt !

Elle me sourit avant de rentrer dans la boutique, me laissant seule sur le trottoir avec… *cette femme*.

— Vous vous souvenez de moi, n'est-ce pas ? Je suis Kate. Kate O'Leary, la femme de Nathan.

— Évidemment.

— Cela fait un moment que je voudrais vous parler. Vous voulez prendre un verre ?

Elle jeta un coup d'œil à sa montre et leva un sourcil dessiné à la perfection avec un air désapprobateur.

— Il n'est que 2 heures.

— Rien ne vous empêche de prendre de l'eau, dans un endroit tranquille. À Tarrytown peut-être ?

Elle me fit attendre.

Le bar était tout nouveau mais se donnait des airs, avec

des boiseries et des reproductions d'appliques anciennes. Il n'y avait presque personne, vu qu'on était entre le déjeuner et le dîner. Un orchestre de jazz jouait du côté de la marina où un château gonflable était installé. Des enfants de tous âges faisaient du vélo et des couples élégants marchaient le long du fleuve. Tout ça était très joyeux, très folklore américain, et à l'opposé de la noirceur haineuse qui m'habitait.

Elle finit par arriver.

— Désolée du retard, j'étais au cimetière.

Premier coup bas.

— Que puis-je vous servir, mesdames ? nous demanda la serveuse.

— Une vodka, répondis-je.

— Un Perrier tranche, s'il vous plaît, dit Madeleine.

Nous attendîmes en silence, nous épiant l'une l'autre, comme dans un combat de regards.

La serveuse arriva enfin.

— Quelque chose à manger avec ça ?

— Non, merci. Et maintenant, laissez-nous, répondit Madeleine avec un sourire.

La fille hocha la tête et s'éloigna aussitôt. Puis Madeleine me regarda, son sourire évanoui.

— Alors ?

Je bus une gorgée de vodka, et me sentis revigorée par la brûlure glacée.

— Devinez sur quoi je suis tombée. Les mails que vous avez envoyés à mon mari pour lui dire que vous n'aviez jamais cessé de l'aimer.

— Eh bien, c'est le cas, dit-elle, à peine surprise.

— Ça, ou bien vous refusiez de le voir heureux et faisiez tout pour saboter son mariage.

— Mais il *était* malheureux, puisqu'il n'avait pas la femme qu'il lui fallait.

Impressionnant. Quelle assurance !

— Dans ce cas, pourquoi n'êtes-vous pas restée sa femme ? Ça vous aurait donné quatre ans de plus avec lui.

*Et ce serait vous sa veuve aujourd'hui, pas moi.*

— Je sais.

Je vidai mon verre. Sérieusement, qui pourrait affronter l'ex-femme de feu son mari sans un petit remontant ?

— Alors pourquoi l'avez-vous laissé partir ? Et pour l'amour du ciel, pourquoi êtes-vous venue le torturer après notre mariage avec tous ces mails ?

Elle but une gorgée et lissa une mèche de ses cheveux roux derrière son oreille.

— Il ne vous a pas parlé de moi, n'est-ce pas ? me demanda-t-elle d'un ton suffisant.

Je mentis.

— Si, un peu.

— Hum, il vous a dit que j'étais une enfant de l'Assistance ? Qu'on m'avait placée dans quatorze familles différentes en dix-huit ans ? Que j'avais été violentée et maltraitée ?

Manquait plus que ça. Il allait falloir la plaindre maintenant. Non, pas question. J'imaginais déjà Ainsley en train de me pousser du coude.

— Vous ne saviez pas tout ça, je suppose, poursuivit-elle. Pourtant je me suis battue. Je suis allée à la fac avec une bourse, et j'ai eu mon diplôme. C'est là qu'on s'est connus avec Nathan. On s'est aimés à un point que vous ne pouvez pas imaginer.

— C'est dingue ! Vous n'avez aucun problème d'ego, vous ! m'exclamai-je, éberluée.

— Je ne fais qu'énoncer les faits. On était tellement heureux ensemble, notre vie était parfaite.

— Sauf que vous avez divorcé. C'est un détail, mais qui vaut qu'on le mentionne.

— Ça a été une décision difficile, mais on avait des tempéraments si entiers. Lorsqu'on se disputait, c'était… pour mieux se retrouver au lit ensuite, dit-elle avec un sourire ému. Il vous a raconté qu'on se voyait toujours après notre divorce ?

Il ne m'avait jamais dit ça, non.

Mais j'étais certaine que mon Nathan ne m'avait pas trompée. Ou si ?

— Eh bien si, nous nous voyions régulièrement. Jusqu'à ce qu'il vous rencontre. Mais je savais qu'il m'aimait toujours, conclut-elle en buvant une gorgée d'eau.

— Pas tant que ça, si ? Vu qu'il m'a quand même épousée ! dis-je.

— Mais il était sur le point de vous quitter, me répondit-elle avec un sourire navré.

— J'en doute, vu qu'on essayait d'avoir un bébé.

— C'est vrai, il voulait des enfants. Et vous avez raison. Je n'avais pas réalisé qu'il se marierait dans le seul but de procréer. Il aurait sans doute dû prendre quelqu'un de plus jeune d'ailleurs.

— C'est incroyable ce que vous pouvez être délicate !

— Mais enfin, c'est vous qui vouliez que l'on se voie ! Vous voulez commander autre chose ? Un plat de pâtes peut-être, histoire d'éponger la vodka ?

— Très bonne idée. Mademoiselle, s'il vous plaît, je vais prendre des macaronis au fromage, dis-je en faisant signe à la serveuse. Et une autre vodka.

— Tout de suite, me répondit-elle. Avec du bacon ou de la langouste ?

— Pourquoi pas les deux ? suggérai-je avec un grand sourire.

Au moins, si je n'avais pas eu les faveurs de mon mari, j'aurais celles de la serveuse.

— Vous prenez quelque chose, Madeleine ? De l'herbe à brouter peut-être ?

*Eh oui, ma grande, je sais que tu es vegan. Alors qu'avec moi, au moins, il mangeait de la viande !*

Elle leva les yeux au ciel. Les bruits joyeux du dehors me faisaient l'effet de la roulette du dentiste.

— Est-ce que vous recevez parfois sa visite ? me demanda-t-elle, en se penchant vers moi avec une compassion feinte. Parce que moi oui. Ce sont de petits signes, des choses très intimes. Parfois je l'entends prononcer mon nom.

— Oui, après quelques verres, c'est ça ?

— Je ne crois pas être celle qui a un problème d'alcool ici.

Bien vu, zut.

La serveuse revint avec mon plat et ma vodka.

Je n'avais pas faim mais il m'apparut comme un impératif moral de manger à ce moment-là. Je remplis ma cuillère de la mixture et goûtai. Ce n'était ni assez chaud ni très bon.

— C'est comment ? me demanda Madeleine, avec son sourire condescendant.

— Délicieux. Vous en voulez ?

— Je ne mange rien qui provienne du monde animal.

— Il paraît oui, dis-je la bouche pleine.

Elle plissa les yeux.

— Écoutez, Kate, me dit-elle, et mon prénom dans sa bouche sonnait comme une insulte. Je ne sais pas quoi vous dire. Je l'aimais. Il m'aimait. Je ne voulais pas d'enfants à cause de ce que j'avais vécu, mais lorsque j'ai vu à quel point il était malheureux de ne pas être père, suffisamment désespéré pour sortir avec vous, si différente de lui, j'ai changé d'avis. À partir de là, ce n'était plus qu'une question de temps avant que nous nous retrouvions.

— OK, madame Irma, alors expliquez-moi plutôt ceci, dis-je, la langue déliée par la vodka. On s'est rencontrés, on a commencé à se voir, et on a eu le coup de foudre. On était tellement heureux et bien ensemble qu'on s'est mariés. Et c'était super ! Alors, OK, il a répondu à vos mails pathétiques. Poliment parce qu'il était gentil. Mais il ne m'a pas quittée. Parce qu'il m'aimait.

— Si c'est ce que vous avez envie de croire, très bien, mais je sais au fond de moi la vérité sur tout ça. Nous étions…

Elle secoua la tête, tant le souvenir de leur amour était trop fort pour être mis en mots.

— Il se sentait obligé vis-à-vis de vous. Honnêtement je crois qu'il avait pitié de vous, alors oui, il est resté, un peu, continua-t-elle en haussant les épaules avec grâce. Et puis un soir vous lui avez demandé du vin, et aujourd'hui il est mort.

J'encaissai le coup.

Puis je pris mon assiette de macaronis au fromage, me levai et la lui renversai sur la tête.

Elle poussa un petit cri et recula.

— Le déjeuner est pour moi, enfin, façon de parler, parce que visiblement on partage.

Dix minutes plus tard, j'avais encore les mains qui tremblaient.

J'étais trop en colère pour conduire (sans parler des deux vodkas), alors je marchai jusqu'au parc, en évitant les enfants à vélo, les chiens et les joggers.

À la différence de Bixby Park avec ses chemins et ses bois, et de Prospect qui ressemblait à une forêt, ici, c'était tout plat et vide.

Je marchai jusqu'au point de vue et admirai le nouveau pont. Des voiles blanches parsemaient la surface de l'eau et des bateaux à moteur entraient et sortaient de la marina. Quelque part derrière moi un groupe jouait le vieux tube de Van Morrison, *Brown-Eyed Girl*.

Justement j'avais les yeux marron, mais avais-je déjà écouté cette chanson avec Nathan ? M'avait-il jamais appelée sa fille aux yeux marron ? Nous n'avions jamais dansé dessus. D'ailleurs nous n'avions dansé que deux fois ensemble, à un bal de charité de ses parents et ce n'était pas très rock, comme ambiance.

Cette entrevue avec Madeleine avait été une énorme erreur. Pourvu qu'elle ne porte pas plainte contre moi.

Je sortis mon téléphone et j'appelai Eloise.

— Bonjour, c'est Kate.

— Kate ma chère, comment allez-vous ?

— Je, écoutez… je voudrais faire enlever ce banc dans le parc, d'accord ? Ça me contrarie.

— Bien sûr. Je vais les appeler, ne vous en occupez pas. Je partage votre avis, c'était très indélicat de sa part.

Nous fixâmes un déjeuner ensemble et cette fois-ci cela ne me coûta aucun effort. J'avais une alliée.

En parlant d'alliées, je téléphonai ensuite à Ainsley et tombai sur son répondeur. Zut. C'était toujours la même chose. Elle n'était jamais dispo quand je voulais lui parler. « Salut. Je suis sur la promenade du fleuve à Tarrytown. Je serai en retard. » *Parce que je suis un peu soûle et que j'ai renversé mon assiette sur la tête de l'ex-femme de Nathan.*

Je me dirigeai vers un arbre et m'assis, le dos contre le tronc. Je sortis mon appareil de mon sac et pris quelques photos du pont, des bateaux, des enfants, d'un chien. Aucune n'était bonne. Elles avaient toutes l'air fausses et mises en scène.

De plus, le tronc me piquait le dos, alors je décidai de m'allonger dans l'herbe qui me chatouillait les bras. Le ciel était d'un bleu si vif que je dus fermer les yeux.

*Tu es là, Nathan ? Tu vas bien ? Tu m'aimais vraiment, ou bien elle a raison ?*

Faute de réponse, je m'endormis.

Un peu plus tard, je fus réveillée par mes propres ronflements et je clignai des yeux. Le ciel n'était plus aussi bleu.

Daniel le Pompier Super Sexy était assis à côté de moi.

— Salut, dis-je.

— Salut. J'espère que ça ne t'ennuie pas, mais on vient de faire l'amour toi et moi.

J'éclatai de rire.

— On n'a pas traumatisé des enfants au moins ?

— Oui, enfin, tu étais plutôt cochonne.

— Mais que fais-tu ici ? À part embêter des veuves endormies ?

— Je suis allé chez Jane pour lui donner un coup de main avec ses sales gosses et ensuite je voulais t'inviter à boire une bière. J'ai appelé sur ton fixe. Je suis tombé sur ta sœur qui m'a dit que tu étais ici.

— OK. Compris.

— Il me semble t'avoir vue au centre il y a quinze jours, non ?

— J'ai fait une apparition.

— Tu es partie assez tôt, remarqua-t-il en jouant avec des brins d'herbe.

— Oui, on avait un truc avec ma sœur.

J'avais les joues brûlantes, soit à cause de la vodka, soit

à cause du soleil, de la sieste ou parce que le sexy Daniel était assis à côté de moi. Difficile de savoir.

En même temps je n'allais pas lui expliquer que j'étais partie de la soirée après l'avoir vu avec une nana.

— Alors, comment ça va ? me demanda-t-il.

— Ça va.

— Tu as lu ses mails ?

J'acquiesçai.

— Et ils t'ont foutue en l'air ?

— Ouaip.

— Tu aurais dû écouter tonton Dan.

Il allongea à côté de moi son beau corps de mâle musclé.

— Qu'est-ce qu'ils disaient ces mails ? ajouta-t-il.

Je posai les yeux sur une petite fille qui courait après son grand frère, et ça me rappela que Sean ne m'avait pas téléphoné depuis quelque temps. Trop occupé à vivre sa vie parfaite.

Je m'éclaircis la voix et répondis en choisissant mes mots :

— Que son ex l'aimait toujours et voulait qu'il me quitte. Lui répondait qu'il était *bien* avec moi et ne voulait pas me faire souffrir.

— C'est tout ?

— Ça me paraît déjà pas mal.

— Je ne trouve pas ça si grave.

Devant mon air consterné, il nuança.

— Enfin bon, je suis un mec. Je ne suis pas très fin.

Nous ne dîmes plus rien pendant quelques minutes puis il reprit :

— Non, ce n'est pas si grave. C'est déjà super d'être *bien* avec quelqu'un. On veut ce que l'on a et l'on a ce que l'on veut. Je ne vois rien de mal à être *bien*.

— Il paraît qu'il voulait me quitter, mais qu'il était retenu par la culpabilité.

— Et alors ? Qu'est-ce qu'elle en sait ? Il est resté, non ? Laisse tomber, Kate.

— C'est juste que si j'avais su tout ça je ne me serais jamais mariée, répondis-je en soupirant.

— Pourquoi ?

— Parce qu'il ne savait pas ce qu'il voulait.

— Tu trouves ? Il t'a épousée. Ça me paraît déjà une sacrée décision.

— Et il est mort, Daniel. Et je suis veuve. Si j'avais su qu'il hésitait, qu'il était déchiré comme ça, j'aurais dit non, attendons un peu. Et alors, eh bien, peut-être qu'il vivrait encore aujourd'hui.

— Mais ce n'est pas le cas, dit Daniel avec un grand soupir. C'est comme ça. Tu veux une glace ? J'entends le camion.

— Tu n'as rien de mieux à proposer ?

— Mieux qu'une glace ?

Il se leva avec énergie et souplesse.

— Viens, me dit-il en me tendant une main, que je pris. Pendant au moins dix mètres, nous marchâmes ainsi, main dans la main, et il fallut qu'un ballon de foot arrive sur nous pour qu'il me lâche, coure après le ballon et frappe dedans pour le renvoyer au gamin.

Je commandai un cône à la vanille bon pour le moral et le laissai payer.

— Est-ce que tu as vraiment demandé à Paige d'intervenir au centre ? le questionnai-je en attaquant mon cône (puisque mon déjeuner avait fini sur la tête de Madeleine).

— Non, répondit-il en léchant sa main où avait coulé de la glace. Mais quelqu'un l'a fait. Pourquoi ?

— J'ai juste été étonnée de la voir là-bas l'autre jour. Par le passé je lui ai demandé des dizaines de fois de nous rejoindre.

— Eh bien ça y est. Mais de ce que j'ai entendu, c'est une emmerdeuse qui veut tout diriger. Tu devrais revenir. Tu nous manques.

Il me donna un petit coup d'épaule et ajouta :

— Surtout à moi.

— Merci, c'est sympa.

Il sourit, son cône dans la bouche. Il était d'une beauté invraisemblable.

Et mieux que ça, il était gentil.

— Je te raccompagne à ta voiture ?

— D'accord.

Il ne me redonna pas la main en marchant, mais j'y pensai et je m'en voulus.

— Merci pour la glace, cher ami, dis-je en arrivant à ma voiture.

— Je t'en prie, répondit-il en me serrant très fort dans ses bras musclés, puis il m'ébouriffa les cheveux. On dîne ensemble un de ces soirs ?

— D'accord.

Là-dessus, je montai dans ma voiture et rentrai à la maison, de bien meilleure humeur qu'avant.

Daniel Breton était vraiment un type sympa. Un bon ami.

Qui l'aurait cru ?

# Ainsley

Il ne m'appela pas le dimanche. Je vérifiai mon téléphone frénétiquement toute la journée et ne bougeai pas de chez moi au cas où lui viendrait l'idée de passer.

Mais non.

Si bien que le lundi j'arrivai au journal pour 8 h 29, très énervée.

Il était dans son bureau au téléphone. Je lançai un regard noir en direction de sa porte.

— Comment s'est passé ton week-end ? me demanda Rachelle.

— Super ! répondis-je.

Ce qui était à moitié vrai, ou du moins un quart vrai, mais je laissai ma colère de côté et lui souris.

— Et toi ?

— Génial ! J'ai rencontré quelqu'un. Il a l'air hétéro, n'a ni collection de poupées, ni les ongles des orteils trop longs et habite un appartement très mignon, mais qui appartient à sa grand-mère, donc méfiance.

— Bah, peut-être pas. Elle n'habite pas avec lui, si ?

— Je ne l'ai pas vue. Il m'a semblé que ça sentait un peu la poudre de grand-mère, mais je n'ai pas vu de preuves.

— Ainsley, puis-je vous voir un moment ? me demanda alors Jonathan.

— Tout de suite, Jonathan !

Je le rejoignis, il ferma la porte et s'assit à son bureau.

— Merci de m'avoir appelée hier, dis-je en croisant les bras et en reprenant mon air furieux.

— Je ne t'ai pas appelée.

— Je sais bien.

Il eut l'air surpris. *Je ne comprends rien à votre ironie, vous les humains.*

— Que veux-tu, Jonathan ? Tu veux me renvoyer, en fin de compte ?

— Non, j'ai besoin que tu signes ceci.

Il me fit passer une feuille de papier puis croisa les mains. Je me mis à lire.

> *Romance sur le lieu de travail. Bon pour accord.*
> *Nous, soussignés… accord consensuel… n'aura pas un impact négatif… marques publiques d'affection…*

Je repoussai les papiers vers lui.

— C'est ta manière à toi de te montrer affectueux ?

— Pardon ? — C'est tout ce que tu as à me dire après — je baissai la voix — après avoir couché avec moi ? Tu n'as rien d'autre à exprimer d'abord ?

— Absolument pas, non. J'ai d'abord besoin que tu lises ça. Si tu voulais porter plainte contre moi maintenant, tu en aurais parfaitement le droit.

— Pourquoi ? Pour ce qu'on a fait l'autre soir ?

Il fit une grimace que je m'efforçai de ne pas prendre mal.

— Moins fort, s'il te plaît. Oui, pour ça.

— Tu es la personne la moins romantique que je connaisse.

— J'essaie simplement de protéger…

— Je sais. Je ne suis pas idiote. Donne ton stylo.

Je gribouillai ma signature sur chaque page, et paraphai à quatre endroits différents, avant de lui rendre son stylo, qui rebondit sur le bureau et termina contre lui.

— C'est indispensable, Ainsley. Surtout lis bien le paragraphe sur…

— Ça suffit, Jonathan, c'est bon.

Il se leva.

— Je suis désolé si je t'ai froissée.

Je levai les bras au ciel.

— Ça aurait été gentil de m'appeler. Je n'étais pas très

sûre de moi samedi, vu que tes premiers mots à mon réveil ont été : « Va-t'en. »

— En fait, je ne pense pas avoir dit les choses comme ça.

— Mais attends, vendredi je n'avais pas la moindre idée que je te plaisais. Là-dessus, on couche ensemble, ensuite tu ne m'appelles pas, alors que tu avais promis de le faire, ce qui est une grave entorse au règlement amoureux, et aujourd'hui tu m'accueilles avec une lettre de ton avocat !

Il inspira profondément.

— Lydia n'était pas dans son assiette hier, alors elles sont restées à la maison au lieu de retourner chez leur mère.

— Tu aurais pu me le dire.

— Je ne veux pas qu'elles entendent mes conversations avec la personne que je… fréquente. Leur mère les a déjà assez embrouillées comme ça.

— Un SMS, Jonathan, ou un mail. Nous vivons dans un merveilleux monde moderne.

Il pencha la tête, sans me regarder.

— Je ne savais pas quoi dire.

Ah oui, c'est vrai. Encéphalogramme Plat avait du mal à communiquer.

— Pourquoi pas quelque chose comme : Bonjour, Ainsley, j'espère que tu as passé un bon week-end. Moi oui, en particulier la soirée de vendredi. Malheureusement, ma fille n'est pas bien et je ne peux pas te parler mais on se voit demain.

Sa bouche esquissa un début de sourire.

— Mais *j'ai* passé un très bon week-end, en particulier la soirée de vendredi.

Proférés avec sa belle voix de mâle, mes mots étaient encore meilleurs à entendre.

— Comment va Lydia aujourd'hui ?

— Très bien.

— As-tu quelque chose de personnel à me dire, Jonathan ?

— Non. Nous sommes au travail, répondit-il avec un grand sourire.

Je lui souris à mon tour et me sentis toute flagada et très bête.

— Tu n'as pas des articles à relire ? me demanda-t-il.

— Si.

Et mon sourire ne me quitta plus, même à la lecture d'articles sur ces médecins de famille qui se mettaient de plus en plus à prescrire du Botox.

Plus tard, tandis que je lisais la réponse chaleureuse et touchante de Candy à une lectrice qui se plaignait que sa mère était froide et peu aimante, je vis entrer mon père.

— Papa ! m'écriai-je, paniquée, parce que c'était bien la première fois qu'il venait me voir au bureau. Qui est mort ?

— Quelqu'un est mort ?

— Je n'en sais rien. Dis-moi !

— Gram-Gram ? m'interrogea-t-il, inquiet.

— Je n'en sais rien !

Nous nous regardâmes pendant quelques secondes.

— Est-ce que tu es venu m'apporter une mauvaise nouvelle, papa ?

— Non, je pensais qu'on pouvait déjeuner ensemble. Mais si on appelait d'abord ta grand-mère ?

— Je le fais.

Nous étions superstitieux tous les deux. Lui parce qu'il travaillait dans le base-ball, et ces types-là se décomposaient s'ils ne pouvaient pas mettre leur pantalon spécial, se signer trois fois avant de frapper la balle, ni faire trois fois le tour de la première base.

Et moi parce que j'avais grandi dans un monde où les mamans partent faire un tour à vélo et se font écraser par des camions.

— Bonjour, Gram-Gram ! dis-je d'une voix enjouée.

Lorsqu'elle décrocha, je levai le pouce à l'intention de mon père.

— Je voulais juste te dire un petit bonjour. Comment vas-tu ?

— Oh ! tu es adorable, ma chérie. Vraiment adorable. Je vais bien. Enfin, je me sens seule, seule comme une vieille femme qui attend la mort.

— Ne dis pas ça, protestai-je. Tu me manquerais beaucoup trop !

— Pourtant c'est vrai. Je n'ai rien d'autre à attendre désormais.

— Et ton rendez-vous ?

Je l'avais branchée avec George, le monsieur du groupe de parole de Kate. Ils avaient déjeuné ensemble l'autre jour.

— Il n'a parlé que de soupe.

— Eh bien, tu aimes la soupe.

— C'est vrai. La bisque, j'aime surtout la bisque.

— Tu vois ? C'est un bon début.

— Tu es merveilleuse. Tu le sais ? Tu es ma meilleure amie. Je t'aime, ma chérie.

— Moi aussi, Gram-Gram.

Je raccrochai, soulagée, avec le sentiment d'être adorée d'elle et de l'adorer en retour, et de jouer un peu les entremetteuses.

Depuis son bureau, Jonathan me fixait. Non seulement un membre de ma famille était avec moi mais j'étais en train de passer un coup de téléphone perso.

— Il faut qu'on fixe la date de votre entretien d'évaluation, Ainsley, me dit-il de loin.

Visiblement, coucher avec le patron n'allait pas me faire gagner des points. Il n'y avait pas la moindre trace d'humour dans ses yeux.

— C'était une urgence, expliquai-je. Nous avons cru que Gram-Gram était morte, mais en fait non. Je vais déjeuner. Vous vous souvenez de mon père ? À tout à l'heure !

Mon père m'emmena dans sa petite décapotable, comme au bon vieux temps, lorsque j'étais enfant et qu'on allait faire une course/rendre visite à une de ses petites amies. On parlait de base-ball, de combien on regrettait Derek Jeter, et de l'endroit où se jouait le prochain match, ou encore de ce sandwich incroyable qu'il avait mangé à Kansas City.

— On va là ? me demanda-t-il en se garant devant le Hudson's. Je n'y suis jamais allé.

Ils ne sortaient pas souvent, Candy et lui, voire jamais, et l'endroit venait d'ouvrir.

— Super. Je suis venue il y a quelques semaines boire un verre avec les filles. C'est vraiment joli.

Quelques minutes plus tard, nous étions installés à une belle table donnant sur le fleuve et avions tous les deux commandé des fettuccine Alfredo, un plat riche, délicieux et bien gras, du genre que Candy ne cuisinait jamais.

— Eh bien, c'est sympa tout ça, papa, et ça fait un peu bizarre en même temps. Je pense que ça doit faire dix ans que nous n'avons pas déjeuné ensemble.

— Je sais, ma fille. C'est ma faute. Je voyage trop !

Mais il sourit en disant cela, parce qu'il adorait son travail.

— Je voulais savoir comment tu allais après cette histoire avec Eric.

Papa, inquiet pour moi ? C'était nouveau !

Je m'aperçus alors que je n'avais pas beaucoup pensé à Eric ces derniers jours. Alors si, bien sûr, comme Jonathan n'était que le deuxième homme avec qui j'avais couché, la comparaison m'avait traversé l'esprit. Et j'étais heureuse de pouvoir dire que Jonathan l'emportait haut la main.

— Eh bien, je suis en train de tourner la page, je crois, et il me facilite bien les choses en agissant comme un vrai crétin.

— J'ai toujours pensé qu'il s'occuperait bien de toi. C'est pour ça que je l'aimais bien. Et ses parents aussi étaient gentils.

C'était vrai qu'ils étaient gentils. Mais la dernière fois que je l'avais appelée, Judy ne m'avait pas rappelée. À cette pensée, ma gorge se serra mais je m'efforçai de sourire.

— Et côté finances, comment tu t'en sors ?

— J'ai quelques économies, dis-je en soupirant. Mais il va falloir que je me loge, Kate ne va pas me garder toute la vie chez elle.

— C'est vraiment très gentil de ta part d'être allée habiter chez elle.

— C'est vraiment très gentil de sa part à elle de m'héberger.

— Elle n'a jamais su demander d'aide. Je suis content que tu sois là.

Nos plats arrivèrent et nous commençâmes. On mangeait divinement bien ici.

— Si je te parle d'argent, ma chérie, c'est parce que j'en ai pour toi.

— C'est bon, papa. Je m'en sors très bien.

— C'est de l'argent qui te vient de ta mère.

— Ah bon ?

Il acquiesça sans me regarder.

— Elle avait souscrit une assurance-vie. Pas une somme énorme mais avec les années, et les intérêts, ça ne fait pas loin de cent mille dollars aujourd'hui.

— Cent mille ? fis-je en manquant m'étouffer.

— Oui, je pensais te les donner lorsque tu te marierais, mais voilà, ils sont à toi.

Je m'adossai contre le dossier de ma chaise.

— Mais pourquoi ne m'en as-tu jamais rien dit ?

— Pour dire la vérité, ça m'est sorti de l'esprit. C'était censé te revenir le jour de tes vingt-cinq ans.

Cela ne lui ressemblait pas d'oublier une somme si énorme, mais je ne dis rien.

Ma mère était morte à vingt-cinq ans, presque vingt ans plus jeune que mon père. Est-ce que c'était habituel chez les jeunes mères de souscrire une assurance-vie ?

— Mais quand a-t-elle fait cela ? demandai-je.

— La semaine avant ta naissance. Elle a fait ce... enfin, ça n'a plus d'importance, si ?

— Si, papa. Tu ne me parles jamais d'elle. Dis-moi, je t'en prie.

À dire vrai, j'en avais plus appris sur ma mère par Kate ces dernières semaines que par mon père en trente ans.

Il soupira et regarda par la fenêtre.

— Elle a fait ce rêve dans lequel elle mourait, me raconta-t-il tout doucement. Elle te mettait au monde, mais elle savait qu'elle n'y survivrait pas alors qu'elle ne voulait qu'une chose : tenir assez longtemps pour te voir. Elle s'est réveillée tellement bouleversée qu'elle était inconsolable.

Il se passa la main sur le front.

— Je n'arrêtais pas de la chambrer par la suite, de lui dire qu'au moins elle avait pu te tenir dans ses bras, te voir faire tes premiers pas, voir pousser ta première dent… Jamais je n'aurais cru que…

Sa voix se brisa.

— Oh, papa, lui dis-je en prenant sa main entre les miennes. Je suis tellement désolée.

— Quand elle est morte, je me suis effondré. J'aurais voulu mourir à mon tour, me dit-il en s'essuyant les yeux de sa main libre. Tu lui ressembles tellement, Ainsley. Tu as toutes ses qualités.

Je posai les lèvres sur sa main, les yeux remplis de larmes.

Il me serra les doigts puis retira sa main, s'essuya les yeux avec sa serviette, secoua la tête, me sourit et recommença à manger. Je le regardai se cacher de nouveau derrière son masque jovial, celui qu'il s'était composé pour le travail.

Tout le monde ne parvenait pas à se remettre d'un chagrin d'amour. Mon père était de ceux qui gardent à jamais le cœur brisé.

Kate, elle, s'en remettrait, j'allais tout faire pour ça.

Après ce moment d'intimité, je lui racontai ma visite au musée de la sculpture sur glace et lui suggérai d'aller y faire un tour à la fin de la saison de base-ball. Lui me dit qu'il était allé voir un film à Seattle dans un cinéma où les sièges s'inclinaient, qu'il s'était endormi et réveillé au milieu du film suivant.

Je ne m'étais jamais rendu compte à quel point mon père était seul. Toutes ces petites amies, toutes ces années où il avait trompé Candy qui ne parvenait pas à renoncer à lui tout comme il ne pouvait renoncer à ma mère.

— Est-ce que vous allez vraiment divorcer, Candy et toi ? lui demandai-je.

— Quoi ? Oh ça ? Non, ça l'amuse d'y revenir de temps en temps histoire d'attirer mon attention.

Un homme en grande tenue de cuisinier vint alors à notre table.

— Comment s'est passé votre déjeuner ? Je suis Matthew, propriétaire et chef de ce restaurant.

— Fantastique, répondit mon père, en lui serrant la main. Les meilleures pâtes que j'aie mangées depuis des années !

— Et mon père passe sa vie au restaurant, dis-je. À travers tout le pays. Il est arbitre de la ligue nationale de base-ball.

— Sans blague ! C'est un super boulot ça ! Vous connaissez Derek Jeter ?

— Bien sûr. C'est un type super.

Ils discutèrent quelques minutes, puis le chef nous salua et nous remercia d'être venus.

— Dites donc, je suis éditrice au *Hudson Lifestyle* et je ne crois pas qu'on ait jamais écrit sur vous, lui dis-je alors.

C'était assez bizarre. Nous avions écrit un article sur un magasin de perles ouvert l'an dernier. Rien n'était négligeable pour nous, à condition que ce soit local, et nous couvrions *toutes* les inaugurations de restaurants.

— Eh bien, euh…, dit-il.

Le signal du téléphone de mon père retentit et il jeta un coup d'œil à ses SMS.

— Oh, Clancy a annulé pour le match de ce soir. Il faut que j'aille à Camden Yard. Tu crois que tu peux retourner à ton bureau à pied, ma puce ?

— Mais bien sûr, papa. Je vais marcher, il fait très beau.

Il m'embrassa sur la joue, serra de nouveau la main du chef et partit, tout à sa passion de notre sport national.

— Vous connaissez notre magazine ? Nous faisons beaucoup de critiques de restaurants et le vôtre est particulièrement joli.

Matthew s'assit dans le siège vide de papa.

— Je le connais bien, oui. Je suis Matthew Kent.

Je restai bouche bée et sentis une bouffée de chaleur m'envahir.

Le frère de Jonathan. Celui qui couchait avec sa femme.

— Oh ! je vois, parvins-je à bredouiller.

— Oui.

Je voyais la ressemblance à présent. Il avait les cheveux plus clairs, et ses yeux étaient moins beaux, mais il avait des pommettes saillantes et de belles mains.

— Vous travaillez là-bas depuis longtemps ? me demanda-t-il.

— Deux ans.

— Alors vous connaissez bien mon frère ?

— Mmmoui.

*Au sens biblique même.*

— Si j'en juge par ce que je lis dans votre regard, vous connaissez toute l'histoire.

— Ouaip.

— Je vois, fit-il en soupirant.

Ses doigts pianotèrent sur la table.

— Eh bien, je ne suis pas fier de la façon dont les choses se sont passées, mais j'aime mon frère.

— Vous avez une drôle de façon de le lui montrer.

— Je n'ai pas d'excuse, je le sais, dit-il en baissant les yeux vers la table. En tout cas, j'aime vraiment Laine et j'aime aussi les filles.

— Évidemment, ce sont vos nièces.

Il leva les yeux vers moi.

— Écoutez. J'étais amoureux d'elle avant même que mon frère la rencontre, OK ? Et quand notre père a fait cette attaque, Jonathan s'est complètement refermé sur lui-même. Il n'y avait plus de place pour moi, pour partager notre chagrin ou que sais-je. Laine était seule toute la journée avec deux petites et lui ne faisait rien d'autre que travailler.

— Et vous vous êtes dit que cela l'aiderait si vous lui preniez sa femme.

Il détourna le regard.

— Comme je vous l'ai dit, je n'en suis pas fier. Et je ne lui ai pas *pris* sa femme. Avant cela je faisais déjà beaucoup de choses : les courses, la cuisine, jouer avec les petites, réparer la chaudière.

— Je vois. On devrait vous remettre une médaille.

— Je suis conscient de ce que j'ai fait, mademoiselle...

— O'Leary.

— Mademoiselle O'Leary. Mais si vous travaillez avec mon frère, vous savez sans doute que ce n'est pas la personne la plus facile du monde. J'aimerais beaucoup arranger les choses, ou du moins essayer.

Il se tourna de nouveau vers la fenêtre.

— Il me manque.

— Il me semble que quelqu'un ici n'a plus qu'à prendre sa plus belle plume, déclarai-je en me levant.

Je heurtai alors le verre d'eau de mon père qui se renversa sur les genoux de Matthew.

— Oups.

Sur ce, je partis, dans un état de confusion mentale avancé.

Quel déjeuner ! En une heure, j'avais compris plus de choses sur mon père que jamais auparavant, que ma mère pressentait qu'elle ne serait pas toujours là pour moi et qu'elle avait tenté d'y remédier avant même ma naissance.

Et j'avais fait la connaissance de l'homme qui avait foutu en l'air la vie de Jonathan.

# Kate

— Vas-y, Brittannee ! Cambre-toi plus ! hurla la mère. On est dans la haute couture là !

— La haute couture ou le porno ? murmura Max.

C'était un bel après-midi de juillet, un jeudi, et nous faisions la traditionnelle séance photo de fin de lycée pour une gamine adorable dont la mère voulait clairement qu'elle devienne top model, au lieu d'entrer à l'université avec une bourse de basketteuse comme elle-même en avait l'intention.

— Elle ne tire pas parti de sa beauté, se lamenta la mère en levant les mains au ciel.

— Maman, je veux faire médecine, dit Brittannee. Je n'ai pas besoin d'être belle.

— Sauf que tu l'es, et que tu devrais en profiter. Si seulement tu voulais bien m'écouter, tu ferais la couverture de *Elle*.

Nous avions choisi le cadre de Bixby Park pour la séance, et alors que la jeune fille se serait contentée d'un simple portrait, sa mère ne voyait pas les choses du même œil.

Celle-ci s'avança vers le mur en parpaings des toilettes publiques qu'elle avait décrété « photogénique ».

— Comme ça, dit-elle alors en prenant une pose obscène au risque de se déboîter la hanche. On sort son popotin, hop, hop, hop ! Tac, tac, tac ! Et ensuite on allonge ses bras. C'est la Gucci touch !

— Mais en quelle langue tu parles ? lui demanda sa fille en levant les yeux au ciel, tandis que je compatissais en silence.

— Cette photo est pour *moi* et c'est comme ça que je

veux me souvenir de toi lorsque tu ne seras plus là, répliqua la mère.

— D'abord je ne vais pas mourir, je vais juste rentrer à la fac, et ensuite tu veux quoi ? Une photo de mes fesses ? On peut pas juste faire un portrait normal ?

À propos de mannequinat, la jeune sœur de Daniel, Lizzie, m'avait envoyé un SMS pour m'annoncer qu'elle avait signé avec l'agence Ford et je m'en réjouissais. À ma demande, elle devait me tenir au courant, parce que j'avais un bon réseau dans l'univers de la mode. Elle avait du talent, enfin à mon avis, et elle au moins *voulait* faire ce métier.

Contrairement à Brittannee, au prénom impossible à orthographier.

Je décidai de me concentrer sur la mère, qui avait cette silhouette sèche et filiforme des femmes mûres obsédées par leur corps.

— Lori, lui dis-je, vous avez un visage intéressant. Ça vous ennuierait que je fasse quelques photos de vous ?

— De moi ? Eh bien, si vous y *tenez*, me répondit-elle en faisant une moue coquette.

Elle se prêta au jeu comme une midinette, appliquant tous les conseils entendus à la télévision. Brittannee me remercia d'un regard et considéra sa mère avec indulgence.

— Fantastique, Lori ! J'adore ! Gardez cette pose, le cou bien étiré !

Je connaissais les ficelles du métier moi aussi.

Bref, lorsqu'elle en eut assez de se suspendre à une branche d'arbre en me faisant des moues suggestives, je pus me concentrer sur sa fille.

— Brit, si tu t'asseyais juste confortablement sur la pelouse ?

Et ainsi je pris une dizaine de belles photos qui lui ressemblaient vraiment : une fille adorable et sportive avec un joli sourire. Quant à sa mère, elle avait eu l'illusion pendant une demi-heure d'être un top model. Elles repartirent main dans la main, et j'en eus la gorge serrée. J'aurais tant voulu avoir une fille.

Peut-être adopterais-je après tout, d'ici à un an. Au groupe de parole, ils m'avaient dit de ne pas prendre de grande décision la première année. Or ça faisait trois mois, deux semaines et deux jours.

Je constatai que le banc avait été retiré. Il faudrait que j'appelle Eloise pour la remercier.

Les quatre jours précédents j'étais allée m'occuper d'Esther, Matthias et Sadie pendant que Kiara et Sean se rendaient à un congrès de chirurgie à Napa, invités par un fournisseur, où ils allaient passer un quart d'heure à s'informer sur les progrès de la technologie et le reste du temps au spa.

J'avais adoré mon séjour : jouer au Scrabble le soir avec Matthias et Esther, enchaîner avec eux des épisodes de *The Walking Dead*, emmener Sadie se promener à Central Park et laisser les gens croire que c'était ma fille. Du coup, j'avais fait promettre à leurs parents de partir plus souvent.

Mais aujourd'hui il fallait que je rentre à Cambry.

— Comment ça va toi ? me demanda Max en rangeant nos affaires.

— Pas si mal. Mais parfois j'ai l'impression de ne jamais avoir été mariée. C'est ça qui est difficile, lui expliquai-je, émue.

— Ne sois pas trop dure avec toi-même, me répondit-il en hochant la tête, de cette voix caverneuse un peu flippante. N'analyse pas toujours tout. Laisse-toi vivre.

— Tu me connais bien.

— Depuis le temps…

— Embrasse tout le monde chez toi.

Il acquiesça et se dirigea vers sa voiture.

Ce soir-là, j'étais en train de décongeler le dernier « plat de deuil » lorsque Ainsley rentra.

— Coucou ! Tu m'as manqué. C'était comment avec les enfants ?

— Ils sont super. Mais Esther n'a pas fini de leur en faire voir. Elle entre dans l'adolescence…

— Tant mieux, répondit Ainsley. Sean a toujours eu la partie un peu trop facile.

Elle était radieuse et visiblement impatiente de m'annoncer une grande nouvelle.

— Et ta semaine ? lui demandai-je.

— Tu ne vas pas me croire ! J'ai couché avec Jonathan ! Et tout laisse à penser que ça va continuer parce qu'il m'a fait signer des papiers.

— Ça alors ! m'exclamai-je.

Pas la peine de lui demander comment ça s'était passé, vu la manière dont elle virevoltait gaiement dans la cuisine, câlinait Ollie et le gardait dans ses bras tout en attrapant une bouteille de vin dans le frigo.

— Je me suis retrouvée coincée chez lui par l'orage vendredi soir. Il m'a préparé à dîner, on a bu du vin, et alors il m'a avoué que je lui plaisais ! Je n'en avais pas la moindre idée ! Même s'il m'était arrivé de me dire qu'il me plaisait aussi, parce que mis à part son côté « robot venu d'une autre planète » il a un je-ne-sais-quoi de Darcy. Et tu aurais vu comme il était mignon en me disant ça ! Ensuite on s'est embrassés et, je ne sais pas comment, on s'est retrouvés direct dans son lit.

Je ris, et elle me servit un verre de vin, puis posa le chien pour s'installer au bar. Ollie alla chercher sa couverture et s'allongea à nos pieds.

— Alors, t'en penses quoi ? C'est trop tôt après Eric ?

— Oh ! j'en sais rien. Et toi, t'en penses quoi ? lui dis-je.

— Allez, donne-moi ton avis de grande sœur. Je le retrouve dans trois quarts d'heure. Pas en ville bien sûr. Il flippe à l'idée que quelqu'un du journal pourrait nous voir.

— Il est divorcé, non ?

— Oui, et c'est une histoire de dingue ! Sa femme l'a trompé avec son frère.

— Tu plaisantes ! C'est dégueulasse ! m'écriai-je, tout émoustillée par ces commérages savoureux qui me rappelaient le bon vieux temps avec Paige. En tout cas, raison de plus pour avancer prudemment : il doit se méfier des femmes maintenant.

— Ah, tu vois ! Ça, c'est du bon conseil de grande sœur, dit-elle en terminant son vin. Bon, il faut que j'aille me changer et que je me trouve des escarpins sexy. Et euh… il est possible que je reste dormir là-bas.

— OK, amuse-toi bien, répondis-je un peu déçue parce qu'elle allait me manquer.

Elle dut le sentir car elle me dit alors :

— Tu veux qu'on fasse un truc ensemble demain soir ? Juste toi et moi ou alors avec quelques invités ?

En effet, la solitude me pesait.

— Oui j'adorerais. Je vais faire signe à des gens du groupe, d'accord ? LuAnn est super drôle et ça lui fera du bien de laisser ses gosses une soirée.

— Super ! On organise une fête alors ! Il faut que cette maison serve un peu.

Elle m'embrassa puis monta en faisant claquer ses talons.

Bon. Ce soir j'étais toute seule avec Ollie. Parfait. J'allais pouvoir travailler sur les photos d'aujourd'hui, ou lire, ou nettoyer la salle de bains.

Ou me débarrasser des affaires de Nathan.

Il fallait bien le faire.

Ainsley partie, je me retrouvai seule devant ma soupe, comme un orphelin dans un roman de Dickens.

— S'il vous plaît, monsieur, j'ai encore faim, dis-je tout haut.

Ollie se mit à aboyer et à remuer la queue, et du coup je lui donnai mon bol à lécher.

Il restait de la soupe, au moins pour une personne, mais je la vidai dans l'évier.

Terminés, les plats de deuil. Je n'en pouvais plus.

C'est drôle comme le temps se mesure différemment après la perte d'un être cher. Vous calculez tout par rapport à cette seconde où votre vie a basculé. Ce qui compte sur le calendrier, ce ne sont plus les noms des mois ou des saisons mais ces dates cruciales : le jour de votre rencontre, le jour de votre premier baiser, le premier dîner chez ses parents, la date de sa mort, celle de son enterrement.

Chaque jour vous entraîne plus loin de l'époque où l'autre était en vie et vous force à réaliser que vous ne célébrerez plus jamais tous ces anniversaires. Chaque année, la date de la naissance de Nathan passera, mais il ne vieillira plus. Et plein d'événements passeront inaperçus pour tout le monde sauf vous. Ça aurait fait un an, trois ans, vingt-cinq ans... Toutes ces dates étaient à jamais inscrites dans le cœur de ceux qui restaient.

Dans notre groupe l'autre soir, LuAnn avait évoqué cette première année, et avec quelle douleur elle avait vécu toutes ces premières fois sans.

— Pourtant, le trois cent soixante-sixième jour, j'ai senti à l'intérieur de moi comme un soulagement, vous voyez ? Comme si je m'étais prouvé que je pouvais survivre, alors que j'étais persuadée du contraire.

Jeannette, dont le mari était mort d'un cancer le jour de leur anniversaire de mariage, n'avait pas le même ressenti.

— C'est plus difficile chaque mois, quand je vois tout ce qu'il manque, et que je me vois là, vieillir sans but, continuer ma vie sans lui.

— Pour moi, c'est comme si une voiture s'était garée en plein sur ma poitrine et que chaque respiration était une souffrance. Ça fait presque trois ans maintenant. La voiture est toujours là mais elle a fait un peu de place avait dit Leo.

— Pour Jenny, j'avais ajouté.

— Oui, avait-il répondu en souriant, et pour d'autres : mes élèves, vous...

Il me restait encore beaucoup de chemin à faire, moi la nouvelle du groupe.

Je remplis mon verre de nouveau et me rendis dans le bureau (enfin, le petit salon). J'allais peut-être jeter un œil à ces dernières photos de Nathan qui étaient restées dans le Nikon sur l'étagère.

Mais qu'est-ce que je ferais si je m'apercevais alors qu'il ne m'aimait pas vraiment ?

De plus, une fois ces photos découvertes, je n'aurais plus jamais rien à connaître de lui. Tant que je ne les avais pas vues, elles me donnaient l'illusion que quelque chose de lui survivait encore.

— Pas ce soir, Hector.

Mon poisson nageait sans rancune dans son bocal, défiant tous les pronostics d'espérance de vie.

J'allumai mon ordinateur. J'avais des douzaines de boutons d'acné à supprimer des visages de mes lycéennes et un diaporama de jeunes mariés à organiser. Ollie me rejoignit en traînant sa couverture miteuse dont il se fit un nid à mes pieds, et ses ronflements me fournirent un agréable fond sonore.

Je me mis donc à corriger la lumière, lisser les visages et rogner les membres de la famille. Rien de très compliqué. Je tombai sur un cliché magnifique : la mariée était d'origine africaine et en train de prononcer ses vœux, de profil, une larme glissant sur sa joue et faisant écho au diamant de sa boucle d'oreille. Le contraste entre sa peau sombre et sa robe était superbe. J'allais la proposer à un magazine de photo.

— Du bon boulot, pas vrai, Hector ?

J'avais vraiment fait fort le week-end dernier.

*Boum, boum boum !* Des coups retentirent à la porte d'entrée et je manquai avoir une attaque. Ollie se réveilla en sursaut et se précipita en aboyant.

C'était Daniel. Il était 21 h 30.

— Tout va bien ?

— Je suis de nouveau tonton ! s'écria-t-il en me prenant dans ses bras. Félicite-moi ! J'ai assisté à l'accouchement, et crois-moi, je n'avais pas prévu de voir un jour ma sœur les pattes en l'air. Il va me falloir un bon moment pour effacer cette vision d'horreur.

Il me lâcha, l'air ravi.

— Oh, je n'aurais pas dû te toucher, je sors de l'hôpital, couvert de liquides bizarres.

Son bonheur faisait plaisir à voir.

— Pas grave ! Fille ou garçon ?

— Fille. Espérons qu'elle ne sera pas aussi démoniaque que sa sœur. Elle s'appelle Maisy Danielle, et je mérite amplement ce deuxième prénom, vu comme j'ai retenu la jambe de ma sœur pour qu'elle puisse pousser, en lui disant qu'elle était super, tout en évitant de regarder le reste... Quatre kilos cent, et une tête comme une pastèque ! Ma sœur ne va pas pouvoir marcher pendant des semaines !

Tout sourires, il croisa ses bras musclés sur la poitrine.

— Joli prénom, hein ?

— Très joli. Félicitations, tonton Dan ! Viens, il se pourrait que je nous dégote du champagne.

— Une bière ça ira. En fait, je suis assez répugnant. En général quand sa sœur perd les eaux, un type se met à suer comme un bœuf. En plus c'était dans mon camion, rien que ça. Tu crois que je pourrais prendre une douche d'abord ?

Il était encore sous le coup de l'adrénaline.

— Bien sûr, viens. Il y a sept salles de bains dans cette maison.

— Tu vois cette tache, me dit-il en me montrant son T-shirt, c'est du sang. Répugnant, non ? Et je préfère ne même pas savoir ce que c'est que ça ici.

Il continua à parler tout en montant à l'étage.

— Enfin, elle a été héroïque. Elle n'a presque pas crié. Ma mère a fini par venir et elle était énervée d'être arrivée après la bataille. Mais c'était son quatrième tu comprends, alors il est sorti comme une lettre à la poste. On a juste eu le temps d'arriver à l'hôpital. Elle a dû pousser cinq fois en tout.

Je le conduisis au bout du couloir dans une des chambres inutilisées. Je ne savais même plus quand j'y étais entrée pour la dernière fois, mais elle était propre. On voyait les traces de l'aspirateur sur la moquette. Un tableau plein de taches de peinture était accroché au mur.

Bizarre ces chambres dans ma maison où je n'entrais jamais.

Daniel ouvrit la porte de la salle de bains.

— Waouh, c'est plus grand que mon appartement ici !

En effet, il y avait là quelque chose de presque indécent.

Décoré avec goût certes, mais gigantesque. Nathan ayant décrété que les salles de bains toutes blanches étaient d'un autre siècle, celle-ci était équipée de bois sombre et de stéatite. Sur un côté se trouvait un bloc de deux lavabos avec un système sophistiqué de lumières tout le long, et décoré de quatre vraies orchidées. Quelqu'un les arrosait sûrement, Ainsley ou bien une femme de ménage. Dans un recoin on apercevait les toilettes (avec un bidet, ce qu'en tant qu'Américaine je trouvais très suspect). Il y avait aussi une baignoire jacuzzi géante et, dans le coin, la douche derrière une paroi en verre fumé.

— Il y a des serviettes partout, dis-je en indiquant l'alignement de serviettes blanches impeccablement roulées. Prends ton temps. Profites-en.

— Sans problème. Dis donc, tu n'aurais pas un T-shirt à me prêter ? me demanda-t-il en retirant le sien.

Oh, mon Dieu, quels abdos ! Et cette peau ! Magnifique !

— Bien sûr. J'arrive. Et garde ton pantalon, tu veux ! Pas de ça chez moi !

Il me fit un clin d'œil et je parcourus le couloir en souriant jusqu'à ma chambre. J'avais un T-shirt extra-large des Yankees que mon père m'avait rapporté et dans lequel je dormais quelquefois. Je n'allais pas lui donner un T-shirt de Nathan, ça non.

Je revins à la salle de bains où Daniel, pieds nus, était en train de régler l'eau de la douche. Il avait déposé à l'extérieur ses bottes et ses chaussettes, et son torse était celui d'un dieu nordique. Je rendis secrètement grâce aux pompiers de New York et à leur programme d'entraînement sportif. J'étais veuve mais je n'étais pas morte pour autant.

Il avait des tablettes de chocolat, un sillon en V juste au-dessus de la ceinture de son jean, et un système pileux très sexy.

— Comment on allume ici ?

Sa question me tira de ma rêverie et je sursautai. Il faisait chaud, non ?

— Alors, euh… je ne sais pas très bien. Bouge les bras. Il y a des capteurs.

La pièce était tellement vaste que la douche avait son éclairage propre, mais là il y faisait nuit noire. Daniel remua un bras, ce qui eut pour résultat fascinant de faire jaillir son biceps. Mais n'eut aucun autre effet (en tout cas concernant l'éclairage, parce que sur moi l'effet fut immédiat). J'essayai deux ou trois autres interrupteurs qui allumèrent sous le lavabo, à côté du lavabo, dans le coin toilettes, et même au fond de la baignoire.

J'allai voir dans la douche, où se trouvaient trois pommeaux savamment agencés, plus un à effet de pluie, et un amovible. Sur l'étagère étaient alignés des produits : savon à la citronnelle, shampooing, démêlant et lait hydratant, rasoir, loufa. Depuis un tableau de contrôle, on pouvait ajuster la température de l'eau et choisir son pommeau. (Ne me jugez pas, tout ça c'était l'idée de Nathan.)

Je remuai la main. Rien. Il allait falloir trouver autre chose. Je m'approchai du panneau de contrôle, pensant y découvrir un interrupteur : température eau, température vapeur, chauffage des carreaux, rien sur l'éclairage.

Je remuai la main de nouveau et cette fois-ci, allez savoir pourquoi, les lumières s'allumèrent. Et du même coup, l'eau se mit à jaillir, de tous les côtés, et glacée en plus. Je tentai de reculer en criant et me retrouvai plaquée contre Daniel.

— Bravo, tu as trouvé ! s'exclama-t-il, hilare.

Je fus vite trempée et lui aussi. L'eau se réchauffa très vite, dégoulinant sur mon visage, mon dos, détrempant mon jean. Subjuguée, je regardais le ruissellement sur le cou de Daniel et le long de son torse et de ses bras magnifiques, jusqu'à la ceinture de son jean.

— Bon, amuse-toi bien, lui dis-je, troublée.

— Certainement, me répondit-il sans toutefois me laisser sortir, mais en me regardant avec un petit sourire.

C'est alors qu'il m'embrassa.

Tout d'abord je restai figée.

Puis je me mis à lui rendre son baiser, enfin, ma bouche

s'en chargea. Alors, toute ma solitude et mon sentiment de vide disparurent. Ses mains glissèrent dans mes cheveux, et je pris son cou puissant entre mes bras. Il était si beau, si attirant que j'eus envie de pleurer.

J'avais tant besoin qu'on me touche et de toucher moi-même quelqu'un qui ne soit ni ma sœur ni ma nièce. J'avais tant besoin qu'on ait envie de moi.

Et puis quand même, c'était Daniel le Pompier Super Sexy, il savait y faire ! Je comprenais enfin pourquoi on en faisait tout un plat. Il m'embrassait comme s'il avait l'intention de ne pas s'arrêter avant des heures : des baisers longs, lents, intenses et humides. Sa bouche prenait des initiatives, ses mains se promenaient sur mon dos. Puis il me souleva et me plaqua contre la paroi de la douche, sans cesser de m'embrasser.

C'était si bon ! Je veux dire, déjà sur le plan physique, il était beau comme un dieu, tellement grand et costaud, la peau douce, mouillée et chaude, les muscles saillants. Il me portait sans aucun effort apparent, et mes mains sentaient ses bras durs comme de l'acier.

Il souriait tout en m'embrassant et je crois que c'est ce que je préférais.

Faire l'amour m'avait tant manqué. Sentir un homme contre moi, sa force, la peau râpeuse de son menton. Après tous ces mois où j'avais eu l'impression de disparaître, enfin quelqu'un savait que j'existais.

— Je n'ai pas ce qu'il faut, murmura-t-il, mais je peux quand même te faire du bien.

Sa bouche descendit alors vers ma gorge, puis plus bas, mais je pris sa tête entre mes mains, pour le guider de nouveau jusqu'à mon visage.

— Attends. Je reviens… j'en ai pour une minute.

Je sortis de la douche en vacillant, tenant à peine sur mes jambes, et allai jusqu'à ma chambre, en mouillant tout sur mon passage. Je m'en fichais.

Il y avait une boîte de préservatifs dans le tiroir de la table de chevet de Nathan, qui datait de l'époque où je n'essayais pas d'être enceinte. D'avant notre mariage.

Il ne fallait pas penser à lui maintenant. Il était parti, et en plus il aimait encore Madeleine, et puis j'étais si lasse d'être triste. Cela faisait des mois que je ne vivais plus vraiment.

Daniel, lui, me voyait, et pas seulement lorsque j'étais en face de lui. Il était venu ici m'annoncer la naissance de sa nièce. Et puis ce jour-là au parc, lorsque je m'étais endormie, il s'était assis à côté de moi.

*Ne réfléchis pas trop*, me dis-je alors. Max m'avait conseillé de me laisser vivre. Ma sœur de m'amuser parce que je le méritais.

Je courus dans le couloir, la boîte à moitié vide dans la main. Il sortait de la douche.

Il était vraiment beau. Il n'y avait pas d'autre mot. Mais il avait l'air sombre.

— Je suis désolé de ce qui s'est passé, me dit-il en évitant mon regard. On n'est vraiment pas obligés de faire quoi que ce soit et j'ai déjà l'impression d'avoir exagéré.

— Pas du tout.

— Mais tu en as mis du temps, s'étonna-t-il en me regardant.

— Je voulais être sûre que c'était une bonne idée.

— Et ?

— Et oui.

Il prit l'air ravi et soulagé.

— Ouf, je pensais que tu étais en train de chercher une excuse pour te débarrasser de moi.

Alors il traversa la pièce pour m'embrasser de nouveau. Un baiser total, dans lequel il engagea tout son magnifique corps d'athlète. Puis il me souleva sans effort et me porta jusqu'au lit, où il me lâcha et dit :

— Commençons par enlever tous ces vêtements mouillés.

Ce qu'il se mit à faire. Très vite.

Ce fut sympa. Sympa, sexy et torride. Il était beau et

souriant, souple et fort, si délicieusement lourd au-dessus de moi que, le temps que cela dura, j'eus l'impression de me retrouver moi-même.

Et d'être heureuse.

# Ainsley

À chaque fois que j'y revenais, la maison de Jonathan me semblait plus belle encore : cette vieille ferme perchée sur une colline, sans voisins alentour, avec une vue sur les champs et les bois, et au loin, un aperçu de l'Hudson scintillant.

Nous étions vendredi matin et il me mettait dehors pour que nous allions tous les deux au travail. Les oiseaux s'époumonaient et la brume se levait sur le fleuve. C'était un moment magique.

Le tête-à-tête de la veille au soir s'était passé en bonne et due forme. D'abord un verre de vin assis sur la terrasse sous un grand érable qui bruissait dans la brise, à contempler le coucher de soleil dans le clair ciel d'été. Puis nous étions allés dans un magnifique restaurant de l'autre côté du fleuve, un ancien moulin où notre table donnait au-dessus de l'eau.

J'avais commencé par faire mon petit numéro de séduction auprès de Jonathan et du serveur avec qui j'avais gentiment flirté, pour m'assurer que Jonathan se souvenait bien que je lui plaisais. C'était plus compliqué qu'il n'y paraissait de coucher avec son patron. Cette semaine au bureau, il n'y avait eu aucune marque d'affection ni quoi que ce soit de gentil entre nous. En un sens c'était normal, mais dès qu'il apparaissait, je sentais la chaleur envahir mon visage. J'étais tellement habituée à rougir au bureau que j'ignorais s'il s'agissait de culpabilité ou de désir. Lui en revanche paraissait totalement indifférent au fait de m'avoir vue nue. C'était presque vexant.

Du coup, ce soir-là j'avais mis le paquet, histoire qu'il

ne se dise pas qu'il avait commis une terrible erreur. Je lui ai raconté ce que je pensais être une anecdote assez drôle de l'époque où je travaillais à NBC. C'était un classique de mon répertoire dans lequel un bouc s'échappait d'un plateau et finissait par s'endormir sous le bureau de Matt Lauer, jusqu'à ce que celui-ci pousse un hurlement en s'asseyant et en réveillant l'animal.

— C'est tout ? lui avais-je demandé en le voyant se contenter de hocher la tête à la fin.

Il s'était tu.

— Ah bon, c'est dommage parce que c'est une de mes meilleures histoires.

— Tu n'es pas obligée de m'impressionner, tu sais.

— Pourtant j'aimerais bien. Ce serait mieux que l'inverse.

— Tu es très bien telle que tu es.

J'allais soupirer lorsque je m'étais rendu compte que c'était sans doute un compliment. Il me regardait, assis en face de moi, dans son costume de travail, sans sa cravate.

— Parle si tu en as envie, m'avait-il dit, mais sache que j'aime aussi être là simplement avec toi.

Ce qu'il me prouva plus tard au lit, à deux reprises.

C'était drôle, me dis-je en rentrant à la maison. Avec Eric j'avais toujours le rôle de celle qui fait rire, qui charme, la fille brillante et vivante, auprès de lui, de ses parents, de ses amis et de ses collègues.

Être juste là… je n'étais pas sûre à cent pour cent de savoir ce que cela voulait dire.

Une chose en tout cas était certaine, je n'allais me mettre la rate au court-bouillon ni pour Jonathan ni pour aucun autre. Toute ma vie avait tourné autour d'Eric et de notre couple, et cela n'arriverait plus jamais. Enfin, c'était ce que je me disais. Jonathan était mon patron et mon petit copain désormais, et on pouvait dire sans mentir qu'une part non négligeable de ma vie tournait maintenant autour de lui.

J'arrivai chez Kate, honteuse comme une étudiante qui découche (pas si honteuse que ça en fait), entrai dans la cuisine et poussai un cri.

Un homme très costaud s'y trouvait.

— Salut, me dit-il. Ça va ?

— Qui êtes-vous et pourquoi portez-vous le T-shirt de ma sœur ? lui demandai-je d'un ton agressif.

— Comment savez-vous qu'il est à votre sœur ? dit-il calmement.

— Parce qu'il y a l'autographe de Derek Jeter sur le dos, et que c'est notre père qui nous l'a offert pour Noël il y a quelques années.

— Je me présente, Daniel Breton, me dit-il avec un sourire.

— Daniel le Pompier Super Sexy ?

— En personne, répondit-il, amusé.

— Et vous êtes là parce que… Vous avez couché avec ma sœur ! m'exclamai-je en écarquillant les yeux.

Son sourire s'élargit encore.

— Ça alors ! Je m'absente une nuit et cette maison se transforme en lupanar. Servez-moi un café et racontez-moi tout !

Il alla chercher une tasse et me servit.

— Parlez moins fort, elle dort encore.

Je commençais à fondre. Il se souciait du sommeil de ma sœur. Je l'aimais déjà. En plus il était beau comme un dieu. Pendant toutes ces années où j'étais allée rendre visite à Kate à Brooklyn, je n'avais fait qu'entendre parler de sa légende.

Qui restait en deçà de la vérité.

— Imaginons que je sois coincée dans un bâtiment en feu, lui dis-je. Vous vous précipitez à l'intérieur, vous me tirez de là, mais je ne respire plus. Décrivez-moi le bouche-à-bouche que vous allez me faire.

— Eh bien, en réalité, on utiliserait un masque à oxygène, répondit-il en éclatant de rire.

— Oh, allez, on se fiche de la réalité. Continuez !

— Vous porteriez quoi comme vêtements ? me demanda-t-il, provocateur.

— Un déshabillé vaporeux et une coiffure incroyable.

Il sourit encore. C'était dingue ! Il avait un sourire ravageur.

À cet instant, la porte s'ouvrit et Brooke entra. À la vue de Daniel, elle s'arrêta net, horrifiée.

Oh mince !

— Tiens, salut, Brooke ! m'écriai-je en sautant de mon tabouret pour l'embrasser. Je suis contente de te voir.

Elle ne réagit pas.

— Comment vont les garçons ? Ils sont partis en camp, non ? Kate m'en a parlé. Et euh, sinon, tu connais mon ami ? Mon ami Daniel ? C'est mon ami, oui.

Quelle piètre menteuse je faisais. C'était affligeant.

— Ah, c'est un ami *à toi* ! dit-elle, totalement soulagée.

Elle ignorait à quel point ses soupçons étaient justifiés.

— Daniel, je te présente la belle-sœur de Kate, la sœur de Nathan.

— Vous étiez venu à la veillée, non ? dit Brooke en le scrutant.

— Oui, je suis vraiment désolé pour votre frère.

— Daniel est un bon ami de la famille, ajoutai-je.

Il me regarda, surpris, vu que nous venions de nous rencontrer mais il ne s'avisa pas de me contredire.

— Il faut que je voie Kate à propos de l'anniversaire de mariage de mes parents.

— OK, euh… Très bien !

À cet instant, Kate apparut dans la cuisine, avec exactement la tête de quelqu'un qui vient de passer la nuit dans les bras d'un pompier sexy. Ses cheveux longs étaient tout emmêlés, et ses yeux encore ensommeillés, et elle rayonnait. (Bien joué Daniel !) Elle était pieds nus et portait le petit kimono en soie que je lui avais offert quelques années auparavant.

Elle eut un mouvement de recul en apercevant Brooke. Et ses yeux se posèrent ensuite sur Daniel.

Si je ne mentais pas bien, ma sœur c'était encore pire.

— Salut, Kate ! m'écriai-je trop fort. Je suis tombée sur Daniel et lui ai proposé de venir prendre un café avec moi. Avec nous. Alors voilà. Bon, il est un peu tôt, désolée. Et Brooke est venue te voir à propos de la fête d'anniversaire.

Tout ça n'avait ni queue ni tête mais ma sœur se dégela.

— Ah ! très bien. Bonjour, Brooke.

— Tout va bien ? demanda Brooke.

— Euh, oui, oui.

— Si tu ne te sens pas bien, je peux repasser.

Kate ferma brièvement les yeux et dit :

— Non, je suis mal réveillée, c'est tout. Désolée.

— Je me doute que tu ne dors pas bien, dit Brooke, en prenant un air contrit. J'aurais dû te faire un SMS ou t'appeler. Je m'excuse.

Kate avait l'air désemparée.

— Daniel, si on sortait prendre le petit déjeuner dehors ? suggérai-je en attrapant son beau bras et en le tirant vers la porte.

— Non merci, je n'ai pas le temps. Merci pour le café. Content de t'avoir vue, Kate.

*Ne t'avise pas de la regarder*, lui ordonnai-je mentalement, car je sentais des vibrations entre eux.

Il sortit et s'engagea dans l'allée en faisant un geste de la main.

— Il est sympa, commenta Brooke. Tu sors avec lui, Ainsley ?

— Non ! Pas du tout ! Enfin, j'aimerais bien, mais euh… Enfin, je devrais… Bon, je vais chercher quelques trucs et je file moi aussi.

Vingt minutes plus tard, ce qui constituait un record pour moi, je m'étais douchée, changée, et même maquillée. Je me glissai dehors par la porte de derrière, sans dire au revoir, histoire de n'être pas obligée de mentir encore.

En même temps il était hors de question que la famille de Nathan apprenne que Kate avait craqué pour le pompier le plus sexy de la brigade de New York.

Le lendemain, le quartier commerçant de Cambry devait accueillir un festival de rue, et le magazine avait prévu un reportage, assuré par votre « serviteuse ». Ça voulait dire que je devais passer la matinée aujourd'hui à me balader dans toutes les boutiques afin de mettre à jour notre site web, le genre de boulot que j'aimais vraiment bien.

Je fis un premier arrêt dans la boutique de robes de mariées Bliss, celle-là même que j'avais lorgnée plus d'une fois lorsque j'étais avec Eric. Par superstition, je m'étais interdit d'y mettre les pieds tant que je n'aurais pas de bague de fiançailles au doigt (petite pause ici, pour rire et se moquer un peu). Mais là j'avais un bon prétexte pour entrer.

À l'intérieur, c'était le paradis. Je veux dire, quelle femme n'aimait pas les robes de mariées ? Et celles-ci étaient d'une beauté éthérée : en tulle, avec sur le haut de minuscules boutons de roses, ou bien en velours, comme une robe de princesse en hiver. Toutes plus belles les unes que les autres.

— Bonjour, je suis Jenny, me dit une jolie femme habillée de noir, tandis que je touchais le tissu d'une manche. Vous êtes la sœur de Kate O'Leary n'est-ce pas ? Elle a fait des photos pour moi le mois dernier, je lui dois toujours un restau.

Nous jouâmes au petit jeu des rapprochements : je lui racontai que j'avais rencontré Leo au groupe de parole et il se trouvait qu'Eric et moi avions habité dans la même rue que sa sœur.

— Alors comme ça Rachel Carver est votre sœur ! Ça alors ! On discutait ensemble quand je promenais Ollie. Comment va-t-elle ?

Je savais qu'elle avait divorcé. J'avais toujours trouvé son mari un peu plan-plan.

— Elle va très bien, me répondit Jenny. Elle sera là samedi. Ses filles me servent de mannequins pour des robes de cortège.

— Oh, c'est trop mignon ! Elles sont tellement belles. Je regrette de ne plus les voir. Nous nous sommes séparés avec mon ami et j'habite chez Kate en ce moment.

— C'est tellement gentil de votre part. Elle me l'a dit. Ma sœur et moi, nous sommes aussi très proches.

Kate lui avait-elle donc dit que nous étions très proches ? Comme c'était bon à entendre !

Je la questionnai un peu en vue de mon article et m'en

allai à regret, après l'avoir remerciée. Prochain arrêt : Cottage Confection, où Kim jugea nécessaire de me donner un cupcake que je dégustai sur place tout en lui posant des questions, et quatre de plus à emporter.

Dommage que mon travail ne me réserve pas davantage de journées comme celle-ci. En me disant cela, je décidai que le moment était venu de me poser de vraies questions. J'avais toujours eu le choix mais désormais j'avais aussi des moyens, grâce à l'argent de ma mère. Qu'aurait-elle voulu que j'en fasse ? Des voyages ? Que je passe un an à Paris, que je traverse l'Amérique en voiture ?

Mais j'adorais cette ville.

Et il y avait Jonathan. Il était trop tôt pour qu'il entre dans ma prise de décision, mais… j'étais en train de m'attacher.

Bien. Il me restait deux autres boutiques de vêtements et trois bijouteries à visiter. Pas aussi sympa que des robes de mariées ou des cupcakes mais quand même…

Lorsqu'une heure plus tard je traversai la rue, quelqu'un m'appela.

C'était Matthew Kent.

Il descendait les marches de son restaurant (qui ne figurait pas sur ma liste).

— Bonjour, Ainsley.

Je devais lui reconnaître le mérite de se rappeler mon prénom, car ce n'était pas le cas de tout le monde.

— Euh voilà, écoutez, j'ai tenté d'appeler mon frère ce matin, mais je pense qu'il a bloqué mon numéro.

— On se demande bien pourquoi, répondis-je.

— Voulez-vous me rendre un service ?

— Certainement pas.

Il poussa un soupir exaspéré et j'aperçus alors la ressemblance entre les deux frères.

— Pourriez-vous lui dire que j'aimerais le voir ? Lui dire que nous ne pouvons pas continuer éternellement comme ça, et puis enfin quoi ! Ce n'est pas bon pour les filles !

— À mon avis, que leur mère couche avec leur oncle,

ce n'était pas bon pour elles non plus, dis-je en prenant un air supérieur.

— C'était il y a plus de deux ans, et elles étaient petites. Écoutez, je sais que j'ai mal agi mais ce qui est fait est fait, et on n'y peut rien.

— Je vous conseille d'aller plutôt vous confesser. Sur ce, j'ai du travail. Au revoir.

— Dites-lui qu'il me manque.

— Sûrement pas, rétorquai-je en m'éloignant.

Lorsque je rentrai au bureau, c'était presque la fin de la journée.

— Comment ça se passe avec ton nouveau petit copain ? demandai-je à Rachelle.

Elle se renversa sur le dossier de sa chaise et soupira.

— Si mal que ça ?

— C'est un délinquant sexuel.

— Oh non ! Encore un ?

— Il s'exhibe devant des personnes âgées dans les maisons de retraite.

— Ah oui, ma grand-mère m'en a parlé. Si ça peut te consoler, elle a trouvé ça plutôt distrayant.

— J'abandonne, dit-elle. Tu veux prendre un verre ?

Je jetai un coup d'œil vers le bureau de Jonathan. Il était au téléphone.

— Il faut que je termine ça avec le patron.

— Ma pauvre.

— Bah, il y a pire.

Elle eut un petit rire puis attrapa son sac à main.

— À demain, Ains.

Je passai mes mails en revue en attendant que De Shawn s'en aille aussi. Jonathan était toujours en ligne. Il fallait que je lui parle. Quitte à le mettre de mauvaise humeur, je devais lui dire que j'avais vu son frère, deux fois.

Et je voulais l'embrasser. On était en dehors des horaires de travail, non ?

Il finit par raccrocher mais son téléphone portable sonna aussitôt. Je me renfonçai patiemment dans mon fauteuil.

Pratiquement tous les gens que je connaissais s'étaient brouillés avec quelqu'un. Candy ne parlait plus à sa sœur, tatie Patty, à qui elle reprochait de ne jamais rendre visite à Gram-Gram, Rachelle ne parlait plus à son oncle, mais elle avait de bonnes raisons pour ça : il adorait se promener en caleçon dans les réunions de famille, les bourses à l'air. Quant à Kate, c'était cette garce de Paige qui l'avait laissée tomber.

Et puis il y avait moi, qui m'étais éloignée de la famille Fisher et de l'homme que j'avais aimé inconditionnellement.

Stupidement, je me connectai à son blog, qui ne s'appelait d'ailleurs plus *Chroniques du Cancer,* mais *Horizons vers une Nouvelle Vie*. Le nom me faisait penser à une secte ou un site de régimes.

Je le vis, tout emmitouflé et l'air en forme au beau milieu d'un champ de neige. Hélas, pas le moindre grizzly en vue. Il avait l'air… bien. Heureux. Avec des lunettes de soleil et une barbe de trois jours.

Je lus son blog en diagonale. Il y utilisait tout le temps le mot « pur » : ciel pur, air pur, neige pure… Si j'avais retravaillé son texte, j'aurais corrigé ça.

Ah, voilà qu'il parlait de moi. *Même si je sais que Sunshine n'a pas encore tourné la page, je ne peux m'empêcher de remercier mon ange gardien, Nathan, d'avoir provoqué tout cela.*

Je faillis massacrer l'ordinateur. Pour l'amour du ciel ! Mais bien sûr, Nathan aurait été ravi de voir tout ça !

Les commentaires me réservèrent une surprise toutefois. Il n'y en avait que quatre alors que le post datait de six jours.

Un de ses copains de fac : *super tes photos, mec !*

Un de ses parents (Judy bien sûr car Aaron ne savait pas poster un commentaire) : *Surtout fais attention à bien manger ! Et tu pourrais nous appeler de temps en temps ! On t'embrasse, Maman et Papa.*

Un anonyme : *Cool.*

Et un de Jeannie8393 : *J'essaie de perdre du poids depuis toujours et je viens enfin de trouver un substitut qui MARCHE ! ! !*

Apparemment, son quart d'heure de célébrité avait expiré.

Je me déconnectai et allai me promener sur les comptes Twitter et Facebook du magazine. Jonathan était toujours sur son portable. Il ouvrit sa porte, me vit, marqua un temps d'arrêt, puis rentra de nouveau, en laissant cette fois sa porte ouverte, ce qui fit que j'entendais sa conversation.

— Et qu'est-ce qu'a dit maman ? Tous les autres étaient invités ? Tous ? Ah, eh bien, elle a dû oublier. Je sais que c'est ton amie, ma puce. Mais si elle ne t'a pas invitée... Non, non, toi tu es super ! Ça ne change rien. C'est elle. Je sais bien que c'est son anniversaire. Oh, ma Lyddie, ne pleure pas.

Ah zut ! voilà que cette adorable petite fille souffrait à cause de son amie.

— Je comprends bien que ça va être une fête sympa. Mais peut-être qu'on pourrait faire quelque chose de sympa aussi tous les deux samedi. Aller faire du cheval peut-être. Non ? D'accord, alors aller au club de peinture, qu'en penses-tu ? Ah. OK, autre chose alors.

Je bondis sur mon téléphone et envoyai un SMS à Jenny.

Est-ce que par hasard tu accepterais un mannequin supplémentaire dans le cortège ? Six ans ? Une petite fille bien triste que je voudrais consoler.

Elle répondit tout de suite.

Évidemment ! Elle peut être là pour 10 heures ?

Sacrée Jenny ! Je gribouillai une note sur un bout de papier et courus dans le bureau de Jonathan qui était toujours en train de se creuser la tête pour tenter de consoler sa fille.

— Pourquoi pas un film ? Non, tu as raison, ça fait trop de bruit.

Je lui tendis le papier. *La boutique de mariées* Bliss *a besoin de mannequins enfants samedi à 10 heures.*

Il me regarda sans comprendre.

— Non, Lyddie, je ne peux pas t'acheter un chiot.

Je secouai le papier et pointai le téléphone. La lumière apparut alors sur son visage.

— Attends, Lyddie, est-ce que tu te souviens d'Ainsley, la dame des maisons de fées ? Elle veut te parler.

Je m'emparai du téléphone.

— Bonjour, Lydia ! Comment vas-tu, ma grande ?

— Ça va merci, me répondit une toute petite voix.

— Écoute, je me demandais si tu voudrais bien me rendre service samedi. Est-ce que tu sais ce qu'est un mannequin ? Une jolie dame qui met de beaux vêtements pour qu'on la prenne en photo ?

— Comme les dames dans *Project Runway* ?

Je fus soulagée d'apprendre que les filles de Jonathan ne se contentaient pas de lire du Dickens.

— Exactement ! Eh bien, je connais un magasin qui a besoin de petites filles mannequins et j'ai pensé que tu serais parfaite. Il faudrait que tu mettes de très belles robes, avec d'autres petites filles et que vous soyez mignonnes et souriantes.

— Des robes comment ?

— Des robes magnifiques. De mariage, ou de princesse.

Jonathan sourit et mon bas-ventre se serra.

— C'est vrai ?

— Mais oui. Tu veux bien le faire ?

— OK ! D'accord ! Ça a l'air trop bien !

— Super ! Je te retrouve à la boutique samedi alors.

— Qu'est-ce qu'on dit, Lydia ? fit Jonathan en élevant la voix.

— Merci, Amy ! s'exclama la petite fille d'une voix chantante. Maman ! Devine qu…

— Elle a raccroché, dis-je à mon patron, en lui tendant le téléphone avec un sourire.

— Je la rappellerai tout à l'heure.

— Des ennuis avec une fille pas gentille, c'est ça ?

— Oui.

Il se renversa dans son fauteuil et me regarda en face, pour la première fois.

— Merci.

— Je vous en prie, monsieur Kent.

Je fermai alors la porte, m'approchai de lui et commençai à déboutonner mon chemisier.

— As-tu l'intention de me séduire dans mon bureau ? me demanda-t-il à voix basse, en fixant mes doigts.

— Oui, monsieur Kent.

— Cela risque de m'attirer des ennuis avec la justice.

— Tu te débrouilleras.

Je passai derrière son bureau et m'assis à califourchon sur lui, puis pris son visage dans mes mains et l'embrassai.

— Ainsley, dit-il.

— Mais vérifie sur le papier que j'ai signé. Il est spécifié qu'en dehors des heures de travail et si personne d'autre n'est là nous avons le droit. Tu n'as été avec personne depuis ton divorce, c'est ça ?

— Parce que nous sommes ensemble ?

— Oui, Jonathan, dis-je en levant les yeux au ciel. Tu m'invites au restaurant, nous parlons, nous couchons ensemble. C'est ça être ensemble.

Il prit mes mains entre les siennes et les examina quelques secondes.

— Et tu ne vois personne d'autre ? me demanda-t-il en levant sur moi ses yeux fascinants.

— Non, et toi non plus.

Son regard se fit alors joyeux et je sentis que mon cœur se mettait à battre plus fort encore.

Je l'embrassai et, à ma grande surprise, il se leva et me renversa sur le bureau. Tous ses papiers s'éparpillèrent et son téléphone tomba mais il n'y prêta pas attention. Il était trop occupé à me retirer ma culotte.

Plus tard, Jonathan me suivit chez Kate. Elle n'était pas là, mais Ollie avait l'air content de voir mon invité. Il lui posa les pattes sur les genoux et le regarda de ses beaux yeux bruns jusqu'à ce que Jonathan le prenne dans ses bras.

Je me mis en cuisine : du poulet à la piccata, que Kate adorait. Je lui envoyai un SMS pour lui dire que Jonathan était là et qu'on serait contents de dîner avec elle. Elle répondit qu'elle ne serait sans doute pas là assez tôt. J'en déduisis qu'elle était à Brooklyn avec Daniel.

— Elle est avec des amis, dis-je en sortant la farine et la chapelure. Assieds-toi. Tu veux du vin ?

C'était bon de le voir ici, avec mon adorable petit chien sur les genoux. Ollie s'était déjà endormi et ronflait doucement, heureux d'avoir retrouvé la compagnie d'un homme.

Je continuai à préparer le dîner, coupai le citron en tranches et écrasai doucement les filets de poulet.

— C'est très différent de chez toi, commenta Jonathan.

— Oui, c'est-à-dire, Nathan était architecte.

— Est-ce que Kate va rester ici ou bien est-ce qu'elle va vendre ?

Je mis le poulet à frire.

— Je n'en sais rien. Elle n'a pas parlé de déménager.

— Cela ne doit pas être facile de vivre dans la maison de Nathan. Sa famille habite dans la même rue, non ?

— Oui. Au fait en parlant de famille, j'ai rencontré quelqu'un récemment.

Je mis un couvercle sur la poêle, baissai le gaz et me lavai les mains, puis vins m'asseoir à côté de lui.

— Ton frère.

— Où ça ? demanda-t-il, à peine surpris.

— Je suis allée déjeuner au Hudson's avec mon père, sans savoir que c'était son restaurant.

— En effet.

— Il est venu nous dire bonjour et, comme nous avions très bien déjeuné, j'ai proposé de faire un article sur lui. Et c'est là qu'il m'a dit qui il était.

Jonathan avait le visage crispé mais indéchiffrable.

— Il m'a demandé de te dire quelque chose, ajoutai-je.

— Quoi donc ?

— Il voudrait te voir.

Il se leva pour poser Ollie sur sa couverture et se rassit.

— Je préférerais ne pas parler de tout ça avec toi. Oui vraiment je préférerais.

— OK, mais j'ai pensé qu'il fallait que je te le dise. D'ailleurs, je l'ai revu aujourd'hui.

— Ah bon.

— Oui. Pendant que je faisais les visites pour mon reportage de samedi, il est venu vers moi. Il avait dû me voir par la vitrine et…

— Tu lui as dit qu'on était ensemble ?

— Non.

— Je ne veux pas que mes enfants soient au courant pour nous. Et il le leur dirait.

— Je ne lui ai rien dit.

— Tu es sûre ?

— Oui.

Je pensais que oui. Non, j'en étais sûre.

Jonathan regarda par la fenêtre, la mâchoire si crispée qu'on aurait pu casser un pied-de-biche à tenter de la desserrer.

Le charme était rompu, ça ne faisait pas de doute.

Il se tourna vers moi.

— Il faut peut-être qu'on parle un peu de nous justement.

— Bien sûr, vas-y.

Il inspira profondément.

— Je n'ai pas envie de mêler mes enfants à tout ça. Elles n'ont pas besoin de savoir que je vois quelqu'un avant… un bon bout de temps.

— Mais elles me connaissent.

— Elles t'ont rencontrée, elles ne te connaissent pas. Elles savent juste que tu travailles pour moi.

Il sembla sur le point d'ajouter quelque chose, changea d'avis puis dit :

— Tu sors à peine d'une longue relation. Il se pourrait très bien que je sois juste là pour t'aider à passer à autre chose.

— J'aurais pu choisir quelqu'un de plus simple si c'était le cas.

— Je ne veux pas que mes filles s'attachent à toi si ça ne se passe pas bien. Elles ont connu pas mal de changements ces deux dernières années. Je ne veux pas faire comme leur mère et leur imposer quelqu'un.

Je ne pouvais pas lui en vouloir mais son discours aurait pu être plus gentil.

— Je comprends.

— Tant mieux.

J'attendais qu'il dise quelque chose pour faire passer la pilule. Mais non.

— Bon, je vais aller surveiller le poulet.

Je me levai et allai retourner mes filets, même si je n'avais plus très envie de lui préparer ce dîner. En fait, j'avais envie d'être seule.

C'est alors que je sentis ses bras autour de ma taille et sa bouche tout près de mon oreille.

— Je suis désolé, me dit-il, et je fus parcourue d'un long frisson. C'est compliqué.

— Je sais, répondis-je dans un souffle.

Puis je posai ma spatule et me tournai vers lui.

— Jonathan, j'ai parfois l'impression que tu ne m'apprécies pas beaucoup.

Une seconde, puis deux, puis trois, quatre.

— Tu as tort.

— Je sais que tu aimes coucher avec moi, mais ça n'est pas…

— Je t'apprécie, Ainsley.

Oh, cette voix si animale, et chaude et profonde. Ce n'était pas du jeu.

Il tendit la main derrière mon dos et éteignit le gaz, puis passa sa main sous ma tête, ses doigts fermes entre mes cheveux. Je commençai à sentir des fourmillements dans mes os.

— J'apprécie que tu sois toujours gaie. J'apprécie la façon dont tu t'adresses aux gens que tu ne connais pas. J'apprécie tes robes si originales. J'apprécie que tu sois si différente de moi. J'apprécie ton odeur. J'apprécie tes cheveux, et tes cils et ton sourire.

Il souriait légèrement et ne détournait pas le regard.

— OK, tu t'es bien rattrapé, lui chuchotai-je.

Alors il sourit pour de bon et mes genoux flanchèrent.

— Va t'asseoir, je vais finir de préparer le dîner, me dit-il.

Plus aucun doute. J'étais en train de tomber amoureuse.

# *Kate*

Il fallait que je parle à Daniel.

À la seconde où j'avais vu Brooke dans ma cuisine, tout mon raisonnement sur « laisse-toi vivre » ou encore « amuse-toi » s'était écroulé.

Heureusement Ainsley avait dit ce qu'il fallait.

Mais cette séance dans le salon de Nathan, à discuter avec la sœur de Nathan de la fête des parents de Nathan, après avoir passé la nuit avec quelqu'un qui n'était pas Nathan, quelle épreuve !

Brooke avait une mine épouvantable. Elle perdait ses cheveux, m'avait-elle dit. Elle n'arrêtait pas de faire des rêves où son frère était vivant. Elle m'avait raconté que Miles s'était remis à sucer son pouce, qu'elle craignait que son père ne retombe dans l'alcool pour de bon, et que sa mère était mutique. Qu'elle ne supportait pas l'idée de ne plus jamais revoir son frère et qu'elle envisageait de consulter une voyante.

À chacune de ses déclarations je recevais un coup dans l'estomac et le pic se vrillait dans ma gorge.

— Oh ! Brooke, lui avais-je dit en lui prenant la main car elle sanglotait alors que mes yeux restaient secs et durs, je suis tellement désolée.

— Tu l'aimais énormément, n'est-ce pas ? m'avait-elle demandé.

J'avais acquiescé, désarmée et avec un sentiment de culpabilité grandissant.

Cela dit, j'avais *aimé* Nathan, même si lui n'avait jamais

vraiment cessé d'aimer Madeleine. J'eus envie d'en parler avec Brooke, mais ça me sembla impossible.

— On va s'en remettre, m'avait-elle dit en se mouchant. Je suis désolée de venir comme ça pleurer dans ton canapé alors que c'est toi qui souffres le plus.

Je m'étais mise alors à sourire, en repensant à notre séance sous la douche avec Daniel. Je finirais sûrement en enfer !

Lorsqu'elle était enfin partie, j'avais pris une douche de contrition, et m'étais étrillé tout le corps aussi rudement que possible. Je m'étais fait une queue-de-cheval et avais enfilé ma robe la plus provinciale, une Lilly Pulitzer rose et vert et des sandales à lanières qui me vieillissaient de dix ans. Je m'étais mise en route pour Brooklyn, dans ma VW où la clim ne suffisait pas à lutter contre la chaleur estivale. Il y avait, comme toujours, des embouteillages.

Daniel travaillait. Bêtement, je n'avais pas pensé à vérifier avant. Passe, tu rencontreras les autres, me répondit-il lorsque je lui envoyai un SMS depuis le trottoir devant son immeuble.

Super. Je me rendis à la caserne où travaillait l'élite mondiale des pompiers. Quand je descendis de ma voiture, j'avais le dos trempé de sueur, et le visage rouge et fatigué. Je gardai mes lunettes de soleil.

Un logo était peint sur la porte rouge du bâtiment de briques modeste. Cette brigade, comme toutes les autres, avait perdu de ses membres dans des situations tragiques. J'aurais dû réfléchir à tout ça avant. Deux pompiers étaient assis dehors. L'un d'eux me fit un clin d'œil.

— Bonjour, est-ce que Daniel est là ?

— Breton ! appela le deuxième. Ta nana est ici !

Oh non ! Je n'étais pas sa nana. Je priai pour qu'il ne leur ait pas dit ça.

La porte s'ouvrit et Daniel apparut, tout sourires.

— Salut, dit-il en s'approchant de moi pour m'embrasser.

Je tournai la tête et sa bouche se posa sur ma joue.

— Bonjour.

Son sourire s'effaça, mais il regarda vers les deux autres.

— Bruce, Jay, je vous présente Kate, une vieille amie.

— Enchantés, dirent les deux à l'unisson.

— Moi aussi. Et merci pour votre courage, votre engagement et tout ça.

— Merci, ma belle, dit le cligneur d'œil.

— On fait notre devoir, enchaîna l'autre.

— Viens, me dit Daniel. Il y a des bancs là-bas.

Avec cette chaleur, personne n'était dehors. La caserne se trouvait à côté d'une école, et on pouvait voir des terrains de tennis et des pistes de course derrière des barrières. Une rangée de bancs était disposée à l'ombre.

— Qu'est-ce qui t'amène à Brooklyn ? Et qu'est-ce que c'est que cette tenue ? me demanda-t-il.

— Ringarde, oui je sais.

Je m'essuyai les mains sur les genoux, tout en me répétant que je n'avais aucune raison de me sentir coupable. Nous étions amis. On en avait bien profité mais il ne fallait pas poursuivre, voilà tout.

— Il faut qu'on parle.

— C'est drôle, en général, c'est moi qui dis ça, remarqua-t-il en croisant les bras.

— Je suis désolée pour ce matin. C'était la sœur de Nathan.

— Oui, j'avais compris, dit-il en soupirant. Et donc tu te dis que tu as fait une terrible erreur et que ça n'arrivera plus.

— Tu lis dans mes pensées.

Cela ne le fit pas rire.

— Daniel, tu as été un ami précieux ces derniers mois et j'ai aimé la soirée d'hier plus que je ne saurais le dire, mais je ne peux pas aller plus loin. Ni recommencer. Tu comprends ? Je viens de perdre mon mari. Alors si tu pensais que…

— Non, je ne pensais rien du tout, répliqua-t-il d'un ton sec. Tu me connais, c'était juste histoire de passer un bon moment.

— Oui, voilà.

— Bon, il faut que je retourne bosser.

— OK.

Il se leva, me tendit la main pour m'aider puis la lâcha aussitôt.

— Tu n'étais pas obligée de faire toute cette route pour me dire que j'étais un coup d'un soir.

— On est amis et je ne voulais… Il fallait que… Je suis désolée si je t'ai blessé.

— Ce n'est pas le cas. À bientôt alors, dit-il avant de retourner à l'intérieur de la caserne.

Le moral dans les chaussettes, je décidai de faire un tour au centre de réinsertion. Je remontai dans ma voiture transformée en fournaise. Arrivée sur place, j'entrai car c'était ouvert et le bruit de mes pas résonna dans le couloir. Greta, la directrice, était à son bureau.

— Kate ! s'exclama-t-elle en se levant et en me prenant dans ses bras. Je suis contente de te voir ! Quelle chaleur, pas vrai ? Comment vas-tu ?

— Pas mal. Mieux.

Je mentis car personne n'avait vraiment envie d'entendre la vérité. C'est ce dont nous avions discuté au groupe de parole.

Nous bavardâmes de choses et d'autres, des élèves, où ils en étaient, s'ils avaient trouvé un emploi.

— On organise une expo dans quelques semaines. Apparemment en ce moment on s'arrache les créations d'anciens détenus. Paige t'en a parlé ?

— Non, on ne se voit plus autant qu'avant.

Elle opina.

— En tout cas, tu devrais venir ! Il y aura des tableaux, des sculptures, des meubles et bien sûr des photos. En fait, tu pourrais faire partie du jury, non ? Accepte ! Je ne vais pas te mentir, j'ai envie que tu reviennes. Je sais que ça te fait un peu plus loin mais fais-le pour nous ! On veut récupérer notre Kate.

— D'accord, je viendrai. Promis. Mais là il faut que je rentre. C'était super de te voir.

Au lieu d'aller directement à ma voiture, je marchai un peu dans mon ancien quartier, en évitant ma rue, où j'avais trop de souvenirs. Je ne croisai aucune connaissance, pas même Ronny, le SDF à qui j'offrais son petit déjeuner autrefois.

Cette impression de disparaître m'envahit à nouveau. Peut-être étais-je vraiment en train de devenir invisible. Et si un jour je faisais une crise cardiaque ? Qui me viendrait en aide ? Est-ce que quelqu'un s'en rendrait compte au moins ? Qui appellerait les secours ?

Souffle, inspire, souffle, inspire. Non je n'allais pas m'évanouir. Non je n'allais pas mourir (pas tout de suite en tout cas). Mais mon cœur était dur comme une pierre lourde et inutile.

J'ai vraiment besoin d'aide. *Nathan*, pensai-je alors. Mais mon appel resta sans réponse.

# Ainsley

Le mois d'août fut comme toujours accablant de chaleur et la moitié de Cambry fuit vers Martha's Vineyard ou la côte dans le Maine.

En dépit de la température, j'allais chaque jour au bureau à vélo, à travers le parc et le cimetière et curieusement arrivais à l'heure, chose que je n'avais jamais réussi à faire en voiture.

Nous étions en couple Jonathan et moi, un vrai couple. Et c'était à la fois vertigineux et merveilleux. Par moments j'avais envie de le frapper, et à d'autres, j'aurais voulu lui grimper dessus et lécher la moindre parcelle de sa peau. Il était plus coincé que jamais au bureau, mais je tâchais de lui donner le moins possible de raisons de s'énerver. Je faisais mon travail, arrêtais de faire des achats en ligne, sauf le jour des super promos de Zappos, parce que, bon, une Américaine qui se respecte ne manque pas ce jour-là. D'ailleurs le site avait saturé, mais j'avais quand même eu le temps d'acheter trois adorables paires de chaussures.

En traversant le parc dans la douceur d'un soir, tandis qu'à l'ouest le ciel s'embrasait, je vis une femme assise dans le cimetière.

C'était Kate.

S'il lui arrivait régulièrement de venir sur la tombe de Nathan, elle ne m'en avait jamais parlé. Depuis que je m'étais mise au vélo, je passais par là et m'assurais que les plantes étaient arrosées. Parfois je trouvais un dessin d'un de ses neveux et me retenais de le regarder car il ne m'était pas adressé, mais j'étais toujours émue par ces témoignages d'enfants, pleins de couleurs.

— Coucou, l'interpellai-je en descendant de mon vélo et en le posant contre un arbre. Tu veux que je te tienne compagnie ?

— Avec plaisir.

*Nathan Vance Coburn III, mari aimant, fils et frère, un homme merveilleux et toujours souriant.* Il y avait un bouquet de roses fraîches, déposé par Kate, j'imaginais.

Je m'assis à côté de ma sœur et l'entourai de mon bras. Elle posa la tête sur mon épaule, et ses cheveux me chatouillèrent la joue.

Un an auparavant nous n'aurions jamais eu ce genre de proximité. Cela ne nous aurait pas ressemblé.

Désormais si.

— Aujourd'hui, ça fait un an jour pour jour qu'on s'est rencontrés.

— Oh ! ma chérie, lui dis-je en la serrant contre moi.

— On était à un mariage atroce et il m'a proposé qu'on se revoie, et moi je l'ai pris pour un tueur en série.

— C'était pas le cas. Ou alors il cachait bien son jeu.

Elle eut un petit rire.

— Comment va Daniel ? lui demandai-je.

— Nous ne nous sommes… Je ne l'ai pas revu. Cette nuit était une erreur.

— Tu en es sûre ? lui dis-je en chassant ses cheveux de mon œil.

— Oui. Je ne peux pas me permettre d'avoir une aventure, Ainsley. Je suis veuve.

— Et donc ? Plus jamais de vie sexuelle ?

— Sans doute.

— Moi je pense qu'il faut que tu sois moins dure avec toi-même. Voyons les choses en face. C'est peut-être le chagrin qui t'a poussée dans ses bras magnifiques, ou alors c'est qu'il t'aime bien et que tu avais besoin de ça.

— J'ai l'impression d'avoir trahi Nathan.

— Ce n'est pas vrai. Kate, tu connaissais Nathan depuis moins d'un an. Tu as le droit de tourner la page, tu sais.

Elle se tourna brusquement vers moi.

— Mais je l'aimais !

— Je sais ça. Mais ne te comporte pas comme s'il y avait une règle à suivre. Si Daniel te rend heureuse, laisse-toi faire. Ce n'est pas comme si tu allais l'épouser la semaine prochaine.

— C'est facile à dire, jusqu'au jour où, après avoir fait l'amour toute la nuit, tu te retrouves le matin dans ta cuisine, en face de ta belle-sœur qui perd ses cheveux de chagrin.

— Oui, c'était pas cool. Mais tu as le droit de vivre, Kate. Si quelque chose te fait plaisir, vas-y. Amuse-toi. C'est ce que Nathan voudrait. Il était fou de toi.

— Oui, enfin de moi et de son ex-femme aussi.

Cette réponse me laissa coite.

— Mais on s'en fiche d'elle, non ? Il t'aimait, Kate, ça ne doit faire aucun doute pour toi.

— Je sais, dit-elle, la gorge nouée.

Je lui caressai les cheveux et la serrai encore. Un merle chantait au sommet d'un pin et on entendait siffler le train au loin.

— Ah, vous voilà les filles !

Nous sursautâmes et vîmes arriver Candy en personne, vêtue d'un tailleur rouge et de Manolos noires qui me firent pâlir d'envie.

— Comment nous as-tu trouvées ?

— J'ai une appli GPS connectée avec ton téléphone, Ainsley.

— Pardon ? fis-je, estomaquée.

— Mais évidemment.

— Et pourquoi ça ?

— Pour savoir où tu es, répondit-elle en me regardant d'un air étonné et en s'asseyant à côté de Kate. Est-ce que c'est un jour particulier aujourd'hui ?

— Nathan et moi nous sommes rencontrés il y a pile un an, répondit Kate en soupirant.

— C'est important pour ton travail de deuil de passer par ces étapes.

Elle ne pouvait pas s'empêcher, même dans des moments d'émotion, de prendre un ton supérieur.

— Compris, répondit Kate qui maîtrisait toujours ses nerfs avec notre mère, enfin *sa* mère.

Bref.

— Bon ! J'ai quitté votre père, les filles, déclara-t-elle en s'allongeant, les mains croisées sous ses cheveux teints. Ne vous inquiétez pas, je ne vais pas vous envahir, j'ai bien compris qu'on ne voulait pas de moi.

— Ce n'est pas qu'on ne veut pas de toi. Juste pas à temps plein, rectifia Kate.

— J'ai acheté aujourd'hui une petite maison. Vous connaissez ces lotissements le long de l'Hudson à Tarrytown. Eh bien c'est là. Et je viens aussi de signer un contrat pour mon prochain livre : *Mariage toxique. Pourquoi reste-t-on ?*

— En effet ! m'exclamai-je en m'allongeant à mon tour.

L'herbe me chatouillait le dos et le ciel était d'une beauté incroyable. De plus la nouvelle valait bien qu'on s'allonge.

Ce que fit aussi Kate du coup.

— Mais pourquoi maintenant, maman ?

Elle soupira.

— Eh bien, j'ai vu arriver une cliente coincée dans un mariage stupide, perpétuellement malheureuse. Et je me suis entendue lui dire qu'elle avait le choix, et que ne rien faire était aussi un choix. Puis j'ai pensé : youhou, Candace ! Ça fait trente ans que tu fais la même chose !

— Je pensais que tu aimais papa, dis-je.

Elle ne répondit pas tout de suite.

— Je l'aime, finit-elle par dire d'une petite voix. Mais regardons les choses en face, il ne s'est jamais remis de la mort de ta mère. Ne fais pas ça, Kate, oublie Nathan et vis ta vie.

— Merci du conseil.

— J'en ai assez d'être amère. J'ai envie d'essayer autre chose, ajouta-t-elle.

— Papa est au courant ? demandai-je.

— Je viens de lui laisser un message. Il est en déplacement.

Nous nous tûmes pendant une minute. Une corneille passa au-dessus de nous en coassant, les plumes brillantes dans les derniers rayons du soleil.

— Pourquoi as-tu accepté qu'il revienne, maman ? Tu étais tellement en colère contre lui qu'avec Sean on pensait que tu le détestais.

— C'était le cas.

— Ben alors ? poursuivit Kate. C'était clair qu'il se servait de toi. Et si tu avais dit non, il aurait épousé quelqu'un d'autre le mois suivant. Il était incapable de se faire un sandwich tout seul, même sous la menace. Alors élever tout seul Ainsley !

— Je sais. Mais je n'allais tout de même pas laisser cette pauvre enfant innocente à son triste sort, si ?

— Alors toutes ces années de malheur, c'est ma faute ? Je n'avais pas demandé à naître, désolée.

— Non, Ainsley, me répondit-elle en quittant le ton sentencieux qui était le sien pour un ton plein d'indulgence. Une part de moi espérait que… eh bien, qu'il retomberait amoureux de moi. Mais ce n'est pas arrivé. Parfois je le sentais proche, mais je me trompais. La meilleure chose dans toute cette histoire a été toi. Tu étais la plus gentille petite fille du monde.

J'écarquillai les yeux et me redressai pour être sûre d'avoir bien entendu.

— Tu as gagné, Ainsley. C'est toi la chouchoute, me dit Kate en souriant.

Candy sourit aussi et fixa le ciel.

— Chaque enfant est le préféré de sa mère.

— Je pensais que c'était moi l'enfant récalcitrante de ton livre !

— Je t'en prie, Ainsley, ce livre n'a rien à voir avec toi.

— Ton vrai chouchou, c'est Sean.

— Sean est un bon à rien, répondit-elle avec un petit rire, mais c'est à lui que je dois mes petits-enfants. Bon, qui veut dîner ? Je meurs de faim. Ou bien êtes-vous trop occupées pour accorder du temps à votre pauvre mère bientôt célibataire ?

Pour une fois j'étais certaine qu'elle s'adressait à nous deux, et le mot belle-fille était oublié.

— Moi je suis disponible pour ma mère bientôt célibataire en tout cas, dis-je en me levant d'un bond. Et toi, Kate ?

— Je crois que moi aussi.

Je lui tendis la main pour qu'elle se lève, puis fis la même chose avec Candy. Je crus un instant qu'on allait s'embrasser mais le moment passa.

On ne nous changerait pas de sitôt.

Mais il y avait du mieux.

Le dimanche je me décidai à me renseigner sur des formations dans les universités du coin. Je sortis dans la cour avec mon ordinateur. Il faisait moins chaud, et c'était une journée d'été parfaite. De plus, qui savait pour combien de temps encore j'étais ici ? Il fallait que j'en profite.

Je passai en revue l'offre de formations. Mon travail au magazine n'était pas mal, maintenant que je m'investissais un peu (et que je couchais avec le patron). Mais je ne l'adorais pas (mon boulot, je veux dire). C'était un emploi, pas une carrière.

C'était différent pour Jonathan. J'avais appris récemment que sa grand-mère avait créé le magazine en 1931 à une époque où les femmes n'étaient pas attendues dans le monde professionnel. Au *Hudson Lifestyle* on n'avait jamais procédé à aucun licenciement, et le jour où la fille de l'un des employés en free-lance avait eu une leucémie, c'est le magazine (enfin, Jonathan) qui avait pris tous les frais en charge. Elle était maintenant étudiante en droit à Columbia.

Tout cela était noble et beau. Mais ce n'était pas moi.

Je n'étais pas sûre à cent pour cent de qui j'étais. À l'inverse de Kate et Sean, je n'avais jamais eu de vocation. J'aimais les gens, j'aimais être utile, c'était à peu près tout ce que je savais.

Peut-être le moment était-il venu pour moi de voyager, ou de vivre seule, ou d'obtenir un diplôme plus utile que celui que j'avais en philosophie.

Mon téléphone sonna depuis les profondeurs du canapé où l'avait enfoui Ollie. Je fouillai et le trouvai.

*Judy.*

— Allô ?

— Ma chérie, c'est moi.

À ma grande surprise, mes yeux s'embuèrent en entendant sa voix.

— Bonjour, Judy, comment ça va ?

— Ça va, mais tu nous manques.

La nostalgie de leur cuisine, des crêpes qu'elle y faisait, des câlins affectueux d'Aaron, et des jeux en famille le soir me submergea.

— À moi aussi, vous manquez.

— Comment vont tes parents ?

— Eh bien… ça va.

Papa n'avait pas trop mal pris la décision de Candy (j'espérais qu'il avait remarqué qu'elle avait déménagé), puis il était parti à Anaheim quelques jours. Je n'avais pas envie de raconter tout ça aux Fisher. Quelques mois plus tôt Judy aurait été la première au courant, mais c'était différent aujourd'hui.

— Est-ce que tu veux bien passer à la maison ? Nous avons un petit quelque chose pour toi.

Je regardai l'heure. Il était 2 heures.

— D'accord. Je serai là d'ici une heure.

Je me douchai et m'habillai avec soin d'une robe blanche avec des motifs de coquelicots et des espadrilles roses. Je me maquillai légèrement.

— Viens, Ollie, on va se promener.

Ils adoraient Ollie.

En chemin, je me demandai ce qu'était cette surprise. Un objet de notre maison peut-être ? Mes cadeaux de Hanoukka que Judy passait toute l'année à choisir dans les magasins ?

Je me garai dans leur allée avec une boule dans la gorge.

Combien de fois étais-je venue ici ? Des centaines. Et il y avait au moins cinq photos de moi encadrées dans cette maison, plus que chez mes parents.

J'ouvris la porte qui n'était jamais fermée à clé et j'appelai. En posant Ollie par terre. Il se précipita dans la cuisine, en aboyant comme un fou.

— C'est moi ! Ainsley !

— Entre, ma chérie, répondit Judy.

J'avançai, attirée par les bonnes odeurs de cuisine, et m'arrêtai brusquement.

Eric était là. Avec ce traître d'Ollie au comble de la joie qui lui léchait le visage en gémissant.

— Ma chérie ! s'écria Aaron en m'embrassant.

Je restai de marbre.

Celui qui n'avait jamais été mon fiancé me sourit.

— Salut.

Salut ? Après tout ça : salut ? Non mais vraiment !

Il avait l'air sûr de lui et était très beau. Il portait des lentilles de contact contrairement à son habitude, et une barbe, comme sur la photo. Ses cheveux étaient plus longs que jamais, et serrés dans un petit chignon, son visage était buriné par le soleil et son nez un peu brûlé.

Il était sexy dans un genre un peu brut qui ne me laissa pas indifférente.

— Eric. Tu es revenu, lui dis-je d'un ton neutre.

— J'ai fait ce que j'avais à faire.

— Surprise ! s'exclama Judy. On va vous laisser tranquilles tous les deux. Voilà des cookies et du gâteau. Et il y a de la glace dans le congélateur. Et si tu as faim, Ainsley, il y a aussi du poulet rôti.

— Tout va bien, maman, merci, répondit Eric en posant le chien.

— Parfait, nous serons dehors. Ollie, tu veux jouer à la balle ?

Le chien courut les retrouver dehors et Judy lui envoya une balle de tennis, mais la connaissant, je savais qu'elle viendrait toutes les deux minutes écouter à la fenêtre.

— Assieds-toi, dit Eric en avançant une chaise. Tu es très belle.

— Je ne reste pas, Eric.

— Eh bien, écoute au moins ce que j'ai à te dire. On a quand même passé dix ans ensemble.

— Onze.

— Raison de plus.

Il sourit et me servit du café, avec du sucre et du lait. C'était agaçant de voir qu'il se rappelait comment je buvais mon café.

Il s'assit à côté de moi.

— Tu veux du gâteau ?

— Ne tourne pas autour du pot. Je suis pressée. Ce chignon, c'est ridicule, au fait.

Il rit, pas vexé le moins du monde.

— Oui, il faut que j'aille chez le coiffeur.

Puis il regarda sa tasse et ajouta :

— Merci d'avoir accepté de me voir.

— J'ai été piégée.

— Merci quand même. Bon, je vais aller droit au but. Je ne peux pas dire que j'ai eu tort de partir en Alaska, mais j'ai eu tort de te quitter.

Puis il me regarda longuement.

— Fascinant. C'est tout ?

— Ains, je ne sais pas ce qui m'a pris. J'ai déconné, et c'est rien de le dire.

— Entièrement d'accord.

— Tu sais mieux que personne, mieux que moi sans doute ce qui m'est arrivé. C'est exactement ce que tu disais. J'ai eu peur de mourir, et ensuite il y a eu l'accident de Nathan et j'ai paniqué.

Il s'essuya le nez et poursuivit.

— J'étais perdu, je t'ai chassée de ma vie et c'est la chose la plus stupide que j'aie jamais faite. Depuis un mois j'y réfléchis et je suis vraiment, vraiment désolé. Tu es la meilleure chose qui…

— Et si on en restait là ? l'interrompis-je. Je refuse tes excuses. Il y a autre chose ?

Il posa sa main sur la mienne et je sentis que notre lien existait toujours, cette intimité que j'aimais de tout mon cœur. Mon Eric, notre vie.

Qu'il avait piétinée.

Je retirai ma main.

Il se pencha en avant, le visage sincère et sérieux, sans plus aucune trace de cette ferveur surfaite qui était la sienne pendant sa maladie.

— Tu as tous les droits d'être blessée et en colère, me dit-il. Évidemment. Mais si j'ai une chance de pouvoir repartir de zéro, je veux la saisir. Si tu me la donnes, je passerai le reste de ma vie à m'assurer que tu ne le regretteras pas. Je t'aime. Je t'ai toujours aimée.

— Ce n'est pas ce que tu m'as dit au restaurant ce fameux soir, ni ce que tu as écrit dans ton blog.

— Je pense que j'ai eu une crise de folie.

— Oh, par pitié !

— OK, alors une crise de milieu de vie, avec, disons, dix ans d'avance ? Ainsley, pendant onze ans, tout a été parfait entre nous. Cent trente-sept mois passés ensemble. J'ai compté, me dit-il avec un clin d'œil car il savait que j'étais incapable de faire une multiplication de tête. Pendant quatre mois, j'ai été un vrai connard, mais est-ce que cela efface tout le reste ? Parce que je voulais vraiment t'épouser. Et je le veux toujours. Je veux que tu sois la mère de mes…

— Arrête ! Je ne veux pas t'écouter.

Pourtant ma voix tremblait sous le coup d'une émotion que je ne parvenais pas à définir. Impatience ? Bonheur ? Haine ?

Il mit la main dans sa poche et en tira la bague.

— Laisse-moi me racheter, Ainsley. Épouse-moi. Ayons la vie que nous sommes faits pour avoir. Je ne t'abandonnerai jamais, me déclara-t-il avec un sourire en coin, en posant sur moi ses beaux yeux bruns et chaleureux.

Ma bague était là. C'était la première fois que je la voyais depuis la mort de Nathan. Cette bague magnifique, envoûtante.

Soudain je compris ce que je ressentais : de la fureur.

— Tu es devenu fou ! Espèce de sale enfant gâté ! Tu m'as brisé le cœur, tu m'as humiliée de toutes les manières possibles, tu m'as accusée d'avoir gâché ta vie et tu penses que je vais t'épouser ?

— Mais je me suis excusé, dit-il en fronçant les sourcils. Je ne savais pas ce que je faisais. J'avais tort et j'essaie maintenant de réparer ma faute. Donne-moi une chance. Je ne savais pas ce que je disais ni ce que je faisais.

— C'est faux. Tu savais exactement ce que tu disais et faisais. Et maintenant que tu as eu ton heure de gloire, que tu as fini ton petit séjour au pays des Inuits et des loups, tu crois que tu peux reprendre ta vie avec moi comme avant ? Eh bien non.

— Mais… mais, Ains, écoute. Ma chérie, écoute-moi, dit-il en se rasseyant et en posant les deux mains sur la table. J'ai parlé avec Ryan Roberts. Il veut nous interviewer pour son émission.

— Non, mais tu plaisantes !

— Non ! Je peux revenir sur tout ce que j'ai dit. Je sais que je peux faire amende honorable à la télévision et dire à toute l'Amérique que je t'aime et que j'ai été un vrai con.

Il s'arrêta.

— Toi aussi, tu m'aimes. Je le sais.

Je me levai et replaçai ma chaise contre la table.

— Non, Eric, je t'aimais mais tu as tout cassé, et on ne recolle pas les morceaux si facilement.

— Pourtant je sais bien qu'il n'y a personne d'autre, tu n'es pas du genre à te venger en couchant à droite et à gauche. Ou alors je me trompe ?

— Ma vie privée ne te regarde plus. Bonne chance à toi !

Je fis glisser la baie vitrée devant Aaron et Judy qui se figèrent, Ollie tout frétillant à leurs pieds.

Ils comprirent et se décomposèrent.

— Au revoir, leur dis-je, les yeux embués de larmes car

ils étaient les beaux-parents que j'avais toujours voulus, mais c'était terminé. Merci pour tout.

— Nous t'aimerons toujours, ma chérie, dit Aaron, et je retins mes sanglots avec peine.

Puis je ramassai mon chien et je partis.

Je pleurai sur tout le trajet tandis qu'Ollie chougnait à l'arrière.

Arrivée en centre-ville, je décidai d'appeler Jonathan.

— Les filles sont avec toi ?

— Non, je viens de les déposer chez leur mère. Ça va toi ? me demanda-t-il après une hésitation.

— Je peux passer ?

— Bien sûr.

Après m'être garée devant chez lui, je m'essuyai les yeux et me mouchai. Ollie me lécha le visage et gémit pour sortir de la voiture.

J'entrai, et le chien faillit me renverser tant il était pressé d'en faire autant.

— Salut, Oliver, lui dit Jonathan en se baissant pour le caresser, tout en me regardant. Pourquoi elle est triste ta maman ?

— Eric est rentré.

Il se leva et croisa les bras, puis ajusta son regard juste au-dessus de mon épaule.

— Je vois.

— Il veut qu'on se remette ensemble. Je ne savais pas qu'il était rentré mais ses parents m'ont appelée et…

— Oh, mais bien sûr, repars avec lui ! Après tout, vous avez passé onze ans ensemble, me dit-il d'une voix sourde. Peu importe qu'il t'ait humiliée devant huit millions de personnes et t'ait quittée pour aller à la recherche de lui-même en Alaska. Mais bien sûr il faut que tu l'épouses et que vous ayez ensemble des tas de petits Eric !

— J'ai dit non, idiot !

Il s'arrêta net.

— Ah.

— Mais pas à cause de toi, ne crois pas ça.

— Pourquoi alors ? demanda-t-il, surpris.

— Parce que ! Parce que c'est un con égocentrique et narcissique qui n'a pas su voir que je l'aimais et pensait qu'il trouverait mieux ailleurs et qui vient de découvrir que non, mais tu sais quoi ? C'est trop tard !

— Je vois.

— Oui j'espère que tu vois ! Tu pensais vraiment que j'allais retourner avec lui ?

— J'aurais mieux fait de…

Je mis les mains sur les hanches.

— Mais pourquoi pas ? Tu n'as aucune idée de qui je suis ! Tu me fais signer des papiers pour que je ne porte pas plainte contre toi, tu nous forces à nous voir en secret, tu refuses que tes enfants me voient, ce que je respecte. Cela dit, je ne suis pas dupe : tu es à soixante pour cent amoureux de moi et à quarante pour cent persuadé que c'est une très mauvaise idée ? Alors ne t'inquiète pas, Jonathan, je ne compte pas sur toi pour quoi que ce soit. Et si je n'ai pas arraché les yeux d'Eric, ce n'est pas parce que tu es là, c'est pour moi. Parce qu'il ne me mérite pas !

— Compris.

— Et au fait, je démissionne.

Dans le salon, l'horloge du grand-père se mit à sonner, et Ollie alla chercher un coussin sur le canapé pour se coucher dessus.

— Oui, répétai-je plus calmement. Je démissionne. Il était temps, tu ne penses pas ?

— Je… je n'en sais rien.

— Moi si.

Il ne bougeait pas et je m'aperçus qu'il ne m'avait contredite à aucun moment.

— Mais je veux bien continuer à te voir, dis-je. Même si c'est juste une relation à soixante pour cent.

— Tant mieux.

Ce seul mot suffit à me faire battre le cœur follement.

— Je m'en vais maintenant.

— Très bien.

— Je te donne un préavis de deux semaines pour que tu puisses trouver quelqu'un d'autre.

— Je te remercie, dit-il avec son demi-sourire.

— Bon, j'y vais vraiment là. Mon indignation est sans limites.

Il se mit alors à sourire franchement et je ne pus me retenir d'en faire autant. Puis je pris mon chien et je partis, fière de moi comme je ne l'avais pas été depuis bien bien longtemps.

Ce soir-là, Candy vint chez nous, et nous préparâmes le dîner toutes les trois avant de faire un Skype avec Sean, Kiara et les enfants, ce qui était ridicule, vu que mon frère habitait à quarante-cinq minutes de là et aurait pu, pour une fois, se bouger un peu et venir voir sa famille.

Mais c'était quand même mignon de voir Sadie nous envoyer des bisous et nous montrer ses peluches, et d'apercevoir Matthias et Esther nous saluer.

Plus tard, on frappa à la porte.

— J'y vais, dis-je même si j'étais déjà en pyjama.

C'était Jonathan.

— Oh, Jonathan, bonsoir ! dit Candy.

— Bonsoir, docteur O'Leary. Bonsoir, Kate.

— Bonsoir, Jonathan, répondit-elle, contente de le voir aussi.

— Que puis-je pour vous, patron ?

Il prit mon visage entre ses mains et m'embrassa. Un fantastique baiser langoureux et profond qui me fit fondre le cœur.

— Eh bien, voilà qui est une surprise, entendis-je ma mère dire.

Il se recula et me regarda.

— Soixante-cinq, dit-il.

— Pardon ? fis-je un peu, étourdie.

— Soixante-cinq pour cent. Peut-être même soixante-sept.

Puis en regardant par-dessus mon épaule, il ajouta :

— Mesdames, bonne nuit.
Avant de s'en aller, avec un dernier sourire pour moi.
Soixante-sept ?
Je prends !

# *Kate*

Le mois d'août me parut très long, sans doute à cause de ce que ma mère avait évoqué à propos des étapes… je m'aperçus que j'avais hâte d'être à l'automne puis à la fin de cette année. Je voulais déjà être au printemps, cela ferait alors un an depuis la mort de Nathan, et mon esprit serait moins confus. Parce que ces derniers temps je n'avais pas les idées claires, la chaleur me pesait et je n'avais qu'une envie : dormir.

— Parfaitement normal, me dit LuAnn du groupe de parole. Il t'arrive de partir de chez toi habillée n'importe comment, c'est ça ?

— Le chagrin fatigue, expliqua Lileth, l'assistante sociale, de sa voix chantante.

— Épuise, tu veux dire, corrigea LuAnn.

Cette semaine Leo était absent. Depuis quelque temps il venait moins, et nous savions que c'était bon signe. George aussi avait manqué des séances. Il avait déjeuné de temps en temps avec Gram-Gram, à l'instigation d'Ainsley, évidemment.

Ma sœur avait démissionné, démarré un autre boulot au Blessed Bean et s'était inscrite à la fac. Elle voulait devenir infirmière, ce que je trouvais parfait pour une personne aussi énergique, douce et aimant tant s'occuper des autres.

Elle m'avait raconté son entrevue avec Eric et j'avais adoré sa férocité. Je n'aurais jamais pensé dire ça il y a un an, mais j'admirais ma petite sœur plus que quiconque. C'était la personne la plus généreuse que je connaissais.

Elle avait des convictions et se donnait les moyens d'arriver à ses fins.

Et c'était beau de la voir avec Jonathan. Je ne sais pas si elle s'en rendait compte mais il ne la quittait pas des yeux. Et elle rougissait pour un oui pour un non, ce qui était adorable.

La soirée de bienfaisance des Coburn approchait et il fallait que j'aille récupérer la balancelle chez Daniel. S'il l'avait terminée. Sinon, j'avais toujours les plans de l'extension qui eux étaient finis. Phoebe les avait faits à ma demande (et s'était mise à pleurer lorsqu'elle me les avait apportés).

Cette soirée allait être très éprouvante.

Daniel me manquait. Notre amitié n'était pas si insignifiante que cela.

J'avais eu quarante ans la semaine dernière et n'avais pas souhaité qu'Ainsley ou mes parents me les fêtent. Ainsley m'avait laissé un petit cadeau, un médaillon vintage en forme de cœur et déposé un gâteau glacé dans le freezer, sans rien me dire.

Sean n'avait eu aucune difficulté à oublier mon anniversaire comme chaque année, mais j'avais reçu une carte de Kiara signée de tous les cinq avec un message : *Ton bonheur t'attend, ma belle-sœur chérie.* Elle était vraiment adorable, et il ne la méritait pas.

Je dormais, mangeais et attendais… quoi exactement ? Mon Nikon restait sur l'étagère et chaque jour qui passait rendait plus difficile d'aller regarder ces dernières photos de Nathan, mon gentil et doux mari pendant cent deux jours.

Je ne revis pas Madeleine, et souhaitais ne jamais la revoir. Honnêtement j'avais pitié d'elle. Elle avait sincèrement aimé Nathan et l'avait perdu, tout comme moi. Et même si elle s'était conduite comme la reine des garces, bah… on se rassurait comme on pouvait : si Nathan avait eu des secrets pour moi, qu'y pouvais-je ? De toute façon, j'étais trop fatiguée pour m'en soucier davantage.

— Je te pardonne, Nathan, dis-je tout haut un soir où

Ainsley était chez Jonathan. Si tu aimais Madeleine, je ne t'en veux pas.

J'attendis la réponse qui, comme d'habitude, ne vint pas.

Je me levai en soupirant pour aller me faire un milk-shake, parce que qui se souciait de voir une veuve prendre quinze kilos ? Et puis la phase anorexique de mon deuil était terminée. Alors oui, une boisson bien sucrée, c'était tout indiqué.

Toutes les portes et fenêtres étaient ouvertes et le chœur des criquets se mêlait à celui des sauterelles, annonçant la fin de l'été.

Pile un an plus tôt, nous étions sortis ensemble quatre fois, Nathan et moi.

Je mis une cuillère de glace dans le shaker (Nathan adorait les gadgets culinaires). J'ajoutai du lait et de la vanille et appuyai sur start. Une fois que ce fut prêt, je dégustai le mélange délicieusement bien frais.

À cet instant, je sentis son parfum, puis son odeur corporelle, et tout mon corps se mit à trembler. Je me figeai puis inspirai lentement.

Oui, c'était son odeur, l'odeur de Nathan. Comme elle me manquait !

— Chéri ? murmurai-je.

Non que j'attende une réponse. J'étais encore toute frissonnante.

*Je t'aime*, pensai-je alors de toutes mes forces.

Puis, cela passa. L'odeur s'évanouit et je restai seule avec le chant des sauterelles. J'inspirai encore mais ne sentis que l'odeur de la vanille.

— Merci, dis-je, d'une voix mal assurée.

Madeleine m'avait dit qu'il venait lui rendre visite. C'était peut-être vrai. S'il était aussi merveilleux que je le pensais, alors oui, il allait rendre visite à tout le monde.

J'espérais qu'il allait aussi rendre visite à Brooke, à Atticus et à Miles. Et bien sûr aussi à ses parents.

*Sois heureux, Nathan. Ne t'inquiète pas trop pour moi. Je vais bien.*

*
* *

L'après-midi de l'exposition au centre, j'étais au studio juste après une séance photo et je reçus un SMS.

Salut, Kate. Juste pour te dire que j'espère te voir ce soir. J'ai presque terminé la balancelle pour tes beaux-parents et ça devrait être bon pour le jour *J*, sans problème. On se connaît depuis longtemps, alors ne faisons pas tout un plat de notre nuit ensemble.

Daniel
Le Pompier Super Sexy.

J'éclatai de rire. J'adorai l'idée qu'il ait signé comme ça. Je lui répondis :

OK, Pompier Super Sexy. À tout à l'heure. Et merci de ne pas en faire tout un plat.

Je rentrai me préparer. J'étais contente parce que Ainsley m'accompagnait. Il y aurait aussi Paige mais je m'en fichais.

Je pris une douche avec mon savon spécial au citron qui sentait encore meilleur aujourd'hui. Je me sentais… heureuse. Peut-être à cause de la visite de mon fantôme de mari l'autre soir. Peut-être parce que j'avais simplement passé un cap. Je l'avais aimé mais nous n'avions pas non plus vécu des années ensemble, ce qui rendait les choses à la fois écrasantes et… plus faciles en fait.

Et j'étais aussi contente de savoir que Daniel ne boudait pas dans son coin.

Je jetai un œil dans le dressing de Nathan. Ce week-end j'allais peut-être me mettre à trier ses affaires. Avant de m'apitoyer, je refermai et m'allongeai sur mon lit et à ma grande surprise je m'endormis.

Quelques heures plus tard, Ainsley et moi arrivâmes au centre. Greta nous accueillit, m'embrassa et serra la main de ma sœur qui cherchait à repérer les anciens détenus tatoués, puis elle nous guida jusqu'à l'exposition de photos.

Raoul était déjà là.

— Ah, Kate mon amour, ma chérie ! C'est si bon de te revoir ! C'est moi qui ai pris cette photo-là, au cas où tu trouverais que c'est la meilleure.

— Enfin, Raoul ! fit Greta en pouffant.

— Je m'en serais douté, figure-toi, lui répondis-je en regardant la photo de femme nue.

— Je te donne dix dollars si tu la choisis, me dit-il avant de disparaître dans la foule.

— Bien, tu dois juste en sélectionner trois, me dit Greta, et nous annoncerons le palmarès, et ensuite la vente aux enchères démarrera, d'accord ? Il faut que j'aille serrer quelques pinces. Prends ton temps. Mais pas trop.

Avec un sourire elle rejoignit elle aussi la foule.

Nous examinâmes les photos et j'expliquai à ma sœur ce que je recherchais. On trouvait là bien sûr tous les défauts de l'amateur : composition pauvre, mauvaise utilisation de l'espace vide, pas assez de saturation, mauvais éclairage.

Mais j'adorais les sujets. Toutes les photos avaient été prises en extérieur, même la femme nue de Raoul. Et toutes témoignaient d'une grande générosité, que ce soit celle du SDF et de son chien, ou du petit garçon en train de boire à la fontaine. Tous ces hommes avaient souffert en prison, et beaucoup le méritaient, mais heureusement ils y avaient aussi appris des choses : la valeur de la liberté, la beauté d'une journée ordinaire.

— Voilà celle que je préfère, dis-je à Ainsley en m'arrêtant à l'avant-dernière : c'était une petite fille aux grands yeux marron qui riait en voyant voler vers elle un pigeon. Tu vois comme elle est pleine de vie et de mouvement ? Les ailes de l'oiseau, les tresses de la petite qui s'envolent, cette façon qu'il a eue de la prendre juste au moment où elle sautait en l'air.

— On éprouve de la joie en la regardant, fit remarquer Ainsley.

— Exactement. Il y a beaucoup d'émotion.

— Tu es un super prof, Kate, il faut que tu recommences.

— Oui, je crois que je vais le faire.

Même si c'était un effort, ça valait la peine. Je notai mes choix (Raoul était en troisième) et cachetai l'enveloppe.

— Tiens, la star fait une apparition ? dit une voix.

C'était Paige. Et comme toujours, elle était superbe.

— Salut.

Quelque chose qui s'apparentait à un sourire apparut sur son visage.

— C'est tellement gentil de nous faire l'honneur de ta présence.

— Je t'en prie. Tu reconnais ma sœur, bien sûr.

— J'ai rencontré quelqu'un. C'est assez sérieux. J'aimerais que tu le rencontres, me dit-elle sans adresser un regard à Ainsley.

Pas un « Comment ça va, toi ? Je suis désolée d'avoir été si garce. » Je jetai un coup d'œil à ma sœur qui se contenta de lever les yeux au ciel.

— Eh bien, non, Paige. Nous ne sommes plus amies, toi et moi.

— Pourquoi ? Parce que je suis enfin heureuse ? Tu préférais quand j'étais au trente-sixième dessous ?

— Et quand moi j'étais heureuse ? Il me semble me souvenir que tu m'as dit d'aller me faire voir quand je me suis fiancée. Il me semble me souvenir que tu ne m'as pas envoyé un seul mail ni même téléphoné quand mon mari est mort. Et maintenant je suis censée te balancer des confettis parce que tu as enfin trouvé quelqu'un qui te supporte ? Non merci.

Elle resta bouche bée.

— Et au fait, renchérit Ainsley, moi j'ai toujours pensé que tu étais une garce.

Elle fit volte-face et s'éloigna, et je dois admettre que ça me fit un bien fou. Nous échangeâmes un sourire de satisfaction, ma sœur et moi.

À ce moment-là surgit Daniel.

— Salut, beauté, me dit-il en me prenant dans ses bras.

Une délicieuse odeur de propre émanait de lui.

— Salut, Ainsley, ajouta-t-il en me lâchant pour l'embrasser sur la joue, avant de se tourner de nouveau vers moi. Alors ? Tu as fini par lui dire ses quatre vérités ? me demanda-t-il en désignant Paige d'un mouvement de tête.

— Oui. Et ça m'a fait un bien fou.

— J'adore ses chaussures. Je la déteste, mais ses chaussures sont une tuerie, dit Ainsley. Bon, je suppose que vous avez des choses à vous dire, tous les deux, alors je vais m'effacer discrètement.

— Non, non, pas la peine, répondis-je. Comment va la famille, Daniel ?

— Très bien. Tu veux voir des photos ? répondit-il en faisant glisser son doigt sur l'écran de son téléphone. Tiens, voilà Lizzie. Tu sais qu'elle a été retenue pour un défilé ? Ma mère est paniquée mais question finances, ça va ! On va dire que c'est plus un problème de payer ses études. Et ça c'est le bébé : Maisy. Elle commence à faire des sourires. C'est trop mignon. Et voilà notre petit diable, ma chouchoute évidemment, commenta-t-il attendri.

Tout était redevenu normal entre nous et j'en ressentis un grand soulagement.

— Dis, tu viens dans le hall voir la balancelle ? Toi aussi, Ains. Elle est très chouette. Mes élèves m'ont donné un coup de main. C'est une sorte de projet de classe. Il reste juste à la vernir, mais on sera dans les temps. C'est quand cette soirée déjà ?

— Dans deux semaines.

Nous nous dirigeâmes vers l'atelier bois.

Ainsley me mit un verre dans la main.

Je la remerciai et goûtai le vin, qui était complètement piqué. Je me forçai à l'avaler.

— Il est bizarre. Ne le bois pas, dis-je à Ainsley.

— Ah bon ? me dit-elle en prenant le verre pour sentir. Puis, étonnée, elle goûta.

— Il m'a l'air correct.

— Non, il est dégueulasse.

— C'est pas du château-lafite mais ça passe.

Daniel goûta à son tour.

— Non, ça va.

Tous deux me regardèrent, intrigués.

— Bon, nous y voilà, mesdames. Après vous.

Il ouvrit la porte de l'atelier et l'odeur de polyuréthane me saisit à la gorge. La balancelle était là, en bois couleur miel, joliment incurvée et suspendue à deux chaînes. Un mélange de classicisme et de modernité.

Nathan aurait approuvé.

— Allez-y, asseyez-vous, les filles.

Nous nous installâmes et commençâmes à nous balancer d'avant en arrière, d'avant en arrière.

Soudain je bondis, fonçai au lavabo et vomis. Mais enfin ! Qu'est-ce qui… ? La nausée me reprit, le corps entier secoué de convulsions.

— Ça va, Kate ? me demanda Ainsley, en me tendant des serviettes en papier, tandis que Daniel me passait la main dans le dos.

— Je suis désolée, dis-je. Ça ne m'arrive jamais.

Je me rinçai la bouche et pris les serviettes, l'estomac encore retourné.

Je me redressai.

Ainsley me regardait, l'air affolé.

Cette fatigue, cette perpétuelle envie de dormir, cet odorat hyper sensible, et maintenant la nausée…

— Oh, mon Dieu, non ! murmurai-je. Ça ne peut pas…, oh non !

Daniel mit la main sur sa bouche.

— Calme-toi, calme-toi, me dit Ainsley en levant les mains dans un geste d'apaisement. Allons-nous-en d'ici. Daniel, tu habites dans le coin ?

— Oui, dit-il. Oh, la vache ! Mais c'est dingue, on a pourtant utilisé des…

— C'est bon ! l'interrompit Ainsley. On y va !

Nous prîmes la fuite comme des braqueurs de banque

dans la Prius de ma sœur. Elle se gara devant un drugstore et bondit hors de la voiture.

— Bougez pas !

Daniel et moi n'échangeâmes plus un mot.

Ça ne pouvait pas être vrai ! Par pitié, pas maintenant !

Elle était de retour six minutes plus tard, un sac en plastique dans la main, et je regardai à l'intérieur : deux boîtes, quatre tests de grossesse en tout.

Personne ne parla pendant le trajet. Arrivés chez Daniel, nous montâmes l'escalier quatre à quatre.

— Je viens avec toi, déclara ma sœur. Daniel, tu restes là.

— OK, dit-il d'une petite voix.

J'avais l'habitude, mais cette fois-ci il me semblait entendre le rire du Destin.

J'avais les mains qui tremblaient en tenant le test.

Un trait, me répétais-je, un trait, un trait.

Je procédai à l'opération en évitant le regard d'Ainsley.

— Ça va là-dedans ? nous demanda Daniel, d'une voix un peu étranglée.

— On en a pour une seconde, répondit Ainsley.

*Un seul trait, un seul trait.* Je me rappelais toutes ces fois où j'avais prié pour qu'il y en ait deux. *Par pitié*, implorais-je mon corps, *sois sympa, ne me fais pas ça maintenant !*

Je comptai jusqu'à cent quatre-vingts et regardai.

Il y en avait deux.

# Ainsley

Comme ils avaient beaucoup de choses à se dire, je laissai Kate chez Daniel et rentrai seule à Cambry.

Ma pauvre sœur ! J'avais passé une demi-heure assise sur le canapé avec elle, toute pâle. Daniel eut la délicatesse de ne pas dire grand-chose après que j'eus ouvert la porte de la salle de bains pour m'écrier : « Félicitations ! »

Au lieu de ça, il lui prépara un sandwich.

— Ça va aller, dit-il alors, sans préciser à qui il s'adressait : à lui-même, à Kate ou bien à nous trois. Ça va aller.

Il n'y avait pas grand-chose à ajouter.

Sur le trajet du retour Jonathan m'appela.

— Tu es dispo ? me demanda-t-il.

Je jetai un coup d'œil à ma montre. Ça alors, il n'était que 19 heures ! J'avais l'impression d'être partie depuis une éternité.

— Oui.

— Tu as faim ?

— Oui.

— Tu veux venir dîner chez moi ?

— D'accord. Je serai là dans une heure, OK ?

— Très bien. Sois prudente, ma chérie.

— Ne t'inquiète pas, dis-je après une légère hésitation.

« Ma chérie », il m'avait appelée « ma chérie » ! Je fis résonner dans ma tête ce mot si doux et si précieux, surtout après le moment compliqué que je venais de vivre.

Une heure plus tard, je me garai dans son allée.

— Je suis sur la terrasse, me dit-il de loin.

Je le rejoignis en passant par le chemin dallé devant l'arbre où était suspendue la balançoire des filles et devant la porte d'entrée.

Le soleil était couché mais une lueur rouge orangé s'attardait encore à l'horizon. Jonathan avait allumé un feu dans le brasero et ouvert une bouteille. Deux chaises longues nous tendaient les bras.

— Je suis content de te voir, me dit-il en m'embrassant.

— Moi aussi, répondis-je, en posant la tête contre son épaule. Tu as passé une bonne journée ?

— Très bonne, oui. Ton remplaçant n'a pas ton… incomparable énergie mais il fait du bon boulot.

— Tant mieux.

Il me servit du vin. Il s'était changé et portait un jean (je fus surprise de constater qu'il en avait un, et qui lui allait très bien en plus), et un pull bordeaux à col rond. Il m'apparut tel qu'il était vraiment : cet homme fidèle à ses racines, bien dans sa peau, confiant et sans souci d'argent. Heureux en somme.

Il s'assit à côté de moi, baissa les yeux et eut un temps d'arrêt. Je suivis son regard.

Ah oui. Mon sac à main était ouvert et on pouvait y voir le test de grossesse que Kate n'avait pas jugé utile. Il leva les yeux vers moi, imperturbable.

— Oui, alors ça…, commençai-je à expliquer.

— Tu as quelque chose à m'annoncer ?

— Ce n'est pas le mien, ce kit, je veux dire, bafouillai-je en plongeant le nez dans mon verre.

— Ah bon, tu te promènes avec des tests de grossesse ?

— Je te répète que ce n'est pas à moi.

Il me fixait toujours, et dans ses yeux se reflétaient les flammes du brasero qui rendaient son expression indéchiffrable.

— Je vois.

Il s'enfonça dans son transat, sans se détendre vraiment. J'aurais voulu tout lui dire mais je n'avais pas demandé la permission à Kate.

Le ciel était presque entièrement noir à l'exception d'une ligne d'un rouge profond à l'horizon.

Je soupirai et bus une nouvelle gorgée de vin. On entendait le concert des insectes et un moustique me frôla l'oreille.

— Si tu es enceinte, me dit-il alors, tu ne devrais pas boire une goutte de vin.

— Je ne suis pas enceinte.

— Et deuxièmement, ce serait... Il faudrait qu'on en parle.

— Jonathan, écoute-moi bien attentivement. Je ne suis pas enceinte. Je prends la pilule, comme je suis sûre de te l'avoir dit une bonne quinzaine de fois.

— Je sais. Mais c'est juste que... si tu l'étais... ce ne serait pas un drame.

Ces mots me laissèrent pantoise.

— C'est très touchant, mais n'en dis pas plus. Nous ne sommes pas obligés de parler de ça.

Il baissa la tête, en essayant de se maîtriser.

— Ce que je veux te dire, c'est que j'aime les enfants. Je suis sûr que j'aimerais beaucoup les tiens, enfin... les nôtres.

Il avait le chic pour me faire des déclarations alambiquées qui me faisaient l'effet d'un missile en plein cœur. Encéphalogramme Plat tentait bien de me dire quelque chose de gentil.

— Eh bien moi, j'aime déjà beaucoup tes enfants, lui assurai-je, émue. Et je suis sûre que les nôtres seraient très mignons aussi.

Son demi-sourire réapparut et le rendit complètement craquant.

— Peut-être qu'on pourrait en reparler dans un an ou deux, me dit-il.

Un an ou deux. Il envisageait l'avenir et j'en faisais partie.

Cela m'allait bien. Je n'avais pas besoin de plus pour l'instant. Pas de bague de fiançailles, pas de projets. Ce « peut-être un jour » me suffisait.

Il me prit alors la main et nous restâmes assis l'un à côté de l'autre à regarder le rouge s'éteindre peu à peu et la nuit nous envelopper.

— Je me demande si tu n'es pas passé à soixante-dix pour cent, lui dis-je.

Il rit, posa un baiser sur ma main et m'attira sur lui pour m'embrasser vraiment. Ses mains se faufilèrent sous ma robe, défirent ma fermeture Eclair jusqu'à ce que les moustiques (merci à eux !) nous chassent vers son lit.

# *Kate*

Assise dans le salon de Daniel, après que deux tests m'avaient confirmé que j'étais bien en cloque, je commençai à me dire que quelqu'un là-haut avait un sacré sens de l'humour.

Combien de fois avait-on travaillé la chose avec Nathan ? Non mais sérieusement ? Combien ?

J'avais pris ma température, compté les jours, m'étais appuyé sur le ventre pour sentir si j'ovulais. En cent deux jours, je pense qu'on avait fait l'amour au moins cent fois, en tenant compte de son voyage à Seattle et des jours où mes règles étaient vraiment trop gênantes. Nous avions l'enthousiasme des jeunes mariés, à défaut d'en avoir l'âge.

Et avec Daniel, combien de fois ? Deux la même nuit. Et les deux fois avec préservatif. Ils allaient m'entendre chez Manix !

— Je suis désolée, répétai-je pour la vingtième fois.

— C'est bon. Mange ton sandwich. Je ne voudrais pas que tu fasses un malaise.

Je supposais qu'il y avait une chance infime que ce soit l'enfant de Nathan, et non de Daniel, malgré ce qu'avaient dit les quatorze tests et les deux fois où j'avais eu mes règles.

Mais en toute logique et vu les signes, la science allait confirmer mes craintes. J'étais si fatiguée ces derniers temps. J'allais faire pipi toutes les trois minutes. J'avais un odorat hyper sensible.

Nom d'un chien !

— Que veux-tu faire ? me demanda Daniel en s'asseyant à côté de moi.

— Aucune idée.

Il me passa un bras autour des épaules et me serra contre lui. Je me tenais toute raide, encore sous le coup de l'émotion. Mes seins me faisaient mal, comment ne m'en étais-je pas rendu compte ? Et si je me pelotonnais là sur le canapé, en attendant que ça passe ? Enfin bon, ça ne servait à rien de faire l'autruche.

Daniel prit une grande inspiration.

— Écoute. J'adore les enfants. J'en ai toujours voulu. Nous nous connaissons depuis longtemps. Je t'apprécie. Ce n'est pas le pire qui pouvait nous arriver. On peut se marier si tu veux.

— Mais, Daniel, mon mari n'est mort que depuis quatre mois.

— C'est sûr, le timing n'est pas optimal. Mais, Kate, le veux-tu ce bébé ?

— Je ne sais pas. Enfin, je veux dire… je ne pense pas que je pourrais… avorter.

Je me mordis la lèvre. Non, c'était inenvisageable.

— Il faut que j'aille voir le médecin. En plus, j'ai quarante ans et des tas de choses peuvent se passer : une fausse couche, un œuf clair, une grossesse extra-utérine.

— C'est vrai.

— Alors je vais y aller demain et on en reparle.

— OK. Je viendrai avec toi.

— Non, non. Pas cette fois-ci.

Il soupira.

— D'accord, mais quoi qu'il advienne, je suis là. Je suis avec toi. Je sais que je ne suis pas ton genre, que je ne suis qu'un pompier lourdaud mais je suis là. Bon, ce soir tu restes dormir ici. Tu prends mon lit, j'irai sur le canapé, mais je ne te raccompagne pas. Si on doit avoir un enfant ensemble il faut qu'on passe un peu plus de temps tous les deux.

— Tu es autoritaire en fait, toi, remarquai-je presque sans y penser.

— J'ai quatre sœurs, alors il faut bien. D'ailleurs, ça va les rendre dingues cette histoire.

— Ne nous emballons pas.
— Tu as raison.
Puis il me regarda longuement des pieds à la tête et me dit :
— Bon, puisque tu es déjà enceinte, tu ne veux pas qu'on…
— Oh, Daniel, par pitié !
— Je rigole ! me dit-il en m'ébouriffant les cheveux, avant d'aller dans sa chambre changer les draps.

Le médecin de Tarrytown recommandé par Daniel parce que c'était celui de sa sœur confirma.
Les préservatifs de Nathan avaient dépassé la date limite depuis deux mois, et elle me certifia avec un sourire en coin que, oui, cette date, avait de l'importance. Ensuite elle me posa des questions gênantes sur ce que nous avions fait Daniel et moi et quand, et s'il s'était, disons, un peu attardé, parce que cela suffisait pour que ça marche.
J'étais donc enceinte.
De quatre semaines si l'on en croyait la prise de sang. À l'échographie, on voyait juste mon utérus, mais le bébé était encore trop petit.
C'était une grossesse à risques, vu mon âge, et d'autres tests seraient nécessaires plus tard. Les risques de fausse couche étaient élevés. Je devrais suivre un traitement et prendre des vitamines, arrêter alcool et café. Et planifier des visites mensuelles avec la secrétaire.
J'étais bel et bien *enceinte*.
J'appelai Daniel pour le lui confirmer. Il proposa de venir mais je préférais être seule. J'appelai aussi Ainsley à son travail.
Puis, sonnée, je rentrai chez moi, m'assis dans le bureau (enfin le petit salon) et regardai Hector tourner dans son bocal, l'air fier, avec Ollie sur mes genoux qui poussait de temps en temps un grognement d'amour.
Qu'allaient dire les Coburn ? Qu'allait dire Brooke ? Elle allait me détester. Ils allaient tous me détester. Et je ne pouvais leur en vouloir.

— Nathan ? appelai-je en chuchotant.

Je m'apprêtai à cracher le morceau mais je me dis finalement que même son fantôme ne méritait pas ça.

Soudain ma respiration s'accéléra et mes mains se mirent à trembler. Comme la marée, une vague monta en moi. Non, il ne fallait pas que j'aie une crise de panique. Je ne pouvais pas. J'étais enceinte. Et si l'hyperventilation était mauvaise pour mon bébé, hein ?

*Inspire, compte jusqu'à trois. Expire. Inspire…*

Ollie remuait la queue.

Que fallait-il faire ? Je continuais à respirer du mieux que je pouvais, rassurée par la petite truffe froide d'Ollie dans le creux de mon coude. Il fallait que j'aie un chien, ou alors que je vole celui-ci.

D'abord, déménager. Je ne pouvais pas continuer à vivre dans la maison de Nathan, tout en couvant le bébé d'un autre. J'allais donc enfin le vider, ce dressing ! Enfin me décider à faire bouger les choses ! Et puis, si finalement ce bébé s'accrochait (oui, il n'était pas plus gros qu'une tête d'épingle mais je parlais déjà de lui comme d'un bébé), eh bien j'irais. J'irais le dire aux Coburn. Mais ce n'était pas la peine de me précipiter avant les douze semaines fatidiques. Pourquoi leur briser le cœur avant l'heure ?

Je fermai les yeux et me mis à regretter amèrement d'avoir voulu boire ce deuxième verre de vin.

— Je suis désolée, Nathan, dis-je tout bas. Tellement désolée.

Comme toujours, Ainsley voyait les choses du bon côté. Ainsley… et Daniel. Le soir suivant, ils se mirent à deux pour me soutenir. Ma sœur nous prépara le dîner : du poisson grillé, des épinards et du riz pilaf, et Daniel n'arrêta pas de remplir mon verre d'eau si bien que j'allais faire pipi tous les quarts d'heure.

— Elle a toujours voulu avoir des enfants, dit Ainsley à Daniel qui se servait pour la troisième fois. Et vous allez me trouver fofolle, mais je pense que Nathan a donné un coup de pouce dans cette histoire.

— Ah non, pas ça, s'il te plaît, lui dis-je, choquée.

— Mais enfin écoute, Daniel. Il est mort, il lui a littéralement gâché la vie, sans même lui faire un bébé. Alors, qu'il repose en paix, d'accord, mais est-ce qu'on ne peut pas se dire qu'il a voulu se racheter et user de son influence là-haut pour être sûr que toi tu la mettes en cloque ? Je ne vois pas ce qu'il y a d'insensé.

— C'est quoi ta religion ? répondit Daniel. Parce que, pour le catholique que je suis, avoir fécondé cette pauvre veuve, c'est l'enfer direct !

— Je suis dans la pièce, leur fis-je remarquer. Est-ce qu'on pourrait éviter de parler de moi à la troisième personne ?

— Si tu veux, si tu veux, Kate. Mais c'est un bébé quand même ! C'est excitant ! s'exclama Ainsley.

— Je suis d'accord, renchérit Daniel, tout sourires.

Je me passai la main sur les yeux.

— Est-ce que tu n'es même pas un petit peu contente ? me demanda-t-il en posant sa main sur la mienne.

— Je n'ai pas encore réalisé. Je ne vois que le mauvais côté des choses, dis-je en retirant ma main. Déjà, il faut que j'aille dire aux Coburn que je ne peux plus habiter ici. Parce que c'est le cas. C'était déjà assez difficile comme ça avant.

— Tu peux venir chez moi, me dit-il.

— Ou chez moi, proposa Ainsley. Je pensais justement investir dans une maison avec l'argent que m'a laissé ma mère. Tu pourrais habiter en haut et moi en bas, et je m'occuperais du bébé quand tu travaillerais.

— Ou moi, sinon, vu que je suis le père.

— Oui, mais toi tu as plein de nanas, et c'est un mauvais exemple. Alors non, c'est moi qui aurai la garde de ce bébé.

— Premièrement, ce bébé est à moitié le mien, et deuxièmement, je n'ai couché avec personne depuis ta sœur.

— Bon, moi je vais dormir un peu, dis-je alors.

Ils se levèrent, prêts à venir me border.

— Restez là, j'ai besoin d'air !

Je montai et m'assis sur le bord du lit.

Je regardai ce dressing de Nathan que je n'avais pas ouvert depuis sa mort.

C'était maintenant ou jamais.

J'avais très envie de croire aux élucubrations de ma sœur à propos de l'intervention magique de Nathan dans cette histoire. Mais avant que mon mari meure, je ne peux pas dire que je m'intéressais beaucoup à l'au-delà. Cela ne me semblait pas très honnête tout à coup de gober cette histoire d'intervention divine, de mari qui me donnait sa bénédiction depuis là-haut.

J'entrai dans le dressing et fermai la porte.

Il y régnait son odeur, pas aussi fortement que le soir du milkshake, mais tout de même. Cela suffit à me faire m'effondrer au sol. Toutes ses chemises, tous ses vêtements, ses chaussures, ses beaux pulls en cachemire.

Les yeux me brûlaient. Je n'allais pas me mettre à pleurer ici, pas maintenant, ce ne serait pas bien. Mais comme il me manquait ! Comme sa voix me manquait, sa façon de siffler en se rasant, et cette absence de vraie intimité qui toujours nous avait gardés à distance l'un de l'autre. En réalité, je me sentais plus à l'aise avec Daniel que je ne l'avais jamais été avec mon mari.

S'il me fallait un père pour mon enfant, Daniel était sans doute un bon choix. Je me demandais s'il avait dit vrai en parlant de ses Fausses Alertes qu'il ne voyait plus, et si oui, ce que cela signifiait.

J'étais enceinte. À cet instant un petit paquet de cellules était en train de se multiplier à vitesse grand V. Selon les meilleures infos que j'avais pu récupérer sur le Net, ce petit paquet de cellules avait soixante-six pour cent de chances de se transformer en un bébé sain et normal.

Je voulais bien prendre le risque.

Et soudain, assise là dans la pénombre, je ne ressentis plus aucune culpabilité ni inquiétude, et je fus submergée par une énorme vague d'amour, comme jamais auparavant.

J'allais devenir *mère*. Soudain, j'oubliai les difficultés

et les fausses couches : j'allais aimer cet enfant de tout mon cœur, inconditionnellement, et je ne laisserais pas des pensées négatives polluer ce sentiment. Mes actes et mes choix, c'était mon affaire.

Mais mon bébé, *mon* bébé, lui, ne devait être entouré que d'amour.

# Ainsley

Voilà que j'allais de nouveau devenir tatie ! J'étais ravie. Évidemment, le timing craignait, mais Kate était si seule depuis si longtemps, depuis des années et des années. Jusqu'à ce que Nathan apparaisse dans le paysage et fasse d'elle une épouse, la moitié d'un couple, expérience qu'elle n'avait jamais connue. C'est ce qui rendait sa mort encore plus cruelle. Avant de le connaître, elle avait été heureuse, désormais elle n'était plus que l'ombre d'elle-même.

Et voilà qu'un but était donné à sa vie.

Nous décidâmes tous les trois de garder le secret tant que le premier trimestre n'était pas passé et qu'on soit plus sûr des chances que tout aille bien. Mais elle avait déjà commencé à prendre les choses en main.

La semaine dernière, quelques jours après avoir appris sa grossesse, elle avait parlé à Brooke et lui avait dit qu'elle souhaitait que Miles et Atticus héritent de la maison de Nathan. Elle allait mettre tout en place pour couvrir les dépenses jusqu'à ce qu'ils soient assez grands. « C'est sa plus belle réalisation et il faut qu'elle revienne aux garçons », avait-elle dit. Brooke avait pleuré comme une Madeleine, l'avait remerciée et embrassée.

Kate envisageait de repartir s'installer à Brooklyn. Elle n'avait jamais aimé Cambry de toute façon et elle avait gardé son bel appartement. Il y avait bien une raison à ça.

Ainsi elle serait près de Daniel.

— C'est le père après tout, il a autant que moi le droit de voir le bébé.

— Il t'aime vraiment bien, lui dis-je.

— C'est vrai.

— Tu n'es pas amoureuse de lui ?

— Pas encore, me répondit-elle, l'air amusé.

— Donne-lui sa chance, d'accord ? Il va être un super papa.

Elle secoua la tête en souriant, pensant sans doute que sa sœur était une incorrigible romantique, ce qui était vrai.

Ma vie amoureuse à moi était au beau fixe, merci. Ne plus travailler pour Jonathan me l'avait rendu plus séduisant encore et c'était réciproque. Nous nous appelions tous les soirs et nous voyions plusieurs fois par semaine.

J'étais folle de lui.

Mais lui comme moi avions connu la vie commune. Je voulais organiser ma vie un peu mieux qu'onze ans auparavant. Je voulais mon diplôme d'infirmière. J'aurais fini une formation dans quelques semaines et obtiendrais mon certificat d'infirmière auxiliaire. On embauchait à la maison de retraite et je pourrais y travailler tout en poursuivant mes études.

En attendant j'étais serveuse au Blessed Bean, où venaient les mamans et les adolescents de Cambry pour prendre un café. Mon patron, Rig (ce n'était pas un diminutif), avait vingt ans, était tatoué et portait aux oreilles d'énormes piercings absolument horribles. C'était un amour de garçon et il prenait toujours conseil auprès de moi pour les affaires de cœur. Après tout, j'étais la fille du Dr Lovely.

En parlant de ça, comme prévu, Candy avait été consternée par mon changement de carrière lorsque j'étais venue le lui annoncer dans sa nouvelle maison.

— Infirmière ? Oh, mais ma chérie, tu vas passer ta vie à changer les couches des vieillards !

— Eh bien, dis-toi que je pourrai aussi changer les tiennes, le moment venu.

— Tu le feras pour ton père avant de le faire pour moi. Cet homme arrive à peine à s'habiller tout seul. Il est venu dîner l'autre soir et il a oublié son portefeuille, tu te rends compte.

— Vous continuez de vous voir ?

— Bien sûr, me répondit-elle, bravache.

J'avais de la peine pour elle. Je n'avais jamais réalisé à quel point elle avait souffert d'avoir été délaissée.

— J'ai quelque chose pour toi, me dit-elle. J'ai trouvé ça en triant mes affaires.

Elle se leva et revint avec une boîte à chaussures dans laquelle se trouvaient plusieurs dizaines de photos.

Ma mère, si jeune, plus jeune que moi aujourd'hui, et si belle. Kate souriante, qui me portait et à qui il manquait quelques dents. Sean, surpris en pleine lecture, avec des lunettes un peu sales et une assiette de biscuits. Mon père, ma mère et moi vers deux ans. C'était la première photo de nous trois que je voyais.

— Je les ai trouvées au grenier, me dit-elle d'un ton brusque.

— Merci, répondis-je dans un souffle, en les examinant.

Mes parents sur le point de sortir, sur leur trente et un et tout sourires. Moi, endormie dans un fauteuil de jardin, Winnie posé à côté.

— Tu as quelques souvenirs ? me demanda-t-elle.

J'aurais bien voulu. Peut-être que cela reviendrait un jour, grâce à ces photos, mais pour le moment, rien.

— Non, répondis-je en la regardant, aucun.

En revanche je me souvenais de Candy en train de s'occuper de moi lorsque j'étais malade, de m'apprendre à poser des divisions, de s'asseoir avec moi un soir d'orage, pas ravie mais là tout de même.

Je me levai pour la serrer dans mes bras et déposai un baiser sur ses cheveux de paille.

— Merci, répétai-je, émue.

Elle me tapota la main et se recula un peu.

— Ton père sort avec une fille de l'âge de Sean, m'annonça-t-elle pour changer de sujet.

— Beurk. En même temps je ne suis pas surprise. Et toi, maman ? Tu sais que j'ai trouvé un gentil veuf pour Gram-Gram. Je pourrais faire pareil pour toi.

Elle eut un petit rire, mais ne releva pas le fait que je l'avais appelée maman. D'ailleurs ce n'était pas un lapsus.

Un après-midi de septembre, alors que j'étais occupée à moudre de l'arabica fraichement grillé au Blessed Bean, le carillon de la porte retentit et je levai les yeux.

En m'apercevant, Matthew Kent marqua un temps d'arrêt. Il était avec ses nièces, les filles de Jonathan.

— Bonjour, dit-il en s'approchant du comptoir.

Lydia sautait dans tous les coins.

— Je veux un cookie ! Non, du gâteau ! Non, je veux une boisson, oncle Matt !

— Bonjour, les filles, dis-je, pas certaine qu'elles me reconnaîtraient.

— Bonjour, me répondit timidement Emily.

— Je veux un scone, cria Lydia. Ah, bonjour, Angie ! Dis, dis, je peux avoir un scone ?

— Mon prénom c'est Ainsley, lui dis-je gentiment.

Elle avait les yeux de son père.

— Alors comme ça vous ne travaillez plus au magazine ? me demanda Matthew.

— Qu'est-ce que je vous sers ? répondis-je aimablement pour ne pas heurter les filles.

— Avez-vous pu lui parler de ce que je vous ai dit ?

— Je viens de moudre de l'arabica et nous avons du chocolat chaud pour vous, les filles, si vous voulez. Sa mâchoire se crispa, comme celle de Jon parfois.

— Lyddie, Em, dit-il en s'accroupissant pour se mettre à leur niveau, est-ce que ça ne serait pas sympa qu'on se retrouve tous ensemble avec papa et maman ? Est-ce que ça ne serait pas super ?

— Oh, si, si ! s'écria Lydia en sautillant.

Emily, qui était plus raisonnable, se contenta de me regarder.

— Rig, je prends une pause ! dis-je alors. J'ai été très contente de vous voir, les filles. Régalez-vous bien !

J'allai dans la pièce de derrière et respirai à fond deux ou trois fois.

Quel sale type ! Il instrumentalisait les filles pour arriver à ses fins. En même temps ce n'était pas une surprise venant d'un type qui couchait avec la femme de son frère.

Je restai là jusqu'à ce qu'il quitte le café et me remis joyeusement à mon travail : servir des cafés et des capuccinos, des scones et des tranches de gâteaux à la citrouille. Aussitôt mon service terminé, je m'éclipsai. Il faisait un peu frais dehors et je fermai ma veste en jean. Les feuilles commençaient à changer de couleur…

Le Blessed Bean se trouvait à deux portes du restaurant de Matthew Kent, et il y avait un banc en face, parfait pour espionner. Était-il en train de travailler ? Fallait-il que j'entre lui parler ? Je me demandais si l'ex-femme de Jonathan était au courant qu'il faisait campagne pour une réunion de famille.

— Salut, Ainsley ! me héla Jenny Tate de la boutique de robes de mariées, accompagnée, main dans la main, par le charmant Leo.

— Salut, les amoureux, répondis-je.

— On va boire un verre au Hudson's. Tu viens avec nous ? me proposa Leo.

— Oh, c'est gentil mais non merci. Ça va, vous deux ?

— Jenny est une femme comblée, me répondit-il, ce qui lui valut un petit coup dans le bras de la part de sa chérie. Et comment va Kate ?

— Ça va, je crois.

Je laissais à Kate le soin d'en dire plus si elle voulait.

— Qu'elle m'appelle quand elle veut, dit Leo.

Il avait un très gentil sourire.

— Je transmettrai. Bonne soirée, tous les deux !

C'était cela que j'adorais à Cambry : ce joli petit centre-ville, les collines au-delà du fleuve, les gens qui se promenaient le soir, main dans la main. Peu importait mon histoire avec Eric, peu importait celle de Jonathan, c'était ici que je voulais vivre. C'était chez moi.

Je pris mon téléphone pour appeler Jonathan.

— Jonathan Kent, dit-il.

Il disait ça quel que soit l'interlocuteur.

— Je sais bien que c'est toi. Dis, tu peux venir me retrouver ? Je suis sur le banc dans le parc devant le Blessed Bean.

— Tout va bien ? me demanda-t-il.

J'adorais sa façon de vérifier toujours d'abord.

— Tout va bien, dis-je d'une voix plus douce. Rejoins-moi.

Dix minutes plus tard, il marchait vers moi, vêtu d'un caban bleu marine et d'une écharpe qui lui donnait un air très british. Il m'embrassa sur la joue et s'assit.

— Que se passe-t-il ?

— Ton frère est venu au café aujourd'hui, avec les filles.

Il se tut pendant que je lui racontais, mais sa mâchoire se crispait de plus en plus, si bien que je craignais pour ses dents. Je lui pris la main, dont les doigts étaient tout serrés.

— Écoute, lui dis-je doucement. De fait, il n'a pas tort. Les filles sont prises en étau. Et s'ils se marient ? Il deviendra alors leur oncle et leur beau-père. Tu le verras à des spectacles et des anniversaires. Il va bien falloir que tu lui reparles.

— Pour lui dire quoi exactement ?

Je perçus dans sa voix que je connaissais bien maintenant l'intensité de sa colère. Il regardait droit devant lui, et je lui pris le menton pour qu'il tourne la tête.

— Lui dire que tu lui pardonnes.

— Mais c'est faux.

Sa réponse me fit mal.

— Tu le peux. Tu vas y arriver, insistai-je.

— Mais qu'est-ce que tu en sais ?

Il avait un regard glacial, comme s'il avait des envies de meurtre.

— Parce que de vous deux tu es le plus bienveillant et que tu vois l'intérêt de tes filles avant tout.

Il baissa les yeux puis regarda alentour. Le vent souleva quelques feuilles rouges devant nous.

— Tu as raison, dit-il.

La seconde d'après, il me tirait par la main devant le Blessed Bean puis en haut des marches du restaurant.

— Parce qu'on y va… tout de suite ? fis-je.

— Oui.

Il me serrait la main si fort que j'avais un peu mal. Nous déboulâmes dans l'entrée.

— Je voudrais voir Matthew Kent, je vous prie, dit-il à Eva, la serveuse qui travaillait au café avec moi tous les après-midi.

— Ah, tiens, salut, Ainsley ! Euh, Matt est en cuisine et j'ai peur qu'il ne soit très occupé. On est vendredi vous savez.

— Allez me le chercher tout de suite, s'il vous plaît, répéta-t-il d'une voix sans appel.

— Dis-lui que c'est son frère qui le demande, ajoutai-je.

— Ah, ah bon. OK, j'y vais, dit-elle, les yeux écarquillés.

Il n'était que 18 heures mais le restaurant était déjà plein. Pas comme en Europe. Jenny et Leo étaient au bar et elle me fit un petit signe. J'essayai de lui sourire.

Jonathan serra davantage ma main.

— Respire à fond, lui murmurai-je.

Il ne répondit rien.

Une seconde plus tard, Matthew arriva. Quelques personnes voulurent le saluer mais, à son crédit, il avança directement vers son frère, qui me lâcha la main et fit un pas en avant, le stoppant net.

— Salut, merci d'être…

— Ne t'avise plus jamais d'utiliser mes filles pour arranger tes affaires, lui dit Jonathan d'un ton menaçant.

— Je… oui, c'était une mauvaise idée, je suis vraiment désolé, bredouilla Matt en frottant ses mains sur sa blouse de travail. Je regrette mais j'étais vraiment désesp…

— Il paraît que tu as quelque chose à me dire.

Le silence s'était fait dans le restaurant.

— Euh oui, écoute, dit Matthew en se reprenant. Tu me manques. Je sais que j'ai merdé et je n'ai pas d'excuse, mais tu es mon frère et je t'aime. Et tu comptes aussi beaucoup pour Laine, sans parler des filles pour qui tu es un dieu vivant.

Jonathan darda sur lui ses yeux de glace, ceux que je connaissais si bien pour en avoir fait les frais.

— J'accepte tes excuses, dit-il.

— C'est vrai ?

— Oui.

Et au même moment, Jonathan prit de l'élan et lui mit son poing dans la figure, salement. Matthew tomba par terre, à la stupéfaction générale.

Il resta par terre quelques instants, à regarder son frère, puis il sourit, un peu de sang sur les dents.

— Merci, lança-t-il alors.

— Pas de quoi, répondit Jonathan avant de se tourner vers moi.

Alors seulement ses yeux retrouvèrent une expression normale.

— Bravo, lui dis-je, et il m'embrassa, là, devant tout le monde, me prit la main et m'entraîna dehors.

— Ça va ta main ? lui demandai-je comme nous marchions dans la pénombre où luisaient les feux de circulation.

— Ça fait mal, répondit-il, avant de me regarder, l'air satisfait. Merci au fait.

— Mais je t'en prie. J'accepte aussi les cadeaux.

— Vous êtes très douée pour les relations humaines, miss O'Leary, en particulier avec moi.

— Eh bien, c'est que je t'aime, alors…

Il s'arrêta.

— C'est vrai ?

— Je le crains.

Il regarda ma bouche puis mes yeux et dit :

— C'est bien. C'est très bien.

Alors il m'embrassa de nouveau. Et tel que je le connaissais, c'était sa façon de me dire qu'il m'aimait lui aussi.

# *Kate*

Le soir de la fête chez les Coburn, j'étais enceinte de sept semaines. Le bébé était gros comme un haricot d'après Internet. C'était dérangeant, cette manière d'utiliser toujours des comparaisons alimentaires. Elle ou il (le sexe était déterminé mais je n'étais pas sûre de vouloir le connaître) était dix mille fois plus gros qu'au tout début de sa vie. Plus que cinq semaines avant qu'on écarte le risque de fausse couche et je comptais les heures : encore huit cent trente-trois.

J'avais toujours mal aux seins et j'étais fatiguée. Je m'étais même endormie à mon bureau l'autre jour, et réveillée dans une flaque de bave, encore un symptôme sympa de la grossesse.

J'adorais tellement ce bébé que j'avais l'impression de vivre dans une autre dimension. Et il avait remplacé Ollie dans le rôle de mon interlocuteur privilégié.

J'avais prévu de laisser passer cette soirée naturellement, même si cela promettait d'être horriblement difficile, puis de leur annoncer plus tard dans la semaine que j'allais déménager à Brooklyn, afin de quitter Cambry avant que ma grossesse se voie.

J'avais une furieuse envie, même si elle était déraisonnable, de disparaître et de ne plus jamais les revoir.

Ce bébé allait leur faire tant de mal.

Dans deux mois, le bail de mes locataires arriverait à terme et je pourrais réemménager dans mon appartement pour démarrer cette nouvelle phase de ma vie pleine de surprises, à la fois compliquée, triste et merveilleuse.

Daniel m'encourageait à passer chez lui cette période transitoire. Il avait une chambre d'amis et j'y songeais.

Il avait été super ces dernières semaines, m'appelant chaque soir et passant me voir régulièrement. Un soir, j'avais trouvé dans le frigo plein de légumes frais et un poulet rôti. Il me laissait de petits cadeaux, comme le stock de médicaments antireflux, car je souffrais de remontées acides, ou un gel douche parfumé à l'amande et un bon pour une pédicure. On voyait qu'il avait quatre sœurs.

Je passais ce soir ma dernière nuit dans cette maison. Demain, avec Ainsley nous nous mettrions à emballer mes affaires. Non pas qu'il y en ait tant que ça : surtout des vêtements et quelques photos.

Cette maison me manquerait, même si je ne m'y étais jamais sentie chez moi. C'était plutôt comme d'avoir gagné des vacances dans un endroit fabuleux qu'on n'avait pas les moyens de s'offrir. Mais j'avais tout de même vécu les quelques mois de mon mariage ici. Chaque soir avec Nathan nous étions rentrés ici, avions dormi et fait l'amour ici.

Le pic s'enfonça une fois de plus dans ma gorge.

Il était temps que je me change. J'allais mettre une robe bleu marine toute simple, avec un col en V.

Elle ne tombait pas du tout pareil que la dernière fois que je l'avais portée (également au country club de Cambry, pour une autre soirée de bienfaisance), en raison de la taille de ma poitrine, mais je n'avais pas le temps de chercher autre chose. Je mis un collier que Nathan m'avait offert, une perle grise sur une chaîne en argent, mon alliance et ma bague de fiançailles.

Il allait falloir arrêter de les porter, me dis-je la gorge serrée.

J'avais roulé et noué d'un ruban les plans terminés. Ma belle-famille m'avait demandé d'arriver tôt pour qu'on puisse porter un toast à Nathan ensemble.

J'examinai la photo de nous deux prise à l'automne dernier, un selfie où je l'embrassais sur la joue. Pour la première fois, je l'observais vraiment. Il avait l'air heureux, peut-être un peu déstabilisé. C'était difficile à dire, maintenant que j'avais entendu Madeleine et lu ces mails.

« Allez, on y va », murmurai-je alors à mon petit haricot.

Au club, on nous conduisit dans un salon privé où nous prîmes un certain temps pour nous embrasser tous, mes beaux-parents, Brooke, Chase et moi.

— Ma chèèère Kate, merci d'être ici, me dit Eloise. Je sais combien ce doit être difficile pour vous.

— Oh ! mais je n'ai pas hésité, répondis-je.

— Vous êtes en beauté, enchaîna gentiment Chase. Et au fait, Kate, merci pour la maison. C'est tellement important pour les garçons, et pour Brooke.

— Eh bien, j'ai pensé que c'était la meilleure chose à faire, dis-je en me forçant à sourire.

J'avais aussi anonymement versé à la fondation Coburn l'assurance-vie de Nathan.

Un serveur nous apporta du champagne avant de repartir, nous laissant là tous en rond, embarrassés.

— Cette année c'est difficile de célébrer cet anniversaire, commença M. Coburn.

Chase passa son bras autour de Brooke qui se mit à pleurer.

— Mais je te suis reconnaissant, mon amour, continua-t-il les yeux humides en se tournant vers Eloise. Merci pour ces cinquante années, merci pour notre fille et merci pour notre fils.

Il leva son verre, la main tremblante.

— À Eloise, dit-il, ses joues ridées pleines de larmes.

— À Eloise, reprîmes-nous tous en chœur.

Elle était digne et belle, et poignante. On lisait toute sa vie sur son visage : ses joies, l'amour qu'elle avait pour ses enfants et petits-enfants, la douleur de sa perte tragique.

— À notre fils, répondit-elle, avant de prendre son mari dans ses bras et de pleurer doucement avec lui.

Je penchai la tête. *Oh ! Nathan, viens-leur en aide*, priai-je.

— Il vous aimait tous tant, dis-je alors. Il était si fier d'être votre fils et votre frère.

Eloise me regarda avec reconnaissance et Brooke me pressa la main.

J'entendis alors mon portable vibrer dans mon sac. Zut ! Daniel était censé déposer la balancelle ici, mais j'avais oublié de lui préciser de venir plus tôt pour arriver avant eux. La grossesse provoquait entre autres des trous de mémoire…

Je vérifiai discrètement.

Quand veux-tu que je dépose la balancelle ? Je suis dans le parking. Tu es déjà là ?

— Maman, dit Brooke, la voix brisée. J'ai quelque chose pour toi.

Elle alla chercher sur la table un paquet enveloppé.

C'était un portrait de famille, pris lors de nos fiançailles. Nous étions tous les huit : Nathan et moi, M. et Mme Coburn, Brooke et Chase et les garçons, un peu guindés. La photo était très mauvaise et un peu floue. Brooke avait les yeux fermés, et Atticus était un peu coupé. J'avais l'air mal à l'aise (ce qui était le cas), mais Nathan avait passé son bras autour de mes épaules.

C'était la première fois que je nous voyais tous ensemble.

— Oh ! ma chérie, elle est parfaite, dit Eloise, en prenant sa fille en larmes dans ses bras.

C'était un calvaire.

— Kate ? me demanda Chase. Toi aussi, tu as quelque chose, non ?

Il désigna le rouleau posé sur la table.

— Oui, oui, répondis-je, tirée de ma rêverie. Tenez. Une des collaboratrices de Nathan a mis la touche finale, mais c'est lui qui en est l'auteur. Il voulait que vous transformiez un peu la maison.

— C'est Nathan qui a fait ça ? demanda M. Coburn tandis que Chase m'aidait à dérouler les plans.

— Tu te souviens, mon chéri, dit Eloise. Il voulait que

nous ayons une chambre au rez-de-chaussée pour plus tard. Je ne savais pas qu'il avait commencé les plans.

Elle posa sa main sur son cœur pour contenir son émotion.

— Merci, Kate, c'est tellement attentionné de votre part. Oh, regarde, un porche ! Il savait que j'en ai toujours voulu un. Merci, merci, ma chérie, me répéta-t-elle en me prenant la main.

— Je vous en prie, murmurai-je.

— J'ai rêvé qu'il venait déjeuner l'autre nuit, dit-elle, songeuse. C'était merveilleux de le revoir.

— Monsieur et madame Coburn, vos invités commencent à arriver, vint nous annoncer un des employés du club.

— Il faut y aller, dit Eloise. Tout le monde est prêt ? Aussi prêt que possible en tout cas ?

Elle sourit bravement et j'éprouvai alors pour elle une admiration sans bornes.

Je sortis avec soulagement de cette pièce si pleine de chagrin et de douleur. Des personnes d'un certain âge, en robe longue et smoking, arrivaient en nombre et je rejoignis discrètement la sortie en tâchant de ne pas me faire intercepter. Le mélange de parfums capiteux me donnait la nausée. Dehors, un employé accueillait les invités et les dirigeait à l'intérieur.

— Avez-vous vu un homme au volant d'un pick-up ? lui demandai-je.

— Au coin du bâtiment, me répondit-il.

Il se dégageait de lui une horrible odeur de déodorant et j'eus de nouveau envie de vomir. Je me mis à marcher aussi vite que je pouvais jusqu'au camion de Daniel devant la cuisine. Il attendait, adossé au hayon.

— Salut, tu es superbe ! s'exclama-t-il.

Au même instant je vomis à ses pieds.

Il m'enlaça et me conduisit de l'autre côté à l'abri des regards. Entre deux spasmes, il me traversa l'esprit que j'avais bien fait de m'attacher les cheveux. Il tira le bas de ma robe pour que je ne l'éclabousse pas. Puis il m'aida à m'asseoir sur le siège passager et me tendit une serviette en papier pour m'essuyer.

— Tiens, me dit-il en me tendant gentiment une bouteille d'eau. Rince-toi la bouche et crache.

J'obéis et me rendis compte alors que je lui avais agrippé la main.

— Rude soirée, pas vrai ? m'interrogea-t-il en me regardant avec attention.

— Tu es vraiment adorable, murmurai-je.

— C'est ce que tout le monde dit.

Je ne répondis rien.

— Ça va aller, Kate, affirma-t-il, et je le crus. Je sais que c'est compliqué mais tu n'es pas toute seule. Je serai un bon père et tu seras une mère super et… tout va aller bien. D'accord ?

— D'accord.

Je respirai à fond et regardai la porte d'entrée où le flot de gens continuait à arriver.

— Tu sais, je crois que ce serait mieux que tu ailles directement chez les Coburn déposer la balancelle parce que là ce n'est plus le moment, OK ?

— Pas de problème. Tu te sens mieux ?

— Oui.

Il me sourit et, à cet instant, je me dis que j'étais un peu amoureuse de lui.

Il m'aida à sortir du camion et s'assura que je tenais debout.

— Ils habitent dans la même rue que moi, cinq cents mètres plus bas. Une grande maison en brique avec une porte blanche.

— Compris. Je t'appelle plus tard.

Je sentis ses yeux posés sur moi lorsque je retournai à l'entrée principale. Je montai les quatre marches en soulevant le bas de ma robe pour ne pas trébucher. Et vis Madeleine.

— Espèce de traînée, me dit-elle. Tu es enceinte de ce type !

Pourquoi l'avait-on invitée, je me le demandais bien. Peut-être ne l'avait-elle pas été. Et après tout, quelle importance…

Nous allâmes dans la pièce où nous nous étions réunis plus tôt avec ma belle-famille.

Elle m'avait vue par la fenêtre sortir lorsque tout le monde arrivait et avait suspecté quelque chose. Cela faisait partie de ce que Nathan aimait chez elle, m'expliqua-t-elle, son intuition exceptionnelle. Et du coup, elle m'avait espionnée.

— Nous voilà fixés sur la personne que tu es vraiment, me dit-elle.

— Madeleine, si tu pouvais ne rien dire aux Coburn, j'apprécierais.

— Ah ça, crois-moi, ils le sauront.

— Mais pas ce soir, s'il te plaît. C'est déjà assez difficile.

— Il faut qu'ils sachent quelle espèce d'hypocrite leur fils a épousée.

— Je le leur dirai demain, lançai-je, exaspérée.

J'avais les mains qui tremblaient, la tête qui tournait, j'avais faim et je n'en pouvais plus.

— Je vais partir bientôt, retourner à Brooklyn.

— Parfait. J'espère qu'ils ne te reverront plus jamais. Tu n'as jamais mérité leur fils.

— Pourquoi es-tu ici, Madeleine ?

— Parce que je soutiens leur fondation, et parce que je les aime.

Parce qu'elle ne se remettrait jamais d'avoir posé cet ultimatum à Nathan : elle ou des enfants. Elle ne se remettrait jamais du fait qu'il ne m'ait pas quittée. Elle pensait qu'il leur restait du temps. Comme moi.

— Je suis désolée, lui murmurai-je. Je sais que tu l'aimais vraiment.

— Garde ta pitié pour toi, siffla-t-elle, en plissant les yeux. Et tu as intérêt à tout leur dire ce soir. J'appellerai Eloise demain pour vérifier.

— Kate ! m'appela Brooke. Te voilà !

Puis en voyant Madeleine, elle ajouta :

— Tout va bien ?

— Tout va bien. Excusez-moi, répondit Madeleine en sortant de la pièce, l'air digne, dans un frottement de tissu.

— J'espère qu'elle ne t'a rien dit de désagréable, murmura Brooke en me mettant le bras autour des épaules. Tu es blanche comme un linge. Elle n'était pas invitée. Je pense qu'elle est un peu dingue. Viens, papa et maman s'inquiètent pour toi.

Je faisais encore partie de leur famille pour quelques heures seulement, et cette idée me fit plus mal que je ne l'avais imaginé.

Le lendemain, un peu serrée dans mon jean, je me rendis chez mes beaux-parents.

— Kate ! Cette balancelle ! Oh ! ma chérie, elle est magnifique, s'exclama Eloise. Et quelle soirée, n'est-ce pas ? Je pense que nous avons eu raison et je pense que Nathan aurait approuvé. Nous avons récolté beaucoup d'argent ! Quelqu'un a donné plus d'un million de dollars, vous imaginez !

— C'est magnifique, répondis-je. Euh, Eloise, il faut que je vous parle à vous et votre mari.

— Salut, Kate, ça va ? me dit Brooke qui était là aussi.

Ils apprendraient donc tous la nouvelle en même temps. Ce n'était pas plus mal.

— Tu es sûre que ça va ? me demanda Brooke, dont le sourire laissa place à de l'inquiétude.

— J'ai quelque chose à vous dire, à tous les trois.

— Viens, viens, asseyons-nous. Nathan, mon chéri, où es-tu ? Ah ! te voilà.

Nous nous installâmes dans le salon, une pièce vaste et sans chaleur. Sur le manteau de la cheminée se trouvait la photo donnée la veille par Brooke.

— Nous avons déjà contacté un entrepreneur, me dit Eloise. Nous sommes très impatients de lancer les travaux. C'est comme de retrouver un peu de Nathan chez nous.

— Bien, tant mieux. C'est ce que j'espérais. Bon, écoutez, j'ai une nouvelle à vous annoncer, dis-je, le cœur cognant à tout rompre dans ma poitrine.

— De quoi s'agit-il, ma chérie ? fit M. Coburn en se penchant vers moi.

Tous les mots que j'avais préparés la veille s'évaporèrent. Il fallait à tout prix que j'évite de leur laisser croire une seconde que ce bébé était celui de leur fils. Je ne pouvais pas faire germer cet espoir puis le détruire aussitôt.

— Eh bien j'ai un ami… Brooke, je crois que tu l'as rencontré. Daniel Breton ?

— Ah oui, le petit copain de ta petite sœur ?

— En fait non. Euh, c'est un vieil ami à moi de Brooklyn. C'est lui qui a fabriqué cette balancelle pour vous.

— Que nous adorons, dit Eloise. Elle est incroyable. Vous me donnerez son adresse pour que je puisse lui envoyer un mot.

Dans une seconde ils allaient sans doute vouloir la mettre au feu, mais bon.

— Alors donc, euh, avec Daniel nous sommes amis depuis longtemps maintenant, depuis dix ans. Et euh, en juillet dernier, nous avons eu un rapport, euh… juste une fois.

Le sourire d'Eloise disparut peu à peu et M. Coburn fronça les sourcils. J'évitai de regarder Brooke.

— Et… je suis enceinte, dis-je dans un souffle.

Un silence absolu se fit.

— Attends, dit soudain Brooke. Tu as couché avec un type trois mois après la mort de mon frère ? Tu plaisantes ? Parce que, si c'est le cas, ce n'est pas drôle.

Je me mordis la lèvre jusqu'au sang, mais ne répondis rien.

— Mon frère était à peine enterré que tu c…

— Ça suffit, Brooke, l'interrompit Eloise.

Et elle ajouta en posant le regard sur la table basse :

— Je suis désolée, Kate, mais nous devons nous absenter.

— D'accord, murmurai-je. Je voulais juste que vous sachiez que ce n'était pas prévu et… j'aimais tellement Nathan, et tout ce que je voulais c'était…

— Sortez d'ici ! s'écria M. Coburn bouillant de rage. Sortez d'ici tout de suite !

Je m'exécutai, la tête congestionnée, pleine de toutes les

larmes que je n'avais pas réussi à verser depuis quatre mois, et avec ce pic dans ma gorge qui m'empêchait de déglutir. Je marchai jusqu'à ma voiture comme une condamnée à mort, et rentrai chez mon mari.

Il était grand temps de quitter cette maison.

# Ainsley

J'étais censée aller à la fête des Coburn, mais au lieu de ça je dus me rendre à l'hôpital.

Mon père s'était malencontreusement fait percuter sur le terrain de base-ball. Il avait dû se rendre aux urgences avec un tibia fracturé et la rotule déboîtée. Par chance cela s'était passé au Yankee Stadium et je pus le raccompagner chez lui depuis le Bronx. J'envoyai un SMS à Kate pour la prévenir que je resterais sans doute quelques jours avec lui. Et je prévins aussi Candy.

— Que veux-tu ? Il se débrouille ! Nous sommes séparés. Et puis c'est ton père après tout ! me dit-elle.

— C'est aussi celui de Kate et Sean et je te rappelle que Sean est médecin.

— C'est vrai, répondit-elle avec un petit rire. Mais convaincre cet animal de faire quelque chose pour ses parents, tu parles ! Non, il va falloir que tu t'y colles toute seule. Tu vas mettre tes compétences d'infirmière en pratique. Bonne chance !

— Maman s'en fiche complètement, dis-je à mon père qui répondit d'un grognement.

Tout allait bien.

Après l'avoir installé dans un fauteuil, lui avoir donné un antalgique et préparé une soupe, je sortis chercher dans ma voiture les photos que Candy m'avait données. Il ne pouvait pas se défiler.

— Quoi ? Mais je veux regarder la chaîne de sports, moi !

J'éteignis la télévision et lançai la télécommande sur son lit, hors de sa portée.

— Désolée, patte folle, tu vas devoir attendre.

— C'est bon, grommela-t-il. Qu'est-ce que tu veux ?

Je lui tendis la première photo et il se détendit un peu.

— Ça, c'est sûr, tu étais un amour de petite fille. Et ta mère, elle était incroyablement belle.

— Tu me raconterais pas des choses sur elle ?

— Tu lui ressembles beaucoup.

— Comment ça ?

— Je ne sais pas, ma puce, dit-il en remuant dans son fauteuil. Tu as ses bons côtés. Elle était fantastique.

Ah ! les hommes.

Mais il regardait longuement chaque photo et les touchait parfois.

— C'était le bon temps, on était heureux, dit-il d'un ton bourru.

Je me rapprochai de lui et le serrai fort dans mes bras.

— Je suis désolée, papa.

Il se remit à parler, d'une voix étranglée.

— Je n'aurais jamais cru que j'allais lui survivre si longtemps. Me voilà devenu un vieil homme obligé d'avoir recours à l'aide de sa fille célibataire, tandis que Michelle restera jeune à jamais.

— Mais elle est partie en te laissant un cadeau : moi. Du reste, je ne suis pas célibataire, papa.

— Oui, c'est vrai, dit-il en me serrant à son tour. Comment ça tu n'es pas célibataire ? Tu es revenue avec Eric ?

— Non, papa. Mais je sors avec mon patron, enfin mon ancien patron, Jonathan Kent, du magazine.

— Quel magazine ?

— Tu pourrais écouter un peu ce qu'on te dit !

Il approuva et je sentis son menton râpeux contre mes cheveux.

— Tu sais bien comment je suis…

— Je t'aime quand même.

Il me serra de nouveau.

— Et moi donc, ma puce.

L'après-midi suivant, j'eus un coup de téléphone de Kate.

— Salut. Bon, je déménage. Désolée que ce soit si soudain.

— Qu'est-ce qui s'est passé ?

— Ils sont au courant. Les Coburn.

— Ah ! mince.

— Oui, voilà.

— Tu as besoin d'aide ?

— Non, mais il va falloir que tu déménages aussi. Pas tout de suite, mais bientôt, me dit-elle d'une voix inquiète.

— Oui, bien sûr. J'en avais l'intention de toute façon. Euh, papa s'est cassé la jambe. Tu as eu mon message ?

— Oui, pardon. Ça va ?

— Oui, ça va. Je vais rester avec lui quelques jours, je pense. Tu es sûre que tu n'as pas besoin d'aide ?

— Oui, tout va bien.

Je décidai d'y aller quand même. Je laissai mon père sur son canapé avec un paquet de biscuits et la télécommande. Cette jambe cassée lui donnait un prétexte idéal pour regarder du sport en continu. Gram-Gram était en chemin pour lui tenir compagnie.

Lorsque j'arrivai, Kate était en train de fourrer frénétiquement des affaires dans trois valises.

— Ah ! salut !

— Assieds-toi un peu, lui dis-je en lui prenant une paire de bottes des mains. Tu as mangé et bu quelque chose aujourd'hui ?

J'allais vraiment faire une infirmière parfaite, moi.

— Oui, regarde, me répondit-elle en prenant un verre d'eau et en buvant longuement, avant de me raconter ce qui s'était passé.

— Eh bien, il fallait que ça arrive tôt ou tard, dis-je en soupirant. Tu as crevé l'abcès et comme ça tu ne vas pas ruminer pendant des mois en ayant peur qu'ils l'apprennent par quelqu'un d'autre.

— Ils sont vraiment furieux.

— Évidemment, dis-je en m'asseyant à côté d'elle sur le bord du lit. Mais, Kate, tu aimais Nathan et ce bébé n'y change rien. Tu as craqué un soir pour Daniel, OK. Maintenant tu vas avoir ce bébé et c'est ce que tu as toujours voulu, non ?

— C'est vrai, admit-elle avant de se taire quelques secondes. Tu vas me manquer. J'ai adoré vivre avec toi.

Mon cœur se gonfla de joie.

— Moi aussi. Je viendrai te voir à Brooklyn, je te le promets. Et tu pourras venir ici quand je me serai trouvé une maison.

— Oui, je ne veux plus que nous nous éloignions.

Ensuite, elle se leva et me serra fort dans ses bras, en me caressant les cheveux comme quand j'étais petite.

— Je ne sais pas comment je m'en serais sortie sans toi. Et ne pense pas que je n'aie plus besoin de toi maintenant.

Je la serrai fort à mon tour. Elle ne pouvait pas me rendre plus heureuse qu'en me disant ça.

# *Kate*

C'était drôle de constater que ma présence chez Nathan était si vite effacée. Ainsley avait emmené Ollie en partant et je me retrouvais toute seule.

Mes valises étaient près de la porte. J'avais vidé la salle de bains de tous mes accessoires de toilette. Max laissait passer l'heure de pointe avant de venir me prendre. Daniel s'était proposé mais j'avais décliné. Trop lourd symboliquement.

Brooke m'avait envoyé un mail pour me dire de ne rien toucher aux affaires de Nathan. Elle s'en chargerait.

> C'est très difficile pour nous de croire que tu as aimé Nathan alors que tu as si facilement pu aller avec un autre. Il serait préférable pour nous de ne plus entendre parler de toi quelque temps.

J'emportai tout de même une chose, un pull en cachemire bleu marine que je mis au fond de ma valise. Il en avait tellement, et puis je voulais conserver quelque chose qui ait touché sa peau.

Je descendis à la cave chercher les emballages Apple là où je les avais laissés en janvier, puis dans le bureau (enfin le petit salon) pour récupérer mon matériel : l'ordinateur, les câbles et les accessoires que je rangeai dans leurs cartons d'origine.

À part ça, il y avait quelques livres de photographie : Ansell Adams et Margaret Bourke-White, la photo de Nathan et moi, et bien sûr Hector.

Sinon il n'y avait pas grand-chose de moi dans cette pièce,

il n'y avait jamais eu grand-chose. Je n'avais pas eu le temps de rapporter quoi que ce soit du garde-meuble.

Savais-je au fond de moi que je ne resterais pas longtemps mariée ? Avais-je vraiment cru à cette histoire ? Ce sentiment étrange que j'avais éprouvé tout le temps de notre mariage voulait-il dire quelque chose ?

Mon Nikon était là.

C'était maintenant ou jamais.

Je l'attrapai lentement. La dernière fois que je l'avais eu entre les mains était le jour de la mort de Nathan et je le retrouvais avec plaisir, robuste, fiable.

Quitte à le faire, autant le faire bien. Je fouillai parmi mes câbles et tirai celui qui me permettait de télécharger les photos sur l'ordinateur de Nathan. Je tapai sur la touche espace et attendis une minute qu'il démarre. Il n'avait pas fonctionné depuis les mails de Madeleine.

Les dossiers bien rangés apparurent.

Je branchai le cordon et attendis, le cœur battant, détournant mon regard vers Hector pendant que les photos se chargeaient.

Puis je fis face à l'écran. *Importer sept photos* ? me demanda l'ordinateur. Je cliquai sur oui.

Et me trouvai face à lui, ce dernier matin de sa vie, avec son visage si cher, si clair, si… aimé que mes jambes flanchèrent et je dus m'asseoir.

*Nathan, oh, Nathan. Comment peux-tu être parti pour toujours ?*

J'absorbai le moindre détail : la forme de sa bouche, le grain de beauté sous son œil, les cils blonds, son expression timide et craquante.

Dieu merci, je m'étais levée assez tôt ce matin-là, et Dieu merci, j'avais fait cette photo.

La suivante avait été prise pendant la fête chez Eric, et ma sœur était radieuse. Eric, cet infâme salaud.

Il y avait Jonathan Kent en train de regarder Ainsley avec ferveur tandis qu'elle parlait avec quelqu'un d'autre. Encore un secret révélé par l'appareil.

Sur la suivante, on ne voyait que les cheveux de Nathan

parce qu'il avait tourné la tête au dernier moment. Sa tête où se cachait cette malformation vasculaire. Ses doux cheveux roux.

Puis Ainsley avec la mère d'Eric, toutes deux émues.

Nathan était mort seulement quelques minutes après.

Il ne restait qu'une seule photo.

Je cliquai dessus et eus le souffle coupé.

C'était nous deux. Je me souvins alors qu'une fille du bureau d'Ainsley avait demandé à voir mon appareil et avait pris un cliché.

Elle était un peu mal cadrée mais ce n'était pas grave, parce qu'elle contenait la réponse : nous étions amoureux. J'avais une expression étrangement sereine, le teint lumineux, les yeux brillants et un bras autour de sa taille. Et lui…

J'entendis soudain un bruit. C'était moi. Je pleurais. Je pleurais enfin. À chaudes larmes, à gros sanglots. Et le bruit étrange de mes pleurs était doux à mes oreilles.

J'avais une vision brouillée de la photo et je m'essuyai les yeux.

Il avait l'air tellement heureux. Tellement… *satisfait*. Rien ne semblait troubler cela, cette expression de contentement profond, doublé d'une touche de fierté, et d'amour, oui sans aucun doute de l'amour. Un moment suspendu et à jamais arrêté dans le temps.

Nous avions été si heureux.

Je penchai la tête et pleurai. Pleurai et pleurai de joie, de gratitude et de chagrin à la fois. J'avais aimé mon mari qui était mort bien trop jeune, mais s'il avait vécu, nous serions toujours ensemble, avec ou sans bébé, à prendre soin l'un de l'autre, comme le font les gens qui s'aiment.

— Je t'aime, Nathan, murmurai-je devant l'écran. Je t'ai tellement aimé.

Alors je sentis de nouveau cet effluve chaud, l'odeur de mon mari, et une pression si forte et si douce dans ma poitrine que je sus qu'il était revenu.

Revenu me dire au revoir.

# Épilogue

# *Kate*

Le 7 mai, un an, un mois et un jour après être devenue veuve, je devins mère.

Le temps s'était écoulé lentement, et en même temps très vite, mon corps œuvrant patiemment et l'attente devenant interminable.

Je repartis à Brooklyn, où je passai deux mois chez Daniel en attendant de récupérer mon appartement. Je dormais dans sa chambre d'amis et me comportais en invitée, rangeant mes affaires, payant ma part des charges, et travaillant autant que je le pouvais pour mettre de l'argent de côté en vue de la naissance. Daniel était discret mais ne perdait pas une occasion de me rendre service, soit en faisant les courses, soit en me massant les pieds.

Notre relation resta platonique.

Pendant ces huit semaines, j'allai fréquemment rejoindre ma sœur et mon père à Cambry. En décembre Ainsley fit l'acquisition d'une mignonne petite maison avec trois chambres et j'y passai la plupart de mes week-ends. Jonathan et elle n'étaient pas pressés. Elle prétendait que si elle devait devenir la belle-mère de ses filles elle voulait faire les choses bien. Lentement mais sûrement, disait-elle.

Un week-end à Cambry, je vis Brooke à la sortie du cimetière, mais elle ne me vit pas. Car oui, je continuais d'aller sur la tombe de Nathan. J'avais compris en regardant ces photos que, malgré mes doutes et mes incertitudes, j'avais été plus heureuse avec lui que jamais auparavant.

Aujourd'hui aussi j'étais heureuse. Et j'avançais malgré

mon deuil qui n'était pas fini. Les deux sentiments ne s'excluaient pas.

Ce fut étrange de réintégrer mon ancien appartement. Il avait été très important pour moi à une époque, mais ce n'était plus aujourd'hui qu'un toit. Un toit agréable certes, mais j'avais compris qu'une maison ne se résume pas à des placards et des parquets. Ce qui comptait, c'étaient les gens qui y vivaient. Je ne m'étais jamais sentie chez moi dans la maison de Nathan, mais auprès de lui si.

Curieusement, ma mère se rapprochait de moi peu à peu. Après sa séparation avec papa, elle ne se montra plus amère. Elle m'appelait de temps en temps et avait cessé de me réciter les théories de ses bouquins. Nous nous contentions de bavarder. Papa restait égal à lui-même, un peu en retrait.

Sean, Kiara et leurs enfants ne changeaient pas, toujours un peu en marge de notre famille, présents juste assez pour que la charge des responsabilités ne bouscule pas l'équilibre parfait de leur existence. Je m'en fichais. Ma famille désormais, c'était mon petit haricot, Ainsley et Jonathan.

Et aussi Daniel.

Après mon installation chez moi, il prit l'habitude de venir le soir. Nous parlions, dînions et regardions la télé. Il me décrivait le côté sombre de la vie de pompier : le travail administratif inutile, les appels farfelus, les collègues fainéants, les dangers cachés, le culte gênant du héros. Son numéro de soldat du feu sexy était sans doute autant une armure qu'un moyen de séduire les femmes.

Il lui arrivait de s'endormir sur le canapé, fatigué de son service, et je regardai son visage à la beauté insolente en ressentant une bouffée de tendresse. Ce n'était pas un type compliqué, mais avec tout ce que ça comportait de bons côtés. Il adorait son boulot, protégeait sa femme, comme il m'appelait, et parlait à notre bébé dans mon ventre.

Ça en faisait des choses à aimer.

Au bout du compte, du canapé il passa à la chambre d'amis plusieurs nuits par semaine, puis une nuit sur deux, puis toutes les nuits.

Enfin un soir, alors que j'étais couchée, à tourner et virer dans mon lit en luttant contre mes remontées acides à coups de pastilles, il débarqua en caleçon dans ma chambre.

— Pousse-toi, me dit-il, et il s'installa, ses grands bras autour de moi et une main posée sur mon ventre où gigotait notre bébé.

Lorsque je fus à trente-neuf semaines de grossesse, les chevilles gonflées, de l'acné sur les joues et un mal de dos persistant, il prit mes pieds sur ses genoux et me dit sans croiser mon regard :

— Je t'aime, tu le sais ?

— Merci, dis-je au bout de quelques secondes.

— C'est tout ? reprit-il en me regardant du coin de l'œil.

— Moi aussi, je t'aime, lui répondis-je en souriant parce que c'était vrai.

Ce n'était pas le même amour que pour Nathan, mais différent ne voulait pas dire moins bien.

Alors il nous attira vers lui, moi et mon gros ventre, et nous fîmes un câlin joyeux, malgré les petits coups de pied du bébé.

Deux jours après notre fille était née.

Trois kilos deux cent soixante, la tête en poire après vingt heures de travail, un petit visage tout rouge et fripé : c'était la plus belle chose que j'aie jamais vue.

Que *nous* ayons jamais vue.

Daniel pleura sans retenue lorsque la sage-femme nous annonça que c'était une fille. Tout comme ma sœur, qui était restée avec nous pendant dix-huit heures sur les vingt, sans être jamais à court d'encouragements et de bonne humeur.

Une fois le bébé pesé, langé et rendu à sa maman, Daniel mit son bras autour de mon épaule et ensemble nous le contemplâmes.

— Elle est parfaite. Regarde comme elle te ressemble, me dit-il en m'embrassant.

— Vous avez choisi un prénom ? nous demanda l'infirmière.

— Oui, répondis-je en regardant ma sœur qui s'était

emparée de mon Nikon et prenait quelques photos. Ainsley Noël.

— Tu plaisantes ? s'exclama ma sœur en fondant en larmes. Oh, merci, merci à tous les deux ! Eh, salut, petite Ainsley. Je t'aime déjà, tu sais ?

Le lendemain, mes parents vinrent en visite tout comme la mère de Daniel, ses quatre sœurs et quelques-uns de leurs enfants, sans compter Sean et Kiara avec Sadie, enchantée d'avoir une petite cousine. Jonathan arriva avec la grande Ainsley, les bras chargés d'un éléphant en peluche.

J'étais entourée d'amour et de famille, et j'étais émue aux larmes. Mais bientôt je me mis à bâiller et Daniel donna le signal du départ.

— Je les raccompagne et je reviens. Tu as besoin de quelque chose, ma puce ?

— De la glace ? suggérai-je.

— Pas de problème. Une Ben and Jerry's à la pistache, ça marche !

Nos familles sortirent en troupeau dans le couloir et je serrai ma petite fille contre moi, reniflant sa tête, dont l'odeur m'était déjà familière. Je savais que je pourrais tuer quelqu'un pour elle, que je sacrifierais ma vie sans hésitation pour elle, et avec joie en plus. Mon beau bébé. Mon cadeau.

Daniel se tenait encore dans l'encadrement de la porte.

— Tu as oublié quelque chose ? lui demandai-je.

— Tu m'épouseras, me dit-il d'une voix ferme. Quand tu voudras, mais tu m'épouseras. Je t'aime, Kate, d'accord ? Tu m'épouseras ?

Mon cœur, déjà si plein d'amour, était sur le point de déborder.

— Oui, je t'épouserai. Un jour.

— Ne me fais pas trop attendre.

Il revint près de moi, se pencha et m'embrassa, puis il déposa un baiser sur la tête d'Ainsley.

— Je suis là dans dix minutes, mes beautés.

Je déposai ma petite fille dans son berceau de plastique

à côté de moi. Elle émit un minuscule grognement trop mignon. Je lui caressai la joue.

— Maman est là.

Puis je fermai les yeux.

Je serais heureuse avec Daniel. Je l'étais déjà. En un an, j'avais reçu en cadeau deux hommes adorables et un bébé. Décidément la vie était pleine de surprises et de mystères !

Je rouvris les yeux pour être sûre que je n'avais pas rêvé. Non, ma petite fille était toujours là, toute rose et toute belle, avec les sourcils de son père, et de longs doigts fins. Je souris et fermai les yeux de nouveau.

Après ce qui me parut dix secondes, on frappa doucement à ma porte. Je m'éveillai en sursaut.

C'était Eloise Coburn.

Dieu du ciel.

Je m'efforçai de me redresser, malgré les points de suture.

— Je suis désolée de vous avoir réveillée, me dit-elle.

— Non, non, entrez, je vous en prie. Comment allez-vous ? Je rajustai ma blouse d'hôpital et me donnai une contenance.

— Je vais bien, merci, dit-elle en restant sur le pas de la porte. C'est votre sœur qui m'a prévenue.

— Ah, je vois, mais asseyez-vous donc.

Comme toujours, elle était très élégante, mais ses cheveux avaient blanchi.

— Comment va tout le monde ? lui demandai-je.

— Tout le monde va bien. Les garçons grandissent trop vite. Et nous avons terminé l'extension de la maison.

— Tant mieux. Eh bien, euh… voici Ainsley, ma fille.

Eloise se pencha et son visage s'adoucit.

— Vous l'avez appelée comme votre sœur, c'est charmant.

Il y eut un silence. Puis elle me demanda si elle pouvait prendre le bébé.

Allait-elle lui faire du mal pour se venger ? Allait-elle s'enfuir d'ici avec Ainsley ? Impossible. Eloise Coburn n'avait jamais rien fait de méchant dans sa vie.

— Mais bien sûr, répondis-je.

Avec beaucoup de précautions, elle souleva le bébé du

berceau et l'installa au creux de son bras. Elle la regarda et lui donna son doigt à attraper lorsque celle-ci leva le bras en l'air.

— Comme tu es jolie, murmura-t-elle.

Ce bébé aurait pu être sa petite-fille, l'enfant de son fils. Des larmes coulaient sur mes joues. Je n'avais plus aucun mal à pleurer depuis que j'avais quitté la maison de Nathan.

Elle effleura le visage d'Ainsley et eut soudain un air triste. Je crus voir alors Nathan.

— Tenez, me dit-elle en me la rendant, et puis j'ai quelque chose pour elle.

Elle fouilla dans son sac et sortit un petit paquet.

— Laissez-moi vous le déballer, proposa-t-elle, tout en le faisant de ses gestes sûrs et efficaces.

C'était une petite boîte dont elle souleva le couvercle pour me montrer : une petite brosse en argent, dont les poils étaient plus doux que ceux d'un lapin et sur laquelle était gravé *NVC III*.

— C'était celle de Nathan, m'indiqua-t-elle d'une voix douce. C'est plus décoratif que pratique, mais bon… je voulais que vous l'ayez. Je sais qu'il vous aimait beaucoup.

— Oh ! Eloise, moi aussi je l'aimais, dis-je d'une voix à peine audible.

— Oui, j'en suis sûre. Maintenant il faut que j'y aille, vous devez vous reposer, me dit-elle en détournant les yeux.

— Eloise ? Vous voulez bien que l'on reste en contact ?

Elle ne réagit pas tout de suite, puis elle eut l'air bouleversée, avant de se reprendre très vite.

— Oui, dit-elle. J'aimerais beaucoup.

Nous étions deux femmes qui avaient toutes les deux aimé son fils et ce lien ne pouvait se défaire. Brooke ne me pardonnerait peut-être jamais, mais Eloise l'avait déjà fait.

— Bonjour, lança Daniel sur le pas de la porte, un grand pot de Ben & Jerry's à la main. Je suis Daniel Breton.

— Je te présente la mère de Nathan, lui dis-je en m'essuyant les yeux avec la couverture d'Ainsley.

— Oui, nous nous sommes déjà rencontrés, observa Eloise. Vous êtes venus à la veillée pour mon fils.

Daniel hocha la tête.

— Félicitations pour votre magnifique petite fille, lui dit-elle, puis elle se tourna vers moi. Kate, ma chère, j'ai été contente de vous voir.

Et elle s'en alla. C'était la personne la plus courageuse et généreuse que je connaisse.

— Tout va bien, ma puce ? me demanda Daniel, l'air inquiet en posant la glace sur la table de chevet pour s'asseoir à côté de moi.

Je le regardai, puis regardai notre bébé et répondis :

— Je ne me suis jamais sentie aussi bien. Tu as vu ce qu'elle a apporté au bébé ?

Il attrapa la brosse, minuscule dans sa grande main, et la passa doucement sur les cheveux d'Ainsley.

— C'est gentil de sa part.

— Oui, acquiesçai-je, émue.

— L'infirmière dit que si tu le souhaites on peut rentrer ce soir.

Il reposa la brosse et plaça sa main sur la tête de notre bébé en me contemplant, l'air heureux. Daniel le Pompier Super Sexy avait laissé la place à Daniel le Papa.

Il posa son autre main sur ma joue et je tournai la tête pour l'embrasser.

— Oui, répondis-je. Rentrons chez nous.

Composé et édité par HarperCollins France.

Achevé d'imprimer en septembre 2018.

CPi
BLACK PRINT

Barcelone

Dépôt légal : octobre 2018.

Pour limiter l'empreinte environnementale de ses livres, HarperCollins France s'engage à n'utiliser que du papier fabriqué à partir de bois provenant de forêts gérées durablement et de manière responsable.

*Imprimé en Espagne.*